Weitere Titel der Autorin:

Hummeln im Herzen
Wenn Schmetterlinge Loopings fliegen
Glück ist, wenn man trotzdem liebt

Titel auch als Hörbuch erhältlich

Petra Hülsmann

Das Leben fällt, wohin es will

Roman

BASTEI LÜBBE TASCHENBUCH
Band 17522

Dieser Titel ist auch als Hörbuch und E-Book erschienen

Originalausgabe

Dieses Werk wurde vermittelt durch die Literarische Agentur
Thomas Schlück GmbH, 30827 Garbsen

Copyright © 2017 by Bastei Lübbe AG, Köln
Lektorat: Stefanie Kruschandl, Hamburg
Titelillustration: FAVORITBUERO, München unter Verwendung von
shutterstock/Naty_Lee und shutterstock/Ann.and.Pen
Umschlaggestaltung: FAVORITBUERO, München
Satz: Urban SatzKonzept, Düsseldorf
Gesetzt aus der Garamond
Druck und Verarbeitung: CPI books GmbH, Leck – Germany
Printed in Germany
ISBN 978-3-404-17522-2

5 4 3

Sie finden uns im Internet unter
www.luebbe.de
Bitte beachten Sie auch: www.lesejury.de

Ein verlagsneues Buch kostet in Deutschland und Österreich jeweils überall dasselbe.
Damit die kulturelle Vielfalt erhalten und für die Leser bezahlbar bleibt,
gibt es die gesetzliche Buchpreisbindung. Ob im Internet, in der Großbuchhandlung,
beim lokalen Buchhändler, im Dorf oder in der Großstadt – überall bekommen Sie Ihre
verlagsneuen Bücher zum selben Preis.

*Für Carolin, Henrik, Marie, Linda und Piet
(in chronologischer Reihenfolge),
weil ihr die Welt ein bisschen bunter macht.*

Joie de vivre

Ich war mal wieder extrem spät dran. Obwohl ich in aller Herrgottsfrühe um zwölf Uhr mittags aufgestanden war, liefen im Radio gerade die Vierzehn-Uhr-Nachrichten. Was bedeutete, dass genau jetzt die Bahn abfuhr, mit der ich rechtzeitig zum Frühlingsfest der Werft gekommen wäre. Dabei saß ich gerade erst beim Frühstück, und angezogen war ich auch noch nicht. Was hatte ich bloß in den vergangenen zwei Stunden gemacht?

»Musst du nicht mal langsam los, Marie?«

Ich drehte mich um und erblickte meine Mitbewohnerin und beste Freundin Hanna in der Küchentür. Sie war noch im Pyjama, die langen roten Haare hatte sie zu einem vogelnestartigen Gebilde auf dem Kopf aufgetürmt. Wir waren bis acht Uhr morgens mit Sam in einer Kneipe auf dem Kiez versackt, und danach sah sie auch aus.

Hastig stopfte ich mir die letzten beiden Löffel Müsli rein. »Doch, muss ich. Und zwar dringend. Ich bin ganz schön spät dran.«

Ein Grinsen breitete sich auf ihrem Gesicht aus. »Verstehe. War da wieder ein Loch im Raum-Zeit-Kontinuum?«

»Ja, und ich kann es mir überhaupt nicht erklären. Darf ich mal an deinen Kleiderschrank?«, fragte ich, während ich schon auf dem Weg in ihr Zimmer war.

»Nur zu. Es könnte übrigens was mit deinen frisch lackierten Nägeln zu tun haben«, rief sie mir aus der Küche hinterher. Wahllos zog ich ein paar Klamotten aus dem Schrank. Schließlich fand ich ein äußerst cooles ärmelloses Minikleid im 70er-Jahre-Stil mit psychedelischem Muster in Orange und Grün. Wow, was für ein Fummel! Ich ließ meinen kurzen Kimono auf den Boden fallen und schlüpfte in das Kleid. Im Flur kramte ich meine grünen Stiefel und den roten Schlapphut aus dem Haufen unter der Garderobe hervor und setzte mir schließlich als i-Tüpfelchen Hannas überdimensional große Sonnenbrille auf. Zufrieden betrachtete ich mich im Spiegel. Ich ging zurück in die Küche und posierte vor Hanna wie ein Topmodel auf dem Laufsteg der Pariser Fashion Week. »Na? Was sagst du?«

Hanna brach in Gelächter aus. »Perfekt. Für den Schlagermove.«

Enttäuscht ließ ich die Arme sinken, die ich soeben noch kokett in die vorgeschobene Hüfte gestemmt hatte. »Aber ich finde das Kleid toll. Das hast du doch designt, oder?« Hanna war Modedesignerin und arbeitete für ein kleines Szene-Label hier in Hamburg.

»Ja, aber mit den Accessoires hast du es eindeutig übertrieben. So kannst du unmöglich auf das gediegene Frühlingsfest der gediegenen Werft deines gediegenen Vaters gehen. Und das weißt du auch.«

»Hm.« Mir persönlich schien genau das eine ziemlich gute Idee zu sein. Unschlüssig sah ich an mir herab und strich das Kleid glatt. Es war mir sowieso ein völliges Rätsel, wieso mein Vater nach wie vor darauf bestand, dass ich bei diesem Fest dabei war, obwohl ich im letzten Jahr ein kleines bisschen zu viel Prosecco getrunken und versehentlich mit dem achtzehnjährigen Sohn eines langjährigen Kunden rumgeknutscht hatte. Auch im Sommer davor hatte mein Auftritt für Verwunderung gesorgt, nachdem ich im Bad-Taste-Party-Look auf dem Fest erschienen war. Letzteres war aber nun wirklich nicht meine Schuld gewesen. Niemand konnte von mir verlangen, dass ich um zehn Uhr geschniegelt und gestriegelt bei einem Brunch auftauchte, wenn ich erst um neun Uhr die Partynacht auf dem Fischmarkt beendet hatte. Immerhin war ich damals pünktlich gewesen, aber das nur nebenbei.

Und nun sollte ausgerechnet ich, das schwarze Schaf der Familie Ahrens, wieder auf diesem verdammten Fest die brave Tochter spielen, obwohl ich das zum einen einfach nicht draufhatte und zum anderen sowieso jeder dort von mir dachte, dass ich nur eine Partygöre war, die es im Leben zu nichts gebracht hatte. Warum also sollte ich mir dann nicht wenigstens das Vergnügen gönnen, ein völlig unpassendes Outfit zu tragen, das allen förmlich ins Gesicht schrie: »Ihr könnt mich mal«? Und überhaupt, ich liebte dieses Kleid! Doch dann dachte ich wieder an die finstere Zeit vor ein paar Monaten, an den schweren Herzinfarkt meines Vaters und die bangen Tage im Krankenhaus, als wir nicht gewusst hatten, ob er es schaffen würde. Ich wollte ihm durch meinen Auftritt nun wirklich keinen weiteren Herzinfarkt bescheren.

»Na gut«, lenkte ich schließlich ein. »Dann eben ohne die Accessoires. Aber das Kleid lasse ich an.« Ich drückte Hanna einen Kuss auf die Wange. »Bis heute Abend. Um spätestens zehn hab ich es hinter mir. Lass mich wissen, wo du dann bist.« Ich winkte ihr noch mal zu und ging in mein Zimmer. Vorsichtig öffnete ich die Tür und warf einen Blick auf das Bett. Sam schlief noch; seine Haare waren verwuschelt und er schnarchte leise. Genüsslich betrachtete ich seinen muskulösen, tätowierten Oberkörper. Sam war für mich der Inbegriff von »aufregend«, daran hatte sich nichts geändert, seit wir uns vor vierzehn Monaten kennengelernt hatten. Er war Fotograf, lebte in Berlin und war nur ab und zu beruflich in Hamburg. Meistens rief er mich dann an, wir trafen uns, gingen aus und verbrachten die Nächte zusammen. Wir führten keine Beziehung im eigentlichen Sinne, sondern waren eher Freunde, die gelegentlich miteinander schliefen.

Ich ging zum Bett, setzte mich neben Sam und küsste ihn auf den Mund. Langsam schlug er die Augen auf und blinzelte ein paarmal, als müsste er sich erst in Erinnerung rufen, wo er war. Dann sah er mich an, und ein Lächeln erschien auf seinen Lippen. »Hey, Babe«, sagte er verschlafen.

»Hey. Ich wollte mich nur kurz verabschieden.«

Sam umschlang meine Taille, zog mich zu sich ins Bett und küsste mich ausgiebig. ›Ach, egal, zu spät bin ich eh schon‹, dachte ich und erwiderte seinen Kuss. Eine halbe Stunde später lagen meine Klamotten auf dem Fußboden, meine Frisur war Geschichte und mein Make-up wahrscheinlich nicht mehr existent. »Ich muss jetzt echt los, Sam.«

»Ach, vergiss dieses blöde Frühlingsfest. Eigentlich willst du da doch gar nicht hin.«

»Nein, will ich nicht, aber es geht nun mal nicht anders. Mein Vater bringt mich um, wenn ich da nicht auftauche.« Ich spürte, wie sich alles in mir dagegen sträubte, dieses Bett zu verlassen und mich hinaus in die feindliche Welt zu begeben. »Wieso kommst du nicht mit?«

Sam rückte ein Stückchen von mir ab, als hätte ich urplötzlich eine hochansteckende Krankheit bekommen. »Wie bitte?«

Mit den Fingern versuchte ich, meine Frisur zu ordnen. »Du könntest mir Beistand leisten. Und es wäre doch cool, wenn ich dich allen Leuten als meinen Liebhaber vorstellen könnte.«

Sam starrte mich nur wortlos an.

»Ich meine ... das wäre doch witzig.« Als er sich nicht rührte, fügte ich unsicher hinzu: »Oder nicht?«

»Äh ...« Einen Moment lang schloss er die Augen. »Du verarschst mich doch.«

Ich zögerte für den Bruchteil einer Sekunde, dann boxte ich Sam leicht gegen die Schulter. »Ja, klar«, sagte ich lachend. »Reingefallen.«

Er entspannte sich sichtlich. »Wow, du hast mir einen ganz schönen Schrecken eingejagt. Ich dachte schon, du wirst zum Klammeräffchen.«

»Pff, Quatsch! Jetzt beruhig dich mal wieder.« Ich stand auf, sammelte meine Klamotten zusammen und ging ins Bad, um mich erneut ausgehtauglich zu machen. Während ich mein Make-up und meine Frisur in Ordnung brachte, ärgerte ich mich über diesen kleinen Moment der Schwäche. Eigentlich wollte ich Sam ja gar nicht dabeihaben. Ich kam sehr gut allein klar, das war schon immer so gewesen. Ich war kein Klammeräffchen, und ich wollte auch nicht, dass sich jemand an mich klammerte. Sam und ich verließen uns hundertprozentig *nicht* aufeinander. Und genau deswegen funktionierte das mit uns so gut.

Als ich wieder wie eine vorzeigbare Bootsbauertochter aussah, verabschiedete ich mich von Sam. »Sehen wir uns später noch?«

»Wahrscheinlich nicht. Ich fahr nachher zurück nach Berlin.«

»Alles klar. Bis dann«, sagte ich und hielt ihm die Faust hin.

»Wir sehen uns, Babe«, erwiderte er und schlug seine Faust gegen meine.

Ich lief von unserer Wohnung zur S-Bahn-Haltestelle Sternschanze, fuhr zu den Landungsbrücken und quetschte mich dort mit etwa vierhundert Touristen und zweihundert Hamburgern auf die Fähre, um auf die andere Elbseite nach Finkenwerder zu fahren. Fast den gesamten April hatte es durchgeregnet, doch heute, rechtzeitig zum Wochenende, herrschte schönstes Frühlingswetter, und die Leute zog es ins Freie. Während ich den restlichen Weg zu Fuß durchs Hafengelände zurücklegte, spürte ich, wie sich ein ungutes Gefühl in meinem Magen ausbreitete – wie jedes Mal, wenn ich hierherkam. Von weitem sah ich schon das Schild am Eingangstor: *Ahrens Werft – Segelboote mit Tradition*. Vielleicht sollte ich noch ›*Seit mehr als einhundertzwanzig Jahren in Familienbesitz – wir haben zwei Weltkriege und mehrere große Werftenkrisen überlebt!*‹ darunterschreiben. Immerhin waren das die Worte, die ich schon mindestens hunderttausendmal von meinem Vater gehört hatte. Hinzufügen könnte ich dann auch noch: ›*Jeder Liefertermin wird eingehalten. Dafür stehe ich mit meinem Namen. Und mit drei Herzinfarkten. Ihr Johann Ahrens.*‹ Nach seinem ersten Herzinfarkt vor zwölf Jahren hatte mein Vater zwar die Geschäftsführung meiner sieben Jahre älteren Schwester Christine übertragen, doch er hatte es einfach nicht lassen können und weiterhin kräftig im Unternehmen mitgemischt. Die Quittung dafür hatte er in Form von zwei weiteren Herzinfarkten bekommen. Der letzte und schwerste lag erst drei Monate zurück. Danach hatte mein Vater sich offiziell aus dem Unternehmen zurückgezogen. Er lebte jetzt auf Sylt, aber ich wusste von Christine, dass er im Hintergrund immer noch die Fäden zog und mindestens dreimal täglich bei ihr anrief, um zu kontrollieren, was in der Firma vor sich ging.

Unschlüssig stand ich vor dem Eingangstor zur Werft und konnte mich nicht dazu überwinden reinzugehen. Seit einem Jahr war ich nicht mehr hier gewesen. Ich ließ meinen Blick über das Gelände schweifen, um zu überprüfen, ob sich etwas verändert hatte. Zu meiner Rechten lagen die lang gestreckte Produktionshalle, mehrere kleinere Lagerhallen und das Winterlager. Hier schien alles noch so zu sein wie immer. Doch das Bürogebäude zu meiner Linken war renoviert und vergrößert worden. Es verfügte nun über eine repräsentative gläserne Eingangsfront, durch die ich einen geradezu feudalen Empfangsbereich wahrnahm. Hinter mir befand sich der kleine Yachthafen mit den Vorführbooten sowie den Liegeplätzen, die ebenso wie die Wintereinlagerungsplätze vermietet wurden. Mir war klar, dass ich schnellstmöglich meinen Pflichten nachkommen sollte, doch wie immer zog mich die Marina geradezu magisch an. Ich hatte mir fest vorgenommen, dieses Jahr nicht dort hinzugehen, doch wie von selbst bewegten sich meine Füße in Richtung des Hafenbeckens. An vier Stegen dümpelten Segelboote in allen Größen und Ausführungen, von der kleinen Jolle bis zur großen Yacht. Langsam ging ich den vordersten Steg entlang und begutachtete meine alten Bekannten, doch dann blieb ich abrupt stehen. Am hintersten Ende des Stegs lag mein Laser. Seit meinem 17. Lebensjahr machte ich um ihn einen genauso großen Bogen wie um die Werft, und doch hätte ich mein kleines Segelboot unter Tausenden sofort wiedererkannt. Ich wollte schon auf dem Absatz kehrtmachen und weglaufen, doch ohne mir dessen wirklich bewusst zu sein, ging ich weiter, bis ich direkt vor der Jolle stand. »Wer hat dich denn aus dem Lager geholt?«, flüsterte ich. Unwillkürlich tauchten Bilder in meinem Kopf auf, die ich sorgfältig tief in mir vergraben hatte. Wie ich bei Windstärke 7 in den Ausreitgurten hing, während der kalte Wind mich umtoste und meine Arme vor Anstrengung schmerzten. Wie die Segel sich bauschten und ich förmlich über das Wasser flog, durchströmt von diesem unglaublichen Freiheitsgefühl, das das Segeln in mir auslöste.

Es musste mein Vater gewesen sein, der dieses verdammte Boot aus dem Lager geholt hatte, um es mir als Mahnmal für mein gescheitertes Leben zu präsentieren. Und ich war in diese Falle getappt. Jetzt stand ich hier vor meinem Laser herum, und konnte mir seinen stummen Vorwurf anhören: ›Du hast mich im Stich gelassen.‹ Aber wir beide gehörten nicht mehr zusammen. Dieses Kapitel in meinem Leben war vorbei, und ich hatte gute Gründe dafür gehabt, es zu beenden.

Schnell wandte ich mich ab und ging auf den benachbarten Steg, an dem die Vorführboote lagen. Kleine Segelyachten waren die Spezialität der Werft, hauptsächlich Jollenkreuzer und Daysailer. Daher glaubte ich meinen Augen nicht zu trauen, als ich die luxuriöse Segelyacht erblickte, die nun dick und fett zwischen den Ahrens-Booten im Becken lag. Sie war etwa fünfzehn Meter lang, strahlend weiß und brüllte einem förmlich entgegen: »Mein Eigner ist ein sehr reicher Mann!« Dieses Luxus-Ungetüm konnte unmöglich aus dem Hause Ahrens stammen. Andererseits ... das Firmenlogo am Rumpf verriet eindeutig, dass es so war. »Ocean Cruiser 2100«, las ich unter dem Logo. Seit wann hatte die Werft dieses Boot im Programm?

»Ach, sieh mal einer an. Das junge Fräulein Ahrens.«

Ich zuckte zusammen und fuhr herum. Hinter mir stand Daniel Behnecke, der Stiefelknecht meines Vaters. Na super. Der hatte mir gerade noch gefehlt. Eigentlich war er Schiffsbauingenieur und hatte vor fünf Jahren in der Werft als Projektmanager angefangen. Im Laufe der Zeit hatte er sich jedoch hochgeschleimt, sodass er inzwischen zusammen mit Christine für die Geschäftsführung verantwortlich war. Vom ersten Moment an hatten wir uns nicht ausstehen können. Ich wusste noch genau, wie wir uns auf dem 65. Geburtstag meines Vaters begegnet waren: Mein damaliger Freund hatte mir kurz vorher ohne mein Wissen einen Haschkeks untergejubelt, weswegen ich ziemlich zugedröhnt gewesen war. Daniel Behnecke hatte mich auf dem Apfelbaum in unserem Garten entdeckt, auf den ich geklettert war, um von dort aus Helgoland zu suchen (in dem Moment war mir das total plausibel vorgekommen). Leider hatte ich mich beim Runterklettern ziemlich ungeschickt angestellt und war diesem Langweiler direkt vor die Füße gefallen, woraufhin ich einen Lachkrampf bekommen hatte. Seinen geringschätzigen Blick würde ich nie vergessen.

Seit er mitgekriegt hatte, dass Herr von Heesen, ein langjähriger Geschäftspartner meines Vaters, mich als »das junge Fräulein Ahrens« bezeichnete, nannte er mich ebenfalls so. Und ich hasste es.

»Herr Behnecke. Es ist mir wie immer ein Vergnügen. Was ist das denn für ein ... äh, Schiff?«, fragte ich und deutete hinter mich. »Ich meine, für wen wurde es gebaut?«

»Für niemanden.« Er ging an mir vorbei und überprüfte, ob die Tür zum Innenbereich des Ocean Cruisers geschlossen war. Dachte er etwa, ich wäre dort eingebrochen? »Es ist ein Vorführmodell. Das neueste Projekt der Ahrens-Werft.«

Für einen Augenblick blieb mir die Sprache weg. »Ist mein Vater auf seine alten Tage größenwahnsinnig geworden?«

Daniel Behnecke zuckte mit den Schultern. »Man muss sich weiterentwickeln. Das nennt man unternehmerische Vision.«

Ich schnaubte. »Ja. Oder unternehmerischen Selbstmord.«

»Selbstmord wäre es, keine Visionen zu haben. Wenn ich Sie wäre, würde ich übrigens allmählich mal reingehen. Ihr Vater ist schon kurz vorm Explodieren, weil Sie zu spät sind.«

Oh, wie ich diesen Spießer hasste! »Vielen Dank, dass Sie mich darauf hingewiesen haben, sonst hätte ich noch stundenlang mit Ihnen geplaudert. Wissen Sie was? Ich sage es meinem Vater, dann kriegen Sie bestimmt ein Leckerli.« Damit drehte ich mich um und marschierte in Richtung Werftgelände.

Die Feier fand wie jedes Jahr auf dem Hof hinter der Produktionshalle statt, denn von dort hatte man den besten Blick auf die Elbe. Auf der Suche nach meinem Vater oder Christine ging ich langsam durch die Menge. Die Leute lachten, tanzten oder bedienten sich am Büfett. Vor der Elbe war eine Bühne aufgebaut, auf der ein DJ gerade *La Paloma* in der Version von Achim Reichel aufgelegt hatte. Es gab einen Bierpavillon, doch zusätzlich flitzten ein paar Kellner übers Gelände, die Tabletts voll beladen mit Wein und Prosecco trugen.

»Marie! Hey, Mariiieee!«

Ein kleiner, dünner dunkelhaariger Junge kam auf mich zugerannt. Max, mein siebenjähriger Neffe. Seine Haare sahen aus, als hätte er in eine Steckdose gefasst, seine Nase war von Sommersprossen übersät, und er strahlte über das ganze Gesicht. Ihm dicht auf den Fersen war seine zwei Jahre ältere Schwester Antonia, von allen nur Toni genannt. Toni war ebenso dunkelhaarig und sommersprossig, aber nicht ganz so dünn. Max breitete die Arme aus, und ich hob ihn hoch. »Hey, wie viel wiegst du? Ein Sack Zement ist ja nichts gegen dich«, zog ich ihn auf. Toni hatte es nicht so mit Umarmungen, aber auch sie strahlte freudig, als ich Max wieder abgesetzt hatte und ihr über die aufwendige Flechtfrisur strich. »Schick siehst du aus.«

Sie fuhr sich mit der Hand übers Haar. »Ja, oder? Hat Mama gemacht. Opa ist voll sauer auf dich, weil du so spät bist.«

»Dann zeigt mir mal besser, wo er ist.«

Auf dem Weg dorthin sah ich ein paar entfernt bekannte Gesichter, Werftmitarbeiter, Stammkunden und Händler, die mir zunickten und mich neugierig anglotzten. Augenblicklich dachte ich daran, wie ich im letzten Jahr zusammen mit Florian Fechtner erst Unmengen Prosecco in mich reingeschüttet und anschließend mit ihm rumgeknutscht hatte. Aber, mein Gott, *so* schlimm war dieser Vorfall nun auch wieder nicht gewesen. Jedenfalls kein Grund dafür, mich blöd anzugaffen. Ich zog die Schultern zurück, hob das Kinn und setzte ein freundliches Lächeln auf, während ich mit Toni und Max durch die Menge schritt.

»Guck mal, da ist Opa!«, rief Max, und an einem Stehtisch in der Nähe des Büfetts entdeckte ich meinen Vater.

Seit unserer letzten Begegnung war er noch dünner geworden, sein Gesicht war verhärmt und grau, und er wirkte nicht wesentlich fitter als nach seinem Herzinfarkt vor drei Monaten. Trotzdem strahlte er noch immer Härte und Unnachgiebigkeit aus.

»Hallo, Papa«, sagte ich, als ich bei ihm angekommen war.

Er kniff die Augen zusammen und fixierte mich mit seinem stählernen Blick. Seine Hand klammerte sich so fest um sein Wasserglas, dass die Knöchel weiß hervortraten.

»Gut siehst du aus. Sylt scheint dir zu bekommen«, log ich und umarmte ihn, wobei ich darauf achtete, ihm nicht allzu nah zu kommen.

Er blieb stocksteif stehen. »Was ist das denn schon wieder für ein Aufzug?«, stieß er statt einer Begrüßung hervor und deutete mit seiner freien Hand auf mein Kleid.

Toni und Max, die wahrscheinlich dicke Luft witterten, suchten schnell das Weite.

Ich sah an mir herunter. »Das ist ein Designer-Kleid.«

»Und für mehr Stoff war kein Geld da, oder was?«

»Doch, aber da Frauen bereits seit den Sechzigerjahren Bein zeigen dürfen, finde ich das eigentlich ganz okay so.«

Unwillig schüttelte er den Kopf. »Was fällt dir eigentlich ein, so spät zu kommen? Kannst du nicht wenigstens einmal im Jahr pünktlich sein?«

»Es tut mir leid. Mir ist etwas dazwischengekommen.«

»Ach ja?«, schnappte mein Vater höhnisch. »Was denn? Eine Party? Oder etwa dein wichtiger Job im Kassenhäuschen des Spaßbads?«

Ich atmete tief durch. »Nein, das mache ich schon seit über einem Jahr nicht mehr.«

»Na, dann eben der Eiswagen im Tierpark Hagenbeck.«

»Da habe ich vor vier Wochen gekündigt. War mir zu kalt.«

»Ach. Und was machst du jetzt?«

»Ich arbeite in einem Café«, erklärte ich und konnte es mir nicht verkneifen, hinzuzufügen: »Das ist cool, da kann ich so viel Kaffee trinken, wie ich will, und ab und zu fällt sogar ein Muffin für mich ab.«

Mein Vater lachte bitter auf. »Es ist eine Schande, was du aus deinem Leben machst. Ich kann nicht begreifen, wieso du...«

»Ich bin glücklich, Papa! Ich bin glücklich mit dem, was ich bin und was ich tue. Finde dich endlich damit ab und krieg dich wieder ein.«

Wir sahen uns ein paar Sekunden lang stumm in die Augen. Schließlich fuhr er sich mit der Hand über sein kurz geschorenes graues Haar. »Tut mir leid, ich... Du hast die Präsentation des Ocean Cruisers verpasst. Ich wollte, dass du dabei bist, das war mir sehr wichtig.«

Sehnsüchtig blickte ich mich nach einem der Kellner mit den Prosecco-Tabletts um, doch es war weit und breit keiner zu sehen. »Tja, ich habe sogar verpasst, dass dieses Boot überhaupt in Planung war, geschweige denn, dass es gebaut wurde. Warum hat mir niemand davon erzählt?«

»Warum hätten wir es dir erzählen sollen? Es hätte dich doch sowieso nicht interessiert.«

Es gab keinen Menschen auf der Welt, der so zielsicher meine verletzlichsten Punkte fand wie mein Vater. Ich trat einen Schritt zurück und umfasste den Griff meiner Handtasche etwas fester. »Da hast du recht. Es hätte mich sowieso nicht interessiert. Die Präsentation des Boots allerdings auch nicht. Na gut, ich geh mal Christine suchen. Nettes Fest. Mutig, es draußen stattfinden zu lassen, aber das Wetter hätte es wahrscheinlich sowieso nicht gewagt, schlecht zu werden, was?« Mit der Hand deutete ich unbestimmt um mich, und kurz bevor ich mich umdrehte, entdeckte ich für den Bruchteil einer Sekunde einen Ausdruck von Traurigkeit in seinen Augen. Doch im nächsten Moment wirkte er wieder so streng und unnahbar wie zuvor, und als ich mich auf die Suche nach meiner Schwester machte, glaubte ich schon, mir das Ganze nur eingebildet zu haben.

Zu meiner großen Erleichterung entdeckte ich endlich einen Kellner mit gut gefülltem Prosecco-Tablett. Ich nahm mir ein Glas, trank es mit einem Schluck aus und griff gleich nach einem neuen. »So, das war's fürs Erste. Aber jedes Mal, wenn Sie mich heute sehen, kommen Sie bitte bei mir vorbei. Okay?« Ich lächelte dem jungen Mann freundlich zu und schlenderte mit dem Prosecco-Glas in der Hand über das Gelände. Als ich Christine endlich am Bierpavillon entdeckte, schlich ich mich an sie heran, um ihr überfallartig meinen Arm um die Schulter zu legen. »Hab ich dich erwischt!«

Sie zuckte heftig zusammen und drehte sich zu mir um, doch als sie sah, wen sie vor sich hatte, erschien ein Grinsen auf ihrem Gesicht. »Meine Güte, Marie. Erschreck mich doch nicht so.« Christine hatte die dunklen Haare und blauen Augen unserer Mutter geerbt. Ich konnte mich zwar kaum an sie erinnern, da sie kurz nach meinem sechsten Geburtstag an einem Hirnschlag gestorben war, aber Fotos zufolge sahen die beiden sich sehr ähnlich. Heute hatte Christine allerdings dunkle Schatten unter den Augen, und sie wirkte ziemlich fertig. »Was ist los mit dir? Hast du nicht gut geschlafen?«

Christine schwieg eine Weile und starrte so angestrengt in ihr Glas, als würde sie den Inhalt mittels bloßer Gedankenkraft in den Mund befördern wollen. Schließlich blickte sie wieder auf, und in ihren Augen lag ein ernster Ausdruck. »Es ist alles ein bisschen viel im Moment.« Sie machte eine kleine Pause, dann fragte sie: »Kann ich mal mit dir reden? Ich meine, ganz in Ruhe. Nicht hier.«

Automatisch machte sich Sorge in mir breit. »Ja, natürlich. Jederzeit.«

»Morgen Abend?«

»Klar. Ich hab einen Termin für eine Thai-Massage, weil ich einen Gutschein einlösen muss, den ich von Hanna bekommen habe. Wie wäre es, wenn ich dich auch anmelde? Ein bisschen Entspannung und Wellness würden dir bestimmt guttun. Und hinterher hauen wir uns den Bauch voll mit leckerem thailändischen Essen.«

»Gute Idee, das machen wir. Schicker Fummel übrigens«, sagte sie anerkennend und deutete auf mein Kleid.

Geschmeichelt strich ich mir über den Rock. »Das ist von Hanna. Papa fand es allerdings nicht standesgemäß.«

Sie winkte ab. »Ach, mach dir nichts draus, er wird sich niemals dran gewöhnen, dass du keine wadenlangen Faltenröcke und Rüschenblusen trägst.«

Ich lachte laut. »Du doch auch nicht.«

»Nein, aber ich bin ja auch die Ältere. Du kannst es dir auf jeden Fall erlauben, bei deinen Beinen, also hör nicht auf Papa. Allerdings solltest du in dem Kleid lieber nicht Florian Fechtner unter die Augen kommen. Sonst wird er wieder schwach.«

Mir blieb beinahe das Herz stehen, und ich sah mich hektisch um. »Was, der ist hier?«

»Ja, sowohl er als auch sein Vater. Geh ihnen besser aus dem Weg, Marie«, sagte sie mahnend. »Nicht dass es wieder zu peinlichen Zwischenfällen kommt. So, ich misch mich wieder unter die Leute. Sag mal, hast du eine Ahnung, wo Toni und Max sind?«

»Nein, ich hab sie zuletzt bei Papa gesehen.«

»Dann mach ich mich mal lieber auf die Suche«, sagte Christine und ließ ihren Blick unruhig über die Menge schweifen. »Wer weiß, wo die sich wieder rumtreiben.«

»Ich helfe dir. Guck du draußen, ich schau in der Halle nach.« Ohne Umschweife machte ich mich auf den Weg dorthin, wobei ich von Weitem Herrn Fechtner mitsamt Florian entdeckte. Hastig senkte ich den Kopf und ging weiter. Hoffentlich hatten sie mich nicht gesehen.

Die Tür der Produktionshalle war nicht abgeschlossen und das Licht brannte. Ich konnte mich kaum noch daran erinnern, wann ich das letzte Mal hier drin gewesen war, doch sofort kam mir alles vertraut vor. Ich nahm den Geruch von Leim und Holz wahr und sah die Maschinen, Werktische und die Yachten vor mir, die sich im Bau oder in Reparatur befanden.

»Toni? Max?« Ich durchsuchte die ganze Halle, schaute hinter den Maschinen nach und unter den Werkbänken, konnte die beiden aber nirgends entdecken. Gerade wollte ich an Bord eines halbfertigen Daysailers klettern, als ich eine tiefe Stimme hinter mir hörte.

»Hallo, Marie.«

Ich drehte mich um und vor mir stand niemand anderer als Florian Fechtner, die Hände in den Taschen seiner Chinos vergraben.

»Florian. Du hast mir einen ganz schönen Schrecken eingejagt.«

»Tut mir leid.« Er strich sich über die zurückgegelten blonden Haare. »Ich hab dich vorhin gesehen. Bist du vor mir weggelaufen?«

»Nein, natürlich nicht.«

»Ich muss unbedingt mit dir sprechen.« Florian kam zwei Schritte auf mich zu und stand nun unmittelbar vor mir. »Das mit uns letztes Jahr ... das war schon heftig, oder?«

Diese zehnminütige Knutscherei??? Florian Fechtner hatte offenbar noch nicht viel erlebt in seinen achtzehn – nein, Moment – in seinen neunzehn Lebensjahren. »Ja, das ... war schon ziemlich heftig.«

»Hast du manchmal auch an mich gedacht?«

»Also, ehrlich gesagt...«

»Du bist bestimmt verletzt, weil ich mich nie bei dir gemeldet habe, aber glaub mir, erst als ich dich vorhin wiedergesehen habe, ist mir schlagartig klar geworden, was ich für dich empfinde.«

»Ja, und was soll das bitte sein?«

Er griff nach meinen Händen. »Ich hab mich total in dich verknallt«, brach es aus ihm hervor. Seine Handflächen fühlten sich feucht an, auf den Wangen zeigte sich eine flammende Röte, und sein Blick war geradezu glühend. Sein Atem roch nach Alkohol und allmählich dämmerte mir, dass dieser glühende Blick wohl hauptsächlich daher kam, dass er heute ein paar Schnäpse zu viel gekippt hatte. Ich war schon kurz davor, in Gelächter auszubrechen, aber das wäre mir dann doch gemein vorgekommen. »Hör mal, wir wissen doch beide, dass das mit uns nichts werden kann. Wir sind, äh ... nicht füreinander bestimmt. Ich bin ein ganzes Stück älter als du und ...«

»Das ist mir egal!«, rief er hitzig. »Und wenn du fünfzig wärst, es interessiert mich nicht, was die Leute reden!«

Das musste ich ihm zugutehalten. Mich interessierte das im Regelfall auch nicht. »Aber das ist doch nicht das Einzige, was zwischen uns steht. Unsere Familien ... verstehst du, das mit uns darf einfach nicht sein!«, rief ich dramatisch und verfiel wie von selbst in den Jargon der Barbara-Cartland-Kitschromane, die ich als Teenie in einer alten Kiste meiner Mutter gefunden und förmlich verschlungen hatte.

»Aber warum denn nicht?«

»Du kommst aus einer schwerreichen Familie, während wir nur einfache Bootsbauer sind. Eines Tages wirst du eine Frau finden, die besser geeignet ist. Eine, die aus gutem Hause stammt.« Allmählich machte mir diese Inszenierung richtig Spaß, und ich steigerte mich so sehr in meine Rolle hinein, dass mir Tränen in die Augen stiegen.

»Aber du stammst doch auch aus gutem Hause«, sagte Florian verdutzt. »Deine Familie besitzt immerhin eine Werft.«

Meine Güte, der machte es einem echt nicht leicht. »Ja, aber nur eine kleine. Und ich, Florian, bin wirklich keine gute Partie. Christine erbt alles.« Traurig sah ich zu Boden. »Ich bekomme keinen Pfifferling.«

Er zog ein ziemlich langes Gesicht und sagte: »Ach so.«

Entweder war er nicht besonders helle oder zu betrunken, um zu merken, dass ich ihm den Inhalt einer brasilianischen Telenovela erzählte.

»Klag doch dagegen«, schlug er ganz pragmatisch vor.

»Nein!«, rief ich und griff mir ans Herz. »Mein Vater ist ein kranker Mann, das würde ihn umbringen! Glaub mir, Florian, es ist besser, wenn du mich vergisst.«

»Hm.« Florian stierte eine Weile auf seine Schuhspitzen. »Okay, wahrscheinlich hast du recht«, sagte er schließlich. »Aber ich würde dich wahnsinnig gern ein letztes Mal küssen. Darf ich?«

»Also, eigentlich ...« Ich sollte Nein sagen. Ich wusste, dass ich Nein sagen sollte. Nein war die einzig richtige Antwort. »Ach, was soll's. Warum nicht?«

Ungestüm riss er mich an sich und presste seine Lippen auf meine. Er war kein besonders guter Küsser, aber das störte die arme Bootsbauertochter nicht, die sich nun für alle Zeiten von ihrem Geliebten verabschieden musste. Und überhaupt – ich küsste nun mal gern.

»Das glaub ich jetzt nicht«, hörte ich jemanden hinter uns sagen, woraufhin Florian mich eilig von sich stieß. Über seine Schulter hinweg entdeckte ich ausgerechnet Daniel Behnecke, der uns fassungslos ansah. »Nach allem, was im letzten Jahr passiert ist? Das ist nicht euer Ernst.«

Florian lief hochrot an und verließ ohne ein weiteres Wort die Halle.

»Adieu, Florian.« In gespielter Verzweiflung sah ich ihm nach.

Daniel Behnecke schüttelte den Kopf. »Machen Sie eigentlich jeden Fehler zweimal?«

»Mindestens«, sagte ich und gab mich möglichst ungerührt, obwohl seine herablassende Art mich extrem nervte.

»Warum wundert mich das nicht? Was hatten Sie überhaupt hier in der Halle zu suchen?«

»Meine Nichte und meinen Neffen. Sie waren verschwunden, und ich dachte, vielleicht stecken sie hier. So, und jetzt entschuldigen Sie mich, ich möchte unbedingt meinen Pflichten nachkommen.« Damit drehte ich mich um und ging Richtung Ausgang. Nach wenigen Schritten hatte Daniel Behnecke mich eingeholt. »Was Sie nicht sagen. Es wäre allerdings das erste Mal in Ihrem Leben, dass Sie irgendwelchen Pflichten nachkommen möchten.«

Ich hatte nicht übel Lust, ihn anzurempeln und zum Sturz zu bringen, doch stattdessen ging ich gemäßigten Schrittes weiter. »Finden Sie nicht, dass Sie zur Tochter Ihres Chefs ein bisschen netter sein sollten? Ich bin eine Ahrens, haben Sie bei denen normalerweise nicht das Bedürfnis, sich einzuschleimen?«

»Doch, natürlich, ich mache den ganzen Tag nichts anderes. Und ich gebe mir wirklich wahnsinnig große Mühe, nett zu Ihnen zu sein, allerdings fällt mir das ziemlich schwer. Ich kann nämlich mit dreißigjährigen Frauen, die sich benehmen wie Teenager, nicht besonders viel anfangen.« Damit öffnete er die Tür, hielt sie mir übertrieben galant auf und machte mir ein Zeichen, dass ich rausgehen sollte. »Schönen Abend noch und bis nächstes Jahr.«

Für einen Moment war ich sprachlos, dann sagte ich: »Wow. Sie sind heute richtig in Fahrt, was? Ich bin übrigens noch nicht dreißig. Was für ein Glück, sonst hätten Ihre Worte mich zutiefst getroffen. Beschissenen Abend noch und bis hoffentlich niemals.« Wir tauschten einen letzten Blick voll gegenseitiger Ablehnung, dann rauschte ich an ihm vorbei. Wutschnaubend ging ich zum Pavillon, um mir ein großes Bier zu besorgen, und traf dort auf Christine, Max und Toni. »Hey, ihr Rotzlöffel«, sagte ich zu den Kindern, die gerade ihre wahrscheinlich zwölfte Cola inhalierten. »Wo wart ihr denn vorhin?«

»Wir haben mit den anderen Kindern hinter der Bühne Verstecken gespielt«, erklärte Max.

»Wo warst du überhaupt, Marie?«, wollte Christine wissen.

Ich nahm einen großen Schluck Bier. »Na, ich hab doch in der Halle nach den beiden gesucht.«

»Da musst du aber sehr gründlich gesucht haben. Und es war nicht zufällig die Produktionshalle, in der auch Florian Fechtner verschwunden ist?«

»Doch, er hat mir beim Suchen geholfen«, sagte ich und wich ihrem Blick aus.

»Hey, guck mal, da ist Daniel!«, rief Toni und stieß ihren Bruder so aufgeregt in die Seite, dass seine Cola überschwappte. »Los, komm, wir fragen ihn, ob er uns noch mal das neue Boot zeigt.«

Christine seufzte. »Lasst doch den armen Mann in Ruhe.« Aber noch während sie es aussprach, waren die Kinder schon davongestürmt.

»Der *arme Mann* geht mir heute extrem auf die Nerven«, motzte ich. »Ich verstehe nicht, was alle so toll an dem finden.«

»Und ich hab noch nie verstanden, was ihr beide für ein Problem miteinander habt«, meinte Christine. »Er hat einfach einen miesen Tag. Seine Freundin hat ihn vor einer Weile verlassen, und heute hat sie ihre Sachen aus der Wohnung geholt.«

Beinahe hätte ich mich an meinem Bier verschluckt. »Was?! Aber die waren doch immer so megasuperhappy miteinander, dass einem kotzübel davon geworden ist.« Mit heller Stimme flötete ich: »Ich liebe dich, Schatz.« Und dann mit tiefer Stimme: »Aber ich liebe dich mehr. – Nein, ich liebe *dich* mehr. – Nein, ich lie...«

»Hör auf«, unterbrach Christine mich lachend. »So waren sie gar nicht.«

»Na ja. Jedenfalls ist es nicht meine Schuld, dass seine Freundin ihn verlassen hat.«

»Wie gesagt, ich habe keine Ahnung, wieso ihr beide immer wieder aneinandergeratet. Ist doch auch egal, wahrscheinlich seht ihr euch sowieso erst nächstes Jahr wieder. Und was war nun mit Florian Fechtner in der Produktionshalle?«

Ich räusperte mich. »Er hat mir seine Liebe gestanden.«

Christine riss die Augen auf. »Ernsthaft? Das glaub ich nicht!«

»Oh doch. Ich vermute allerdings, dass etwa zwanzig Schnäpse seine Gefühle stark befeuert haben. Jedenfalls habe ich ihn filmreif zurückgewiesen. Wusstest du eigentlich, dass ich total gut schauspielern kann?«

»Du?«, kicherte Christine. »Ich weiß nicht so recht. Deine Maria damals im Krippenspiel gehörte mit zum Schlechtesten, was ich je in meinem Leben ertragen musste.«

»Also, ich fand mich super.«

»Und wie hat er auf deine oscarreife Zurückweisung reagiert?«

Um die Dramatik zu steigern, nahm ich in aller Ruhe noch einen Schluck Bier und zündete mir eine Zigarette an. »Er wollte einen Abschiedskuss.«

»Aber du hast doch nicht etwa …?«

Ich zuckte nur mit den Schultern.

»Hast du doch!«, rief Christine und fing an zu gackern. »Das ist ja wohl nicht zu fassen.« Sie schlang die Arme um mich und drückte mich fest an sich. »Ach Mariechen, du verrücktes Huhn. Es tut so gut, dich zu sehen.«

Völlig überrumpelt erwiderte ich ihre Umarmung. Normalerweise neigte sie nicht zu solchen spontanen Gefühlsbezeugungen, und schon gar nicht in der Öffentlichkeit. Das lag bei uns in der Familie. Wir redeten nicht über unsere Gefühle, solange wir es irgendwie vermeiden konnten, und wir zeigten sie im Regelfall auch nicht. Bei meinem Vater war ich mir sogar manchmal nicht sicher, ob er überhaupt Gefühle hatte. Wahrscheinlich hatte er sie nach dem Tod meiner Mutter einfach abgestellt. »Es tut auch gut, dich zu sehen, Christine. Und bis zum nächsten Mal lassen wir nicht wieder sechs Wochen vergehen, okay?«

Sie löste sich von mir und sah mich mit erhobenen Augenbrauen an. »Wir sind morgen Abend verabredet, schon vergessen?«

»Ähm ... Nein, ich wollte es nur noch mal gesagt haben.«

»Mhm, klar. Okay, ich muss mal wieder.« Sie streckte den Rücken durch und hob das Kinn. »Bis später.«

Den Rest des Abends kam ich tatsächlich meinen Pflichten nach. Ich hielt Smalltalk, tanzte mit den Geschäftspartnern meines Vaters, trank hier einen Prosecco, da einen Schnaps und versprühte meinen Charme so gut ich konnte. Später gesellte ich mich zu meinem Vater, der sich inzwischen wieder beruhigt hatte und einigermaßen umgänglich geworden war. Florian Fechtner lief mir zum Glück nicht mehr über den Weg, und Daniel Behnecke schien mich ebenso eifrig zu meiden wie ich ihn, sodass das Fest doch noch ganz nett wurde.

Gegen zehn Uhr verabschiedete sich Christine, da sie die Kinder dringend ins Bett bringen musste, und das nutzte ich als mein Stichwort, um auch verschwinden zu können.

»Tschüs, Papa«, sagte ich, legte meinen Arm um seine Schulter und drückte ihn kurz an mich. »Mach's gut. Pass auf dich auf, ja?«

»Jaja. Bis zum nächsten Mal. Also wahrscheinlich bis Weihnachten«, sagte er und erwiderte die Umarmung. »Da bist du dann aber pünktlich.«

Auf der Fähre Richtung Landungsbrücken stellte ich mich an die Reling, ließ mir den Wind um die Nase wehen und genoss den Blick auf die Lichter des Hafens. Je näher die Stadt auf mich zukam und je weiter ich mich von der Werft entfernte, desto leichter wurde mir ums Herz.

Ich traf Hanna im Saal II, unserer Stammkneipe im Schanzenviertel, die fast schon so etwas wie unser Wohnzimmer war. Sie saß mit Hector und Ebru, zwei unserer engsten Freunde, an einem Tisch im hinteren Bereich und schlürfte Gin Tonic.

»Marie, mein Sonnenschein!«, rief Hector, als er mich erblickte. Er sprang von seinem Stuhl auf und hauchte Küsschen in die Luft neben meinen Wangen. Hector war einen Kopf kleiner als ich, hatte tiefschwarzes Haar und die schönsten braunen Augen, die ich je in meinem Leben gesehen hatte. Er arbeitete zusammen mit Hanna als Designer für dasselbe Label und behauptete, gebürtiger Spanier zu sein. Allerdings hatte Hanna mal bei ihm zu Hause auf der Kommode seinen Pass liegen sehen, demzufolge er in Wahrheit Albaner war und auch nicht Hector hieß, sondern Besim. Kurzum, Hector war eine ziemliche Mogelpackung, aber ich mochte ihn sehr. Wenn einem der Sinn nach Tanzen, einem Bier, einer Party oder allem zusammen stand, konnte man ihn zu jeder Tages- und Nachtzeit anrufen, er war immer mit an Bord.

Als Nächstes begrüßte mich Ebru, die Model war. Obwohl sie mit ihrer Größe und Schönheit auf die meisten Menschen ziemlich einschüchternd wirkte, hatte ich sie von Anfang an gemocht. Im Gegensatz zum überemotionalen Hector war sie eher von schroffer Natur. »Na, hast du es hinter dir?«, fragte sie und drückte mir einen Gin Tonic in die Hand.

»War es sehr schlimm?«, wollte Hanna wissen und sah mich aus ihren großen grünen Augen mitleidig an.

»Hätte schlimmer sein können.« Ich setzte mich neben sie und nahm einen Schluck Gin Tonic. Dann klaute ich mir eine Zigarette von Hanna und steckte sie mir an.

»Und dein Eklat vom letzten Jahr?«, fragte Hector und hing

geradezu an meinen Lippen. »Dieser junge Mann, den du verführt hast? War er da?«

»Ich habe ihn nicht verführt, und er war da, ja. Und auch dieses Jahr habe ich ihn nicht verführt, wir haben nur einmal kurz geknutscht.«

Ebru lachte und hielt mir ihre Faust hin, damit ich mit meiner dagegenschlagen konnte.

Hanna schürzte missbilligend die Lippen. »Wieso knutschst du denn schon wieder mit dem rum? Dein Vater war doch letztes Jahr schon total sauer deswegen.«

Ich hob die Schultern. »Keine Ahnung, hat sich halt so ergeben. War ja auch nicht lange, wir sind erwischt worden.« Mir fielen Daniel Behneckes kalter Blick und die unmöglichen Dinge wieder ein, die er zu mir gesagt hatte.

Hector hob theatralisch die Hände. »Ach, du liebe Güte! Herrlich, Marie, mit dir ist es spannender als im Kino!«

Ich nahm einen Zug von meiner Zigarette und stieß den Rauch in die ohnehin schon stickige Kneipenluft. »Findet ihr eigentlich, dass ich mich wie ein Teenager benehme?«

Hector beugte sich vor und legte mir eine Hand auf den Arm. »So ein Unsinn, du benimmst dich überhaupt nicht wie ein Teenager. Du bist doch nicht unreif. Nein, du bist herrlich frei und fröhlich, und du hast einen Sinn für das Wesentliche: joie de vivre.«

»Was?«, fragte ich irritiert.

»Na *Lebensfreude*, du dummes Ding«, sagte er gütig lächelnd.

»Wie kommst du überhaupt auf den Gedanken, Marie?«, fragte Hanna.

Energisch drückte ich meine Zigarette im Aschenbecher aus. »Ach, keine Ahnung. Wahrscheinlich war das heute alles ein bisschen viel.«

Hector ging an den Tresen, um kurz darauf mit vier Tequila zu uns zurückzukehren. »Lasst uns die Gläser heben. Und danach gehen wir tanzen. Joie de vivre!«

»Joie de vivre«, wiederholten Ebru, Hanna und ich. Dann stießen wir an und kippten den Tequila runter. Und ich wusste, dass es nicht der letzte in dieser Nacht bleiben würde.

Es ist erst gut, wenn es vorbei ist

Den Sonntag verbrachte ich mit Hanna in ihrem Bett, wo wir *Sex and the City* auf DVD schauten und Chips futterten. Nachdem wir noch bis sieben Uhr morgens durch die Clubs gezogen waren, war heute Katerpflege angesagt.

»Was war gestern eigentlich mit Sam los?«, fragte Hanna mich unvermittelt, als Mr Big Carrie mitteilte, dass er sich nach Paris verziehen würde. »Er hat richtig verstört gewirkt und behauptet, du hättest auf einmal angefangen zu klammern.«

Ich verdrehte die Augen. »Ach, der soll sich bloß nichts einbilden. Ich habe ihn nur gefragt, ob er mitkommt aufs Frühlingsfest. Aber zwei Sekunden später wurde mir schon klar, dass ich das auch sehr gut allein hinkriege. Wie alles andere.«

Hanna sah nachdenklich auf die verzweifelte Carrie. »Fändest du es nicht schön, jemanden zu haben, der für dich da ist?«

»Und der dann irgendwann nach Paris abhaut? Nein danke.«

»Aber so muss es doch nicht sein. Es kann auch gut gehen.«

»Klar«, sagte ich abfällig und stopfte mir eine Hand voll Chips in den Mund. »Bis jetzt ist es bei dir ja immer gut gegangen.«

»Du bist fies.« Hanna riss mir die Tüte aus der Hand, um sich ihrerseits daraus zu bedienen. Ich drehte den Kopf zur Seite und sah Hanna prüfend an. Obwohl sie sich bemühte, einen gleichgültigen Gesichtsausdruck aufzusetzen, verrieten ihre Augen, dass ich sie verletzt hatte.

»Hey, tut mir leid. Das war blöd«, sagte ich und deutete auf Carrie und Mr Big. »Aber guck dir die beiden an. Sind die etwa glücklich? Willst du so was?«

»Nein«, seufzte sie.

»Siehst du. Ich auch nicht.«

Wir kuschelten uns enger aneinander und inhalierten eine Folge nach der anderen. »Sag mal, wollen wir was zu essen bestellen?«, fragte ich irgendwann, als mein Magen knurrte.

»Klar. Thailändisch?«

Thailändisch... da war doch irgendwas... »Ach du Schande!« Ich sprang aus dem Bett und rief: »Wie spät ist es? Wie spät ist es?!«

»Viertel vor sieben«, sagte Hanna verwundert. »Wieso?«

»Um sieben muss ich doch bei der Thai-Massage sein! Ich hab mich mit Christine verabredet. Ach verdammt, ich hätte für sie auch einen Termin machen sollen.« Ohne ein weiteres Wort rannte ich ins Badezimmer, duschte im Rekordtempo, zog mich an und suchte verzweifelt nach meiner Handtasche. Letzten Endes fand ich sie auf dem Hängeschrank in der Küche und konnte mir keinen Reim darauf machen, warum um alles in der Welt ich sie heute Morgen dorthin verfrachtet hatte. Ich rief Hanna ein schnelles »Tschüs« zu und hastete durch die Straßen des Schanzenviertels zum Siam Orchid Massage Center, das zum Glück nur zehn Minuten von unserer Wohnung entfernt lag.

Christine stand bereits draußen und sah strafend auf ihre Uhr. »Du bist mal wieder zu spät.«

»Aber nur 'ne Viertelstunde«, hechelte ich. »Das zählt doch fast gar nicht. Akademisches Viertel und so.«

»Akademisches Viertel, alles klar. Hast du mir einen Termin gemacht?«

»Jaja, hab ich. Also, genauer gesagt, ich hatte es wirklich vor.«

»Aber du hast es vergessen«, stellte Christine fest und klang dabei so nüchtern, als hätte sie mit nichts anderem gerechnet.

»Ja, okay, hab ich. Aber das ist bestimmt kein Problem, ich bin mir sicher, dass man da auch einfach so vorbeigehen kann. Und wenn alle Stricke reißen, kriegst du meinen Termin.«

»Das will ich doch auch wohl hoffen! Ich hab mir eine verdammte Massage so was von verdient, das kannst du dir gar nicht vorstellen.«

Huch, normalerweise fluchte Christine nie. Im Gegensatz zu mir sagte und tat sie immer das Richtige. Heute trug sie kein Make-up, und es war deutlich, wie übernächtigt und fertig sie war. Sie hatte ein bisschen Wellness offensichtlich wirklich nötig.

»Marie, hör auf, mich anzustarren und lass uns endlich reingehen.«

Wir wurden von gedämpftem Licht und leiser asiatischer Meditationsmusik empfangen. Es duftete nach exotischen Ölen, und augenblicklich stellte sich relaxte Stimmung bei mir ein. Ich trat an den Tresen, wo mich eine wunderhübsche, zierliche Thailänderin anstrahlte. »Sawadee kaaa«, sagte sie langgezogen und verbeugte sich mit aneinandergelegten Händen. »Ich bin Mae.«

Christine und ich imitierten die Bewegung. »Hallo. Mein Name ist Marie Ahrens, ich habe jetzt einen Termin. Eigentlich hätte er schon vor zwanzig Minuten angefangen, ich hoffe, das ist kein Problem?«

Mae lächelte gütig. »Nein, nein, kein Problem.« Nun wandte sie sich an Christine. »Termin? Sie haben auch?«

»Nein, ich wollte eigentlich einen Termin für sie abmachen, aber leider ist mir etwas Dringendes dazwischengekommen«, erklärte ich schnell und ignorierte Christines Schnauben. »Haben Sie noch was frei?«

»Jaja«, sagte die bezaubernde Mae. »Kein Problem. Kommen Sie.«

Als sie hinter dem Tresen hervorkam, erkannte ich, dass sie einen langen Rock und eine Wickelbluse aus wunderschönen bunten Stoffen trug. Sie ging uns voraus in einen Raum, der einladend und exotisch wirkte und meine Wohlfühlstimmung noch verstärkte. Die Wände waren mit Bambusmatten verkleidet, und außer zwei dünnen Matratzen auf dem Boden enthielt er keine Möbel. »Kommen Sie«, wiederholte Mae und deutete auf zwei Umkleidekabinen. »Darin ausziehen, bis auf Slip, Kleidung an, rauskommen.«

Christine und ich tauschten einen Blick.

»Welche Kleidung an?«, fragte Christine verwirrt.

»Kleidung«, wiederholte Mae und deutete erneut auf die Umkleidekabine. »Ausziehen, Kleidung an, rauskommen, kein Problem.«

»Das klärt sich bestimmt von selbst«, raunte ich und ging in die Umkleidekabine. Und tatsächlich lagen dort eine weite Hose und eine Art OP-Shirt aus weichem Stoff.

Als ich aus der Kabine trat, hatte sich ein weiteres zartes Persönchen zu Mae und Christine gesellt, die inzwischen ebenfalls die Kleidung gewechselt hatte.

»Das ist Tida«, sagte Mae und zeigte auf ihre Kollegin. Wir lächelten uns alle vier an und verbeugten uns, dann deutete Tida auf die beiden Matratzen. »Hinlegen.«

»Auf den Rücken oder auf den Bauch?«, fragte Christine, die wie üblich alles richtig machen wollte.

»Hinlegen«, wiederholte Tida. »Da, hinlegen.«

Artig trotteten wir zu den Matratzen, und mir fiel auf, dass der Befehlston von Tida und Mae im krassen Gegensatz zu ihrem zarten Wesen und ihren freundlichen Gesichtern stand. »Ist doch völlig egal, wie wir uns hinlegen«, sagte ich zu Christine.

Wir legten uns auf den Rücken, was jedoch offenbar nicht richtig war, denn Tida und Mae, die sich neben uns gekniet hatten, stupsten uns an und gaben uns ein Zeichen, dass wir uns auf den Bauch drehen sollten.

»Siehst du«, flüsterte Christine. »Wir haben es falsch gemacht.«

»Na und?«, wisperte ich zurück. »Das wird hier nicht benotet, also entspann dich mal.«

Christine atmete laut aus und schloss die Augen. »Hast ja recht. Ich muss mich dringend entspannen.«

»Allerdings.« Ich schloss ebenfalls die Augen, in freudiger Erwartung darauf, von Tida, die neben mir hockte, ins Relax-Nirvana befördert zu werden. Doch was dann kam, hätte ich in meinen kühnsten Träumen nicht erwartet. Schon nach den ersten Sekunden wurde mir klar: Eine Thai-Massage, zumindest die Art, die Tida praktizierte, war nichts für zarte Gemüter. Das war nicht, als würden süße Hundewelpen einen abschlecken. Das! Tat! Weh! Sie knetete, kniff und haute mich, trampelte auf mir herum, zerrte mich hin und her und quälte mich auf jede nur erdenkliche Art. Es war mir ein völliges Rätsel, wie in einem so zarten Persönchen eine derart rohe Kraft stecken konnte. Meine Gedanken schwankten von »Warum bist du so böse auf mich, ich hab dir doch nichts getan!« über »Ja, ich gestehe alles, was du willst«, bis hin zu »Hör sofort auf oder ich hau zurück!« Allerdings hielt ich meine Klappe, weil ich a) Angst vor Tida hatte und sie sowieso stärker als ich war, sodass ich mich gar nicht getraut hätte, sie zu hauen, b) ich nicht als verweichlichte Deutsche dastehen wollte, die nicht mal eine Thai-Massage aushielt und c) Christine das Ganze auch noch zu genießen schien. Irgendwann fragte Tida mich: »Alles okay, kein Problem?«

Mit schwacher Stimme antwortete ich: »Das tut irgendwie ganz schön weh.«

Daraufhin lächelte sie milde und sagte: »Thai-Massage muss wehtun. Ist erst gut, wenn es vorbei ist.«

»Ach so«, wimmerte ich und ließ es über mich ergehen, dass sie einen unfassbar starken Daumen so heftig in meine Fußsohle drückte, dass ich befürchtete, er würde oben wieder herauskommen. »Du, Christine?«, fragte ich mit einem Blick auf die Nachbarmatratze, auf der meine Schwester bäuchlings lag, während Mae auf ihren Oberschenkeln hockte. »Wie geht's dir denn so?«

»Beschissen«, antwortete sie ächzend, als Mae ihren Oberkörper an den Armen hochzog, sodass ihr Rücken beinahe einen 90-Grad-Winkel zu ihrem Hinterteil bildete.

»Das tut ganz schön weh, oder?«

»Nein, das ist es nicht. Ich mach doch Yoga.«

Angeberin. Tida war inzwischen anscheinend mit mir durch, denn sie deutete mir an, mich hinzusetzen. Vor Erleichterung hätte ich beinahe geweint, und ich dankte dem Himmel, dass ich, abgesehen von der einen oder anderen gebrochenen Rippe, noch mal davongekommen war. Doch dann stellte Tida sich hinter mich, und mir schwante Böses.

»Du wolltest doch gestern wissen, was mit mir los ist und warum ich so blass bin, oder?«, fragte Christine.

»Ja. Du siehst echt krank aus«, sagte ich, während Tida meine Arme hinter meinem Nacken verschränkte und mir unter die Achseln griff.

»Bin ich auch«, sagte Christine. »Ich hab Krebs.«

In diesem Moment passierten zwei Dinge gleichzeitig: Mein Herz setzte einen Schlag lang aus, und Tida renkte mir derart den Rücken ein, dass man es wahrscheinlich noch in Bangkok knacken hören konnte. »Waaaaaas?!«, schrie ich, vor Entsetzen und Schmerz.

Mae und Tida, die wohl beide mitgekriegt hatten, was

Christine mir da soeben eröffnet hatte, ließen erschrocken von uns ab. »Ist fertig, jetzt anziehen, kein Problem«, sagte Mae sanft. Ihr Lächeln war verschwunden, und ihre mandelförmigen Augen blickten kummervoll, als sie Christine über die Schulter strich. Dann verbeugten die beiden sich und zogen sich dezent zurück.

Ich saß wie versteinert da und starrte meine Schwester an. »Was ... Ich versteh das nicht, wie ...«, stammelte ich und war einfach nicht in der Lage, einen zusammenhängenden Satz oder eine vernünftige Frage auf die Reihe zu kriegen.

Christine studierte intensiv ihre Fingernägel. »Na ja, so sieht's aus. Ich hab Brustkrebs.«

Brustkrebs. Wie oft hatte ich schon davon gehört, ich hatte darüber gelesen, Plakate gesehen und immer gedacht: »Verdammt, das ist übel.« Promis hatten Brustkrebs, mir unbekannte Frauen hatten Brustkrebs, Freundinnen von Schwestern von Bekannten hatten Brustkrebs. Aber es betraf niemals mich selbst, niemals jemanden aus meinem engeren Umfeld. Und auf gar keinen Fall meine Schwester. Christine, die so gesund lebte wie sonst niemand, die immer alles im Griff hatte. Okay, ihre Ehe war in die Hose gegangen, aber ansonsten verlief alles nach Plan bei ihr. Sie war schon immer meine Heldin gewesen. Sie war Superwoman. Das hier musste ein böser Traum sein, aus dem ich hoffentlich bald erwachen würde. Oder die Diagnose war einfach falsch. So was hörte man doch andauernd.

Christine sah zu mir auf. In ihren Augen glänzten Tränen, doch an ihren hervortretenden Kiefermuskeln und ihrem schweren Atem erkannte ich, wie viel Mühe sie sich gab, nicht zu weinen.

Da kam endlich wieder Leben in mich. »Oh Mann, Christine«, stieß ich aus, robbte zu ihr, schlang meine Arme um sie und drückte sie so fest an mich, dass ich Angst hatte, sie zu zerbrechen. Zuerst blieb sie steif sitzen, doch irgendwann ließ die Anspannung in ihrem Körper nach. Sie schmiegte sich an meine Schulter und fing leise an zu weinen.

Während ich meine große Schwester festhielt, dämmerte mir allmählich, dass das hier womöglich real war, und kein böser Traum. Was, wenn es keine Fehldiagnose war? Wenn Christine tatsächlich Krebs hatte? Plötzlich fühlte es sich an, als hätte mir jemand das Herz aus der Brust gerissen. Weinen konnte ich trotzdem nicht. Es kamen keine Tränen. »Was für eine Scheiße«, flüsterte ich nur. Mir fiel beim besten Willen nichts anderes ein, keine schlauen oder tröstenden Worte, keine Lebensweisheiten oder Durchhalteparolen. Das Einzige, was ich sagen konnte, war: »So eine verfluchte Scheiße. Was für ein verdammter, beschissener Sch...«

»Hör auf zu fluchen«, ermahnte Christine mich mit zitternder Stimme. »Du klingst manchmal echt, als kämst du aus der Gosse.« Sie löste sich von mir, wischte sich die Tränen von den Wangen und zog ein paarmal die Nase hoch.

»Sorry, aber ein ›verflixt noch mal‹ reicht mir dafür einfach nicht. Ich hol dir ein Taschentuch«, sagte ich und sprang auf, um zu meiner Umkleidekabine zu gehen. Von Tidas Folterbehandlung tat mir alles weh. Allerdings hätte ich mich lieber zehntausend Stunden von ihr malträtieren lassen, als mich mit dieser Ungeheuerlichkeit auseinanderzusetzen, die Christine mir soeben eröffnet hatte. Denn das tat unendlich mehr weh.

»Es wäre besser, wenn wir uns umziehen und gehen, meinst du nicht?«, fragte Christine und erhob sich ebenfalls. »Wir können ja nicht stundenlang diesen Raum blockieren.«

»Ja, lass uns abhauen. Irgendwohin, wo wir in Ruhe reden können.«

Zehn Minuten später traten wir auf die Straße, mitten rein ins muntere Leben des Schanzenviertels an diesem milden Frühlingsabend. Die Leute saßen in den Außenbereichen der Kneipen und Restaurants, tranken kühle Getränke, aßen, plauderten und lachten. Es fühlte sich an, als wäre ich auf einem anderen Planeten gelandet. »Gehen wir zu mir?«, fragte ich.

»Nein, ich würde gerne draußen bleiben. Unter Leuten. Nicht, dass das alles zu emotional wird.«

Das war mal wieder typisch. In unserer Familie wurde großer Wert darauf gelegt, dass die Dinge niemals zu emotional wurden. »Na schön. Wenn dir das lieber ist.« Wir ergatterten mit viel Glück noch einen freien Zweiertisch vor einer Kneipe am Schulterblatt und bestellten uns etwas zu trinken. Mir war sehr nach einem dreifachen Wodka, doch ich wollte nicht taktlos erscheinen, daher entschied ich mich wie Christine für eine Limonade. Ein Teil von mir weigerte sich immer noch, zu glauben, was meine Schwester mir gesagt hatte, und tausend Fragen kamen in mir auf. Als die Bedienung die Getränke vor uns abgestellt hatte, platzte es aus mir heraus: »Jetzt erzähl aber bitte mal. Seit wann weißt du davon? Ist das überhaupt schon sicher? Oder müssen die das erst noch richtig untersuchen?«

Christine nahm einen Schluck von ihrer Limonade. »Nein, das ist bombensicher. Vor ein paar Wochen habe ich einen Knoten in meiner Brust ertastet. Man soll ja regelmäßig seine Brust abtasten, ich hoffe, du machst das auch.« Sie sah mich mahnend an, wartete meine Antwort jedoch nicht ab. »Ich bin natürlich gleich zur Frauenärztin gegangen. Dann wurden eine Biopsie und ungefähr zehntausend Untersuchungen und Tests gemacht, und dabei kam heraus, dass es Krebs ist.«

Ich stützte meinen Kopf mit der Hand ab, weil er mir mit all diesen Informationen auf einmal viel zu schwer vorkam. »Du weißt das alles also schon seit ein paar Wochen und sagst nichts?«

»Ich wollte niemanden damit belasten, solange es nicht sicher ist.« Sie räusperte sich. »Jedenfalls, meine Art von Brustkrebs ist wohl ziemlich aggressiv, und die Tumoren sind schon ziemlich groß.«

Am liebsten hätte ich mir die Finger in die Ohren gesteckt, so furchtbar fühlten ihre Worte sich an. Doch Christine fuhr gnadenlos fort: »Als Erstes wird eine Chemotherapie gemacht, damit möglichst brusterhaltend operiert werden kann. Nach der OP wird dann bestrahlt.«

»Aber...« Hilflos suchte ich nach den richtigen Worten und kam mir unfassbar dumm und unsensibel vor. »Hast du dir überhaupt schon eine Zweitmeinung eingeholt? Und eine Drittmeinung? Vielleicht ist das ja doch nur ein Irrtum. Und was sagen die Ärzte denn, ich meine, ist das *gut* zu behandeln?«

»Es ist kein Irrtum, Marie«, sagte Christine ruhig. »Und ich brauche keine weiteren Meinungen. Was die Aussichten und die Behandlung angeht, hab ich natürlich gegoogelt, aber da liest man so viele unterschiedliche Sachen und wird völlig verunsichert. Das mach ich garantiert nie wieder. Ich habe beschlossen, meinem Arzt zu vertrauen. Fest steht: Es ist Krebs. Es ist ätzend.«

»Das tut mir so leid«, stieß ich hervor. »Dass du das jetzt alles durchstehen musst, tut mir so leid.«

»Das muss es nicht«, sagte Christine scharf. »Ich krieg das wieder hin und habe nicht vor abzukratzen.«

Ich griff nach ihren Händen und spürte, wie mir Tränen in die Augen stiegen. »Ich weiß einfach nicht, was ich sagen soll«, flüsterte ich.

Christine umklammerte meine Hände fest mit ihren. »Marie, bitte. Nicht heulen. Du heulst nie, also fang jetzt nicht damit an.«

»Aber wenn meine große Schwester mir so was erzählt, werde ich ja wohl heulen dürfen«, schniefte ich.

»Wenn du allein bist, kannst du heulen, so viel du willst, aber bitte, bitte nicht in meiner Gegenwart«, sagte Christine eindringlich. Sie sah mich so verzweifelt an, dass ich am liebsten in haltloses Schluchzen ausgebrochen wäre. »Ich brauche die lustige, verrückte, unerschütterliche Marie, die mich immer zum Lachen bringt und felsenfest davon überzeugt ist, dass alles gut wird. Okay?«

Mit zusammengebissenen Zähnen atmete ich ein paarmal tief durch. Ich musste schwer schlucken, um den Kloß aus meinem Hals wegzukriegen. »Ja, natürlich. Entschuldige, das ist nur alles so ...«

»Ich weiß.« Christine nickte. »Ich weiß genau, was du meinst.«

Für eine Weile saßen wir stumm da und hielten uns an den Händen, während rings um uns die Leute redeten und lachten.

»Kann ich was für dich tun?«, fragte ich schließlich. »Kann ich dir irgendwie helfen?«

Sie lehnte sich zurück und griff nach ihrem Glas. »Da ist tatsächlich etwas, das du für mich tun kannst. Aber das ist schon ein ziemlich großer Gefallen.«

»Egal, sag, was es ist, ich mach's.«

Sie nahm einen Schluck Limonade, dann sagte sie: »Nächste Woche Mittwoch geht die Chemo los.«

»Musst du dann ins Krankenhaus? Und wie lange dauert das überhaupt?«

»Das wird in einer Tagesklinik gemacht. Ich fahr mit dem

Taxi hin, bekomme eine Infusion und kann anschließend wieder nach Hause. Das sind zwei Phasen und zwei verschiedene Medikamente. In der ersten Phase muss ich einmal die Woche hin. Und in der zweiten Phase alle zwei Wochen. Pro Phase sind es vier Termine. Ich habe nicht vor, mich zimperlich anzustellen, und meine Recherchen haben ergeben, dass nicht wenige Frauen die Chemo ganz gut wegstecken. Zu denen will ich gehören. Aber ich *weiß* eben noch nicht, wie ich das alles vertrage, daher wäre es schön...« Sie machte eine kurze Pause, dann gab sie sich einen Ruck. »Es wäre schön, wenn du in der Zeit zu mir ziehen könntest. Wegen Toni und Max. Ich wäre dir wirklich sehr dankbar, wenn du mir mit den beiden helfen könntest.«

Reglos saß ich da und starrte Christine an.

»Keine Angst, das wird alles halb so wild«, sagte sie schnell. »Die Kinder sind nach der Schule bis vier Uhr in der Ganztagsbetreuung, danach werden sie von der Nanny abgeholt, die bis sechs Uhr abends da ist. Wahrscheinlich hast du letzten Endes gar nichts zu tun. Es würde mich nur irgendwie beruhigen, wenn du da wärst«, sagte sie leise.

Endlich war ich in der Lage, mich aus meiner Erstarrung zu lösen. »Ja, natürlich! Natürlich ziehe ich zu dir und helfe dir mit den Kindern. Aber bist du dir wirklich sicher, dass ich die Richtige dafür bin? Ich meine, wir wissen doch beide, dass ich es nicht so hab mit Verantwortung, und von Kinderbetreuung habe ich auch keine Ahnung.«

»Musst du auch nicht«, beteuerte Christine. »Glaub mir, das wird alles ganz einfach. Max und Toni sind total umgänglich, und sie lieben dich heiß und innig. Du kriegst das schon hin.«

»Okay. Klar, das mach ich gerne.«

Sichtlich erleichtert atmete sie auf. »Vielen Dank, Marie.«

»Nichts zu danken. Das ist doch selbstverständlich. Aber

trotzdem würde mich interessieren, wie du ausgerechnet auf mich kommst? Ich meine, was ist mit Robert? Wäre nicht der Vater deiner Kinder am besten geeignet, sich um sie zu kümmern?«

»Wie soll das gehen? Robert ist gerade erst nach Frankfurt gezogen. Und dahin abschieben möchte ich die Kinder nicht.«

»Und was ist mit Papa? Was sagt er dazu?«

Christine wich meinem Blick aus. »Er weiß es noch gar nicht. Morgen kommt er in der Firma vorbei, da werde ich es ihm erzählen.«

»Du gehst trotzdem noch in die Firma?«, fragte ich entgeistert.

»Na, das muss ich doch.«

»Du musst jetzt erst mal überhaupt nichts, außer diesen Scheiß irgendwie durchzustehen! Und meinst du ernsthaft, dass die Werft der richtige Ort ist, ihm so was aufzutischen?«

»Gibt es denn einen richtigen Ort und eine richtige Zeit dafür?«, rief sie wütend. »Glaubst du, mich hat jemand danach gefragt, ob jetzt ein guter Moment für mich wäre, Krebs zu kriegen? Mir passt es nämlich gerade gar nicht!« Christine sah sich betreten um und fuhr dann leise fort: »Ich weiß, dass es Papa verletzen wird. Aber ich will einfach nicht, dass er Sylt verlässt, um sich um die Kinder und mich zu kümmern. Er muss doch selbst erst noch richtig gesund werden. Und wenn ich daran denke, wie er nach Mamas Tod war ... Ich weiß ja, dass er sein Bestes gegeben hat, aber trotzdem glaube ich nicht, dass er der Richtige für diese Aufgabe wäre. Und außerdem wäre alles nur noch schlimmer für mich, wenn ich mitansehen müsste, wie er darunter leidet, dass ich leide, und dabei die ganze Zeit versucht, sich nichts anmerken zu lassen.«

»Und du glaubst, mir macht das nichts aus?«

»Doch, natürlich! Aber du bist so stark, du wirst das schon wegstecken. Weißt du noch, wie du als Sechsjährige Marco Dreher verkloppt hast, weil er im Segelclub vor versammelter Mannschaft meinen Rock hochgehoben hat? Er war dreizehn und ungefähr doppelt so groß und schwer wie du, aber das war dir völlig egal. Es tut mir leid, dass ich dich da mit reinziehe, Marie, aber du bist nun mal der einzige Mensch, den ich bei diesem ganzen Mist um mich haben will.«

Ich erinnerte mich dunkel an den Vorfall. Dieser Kampf war nie ordnungsgemäß zu Ende geführt worden, denn mein Vater hatte mich gewaltsam von Marco weggerissen, nachdem ich mich in seinem Unterarm verbissen hatte. Wir hatten immer noch eine offene Rechnung miteinander, Marco Dreher und ich. »Ich bin gerne für dich da, und wenn du willst, verkloppe ich in den nächsten Wochen jeden Arzt und jeden Pfleger, der dir irgendwie blöd kommt«, sagte ich lächelnd, obwohl alles in meinem Inneren wehtat.

Christine erwiderte mein Lächeln, doch es war deutlich, dass es ihr ebenso schwerfiel wie mir. »Vielen Dank, Marie. Also, wie gesagt, nächste Woche Mittwoch geht die Chemo los. Könntest du Montag einziehen? Dann hätten wir noch ein paar Tage, in denen ich dir alles zeigen kann.«

Das hieß, mir blieb noch eine Woche. Eine letzte Woche ohne Verantwortung und Verpflichtungen, bis es für mindestens zwölf Wochen ernst wurde. Aber irgendwie würde es schon gehen. Irgendwie würde ich es schaffen, Christine und den Kindern alles ein bisschen leichter zu machen. Hey, ich hatte immerhin Marco Dreher vermöbelt! Die Hauptsache war, dass sie die nächsten Monate irgendwie überstand und wieder gesund wurde. Und das würde sie, denn wenn meine Schwester sich etwas in den Kopf setzte, dann zog sie es auch durch.

Ich wusste nicht, wie ich es in die Wohnung schaffte, nachdem ich mich von Christine verabschiedet hatte. Es fiel mir schwer, sie überhaupt gehen zu lassen, und ich umarmte sie zum Abschied so fest, dass sie nach Luft schnappte. Danach ging ich wie blind durch die Straßen. Die Gestalten und Gebäude um mich herum nahm ich nur schemenhaft wahr. Zu Hause steuerte ich die Küche an, plumpste kraftlos auf einen Stuhl und verbarg den Kopf in den Armen.

»Hey, Marie«, hörte ich nach einer Weile Hannas Stimme hinter mir. »Was ist denn los?«

»Christine hat Krebs«, antwortete ich mit zittriger Stimme.

Hanna atmete scharf ein. »Oh nein.« Ein paar Sekunden blieb es still, dann hörte ich, wie sie sich neben mich setzte.

Ich lachte bitter. »Gestern trinken wir noch auf ›joie de vivre‹, und heute erfahre ich, dass meine große Schwester Brustkrebs hat.« Ich richtete mich auf. »Tastest du eigentlich regelmäßig deine Brust ab?«

Sie schüttelte stumm den Kopf.

»Tja, ich mach das auch nicht. Hab ich noch nie gemacht. Aber man sollte das tun, sagt Christine. *Sie* hat natürlich regelmäßig ihre Brust abgetastet, weil sie immer alles richtig macht, und trotzdem hat sie verdammt noch mal Brustkrebs gekriegt.« Aus meiner Handtasche fummelte ich meine Zigaretten hervor und wollte mir gerade eine anzünden. Doch im letzten Moment warf ich sie mitsamt Feuerzeug gegen die Balkontür und ließ kurz darauf die Packung folgen. »Scheiße!«

»Ach Süße.« Hanna rückte ihren Stuhl näher an mich heran und strich mir über den Arm. »Ich weiß gar nicht, was ich sagen soll.«

Angesichts ihres mitfühlenden Tonfalls wäre ich beinahe weich geworden und hätte mich in ihre Arme gestürzt, doch es war besser, mit der Heulerei gar nicht erst anzufangen. Ich hasste es zu heulen, vor anderen tat ich es nie. Nicht mal vor Hanna. Ich schloss kurz die Augen und räusperte mich. »Ist schon gut, ich wusste ja selbst nicht, was ich sagen sollte.« Ich erzählte Hanna alles über das Gespräch mit Christine und auch, dass ich für die nächsten Monate zu ihr ziehen würde. »Es ist mir ein Rätsel, wie das funktionieren soll«, endete ich. »Ich meine, ich kriege es ja noch nicht mal hin, die Pflanzen regelmäßig zu gießen. Wie kann ich mich da um Toni und Max kümmern?«

»Ich finde es toll, dass du das machst«, sagte Hanna, nachdem ich fertig war. »Und wenn du Hilfe brauchst, dann ruf mich jederzeit an, okay? Ich bin ein guter Babysitter. Ich kann auch kochen, putzen, waschen, einkaufen, egal.«

»Ach ja? Du bist doch genau so eine miese Hausfrau wie ich.«

Wir sahen uns in der Küche um, in der das Chaos herrschte. Dreckiges Geschirr stand in der Spüle, auf den Arbeitsflächen sah man noch deutliche Spuren von Hannas (gescheitertem) Versuch, Sushi zu machen, in einer Ecke türmte sich das Altglas und im Obstkorb auf dem Tisch schrumpelten ein paar Äpfel vor sich hin.

»Na ja«, sagte Hanna langsam. »Zugegeben, ich reiße mich nicht darum. Aber das heißt nicht, dass ich es nicht kann.«

»Richtig, geht mir genauso. Ich meine, Christine muss eine Chemotherapie durchstehen und wieder gesund werden, dagegen ist das bisschen Kinderbetreuung und Kochen doch gar nichts.«

»Kinder essen sowieso nur Nudeln und Pfannkuchen. Die kannst du total gut.«

»Ja, und ansonsten spielen sie Lego und gucken fern. Zumindest haben wir das immer zusammen gemacht, wenn ich bei Toni und Max Babysitten war«, versuchte ich, mich zu beruhigen. »Das wird bestimmt alles halb so wild. Abgesehen von Christines Krankheit natürlich. Das wird schlimm, da brauchen wir uns gar nichts vormachen.«

»Ja, das könnte wirklich schlimm werden.«

Entschlossen streckte ich den Rücken durch. »Aber ich gehe davon aus, dass alles wieder gut wird. Christine schafft das.«

»Ganz sicher sogar.«

Wir starrten eine Weile schweigend vor uns hin. Dann sagte ich unvermittelt: »Ich weiß gar nicht, wann ich das letzte Mal zur Kontrolle beim Frauenarzt war.«

»Ich auch nicht. Das sollten wir mal wieder in Angriff nehmen, oder?«

Wir gingen beide zum selben Gynäkologen, der seine Praxis ein paar Häuser weiter hatte. »Ja, sollten wir.«

»Und jetzt?«, fragte Hanna. »Willst du schlafen gehen?«

»Nein, bloß nicht. Es wäre der Horror, jetzt allein in meinem Zimmer zu liegen und die Decke anzustarren. Gehen wir in den Saal II? Mir ist nach einem doppelten Wodka.«

Ohne weitere Umschweife machten wir uns auf den Weg, und ich war froh, im Getümmel an der Theke zu stehen, unter Menschen, die alle keine Probleme zu haben schienen. Zwischendurch hatte ich schon mein Handy in der Hand, um Sam anzurufen und ihm alles zu erzählen, aber dann ließ ich es bleiben. An dieser Sache würde sich weder etwas ändern, noch würde sie irgendwie leichter für mich werden, wenn ich ihm mein Herz ausschüttete. Außerdem kannte er Christine nicht mal, und Sam und ich waren ohnehin nicht so eng miteinander, dass wir gemeinsam Probleme wälzten.

Statt über Christine zu reden, trank ich Unmengen an Alkohol. Als ich daran dachte, dass Toni und Max ungefähr im gleichen Alter waren wie ich, als meine Mutter starb, bestellte ich noch einen Tequila und verstrickte mich in einen Flirt mit dem süßen Barkeeper. Und als mir der Gedanke durch den Kopf schoss, dass Christine, die für mich das war, was einer Mutter am nächsten kam, es möglicherweise nicht schaffen würde, schleppte ich Hanna in einen Club auf dem Kiez und tanzte wie eine Wahnsinnige. Die Musik war so laut und stupide, dass es mir endlich einigermaßen gelang, die finsteren Gedanken zu vertreiben. Einfach so tun, als wäre alles okay, lautete die Devise. Darin war ich Weltmeisterin. Und wenn man nur lang genug so tat, als wäre alles in Ordnung, glaubte man manchmal sogar daran.

Schlimmer geht's immer

Am nächsten Mittag wachte ich reichlich verkatert auf und war froh, dass ich erst um vier Uhr im Café sein musste. Dann fiel mir mit einem Schlag wieder ein, was Christine mir gestern erzählt hatte, und am liebsten wäre ich gar nicht aufgestanden, sondern unter meiner sicheren, warmen Decke liegen geblieben, bis die ganze Sache vorbei war. Aber es nützte nichts, ich musste arbeiten gehen, und ich musste meinen Chef darum bitten, dass er mich ab nächsten Montag nur noch für die Tagschichten einteilte. Also quälte ich mich aus dem Bett und stellte mich unter die heiße Dusche, bis meine Haut knallrot war. Anschließend kochte ich mir einen starken Kaffee und setzte mich damit auf den Balkon. Es war ein sonniger Mittag, und draußen auf der Straße herrschte Hochbetrieb. Die Tische vor den Cafés und Restaurants waren voll besetzt, Lieferwagen brachten den Boutiquen und Lebensmittelläden neue Ware und der DHL-Wagen parkte mal wieder mitten auf der Straße und löste damit ein Hupkonzert unter den anderen Autofahrern aus.

Es klingelte an der Wohnungstür. Wahrscheinlich der DHL-Mann, der ständig die Pakete der gesamten Nachbarschaft bei uns abgab. Ich stand auf und betätigte, ohne zu fragen, wer an der Tür war, den Summer. Wenig später sah ich jedoch nicht den Mann in Rot-Gelb die Treppen hochkommen, sondern meinen Vater, Johann Ahrens höchstpersönlich. »Papa! Was machst du denn hier?« Seit sieben Jahren wohnte ich in dieser Wohnung, und er war erst einmal hier gewesen.

»Dir auch einen guten Tag. Ein Mann wird ja wohl noch seine Tochter besuchen dürfen, oder nicht?«

»Doch, natürlich.« Ich küsste ihn flüchtig auf die Wange und musterte sein Gesicht. Er sah blass und angespannt aus, doch seine Körperhaltung war gerade und aufrecht wie immer. »Komm doch mit in die Küche. Möchtest du einen Kaffee?«

Er folgte mir und sah sich naserümpfend in unserer Küche um, die im gleichen chaotischen Zustand war wie gestern. »Nein danke. Diese Wohnung ist ein Loch.«

Ich betrachtete die zusammengesuchten, aber gemütlichen Möbel, den alten Holztisch mit den mintfarben lackierten Stühlen und den Flickenteppich auf dem Dielenboden. »Es ist momentan ein bisschen unordentlich, aber mir gefällt sie.« Abwartend beobachtete ich, wie mein Vater ein paar Schritte durch die Küche ging, hier eine benutzte Tasse in die Spüle stellte und dort das Verfallsdatum einer Tütensuppe kontrollierte.

Ich lehnte mich an den Küchenschrank und versuchte, im Gesicht meines Vaters eine Gefühlsregung zu entdecken. Doch dort war nichts zu sehen. »Warst du gerade im Büro?«

Er nickte.

»Schrecklich, das mit Christine, oder? Das zieht einem den Boden unter den Füßen weg.«

Seine Hand wanderte an den Hemdkragen, als wolle er seine Krawatte lockern, doch als er merkte, dass er gar keine trug, ließ er sie wieder sinken. »Tja. Das haut einen um. Und dann darf ich mich nicht mal um sie kümmern. Ihr eigener Vater. Sie will mich nicht dahaben.«

»Ich kann mir vorstellen, dass das für dich nicht ein…«

»Jaja, schon gut«, fiel er mir ins Wort. »Deswegen bin ich nicht hier. Es geht um die Werft.«

Natürlich. Worum auch sonst? »Ah ja. Und was ist damit?«

»Christine fällt ja nun auf unbestimmte Zeit aus. Und deswegen ...« Er machte eine kleine Pause und sah mich herausfordernd an. »Wirst du ihren Platz einnehmen.«

Mir fiel fast die Tasse aus der Hand, an die ich mich immer noch klammerte. »Was? *Ich* soll die Geschäftsführung übernehmen? Ausgerechnet ich? Soll das ein Witz sein?«

»Glaubst du etwa, mir ist momentan zum Scherzen zumute? Wer soll es denn sonst machen? Ich darf es nicht, meine Ärzte haben mir strikt verboten, wieder zu arbeiten. Also bleibst nur du.«

»Aber das ist doch absurd! Ich mach das nicht. Das kannst du vergessen.«

Mein Vater kniff die Augen zu Schlitzen zusammen. »Das ist keine Bitte, Marie.«

»Du kannst mich nicht dazu zwingen!«, rief ich und hätte am liebsten mit dem Fuß aufgestampft.

»Ach nein? Dann hätte ich gerne die fünfhundert Euro zurück, die ich dir letzten Monat *geliehen* habe. Und auch all das andere Geld, das ich dir über die Jahre zugesteckt habe. Wie viel war das insgesamt? Dreitausend Euro? Fünftausend? Oder noch mehr?«

Ich knallte meine Tasse so heftig auf den Tisch, dass der Kaffee sich darüber verteilte. »Du willst mich also erpressen? Ich hätte dir ja viel zugetraut, Papa, aber das ist selbst für deine Verhältnisse unfassbar schäbig!«

»Ich erpresse dich nicht, ich fordere lediglich, dass du in einer schweren Zeit für deine Familie da bist. Dass du dich nicht wie üblich aus allem raushältst, sondern uns unterstützt. Ich erwarte von dir, dass du deinen Platz einnimmst.«

»*Meinen* Platz?!« Meine Stimme überschlug sich beinahe. »Du willst mich doch gar nicht auf diesem Platz haben!« Er versuchte etwas einzuwerfen, doch ich redete unbeirrt weiter:

»Und im Übrigen halte ich mich nicht aus allem raus. Wie Christine dir vielleicht gesagt hat, werde ich zu ihr ziehen, um sie zu unterstützen. Einen Job habe ich auch. Kannst du mir sagen, wie da noch die Werft reinpassen soll?«

»Dein Job ist ein Witz«, sagte mein Vater abfällig. »Es wird wohl nicht allzu tragisch sein, den für ein paar Monate auf Eis zu legen, bis Christine wieder gesund ist. Ich weiß, dass dir diese Sache zuwider ist, aber es geht nun mal nicht anders. Wir sind ein familiengeführtes Unternehmen, seit mehr als einhundertzwanzig Jahren. Unsere Mitarbeiter und Kunden erwarten ein Mitglied der Familie Ahrens in der Geschäftsführung, und sie werden verdammt noch mal auch eins bekommen!«

»Aber ich kann das doch gar nicht. Wie soll ich denn von einem Tag auf den anderen die Firma leiten?«

Unnachgiebig erwiderte er meinen Blick. »Du hast einen Abschluss in BWL, wenn ich mich recht erinnere. Aber keine Angst, du sollst die Firma nicht *leiten*. Während Christines Krankheit übernimmt Daniel Behnecke allein das Ruder. Er ist verantwortlich.«

»Mit dem kann ich unmöglich zusammenarbeiten!« Schon allein bei dem Gedanken, ihm tagtäglich über den Weg zu laufen, wurde mir übel.

»Musst du ja auch gar nicht.«

Mir schwirrte der Kopf, und ich ließ mich kraftlos auf einen Stuhl fallen. »Hä?«

»Du bist einfach nur anwesend. In nächster Zeit stehen ein paar wichtige Termine wegen des Ocean Cruisers an, und ich will, dass du dabei bist. Die Arbeit erledigt Behnecke, und du ... machst einfach das, was du am besten kannst.«

»Ach, und was ist das deiner Meinung nach?« Ich war mir sicher, dass er sagen würde: »Nichts.« Doch was er dann sagte, war tausendmal schlimmer: »Nett lächeln, gut aussehen, Smalltalk. So was halt.«

Er hätte mir genauso gut eine Ohrfeige verpassen können, und ich fragte mich, ob er wirklich keine Ahnung hatte, wie weh er mir damit tat.

»Und wir beide werden regelmäßig telefonieren, damit du mich genauestens über alles informierst, was in der Werft passiert und was bei Geschäftsterminen besprochen wird.«

»Dann traust du diesem Arschkriecher von Behnecke wohl nicht so ganz über den Weg, was? Du brauchst mich als Spitzel.«

»Ich schätze Behnecke, weil er einer der wenigen Menschen ist, die mir *nicht* in den Arsch kriechen, wie du es so schön ausdrückst. Natürlich traue ich ihm. Ich will einfach nur ...«

»... alles und jeden unter Kontrolle haben«, vollendete ich seinen Satz. »Na, das klingt doch nach 'ner Menge Spaß.«

Er durchbohrte mich förmlich mit seinem Blick. »Mit dem Spaß ist es bis auf Weiteres vorbei, Fräulein. Ab Montag wirst du im Büro erwartet. Ich habe mit Behnecke bereits alles besprochen.«

Ich sprang so abrupt auf, dass mein Stuhl beinahe umfiel. »Ab Montag? Ich weiß ja, dass du meinen Job für einen Witz hältst, aber trotzdem habe ich eine Kündigungsfrist.«

»Das ist eine familiäre Notsituation, da werden sie wohl kaum auf einer Kündigungsfrist bestehen.«

»Eine familiäre Notsituation, richtig«, sagte ich bitter. »Weißt du, was mal wieder typisch für dich ist? Dass du, unmittelbar nachdem deine Tochter dir erzählt hat, dass sie an Krebs erkrankt ist, an nichts anderes als die Firma denken kannst. Macht dir das überhaupt irgendetwas aus?«

Mein Vater verzog das Gesicht, und es verschaffte mir eine seltsame Genugtuung, ihn so zu sehen. Ich hatte ihn erwischt.

Er wurde blass um die Nase, und seine Kiefermuskeln spannten sich an. Doch dann nahm ich wahr, wie sehr seine Hände zitterten. »Es bricht mir das Herz, Marie«, sagte er gepresst. »Das kannst du mir glauben.«

Mein kurzer Moment des Triumphs war dahin. Ich wollte mich entschuldigen, doch ich brachte es nicht über mich. Kein Wort verließ meine Lippen, und so standen wir beide stumm da und sahen uns an, nur einen Meter voneinander entfernt und doch schien es, als lägen ganze Kontinente zwischen uns.

Schließlich räusperte er sich und rückte sein Sakko zurecht, obwohl es tadellos saß. »Montag um neun. Komm nicht zu spät.« Damit verließ er die Küche.

Ich folgte ihm zur Tür, und als er sich umdrehte, um zur Treppe zu gehen, brach es aus mir hervor: »Papa, es ...«

Doch er hob nur eine Hand und brachte mich damit zum Schweigen. »Lassen wir das. Pass gut auf Christine und die Kinder auf.« Dann drehte er sich endgültig um und stieg die Treppe runter.

Als seine Schritte verhallt waren und ich den Knall der Haustür hörte, ging ich zurück in die Küche und trat auf den Balkon. Wie konnte die Welt dort draußen nur einfach so weiterlaufen? Wie konnte die Sonne so scheinen und der Himmel so blau sein? Für die Leute unten auf der Straße ging alles seinen normalen Gang, als wäre nichts passiert. Doch mein Leben war innerhalb von nicht einmal vierundzwanzig Stunden völlig auf den Kopf gestellt worden. Von Christines Leben ganz zu schweigen. Meine Schwester hatte Krebs, ich mochte mir gar nicht vorstellen, was sie in den kommenden Wochen durchstehen musste. Und ich hatte nicht die leiseste Ahnung, wie ich mich um sie und die Kinder kümmern und nun auch noch ihren Posten in der Werft übernehmen sollte. Wobei Letzteres ja nicht ganz der Wahrheit entsprach. Ihren Posten traute mein Vater mir nicht zu. Ich sollte lediglich die Familie repräsentieren, nett lächeln und alles toll finden, was Daniel Behnecke vorbetete. Beim Gedanken an ihn stöhnte ich entnervt auf. Warum konnte ich mich nicht weigern, diesen Schwachsinn mitzumachen?

Ich kaute an meinen Fingernägeln und zermarterte mir das Hirn nach einer Lösung. Es musste doch irgendeinen Ausweg aus dieser Situation geben. Immerhin war ich ganz gut darin, Schlupflöcher zu finden. Egal, ob es die Zusatzschicht im Café war, der Treppenhausreinigungsdienst oder das Gespräch mit meinem Bankberater, der seit drei Wochen versuchte, einen Termin wegen meines überzogenen Dispokredits mit mir abzumachen – aus allem konnte ich mich irgendwie herausmogeln. Doch dann schämte ich mich für diese Gedanken. Christine konnte sich schließlich auch nicht herausmogeln, und wenn es jemanden übel erwischt hatte, dann sie. Ich wollte ihr helfen, und sie verdiente es, dass ich mich für sie zusammenriss.

Hanna, Hector und Ebru fielen aus allen Wolken, als ich sie abends im Saal II auf den neuesten Stand brachte. »Das heißt, du arbeitest ab Montag nicht mehr im Café um die Ecke, sondern in Finkenwerder?«, fragte Hanna entsetzt. »Und du wohnst in Othmarschen? Aber dann sehen wir uns doch fast gar nicht mehr.«

»Ich weiß!«, rief ich verzweifelt. »Was soll ich machen, es geht nun mal nicht anders.«

Hector fächelte sich mit der Hand Luft zu. »Ach Schätzchen«, rief er theatralisch. »Es bricht mir das Herz, dich ausgerechnet nach Othmarschen gehen lassen zu müssen. Gibt es da überhaupt *irgend*eine Kneipe? Diese Gegend ist tot!«

»Das stimmt«, pflichtete Ebru ihm bei. »Da werden samstags die Fenster geputzt und akribisch das Unkraut gezupft. Wenn du keine Hilfiger-Klamotten und Timberland-Boots trägst, wirst du schief angeguckt. Ganz zu schweigen davon, dass du einen SUV fahren musst – und du hast noch nicht mal einen Führerschein, meine Liebe. Das ist das absolute Ödland. Du wirst da eingehen.«

Mir war während ihres Vortrags flau im Magen geworden. Ich bestellte uns erst mal eine Runde Schnaps und kippte meinen schnell runter. »Können wir uns mal bitte alle wieder beruhigen? Das sind doch nur blöde Vorurteile. Okay, die Gegend ist sehr ... ordentlich, aber es gibt dort sehr wohl Kneipen und Restaurants. Und Christine fährt gar keinen SUV. Ich glaube, sie hat auch noch nie das Unkraut gejätet.« Soweit ich wusste, erledigte das ihre Haushälterin und Nanny Neza aus Ruanda für sie. Und meine Schwester trug gerne Timberland-Boots, wie ich mir selbst eingestehen musste. »Es wird schon nicht so schlimm werden.«

Hector legte mir den Arm um die Schulter. »Ach, mein armes, kleines, tapferes Prinzesschen.«

»Jetzt hört schon auf, mich zu bedauern!«, rief ich genervt. »Wenn hier einer Mitleid verdient hat, dann ist es Christine.«

»Apropos«, meldete Hanna sich zu Wort, »ich hab wegen der Krebsvorsorgetermine bei Dr. Thalbach angerufen.«

Hector steckte sich demonstrativ die Finger in die Ohren und fing an zu singen: »Ein Männlein steht im Walde, ganz still und stumm.«

Hanna ignorierte ihn einfach und rief über seinen Gesang hinweg: »Am Montag können sie eine von uns beiden dazwischenquetschen, der nächste Termin ist dann erst in vier Wochen. Welchen willst du?«

»Den in vier Wochen.«

»Typisch«, sagte sie kopfschüttelnd. »Gib mir mal dein Handy, dann schreib ich dir eine Erinnerung rein. Sonst vergisst du es wieder.«

»Jaha, ist ja gut«, murrte ich.

Hector hatte inzwischen aufgehört zu singen und nahm die Finger aus den Ohren, um zu überprüfen, ob das Gesprächsthema wieder krankheitsfrei war. »Reden wir mal über erfreulichere Dinge«, sagte er. »Dass du ab Montag die Geschäftsführerin eurer Werft bist, macht mich wirklich stolz, Prinzesschen.« Liebevoll tätschelte er mir die Wange. »Es ist mir zwar ein Rätsel, wie du das hinkriegen willst, aber es macht mich überaus stolz.«

»Keine Angst, ich werde das schon hinkriegen«, erwiderte ich und tätschelte ihm nun meinerseits die Wange. »Es ist ja nicht so, als ob ich da irgendetwas zu tun oder zu sagen hätte. Ich werde den ganzen Tag Solitär spielen, im Internet surfen und ansonsten nur nett lächeln und Smalltalk machen.« Ich schnaubte. »Klingt doch nach einem Job, der wie für mich gemacht ist.«

»Ich kann einfach nicht glauben, dass du uns verlässt«, jammerte Hanna. »Du wirst uns ganz furchtbar fehlen.«

Ich nahm sie in den Arm und drückte sie an mich. »Ich verlasse euch nicht, ich bin nur für eine Weile nicht mehr ganz so oft hier.« Ich musste einfach daran glauben und mich an dem Gedanken festklammern, dass mein Leben sich gar nicht *so* dramatisch ändern würde.

Willkommen in der Hölle

›Ich will da nicht rein‹, dachte ich, als ich am Montagmorgen um elf Uhr vor der Werft stand. Alles in mir sträubte sich dagegen, durch die Tür zu treten. Doch dann sah ich durch die gläserne Front, wie eine kleine blonde Frau hinter dem Empfangstresen mich neugierig beobachtete. Plötzlich kam ich mir albern vor, und nachdem ich noch einmal tief Luft geholt hatte, öffnete ich die Tür und ging auf den Empfangstresen zu.

»Hallo, ich glaube, wir kennen uns noch nicht«, begrüßte ich die junge Frau und streckte ihr meine Hand hin. »Ich bin Marie Ahrens.«

»Ja, das habe ich mir gedacht«, sagte sie und musterte mich von oben bis unten. »Ich bin Laura Niemann. Wir haben schon vor zwei Stunden mit Ihnen gerechnet. Herr Behnecke hat mindestens zehnmal nach Ihnen gefragt, ich soll ihn *sofort* anrufen, wenn Sie da sind.« Ihre Hand wanderte routiniert zum Telefon, doch bevor sie den Hörer abnehmen konnte, sagte ich: »Schon gut, immer mit der Ruhe. Ich geh gleich bei ihm vorbei.«

»Na gut«, sagte sie nach einem kurzen Zögern. »Kommen Sie doch mit, dann bring ich Sie direkt zu ihm.«

»Ach, bringen Sie mich besser erst mal ins Büro meiner Schwester. Ich würde ja auch allein hingehen, aber ich kenne das neue Bürogebäude noch nicht.«

»*So* neu ist es eigentlich gar nicht«, sagte Laura Niemann. »Es wurde im letzten Frühjahr umgebaut und erweitert.«

»Ich weiß, allerdings habe ich es bislang nur von außen gesehen.«

»Mhm.« Aus diesem simplen Laut war ein deutlich missbilligender Unterton herauszuhören, allerdings prallte ihr unausgesprochener Vorwurf, dass ich mich seit über einem Jahr nicht im Büro hatte blicken lassen, an mir ab wie ein Flummi an der Wand. Wozu hätte ich auch herkommen sollen?

Laura Niemann führte mich die Treppe hoch und einen langen Flur entlang, und ich konnte nichts dagegen tun, dass ich mir vorkam, als würde ich zum Schafott geführt. »Da wären wir«, sagte sie und öffnete eine der Türen. »Ich muss leider gleich wieder runter. Bis später und herzlich willkommen, Frau Ahrens.«

»Vielen Dank«, sagte ich und betrat ein klassisches Vorzimmer – das Reich von Frau Brohmkamp, ihres Zeichens Assistentin der Geschäftsführung. Ich kannte sie noch von früher, denn sie war meinem Vater dreißig Jahre lang treu zu Diensten gewesen und sein größter Fan. Inzwischen arbeitete sie für Christine, und ich konnte mir gut vorstellen, dass sie diese ebenso vergötterte. Als Kind hatte ich insgeheim immer ein bisschen Angst vor Frau Brohmkamp gehabt, weil sie so streng und unnahbar wirkte. Das tat sie auch heute noch, wie mir auffiel, als sie sich aus ihrem Stuhl erhob. Sie überragte mich um einen Kopf, ihr dunkler Pagenschnitt war von grauen Strähnen durchsetzt und ihre Augen wässrig blau. Ihre dezente Kleidung saß wie angegossen, kein Fältchen in der Bluse oder auf dem Rock. Mit ausgestreckter Hand kam sie auf mich zu. »Frau Ahrens, wie schön, dass sie da sind«, sagte sie, wobei ihr Gesichtsausdruck im krassen Widerspruch zu ihren Worten stand.

Ich ergriff ihre Hand und bemühte mich um ein freundliches Lächeln. »Hallo Frau Brohmkamp. Wie geht's?«

»Danke, gut.«

»Sie haben ja wirklich einen tollen Blick aufs Wasser«, sagte ich und deutete zum Fenster. Die Welt da draußen wirkte äußerst verlockend auf mich. Die Sonne strahlte vom Himmel, in der Marina luden die Yachten dazu ein, mit ihnen abzuhauen, bis aufs Meer, immer weiter und weiter weg.

»Ja, allerdings habe ich kaum Zeit hinauszuschauen. Einer hier muss ja die Arbeit machen, nicht wahr?«

»Oh, da sollten Sie aber aufpassen, dass nicht ausgerechnet Sie diejenige sind«, witzelte ich. Ihre Mundwinkel verzogen sich nicht mal einen Millimeter.

Ich räusperte mich und startete einen neuen Anlauf. »Und wie geht's Ihrem Mann und ihrem ... äh, Kind?«

»Meinem Mann und meinem erwachsenen *Sohn* geht es gut. Danke«, sagte sie reserviert. »Kommen Sie doch mit, ich zeige Ihnen das Büro Ihrer Schwester.«

Sie öffnete die Verbindungstür, und wir betraten einen riesigen, hellen Raum. Die Fenster an der Außenwand reichten bis auf den Boden, und auch sie gingen zur Marina und zur Elbe raus. Vor den Fenstern stand ein überdimensional großer Schreibtisch aus Glas, und in der Ecke befand sich eine naturfarbene Sitzgruppe. Die Kühle dieses Zimmers verursachte mir jetzt schon ein beklemmendes Gefühl. Ich warf meine Tasche auf das Sofa, dann trat ich an den Schreibtisch, auf dem es lediglich ein Notebook, einen Stifthalter mit zwei teuer aussehenden Kulis, ein gerahmtes Foto von Toni und Max und einen leeren Notizblock gab. Das Einzige, was so gar nicht in dieses minimalistische Bild passte, war eine weiße Keksdose, die mit roten Äpfeln bedruckt war. Neugierig nahm ich den Deckel ab, und mir schlug ein köstlicher Duft entgegen. In der Dose befanden sich kleine Küchlein, deren Form an zusammengefallene Makronen erinnerte. Sie sahen irgendwie rührend missraten, aber trotzdem sehr verführerisch aus. »Mmmh, die duften ja köstlich!« Ich konnte mich keine Sekunde länger beherrschen, also nahm ich eins der Küchlein und biss hinein. Diese Dinger waren alles andere als missraten, sondern rundherum perfekt. Der Teig war fluffig und zerging auf der Zunge, ich schmeckte saftige Apfelstückchen, Mandeln und Zimt. »Hammer«, sagte ich mit vollem Mund. »Die sind megalecker! Wer hat die gemacht?«

Frau Brohmkamp presste ihre Lippen aufeinander. »Diese Apfelkekse habe ich gebacken. Und zwar für Ihre Schwester.« Die letzten Worte sagte sie so missbilligend, dass ich beinahe den Inhalt meines Mundes in meine Hand entleert hätte. »Oh, Entschuldigung. Wenn ich gewusst hätte, dass sie für Christine sind, hätte ich natürlich nie im Leben ...«

»Ich bin mir sicher, Frau Ahrens hat nichts dagegen, dass ihre Schwester einen ihrer Kekse isst«, erklang in diesem Moment eine tiefe Stimme hinter mir.

Frau Brohmkamp und ich fuhren herum, und ich entdeckte Daniel Behnecke, der im Türrahmen lehnte, die Arme vor der Brust verschränkt. Seine dunklen Haare sahen aus, als hätte er sie sich heute schon diverse Male gerauft – ein Eindruck, den sein finsterer Gesichtsausdruck bestätigte. »Wenn Sie uns bitte kurz allein lassen würden, Frau Brohmkamp?«

»Natürlich«, sagte sie, warf mir noch einen letzten bösen Blick zu und verließ das Zimmer.

Daniel Behnecke schloss die Tür und drehte sich wieder zu mir um. Unschlüssig standen wir voreinander und wussten offenbar beide nicht, wie es jetzt weitergehen sollte. »Tja«, sagte ich nach einer Weile. »Da sind wir also. Wer hätte gedacht, dass ich den Sklaven meines Vaters so schnell wiedersehen würde?«

Er hob eine Augenbraue. »Also, angesichts der Tatsache, dass ich freiwillig und gerne hier arbeite und darüber hinaus ganz gut verdiene, wäre wohl noch zu klären, wer von uns beiden der Sklave ist. Setzen Sie sich doch.« Er deutete auf Christines Schreibtischstuhl.

Hocherhobenen Hauptes marschierte ich auf die andere Seite des Schreibtischs, blieb jedoch stehen. »Setzen *Sie* sich doch«, sagte ich kühl und zeigte auf einen der Besucherstühle.

»Danke, ich stehe lieber.«

»Ich auch.«

Während wir uns ein Blickgefecht lieferten, wurde mir bewusst, dass mein Vater und ich tatsächlich nicht darüber gesprochen hatten, ob er gedachte, mir so etwas wie ein Gehalt für meinen Einsatz hier zu bezahlen. Selbst wenn er das hier als Schuldenabbau meinerseits ansah – mindestens die Miete für mein WG-Zimmer wollte ich haben, und ein Taschengeld stand mir ja wohl auch zu.

»Oh Mann«, stieß Daniel Behnecke plötzlich hervor und ließ sich auf den Besucherstuhl fallen. »Das ist doch albern. Ob wir wollen oder nicht, wir beide müssen in nächster Zeit irgendwie miteinander klarkommen. Ich weiß, wir hatten einen ziemlich miesen Start, aber ...« Er schien nach Worten zu suchen. »Vielleicht können wir ja versuchen, uns zusammenzureißen.«

Ich hatte zwar keine Ahnung, wie er sich das vorstellte, aber ich wollte auch nicht zickig erscheinen. »Gut. Versuchen wir's.«

»Wie wäre es, wenn wir als Erstes diese nervige Siezerei seinlassen würden?«

Überrascht sah ich ihn an. »Ja, von mir aus gerne.« Schließlich fiel es einem viel leichter, ›Du blöder Idiot‹ zu sagen als ›Sie blöder Idiot‹.

»Okay. Ich bin Daniel.«

»Marie.« Ich wollte ihm gerade einen Apfelkeks anbieten,

als das Telefon auf dem Schreibtisch klingelte. Ich zuckte zusammen. »Hilfe, was ist das denn?«

»Ein Telefon. Du musst den Hörer abnehmen, dir das obere Teil ans Ohr halten und in das untere Teil ...«

»Haha, Witzbold«, unterbrach ich ihn, und das Klingeln schien immer lauter zu werden. »Ich meine, wieso werde ich angerufen?«

»Wie wäre es, wenn du rangehst?«, schlug er vor. »Dann findest du es raus.«

»Das ist doch bestimmt für Christine.«

Daniel verdrehte die Augen, beugte sich vor und nahm den Hörer ab. »Behnecke?« Er hörte eine Weile zu, dann sagte er: »Verdammt, was macht der denn schon hier?« Fahrig rieb er sich über die Stirn. »Okay, Frau Niemann, vielen Dank. Wir sind in fünf Minuten da.« Damit legte er auf. »Herrn Wolf kennst du, oder?«

»Ja, klar. Ein alter Geschäftspartner und Freund meines Vaters. Sponsor von Eintracht Hamburg. Der ist nett, ich mag ihn.«

»Gut. Mit dem haben wir jetzt nämlich eine Besprechung.«

»Ah. Prima«, sagte ich und erhob mich von meinem Stuhl. »Na dann mal los.«

»Willst du nicht wissen, worum es bei der Besprechung geht?«

Ich zuckte mit den Schultern. »Nö.«

»Äh ... ich sag's dir einfach trotzdem. Zum einen will er seine Yacht zur Reparatur bringen. Und zum anderen will er über den Ocean Cruiser sprechen. Beziehungsweise, *wir* wollen mit *ihm* darüber sprechen, ihm das Projekt vorstellen und ihm im besten Fall natürlich einen verkaufen.«

»Klar. Dann wollen wir ihn doch nicht warten lassen, oder?« Ich lächelte Daniel liebreizend an und ging in Richtung Tür.

»Marie?«

Ich drehte mich zu ihm um. »Ja?«

Daniel deutete auf seinen Kopf. »Nimm's mir nicht übel, ich persönlich finde deinen Hut super, aber meinst du, du könntest ihn für die Besprechung absetzen?«

Ich fasste mir an den Kopf und stellte fest, dass ich vergessen hatte, meinen knallroten Schlapphut abzusetzen. »Selbstverständlich«, sagte ich zuckersüß. Ich nahm den Hut ab und warf ihn zu meiner Tasche aufs Sofa, um mir anschließend mit den Händen durchs Haar zu fahren. »So besser?«

Daniel musterte mich für ein paar Sekunden. »Du bist irgendwie komisch«, stellte er schließlich fest.

»Wieso das denn? Ich bin nicht immer zickig, weißt du?«

»Hm. Na, wenn du meinst.« Dann ging er mir voraus zum Besprechungsraum, und ich dackelte brav hinter ihm her. Gut aussehen, nett lächeln und Smalltalk halten – so lautete die Arbeitsanweisung meines Vaters, das war es, was ich seiner Meinung nach am besten konnte. Und etwas anderes würde ich in meiner gesamten Zeit in der Werft auch nicht machen. Mein Vater wollte ein Dummchen, das brav alles nachplapperte, was Daniel sagte? Das konnte er haben!

Daniel blieb vor einer Tür stehen und drehte sich zu mir um. Ich war so in meine Gedanken vertieft, dass ich beinahe in ihn hineingelaufen wäre. Unmittelbar vor ihm kam ich zum Stehen und sah zu ihm auf. ›Blaue Augen‹, schoss es mir durch den Kopf. ›Wieso hat der dunkelblaue Augen?‹ Das war meine Lieblingsaugenfarbe bei Männern, verdammt noch mal. Bis jetzt, denn das hatte Daniel Behnecke mir gründlich kaputtgemacht. Ich lächelte ihn betont liebenswürdig an und flötete: »Ist was? Worauf wartest du?«

Daniel sah mich misstrauisch an, dann öffnete er die Tür und hielt sie mir auf. Wir betraten den Konferenzraum, der in dunklen Tönen gehalten war. In der Mitte stand ein großer Tisch, an dem locker zwölf Personen wichtige Geschäfte abschließen konnten. Jetzt saß jedoch lediglich Herr Wolf hier, einsam und verloren vor einem der drei mit Kaffeetassen eingedeckten Plätze. Bei unserem Anblick erhob er sich. »Ah, Herr Behnecke und ... *Marie* Ahrens?«

»Meine Schwester ist leider krank geworden«, sagte ich. »Daher springe ich bis auf Weiteres für sie ein.«

»Ach herrje«, sagte er bestürzt. Er reichte mir die Hand und drückte sie fest. »Ich hoffe, es ist nichts Ernstes.«

»Es ist eine längerfristige Sache, und momentan können wir noch nicht absehen, wann Frau Ahrens wiederkommt«, sprang Daniel für mich ein. »Aber dafür ist ihre Schwester ja jetzt hier.«

Herr Wolf wollte meine Hand gar nicht mehr loslassen und legte nun auch noch seine zweite obenauf. »Das tut mir sehr leid«, sagte er mit betroffener Miene. »Ich habe Ihre Schwester sehr geschätzt. Sie war eine clevere Geschäftsfrau.«

Ich befreite meine Hand aus seinem Klammergriff. »Das ist sie immer noch. Sie ist ja nicht tot.«

»Nein, natürlich nicht«, sagte Herr Wolf erschrocken. »So habe ich das nicht gemeint.« Seine kleinen, klugen Augen blickten noch kummervoller drein. Hilfe suchend drehte er den Kopf in Daniels Richtung, doch bevor der etwas sagen konnte, lächelte ich Herrn Wolf an und deutete auf seinen Stuhl. »Schon gut. Setzen Sie sich doch.«

Er tat, wie ihm geheißen, und Daniel und ich nahmen ihm gegenüber Platz.

Am besten schaltete ich sofort in den ›Smalltalk halten und nett lächeln‹-Modus. »Ist das nicht ein Traumwetter draußen?«, fragte ich und deutete zum Fenster. »Wenn das so weitergeht, kriegen wir noch einen Jahrhundertsommer.«

»Das hoffe ich«, erwiderte er. »Perfektes Segelwetter. Daher ist es mir ja auch so wichtig, dass meine Diva schnellstmöglich wieder fit gemacht wird. Ich habe Herrn Behnecke schon am Telefon erzählt, dass mir gestern dieses Missgeschick beim Anlegen passiert ist, und nun habe ich große Angst um meinen anstehenden Segeltörn.«

»Hm, das ist wirklich zu dumm«, sagte ich teilnahmsvoll. Dann fiel mein Blick auf seine leere Tasse, und ich rief: »Ach, aber ich bin so unaufmerksam! Möchten Sie vielleicht einen Kaffee?« Ich griff nach der Thermoskanne, die auf dem Tisch bereitstand und schenkte Herrn Wolf ein. »Milch und Zucker?«, fragte ich eifrig, und gab, ohne seine Antwort abzuwarten, Milch und zwei Teelöffel Zucker in seinen Kaffee. Schließlich schnappte ich mir seinen Löffel, um gründlich umzurühren, wobei ich ihm ein strahlendes Lächeln schenkte.

Herr Wolf sah mich verdattert an. »Danke. Das ist sehr ... liebenswürdig.«

»Sie sollten auch unbedingt von den Plätzchen probieren, die sind köstlich.« Ich schob ihm die Etagere mit Supermarktkeksen rüber. »Hier, nehmen Sie eins.«

Herr Wolf nahm sich artig ein Plätzchen. »Vielen Dank.«

Nun wandte ich mich an Daniel, der mich ziemlich irritiert beobachtete. »Darf ich dir auch ein Tässchen anbieten?« Meine Hand wanderte schon zur Kanne, doch er griff eilig danach und schenkte erst mir und anschließend sich selbst ein. »Gut, dann sind wir ja alle versorgt«, sagte er.

»Genau, bestens«, beteuerte Herr Wolf in meine Richtung. »Frau Ahrens kümmert sich ja ganz rührend um mich. Was meine Diva angeht ...«

»Sagen Sie, wie geht es denn eigentlich Ihrer bezaubernden Frau?«, unterbrach ich ihn und lächelte immer noch so honigsüß, dass es wehtat.

Er runzelte kurz die Stirn, hatte sich jedoch schnell wieder im Griff. »Danke, sehr gut. Sie ist immer noch ganz verrückt nach diesem schrecklichen Hund, aber was will man machen?«

»Aber das ist doch ein reizendes Tierchen«, behauptete ich, obwohl ich Frau Wolfs verzogenen Köter hasste wie die Pest. Frau Wolf selbst war mir auch nicht viel sympathischer.

Daniel räusperte sich. »Um mal zu Ihrer Diva zurückzukommen – ich habe mir den Schaden heute Morgen angesehen. Sie wissen sicher selbst, dass da ganz erhebliche Reparaturen nötig sind, und unsere Auftragsbücher sind voll. Wann genau soll Ihr Törn denn losgehen?«

»Anfang Juni.«

»Das wird eng. Ich kann Ihnen nicht versprechen, dass wir das hinkriegen, da muss ich erst mal mit Herrn Kröger, unserem Schiffsbaumeister, sprechen.«

Die Enttäuschung war Herrn Wolf deutlich anzusehen. »Mir ist bewusst, dass das kurzfristig ist, aber ich habe mich wirklich schon sehr auf diesen Törn gefreut.«

Der Arme tat mir richtig leid. Bei der Frau und dem Hund konnte sein Privatleben nicht besonders freudvoll aussehen.

»Wie wäre es, wenn Sie für Ihren Törn ein Boot chartern?«, fragte Daniel. »Nehmen Sie doch eins von unseren, wir ...«

»Wie wäre es, wenn die Diva rechtzeitig wieder klargemacht wird, damit Herr Wolf mit seinem eigenen Boot fahren kann?«, fiel ich Daniel ins Wort. Wenn Herr Wolf schon zu Hause nichts zu lachen hatte, sollte er doch wenigstens mit seiner geliebten Diva in See stechen können.

»Das wäre natürlich super, aber wir werden das möglicherweise nicht hinkriegen«, sagte er und signalisierte mir, dass ich die Klappe halten sollte.

»Ach, Quatsch. Das ist bestimmt überhaupt kein Pro...«

Mitten im Wort hielt ich inne, denn Daniel verpasste mir unter dem Tisch unauffällig einen leichten Tritt. Hatte der sie noch alle? »...blem«, beendete ich meinen Satz. Ich spürte förmlich, wie von Daniel ein eiskalter Wind zu mir rüberwehte, und der Blick, mit dem er mich bedachte, hätte locker ein ganzes Königreich zum Erfrieren gebracht. »Frau Ahrens hat höchstes Vertrauen in unsere Mitarbeiter«, sagte er zu Herrn Wolf. »Ich werde sehen, was sich machen lässt. Aber wie gesagt, versprechen kann ich Ihnen nichts.«

»Vielen Dank«, sagte Herr Wolf. »Dann bleibt mir ja noch ein Funken Hoffnung.«

Ich besann mich wieder auf meine Rolle als gut aussehendes und nett lächelndes Plaudertäschchen und warf möglichst elegant mein Haar über die Schulter. »Was macht denn eigentlich die Eintracht?«, erkundigte ich mich. »Seit Sie Patrick Weidinger haben ziehen lassen, läuft da ja mal wieder gar nichts mehr. Können Sie ihn nicht zurückholen?«

»Ich fürchte nicht«, sagte Herr Wolf bedauernd. »Er und seine Freundin fühlen sich sehr wohl in München.«

»Ja, aber wenn nicht bald ein passender Ersatz gefunden wird, geht's endgültig abwärts, und da würde mir echt das Herz bluten. Ich bin seit meiner Geburt Eintracht-Fan.«

»Na, ich doch auch«, beteuerte Herr Wolf. »Wie sieht es bei Ihnen aus, Herr Behnecke? Eintracht, HSV oder St. Pauli?«

Ich war mir sicher, dass Daniel gar nicht an Fußball interessiert war, aber trotzdem behaupten würde, er sei Eintracht-Fan, um sich bei Herrn Wolf einzuschleimen. »St. Pauli«, antwortete er. »Alte Seefahrerfamilientradition.«

»Dein Vater fährt zur See?«, fragte ich überrascht.

»Er ist zur See gefahren. So wie mein Opa.«

»Wie cool.« Ich war ehrlich beeindruckt. »Als Kind wollte ich auch eine Zeit lang Käpt'n werden. Aber um mal auf die

Eintracht zurückzukommen, ich finde, die müssten ihr Spielsystem grundlegend ändern.«

Herr Wolf und ich plauderten über verschiedene Fußball-Spieltaktiken, während Daniel immer wieder versuchte, das Gespräch in geschäftliche Bahnen zu lenken. Nach einer Weile ging er zum Sideboard, kramte in einer Schublade und kam mit einem Hochglanzprospekt zurück an den Tisch. Auf der Frontseite war der strahlend weiße Ocean Cruiser 2100 abgebildet, in voller Fahrt auf hoher See, mit vier schönen und glücklichen Menschen an Bord, die Champagner schlürften. »Also, Herr Wolf«, sagte Daniel, als er sich wieder zu uns setzte. »Sie sind ja heute nicht nur hergekommen, um über Fußball zu sprechen, sondern weil Sie sich über den Ocean Cruiser informieren möchten.«

»Tja, meine Diva ist nicht mehr die Jüngste«, sagte er, was reichlich untertrieben war, denn sie war ein wunderschöner Oldtimer aus dem Jahre 1926. »Und meine Frau ist wirklich sehr interessiert an Ihrem Ocean Cruiser.«

Daniel legte den Prospekt so herum, dass Herr Wolf die Schrift lesen konnte. »Dann lassen Sie mich Ihnen ...«

»Also bitte«, unterbrach ich ihn und verdrehte lachend die Augen – ganz das Dummchen. »Jetzt wird hier doch nicht etwa schon wieder in Gegenwart einer Dame über Geschäftliches gesprochen.«

Für ein paar Sekunden war es so still im Raum, dass man vom Innenhof einen der Werftarbeiter fluchen hören konnte. Herr Wolf und Daniel starrten mich perplex an. Daniel fing sich als Erster. »In Gegenwart der Dame, die noch vor einer Minute keine Schwierigkeiten damit hatte, äußerst intensiv über Fußball zu quatschen?«

Auch Herr Wolf zeigte sich von meiner Damenhaftigkeit wenig beeindruckt. Ein beinahe strenger Ausdruck trat in seine sonst so freundlichen Augen. »Ich hatte angenommen, Sie wären hier, um über Geschäftliches zu sprechen. Also dann.« Er klopfte entschlossen mit den Händen auf die Tischplatte. »Lassen Sie mal hören. Was hat Ihr Ocean Cruiser, das meine Diva mir nicht bieten kann, Frau Ahrens?«

»Oh, aber diese Frage kann doch unser Schiffsbauingenieur viel besser beantworten«, sagte ich. »Daniel, schieß los.«

Daniel fing an, einen Vortrag über den Ocean Cruiser zu halten, und widerstrebend musste ich zugeben, dass es Spaß machte, ihm zuzuhören. Doch trotz allem sprang seine Begeisterung nicht wirklich auf mich über. In diesem Boot steckte so viel Luxus, so viel unnützer Tüdelkram. Was hatte das noch mit Segeln zu tun? Diese Yacht passte einfach nicht zu den anderen Booten aus dem Hause Ahrens, sondern stach daraus hervor wie das Burj al Arab aus einer Reihe uriger Frühstückspensionen.

»Das klingt wirklich beeindruckend«, meinte Herr Wolf, nachdem Daniel seinen Vortrag beendet hatte. Er betrachtete den Prospekt und rieb sich das Kinn. »Ich gebe zu, dass dieses Boot durchaus seine Reize hat. Aber ... ich weiß nicht. Meine Diva ist eine treue Seele. Vielleicht ist es das, was mir an Ihrem Ocean Cruiser fehlt: die Seele.«

Am liebsten hätte ich applaudiert und ›Genau! So geht es mir auch!‹ gerufen, doch selbstverständlich hielt ich meine Klappe.

Herr Wolf sah zu mir auf. »Und was sagen Sie zum Ocean Cruiser, Frau Ahrens?«

Ha, wenn ich das vor einem potenziellen Kunden offen zugeben würde, würden mein Vater und Daniel mich lynchen. Ich deutete mit dem Daumen auf Daniel. »Was er gesagt hat. Herr Behnecke hat es ja sehr eindrücklich dargelegt. Ich hab da gar nichts hinzuzufügen«, erklärte ich und lächelte strahlend.

Daniel stöhnte kaum hörbar auf.

In Herrn Wolfs Augen flackerte es enttäuscht auf. »Hm. Na gut. Ich muss mir die Sache noch mal durch den Kopf gehen lassen, so eine Anschaffung macht man ja nicht im Vorbeigehen.«

»Natürlich«, sagte Daniel. »Und Sie sind jederzeit herzlich eingeladen, den Ocean Cruiser Probe zu segeln.«

Wir erhoben uns, und Daniel und ich begleiteten Herrn Wolf bis vor die Tür.

»Tschüs, Frau Ahrens. Herr Behnecke«, sagte er, als er uns zum Abschied die Hand gab. »Sie sagen mir Bescheid, ob Sie die Diva bis Anfang Juni reparieren können?«

»Ja, natürlich«, erwiderte Daniel.

»Sehr gut.« Nun wandte er sich an mich. »Oh, und meine besten Grüße und Genesungswünsche an Ihre Schwester.«

»Vielen Dank. Werde ich ausrichten.«

Wir sahen ihm nach, wie er auf seinen kurzen Beinen zum Tor ging. Kaum war er aus unserem Sichtfeld verschwunden, fuhr Daniel mich an: »Was war das denn bitte für eine Vorstellung? Vielen Dank für diese eindrucksvolle Zeitreise in die Fünfzigerjahre. *Was er gesagt hat*«, äffte er mich nach. »*Ich habe gar keine eigene Meinung zu diesem Thema.*«

Gleichgültig hob ich die Schultern. »Laut meinem Vater ist das doch genau das, was ich hier machen soll: Nett lächeln und Smalltalk halten.«

»Wie bitte? Was für ein Schwachsinn! Jeder, der auch nur einen Funken Verstand in der Birne hat, kann sich denken, dass man in einem Geschäftstermin auch mal einen Satz mit Substanz fallen lassen sollte. Das kann ja wohl nicht so schwer sein.«

»Doch, denn ich kenne den Ocean Cruiser nicht, und wie du sehr wohl weißt, habe ich weder Interesse an noch Ahnung von diesem ganzen ... Bootskram.«

Daniel sah mich fuchsteufelswild an, dann packte er mich am Arm und zerrte mich durch das Tor zur Marina.

»Lass mich los!«, fauchte ich, doch er dachte gar nicht daran. Er schleifte mich geradezu hinter sich her, bis wir auf dem Steg angekommen waren und direkt vorm Ocean Cruiser standen. »Da, junges Fräulein Ahrens, Tochter eines Bootsbauers! Das ist ein Boot.« Er zeigte auf die verschiedenen Bereiche der Yacht. »Rumpf, Deck, Mast, vorn ist der Bug, hinten das Heck. Links ist backbord, rechts ist steuerbord. Schon mal gehört, diese Ausdrücke?«

Obwohl ich ihn aufgrund seiner Arroganz am liebsten ins Wasser gestoßen hätte, atmete ich nur tief durch und strich mir den Pony aus der Stirn. »Nein, tut mir leid, da klingelt leider gar nichts.« Ich warf einen Blick auf meine nicht vorhandene Armbanduhr. »So, dann mach ich mich mal auf den Weg. Wir sehen uns morgen. Wobei, morgen komme ich nicht, ich möchte den Tag mit Christine verbringen.«

Daniels Augen schossen giftige Pfeile auf mich ab, und ich konnte mir gut vorstellen, dass er nun ebenfalls das starke Bedürfnis verspürte, mich ins Wasser zu schubsen. »Du bist echt unglaublich!«

Ich winkte ab. »Man tut, was man kann. Also, wir sehen uns.« Damit drehte ich mich um und wollte schon davonmarschieren, doch er packte mich erneut am Arm und wirbelte mich zu sich herum. »Du bleibst gefälligst hier! Bevor du auch nur daran denkst, abzuhauen, werde ich dich erst mal zu den Jungs in der Projektplanung und in der Produktion bringen. Und dann kannst du sie gleich selbst fragen, ob es ein *Problem* ist, Herrn Wolfs Yacht bis Anfang Juni klarzumachen. Was hast du dir überhaupt dabei gedacht?«

Ich riss mich von ihm los. »Was hast *du* dir überhaupt dabei gedacht, mich zu treten?«

»Ich habe dich nicht getreten, ich habe dich vorsichtig angestupst.«

»Du hast mich getreten.«

»Habe ich nicht!«

»Oh doch!«, rief ich starrsinnig. »Herr Wolf ist ein alter Stammkunde, dem du darüber hinaus den Ocean Cruiser andrehen willst. Da kann es ja wohl nicht schaden, ihm ein bisschen entgegenzukommen. Eine Hand wäscht die andere. Du weißt schon, hanseatische Kaufmannsehre und so.«

»Hä? Das hat doch nichts mit hanseatischer Kaufmannsehre zu tun.«

»Doch, hat es.«

»Nein, das hat rein gar nichts mit ...« Er unterbrach sich mitten im Satz, schloss kurz die Augen und schüttelte den Kopf. »Wie auch immer. Können wir jetzt endlich los?«

»Aber gerne doch. Und zerr bloß nicht wieder an mir rum, als wäre ich ein Sträfling, der zum Galgen geführt wird.«

Daniel trat einen Schritt zurück und machte eine übertrieben galante Geste. »Bitte sehr. Nach dir.«

Schweigend machten wir uns auf den Weg zurück ins Bürogebäude, gingen an Frau Niemann vorbei die Treppe rauf und den langen Flur runter. An der hintersten Tür klopfte Daniel an, und wir betraten ein ziemlich chaotisches Büro. Zwei Männer sahen von ihren Schreibtischen auf.

»Moin zusammen«, begrüßte Daniel die beiden. »Ich bring euch Frau Ahrens vorbei. Wie ihr wisst, hat sie heute ihren ersten Tag hier.« Zu mir sagte er: »Das sind unsere Projektmanager. Sie planen und entwerfen die Boote, überwachen den Bau und machen mit mir zusammen den Vertrieb.«

»Wow«, sagte ich anerkennend. »Klingt ja nach 'ner Menge Arbeit.«

»Ist es auch«, sagte der Ältere von den beiden. Er war um die fünfzig, hatte schütteres graues Haar und trug eine große Brille.

Ich kannte ihn noch von früher und ging mit ausgestreckter Hand auf ihn zu. »Hallo, Herr Weinert. Wie geht's Ihnen?«

»Danke, muss ja.«

»Das ist Matthias Vollmann«, sagte Daniel und zeigte auf einen blonden, gut aussehenden Mann, der im gleichen Alter war wie er. »Er kümmert sich übrigens auch um unsere EDV.«

»Also falls Sie mal ein Problem mit Ihrem Rechner haben«, sagte Herr Vollmann, als er mir die Hand gab, »wenden Sie sich gern an mich. Sie wissen ja: Dem Ingeniör ist nix zu schwör.«

Ich stimmte in sein Lachen ein. »Vielen Dank, das mach ich.«

»Wie geht es denn Ihrer Schwester?«, fragte Herr Vollmann.

»Danke, ganz gut. Den Umständen entsprechend.«

Ein besorgter Ausdruck trat in seine braunen Augen. »Wären Sie so nett und würden sie von mir grüßen?«

»Ja, natürlich«, sagte ich und fand ihn gleich sympathisch.

»Von mir bitte auch«, schaltete Herr Weinert sich ein.

»Klar. Herr Wolf war übrigens vorhin hier, ich weiß nicht, ob Sie ihn kennen«, sagte ich im Plauderton. »Es ging unter anderem um seine Diva, also seine Segelyacht.«

»Selbstverständlich kennen wir ihn. Und seine Yacht. Die ist gerade erst im Februar groß gewartet worden«, sagte Herr Weinert.

»Ja, aber Herrn Wolf ist gestern ein kleines Malheur beim Anlegen passiert, und er hätte seine Diva bis Anfang Juni gerne wieder startklar. Herr Behnecke ist total negativ und hält das für unmöglich. Aber die Jungs in der Produktion kriegen das doch hin, oder?«

Herr Weinert sah mich entgeistert an, und auch Herr Vollmann schien sich zu fragen, ob er richtig gehört hatte.

»Das würden sie hinkriegen«, sagte Herr Weinert, als er sich wieder gefangen hatte. »Wenn sie sonst nichts zu tun hätten. Aber momentan ist die Werft mehr als ausgelastet.«

»Könnte man Herrn Wolf nicht einfach dazwischenquetschen?«

Herr Weinert kniff seine Augen zusammen. »Und wo zwischen sollen wir ihn bitte quetschen? Wir haben Liefertermine einzuhalten.«

»Schieben Sie doch einfach den Kunden, den Sie am wenigsten leiden können, nach hinten.« Für mich klang das eigentlich nach einem ziemlich vernünftigen Vorschlag, doch ich spürte förmlich, wie Daniels Körper neben mir sich vor Entsetzen versteifte. Auch Herr Weinert erstarrte zur Salzsäule.

Nur Herr Vollmann fing nach ein paar Schocksekunden an zu grinsen. »Mir würde da schon jemand einfallen. Einer meiner Kunden hat seine Zweityacht in Reparatur gegeben. Der kann auch gut ein paar Wochen länger warten.«

»Das ist nicht die Art, wie wir hier arbeiten!«, bellte Herr Weinert mit hochrotem Kopf. »Ihre Schwester hätte so etwas nicht mal ansatzweise in Betracht gezogen, und Ihr Vater schon gar nicht!« Hilfe suchend wandte er sich an Daniel. »Was sagst du denn überhaupt dazu? Das ist doch wohl alles ein schlechter Scherz!«

»Du hast recht, das ist nicht die Art, wie wir hier arbeiten«, sagte Daniel. »Aber unterm Strich hat Frau Ahrens auch nicht ganz unrecht. Zum einen ist Herr Wolf ein alter Stammkunde und zum anderen: Wenn wir die Reparatur nicht übernehmen, macht es garantiert jemand anders und freut sich über die Kohle.« Herr Weinert wollte etwas einwerfen, doch Daniel fuhr unbeirrt fort: »Frau Ahrens und ich werden jetzt erst mal mit Herrn Kröger sprechen.«

Ich lächelte aufmunternd in die Runde. »Wie heißt es doch so schön: Man wächst an seinen Aufgaben. Ein bisschen mehr Flexibilität hat noch keinem geschadet.«

Daniel sah mich fassungslos an, und Herr Weinert machte ganz den Eindruck, als würde er jeden Moment Feuer spucken. Vorsichtshalber trat ich einen Schritt zurück.

»Gut, dann machen Frau Ahrens und ich uns auf den Weg zu Herrn Kröger«, sagte Daniel. »Wir sehen uns später.«

»Tschüs, die Herren. Schönen Tag noch.«

Als Daniel und ich die Tür hinter uns geschlossen hatten und zur Produktionshalle gingen, sagte ich: »Na siehst du. Das ist doch ganz gut gelaufen. Okay, Herr Weinert ist nicht gerade mein größter Fan, aber wenn ich mich recht erinnere, konnte der mich schon als Kind nicht leiden.«

Daniel schnaubte. »Ich weiß langsam echt nicht mehr, was ich sagen soll. Mehr Flexibilität? Schieben Sie einfach den Kunden, den Sie am wenigsten leiden können, nach hinten? Geht's noch? Du bist noch nicht mal zwei Stunden hier und willst Herrn Weinert, der seit zwanzig Jahren in der Werft arbeitet, erzählen, wie er seinen Job machen soll?«

»Um Gottes willen, nein. Ich will niemandem erzählen, wie er seinen Job machen soll. Ich bin nur zum Lächeln und Smalltalk halten hier.« Inzwischen waren wir an der Produktionshalle angekommen, und ohne Daniel eines weiteren Blicks zu würdigen, schob ich die große Tür zur Seite und trat ein. Augenblicklich schlugen mir altbekannte Geräusche entgegen. Die Fräse kreischte, von einer Werkbank plärrte ein Radio und metallene Hammerschläge dröhnten durch den Raum. Etwa sieben Männer in blauen Overalls arbeiteten an den Booten oder Maschinen. Daniel führte mich von Arbeitsstation zu

Arbeitsstation und stellte mich den Männern kurz vor. Schließlich waren wir bei Herrn Kröger angekommen, einem kleinen, rundlichen Mann mit schlohweißen Haaren und eindrucksvollem weißem Vollbart. Er arbeitete schon seit mehr als vierzig Jahren auf der Werft, und ich kannte ihn von Geburt an. »Ach, kiek an, Frau Ahrens«, sagte er und reichte mir seine ölverschmierte Hand. »Ich dachte schon, Sie kommen uns heute gar nicht mehr besuchen.«

›Sie‹? Was war mit dem denn los? Er hatte mich noch nie im Leben gesiezt. »Hallo Herr Kröger. Wie geht's Ihnen?« Ich ergriff seine Hand und störte mich nicht daran, dass sie schmutzig war. Dafür war ich viel zu froh, sein freundliches Gesicht endlich mal wieder zu sehen. Okay, man konnte Herrn Krögers Gesicht nicht wirklich als freundlich bezeichnen, denn seine Stirn war meistens in tiefe Falten gelegt. Aber in seinem Innersten war er gar nicht so brummelig, wie es äußerlich den Anschein machte.

»Muss ja, nä?«, sagte er.

»Das ist Finn Andersen, er ist Bootsbauer-Azubi im zweiten Lehrjahr«, sagte Daniel, als ein junger Mann neben Herrn Kröger auftauchte. Dann deutete er auf mich. »Und das ist Marie Ahrens.«

Finn Andersen war vielleicht achtzehn Jahre alt und so groß und schlaksig, dass er und der kleine, runde Herr Kröger ein ziemlich seltsames Gespann abgaben. »Moin, Frau Ahrens«, begrüßte er mich und lächelte schüchtern.

»Moin, Herr Andersen. Nett, Sie kennenzulernen.«

Seine Ohren liefen rot an, was ich irgendwie süß fand. »Ähm, Danke. Schön, dass Sie jetzt auch an Bord sind.« Er warf einen unsicheren Blick zu Herrn Kröger und Daniel, als wäre er sich nicht sicher, ob er mit seiner Aussage zu weit gegangen war.

Daniel äußerte sich nicht dazu, doch Herr Kröger brummelte: »Wird ja auch mal Zeit, dass Sie Ihren Platz auf der Werft einnehmen. Wenn man sich auch andere Umstände gewünscht hätte.«

»Frau Ahrens hat übrigens ein Anliegen«, sagte Daniel, der offensichtlich gleich zur Sache kommen wollte.

»Aha. Und worum geht's? Mach doch mal das blöde Radio aus, Arndt!«, bölkte Herr Kröger quer durch die Halle. »Man versteht ja sein eigenes Wort nicht!«

Zwei Sekunden später hörte das Radio auf zu plärren. Ein paar der Werftarbeiter musterten uns neugierig.

»Geht doch«, murmelte Herr Kröger zufrieden. »Und was ist das für 'n Anliegen?«

»Es geht um Herrn Wolfs Diva«, sagte ich. »Er braucht sie bis Anfang Juni zurück, weil er einen Törn geplant hat.«

Herr Kröger brach in bellendes Gelächter aus. »Na, der ist gut. Hab mir den Kahn vorhin angesehen, der ist ja nu so richtig im Ar... hinüber. Da soll er sich mal irgend 'nen Döspaddel für suchen. Ich wünsch ihm viel Glück.«

Ich lächelte ihn möglichst gewinnend an. »Wie wäre es denn, wenn Sie dieser Döspaddel sind, Herr Kröger?«

Es schien mir, als wäre die ganze Welt verstummt. Zumindest in dieser Halle war kein Mucks mehr zu hören.

Herrn Krögers weiße, buschige Augenbrauen schoben sich noch enger zusammen, als er mich unheilvoll musterte. »Ich? Ich soll der Döspaddel sein?«

»Na ja, ich frage nur, ob das nicht eventuell geht«, sagte ich. »Herr Vollmann hat einen Kunden, den man nach hinten schieben und Herrn Wolf dafür vorziehen könnte.«

»Hm. Könnte man das, ja?«

»Sie kriegen das doch hin, Herr Kröger, oder? Wenn nicht Sie, wer denn dann?«, schmeichelte ich.

Er rieb sich seinen weißen Bart und sah rüber zu Daniel. »Wenn es nicht machbar ist, wird Frau Ahrens das Herrn Wolf natürlich auch mitteilen«, sagte der.

»Nicht machbar«, wiederholte Herr Kröger nachdenklich und sah zwischen mir und Daniel hin und her. »Machbar ist das schon. Da werden aber ein paar Zusatz- und Wochenendschichten fällig.«

Ich hörte ein paar der Männer aufstöhnen. »Vielen Dank, Herr Kröger.« Ich warf Daniel einen triumphierenden Blick zu. »So, dann muss ich auch mal los. Also, bis mor… ach nee, morgen komme ich nicht, also bis Mittwoch.« Hilfe, wieso glotzten mich denn jetzt alle an, als hätte ich soeben verkündet, dass Bayern München mein Lieblingsfußballverein sei? »Schönen Tag noch, Tschüs dann«, rief ich und huschte nach draußen.

Ich hatte den Hof halb überquert, da hörte ich schnelle Schritte hinter mir und kurz darauf spürte ich, wie mir jemand an die Schulter tippte. Ich drehte mich um und blickte in Herrn Krögers Gesicht. »Sag mal, hast du 'n Rad ab, Mädel?«

»Was, wieso?«, fragte ich verwirrt. »Und wieso haben Sie mich da drinnen gesiezt?«

»Weil ich dir vor den anderen mit Respekt begegnen will!«, donnerte er. »Du wirst es hier ohnehin schon schwer genug haben. Und das ist auch der einzige Grund, weswegen ich mich darauf eingelassen habe, diesen Herrn Wolf bevorzugt zu behandeln. So was machen wir normalerweise nämlich nicht!«

»Ich wollte doch nur, dass er seine Diva schnellstmöglich wiederkriegt«, protestierte ich. »Außerdem habe ich wirklich nicht gedacht, dass das so ein großes Problem ist. War es früher doch auch nicht.«

»Die Zeiten ändern sich«, sagte Herr Kröger knapp. »Und

dass du jetzt nach Hause gehst, nachdem du den Mitarbeitern Überstunden und Wochenendarbeit aufgebrummt hast, ist wirklich das Allerletzte, Marie Ahrens! So geht das nicht. Ich geb dir jetzt mal einen guten Rat: Bring dein Fusselhirn in Ordnung und werd endlich erwachsen.«

So aufgebracht hatte ich ihn noch nie erlebt. »Tut mir leid«, sagte ich kleinlaut. »Ich hab da gar nicht drüber nachgedacht.«

»Das ist doch genau das Problem!«

»Aber ich muss wirklich los, ich ziehe heute bei Christine ein und muss noch packen. Und morgen will sie mir alles zeigen, bevor ihre Behandlung am Mittwoch losgeht.«

Seine grimmige Miene wurde etwas weicher. »Schlimm, das mit deiner Schwester. Grüß sie von mir. Und kümmere dich trotzdem um dein Fusselhirn.« Damit drehte er sich um und stapfte zurück zur Halle.

Ich hole meine Sachen und die Dose mit den Apfelkeksen, die Frau Brohmkamp (für Christine!!) gebacken hatte und verabschiedete mich von ihr. »Tschüs dann, Frau Brohmkamp. Wir sehen uns Mittwoch«, sagte ich und lächelte sie freundlich an.

Frau Brohmkamp sah demonstrativ auf ihre Armbanduhr. »Schönen Feierabend, Frau Ahrens.«

Na toll. Gerade mal den ersten Tag geschafft und schon hassten mich alle. Eins stand jedenfalls fest: Das hier würde definitiv *nicht* heiter werden.

Familie für Anfänger

Christines Haus befand sich in einer ruhigen Wohnsiedlung in Othmarschen. Hinter hohen Hecken standen Einfamilienhäuser, die nicht unbedingt Villen waren, aber dennoch deutlich zeigten, dass ihre Besitzer nicht am Hungertuch nagten. Als ich mit meinem Rollköfferchen und meinem Rucksack durch die Straßen zuckelte, bemerkte ich, wie ordentlich und hübsch es hier war. Bisher hatte ich das immer nur beiläufig registriert, doch jetzt, da ich hierherzog, verursachte es mir ein mulmiges Gefühl. Die Rollen meines altersschwachen Koffers rumpelten so laut über den Asphalt des Gehsteigs, dass es mir beinahe unangenehm war, und ich überlegte, ob ich den Koffer nicht besser tragen sollte. Die Autos an den Straßenrändern sahen neu aus und machten nicht den Anschein, als wären sie jemals versehentlich an einen Poller geditscht oder an einer Hecke entlanggeschrabbelt worden. Die Fenster in den Häusern blitzten in der Sonne, und in den kleinen Vorgärten blühten die Rhododendren um die Wette, als würden sie es gar nicht wagen, *nicht* haargenau das zu tun, was von ihnen verlangt wurde. Als ich Christines Haus erreicht hatte, atmete ich noch mal tief durch und klingelte an der Tür.

»Das ist bestimmt Marie! Ich mach auf!«, hörte ich Max' Stimme von drinnen und dann Tonis: »Nein, ich!« Fußgetrappel donnerte auf mich zu, als wäre eine Horde wild gewordener Stiere im Anmarsch, dann öffnete sich schwungvoll die Haustür und meine Nichte und mein Neffe standen vor mir.

»Hi, Marie«, sagte Max und strahlte über das ganze Gesicht. Seine Haare standen ihm wie immer wild vom Kopf ab, und dem Zustand seines T-Shirts nach zu urteilen hatte es gerade irgendetwas mit Marmelade gegeben. »Du wohnst jetzt bei uns, oder?«

»Hi, Max. Hi, Toni. Ja, ich wohne jetzt bei euch. Ich hoffe, das ist okay?«

Toni nickte, und ein Lächeln huschte über ihr oftmals so ernstes Gesicht. »Ich find's voll cool.«

»Schön«, sagte ich und strich ihr eine Haarsträhne aus dem Gesicht. »Ich nämlich auch. Lasst ihr mich rein?«

»Klar. Wir haben gerade Pfannkuchen gegessen«, erklärte Max, als er in Richtung der offenen Küche, die mit dem Wohnzimmer verbunden war, voranmarschierte. Von einem Pfannkuchengelage war dort allerdings nichts mehr zu sehen. Alle Arbeitsflächen, der Herd und der Esstisch waren blitzblank. Nur Max' T-Shirt, der köstliche Duft und ein abgedeckter Teller auf dem Tresen deuteten darauf hin, dass hier soeben noch geschlemmt worden war. Ich lugte unter die Abdeckung des Tellers.

»Die sind für dich. Hat Mama gemacht. Sie kommt gleich und hat gesagt, du sollst schon mal essen.«

»Hab ich ein Glück!«, rief ich. Ich kickte meine Schuhe von den Füßen und warf meine Handtasche achtlos auf den Boden, dann holte ich mir Marmelade und eine Gabel und setzte mich an den Tresen, um den ersten Pfannkuchen mit Marmelade zu bestreichen. »Mmh, wie lecker. Ich sterbe vor Hunger.«

Toni sah mich aus großen Augen an. »Du hast einfach deine Schuhe und deine Tasche auf den Boden geworfen«, flüsterte sie so ehrfurchtsvoll, als hätte ich ihr eine Vorrichtung präsentiert, die auf Knopfdruck Hausaufgaben erledigen konnte.

»Ja, aber nur ausnahmsweise.«

Toni kicherte. »Und du redest mit vollem Mund.«

»Auch nur ausnahmsweise. Wo ist eure Mutter denn überhaupt?«

Max deutete mit dem Finger zur Decke. »Oben. Mama ist krank«, sagte er ernst und das Strahlen in seinen Augen verblasste. »Weißt du das schon?«

Ich schluckte schwer, und der eben noch so köstliche Pfannkuchen wurde zu einem zähen Brei in meinem Mund. »Ja, das weiß ich.«

Toni stupste ihm in die Seite. »Mann, du Doofie, deswegen wohnt Marie doch jetzt bei uns. Damit sie auf uns aufpassen kann. Und auf Mama. Neza passt auch auf uns und auf Mama auf. Und Max und ich passen auch auf Mama auf.«

»Nur Mama passt auf keinen auf«, fügte Max hinzu.

»Doch, sie passt auf sich selbst auf«, sagte ich. »Damit sie ganz schnell wieder gesund wird. Und für euch ist sie trotzdem immer da, das wisst ihr doch. Neza und ich helfen eurer Mama nur ein bisschen, weil sie vielleicht manchmal müde ist. Dann ist es doch gut, wenn wir alle zusammen auf sie aufpassen.«

Max und Toni schienen sich meine Worte durch den Kopf gehen zu lassen. »Aber wer passt denn eigentlich auf dich auf, Marie?«, wollte Max wissen.

Er schaute mich so besorgt an, dass ich einen Stich in meiner Brust spürte. »Auf mich muss niemand aufpassen. Mach dir mal keine Sorgen.«

Toni legte den Kopf schief. »Max und ich passen sonst auch noch ein bisschen mit auf dich auf.«

Ich kletterte von meinem Barhocker, um Toni an mich zu drücken. »Das ist lieb, Süße. Machen wir es doch einfach so: Wir alle passen aufeinander auf. Weil wir nämlich ein Team sind und ganz fest zusammenhalten. Okay?«

84

Max und Toni nickten eifrig. »Ist gut. Das machen wir.«

Max deutete auf sein Schlüsselbein. »Mama hat jetzt so einen Pott hier oben drin, und da wird eine Medizin reingemacht, von der sie wieder gesund wird.«

»Das heißt Port, mein Schatz«, erklang Christines Stimme hinter mir. Ich drehte mich um und sah sie in der Küchentür stehen. Mit gerümpfter Nase sah sie auf meine Schuhe und meine Handtasche, die auf dem Boden lagen. Dann schweifte ihr Blick auf den Tresen, wo noch der Teller mit dem Rest Pfannkuchen stand. »Marie, bist du bitte so nett und räumst deinen Kram weg?«

»Klar. Später«, sagte ich und stopfte den letzten Bissen in mich rein.

»Wie wäre es jetzt? Dann hast du es hinter dir.«

Ich stöhnte auf. Christine hatte schon immer einen Ordnungsfimmel gehabt. »Ist ja gut, Mutti«, brummelte ich und machte mich widerwillig ans Werk.

»Geht ihr doch noch mal raus in den Garten«, sagte Christine zu Toni und Max. »Ich zeige Marie so lange ihr Zimmer. Und danach können wir alle noch eine Runde Uno spielen. Habt ihr Lust?«

»Jaaa!«, riefen die beiden und stürmten schon durch die offene Terrassentür nach draußen.

»Auf Uno? Geht so«, meinte ich. »Wollen wir nicht lieber...«

Christine lachte. »Dich habe ich nicht gefragt. Du musst da jetzt durch.«

Ich konnte mir gerade noch ein Murren verkneifen. Während ich meinen Teller und die Gabel in die Spülmaschine beförderte, haderte ich mit meinem Schicksal. Ich hasste Uno. Hatte es immer schon gehasst und würde es immer hassen. Es gab kein Spiel auf der Welt, bei dem ich öfter verlor. Als ich mein Geschirr verstaut hatte, führte Christine mich die Treppe hoch. »Ich hab das Gästezimmer ein bisschen umgestaltet. Ich hoffe, es gefällt dir.« Oben angekommen öffnete sie die Tür und sagte: »Dann also herzlich willkommen.«

Bislang war das Gästezimmer ein ziemlich lieblos eingerichteter Raum gewesen, doch jetzt gab es dort eine weiße, gemütlich aussehende Couch mit Schlaffunktion und einen wunderschönen antiken Kleiderschrank. Auf den Holzdielen lag ein bunter Flickenteppich, unter dem Fenster stand ein dicker Lesesessel und davor ein kleiner Tisch, auf dem eine Vase mit Gerbera und eine Schale mit Äpfeln arrangiert waren. Sogar für ein Windlicht hatte Christine gesorgt. »Wow, wie schön! Vielen Dank, hier werde ich mich bestimmt wohlfühlen.« Mit Karacho warf ich meinen Koffer und den Rucksack auf die weiße Couch.

Christine zuckte zusammen. »Ähm, ja, gut. Das freut mich. Es ist alles ziemlich wild zusammengesucht, aber ich weiß ja, dass dir das gefällt.«

»Total. Da hast du dich aber mächtig ins Zeug gelegt, was?«

»Mhm«, machte Christine und blickte abwesend zur Couch. Schließlich ging sie rüber, hob meinen Rucksack hoch und stellte ihn auf den Boden. »Vielleicht wäre es besser, deine Taschen hier abzustellen. Wir wollen doch die schöne Couch nicht gleich am ersten Tag...« Ich sah Christine mit hochgezogenen Augenbrauen an, woraufhin sie sich mitten im Satz unterbrach. »Tut mir leid. Das ist dein Reich, du kannst hier natürlich machen, was du willst.«

»Ausgerechnet wir beide in einer WG«, seufzte ich. »Ordnungsfreak meets Chaos-Queen.«

»Wir kriegen das schon hin. Es ist ja auch gar kein Problem, wenn wir alle ein paar Spielregeln einhalten.«

Klar. Von Regeln hatte Christine immer schon viel gehalten. »Du meinst, wenn *ich* ein paar Spielregeln einhalte?«

»Na ja ... Ja. Ich hab dir eine Liste gemacht. Da ist alles ganz genau aufgeführt: unsere Grundsatzregeln zur Verhaltensweise bei Tisch zum Beispiel oder Ordnungsregeln für Küche, Bad, Wohnzimmer und Flur ...«

Meine Aufmerksamkeit schwand, während Christine im Hintergrund immer weitersprach. Allmählich dämmerte mir, dass dieses Zimmer der einzige Ort sein würde, an dem ich Luft holen und ich selbst sein konnte. Andererseits – die paar Regeln würden schon nicht so schwer einzuhalten sein. Und es hätte ja noch schlimmer kommen können. Zum Beispiel, wenn Christine nicht nur einen Ordnungsfimmel gehabt hätte, sondern auch noch eine blöde Kuh gewesen wäre. Aber das war sie nicht, ich liebte sie, und ich war hier, um ihr zu helfen.

»Marie!«

Christines Stimme riss mich aus meinen Gedanken. »Ja?«

»Hörst du mir überhaupt zu?«

»Doch, klar«, behauptete ich. »Liste, Regeln, Ordnung. Dann lass uns mal runtergehen, damit du mir deine Liste zeigen kannst.«

Wir waren schon fast durch die Tür, da drehte Christine sich um und kehrte zum Sofa zurück. »Den werde ich nur noch schnell ...« Sie vollendete ihren Satz nicht, sondern nahm meinen Koffer, stellte ihn auf den Boden und klopfte anschließend die vermeintlich entstandenen Flecken von der Couch.

»Deine Ordnungsliebe hat die Grenze zur Zwanghaftigkeit endgültig überschritten«, sagte ich kopfschüttelnd.

In der Küche setzten wir uns auf die Barhocker an der Kochinsel, tranken einen Tee und gingen Christines Liste durch: eine fünfzehnseitige Abhandlung über Haushaltsführung, tadelloses Verhalten und Kinderhüten. Sie hatte wirklich jeden einzelnen Aspekt berücksichtigt, egal, ob es um korrekte Mülltrennung, zugeschraubte Zahnpastatuben, essenstechnische Vorlieben und Abneigungen von Toni und Max oder deren Lieblingseinschlafgeschichten ging. Wenn ich diese Liste nur immer dabeihatte und befolgte, konnte wirklich gar nichts schiefgehen. »Manchmal hat dein Kontrollzwang auch Vorteile«, sagte ich, nachdem wir den letzten Punkt der Liste abgearbeitet hatten. »Das ist superhilfreich. Vielen Dank.«

»Gern geschehen. Wie war dein erster Tag im Büro?«

»Geht so. Ich hab ja im Grunde genommen gar keine Aufgaben da. Ist doch ein Spitzenjob, wie für mich gemacht. Die Werft interessiert mich eh nicht.«

Sie musterte mich nachdenklich. »Wenn du nur wolltest, Marie. Früher hast du doch ...«

»Früher ist lange her«, fiel ich ihr ins Wort. »Jedenfalls, bei Frau Brohmkamp hab ich mich heute gleich in die Nesseln gesetzt. Ich glaube, die hasst mich. Du hättest mal ihr Gesicht sehen sollen, als ich es gewagt habe, einen deiner ... Oh, warte!«, rief ich und lief in den Flur, um die Keksdose aus meiner Handtasche zu holen. »Hier. Die soll ich dir von Frau Brohmkamp geben. Sie hätte mich beinahe gehauen, als ich einen davon gegessen habe.«

Beim Anblick der Dose fingen Christines Augen an zu leuchten und sie strahlte wie ein kleines Kind an Weihnachten. Sie nahm den Deckel ab und sog tief den Duft ein. »Apfelkekse! Oh, Frau Brohmkamp, ich liebe Sie!«

Zu meinem Erstaunen nahm Christine keinen der Kekse heraus, um ihn augenblicklich zu verschlingen, sondern sie schloss den Deckel wieder und verstaute die Dose im obersten Fach des Hängeschranks. »Isst du die nicht?«

»Doch, klar.« Ihr Blick huschte in den Garten, wo Toni und

Max lauthals herumtobten. Dann sagte sie mit gesenkter Stimme: »Aber wenn die beiden die Apfelkekse entdecken, sind sie Geschichte. Ich bin hochgradig süchtig nach diesen Dingern, und ich ... will sie ganz für mich allein.« Ihre letzten Worte waren kaum noch zu hören. Bestürzt schlug sie eine Hand vor ihren Mund. »Mein Gott, ich bin eine Rabenmutter.«

Sie war rot angelaufen und sah so beschämt aus, dass ich lachen musste. »Oh ja, allerdings. Aber ich verstehe das. Diese Apfelkekse sind *deeeeiiiinnn Schatzzzz*.«

Christine stimmte in mein Lachen ein. »Genau. *Meeeiinnn Schatzzz.*«

»Warum lässt du dir von Frau Brohmkamp nicht einfach das Rezept geben? Dann kannst du dir so oft Apfelkekse machen, wie du willst. Also vermutlich täglich.«

»Keine Chance. Sie sagt, das sei ein altes Geheimrezept ihrer Familie, und sie weigert sich, es rauszurücken.«

»Verstehe. Damit hat sie dich in der Hand. Du kriegst deinen Stoff nur bei ihr. Ganz schön abgebrüht, die Gute.«

Christine seufzte tief. »Ich weiß. Richte ihr meinen besten Dank aus, ja? Jetzt hab ich was, auf das ich mich freuen kann, wenn ich Mittwoch von der Chemo nach Hause komme.«

Schlagartig hatte die Realität wieder Einzug gehalten, und das Lächeln verschwand aus meinem Gesicht. »Willst du da wirklich allein hin? Ich kann dich doch begleiten. Im Büro werden sie nicht mal mitkriegen, dass ich nicht da bin.«

»Nein, du gehst dahin, Marie. Ich lass mich doch nur ein paar Stunden lang mit Medis vollpumpen. Das schaffe ich schon.«

»Aber ich würde wirklich gerne bei dir sein. Dich ablenken, mit dir quatschen, dein Händchen halten. So was halt. Ich spiel sogar Uno mit dir und lass dich gewinnen.«

»Pff«, machte Christine. »Du *lässt* mich gewinnen? Alles

klar. Das ist wirklich nett von dir, aber ich werde einfach nur ein gutes Buch lesen und die Ruhe genießen.«

»Wir könnten zusammen aufs Klo gehen. Weißt du noch, damals, als du dich auf der Toilette im Yachtclub eingeschlossen hattest und nicht mehr rausgekommen bist? Da habe ich dich gerettet. Wenn dir das in der Klinik noch mal passiert, bist du allein auf weiter Flur. Die sind so unterbesetzt, dass sie es nicht mal merken, wenn jemand ...«

»Das in der Yachtclub-Toilette warst *du*, und *ich* habe dich gerettet«, unterbrach Christine mich.

»Ach, jetzt werd mal nicht kleinlich. Und tu nicht so, als könnte dir das nicht auch passieren. Außerdem ... Ich will halt einfach bei dir sein.«

»Ach, Mariechen.« Christine drückte mich fest an sich. »Du bist süß. Aber dass du so eine Klette bist, ist mir neu.«

»Bin ich doch gar nicht!«, protestierte ich.

»Na, dann lass mich allein zur Chemo gehen. Ich will dieser blöden Krebs-Sache keinen so großen Stellenwert einräumen, verstehst du? Wenn du neben mir sitzen und meine Hand halten würdest, hätte ich das Gefühl, dass etwas passiert, vor dem ich Angst haben muss. Und das will ich nicht. Ich *darf* keine Angst haben, schon allein wegen Toni und Max. Verstehst du das?«

Sie sah mich bittend an und wirkte in diesem Moment so verloren, dass es mir fast das Herz brach. Ich atmete tief durch, dann stieß ich spielerisch gegen ihre Schulter und sagte: »Ja, das verstehe ich. Okay, ich erlaube dir, allein zur Chemo zu gehen.«

Auf Christines Gesicht erschien dieses süße krausnasige Grübchen-Grinsen, das Toni von ihr geerbt hatte. Sie gab mir einen Kuss auf die Wange und flüsterte mir »Danke« ins Ohr.

»Aber morgen werde ich nicht ins Büro fahren, damit du

mir in Ruhe alles zeigen kannst. Und das lass ich mir nicht ausreden.«

»Nein, ausnahmsweise bin ich damit einverstanden, dass du die Arbeit schwänzt. Es gibt noch viel zu klären, bevor es am Mittwoch losgeht.« Christine stand auf und ging zur Terrassentür. »Kommt ihr rein? Marie will unbedingt Uno spielen!«

Ich streckte ihr die Zunge raus und konnte sie gerade noch rechtzeitig wieder einfahren, bevor Toni und Max in die Küche gestürmt kamen.

»Also, fangen wir an?«, fragte Christine. »Marie hat vorgeschlagen, dass ›4-ziehen‹-Karten doppelt zählen, wenn sie auf eine blaue Karte gelegt werden.«

»Cool!«, rief Max, während ich meine Schwester mit einem vernichtenden Blick bedachte. »Wie viel muss man denn dann ziehen?«

Wir gingen ins Wohnzimmer und setzten uns an den großen Tisch. Christine holte die Karten aus dem Sideboard und erklärte: »Überleg doch mal, Max. Wenn du vier Karten ziehen musst und dann noch mal vier. Wie viele sind das?«

Max zählte eifrig an den Fingern ab, bis er bei zehn angekommen war. Er stutzte für einen Moment, dann sah er auf und fragte mich: »Kannst du mir ein paar Finger leihen?«

Toni kicherte, doch mir gelang es unter Aufbringung all meiner Kräfte, ernst zu bleiben. »Für vier plus vier brauchst du keine Finger von mir, Max. Dafür reichen deine.«

»Du sollst sowieso nicht mehr mit den Fingern rechnen«, sagte Christine, als sie sich zu uns an den Tisch gesetzt hatte und anfing, die Uno-Karten zu mischen.

»Wieso denn nicht?«, fragte ich. »Das mach ja selbst ich noch manchmal.«

»Also echt, Marie. Wie du dein BWL-Studium geschafft hast, ist mir ein Rätsel.«

»Na, ich hab mit dem Mathe-Prof geschla...« Sie sah mich warnend an, und ich unterbrach mich im letzten Moment. »...gene zwei Monate lang gepaukt.« Puh. Gerade noch die Kurve gekriegt.

Christine fing an, die Karten zu verteilen. »Also Max? Wie viel ist vier plus vier?«

Max schaute ziemlich gequält aus der Wäsche, und ich bekam Mitleid mit ihm. Also kratzte ich mich so an der Nase, dass Christine meinen Mund nicht sehen konnte. Dann suchte ich Max' Blick und sagte tonlos: »Acht. Acht. Acht.«

Zunächst sah er mich verständnislos an, doch dann ging ihm ein Licht auf. »Acht!«, rief er.

»Super, Max«, lobte Christine. »Geht doch.«

»Marie hat's vorgesagt«, petzte Toni prompt.

»Ich weiß«, sagte Christine ungerührt. »Und Petzen ist fies, Toni.«

»Aber wir sollen doch immer die Wahrheit sagen.«

»Ja, aber ...« Christine schien nach Worten zu suchen.

Aha, jetzt hatte sich die Gute also in ihrem eigenen Regelwerk verlaufen. »Manchmal ist Lügen auch okay«, half ich ihr aus.

»Nein!«, rief Christine. »Lügen ist nicht okay. Du hast schon recht, Toni, ihr sollt immer die Wahrheit sagen.«

»Also schön«, sagte ich, um die Diskussion zu einem Abschluss zu bringen. »Es tut mir leid, dass ich Max vorgesagt habe, er hätte die Antwort bestimmt auch selbst rausgekriegt. Stimmt's, Max?«

»Klar«, behauptete er großkotzig. »Das war doch babyeierleicht.«

Ich nahm meine Karten auf und checkte schnell, was ich auf der Hand hatte. Das sah vielversprechend aus. »Oh, Leute. Ich mach euch so was von fertig, ihr könnt einpacken.«

»Du verlierst sowieso wieder, Marie«, behauptete Toni.

»Mit dem Blatt? Niemals! Und eins sag ich euch gleich, ich werde keine Rücksicht darauf nehmen, dass ihr Kinder seid.«

Christine lachte. »Marie, kannst du nicht *einmal* wie ein ganz normaler Mensch Gesellschaftsspiele spielen?«

»Nö.«

Eine Dreiviertelstunde später hatte ich keine Lust mehr, denn ich verlor eine Runde nach der anderen. Und zwar haushoch. »Ihr seid fies«, sagte ich beleidigt, nachdem ich mal wieder als Letzte noch gefühlt vierzig Karten auf der Hand hatte.

»Bist du jetzt sauer?«, fragte Max.

»Ja!«

»Liest du mir trotzdem noch eine Gutenachtgeschichte vor?« Er schaute mich aus seinen großen blauen Augen so süß an, dass mein Widerstand schmolz wie Schnee in der Sahara. »Klar. Das mach ich gerne.«

»Dann geht schon mal rauf«, sagte Christine. »Wir kommen in zehn Minuten nach.«

Toni und Max standen folgsam auf und liefen nach oben.

»Wow«, sagte ich beeindruckt. »Die hören ja echt aufs Wort.«

»Manchmal schon. Vor allem seit sie wissen, dass ich krank bin. Sie sind im Moment wahnsinnig anhänglich und kuschelbedürftig. Aber keine Sorge. Du wirst schon noch den ein oder anderen Tobsuchtsanfall miterleben. Das ist heute sozusagen Familie für Anfänger.«

Wir gingen rauf und kuschelten uns zu viert in Max' Bett, wo ich ein Kapitel aus *Jim Knopf und die Wilde 13* vorlas. Und dann gleich noch eins, weil ich so fasziniert von der Geschichte war.

Schließlich klatschte Christine in die Hände und sagte: »So, jetzt ist aber Feierabend.«

»Können wir nicht noch ein bisschen weiterkuscheln, Mama?«, fragte Toni und rückte noch näher an sie heran. Auch Max robbte von mir weg zu seiner Mutter. Christine legte beide Arme um ihre Kinder. »Na schön, ihr Monster«, sagte sie zärtlich.

Ich legte das Buch auf Max' Nachttisch und stand auf. »Ich geh schon mal runter. Gute Nacht.«

»Gute Nacht, Marie«, murmelten Max und Toni.

An der Tür drehte ich mich noch mal um und warf einen Blick auf meine Schwester und ihre Kinder. Sie hielten sich so fest umschlungen, dass man kaum noch sagen konnte, zu wem die einzelnen Gliedmaßen gehörten, und dieser Anblick ging mir durch Mark und Bein. Was, wenn das hier kein gutes Ende nehmen würde? Auch wenn Christine stark und stur wie tausend Ochsen war und ich im Grunde meines Herzens davon überzeugt, dass sie wieder gesund werden würde – es bestand nun mal die Möglichkeit, dass ich mich irrte. Schnell drehte ich mich um und schloss die Zimmertür hinter mir. Ich durfte keine Angst haben. Genau wie Christine. Ich musste stark, fröhlich und optimistisch sein. Immer und zu jeder Zeit. Das war ich ihr und den Kindern schuldig.

Später saßen Christine und ich noch bei einem Glas Rotwein im Garten. Es war ein warmer Maiabend, ein Windlicht flackerte auf dem Tisch, und eine laue Brise strich durch die Blätter des Apfelbaums. Die Stille war ungewohnt. Es waren kaum Autos zu hören, und es gab keine Anzeichen dafür, dass hier Menschen lebten. Ich dachte an das quirlige Schanzenviertel und wurde ein bisschen wehmütig.

Auch Christine war schweigsam und schien tief in Gedanken versunken. »Es ist schwer für die Kinder, dass Robert nicht mehr da ist«, sagte sie irgendwann in die Stille hinein. »Vor allem jetzt. Ich wünsche mir so sehr, dass ich die Zeit zurückdrehen könnte, und dass das alles nie passiert wäre.«

Verständnislos schüttelte ich den Kopf. »Und wie hättest du verhindern wollen, dass er dich betrügt? Das war ja wohl sein Fehler. Ich finde es richtig, dass du ihn rausgeschmissen hast.«

Sie ließ sich Zeit mit ihrer Antwort. »Am Fremdgehen sind immer zwei Menschen beteiligt. Streng genommen drei.«

»Gibst du dir etwa die Schuld dafür, dass er dich betrogen hat? Hallo?! Aufwachen, Christine!«

»Hier geht es nicht um Schuldzuweisungen, es ist nur ... ach, egal.«

»Willst du ihn wiederhaben, oder was?«

»Nein!«, sagte Christine heftig. »Und zum jetzigen Zeitpunkt sowieso nicht, ich will schließlich nicht, dass er nur aus Mitleid zu mir zurückkommt.«

»Mein Gott, er hat sich nach Frankfurt verzogen. Ich glaube kaum, dass der wiederkommt, er ist doch froh, dass er jetzt rummachen kann, mit wem ...«

»Hör auf, Marie! Er hat sich nicht einfach verzogen. Es war wahnsinnig schwer für ihn, nach Frankfurt zu gehen.« Christine wandte ihren Kopf zu mir, und ich sah, dass Tränen in ihren Augen standen. »Was auch immer da passiert ist, warum auch immer es dazu kam, dass wir uns getrennt haben – stell dir das alles bitte nicht so einfach vor. Die Kinder vermissen ihn furchtbar. Und er vermisst sie, und ich vermisse ihn, und es scheint, als wären wir alle unglücklich.«

Ich musterte Christine eingehend. »Liebst du ihn etwa noch?« Sie äußerte sich nicht dazu, doch ihr sehnsüchtiger Blick kam mir sehr verdächtig vor. Aber nein, unmöglich. Sie konnte doch nicht immer noch einen Mann lieben, der sie so sehr verletzt hatte.

»Lassen wir das Thema«, sagte Christine schließlich. »Es ist gleich zehn, und wir haben morgen eine Menge vor. Gehen wir besser schlafen, hm?«

Schlafen? Um zehn Uhr abends? Normalerweise wurde ich um diese Zeit gerade erst richtig wach. »Geh du nur. Ich bleib hier noch ein bisschen sitzen.«

Christine sagte Gute Nacht und verzog sich ins Haus, während ich allein im Garten zurückblieb. Ob ich schnell noch mal ins Schanzenviertel zu Hanna fahren sollte? Wir könnten auf ein Bierchen in den Saal II gehen oder einfach auf unserem Balkon sitzen und quatschen. Doch dann verwarf ich den Gedanken und schrieb stattdessen ein paar Nachrichten mit ihr. Anschließend flirtete ich per WhatsApp mit Sam, wovon mir wieder leichter ums Herz wurde. Irgendwann war ich endlich so müde, dass ich schlafen gehen konnte.

Mitten in der Nacht legte sich Nana Mouskouri zu mir ins Bett und trällerte mir abartig fröhlich *Guten Morgen, Sonnenschein* ins Ohr. ›Merkwürdiger Traum‹, dachte ich, drehte mich um und zog mir das Kissen über den Kopf. Doch Nanas Stimme drang penetrant durch die Federn und riet mir jetzt auch noch, nicht traurig zu sein.

»Hallie Schnause, dumme Kuh«, nuschelte ich schlaftrunken, aber sie ließ sich davon nicht einschüchtern. Es dauerte noch etwa zehn Sekunden, bis ich so weit zu mir gekommen war, dass ich realisierte, wer, beziehungsweise *was* diese schauderhaften Töne von sich gab: Nicht Nana Mouskouri lag neben mir im Bett und sang mir etwas vor. Sondern mein Handy. »Sag mal, spinnst du, du blödes Scheißding?«, fluchte ich und tastete danach. Meine Augen ließen sich beim besten Willen nicht weiter als drei Millimeter öffnen, doch das reichte, um auf dem Display zu erkennen, dass es sechs Uhr siebzehn war. Und dass mein Wecker klingelte. »Was zur Hölle...« Es konnte nur eine Person geben, die mir das angetan hatte. Wutentbrannt schaltete ich den Wecker aus, sprang aus dem Bett und taperte auf den Flur.

»Oh, guten Morgen, Sonnenschein«, zwitscherte Christine fröhlich. Sie steckte einen Kopf durch die offene Badezimmertür und sah so wach aus, dass mir übel davon wurde.

Ich hielt ihr mein Handy entgegen. »Hast du den Klingelton an meinem WECKER GEÄNDERT?!«

»Ja, ich war so frei. Von diesem Mundharmonika-Gedudel wärest du um diese Uhrzeit doch niemals wach geworden. Außerdem kam mir dein ›*Spiel mir das Lied vom Tod*‹-Weckruf angesichts der aktuellen Ereignisse ziemlich taktlos vor.«

»Boah, Christine!« Meine Wut verpuffte nach und nach in der frischen Morgenluft, die durch das Fenster hereinströmte. Christines Worte bahnten sich den Weg durch meine verschlafenen Hirnwindungen, und als sie endlich angekommen waren, wusste ich nicht, ob ich lachen oder weinen sollte. Noch bevor ich mich bewusst entschieden hatte, entfuhr mir ein Kichern. »So einen schwarzen Humor hätte ich dir ja gar nicht zugetraut.«

»Tja. Ich als Betroffene darf das. So, jetzt aber ab ins Bad.« Christine fasste mich an den Schultern und schob mich hinein. »Toni und Max stehen um viertel vor sieben auf. Schaffst du das bis dahin?«

»Nein. Ich schlafe nämlich noch«, meckerte ich. »Was ist das überhaupt für eine unmenschliche Zeit? Warum fängt die Schule mitten in der Nacht an? Wie habe ich das dreizehn Jahre lang geschafft?«

»Gar nicht. Du bist ständig zu spät gekommen.«

»Auch wieder wahr.« Ich suchte meine Zahnbürste heraus und quetschte Zahnpasta darauf. »Woher weißt du eigentlich die PIN für mein Handy, du alte Hackerin?«

»Es war nicht sonderlich schwer, auf deinen Geburtstag zu kommen, Süße. So, ich geh runter und mach Frühstück. Beeil dich.«

Mit geschlossenen Augen putzte ich mir die Zähne und sprang unter die heiße Dusche. Anschließend roch ich an Christines Cremes und Schönheitswässerchen und verwöhnte meinen Körper äußerst großzügig mit einer edel aussehenden Bodylotion. Dann zog ich mich an, kramte meine Chucks aus dem Koffer und ging damit zu Christine in die Küche. »Kaffee!«, rief ich, wie eine Verdurstende, die nach Wasser lechzte. Ich warf meine Schuhe achtlos auf den Boden, holte mir eine Tasse aus dem Schrank und goss sie bis zum Rand voll.

»Marie. Deine Schuhe«, sagte Christine mit tadelndem Unterton.

Ich verdrehte die Augen, sammelte meine Chucks jedoch ohne ein Wort vom Boden auf und schmiss sie in den Flur. Als ich an Christine vorbeiging, die am Tresen Brote für die Kinder schmierte, hob sie den Kopf und schnupperte. »Sag mal, hast du meine Glacier Body Cream benutzt?«

»Die in der weißen Dose mit goldenem Rand? Ja, die habe ich benutzt. Meine Haut fühlt sich jetzt wunderbar weich und zart an. Und wie ich dufte!« Ich klimperte mit den Augen und nahm einen Schluck von meinem Kaffee.

»Ist dir klar, dass die über 300 Euro kostet?«, platzte es aus Christine heraus.

Beinahe hätte ich mich an meinem Kaffee verschluckt. Wer gab denn bitte so viel Geld für eine Bodylotion aus? Meine billige von Budni funktionierte doch genauso gut. Äußerlich zeigte ich mich jedoch unbeeindruckt und sang: »Guten Morgen, guten Morgen, guten Morgen, Sonnenschein. Lalalalatextvergessen, nein, du darfst nicht traurig sein.«

»Biest!«, rief Christine, lachte jedoch dabei. »Ich geh jetzt die Brut wecken. Wenn du was essen willst, bedien dich.«

»Nee, lass mal. Um diese Zeit krieg ich noch nichts runter.«

Ich setzte mich an den Küchentisch, hob meine Füße hoch und trank meinen Kaffee, während mein Körper und mein Hirn sich zurück ins Bett sehnten. Ein Blick auf die Uhr zeigte mir, dass es zehn vor sieben war. Unfassbar. Um diese Zeit kam ich normalerweise aus der Kneipe. Na ja, gut, nicht immer und nicht jeden Tag, aber auch nicht selten.

Um Punkt zehn nach sieben kehrte Christine mit Toni und Max im Schlepptau zurück. Die beiden schienen ebenfalls keine Morgenmenschen zu sein, denn sie schauten ziemlich zerknittert aus der Wäsche und aßen ihre Cornflakes so langsam, dass ich Angst hatte, ihre Köpfe könnten auf die Tischplatte plumpsen. Ich konnte sie so gut verstehen!

Christine füllte zwei Brotdosen mit Vollkornbroten, Möhren- und Gurkensticks und legte jeweils einen Apfel dazu. »Könnt ihr euch bitte ein bisschen beeilen? Wir müssen in sieben Minuten los.«

Sie huschte von einer Ecke in die andere, räumte Milch und Cornflakes weg, wusch die Kaffeekanne ab und packte die Brotdosen in die Schulranzen. Mir wurde ganz schwindelig bei diesem Anblick. »Toni, Max, noch drei Minuten!«

Kaum hatten sie den letzten Löffel gegessen, riss Christine ihnen die Schüsseln weg, um sie in die Spülmaschine zu befördern. Anschließend wischte sie den Tisch ab und trieb die Kinder in den Flur. »So, hopphopp jetzt, wir müssen los. Marie! Kommst du?« Sie scheuchte die Kinder raus, und kurz bevor ich die Haustür hinter mir zuzog, schien es mir, als hörte ich mein Bett von oben rufen: ›Wo willst du denn hin? Komm zurück!‹

Nachdem wir Toni und Max zur Schule gebracht hatten, führte Christine mich durch ihr Viertel, um mir alles Notwendige zu zeigen – von der Musikschule über die Apotheke und den Supermarkt bis hin zum Sportplatz, wo Max und Toni Fußballtraining hatten. Gegen Mittag kam Neza, Christines Haushälterin und Nanny aus Ruanda. Wir versammelten uns um den Küchentisch, und Christine klärte uns beide genauestens darüber auf, wie sie sich unsere »Zusammenarbeit« in der kommenden Zeit vorstellte. Ihren Vortrag endete sie mit den Worten: »Ich habe mir fest vorgenommen, mich nicht hängen zu lassen. Das heißt, ich werde morgens aufstehen, duschen, mich frisieren und schminken. Ich werde mich nicht gehenlassen oder irgendwie in den Gedanken reinsteigern, dass ich krank bin. Und falls ihr mich doch dabei erwischen solltet, dann tretet ihr mir in den Hintern. Okay?«

Neza riss entsetzt die Augen auf. »Nein, nein, ich trete nicht. Niemals!«

»Ich schon«, sagte ich grinsend. »Und wenn du dich gehenlässt, werde ich das mit Freuden erledigen.« ›Wenn du allerdings einfach nur krank bist, werde ich mich hüten, dir auch noch in den Hintern dafür zu treten‹, fügte ich gedanklich hinzu.

Um vier Uhr holten wir die Kinder von der Schule ab und machten uns auf den Weg an den Elbstrand, wo wir Ball spielten und uns gegenseitig im Sand verbuddelten. Ich holte uns zum Abendessen Bratwurst und Eis vom Kiosk. Wir saßen im Sand, schauten auf die Elbe, überlegten uns, wo die einlaufenden Containerschiffe herkamen und genossen dabei die Sonne und das Essen.

Als die Kinder im Bett waren, setzten Christine und ich uns in den Garten und redeten über Gott und die Welt – nur die morgen beginnende Chemotherapie ließen wir tunlichst aus. Es war, als wollten wir beide unbedingt noch einen letzten Hauch von Normalität erleben, einen letzten Abend in Sicherheit, bevor ab morgen eine Reise ins Ungewisse starten würde.

Nich feddichmachen lassen

Am nächsten Morgen wurde ich wieder gnadenlos um viertel nach sechs von Nana Mouskouri geweckt. ›Ich muss unbedingt diesen gottverdammten Klingelton ändern‹, dachte ich entnervt und quälte mich schwerfällig aus dem Bett.

Christine sah müde und blass aus, als ich sie in der Küche traf. Wahrscheinlich hatte sie in der letzten Nacht kaum geschlafen.

»Hey.« Ich gab ihr einen dicken Schmatzer auf die Wange. »Wie geht's dir? Bist du nervös?«

»Es geht. Ja, doch. Ich bin nervös.«

Mein Magen zog sich zusammen. »Ich auch. Aber weißt du was? Denk immer an Frau Brohmkamps Apfelkekse, die zu Hause auf dich warten. Damit haust du dich nachher auf die Liege im Garten, und dann wird geschlemmt.«

Christines Lächeln geriet ziemlich kümmerlich. »Ich hoffe, ich kann dann überhaupt was essen.«

»Selbst wenn nicht, die Gartenliege bleibt dir. Da fällt mir ein, ich hab ja noch was für dich.« Ich lief in den Flur, um ein kleines Päckchen aus meiner Handtasche zu holen. »Bitte schön«, sagte ich und hielt es Christine hin.

»Oh. Danke.« Ihre Wangen liefen rot an, wie immer, wenn sie sich freute, und ich hatte sie in diesem Moment so lieb, dass ich hätte heulen können. Sorgfältig löste sie die Schleife und pulte die Klebestreifen vom Geschenkpapier ab. Das war so eine Macke von ihr. Während ich Geschenke ungeduldig aufriss, ließ sie sich unendlich viel Zeit mit dem Auspacken, denn das war für sie fast schöner als das Geschenk selbst. Nach gefühlten zehn Minuten hatte sie endlich die kleine Schmuckschachtel geöffnet. »Ist das hübsch«, flüsterte sie andächtig und nahm das Armband heraus, das ich für sie gekauft hatte: ein feines silbernes Kettchen mit einer einzelnen kleinen Plakette, in die ein Anker eingraviert war.

»Es soll dir Glück bringen. Und da ist ein Anker drauf, weil... na ja, weil ich dein Anker sein will. Ich halt dich fest, so gut ich kann, verstehst du?«

Christine fiel mir um den Hals und drückte mich fest an sich. »Ach, Mariechen, du bist so süß.«

Wir standen eine Weile still da und umklammerten uns, in einem letzten Moment der Ruhe vor dem Sturm. Irgendwann löste Christine sich von mir und wischte sich ein paar Tränen von den Wangen. »Du tust immer so taff, aber tief im Inneren bist du ein ziemliches Softiemädchen.«

»Ich?«, rief ich beleidigt. »Bin ich überhaupt nicht. Hallo? Das ist ein Anker und somit ein altes Seemannssymbol, und nichts haut einen Seemann um. Das ist ja wohl eine sehr taffe Message, die hinter diesem Geschenk steckt.«

Christine lachte. »Dann nehme ich natürlich alles zurück. Hilf mir bitte mal.«

Ich legte ihr das Armband um, und sie betrachtete es verzückt. »Das ist wirklich wunderhübsch, Marie. Vielen, vielen Dank.«

»Gern geschehen.«

Während Christine die Kinder versorgte, bestellte ich ein Taxi. Schließlich standen wir alle gestiefelt und gespornt im Hausflur und harrten der Dinge, die da kommen würden. Um Punkt viertel vor acht hörten wir es vor der Tür hupen.

»Es geht los«, sagte Christine, die noch blasser um die Nase geworden war. »Alles klar, Kinder, dann los.«

»Ich hab keine Lust auf Schule. Kann ich nicht mit dir kommen, Mama?« Max schaute sie bittend an. »Dann kann ich auf dich aufpassen, wenn sie die Medizin in deinen Pott machen.«

»Du hast nie Lust auf die Schule, Max«, sagte Christine und zog ihn an sich. »Und es ist sehr lieb, dass du auf mich aufpassen willst, aber das musst du gar nicht. Ich sitze da nur stundenlang rum, das ist total langweilig. Wir sehen uns heute Nachmittag, okay?«

Max schmiegte sich noch enger an seine Mutter. »Aber in der Schule ist es auch langweilig und da sitz ich auch stundenlang nur rum.«

»Komm schon, Max. Sei bitte lieb, ja?« Christine klopfte ihm aufmunternd auf die Schulter, und widerwillig setzte er sich in Bewegung.

»Das Taxi sieht aber komisch aus«, rief Toni, die in der offenen Haustür stand. »Das ist ja voll alt.«

Christine folgte Toni zur Tür und blieb abrupt stehen. »Ach, du meine Güte!«

»Was habt ihr denn?« Ich lugte über Christines Schulter und erblickte in der Einfahrt ein Taxi, das aussah, als wäre es direkt aus den Achtzigerjahren angereist. Der Fahrer, der in diesem Moment ausstieg und seine Zigarettenkippe wegschnippte, wirkte auch nicht gerade vertrauenerweckend. Er war etwa Mitte fünfzig, groß und kräftig und seine langen dunklen Haare hatte er zu einem Pferdeschwanz zusammengebunden. Er trug abgewetzte Jeans, ein St.-Pauli-Retter-T-Shirt und eine Lederweste. Seine Arme waren von Tätowierungen übersät, und sein Vollbart konnte dringend mal wieder etwas Pflege vertragen. »Moinsen, die Damen«, sagte er in breitem Hamburger Tonfall und grinste uns an, wobei er einen fehlenden Schneidezahn offenbarte. »Und der Herr«, fügte er mit Blick auf Max hinzu. »Sie hadden 'n Taxi bestellt?«

»Äh, ja«, sagte Christine zögernd.

»Na, denn mal rein in die gude Stube.« Er hielt die Beifahrertür weit auf und machte eine galante Geste.

»Haben Sie Kindersitze?«

»Na, logen«, sagte der Fahrer und holte zwei Schalen aus dem Kofferraum, die er auf die Rücksitzbank warf.

Christine seufzte. »Gut, also dann. Alle einsteigen bitte.«

Toni und Max kletterten unter Aufsicht des Fahrers in den Wagen und machten es sich auf ihren Sitzen bequem. »Na? Wer seid ihr denn?«, fragte er sie.

Max schaute ihn nur mit großen Augen an, und so übernahm Toni das Reden. »Ich bin Antonia, aber du darfst mich ruhig Toni nennen. Das machen alle. Und das ist mein Bruder Max.«

»Sehr erfreut«, sagte er mit einer übertriebenen Verbeugung. »Ich bin der Knut. Ihr dürft mich ruhig Knut nennen. Das machen alle.« Er lachte und ging nach vorne, um einzusteigen.

Christine nahm neben ihren Kindern Platz, während ich mich neben Knut setzte. Das Innere des Wagens war ebenso heruntergekommen wie das Äußere. Der früher mal helle Dachhimmel war vergilbt, an etlichen Stellen quoll die Polsterung hervor, und es stank nach Zigarettenqualm. »Und wo soll's nu hingehen, die Damen und der Herr?«, wollte Knut wissen.

Ich nannte ihm unsere Fahrziele, woraufhin er den Motor anließ und den Rückwärtsgang einlegte. Knut raste beherzt die Einfahrt hinunter, um am Ende so hart abzubremsen, dass wir alle nach vorne ruckten.

Christine krallte sich am Türgriff fest, und mir fiel auf, dass ich meinen Sicherheitsgurt noch nicht angelegt hatte. Schnell holte ich das nach. »Ich bin übrigens Marie«, sagte ich zu Knut, als er auf die Straße bog. »Und hinten sitzt meine Schwester Christine.«

Statt auf die Straße zu gucken, hielt Knut mir strahlend seine Hand hin. »Moin, freut mich.« Nachdem ich sie geschüttelt hatte, langte er nach hinten und fuchtelte hinter der Kopfstütze mit seiner Hand herum, damit Christine sie ergreifen konnte.

Für den Bruchteil einer Sekunde tat sie ihm den Gefallen, dann sagte sie: »Entschuldigung, aber würde es Ihnen etwas ausmachen, mehr auf den Verkehr zu achten?«

»Nö, macht mir nix aus«, sagte Knut und legte seine Hand wieder aufs Lenkrad. »Kannst mich aber gerne duzen. Ich komm mir immer so alt vor, wenn die Leude mich siezen.«

»Fährst du den ganzen Tag Taxi?«, wollte Max wissen.

»Jo, und nachts auch. Ich sitz fast immer im Taxi. Wobei, jetzt nich mehr ganz so oft, damit ich noch Zeit hab für meine Freundin. Wollder mal 'n Bild sehen?« Ohne unsere Antwort abzuwarten, holte er ein zerknittertes Foto aus seiner Hosentasche und reichte es mir. Es zeigte eine hübsche, lachende Blondine Mitte vierzig, die ein pinkes T-Shirt mit dem Aufdruck *Kiezkönigin* trug. »Das ist doch die Wirtin aus dem Kiezhafen«, rief ich.

»Genau, das is meine Irina. Kennste sie?«

»Ja, ich bin da ab und zu.«

»Sie ist toll, oder? Is sie nich die süßeste und liebenswerdeste Frau, die du je kennengelernt hast?«

Ich zögerte mit meiner Antwort. Mir persönlich war sie immer ein bisschen raubeinig erschienen, und sie führte ein strenges Regiment. Wenn einer ihrer Kunden aufmuckte, wurde er nicht bedient. Daher bemühte ich mich immer, besonders freundlich zu ihr zu sein. »Ja, doch. Sie ist sehr nett«, sagte ich schließlich und reichte das Foto nach hinten, damit Toni, Max und Christine es sich ansehen konnten.

Kurz darauf waren wir auch schon vor der Schule angekommen. Knut holte die Schultaschen der Kinder aus dem Kofferraum und verstaute die Sitzschalen darin, während Christine sich von Max und Toni verabschiedete. Sie gab ihnen einen Kuss und sagte: »Macht's gut, ihr Süßen. Passt schön auf und ärgert die Lehrer nicht.«

Max und Toni schlangen ihre Arme fest um Christines Hüfte. »Wir haben dich lieb, Mama.«

»Ich euch auch«, sagte sie und drückte die beiden fest an sich. »Und wie!«

Schließlich lösten sie sich aus ihrer Familienumarmung. Toni und Max winkten Knut und mir zu und riefen »Tschüs!«

Knut winkte freudestrahlend zurück. »Tschüs, ihr Rabauken!«

Nachdem wir alle wieder angeschnallt im Taxi saßen, sagte er: »So, nu wo die Kids wech sind, muss ich ja nich mehr fahrn wie 'n Rentner, nä?« Er schaltete den Kassettenrekorder an, und ich zuckte erschrocken zusammen, denn aus den Boxen dröhnte ohrenbetäubend *Highway to hell* von AC/DC.

Christine lachte bitter auf. »Wie passend.«

»Wa?«, rief Knut. »Ich mach mal 'n büschn leiser, dann lässt es sich besser schnacken.« Nachdem er sich am Lautstärkeregler zu schaffen gemacht hatte, fuhr er mit quietschenden Reifen los. Nach spätestens zwanzig Sekunden wanderte auch meine Hand an den Türgriff, denn Knut bretterte derart durch die Straßen, dass ich mich fühlte, als wäre ich in einer Hollywood-Verfolgungsjagd gelandet. Kurz darauf griff er an mir vorbei ins Handschuhfach und wühlte darin herum, bis er eine Packung Zigaretten gefunden hatte. »Und, was liecht bei euch heude noch so Schönes an?«, erkundigte er sich, während er eine Zigarette aus der Packung fummelte.

»Also, ich für meinen Teil werde den Tag mit Chemotherapie verbringen«, sagte Christine. »Allerdings habe ich nicht vor, heute noch abzukratzen, daher wäre ich Ihnen dankbar, wenn Sie etwas vorsichtiger fahren würden. Und Rauchen im Auto geht gar nicht.«

»Oha«, sagte Knut mit aufrichtig bestürzter Miene. »Wat 'n Schiet. Das tut mir leid.« Er kurbelte das Fenster runter und warf die Zigarette raus. Außerdem trat er auf die Bremse und bemühte sich tatsächlich, langsamer zu fahren.

Eine Weile schwiegen wir, dann sagte Knut: »Das Leben gibt dir immer wieder was auf die Fresse, wa? Und zwar meistens dann, wennde am wenigsten damit rechnest.«

»Mhm«, machte Christine und sah stur aus dem Fenster.

»Und du hast echt ordentlich einen abgekricht«, fuhr Knut fort. »So richtich unter die Gürdellinie. Das tut weh.«

Christine wischte sich über die Augen, sagte aber nichts dazu.

Knut langte erneut ins Handschuhfach und holte eine Packung Taschentücher heraus, die er Christine nach hinten reichte. »Hier. Kannste behalten.«

»Danke«, schniefte Christine und putzte sich lautstark die Nase. »So ein Schlag unter die Gürtellinie tut wirklich extrem weh. Aber wisst ihr was? Ich habe beschlossen, dass ich mich nicht fertigmachen lasse.«

Knut schlug mit den Händen aufs Lenkrad und rief begeistert: »Na, das sach ich doch auch immer! Da haste völlich recht, lass dich nich feddichmachen. Niemals.«

»Von nichts und niemandem«, fügte Christine hinzu, die ihre anfängliche Abneigung ganz offensichtlich überwunden hatte.

Als wir vor der Tagesklinik angekommen waren, stiegen wir alle drei aus. »Soll ich nicht doch mitkommen?« Auf einmal hatte ich das starke Bedürfnis, mich an ihr Hosenbein zu klammern, sodass sie mich zwangsläufig mit in die Klinik schleifen musste.

Christine schüttelte den Kopf. »Nein, ich zieh das allein durch. Und du musst arbeiten.«

»Na schön. Aber wir schreiben uns Nachrichten, ja? Egal, wie banal es ist, ich will mindestens alle fünf Minuten auf den neuesten Stand gebracht werden. ›Hänge am Tropf. Hänge immer noch am Tropf. Tropf ist noch dran. Es tropft noch.‹«

»Hör auf«, unterbrach Christine mich und so etwas Ähnliches wie ein Lächeln erschien auf ihrem Gesicht. »Und jetzt ab ins Büro mit dir.«

»Bis heute Abend. Und denk immer an Frau Brohmkamps Apfelkekse.«

»Mach ich.« Nun wandte Christine sich an Knut. »Tschüs«, sagte sie und reichte ihm die Hand.

Er schaute sie ernst an und klopfte ihr mit seiner freien Hand auf die Schulter. »Mach's gut. Und lass dich bloß nich feddichmachen. Versprich mir das.«

»Alles klar. Ist versprochen.«

Sie winkte uns noch einmal zu, dann drehte sie sich um und ging entschlossenen Schritts auf die Eingangstür zu.

»Oh Mann«, sagte ich leise, als ich ihr nachblickte. »Verdammt, verdammt, verdammt.«

»Die packt das«, sagte Knut im Brustton der Überzeugung. »Das sieht man an ihrer Körperhaldung und an ihrem Gesicht und so, weißte? Die is stur wie tausend Rinder.«

»Da hast du allerdings recht.«

»Und nu?«, fragte Knut. »Övelgönne, Fähranleger, richtich?«

Nach einem waghalsigen und jeder Verkehrsregel trotzenden Wendemanöver befanden wir uns auf dem Weg zum Anleger. Bei mir schien Knut keine Hemmungen zu haben, denn er heizte durch die Straßen wie ein Berserker und bog schließlich ohne Zögern in eine Einbahnstraße ein – und zwar in die falsche Richtung. »Äh, du weißt schon, dass das eine Einbahnstraße ist?«

»Jo. Is aber kürzer hier längs.«

Inzwischen waren wir am Anleger angekommen, und Knut machte eine Vollbremsung, als er einen freien Parkplatz entdeckte. »Dass ich das noch erleben darf!«, rief er. »'ne freie Parke!« Schwungvoll bog er in die Lücke ein und hielt so dicht neben dem benachbarten Auto, dass ich keine Ahnung hatte, wie ich aussteigen sollte. Ich blätterte ihm ein paar Scheine hin. »Vielen Dank für die nette Fahrt. Hat mich sehr gefreut, dich kennenzulernen.«

»Jo, mich auch.« Knut sah mich ernst an. »Denn pass mal gut auf deine Schwester und die Lüdden auf.«

»Mach ich. Tschüs, Knut.« Ich kletterte auf die Rückbank und stieg auf seiner Seite aus.

»Tschüs denn.« Er grinste mich an, und es war mir ein Rätsel, wieso er mir anfangs so wenig vertrauenswürdig erschienen war.

»Moin, Frau Brohmkamp«, grüßte ich, als ich eine halbe Stunde später ihr Vorzimmer betrat.

»Guten Morgen, Frau Ahrens«, erwiderte sie kühl und erhob sich von ihrem Platz, um mir in Christines Büro zu folgen. Ich schmiss meinen roten Schlapphut und meine Handtasche auf das Sofa, dann kickte ich meine Schuhe von den Füßen und machte es mir im Schneidersitz auf dem Schreibtischstuhl bequem.

Frau Brohmkamp stand in der Tür und sah mich abwartend an.

»Viele Grüße von meiner Schwester«, sagte ich, da ich nicht

so recht wusste, was Frau Brohmkamp von mir wollte. »Sie hat sich wahnsinnig über die Apfelkekse gefreut.«

Ein Lächeln huschte über ihr Gesicht, was sie gleich um ein paar Jahre jünger aussehen ließ, doch sie hatte sich schnell wieder im Griff. »Das freut mich«, sagte sie mit Grabesmiene.

Ich holte mein Handy aus der Tasche, um Christine eine Nachricht zu schreiben. Als ich die ersten drei Wörter getippt hatte, erklang von der Tür ein Räuspern. Irritiert sah ich auf. Frau Brohmkamp stand immer noch wie angewachsen da. »Ist noch was?«

»Ich wollte fragen, was heute anliegt.«

Ratlos hob ich die Schultern. »Das weiß ich doch nicht.«

Sie schien mit meiner Antwort nicht zufrieden zu sein. »Ich habe eine Unterschriftsmappe mit Briefen vorbereitet, die Sie und Herr Behnecke noch unterzeichnen müssen. Dann bittet Herr Wolf um Rückruf, und Ihr Vater hat heute auch schon zweimal angerufen. Frau Böhm hat übermorgen Geburtstag, ich habe ein Geschenk und eine Karte besorgt, die liegt in der zweiten Unterschriftsmappe. Da müssten Sie noch ein paar nette Grußworte reinschreiben.«

»Wieso ich? Das soll Daniel Behnecke machen.«

»Ich habe ihm die Karte bereits vorgelegt, und er hat gesagt, dass Sie das machen sollen.«

»Ooookay.« Offenbar hatten Frau Brohmkamp, Daniel und ich völlig unterschiedliche Vorstellungen davon, wie mein Arbeitsalltag hier aussehen sollte. »Wissen Sie was? Ich hol mir jetzt erst mal einen Kaffee.« Ich stand auf und zog meine Schuhe wieder an. »Wollen Sie auch einen? Dann bring ich Ihnen einen mit. Oder wie wäre es, wenn wir uns zusammen einen holen und ein zweites Frühstück einlegen?«

Missbilligend rümpfte sie die Nase. »Sie sind gerade mal fünf Minuten da.«

»Eben. Höchste Zeit für einen Kaffee, was, Frau Brohmkamp?«

»Also, Frau Ahrens hat morgens immer sofort mit mir abgesprochen, was den Tag über so anliegt, dann hat sie die Post gesichtet, E-Mails geschrieben und Anrufe beantwortet, um zehn Uhr hat sie einen Rundgang durchs Büro und die Hallen gemacht, sich danach mit Herrn Behnecke ...«

»Das mag alles sein, aber jetzt haben Sie es mit einer anderen Frau Ahrens zu tun. Und ich komme im Regelfall erst ab zwölf Uhr mittags in die Gänge.«

Frau Brohmkamp glotzte mich volle fünf Sekunden lang an, dann sagte sie spitz: »Wie Sie meinen« und ging zurück in ihr Vorzimmer. »Ab zwölf Uhr mittags, das geht ja gut los«, murmelte sie, und ich war mir nicht sicher, ob ihr bewusst war, dass ich sie hören konnte.

Ich holte mir einen Kaffee mit viel Milch und Zucker und machte es mir wieder am Schreibtisch gemütlich, um endlich Christine zu schreiben.

Und? Wie ist es? Alles gut bei dir?

Wenig später kam ihre Antwort: *Bis jetzt viel Blabla und ein paar Voruntersuchungen. Noch nix wirklich passiert.*

Ich legte mein Handy zur Seite, nahm einen Schluck Kaffee und schaute mich ratlos im Büro um. Um etwas zu tun zu haben, blätterte ich die Unterschriftsmappe von Frau Brohmkamp durch. Ohne großes Interesse überflog ich eines der Schreiben, das an den Holzlieferanten gerichtet war. Als mein Blick auf die Schlusszeile fiel, zuckte ich leicht zusammen:

Mit freundlichen Grüßen

Marie Ahrens   Daniel Behnecke

Da stand mein Name. In einem Geschäftsbrief der Ahrens Werft. Wie bescheuert war das denn? Diese Holzlieferanten wussten doch nicht mal, wer Marie Ahrens überhaupt sein sollte. Das Telefon auf meinem Schreibtisch klingelte. Ich verdrehte die Augen und nahm den Hörer ab. »Ja?«

»Ich habe hier Herrn Liebig für Sie.«

»Wen?«

»Herrn Liebig von Victory Sails.«

»Und was will der?«

»Das hat er nicht gesagt. Nur, dass er mit Frau Ahrens sprechen möchte.«

»Aber doch nicht mit *mir!* Stellen Sie ihn zu Herrn Behnecke durch«, rief ich und knallte den Hörer auf die Gabel.

Mein Handy piepte und kündigte eine neue Nachricht von Christine an. Sie schrieb: *Ist gar nicht so schlecht hier. Pflegepersonal und Ärzte sind nett, es gibt was zu essen und zu trinken und Leute zum Quatschen.*

Klingt ja ganz erträglich, schrieb ich zurück. *Merkst du schon ir...*

Das Telefon besaß wieder die Dreistigkeit zu klingeln. »Ja?«, bellte ich in den Hörer.

»Ich hab hier Ihren Vater für Sie. Er möchte dringend mit Ihnen sprechen.«

»Aber ich nicht mit ihm. Sagen Sie ihm, dass ich ihn zurückrufe.«

»Sehr gerne, Ihr Vater lässt Ihnen allerdings ausrichten, dass er Sie parallel so lange im Büro, zu Hause und auf dem Handy anrufen wird, bis Sie endlich rangehen.«

»Wie will er das denn anstellen?«

»Das hat er mir nicht gesagt.«

Ich seufzte tief. »Na schön, dann geben Sie ihn mir.«

Ein kurzes Knacken in der Leitung signalisierte mir, dass Frau Brohmkamp aufgelegt hatte. »Hallo, Papa.«

»Ach, du hast dich also doch ins Büro bequemt. Nachdem du gestern nicht aufgetaucht bist, freue ich mich, dass du es heute einrichten konntest.«

»Tja, ich kann nicht gerade behaupten, dass es mir gut passt. Christine ist bei der Chemo, und ich hätte mich gerne um sie gekümmert.«

»Ja, ich weiß. Ich hab ihr schon eine Nachricht geschrieben. Wenn sie wieder zu Hause ist, rufe ich sie gleich an. Und?«, setzte er hinzu. »Wie läuft es in der Werft?«

Ich griff nach Christines teuer aussehendem Kuli und kritzelte damit auf einem Post-it herum. »Am Montag war Herr Wolf da, um seine Diva in Reparatur zu geben und hatte es sehr eilig damit. Ich dachte, wir würden das bis Anfang Juni hinkriegen.« Wahrscheinlich hatte Daniel ihm das sowieso schon gepetzt und sich stundenlang über mich ausgelassen.

»Ich weiß. Hab's schon von Behnecke gehört.«

Wusste ich es doch. Dann konnte die Standpauke ja losgehen. Auf den Zettel malte ich ein Strichmännchen, das am Galgen hing.

»Eigentlich arbeiten wir so nicht, aber für Herrn Wolf kann man schon mal eine Ausnahme machen«, sagte mein Vater zu meiner Überraschung.

Das Strichmännchen bekam von mir einen Stuhl verpasst, auf dem es stehen konnte. »Wir haben übrigens noch gar nicht über die Gehaltsfrage gesprochen. Ich musste meinen Job im Café kündigen. Wovon soll ich meine Wohnung bezahlen? Meine Versicherungen, die Riester-Rente.« Haha, als hätte ich so was. Aber es klang auf jeden Fall gut. »Ich fände ein Gehalt schon angemessen.«

»Soso. Und was hast du dir da vorgestellt?«

Ich malte dem Strichmännchen ein paar Geldscheine in die Hand. »Tausendachthundert.« Ich konnte ja mal hoch pokern.

»Das klingt fair«, sagte er lachend. »Einverstanden.«

Ich hatte das ungute Gefühl, dass ich soeben ordentlich über den Tisch gezogen worden war. Aber schließlich hatte ich null Berufserfahrung und wusste, dass meine ehemaligen Kommilitonen direkt nach dem Studium auch nicht übermäßig viel verdient hatten. Und überhaupt, ich war nicht Ackermann oder Mehdorn. Tausendachthundert Euro hatte ich noch nie verdient.

»Und wie macht Behnecke sich? Was treibt er so den ganzen Tag?«

Ich hörte auf zu kritzeln und klopfte mit dem Kuli auf die Tischplatte. »Keine Ahnung. Noch führt er mich nicht an einer Leine hinter sich her, und ich liege auch nicht in seinem Büro im Körbchen.«

»Wie geht das Ocean-Cruiser-Projekt voran?«

»Daniel hat es Herrn Wolf am Montag vorgestellt, der war aber skeptisch.«

»Hat Behnecke es nicht gut verkauft?«

»Doch, er hat es sehr gut verkauft. Es lag an dem Boot. Herr Wolf scheint prinzipiell kein Interesse an solchen Luxusyachten zu haben. Und ich kann das gut verstehen. Ich frage mich, ob der Ocean Cruiser nicht vielleicht ein paar Nummern zu groß für die Werft ist, Papa.«

»Das lass mal meine Sorge sein«, bellte er. »Deine ist es jedenfalls nicht.«

Ich warf den Kuli auf den Schreibtisch und rieb mir die Stirn. »Nein. Natürlich nicht. Ich muss auflegen. Superwichtiges Meeting, bin spät dran.«

»Na schön. Pass gut auf Christine auf und ...« Er geriet ins Stocken und fuhr nach einer kurzen Pause fort: »... achte darauf, dass sie reichlich trinkt, das ist wichtig bei einer Chemotherapie. Und was essen muss sie auch.«

»Alles klar. Also dann, Tschüs, Papa.«

Nachdem wir aufgelegt hatten, beendete ich endlich meine Nachricht an Christine und fragte sie, ob sie schon irgendwas merkte. Kurz darauf schrieb sie zurück: *Nö, ich merk nichts. Jetzt fangen sie an, das harte Zeug, in mich reinzupumpen. Die Pflegerin meinte, mein Urin könnte pink werden.*

Pink??? Wieso das denn?

Kurz darauf schickte Christine mir ein Foto, auf dem ein Infusionsbeutel mit roter Flüssigkeit abgebildet war. *Deswegen. Hier läuft einer rum und macht Reiki-Behandlungen. Nett, oder?*

Das klingt ja echt nach Wellnessurlaub, meinte ich.

Christine schickte mir ein Emoticon, das mir die Zunge rausstreckte, und schrieb dazu: *Es ist jedenfalls nicht so schlimm, wie ich befürchtet habe. So, ich will jetzt mit meiner Nachbarin weiterquatschen, und du musst arbeiten!*

Arbeiten? Mit Sicherheit nicht. Ich fuhr meinen PC hoch, klickte auf das Internet-Icon und voilà – die Welt lag mir zu Füßen. Damit konnte ich bequem ein paar Stunden am Tag totschlagen. Als Nächstes checkte ich, ob Solitär installiert war, wurde aber nicht fündig. »Diese Schweine«, murmelte ich. »Die haben die Spiele runtergeschmissen.« Ich schrieb Hanna, Hector und Ebru eine Nachricht über Facebook. Anschließend mailte ich Sam und fragte ihn, wann er mal wieder in Hamburg wäre, weil ich dann nämlich dringend eine Unterredung mit ihm in seinem Hotelzimmer benötigte.

Es klopfte an der Tür und Frau Brohmkamp steckte den Kopf herein. »Haben Sie die Briefe schon unterschrieben?«

Allmählich fing sie echt an zu nerven. »Nein, ich bin noch nicht dazu gekommen.«

»Verstehe. Dann frage ich gleich noch mal.«

»Frau Brohmkamp, jetzt entspannen Sie sich«, sagte ich, bemühte mich aber um einen freundlichen Tonfall. »Machen Sie Mittag oder ... keine Ahnung, googeln Sie irgendwas.«

»Aber ... Ihr Vater und Ihre Schwester haben immer sofort ...« Hilflos brach sie ab.

Die würde wahrscheinlich niemals Ruhe geben, also schälte ich mich von meinem Sitz, zog meine Schuhe an, nahm mein Handy sowie die beiden Unterschriftsmappen und sagte: »Ich muss hierzu noch was mit Herrn Behnecke klären. Wo ist sein Büro?«

»Drei Türen weiter.«

»Alles klar.« Ich ging den Flur runter, klopfte an die Tür und trat ohne eine Antwort abzuwarten in sein Büro. Ich hatte ein extrem ordentliches Zimmer erwartet, doch zu meinem Erstaunen war es ganz schön chaotisch hier. In den Regalen lagen neben den obligatorischen Aktenordnern Muster von Winschen, Schoten und Fendern, auf dem Fußboden reihten sich verschiedene Modelle von Bullaugen, und ans Fenster gelehnt stand ein Rettungsring. Auf dem Schreibtisch tummelten sich Prospekte, Papiere und Bootsbaupläne neben Karabinern und U-Bolzen. Daniel saß am Schreibtisch und schaute mit gerunzelter Stirn auf eine Kunststoff-Klampe in seiner Hand. Bei meinem Eintreten blickte er kurz auf. »Ich frage mich, wieso die uns so einen Schrott zuschicken«, sagte er, scheinbar tief in Gedanken versunken.

»Hält nicht viel Zugkraft aus, so 'ne Kunststoff-Klampe, was?« Ich biss mir auf die Lippen, doch Daniel warf die Klampe nur achtlos zurück auf den Schreibtisch und sah mich dann erst richtig an. »Wie bitte?«

»Schönes Wetter heute, was?«

Er sah kurz aus dem Fenster und dann wieder zu mir.

»Äh, ja. Doch. Gut, dass du hier bist, ich wollte dir nämlich noch sagen, was bei deiner Quetschaktion rausgekommen ist.«

»Darf ich mich setzen?«, fragte ich und deutete auf einen der Stühle, die vor seinem Schreibtisch standen.

»Du darfst dich sogar hinsetzen, ohne mich zu fragen.«

»Echt jetzt?«, fragte ich mit gespieltem Erstaunen, während ich mich auf den Stuhl fallen ließ. »Einfach so?«

»Mhm. Also, um zu Herrn Wolf zu kommen. Ich habe gestern noch mal mit der Produktion und mit Michael Vollmann gesprochen. Wenn wir eine Kettenreaktion von verzögerten Lieferterminen vermeiden wollen, bleibt uns tatsächlich nichts anderes übrig, als seinem Zweityachtbesitzer die Arschkarte anzudrehen.«

»Na, ist doch super.«

»Total super«, sagte Daniel. »Ich wollte eigentlich, dass *du* den armen Mann anrufst, aber du hast Glück, dass Matthias so ein Gentleman ist. Er hat es bereits gemacht.«

»Und? Wie hat der Kunde reagiert?«

Daniel winkte ab. »Ach, total entspannt. Er meinte, das sei überhaupt kein Problem, er habe ja mehr als genug Yachten.«

»Ernsthaft?«

»Nein! Natürlich nicht! Er wollte mit diesem Boot bei einer Regatta antreten. Aber du kannst froh sein, dass wenigstens die Jungs in der Produktion das Ganze total locker sehen. Sie haben gar kein Problem damit, ein paar Wochenendschichten einzuschieben. Der Sommer steht vor der Tür, da hat man doch eh nichts Besseres vor.«

Von der Warte hatte ich das noch gar nicht betrachtet, und nun bekam ich tatsächlich ein schlechtes Gewissen. Niemand wusste besser als ich, wie wichtig Wochenenden und Freizeit waren. Dafür lebte ich. »Aber trotzdem glaube ich, dass es richtig war, Herrn Wolf diesen Gefallen zu tun. Du weißt schon, eine Hand wäscht die andere. Hanseatische ...«

»Kaufmannsehre, jaja, ich weiß«, beendete Daniel meinen Satz. »Sicher, Herr Wolf wird happy sein. Aber vergiss nicht, dass dieser andere Kunde jetzt ziemlich stinkig ist. Und der hätte unter Umständen auch wichtig für uns werden können. Übrigens ist Herr Wolf dein Kunde. Du musst ihn noch anrufen und ihm den Liefertermin mitteilen.«

»Mein Kunde? Vergiss es.«

»Oh doch, das ist er.«

Ich stand auf und warf entnervt die Unterschriftsmappen, die ich noch immer in der Hand hielt, auf Daniels Schreibtisch. »Nein, das ist er nicht! Mein Vater sagt, ich soll hier nur nett lächeln und Smalltalk machen, und genau das werde ich auch tun. Mir ist das sogar ganz recht, denn diese Werft ist mir vollkommen egal! Also glaub bloß nicht, ich würde mir von dir Kunden, Briefe, Grußkarten oder sonst irgendetwas aufs Auge drücken lassen.«

»Mir ist durchaus klar, dass du keinen Bock hast, dich reinzuhängen«, sagte Daniel mit wütend funkelnden Augen. »Das habe ich auch nie erwartet. Aber die Idee deines Vaters, dass du hier nur rumsitzen und Präsenz zeigen sollst, finde ich schwachsinnig, und das habe ich ihm auch gesagt. Es kann ja wohl nicht zu viel verlangt sein, Herrn Wolf anzurufen oder ein paar Briefe zu unterzeichnen.«

Ich grabschte auf Daniels Schreibtisch nach einem Kuli und kritzelte unter jeden Brief meine Unterschrift. Anschließend nahm ich mir die Grußkarte vor, schrieb darauf: *Liebe Frau Böhm, alles Gute zum Geburtstag. Ihre Marie Ahrens* und legte Daniel beide Mappen vor die Nase. »Bitte schön. Jetzt lass mich in Frieden, und Herrn Wolf ruf mal schön selbst an. Ich muss nämlich dringend *Gala* lesen. Und wenn dir das nicht passt, dann schmeiß mich doch raus.« Gespielt nachdenklich rieb ich mir das Kinn. »Nein, warte mal. Das kannst du ja gar nicht. Zu blöd.«

Daniel war deutlich anzusehen, dass er kurz vorm Explodieren war. »Glaub mir, wenn ich dich rausschmeißen könnte, dann würde ich es tun. Vielen lieben Dank für deine *Hilfe*.« Er warf einen Blick auf die Grußkarte. »Na, das hätte ich auch noch selbst hingekriegt.«

»Warum hast du es dann nicht gemacht?«

»Weil ich keine Ahnung habe, was ich bei so was schreiben soll.«

»Glaubst du, ich weiß das? Ich kenne diese Frau doch überhaupt nicht.«

Daniel betrachtete nachdenklich die Karte. »Christine hat das immer gemacht«, sagte er leise. Dann schaute er zu mir auf. »Fängt heute nicht ihre Chemotherapie an?«

Ich blinzelte verwirrt angesichts des unerwarteten Themenwechsels. »Ja. Ich hab sie heute Morgen hingebracht.«

»Und? Hast du schon was von ihr gehört? Wie verträgt sie die Medikamente?«

Eigentlich hatte ich aus Daniels Büro stürmen wollen, doch mit seiner plötzlichen Besorgnis hatte er mir jeden Wind aus den Segeln genommen. Also setzte ich mich wieder und sagte: »Wir haben uns ein paar Nachrichten geschrieben. Sie schildert das alles wie einen Wellnessurlaub. Aber irgendwie kann ich das kaum glauben. Ich wäre so gerne mitgekommen zur Chemo, um für Christine da zu sein, aber sie wollte mich nicht dabeihaben.« Ich nahm die Kunststoff-Klampe vom Schreibtisch, um damit herumzuspielen. »Na ja«, sagte ich schließlich schulterzuckend. »So ist das eben. Sie ist ja schon groß, und ich ... keine Ahnung, hätte sie nur genervt oder was weiß ich. Ist mir eh ganz recht so. Im Grunde genommen ist es mir vollkommen egal.« Ich räusperte mich und strich mir eine Haarsträhne aus der Stirn. Was war nur los mit mir? Wieso erzählte ich ihm das? Ich begegnete Daniels Blick, der so intensiv war, dass ich das Gefühl hatte, er könnte durch mich durchgucken. Es war mir unangenehm, gleichzeitig gelang es mir aber nicht, woanders hinzusehen. Zum Glück kam mein Handy mir zu Hilfe, denn es kündete eine Nachricht an. Christine hatte geschrieben: *Mein Pipi ist pink!*

»Boah, krass!«, rief ich aus.

»Was ist denn?«

»Christines Pi…« Im letzten Moment unterbrach ich mich. »Pi…etro Lombardi, äh, CD hat einen Sprung.« Pietro Lombardi. Mein Gott. Christine wusste aller Wahrscheinlichkeit nach nicht mal, wer das war.

Daniel schien es ebenso zu gehen, denn er sah mich verständnislos an. »Ah. Ach so. Das ist ja … ärgerlich.«

Ich wandte mich schnell wieder meinem Handy zu. *Mach ein Foto davon, das will ich sehen!*, schrieb ich.

Hast du sie noch alle?!?!

Das war ein Wihitz! Und sonst geht's dir noch gut?

Ja. Alles bestens.

»Sie sagt, es geht ihr gut«, berichtete ich und erhob mich von meinem Stuhl. Besser, ich verschwand schnell von hier, bevor ich noch weiter aus dem Nähkästchen plaudern konnte. »Ich geh mal wieder an meinen Platz.«

»Nee«, sagte Daniel entschieden. »Ich werde dich jetzt den anderen Mitarbeitern vorstellen. Damit du auch weißt, wem du diese nette Grußkarte geschrieben hast.«

Erst wollte ich mich weigern, doch andererseits konnte es ja nicht schaden, die Leute kennenzulernen. Vielleicht würde ich ein paar nette Kolleginnen zum Schnacken finden. Daniel führte mich von Tür zu Tür, ich lernte Frau Sieve und Frau

Böhm aus der Buchhaltung kennen, die Auszubildende Frau Jacobs und die Personalerin Frau Vogt. Sie alle waren zwar höflich, aber sie ließen sich auf meine Versuche, ein Gespräch anzuzetteln, überhaupt nicht ein. Dabei bemühte ich mich wirklich sehr, nett zu jedem zu sein.

Nach dem Rundgang machte ich es mir in Christines Büro auf dem Sofa bequem. Um halb eins schrieb sie mir, dass sie jetzt durch war und sich auf den Weg nach Hause machte.

Erleichtert legte ich mein Handy zur Seite. ›So. Und jetzt erst mal Mittag‹, dachte ich und ging in den Aufenthaltsraum. Nur einer der Tische war besetzt. Um ihn herum saßen Frau Brohmkamp, Frau Böhm, Frau Sieve, Nele Jacobs und Laura Niemann vom Empfang. Als ich eintrat, verstummten ihre Gespräche augenblicklich.

»Mahlzeit«, grüßte ich freundlich. »Ich hoffe, ich störe nicht.«

Drei unbehagliche Schweigesekunden gingen ins Land, dann sagte Frau Niemann: »Quatsch. Gar nicht.«

Ich holte mir einen Kaffee, ging zu ihrem Tisch und deutete auf den einzigen freien Platz. »Darf ich mich dazusetzen?«

Nach einem Zögern war es erneut Frau Niemann, die das Wort ergriff. »Natürlich, der Platz ist ja noch frei.«

Ich setzte mich und rührte in meiner Kaffeetasse herum. Die anderen nahmen ihr Gespräch nicht wieder auf, und so entstand erneut ein peinliches Schweigen. »Wollten wir nicht noch eine Runde spazieren gehen?«, fragte Frau Böhm schließlich.

Die anderen nickten und murmelten zustimmend, dann standen sie auf. Frau Niemann zögerte kurz, doch schließlich beugte sie sich dem Gruppendruck und erhob sich ebenfalls.

Ich blieb allein zurück und starrte auf die geschlossene Tür. Hilfe, das war ja ganz wie in der dritten Klasse, als aus unerfindlichen Gründen meine beiden besten Freundinnen von einem Tag auf den anderen nicht mehr mit mir geredet hatten. Und auch jetzt fühlte ich mich wieder verletzt und zurückgestoßen. Ich trank den letzten Schluck meines Kaffees und räumte die Tasse in die Spülmaschine. Na, egal. Ich konnte auch gut allein spielen.

Den Nachmittag verbrachte ich damit, im Internet zu surfen und mir Nachrichten mit Hanna, Hector, Ebru und Sam zu schreiben. Sam teilte mir mit, dass er in zwei Wochen einen Termin in Hamburg hatte und sich freuen würde, dann ein Vier-Augen-Gespräch mit mir zu führen. Erst in dem Moment wurde mir bewusst, dass ich ihm immer noch nicht erzählt hatte, dass Christine Krebs hatte und ich jetzt bei ihr wohnte. Also rief ich ihn kurzerhand an und berichtete, was los war. Nachdem ich geendet hatte, schwieg er eine Weile und sagte dann: »Ach Mensch, das ist ja wirklich schlimm. Tut mir sehr leid. Meine Tante hatte auch Krebs, und ich weiß noch, dass bei ihr alles ganz easy anfing. Aber je länger es dauerte, desto schlechter ging es ihr, und am Ende sah sie aus wie eine wandelnde Leiche.« Er räusperte sich. »Sie ist dann ja auch gestorben.«

Ich sog scharf die Luft ein. »Danke für deine aufmunternden Worte!«

»Ich will damit doch nur sagen, dass du dir das alles lieber nicht zu einfach vorstellen sollst. Diese Krankheit ist die Hölle, da gibt es nichts zu beschönigen.«

»Hör auf, so negativ zu sein!«, fuhr ich ihn an.

»Ich bin nur ehrlich.«

Wir schwiegen uns eine Weile an, und ich stierte auf meine Telefonkritzelei mit dem Galgenmännchen von heute Morgen.

»Können wir uns jetzt überhaupt noch sehen?«, fragte Sam. »Ich meine, wenn du dich um deine Schwester kümmern musst, hast du doch gar nicht mehr so viel Zeit.«

Ich schnaubte abfällig. »So lange dauert es bei dir ja auch nicht.«

»Lass deine Wut nicht an mir aus, Marie«, entgegnete Sam ruhig. »Das ist nicht fair. Außerdem wohnst du jetzt bei ihr, und du kannst ja wohl kaum erwarten, dass ich die Abende mit deiner krebskranken Schwester, ihren Kindern und dir auf dem Wohnzimmersofa verbringe.«

Ich zeichnete dem Galgenmännchen Teufelshörner und einen Hitlerbart. »Keine Angst, Sam. Wenn du in Hamburg bist, kann ich entweder zu dir ins Hotel kommen oder ich verbringe die Nacht in der WG. Das alles wird überhaupt keine Auswirkungen auf dein Leben haben.«

»Okay. Gucken wir mal, wie es läuft, ja?«

Gedankenverloren schrieb ich *SAM IST DOOF* auf meinen Schmierzettel. »Ja. Gucken wir mal.«

Nachdem wir aufgelegt hatten, war es fünf Uhr, und ich fand, dass ich für heute lange genug im Büro die Familie Ahrens repräsentiert hatte. Also packte ich meine Sachen und machte mich auf den Weg nach Othmarschen.

»Hallo? Jemand zu Hause?«, rief ich, als ich in den Hausflur trat. Niemand antwortete, also ging ich ins Wohnzimmer. Die Terrassentür stand offen, und ich entdeckte Christine mitsamt den Kindern im Garten. Sie hatte es sich auf der Liege unter dem Apfelbaum gemütlich gemacht, während Toni und Max neben ihr im Gras saßen und friedlich mit Legos spielten. ›Was für eine Bilderbuch-Familie‹, dachte ich. Abgesehen davon, dass der Vater abhandengekommen war, aber welche

Familie war schon perfekt? »Hey, ihr Hübschen«, grüßte ich die drei.

Toni und Max sahen kaum von ihren Bauwerken auf, bequemten sich aber immerhin »Hi, Marie« zu sagen.

Ich musterte Christine ganz genau. Sie sah ein bisschen blass und müde aus, aber ansonsten konnte ich keinen Unterschied zu gestern erkennen. Ich langte in meine Umhängetasche, zauberte einen Lakritz- und einen Brause-Lolli hervor und hielt sie Christine in großer Geste hin. »Bitte schön. Die habe ich dir mitgebracht, weil du heute so tapfer warst.«

»Du spinnst echt«, meinte sie lachend und nahm die Lollis an sich. »Vielen Dank. Ich werde ja ganz schön von dir verwöhnt.«

»Und was ist mit uns?«, fragte Toni mit großen Augen. »Kriegen wir keine?«

»Natürlich kriegt ihr auch welche, was denkst du denn? Sogar ich kriege welche.« Ich holte die restlichen Lutscher aus meiner Tasche und verteilte sie. Dann zog ich mir die Schuhe aus, setzte mich neben die Kinder ins Gras und machte mich über meinen Lakritz-Lolli her.

Max sah mich fasziniert an. »Du isst vorm Abendbrot Süßigkeiten!«

»Klar«, sagte ich und schmatzte genüsslich an meinem Lolli. »Ich will dir mal was sagen, Max, und du solltest dir das gut merken, weil es für den Rest deines Lebens gilt: Vor dem Abendbrot ist genau der richtige Zeitpunkt, um Süßigkeiten zu essen. Dann schmecken sie am besten.«

»Das ist natürlich totaler Unsinn«, sagte Christine und sah mich streng an. »Aber ich finde, wir können heute mal eine Ausnahme machen. Also ran an den Speck.«

Wir futterten unsere Lollis und gingen anschließend gleich in die Küche, um Nudeln zu essen.

»Megalecker«, sagte ich mit vollem Mund. »Hat Neza die gemacht?«

»Nein, ich«, meinte Christine leichthin.

»Du? Ernsthaft?«

»Ja, wieso denn nicht? Mir ging es gut, ich hatte nichts zu tun und Hunger drauf.«

Krass, dass Christine das alles so leicht wegsteckte. Stundenlang wurde sie mit Gift vollgepumpt und dann ging sie nach Hause, um mal eben Nudeln für die Familie zu kochen. Wahrscheinlich hatte sie auch noch die Fenster geputzt und den Garten umgegraben. Und was hatte ich gemacht? Im Büro gehockt und mich vor der Arbeit gedrückt.

Als Toni und Max im Bett waren, legten Christine und ich uns auf die Liegen unterm Apfelbaum und genossen den lauen Abendwind.

»Hast du eigentlich Broschüren mitgebracht? Oder Infozettel für Familienangehörige?«, fragte ich Christine.

»Ja, habe ich. Der ganze Kram ist noch in meiner Handtasche, ich geb ihn dir morgen. Eine andere Patientin hat mir übrigens geraten, zur Akupunktur zu gehen, falls mir übel werden sollte. Und für einen Kurs in autogenem Training hab ich mich auch angemeldet. Außerdem sollte man während und nach der Chemo Sport machen. Die haben ein paar Angebote, da gehe ich morgen hin.«

»Meinst du nicht, dass du dir ein bisschen zu viel zumutest?«

»Ach Quatsch.« Christine trank einen großen Schluck aus ihrer Wasserflasche. Wenn ich richtig mitgezählt hatte, war das bereits die dritte am heutigen Abend.

»Mannomann, du säufst ja wie ein Kalb.«

»Man soll während der Chemo viel trinken. Wie war es denn eigentlich im Büro?«

»Ganz okay.«

Einträchtig schweigend lagen wir nebeneinander und schauten zu, wie der Wind sanft durch die Blätter in der Baumkrone über uns strich. Im Nachbargarten wurde gegrillt, wir hörten fröhliches Lachen, und es duftete köstlich nach Fleisch. Allmählich wurde es dunkel um uns herum, doch statt reinzugehen blieben wir liegen und genossen die friedliche Zweisamkeit. Ich dachte an das Gespräch mit Sam, der mir und vor allem Christine finstere Zeiten vorausgesagt hatte. Tief atmete ich die Frühsommerluft ein und versuchte, diesen Moment festzuhalten und aufzubewahren. Denn sollte tatsächlich die Hölle über Christine und mich hereinbrechen, würde mir immer die Erinnerung an diesen wunderschönen Abend bleiben.

Teambuilding

Den nächsten Morgen verbrachte ich im Büro wieder damit, im Internet zu surfen und Nachrichten mit meinen Freunden und Christine zu schreiben. Frau Brohmkamp kam ein paarmal rein, um mich darauf hinzuweisen, dass ich noch Briefe zu unterzeichnen hätte und zweimal versuchte sie, einen Anrufer an mich durchzustellen, doch ich verwies sie gleich weiter an Daniel.

Gegen Mittag wurde mir langweilig, also beschloss ich, es erneut mit dem Pausenraum zu versuchen. Der gestrige Versuch war zwar gescheitert, aber ich war hartnäckig. Ich wollte ja nichts weiter als mich gut mit allen zu verstehen, damit mein Gastspiel möglichst angenehm ausfiel. Doch auch heute wurde mein Auftauchen mit deutlicher Missbilligung quittiert, und wieder verschwanden die Mädels zum gemeinsamen Spazierengehen, während ich allein zurückblieb.

Die Tür öffnete sich und Daniel kam herein, eine Kaffeetasse in der Hand. »Oh, hallo Marie. Bist du nicht mit den anderen unterwegs auf den obligatorischen Mittagsspaziergang?«

»Nein. Sie bleiben wohl lieber unter sich.«

Daniel musterte mich nachdenklich. »Verstehe.« Er ging zum Kaffeeautomaten, und kurz darauf fing es an zu rattern, zu brummen und zu zischen, während die Maschine ihm seine Koffeindröhnung zubereitete. Mit dem vollen Becher in der Hand kam Daniel zurück und setzte sich mir gegenüber. »Nimm das nicht persönlich. Sie wissen wahrscheinlich einfach nicht so recht, was sie mit dir anfangen sollen. Immerhin hattest du mit der Werft nie was am Hut, und jetzt tauchst du hier auf einmal auf und sollst für Christine einspringen. Außerdem bist du für sie so etwas wie eine Vorgesetzte, und die sind in den Pausen und nach Feierabend nun mal nicht besonders gern gesehen.«

»Ich? Eine Vorgesetzte? Klar. Jeder hier hat mehr zu sagen und zu tun als ich. Und das wissen die alle ganz genau.«

Daniel runzelte die Stirn. »Das liegt aber an dir. Wenn du mehr zu tun haben willst, wende dich gerne an mich, ich hätte da ein paar Aufgaben für dich. Seit Christine weg ist, habe ich nämlich mehr als genug zu tun.«

Entnervt schob ich meinen Kaffeebecher von mir weg. »Mein Vater hat gesagt, dass ich ...«

»Weißt du, was dein Problem ist?«, fiel er mir ins Wort. »Dass du dich wie eine bockige Vierjährige aufführst.«

Fassungslos starrte ich ihn an. »Wie bitte? Ich bin nicht bockig, ich habe nur einfach nicht die geringste Lust hier zu sein. Das alles interessiert mich nicht, ich habe keine Ahnung davon, und ich will nichts damit zu tun haben. Also lass mich in Ruhe, und komm mir bloß nicht damit, dass ich dein Büro aufräumen oder Muster von Winschen und Schoten zurückschicken soll!«

Daniel ließ die Kaffeetasse sinken, die er gerade zum Mund führen wollte. »Winschen und Schoten?«

Am liebsten hätte ich mir auf die Zunge gebissen.

»Ich dachte, du hast keine Ahnung?«

»Hab ich ja auch nicht.« Ich bemühte mich, Daniels bohrendem Blick nicht auszuweichen, sondern ihm stur in die Augen zu sehen. Lügner wurden ja meist dadurch enttarnt, dass sie wegsahen. Den Fehler würde ich nicht machen. »Diese Begriffe müssen irgendwie in meinem Unterbewusstsein hängen geblieben sein. Mein Vater ist immerhin leidenschaftlicher Segler und hat eine Werft.«

»Hm. Das sind aber ziemlich spezielle Begriffe, die da in deinem Unterbewusstsein hängen geblieben sind.«

Ich hob die Schultern. »Tja.«

Daniel hielt meinen Blick weiterhin fest, doch ich wich ihm nicht aus. Schließlich schüttelte er den Kopf und stand auf. »Falls du dich dazu entscheiden sollest, mit dem Rumgezicke aufzuhören, weißt du ja, wo du mich findest.«

Noch bevor ich etwas darauf entgegen konnte, verließ er den Aufenthaltsraum. Was für ein Penner! Ich war weder bockig, noch zickte ich rum. Mich aus allem rauszuhalten war für mich die einzige Möglichkeit, das hier heil und unbeschadet zu überstehen. Denn wenn ich mich wirklich reinkniete und zuließ, dass die Werft mir wieder ans Herz wuchs, würde es unendlich wehtun, sie nach Christines Rückkehr zu verlieren. Bockig. Der hatte sie ja wohl nicht mehr alle!

Christine schien es gegen Ende der Woche deutlich schlechter zu gehen. Sie war blass und sah furchtbar müde aus, doch sie behauptete stets, dass alles in bester Ordnung sei.

Insgesamt war sie verdächtig still. Zu den wenigen Dingen, über die sie wirklich gerne redete, gehörte Roberts Besuch, der am Wochenende anstand. Es war mir ein völliges Rätsel, wie sie sich so sehr darauf freuen konnte, ihren Bald-Exmann wiederzusehen. Wohlgemerkt, ihren Bald-Exmann, der sie betrogen hatte. Als ich am Freitag aus dem Büro kam, traute ich meinen Augen kaum. Robert, Christine und die Kinder waren im Garten, und wenn ich es nicht besser gewusst hätte, hätte ich meinen können, sie wären eine große, glückliche Familie, bei der alles in bester Ordnung war. Robert hatte den Grill angeworfen und trug eine alberne Schürze, auf der ›Papa mit der Lizenz zum Grillen‹ stand. Während die Kohle vor sich hin glühte, lieferte er sich ein Fußballmatch mit Toni und Max. Christine lag auf ihrer Liege unter dem Apfelbaum und beobachtete die drei mit seligem Gesichtsausdruck. Zu allem Überfluss begrüßte Robert mich auch noch so freundlich, dass ich mich am liebsten übergeben hätte. Wie konnte er nur so scheinheilig sein? Er lud mich sogar ein, mit ihnen zu essen, doch das lehnte ich dankend ab. Ich konnte den Anblick von Toni und Max kaum ertragen, die im siebten Himmel schwebten, und schon am Sonntag bitter enttäuscht sein würden, weil ihr Papa sich dann wieder nach Frankfurt verzog.

Am Samstag machten die vier einen Ausflug in den Safari-Park und verbrachten den Abend wieder im Garten miteinander. Ich war heilfroh, dass ich mit Hanna, Hector und Ebru verabredet war und machte mich eine Stunde zu früh auf den Weg, nur um mir diese schräge Vorstellung nicht mehr mit ansehen zu müssen.

Seit fast einer Woche hatte ich nichts anderes gesehen als Othmarschen und die Werft, und ich war unendlich froh, wieder in meinem geliebten Schanzenviertel zu sein. Langsam ging ich von der S-Bahn-Haltestelle zur Wohnung und sog alles in mich auf: den Anblick der bunt beleuchteten Imbissbuden, die Menschen aus aller Herren Länder, die Schaufenster der Boutiquen, die Kneipen, das Gedränge, das Leben. Ich stieg die Stufen zu unserer Wohnung rauf, schloss die Tür auf und nahm den typischen Zuhause-Geruch wahr. Im Flur lagen mindestens fünfzehn Paar Schuhe kreuz und quer durcheinander, zwei Beutel mit leeren Weinflaschen standen in der Ecke, und auf der Kommode türmten sich ungeöffnete Briefe. In der Küche saßen Hanna, Hector und Ebru am Tisch, große Gläser Rotwein vor sich, und in der Mitte eine

Schüssel mit Kartoffelchips. Ich ließ meine Tasche achtlos auf den Boden fallen, umarmte die anderen und setzte mich zu ihnen.

Hanna schenkte mir ebenfalls ein riesiges Glas Rotwein ein. »Du fehlst mir«, sagte sie und blickte mich kummervoll an. »Ich hasse es, allein zu wohnen.«

»Du fehlst mir auch«, sagte ich und nahm einen Schluck von meinem Wein. »Ihr alle fehlt mir. Die Schanze fehlt mir, der Job im Café. Mein Leben.«

Hector fächelte sich mit beiden Händen hektisch Luft zu. »Ach Schätzchen, hör bloß auf damit, sonst fang ich noch an zu heulen.«

»Ich auch«, behauptete Ebru, die wahrscheinlich in ihrem ganzen Leben noch keine einzige Träne vergossen hatte, und Hanna hatte sowieso schon Pipi in den Augen.

Nachdem die drei mir ausführlich berichtet hatten, was bei ihnen in letzter Zeit los gewesen war, siedelten wir um in den Saal II und bestellten eine Runde Gin Tonic.

»Also, mein Goldstück«, sagte Hector, als wir unsere Drinks schlürften. »Jetzt erzähl aber mal: Wie läuft's im Exil? Geht das gesittete Othmarschen dir schon auf die Nerven?«

Ich überlegte eine Weile. »Nein, so schlimm ist es gar nicht. Wenn man muss, kann man es dort durchaus aushalten.«

»Und wie geht es Christine?«, erkundigte Hanna sich.

»Nicht so besonders, glaube ich. Sie redet nicht wirklich darüber, und es nervt sie, wenn ich sie danach frage oder ihr meine Hilfe anbiete. Jedenfalls ist sie seit Donnerstag extrem blass, und sie scheint müde zu sein.«

»Es fällt nicht jedem leicht, Hilfe anzunehmen«, meinte Ebru. »Ich wette, du wärst genauso.«

»Keine Ahnung. Kann gut sein.«

»Hat sie ...« Hanna zögerte, doch dann gab sie sich einen

Ruck und sprach weiter. »Ich meine, merkt sie schon irgendwas an den Haaren?«

»Nein, bislang nicht. Es fallen aber wohl auch nicht jedem Chemo-Patienten die Haare aus.«

Ebru nickte. »Ich hoffe es für sie. Das wäre echt das Schlimmste für mich.«

»Also, ich kann mir weitaus schlimmere Dinge vorstellen«, sagte ich entrüstet. »Haare wachsen wieder. Und wenn ich zwischen Glatze und Sterben entscheiden könnte, würde ich mich sofort für die Glatze entscheiden.«

Hector schlug mit beiden Händen auf den Tisch. »Können wir jetzt bitte das Thema wechseln? Ich habe absolut keinen Bedarf, an meinem Samstagabend über Krebs, Glatzen und Sterben zu sprechen.«

Seine Worte versetzten mir einen Stich. Andererseits musste ich zugeben, dass er auch irgendwie recht hatte. Ich war ja nicht zuletzt deswegen hier, um mich von diesem Thema abzulenken.

»Wie läuft es denn in der Werft?«, erkundigte Hanna sich.

»Ach, hör bloß auf. Die hassen mich alle, und Daniel Behnecke ist der größte Arsch auf Erden.«

»Die hassen dich?«, rief Hector dramatisch und klatschte in die Hände. »Aber, mon dieu, chérie, wie kann man dich hassen? Du bist eins der zauberhaftesten Wesen, die ich kenne.«

»Stimmt«, sagte Ebru. »Als ich dich kennengelernt habe, fand ich dich sofort nett. Und das will was heißen, denn ich mag fast niemanden.«

»Danke, das ist lieb«, sagte ich gerührt. »Aber was soll ich jetzt eurer Meinung nach tun? Mir ist schon klar, dass es für die anderen Mitarbeiter eine komische Situation ist. Trotzdem würde ich gerne mit den Leuten klarkommen, wenn ich schon fünf Tage in der Woche da rumhängen muss.«

Hanna stocherte mit dem Strohhalm in ihrem Glas herum. »Warum versuchst du nicht, irgendwas mit ihnen zu unternehmen, damit sie dich besser kennenlernen können?«

»Ja, aber wie denn? Die halten es noch nicht mal zehn Minuten lang im Pausenraum mit mir aus!«

»Dann verkauf es halt als Betriebsausflug.«

»Hm. Also sozusagen eine Teambuilding-Maßnahme«, überlegte ich. »Doch, die Idee gefällt mir. Da könnte was draus werden.«

»Na also«, sagte Hector und nickte zufrieden. »Das wird schon. Und jetzt erzähl uns bitte mehr über diesen Daniel Behnecke.«

»Er ist ein Arsch, viel mehr ist da nicht zu sagen. Es gab letzte Woche ein oder zwei Sekunden, in denen ich dachte, dass er eventuell ganz nett sein könnte, aber da habe ich mich ganz gewaltig getäuscht. Er hält mich für eine unfähige, bockige Göre. Ist mir aber sowieso egal, was der von mir hält. Er hat mir dunkelblaue Augen kaputtgemacht.«

Hanna sah mich verständnislos an. »Wie bitte?«

»Na, das war immer meine Lieblingsaugenfarbe bei Männern. So ein tiefes Dunkelblau. Genau solche Augen hat er, und da ich ihn nicht leiden kann, kann ich diese Augenfarbe jetzt auch nicht mehr leiden. Vielen Dank auch.«

Hector legte dramatisch seinen Handrücken an die Stirn und tat so, als würde er in Ohnmacht fallen. »Oh Hilfe, Schnappatmung! Tiefe, dunkelblaue, seelenvolle Augen!«

Ich schüttelte mich, als ich daran dachte, wie wütend diese Augen funkeln konnten.

»Wie alt ist er überhaupt?«, fragte Hanna.

»Mitte dreißig, würde ich sagen.«

»Und wie ist sein Hintern so?«, fragte Ebru beiläufig.

»Ziemlich nett, glaub ich. Wobei ich eigentlich keine Ahnung habe. Ich guck dem Typen doch nicht auf den Hintern. Pff. Als ob.« Ich nahm einen Schluck von meinem Gin Tonic, doch im nächsten Moment hörte ich die drei lachen und sah auf. »Was ist?«

»Du stehst auf ihn«, stellte Hanna fest.

»Nein! Spinnt ihr?«

»Ach, mein armes Mariechen«, sagte Hector. »Musst den ganzen Tag dunkelblaue Augen und einen netten Hintern anstarren. Das kann ich dir nicht zumuten. Tauschen wir die Jobs.«

Ich legte ihm einen Arm um die Schulter und sagte: »Ich würde liebend gern Jobs mit dir tauschen. Aber ich fürchte, damit komm ich bei meinem Vater nicht durch. So, und jetzt möchte ich auf den Kiez. Wer will mit?«

Natürlich wollten alle mit. Wir gingen in Rosis Bar auf dem Hamburger Berg, um uns dort mit ein paar Freunden zu treffen.

»Hey, Marie«, grüßte mich Feli, die Fotografin war und oft mit Hanna und Hector zusammenarbeitete. »Ist Sam wieder weg?«

»Sam?«, fragte ich. »Der kommt frühestens nächste Woche wieder nach Hamburg.«

Sie sah mich verwirrt an. »Aber ich hab ihn gestern in Ottensen in einer Bar getroffen.«

Sam war gestern in Hamburg gewesen? Davon hatte er am Telefon ja gar nichts erwähnt. Ganz im Gegenteil, da hatte er definitiv gesagt, er wäre erst nächste Woche wieder in der Stadt. Ach, egal. Wahrscheinlich war er spontan nach Hamburg gefahren und schon verabredet gewesen. Er war mir keinerlei Rechenschaft schuldig.

Um sechs Uhr morgens gingen Hanna und ich in der knallroten Morgensonne nach Hause, und erst als ich in meinem

Bett lag, fiel mir auf, dass ich hier falsch war. Ich hätte nach Othmarschen fahren müssen, zu Christine. Aber meine Glieder waren furchtbar schwer, ich konnte meine Augen kaum aufhalten, und beim Gedanken, wieder aufzustehen und zur Bahn zu gehen, kamen mir beinahe die Tränen. Außerdem ging ich davon aus, dass Christine auch den Sonntag mit Robert verbringen würde, sodass sie auf meine Anwesenheit gut verzichten konnte. Also schrieb ich Christine nur kurz, dass ich in meiner Wohnung schlafen würde und fiel in ein tiefes Koma.

Erst gegen Mittag kam ich wieder zu mir. Ich schälte mich aus dem Bett und ging in die Küche, wo ich von Hanna und köstlichem Kaffeeduft empfangen wurde. »Hey«, sagte sie lächelnd. »Schön, mal wieder mit dir frühstücken zu können.«

Wir machten uns ein paar Toasts und quetschten uns damit auf unseren winzigen Balkon.

»Ich war letzte Woche bei Dr. Thalbach zur Vorsorge«, erzählte Hanna. »Bei mir ist zum Glück alles in Ordnung.«

»Das ist gut.«

Hanna biss von ihrem Toast ab, und als sie kaute, hörte es sich an, als würde sie Zwieback essen. »Er ist nett, oder?«

»Wer?«

»Na, Dr. Thalbach.«

Ich sah den distinguierten Herrn mittleren Alters vor mir, der immer Zeit für ein paar freundliche Worte hatte. »Ja, finde ich auch.«

»Ich habe ihm das von deiner Schwester erzählt und dass ich mir Sorgen gemacht habe, bei mir könnte auch etwas nicht in Ordnung sein. Er war total verständnisvoll.«

Wir beobachteten das Treiben unten auf der Straße, und wieder wurde mir bewusst, wie sehr ich dieses bunte Leben vermisste.

»Fällt es dir eigentlich schwer?«, fragte Hanna unvermittelt.

»Dich um Christine zu kümmern, meine ich.«

»Bislang musste ich ja noch nichts tun.«

»Die Nebenwirkungen können noch kommen«, sagte Hanna vorsichtig. »Manchmal fängt es erst später an. Ich hab gegoogelt. Auch dass die Haare ausfallen, kann noch kommen. Wenn es passiert, sag mir Bescheid, okay? Dann nähe ich Christine ein paar richtig coole Kopfbedeckungen. Ich könnte auch eine Perücke aus dem Fundus mitgehen lassen.« Sie sah mich ernst an, in ihrem Mundwinkel klebte Nutella, und ihre roten Haare standen ihr so strubbelig vom Kopf ab, dass sie aussah, als wäre sie drei und nicht dreißig. »Vielen Dank, Hanna. Du bist echt süß.«

»Ach«, winkte sie ab. »Was für 'n Blödsinn. Mir kommt das megaoberflächlich vor. Mein ganzes Leben kommt mir im Moment oberflächlich vor. Aber ich würde Christine wirklich gerne helfen, und ich weiß nicht, was ich sonst tun soll.«

Wir frühstückten und quatschten noch eine Weile, doch dann konnte ich es nicht mehr länger aufschieben und machte mich schweren Herzens auf den Weg nach Othmarschen.

Christine lag im Garten auf ihrer Liege unterm Apfelbaum. Von Robert und den Kindern war weit und breit nichts zu sehen. »Wo sind denn Toni und Max?«, fragte ich und setzte mich auf die Liege neben ihrer.

»Mit Robert bei seinen Eltern.«

»Und wie lange bleibt er noch?«

»Er fliegt heute Abend zurück nach Frankfurt.« Sie verzog

das Gesicht zu einer Grimasse. »Und dann kommt er erst in drei Wochen wieder.«

In meinem Magen fing es an zu grummeln. »Soso. Er kommt und geht, wie er will, was?«

»Nein, er ist eigentlich sehr zuverlässig. Dass er seine Wochenenden verlegt, kommt so gut wie nie vor.«

»Hm. Du scheinst ja immer noch sein größter Fan zu sein.«

»Marie, bitte!«, rief Christine. »Hör auf damit, ja?«

»Tut mir leid, aber ich verstehe einfach nicht, was hier los ist. Ich dachte, er holt die Kinder an den Wochenenden ab und fährt mit ihnen zu seinen Eltern. Stattdessen hängt er die ganze Zeit hier rum und macht einen auf Familie. Was soll das denn?«

»Die Kinder haben sich das gewünscht. Und im Übrigen geht es dich auch nichts an. Ich bin jedenfalls froh darüber, dass kein Rosenkrieg zwischen Robert und mir tobt.«

»Mir ist klar, dass es mich nichts angeht. Und ich finde es ja auch gut, dass ihr euch den Kindern zuliebe zusammenreißt, aber dieses ›auf heile Familie machen‹ finde ich echt schräg. Es läuft sowieso immer wieder darauf hinaus, dass er nach Frankfurt abhaut. Ich mach mir einfach Sorgen um dich und die Kinder.«

»Das ist lieb, aber du musst dir keine Sorgen machen«, sagte Christine entschieden und wechselte dann rigoros das Thema. »Wie war es denn überhaupt bei dir?«

Ich wusste, dass es keinen Zweck mehr hatte, weiter über Robert reden zu wollen, also erzählte ich ihr in allen Einzelheiten von meinem gestrigen Abend. Als ich bei der Sache mit Sam angekommen war, rümpfte sie missbilligend die Nase. »Mag ja sein, dass du nicht verstehst, was das mit Robert und mir ist, aber ich verstehe auch nicht, was das mit dir und Sam soll. Meinst du nicht, dass du allmählich in ein Alter kommst, in dem du es mit einer festen Beziehung versuchen solltest? Und ja, das sage ich, obwohl meine Ehe in die Brüche gegangen ist. Willst du wirklich für immer allein bleiben?«

»Ich bin nicht allein«, protestierte ich. »Ich habe dich, Toni und Max und meine Freunde.«

»Ja, aber was ist mit einem Mann? Mit Kindern?«

Abrupt stand ich von meiner Gartenliege auf. »Ich kann mir ja irgendwann eine Katze anschaffen«, meinte ich leichthin und ging ins Haus, um Christine und mir einen Eiskaffee zu machen.

Im Salon Marie

Am Montagmorgen begrüßte Frau Brohmkamp mich mal wieder mit langem Gesicht und konnte sich scheinbar nicht dazu aufraffen, mich anzulächeln. Dabei hatte ich ganz besonders freundlich »Moin, Frau Brohmkamp« gesagt. In dem Moment fiel mir die Teambuilding-Maßnahme wieder ein, und ich beschloss, diese Idee umzusetzen. Und zwar schnell.

Ich ging in Christines Büro und stieß bei einer ausgedehnten Google-Recherche auf Paintball. Das klang lustig. Ich klickte die Seite eines Hamburger Veranstalters an, auf der in den höchsten Tönen vom zusammenschweißenden Effekt geschwärmt wurde. Auf einem Foto war eine Gruppe Menschen in weißen Schutzanzügen zu sehen, die mit bunten Farbspritzern bekleckert waren. Sie standen Arm in Arm und lachten glücklich in die Kamera. Allzu teuer kam mir das Ganze auch nicht vor. Perfekt. Kurzerhand rief ich bei dem Veranstalter an und erfuhr, dass die Halle auf Monate hin ausgebucht war. Allerdings hatte ich großes Glück, denn gerade hatte eine Gruppe abgesagt, sodass wir schon am Freitagabend loslegen konnten. Mir kam das zwar wie eine altbekannte Masche vor, aber immerhin war es ja auch in meinem Sinne, das Ganze schnell durchzuziehen. Also bestätigte ich den Termin mit der Paintball-Halle und ging zu Frau Brohmkamp, um ihr die frohe Botschaft mitzuteilen. »Am Freitagabend werden wir alle zusammen Paintball spielen«, verkündete ich freudestrahlend.

»Paintball?«, fragte sie mit einer Miene, als hätte ich ihr eine lebende Nacktschnecke zum Verzehr angeboten.

»Ja, das macht doch Spaß.« Ich schenkte ihr noch ein Lächeln, dann setzte ich mich wieder an Christines Schreibtisch und zählte die Sekunden, die es dauern würde, bis Frau Brohmkamp zu Daniel gerannt war.

Ich war bei fünfundneunzig angekommen, da stürmte sie zur Tür herein. »Herr Behnecke hat gesagt, wir gehen nicht Paintball spielen! Er hat gesagt, dass Sie wahrscheinlich schlafwandeln und ich Sie daher lieber nicht wecken soll und dass wir erst an dem Tag Paintball spielen, an dem Eintracht Hamburg und der HSV das Champions-League-Finale bestreiten.« Atemlos hielt sie inne.

»Oh, da täuscht der gute Herr Behnecke sich aber ganz gewaltig«, sagte ich gelassen. »Wissen Sie was? Ich rede kurz mit ihm.«

Daniel saß an seinem Schreibtisch und tippte mit zwei Fingern auf der Tastatur herum. Als ich eintrat, sah er kurz auf, blickte jedoch sofort wieder runter, da er die richtigen Buchstaben wahrscheinlich nur traf, wenn er auf die Tasten guckte. »Ach, dich gibt's ja auch noch hier«, murmelte er. »Hallo, Marie.«

Ich schloss die Tür hinter mir und baute mich vor seinem Schreibtisch auf. »Wir werden am Freitag sehr wohl Paintball spielen gehen.«

»Nein, werden wir nicht.«

»Doch, werden wir.«

Erneut blickte er zu mir auf. »Wie zur Hölle kommst du darauf?«

»Weil ich bereits alles gebucht habe. Wir werden Paintball spielen, und anschließend wird noch gegrillt.«

»Ah ja.« Daniel schüttelte den Kopf. »Ich bin fest davon überzeugt, dass du schlafwandelst. Anders kann ich mir diese Anwandlung nicht erklären.«

»Ich bin hellwach«, sagte ich, und um ihm zu demonstrieren, wie wach ich war, fuchtelte ich mit den Händen und führte einen kleinen Stepptanz auf.

Daniel beobachtete mich interessiert. »Schön. Ich bin mir nur nicht sicher, ob damit wirklich bewiesen ist, dass du nicht schlafwandelst.«

Seufzend ließ ich mich auf den Stuhl vor seinem Tisch fallen. »Was spricht denn dagegen?«

»Sag mir erst mal, was dafür spricht.«

»Es ist eine Teambuilding-Maßnahme.«

Daniel hob eine Augenbraue. »Teambuilding?«

»Ja, Teambuilding. Du hast davon wahrscheinlich noch nie was gehört, weil du dich in deinem Ingenieurstudium ausschließlich mit Lateralplänen, Rumpfgeschwindigkeitsberechnungen oder Roboterbasteln beschäftigt hast.«

»Nein, mit Robotern hatte ich leider gar nichts zu tun«, sagte er bedauernd.

»Wie auch immer. Der Punkt ist, dass ein gutes Arbeitsklima sehr wichtig ist. Würde es sich denn nicht positiv auf die Produktivität auswirken, wenn die Mitarbeiter zufrieden sind und sich als ein Team verstehen?«

Daniel schien darauf zu warten, dass ich weiterredete, doch als ich ihn nur fragend ansah, sagte er: »Äh, doch. Bestimmt.«

»Und was denkst du, wodurch können wir erreichen, dass die Mitarbeiter sich als Team verstehen?«

Um Daniels Mundwinkel begann es zu zucken. »Durch Teambuilding-Maßnahmen?«

»Richtig. Und was gilt als hervorragende Teambuilding-Maßnahme?«

»Ich nehme an, du willst, dass ich ›Paintball‹ sage.«

»Paintball...«, wiederholte ich langsam. »Hey, gute Idee. Machen wir das.«

Daniel lachte. »Hervorragende Gesprächsstrategie. Ich bin trotzdem nicht überzeugt.«

»Aber wir entwickeln beim Paintball gemeinsam Strategien, betätigen uns sportlich, und hinterher sehen wir alle lustig bunt aus. Ich kann da gar keinen Nachteil erkennen.«

Daniel blickte eine Weile schweigend aus dem Fenster.

»Hör zu, ich brauche deine Zustimmung nicht«, sagte ich, als ich die Stille nicht mehr aushielt. »Mein Vater findet die Idee großartig und steht voll dahinter.«

»Dein Vater findet die Idee großartig?«, fragte Daniel ungläubig. »Das heißt also, wenn ich ihn jetzt anrufe und frage, wieso in Gottes Namen wir Geld für so eine hirnrissige Aktion hinblättern sollen, wird er mir sagen, dass er das total super findet?«

»Genau.«

»Okay.« Daniel griff nach dem Telefonhörer und fing an, zu wählen.

Bevor er bei der letzten Ziffer angekommen war, sprang ich auf und unterbrach die Verbindung. »Mann, Daniel, jetzt stell dich nicht so blöd an! Die Leute hier hassen mich alle. Ich will doch nur, dass wir uns besser kennenlernen.«

Er musterte mich mit diesem intensiven Blick, der mir das Gefühl vermittelte, er würde mich komplett durchschauen. »Ich dachte, dir ist das alles egal.«

»Ist es ja auch. Ich fände es nur gut wegen ... des Betriebsklimas. Teambuilding halt.«

Daniel legte den Telefonhörer auf. »Ich hab keine Ahnung, wieso ich das jetzt sage, aber ... Also gut. Dann spielen wir eben Paintball.«

Erleichtert atmete ich auf und musste mich schwer zusammenreißen, keine Siegerfaust zu machen. »Cool. Du wirst es nicht bereuen.«

»Doch, werde ich. Aber stell dich lieber darauf ein, dass nicht besonders viele mitkommen werden. Freitagabend ist extrem kurzfristig.«

»Ach, das wird schon. Gut, dann sage ich Frau Brohmkamp Bescheid.« Ich war schon fast zur Tür raus, da rief Daniel: »Marie?«

Ich drehte mich zu ihm um. »Ja?«

»Lateralplan und Rumpfgeschwindigkeitsberechnung sind wohl auch Begriffe, die sich irgendwie in deinem Unterbewusstsein festgesetzt haben?«

Oh Mann, ich musste mich zukünftig wirklich besser im Griff haben. »Muss wohl. Ha, lustig.«

»Mhm. Okay, dann bis später.«

Ohne ein weiteres Wort verließ ich den Raum und rannte beinahe zu Frau Brohmkamp. »Es ist kaum zu glauben, aber am Freitag stehen Eintracht Hamburg und der HSV im Champions-League-Finale«, sagte ich triumphierend.

»Was soll das heißen?«

»Na, was wohl? Wir spielen Paintball.«

»Aber Herr Behnecke ...«

»Herr Behnecke ist von der Idee ebenso begeistert wie ich.«

»Soso«, sagte sie spitz.

Ich schrieb eine E-Mail an die Belegschaft, in der ich über das bevorstehende Ereignis informierte. Nachdem das erledigt war, ging ich runter in die Produktionshalle, um den Bootsbauern persönlich die frohe Botschaft zu überbringen. »Ach, Frau Ahrens. Freut mich, Sie zu sehen«, sagte Herr Kröger laut, sodass alle umstehenden Mitarbeiter es hören konnten. Dann trat er einen Schritt näher und sagte: »Könntest dich ruhig öfter mal bei mir blicken lassen. Früher haste mir ja auch ständig an den Hacken geklebt.« Er ging zu einer DS 530, die kurz vor der Abnahme stand, und gab mir ein Zeichen, ihm zu folgen. »Guck dir das mal an. Die neueste Generation der 530 wird mit Doppelruder gebaut.« Herr Kröger schürzte abfällig die Lippen und verriet damit eindeutig, was er von dieser Entwicklung hielt.

Ich betrachtete die Ruderblätter unterm Boot und dann die beiden Steuerstände im Cockpit. »Hm«, meinte ich zweifelnd. »Macht schon was her, aber so ganz kann ich darin keinen Sinn erkennen. Ich meine, wie groß ist die Wahrscheinlichkeit, mit der 530 so viel Lage zu schieben, dass ein einzelnes Ruder nicht mehr angeströmt wird? Und im Hafen kann das Ding unter Umständen ganz schön schwer zu manövrieren sein.«

Herr Kröger klopfte mir so heftig auf die Schulter, dass ich beinahe einen Satz nach vorne machte. »Das sag ich ja auch! Aber Daniel meinte, dieses Denken wäre alte Schule und wir müssten moderner werden.«

Ich strich nachdenklich über eins der flachen Ruderblätter. »Ich hab mich seit mehr als zehn Jahren nicht mehr mit diesem Thema beschäftigt. Alles, was ich weiß, weiß ich von meinem Vater und von Ihnen. Also bin ich wohl auch alte Schule.« Ich ließ abrupt das Ruderblatt los und trat einen Schritt zurück. »Aber weswegen ich eigentlich hier bin: Ich habe etwas mitzuteilen. Also, allen hier.«

»Jungs!«, dröhnte Herr Kröger in die Halle. »Kommt mal her, Frau Ahrens hat uns was mitzuteilen.«

Nach und nach gesellten sich alle Bootsbauer und der Azubi Finn Andersen zu uns. »Moin, Frau Ahrens«, sagte er und schenkte mir ein schüchternes Lächeln.

»Wir möchten Sie alle am Freitagabend zum Paintball einladen«, verkündete ich freudig. »Als kleines Dankeschön dafür, dass Sie unseretwegen ein paar Ihrer Wochenenden opfern müssen.«

Die meisten der Männer schauten mich mit unbewegten

Gesichtern an, doch einer der jüngeren, dessen Namen ich mir nicht merken konnte, grinste breit. »Paintball, wie geil.«

»Nee, dat mutt ick nich hebben«, sagte Wolfgang Larsen, den ich noch von früher kannte, auf Plattdeutsch. »Dat schallen mal de junge Lüü moken.«

Bei näherer Betrachtung konnte ich mir ihn und Herrn Kröger, die beiden rundlichen älteren Herren, tatsächlich kaum in weißen Schutzanzügen vorstellen, über ein Feld robbend und mit Farbpatronen um sich schießend. Trotzdem sagte ich: »Das ist etwas für Jung und Alt. Es wird Ihnen bestimmt Spaß machen.«

Herr Kröger räusperte sich. »Also, ich find das 'ne gute Sache, Frau Ahrens. Ich bin dabei.«

Erleichtert lächelte ich ihn an. »Okay, dann überlegen Sie sich das bis Donnerstag und geben mir dann Bescheid.«

Als Herr Kröger und ich wieder allein waren, raunte er mir zu: »Was haste dir denn dabei gedacht? Paintball. Ich weiß nicht mal, was das ist.«

»Ich dachte, das wäre ganz nett, um für gute Stimmung zu sorgen. Bislang komme ich hier ja nicht so besonders an.«

»Hm«, brummte er. »Dann sollteste mal besser zeigen, was du drauf hast. Du tust ja grad so, als hättste noch nie ein Boot gesehen. Wird Zeit, dass du aufhörst, dich zu verstecken.«

»Wir haben uns in den letzten zwölf Jahren kaum gesehen, Herr Kröger. Ich bin nicht mehr das Mädchen von früher. Ich habe mich verändert.«

Herr Kröger sah mich abschätzig an. »Aber nicht zum Guten.«

Bevor ich eine Gelegenheit hatte, etwas darauf zu erwidern, war er auch schon verschwunden. Für den Rest des Tages nagten seine Worte an mir, und ich musste zugeben, dass es mir tatsächlich gegen den Strich ging, von allen für unfähig gehalten zu werden. Es nervte mich auch zusehends, vor Daniel so zu tun, als wäre ich vollkommen ahnungslos, und ich hasste es, dass er mich für ein bockiges Kleinkind hielt. Trotzdem, unterm Strich fuhr ich besser damit, mich zurückzuhalten. Denn wenn ich mich wirklich engagierte, würde mir das alles nur viel zu wichtig werden. Mein Vater gestand mir hier nur einen Gastauftritt zu, und dementsprechend würde ich mich auch verhalten.

Die nächsten Tage verbrachte ich im Büro damit, das Paintball-Teambuilding-Event zu planen. Ich suchte Essen aus, organisierte den Transport, telefonierte mehrmals mit dem Veranstalter und sammelte die Zu- und Absagen der Mitarbeiter. Und es gefiel mir, hier endlich mal was zu tun, anstatt nur rumzusitzen und im Internet zu surfen. Ich fing sogar an, die Briefe in den Unterschriftsmappen zu lesen, und stellte dabei fest, dass es ein Problem mit dem Holzlieferanten gab, der scheinbar vermehrt in schlechter Qualität lieferte. Ich konnte mich gerade noch davon abhalten, in die Halle zu gehen, um mir das Material anzusehen. Stattdessen blätterte ich die Unterlagen zum Ocean Cruiser durch. Noch immer konnte ich mich mit diesem Luxusobjekt nicht anfreunden. Aber andererseits ging es mich ja auch nichts an. Mein Vater und Daniel waren von der Idee überzeugt, was ich davon hielt, interessierte sowieso niemanden.

Nach einem weiteren gescheiterten Versuch, mittags im Pausenraum mit den Büromädels warm zu werden, ging ich am nächsten Tag lieber allein nach draußen. Erst schlenderte ich an der Elbe entlang in Richtung Fähranleger, doch auf dem Rückweg steuerte ich, beinahe gegen meinen Willen, die Marina an. Ich schlenderte über den hintersten Steg und betrachtete die Yachten und Jollen, die sachte im Wasser vor sich hin dümpelten. Und da, ganz am Ende, ein wenig abseits, entdeckte ich sie: die hübscheste kleine Holzyacht, die ich je in meinem Leben gesehen hatte. Der Rumpf war hellblau lackiert, während der Decksaufbau weiß war, was mich sofort ans Meer denken ließ.

Meine Füße bewegten sich ganz von allein zu der Yacht, ich konnte nichts dagegen tun. »Was bist du denn für eine kleine Schönheit?«, murmelte ich verzückt, als ich unmittelbar vor ihr stand, und erkannte im selben Moment, dass es ein Fehler gewesen war, hierherzukommen. Denn nun war ich bis über beide Ohren und unwiderruflich in dieses Boot verknallt.

Ich untersuchte den Rumpf nach einem Herstellersiegel, doch dort war nichts zu sehen. Die kleine Yacht war nicht mal getauft. Wer kaufte sich so ein wunderschönes Boot und gab ihm dann nicht mal einen Namen? Kurzerhand kletterte ich an Bord und spähte in den Innenbereich. Ich erkannte einen gemütlichen Salon mit zwei Sitzbänken, einem Esstisch und einer winzigen Kochnische. Die Möbel waren aus hellem, freundlichem Holz und die Bänke dunkelblau bezogen. Doch es lagen keine Seekarten, Bücher oder Segelzeitschriften herum, im Regal über dem Zwei-Platten-Herd standen weder Pulverkaffee noch Rotwein, es gab kein Geschirr, keine herumliegenden Klamotten oder sonst irgendetwas, das darauf hindeutete, dass Menschen sich hier eine schöne Zeit machten. Dabei könnte man hier so eine schöne Zeit haben.

Ich schlenderte langsam in den Bug, zog meine Schuhe aus und lehnte mich an die Reling. Das Teakdeck fühlte sich warm unter meinen Füßen an. Automatisch sah ich vor mir, wie der Wind in die Segel des kleinen blauen Bootes griff und es förmlich übers Wasser fliegen ließ. Und seltsamerweise fühlte ich mich auf dieser namenlosen Yacht, als wäre ich nach langer,

langer Zeit wieder zu Hause. Ich schloss die Augen und atmete tief die raue Hamburger Luft ein. In der Ferne ertönte die Fräse aus der Halle, doch ansonsten hörte ich nur das sanfte Klatschen des Wassers gegen den Bootsrumpf, das Knarren des Holzes und hin und wieder das Schreien von ein paar Möwen hoch über mir. Als ich mich endlich aufraffen konnte, wieder ins Büro zu gehen, stellte ich fest, dass ich über eine Stunde auf dem Boot verbracht hatte.

Am Mittwoch hatte Christine ihre zweite Chemotherapiesitzung. Bislang hatten wir beide gehofft, sie würde von den schlimmsten Nebenwirkungen verschont bleiben. Aber nun schien es, als sollte Hanna recht behalten, die behauptet hatte, dass diese sich auch mit Verzögerung einstellen konnten. Als ich am Donnerstagmorgen ins Bad kam, erwischte ich Christine dabei, wie sie spuckend über der Kloschüssel hing. Es tat mir beinahe körperlich weh, sie so zu sehen, und am liebsten hätte ich mich irgendwo versteckt, doch dann gab ich mir einen Ruck und ging zu ihr. Nachdem ich einen Waschlappen mit eiskaltem Wasser befeuchtet hatte, hockte ich mich neben sie und schob ihr das Haar zur Seite. »Hey, Süße«, sagte ich liebevoll und drückte ihr den Waschlappen in den Nacken. »Wer hätte gedacht, dass du solche Geräusche von dir geben kannst.«

Christines Schultern bebten, aber sie konnte nichts sagen, weil eine neue Welle der Übelkeit sie überrollte. Ich hielt ihr Haar im Nacken zusammen und flüsterte beruhigende Worte, wobei ich die ganze Zeit aufpassen musste, mich nicht selbst zu übergeben. Irgendwann ließ sie sich völlig entkräftet gegen die Badewanne sinken. Ihr Gesicht war leichenblass, und tiefe Ränder lagen unter ihren Augen. Unaufhörlich liefen ihr Tränen über das Gesicht.

»Willst du ein Glas Wasser?«, fragte ich leise.

Christine nickte, und ich trat ans Waschbecken. Als ich nach dem Zahnputzbecher griff, lief es mir eiskalt den Rücken runter, und mir stockte der Atem. Meine Hände waren voll von Christines langen dunklen Haaren, büschelweise hatten sie sich zwischen meinen Fingern verfangen. »Oh, Scheiße«, stieß ich hervor.

»Was ist?«, fragte Christine, doch dann sah sie es selbst, und ihr Gesicht wurde zu einem stummen Schrei des Entsetzens. Sie fuhr sich durch die Haare und hielt anschließend ein Büschel hoch. »Oh nein«, wimmerte sie. »Jetzt passiert es doch, Marie. Jetzt passiert es.« Dann fing sie haltlos an zu weinen. Vergessen war das Wasser, ich hockte mich zu ihr, nahm sie in den Arm und drückte sie an mich. Es fiel mir unendlich schwer, nicht mitzuweinen, doch ich riss mich zusammen und sagte mir, dass ich jetzt stark sein musste, um es für Christine nicht noch schlimmer zu machen.

»Ich wusste ja, dass das kommt«, schluchzte Christine. »Es sind nur Haare, ich weiß, dass ich ganz andere Probleme habe, aber ... es sind meine Haare.«

»Hey«, sagte ich und strich ihr sanft über den Rücken. »Das heißt doch nur, dass die Chemo ihre Wirkung zeigt. Sie macht diese ätzenden Krebszellen kaputt.«

»Ja, aber die gesunden Zellen auch. Ach Mann. Ich will nicht so eine Heulsuse sein.«

»Du musst dich doch nicht dafür rechtfertigen, dass du heulst. Du hast so tolle Haare, die haben es verdient, dass du ihnen ein bisschen nachtrauerst.«

Christine schmiegte sich enger an mich. Nach ein paar Minuten musste sie sich wieder übergeben, nur um anschließend noch heftiger zu schluchzen. Irgendwann wurde ihr Weinen zu einem leisen Wimmern und schließlich ebbte auch das ab. Sie löste sich aus meinen Armen und wischte sich übers Gesicht. Aus blutunterlaufenen Augen, bei deren Anblick ich innerlich zusammenzuckte, sah sie mich an und sagte entschlossen: »Du musst mir eine Glatze schneiden.«

»Was?«, fragte ich panisch.

»Du musst mir eine Glatze schneiden!«, wiederholte sie lauter. »Den Rat haben mir die anderen Frauen bei der Chemo gegeben. Sie meinten, dass es viel schlimmer ist, wenn man seinem Haar beim Ausfallen zusieht, als wenn man kurzen Prozess macht und sie selbst abschneidet.«

»Aber ich ... ich weiß doch gar nicht ...«, stammelte ich.

Christine erhob sich und wankte auf wackligen Beinen zum Badezimmerschrank. Sie hielt sich am Waschbecken fest und holte aus dem obersten Fach eine Haarschneidemaschine. »Hier. Damit ist es ganz einfach. Den habe ich nach der ersten Chemositzung gekauft, für den Fall der Fälle.«

Ich sah das Gerät nur an, rührte mich aber nicht.

»Bitte, Marie. Ich selbst pack das einfach nicht.«

Ich wusste, dass ich ihr diesen Gefallen tun musste, und ich wollte es auch. Aber ich fühlte mich so überfordert mit dieser Situation, dass ich in Schockstarre verfiel.

Christine stampfte ungeduldig mit dem Fuß auf. »Schneid mir eine verdammte Glatze! Bitte!«

»Okay«, sagte ich, als die Panik mich endlich losgelassen hatte. »Ich mach es ja. Aber nicht jetzt.«

»Doch! Wenn ich schon die Kontrolle über mein komplettes Leben verloren habe, will ich wenigstens noch selbst entscheiden, wann ich eine Glatze bekomme.«

»Das sollst du ja auch.« Ich nahm ihr die Haarschneidemaschine aus der Hand und legte sie zurück in den Badezimmerschrank. »Aber denk doch mal an Toni und Max. Meinst du nicht, dass es für sie ein ziemlicher Schock wäre, wenn sie ihre Mutter heute Morgen auf einmal mit einer Glatze vorfinden?«

Christine schlug sich eine Hand vor den Mund. »Daran habe ich gar nicht gedacht.«

»Sag ihnen, dass du heute zum Frisör gehst oder so, damit sie wissen, was auf sie zukommt. Oder lass sie dabei sein, Herrgott, ich hab keine Ahnung von so was, aber sie derart damit zu überrumpeln, kommt mir einfach falsch vor.«

Sie atmete laut aus und setzte sich auf den Badewannenrand. »Du hast recht. Ich will nicht, dass die beiden dabei sind, aber ich werde es ihnen sagen.«

»Dann machen wir es heute Abend. So, und jetzt weckst du die Kinder, und ich mach Frühstück. Und anschließend bringe *ich* sie in die Schule.«

Christine sah für einen kurzen Moment so aus, als wollte sie widersprechen, doch dann nickte sie. »Okay.«

Abends kaufte ich auf dem Heimweg eine Flasche Rotwein für mich und einen Sechserträger Holunder-Fassbrause für Christine. Außerdem besorgte ich eine Tafel Schokolade, sechs Donuts und eine Tüte Salzlakritz sowie zwei Kopftücher und drei Mützen. Schließlich rief ich Hanna an, um sie zu bitten, die stylischen Kopfbedeckungen für Christine zu nähen.

Max kam mir schon im Hausflur mit hochrotem Kopf entgegengelaufen. »Mama lässt sich heute 'ne Glatze schneiden!«, rief er aufgeregt. »Weil ihr von der Medizin die Haare ausfallen. Das sieht bestimmt voll komisch aus.«

»Ach Quatsch«, sagte ich und strich ihm über den Kopf. »Erst mal ist es vielleicht ungewohnt, aber deiner Mama steht einfach alles. Bald fällt es uns bestimmt nicht mal mehr auf.«

Er zog mich zu sich runter und flüsterte: »Mama ist jetzt noch viel kränker, oder?«

Für einen Moment verschlug es mir die Sprache. Er war noch ein Kind, er sollte sich um so etwas keine Gedanken machen müssen, verdammt noch mal. »Es ging ihr heute nicht so gut«, sagte ich vorsichtig. »Aber das kommt von der Medizin und ist ganz normal.«

Nachdem wir gegessen und noch ein paar (für mich absolut demütigende) Runden Uno gespielt hatten, brachten wir die völlig überdrehten Kinder ins Bett. Es war deutlich, dass sie die Gutenachtgeschichte absichtlich in die Länge zogen, indem sie tausend Fragen stellten oder angeblich Sätze nicht verstanden und noch mal hören wollten. Doch dann fielen Max die Augen zu und Toni ließ sich endlich dazu bewegen, in ihr eigenes Bett zu gehen. »Und morgen früh hast du dann gar keine Haare mehr?«, fragte sie, nachdem Christine die Decke über sie gelegt hatte.

»Vielleicht noch ein paar ganz, ganz kurze.«

»Soll ich bei dir bleiben, wenn du eine Glatze geschnitten kriegst?«

Christine streichelte ihr zärtlich über die Wange. »Das ist wirklich lieb von dir, Toni, aber ich finde es gar nicht schlimm. Im Sommer ist es sogar total praktisch.«

Toni schlang ihre Arme um Christines Hals. »Für mich bist du sowieso die schönste Mama, egal, wie deine Haare aussehen.«

Mir stiegen heiße Tränen in die Augen, und ich drehte mich schnell um, damit Toni und Christine sie nicht sehen konnten. In der Küche schenkte ich mir ein großes Glas Rotwein ein, ging damit auf die Terrasse und trank es hastig bis zur Hälfte aus.

Eine halbe Stunde später kam Christine raus und setzte sich

zu mir. »Sie schläft endlich. Ehrlich, dieses Mädchen macht mich fertig.«

»Sie ist toll.«

»Ja. Ist sie.« Christine blickte gedankenverloren in das Windlicht, das vor sich hin flackerte und leckeren Zitronenduft verbreitete. Dann wurde sie auf einmal ganz geschäftsmäßig. »Na schön. Packen wir's an. Runter mit der Matte.«

Ich trank noch einen großen Schluck Wein und hielt Christine eine Flasche Fassbrause hin. »Willst du?«

»Nein danke.«

»Hast du noch ein paar von Frau Brohmkamps Apfelkeksen? Die wären doch jetzt bestimmt ein guter Trost.«

»Nein, ich möchte mir mein absolutes Lieblingsgebäck nicht dadurch versauen, dass ich es für alle Zeit mit dieser Glatzenaktion verbinde.«

»Na gut. Schokolade?«, fragte ich und schob die Tafel zu ihr rüber. »Lakritz? Donut?«

»Es reicht langsam!«, rief Christine streng. »Komm jetzt, bringen wir es hinter uns, okay?«

Wir gingen rauf ins Bad, wo Christine sich ein Handtuch über die Schultern legte und sich auf die Toilette setzte.

»Warte noch kurz«, sagte ich und lief schnell wieder nach unten, um das Windlicht von der Terrasse, Schokolade und meinen Rotwein zu holen. »So. Sagt doch keiner, dass man es sich nicht nett machen darf beim Glatzeschneiden.«

»Na, du hast ja Nerven. Und jetzt mach es einfach, okay?« Sie kniff die Augen zusammen und zog eine Miene, als würde sie eine Ohrfeige erwarten.

»Okay.« Ich holte das Haarschneidegerät aus dem Badezimmerschrank und stutzte dann. »Wie geht das überhaupt? Kann man da was verkehrt machen?«

»Mann, Marie!« Christine hielt ihren Pferdeschwanz hoch.

»Du musst die Haare erst mal abschneiden. Dann stellst du das Gerät auf 4 Millimeter und rasierst vom Nacken in Richtung Oberkopf und von den Ohren in Richtung Oberkopf und so weiter.«

»Entschuldige, dass ich mich damit nicht auskenne«, sagte ich eingeschnappt. »Woher weißt du das überhaupt so genau?«

»Ich hab heute ein YouTube-Tutorial geguckt.«

Ich tauschte das Haarschneidegerät gegen eine Schere, nahm Christines Pferdeschwanz in die Hand und atmete tief durch. Ihre Haare würden so oder so ausfallen, sie würden wieder nachwachsen, und es waren einfach nur Haare. Ohne weiteres Federlesen schnitt ich den Pferdeschwanz ab. Das Geräusch verursachte mir eine Gänsehaut, die sich in meinem Nacken und über meinen gesamten Rücken ausbreitete. Ich legte den langen, nunmehr verstorbenen Pferdeschwanz aufs Waschbecken und fing an, Strähne für Strähne abzuschneiden. Anfänglich war es der Horror für mich, ihre wunderschönen Haare auf den Boden fallen zu sehen, doch nach den ersten vier, fünf Schnitten gewöhnte ich mich an meine Aufgabe. Christine zuckte ständig zusammen und sog schreckhaft die Luft ein. Doch bis auf ihre Panikgeräusche und das Klick-Klick der Schere war nichts zu hören.

»Und? Haben Sie dieses Jahr schon Ihren Urlaub geplant?«, erkundigte ich mich, ganz im Frisörinnen-Modus.

Christine fing an zu kichern. »Du spinnst echt. Ich kann nicht fassen, dass ich bei dieser Aktion auch noch lache.«

»An der Nordsee soll es ja um diese Zeit sehr schön sein. Weißt du noch, wie wir damals im Sommer immer für zwei Wochen auf Sylt waren? Nichts als Strand, Wind, Meer und Boote.«

»Ja, das war schön. Ich war schon ewig nicht mehr auf Sylt.«

»Jetzt ist es kurz genug, würde ich sagen.« Ich griff nach dem Haarschneidegerät und schaltete es an. Das leise Brummen klang grauenvoll. Kurzerhand kramte ich mein Handy hervor und tippte darauf herum. »Meiner Meinung nach brauchen besondere Situationen auch besondere Songs. Und ich finde, jetzt ist genau der richtige Moment für dieses Lied.« Ich startete den Song und kurz darauf war das Badezimmer erfüllt von schriller Popmusik.

»Was ist das denn für ein Müll?«, fragte Christine naserümpfend.

»Na, *Stronger* von Britney Spears. Sie ist doch wohl die unangefochtene Königin der Glatzen.«

Christine sah zunächst entsetzt aus, doch dann fing sie an, zu kichern. »Du bist echt so was von taktlos. Und jetzt mach endlich.« Sie kniff wieder ihre Augen zusammen.

Ich versuchte, das flaue Gefühl in meinem Magen zu ignorieren. Dann legte ich das Gerät in Christines Nacken an, fuhr über ihren Schädel und wunderte mich, wie leicht es ging. Es dauerte nur etwa zehn Minuten, dann war ich fertig. Ich betrachtete den Kopf meiner großen Schwester. Sie mit dieser Bruce-Willis-Frisur zu sehen, verursachte mir einen gewaltigen Schock. »Ich bin fertig«, sagte ich und trank den Rest meines Rotweins in großen Zügen.

Christine öffnete die Augen. »Mein Kopf fühlt sich nackt an.«

»Ist er ja auch.«

»Hoffentlich habe ich nicht so einen hässlichen Conehead-Schädel.«

»Nein, hast du nicht.«

»Ist er sonst irgendwie komisch? Winzig klein wie eine Erbse oder riesengroß wie eine Wassermelone?«

»Nein! Du hast einen ausgesprochen hübschen Schädel. Am

Anfang war es sehr ungewohnt, das gebe ich zu, aber je länger ich dich ansehe...« Ich betrachtete sie intensiv. Ihre Augen wirkten riesengroß und ihr Gesicht zart und zerbrechlich. »Es steht dir. Weißt du, an wen du mich erinnerst? An Demi Moore als G. I. Jane.«

»Echt?«

»Ja. Du siehst aus, als könntest du jeden harten Jungen locker an die Wand nageln.«

Christine erhob sich von der Toilette und ging mit gesenktem Kopf zum Badezimmerspiegel. Nachdem sie zweimal tief durchgeatmet hatte, schaute sie ruckartig auf. »Oh Gott!«, rief sie, schlug die Hände vor den Mund und taumelte zwei Schritte zurück. »Ach, du Scheiße! Oh nein!« Sie fuhr sich mit der Hand über die raspelkurzen Borsten, drehte ihren Kopf nach rechts und links, um ihn von allen Seiten zu betrachten. Ich hatte damit gerechnet, dass sie ausflippen würde, doch sie hielt sich wirklich wacker. Nachdem ihr erster Schock sich gelegt hatte, begegnete sie dem neuen Menschen im Spiegel eher mit Neugier als mit Angst. »Na gut. Es ist jetzt eben so«, sagte sie und nickte sich zu.

Ich stellte mich neben sie, legte meinen Arm um ihre Schulter und lächelte sie im Spiegel an. »Weißt du was? Ich bin mächtig stolz auf dich. Jede andere wäre wahrscheinlich heulend zusammengebrochen. Aber du nicht. Du bist Badass G. I. Jane.«

»Genau.« Christine legte ihren Kopf an meine Schulter. »Du hast das toll gemacht, Marie. Ehrlich, ich hätte mir von niemandem auf der Welt lieber den Schädel rasieren lassen.«

Als ich spürte, wie mein Kinn anfing zu zittern, zwinkerte ich die aufsteigenden Tränen schnell weg. Ich betrachtete uns beide im Spiegel. Christine, klein, blass und zart und mit diesem neuen Look, der klar verriet, dass sie krank war. Daneben ich, einen halben Kopf größer, braun gebrannt und vor Gesundheit strotzend. Und in diesem Moment schwor ich mir, dass ich meiner Schwester nicht von der Seite weichen würde. Egal, was noch auf uns zukam, egal, wie schwer es mir auch manchmal fallen mochte – ich würde sie niemals im Stich lassen.

»Jetzt hab ich mich aber lang genug im Spiegel angeglotzt«, sagte Christine und löste sich von mir. Während sie sich unter der Dusche von den Haarresten befreite, beseitigte ich das Chaos im Bad. Auf dem Boden lag eine wahre Flut von dunklen Haaren, und es dauerte eine halbe Ewigkeit, bis alles wieder so aussah, als wäre hier nie etwas Nennenswertes passiert.

Ich fragte Christine, ob wir noch einen Film gucken oder uns in den Garten setzen wollten, doch sie lehnte ab und sagte, dass sie dringend schlafen musste. Also putzten wir uns die Zähne, sagten Gute Nacht und gingen in unsere Zimmer.

Ich schlüpfte unter die Bettdecke, löschte das Licht und brach in Tränen aus. Und ich war mir sicher, dass es Christine ein Zimmer weiter genauso ging.

Aaattackeeee!

Christine kam am nächsten Morgen kaum aus dem Bett. Mühsam versuchte sie aufzustehen, und es schien, als würde es sie unendlich viel Kraft kosten, ihre Glieder zu bewegen. »Schnell, Marie, ich muss ins Bad. Schnell!«

Ich zog sie hoch und stützte sie auf dem Weg. Gerade noch rechtzeitig kauerte sie sich vor die Kloschüssel und wurde augenblicklich von heftigen Krämpfen geplagt. Als es vorbei war, stand sie mit meiner Hilfe auf und wusch sich das Gesicht. »Na, immerhin musstest du mir heute nicht mehr die Haare halten«, witzelte sie schwach. Nachdem sie sich die Zähne geputzt hatte, warf sie sich zwei Ibuprofen und ihre Tabletten gegen Übelkeit ein. Sie bestand darauf, sich anzuziehen und zu schminken, und auch die Kinder wollte sie selbst wecken und schulfein machen. »Es wird gleich besser, Marie. Kümmere du dich ums Frühstück, okay? Und es wäre super, wenn du die Kinder heute wieder zur Schule bringen könntest.«

Während ich in der Küche Brote schmierte, hörte ich von oben »Boah, Mama, wie siehst du denn aus?«-Rufe. Ich wusste nicht, wie Christine es hinkriegte, doch als sie mit Toni und Max nach unten kam, hatten die beiden sich einigermaßen beruhigt. »Mama sieht jetzt voll komisch aus, oder?«, fragte Max, als er in seinen Cornflakes stocherte. »Die anderen Mütter sehen alle nicht so aus.«

»Nein, das stimmt. Die anderen Mütter sehen alle total langweilig aus«, sagte ich, als ich Christines verletzten Gesichtsausdruck wahrnahm. »Und außerdem nehmen sie auch nicht die Medizin, die eure Mutter nehmen muss.«

Nach dem Frühstück scheuchte ich Toni und Max in Richtung Haustür. »Kommt jetzt, wir müssen los, wenn wir nicht wieder rennen wollen.«

»Tschüs, ihr beiden«, sagte Christine und gab Toni und Max einen Kuss, dann wandte sie sich an mich: »Viel Spaß beim Paintball. Und versuch mal ausnahmsweise, das als *Spiel* zu sehen, nicht als olympische Disziplin, bei der du um Gold kämpfst.«

»Ach was, natürlich nicht. Ich seh das total locker.«

Sie blickte mich zweifelnd an. »Klar. Werd wenigstens nicht wieder sauer, wenn du verlierst.«

»Quatsch.« Es würde gar keinen Grund geben, sauer zu werden. Ich hatte nämlich nicht vor, zu verlieren.

Um sechs Uhr wurde unsere Ahrens-Paintball-Gang vor der Halle abgesetzt. Entgegen Daniels Unkenrufen nahmen tatsächlich die meisten Mitarbeiter an dem Event teil, und ich hatte sie in vier Teams aufgeteilt. Drei der Teams hatte ich ausgelost, mein eigenes jedoch selbst zusammengestellt. Frau Brohmkamp und Frau Böhm aus der Buchhaltung sollten nämlich definitiv mit dabei sein, denn ich vermutete, dass die beiden unter den Büromädels den Ton angaben. Außerdem waren noch Laura Niemann und die Auszubildende Nele Jacobs mit von der Partie.

Ich gab die Teams bekannt, dann gingen wir rein und bekamen vom Besitzer der Anlage unsere Schutzkleidung, Gewehre – die er jedoch als ›Farbmarkierer‹ bezeichnete – und Helme ausgehändigt. Nachdem wir umgezogen waren, erhielten wir eine Sicherheitseinweisung, bei der der gute Mann endlos lang und mit erhobenem Zeigefinger darüber palaverte, was auf dem Spielfeld erlaubt war und was nicht. Meine Gedanken schweiften zu Christine, die mir geschrieben hatte, dass laut ihrer heutigen Blutuntersuchung die Anzahl ihrer Leukozyten stark gesunken war und sie sich deswegen jetzt täglich eine Spritze geben musste. Sie hatte mir nicht genau erklärt, was das hieß und nur gesagt, das sei eine »ganz normale« Nebenwirkung der Chemo. »Normal« konnte ich das jedoch gar nicht finden, also hatte ich angefangen, zu googeln. Mehr oder weniger den ganzen Tag hatte ich mich im Internet auf Informationsseiten und in Foren herumgetrieben, Blogs und Erfahrungsberichte von Krebspatienten gelesen, und was ich herausgefunden hatte, versetzte mich in Angst und Schrecken. Die gesunkene Leukozytenzahl bedeutete nämlich, dass Christines Immunsystem durch die Chemotherapie angegriffen wurde, und wenn das so weiterging, drohten ihr Krankenhaus, Isolation und Bluttransfusion.

»Was hast du denn bitte für komische Teams gebildet?«, riss Daniels Stimme mich aus meinen Gedanken.

»Wieso komisch?«, flüsterte ich.

»Zwei der Teams sind gemischt, aber du spielst in einem reinen Frauen-, und ich in einem reinen Männerteam.«

»Ja, und?«

»Wir werden euch plattmachen.«

Mit solchen Ansagen war er bei mir an der falschen Adresse. »Warte nur ab, du wirst schon noch sehen, was du von dieser hoffnungslosen Selbstüberschätzung...«

»Die beiden Herrschaften da in der letzten Reihe«, dröhnte die Stimme des Paintball-Anlagenbesitzers uns ins Ohr.

Daniel und ich schreckten auf. »Ja?«, fragte Daniel.

In strengem Tonfall sagte der junge Mann: »Wer sich nicht

an die Regeln hält, fliegt. Also würde ich an eurer Stelle besser zuhören.«

»Sorry«, sagte ich möglichst freundlich, ohne es wirklich so zu meinen. Als der Typ sich wieder seiner endlosen Erklärung widmete, zischte ich Daniel zu: »Nur, weil wir ein reines Frauenteam sind, heißt das noch lange nicht, dass wir schlechter sind als ihr.«

»Hast du überhaupt schon mal Paintball gespielt?«

»Nein.«

»Aha. Dann lass dir gesagt sein, dass es ganz schön wehtun kann, wenn man eine Kugel abkriegt.«

»Entschuldige, hast du was gesagt? Ich hör nämlich nur Mimimi.«

Daniel sah mich für einen Moment ungläubig an, dann flüsterte er: »Das heißt also, du willst das mit diesen Teams durchziehen?«

»Ihr beide zieht hier gleich gar nichts mehr durch, wenn ihr so weitermacht«, ertönte eine Stimme aus unmittelbarer Nähe. Direkt vor uns stand der riesengroße und tätowierte Paintball-Sicherheitsexperte und bedachte uns mit einem vernichtenden Blick. »Ihr meint wohl, ihr habt es nicht nötig aufzupassen, weil ihr das Ganze bezahlt. Aber das ist meine Halle. Hier bin *ich* der Sheriff, und hier gelten *meine* Regeln. Verstanden?«

Daniel und ich sahen ihn nur wortlos an.

»Ob ihr das verstanden habt?!«

»Ich bin mir nicht sicher«, sagte Daniel. »Ich hab nur Mimimi gehört.«

Unwillkürlich entfuhr mir ein Kichern, und ich musste mich schnell zur Seite drehen.

Dem Sheriff der Paintball-Anlage war anzusehen, wie es in seinem Hirn ratterte. Doch sein Geldbeutel war ihm offenbar noch wichtiger als seine Regeln, und er wollte es sich mit einem neuen Geschäftskunden nicht versauen. Also drehte er sich nur um und rief: »Mitkommen!«

Wir gingen durch ein ziemlich ungemütliches und kahles Treppenhaus und dann einen langen Flur hinab, von dem aus man durch mehrere Fenster auf die Spielfelder gucken konnte. Ausgebrannte Autowracks erkannte ich dort, leere Linienbusse, Autoreifen, die aufeinandergestapelt waren, und auf dem größten Feld befand sich ein Wald aus ausgesägten Holzbäumen. Vor der Tür, die auf dieses Spielfeld führte, blieb der Sheriff stehen. »Bitte grüppchenweise aufstellen, ich verteile jetzt die Leibchen.«

Nach einigem Hin und Her hatten wir uns in die vier Teams aufgeteilt.

»Es wird parallel auf zwei Feldern gespielt – und zwar im Wald und in der Amok-Bus-Szenerie«, erklärte der Sheriff.

»Ich möchte auf gar keinen Fall in den Amok-Bus«, raunte Laura Niemann mir zu, und da konnte ich ihr nur recht geben. Das klang tatsächlich wenig einladend.

»Ziel des Spiels ist es, diese Flagge zu erobern«, fuhr der Sheriff fort und hielt eine rote Flagge in die Luft. »Wer einen Treffer kassiert, fliegt. Wenn alle Mitglieder eines Teams getroffen und rausgeflogen sind, hat die andere Mannschaft automatisch gewonnen. Alles klar?«

Nun meldete sich Frau Vogt zu Wort, die pummelige Personalchefin. »Also, ich bin Pazifistin, und muss ganz klar sagen, dass ich ethische Einwände dagegen habe, meine Kolleginnen und Kollegen zu erschießen.«

Frau Jacobs kicherte. »Sie sollen uns nicht erschießen, Frau Vogt, sondern nur mit Farbkugeln abknallen.«

»Ja, aber auch das empfinde ich als sehr martialisch. Wie

wäre es denn, wenn wir die Gewehre weglassen und nur so die Fahne erobern?«

Der Sheriff nahm eins der Gewehre in die Hand, hielt es hoch und rief: »Das hier ist *kein* Gewehr! Das ist ein Markierer! Und hier wird! Niemand! Erschossen!«

Ich trat einen Schritt vor und wandte mich an alle. »Wer ist noch dafür, die Ge...Markierer wegzulassen?«

Niemand meldete sich.

»Ich fürchte, Sie sind überstimmt, Frau Vogt.«

Sie hob resigniert die Schultern. »Da kann man nichts machen.«

»Team Weiß und Rot bleiben hier, Team Blau und Grün gehen ein Spielfeld weiter.« Der Sheriff öffnete uns die Tür, damit wir eintreten konnten.

»Igitt!«, rief Frau Niemann und schaute sich angewidert in der Halle um.

Der Anblick war wirklich nicht besonders erfreulich. Überall, auf den Holzbäumen und Autoreifen, die als Kulisse dienten, an den Wänden und auf dem Kunstrasen, klebten die Überreste von mindestens tausend Paintball-Gefechten, und zwar in Form einer dicken Schicht aus buntem glitschigem Glibber. Bei jedem Schritt ertönte ein schmatzendes Geräusch.

»Noch mal zur Erinnerung«, rief der Sheriff. »Wer getroffen wird, fliegt. Wer die Maske absetzt, fliegt.« Er ging in die Mitte des Spielfelds, um die Fahne zu verstecken, wünschte uns viel Spaß und verzog sich.

Wir standen ein paar Sekunden planlos herum, dann sagte Herr Larsen, der zusammen mit Herrn Kröger, Frau Vogt und zwei weiteren Bootsbauern in Team Rot war: »Ick glööv dat allens nich. Künnt wi nich eenfach n Köm un n Beer drinken, und good is?«

»Herr Larsen, das macht doch Spaß«, behauptete ich, obwohl mich zusehends ein mulmiges Gefühl beschlich, vor allem, da zwei Mitspieler aus Team Rot bereits die Kapuzen ihrer Schutzanzüge sowie ihre Helme mit Gesichtsvisier aufgesetzt hatten. Und das sah ziemlich gruselig aus, vor allem in Kombination mit den Gewe... äh, Markierern. »Korn und Bier trinken wir anschließend.«

Michael Kröger, der bislang wenig gesagt hatte und in seinem äußerst eng anliegenden Schutzanzug ähnlich missgelaunt aussah wie Herr Larsen, trat einen Schritt auf mich zu und flüsterte mir ins Ohr: »Mann, Mann, Mann, was haste dir da nur ausgedacht? Du schuldest mir mindestens fünf Korn dafür, dass ich die anderen Jungs überredet hab mitzukommen. Und die anderen fünf kannste Daniel geben, ohne den wäre gar keiner hier aufgetaucht.«

»Sie hätten sich für mich nicht so ins Zeug legen brauchen, Herr Kröger. Ich komm auch sehr gut allein klar«, sagte ich leise. Und dann laut: »Okay, Teambesprechung!«

Frau Böhm, Frau Brohmkamp, Frau Niemann und Frau Jacobs gruppierten sich um mich, während sich das andere Team auf die gegenüberliegende Seite verzog. »Also, die Damen«, sagte ich und sah jeder Einzelnen in die Augen. »Wissen Sie, was die anderen von uns denken?«

Sie schüttelten den Kopf.

»Sie halten uns für das schlechteste Team. Sie denken, sie könnten uns einfach so plattmachen, weil wir arme, schwache Frauen sind und ohne starke Männer an unserer Seite nicht klarkommen. Denken Sie das auch?«

Nochmals schüttelten alle den Kopf, dieses Mal aber schon etwas energischer, und Frau Böhm guckte tatsächlich ziemlich konsterniert aus der Wäsche.

»Gut. Ich denke das auch nicht. Wir sind nicht hier, um rumzujammern, weil wir uns nicht schmutzig machen wollen oder Angst vor einem kleinen Aua haben. Wir sind hier, um den anderen verdammt noch mal den Arsch aufzureißen! Wir sind hier, um sie fertigzumachen, bis sie kreischend vom Spielfeld rennen! Wir sind hier, weil wir gewinnen wollen! Ist es nicht so?«

»Ja!«, rief Frau Brohmkamp, und ich konnte kaum glauben, dass ich sie tatsächlich auf meiner Seite hatte. »Wir wollen gewinnen!«

Laura Niemann und Nele Jacobs tauschten einen Blick. »Also, ich bin eigentlich hier, um ein paar Bier zu trinken«, sagte Laura Niemann.

»Das können wir nachher noch«, erwiderte ich ungeduldig.

Nele Jacobs zuckte mit den Schultern. »Ach, was soll's. Machen wir die anderen halt fertig.«

Frau Brohmkamp, Frau Böhm und ich erarbeiteten gemeinsam eine ausgefeilte Taktik. »Hat das jeder verstanden?«, fragte Frau Brohmkamp, als der Plan ausgearbeitet war, und sah dabei vor allem Nele Jacobs an.

»Jawoll, Frau Oberfeldwebel!«, rief sie und schlug die Hacken zusammen.

Wir klatschten uns gegenseitig ab, dann setzten wir unsere Kapuzen und Schutzmasken auf und verschanzten uns hinter Sperrholzbüschen und Stapeln aus Autoreifen.

Team Rot stand immer noch auf der anderen Seite und beriet sich, wobei alle wild gestikulierend auf das Spielfeld deuteten.

»Was denken die sich denn für krasse Manöver aus?«, raunte Nele Jacobs mir zu, die einen Busch weiterhockte.

»Keine Ahnung. Wir müssen auf alles gefasst sein.«

Von der anderen Seite wisperte Frau Böhm: »Frau Vogt hat es garantiert faustdick hinter den Ohren. Ich wette, die tut nur so, als wäre ihr das alles zu martialisch.«

»Achtung, es geht los«, flüsterte Frau Niemann, und tatsächlich, in diesem Moment brachte Team Rot sich in Stellung.

»Denken Sie alle an Ihre Deckung«, mahnte ich. »Wir lassen die anderen erst mal kommen und überraschen sie dann.«

Für ein paar Sekunden tat sich gar nichts, dann sprang auf einmal Frau Brohmkamp, die als Späherin zwei Bäume vor uns hockte, aus ihrer Deckung und schrie: »Eins, zwei, drei, Aaattackeeeeee!« Dann preschte sie vor und ballerte wild um sich. Sie verteilte eine ganze Salve an Farbkugeln quer durch die Halle und schrie dazu: »ICHMACHEUCHALLEFERTIG ICHMACHEUCHFERRRRTIIIIIIG!!!!«

Ein scharfer Schmerz schoss durch meinen Oberarm, als eine ihrer Kugeln mich erwischte. »Aua! Sie haben mich abgeknallt!«

Sie ließ ihren Markierer sinken und blickte in meine Richtung. Aufgrund des Visiers konnte ich nicht erkennen, ob sie hämisch lächelte oder eine zerknirschte Miene machte.

»Gehen Sie in Deckung, Frau Brohmkamp!«, rief ich.

»Sehen Sie sich das mal an, Frau Ahrens«, sagte Laura Niemann und zeigte mit ihrem Markierer auf die gegenüberliegende Seite.

Ich spähte über meinen Busch und sah die Mitglieder von Team Rot mit erhobenen Händen und Markierern langsam auf uns zukommen. »Wir ergeben uns«, rief Frau Vogt. »Keine Gewalt!«

Frau Böhm zielte immer noch auf die Gegenseite. »Was, wenn sie uns nur verwirren wollen und sich doch gleich die Flagge schnappen?«

In dem Moment stürzte Nele Jacobs hinter ihrem Baum hervor, flitzte in die Mitte des Spielfelds, verschwand in einer Sperrholzburg und tauchte kurz darauf mit der roten Flagge wieder auf. »Gewonnen!«, schrie sie und rannte zu uns zurück, wobei sie das gegnerische Team überholte, das noch immer mit erhobenen Händen auf uns zukam. »Wir haben gewonnen!«

Unsere Markierer landeten unter Jubelgeheul auf dem Boden, und wir umzingelten Nele Jacobs, um sie zu umarmen und ihr auf die Schulter zu klopfen. Ich zog meinen Helm ab und warf ihn in die Luft. »Ich hab doch gesagt, dass wir das beste Team sind!«, rief ich und klatschte mich mit Frau Brohmkamp ab, die zum ersten Mal, seit ich in der Werft arbeitete, ein echtes Lächeln für mich übrig hatte.

Das gegnerische Team war inzwischen bei uns angekommen, und Frau Vogt reichte uns die Hand. »Gut gespielt. Meinen Respekt.«

»Die junge brünette Dame, da, HELM AUF!!!«, dröhnte in diesem Moment eine körperlose Stimme durch die Halle.

Wir alle sahen automatisch nach oben, als hätte der Herrgott persönlich zu uns gesprochen.

»Da in der Ecke ist ein Lautsprecher«, flüsterte Frau Böhm. »Und Kameras sind hier auch überall installiert.«

»Krass. Das ist ja wie bei *Die Tribute von Panem*«, sagte Nele Jacobs und fing haltlos an zu kichern.

»HELM AUF!«, ertönte die Stimme wieder.

»Das Spiel ist doch eh vorbei«, rief ich in Richtung des Lautsprechers. Dann wandte ich mich an die anderen. »Wie sieht's aus, gehen wir ein Bier trinken?«

»Jo, und 'nen lüttjen Köm«, sagte Herr Larsen erleichtert.

Wir verließen die Halle und wurden im Innenhof von herrlich warmer und klarer Luft empfangen. Ein paar Bierzeltgarnituren und Liegestühle waren dort aufgebaut worden, und in einem kleinen Campingkühler lagen Getränke. Ich reichte ein paar Biere herum, mit denen wir es uns auf den Sitzmöglichkeiten bequem machten.

Herr Kröger, Herr Larsen und ich kippten gerade unseren zweiten Korn runter, als die Mitglieder von Team Grün und Blau in den Innenhof kamen. Sie waren von Kopf bis Fuß mit Farbe bekleckert, vermutlich, weil sie im Eifer des Gefechts über den Glibberboden gerobbt waren.

»Und? Wer hat gewonnen?«, erkundigte ich mich bei Daniel.

»Dreimal darfst du raten. Wir natürlich.«

»Wir haben auch gewonnen«, prahlte Frau Niemann.

»Glückwunsch«, meinte Daniel. »Ihr seht aber alle nicht so aus, als hättet ihr sehr viel einstecken müssen.«

»Nee«, stimmte Herr Vollmann zu, der Bier geholt hatte und die Flaschen nun Daniel und Finn Andersen überreichte. »Ihr seht eher so aus, als hättet ihr *gar nichts* einstecken müssen.«

»Bis auf den kleinen Treffer, den du scheinbar kassiert hast«, sagte Daniel und deutete auf den grünen Fleck an meiner Schulter. Seine Haare lagen kreuz und quer durcheinander und waren an der Stirn ganz verschwitzt. Ich erwischte mich dabei, wie ich ihn fasziniert ansah. Männer, die sich gerade sportlich betätigt hatten, hatte ich schon immer anziehend gefunden. Schnell wandte ich mich ab, um mich mit meinen Teamkolleginnen zu unterhalten.

Nachdem wir alle unsere Getränke ausgetrunken hatten, klatschte Matthias Vollmann in die Hände und rief: »Alles klar, ihr habt lang genug faul rumgesessen! Machen wir weiter!«

»Jetzt gilt's, junges Fräulein Ahrens«, sagte Daniel, als wir nebeneinander zurück in die Halle gingen. »Team Weiß gegen Team Grün. Frauen gegen Männer. Du gegen mich.«

»Ich zittere schon vor Angst. Andererseits – wir werden euch so dermaßen die Hölle heiß machen, dass ihr nur noch nach euren Mamas schreit.«

»Ja, sicher. Oh, übrigens, eine kleine Warnung: Auf den letzten vier Junggesellenabschieden, zu denen ich eingeladen war, wurde Paintball gespielt. Und ich bin extrem gut darin.«

Als wir auf dem Spielfeld angekommen waren und mein Team und ich uns zur Taktikbesprechung versammelt hatten, stieß ich zwischen zusammengepressten Zähnen hervor: »Wir müssen dieses Spiel unbedingt gewinnen. Und wenn es das Letzte ist, was wir tun.«

Frau Brohmkamp nickte entschlossen. »Wir werden sie plattmachen!«

»Also, mir wäre es auch recht, wenn wir gewinnen«, sagte Frau Böhm. »Matthias Vollmann geht mir tierisch auf die Nerven.«

»Aber Finn ist doch eigentlich ganz süß«, meinte Nele Jacobs und ihre Wangen färbten sich rot.

»Haben die Damen denn mal langsam fertig geplaudert?«, ertönte Matthias Vollmanns Stimme vom anderen Ende der Halle. »Sonst gehen wir so lange noch ein Bier trinken und kommen in einer halben Stunde wieder.« Die anderen Mitglieder des Teams lachten.

»Alles klar«, sagte Frau Niemann entschlossen. »Wir müssen gewinnen.«

Wir klatschten uns ab und nahmen unsere Positionen ein.

»Eins, zwei, drei, los!«, rief Daniel, und dann passierte erst mal nichts. Frau Brohmkamp hielt sich mit ihrer Attacke zurück, und auch im gegnerischen Team war es absolut ruhig.

Ich steckte meinen Kopf vorsichtig hinter dem Sperrholzbusch hervor, um zu gucken, ob irgendwo ein blauer Schutzanzug herumschlich. Doch nichts tat sich. »Wir können ja nicht ewig hier herumhocken«, flüsterte ich. »Also, los geht's.« Wir huschten zum nächsten Baum oder Busch, um uns wieder dahinter zu verschanzen.

»Wo sind die denn?«, fragte Laura Niemann und reckte den Kopf. Im selben Moment knallte ein Schuss durch den Raum, und sie rief: »Au! Mann ey, das tut voll weh! Ich bin raus, Mädels. Rächt mich.«

Ich überlegte gerade, was wir jetzt tun sollten, als Frau Brohmkamp überfallartig ihre Deckung aufgab und noch lauter als beim letzten Mal »AAATTACKEEE!!!!!«, schrie. Dann stürzte sie wild um sich herumballernd nach vorne.

Frau Böhm tat es ihr gleich, doch kaum war sie hinter ihrem Baum hervorgekommen, rutschte sie auf dem glitschigen Boden aus und landete mit einem slapstickwürdigen Sturz auf dem Hinterteil.

Plötzlich knallte und ballerte es aus allen Ecken, denn Team Grün hatte uns umzingelt, ohne dass wir es gemerkt hatten.
»Mist, ich bin getroffen«, rief Frau Böhm.

Nun waren wir nur noch zu dritt. Frau Jacobs versteckte sich noch immer hinter ihrem Busch, während Frau Brohmkamp wie eine Furie ballernd und schreiend über das Spielfeld rannte und scheinbar selbst nicht so genau wusste, was sie da tat.

»Ich geb Ihnen Deckung!«, rief ich und merkte im gleichen Moment, dass ich keine Ahnung hatte, was genau damit überhaupt gemeint war. Also ballerte ich einfach in alle Richtungen, aus denen ich Schüsse kommen hörte und preschte dabei ein ganzes Stück nach vorne, bis ich atemlos hinter einem Busch haltmachte.

»Verdammt, ich bin getroffen!«, rief Matthias Vollmann.

»Frau Brohmkamp, Sie sind auch schon mindestens zwanzigmal getroffen worden!«, hörte ich Daniels Stimme ganz aus meiner Nähe.

Unbeirrt feuerte sie weiter ihre Farbkugeln durch die Luft.
»Ach was, das sind nur Streifschüsse! Das spür ich gar nicht!

Ich kämpf weiter! Ha!«, schrie sie und zeigte auf eine vermummte Gestalt, die ich anhand der Größe als Finn Andersen identifizierte. »Ich hab Sie erwischt!«

»Frau Brohmkamp, Sie sind raus!«, rief Daniel energisch.

»Ja, aber *er* auch!«

Während Frau Brohmkamp und Finn Andersen das Spielfeld verließen, schlich ich mich weiter nach vorne. Und da sah ich sie, nur drei Meter von mir entfernt: die rote Flagge, inmitten eines Stapels von Autoreifen. Am linken Rand meines Blickfelds bemerkte ich, dass sich etwas bewegte, und dann entdeckte ich Daniel, der ebenfalls langsam und geduckt in Richtung Flagge ging. Sein Blick fiel auf mich, und für drei Sekunden standen wir reglos da und sahen uns an. Dann stürzten wir beide los. Ich spürte ein Platschen an meinem Helm, doch unbeirrt rannte ich weiter um die Wette mit Daniel. »Frau Ahrens, ich hab Sie!«, hörte ich wie aus weiter Ferne, doch ich ließ mich nicht beirren. Zeitgleich mit Daniel kam ich bei der Flagge an, und wir beide grabschten danach, wobei ich auf dem glitschigen Boden ausrutschte und hart auf dem Bauch landete. Daniel wurde von mir mitgerissen, sodass wir beide auf dem Boden lagen und uns an die Flagge klammerten, als würde sie uns vor dem Ertrinken retten.

»Lass los!«, stieß ich zwischen zusammengepressten Zähnen hervor.

»Ich denk ja gar nicht dran. Und außerdem wurdest du getroffen, damit bist du raus und hast ver-lo-ren!«

»Ich bin nicht getroffen!«

»Oh doch, mitten auf deinem Helm.«

Beim Stichwort Helm fiel mir ein, wie ich diese ausweglose Situation lösen konnte. Es wäre ein mieser, billiger Trick, aber hier ging es ums Gewinnen. Und zwar gegen Daniel Behnecke. Ich umfasste die Flagge mit meiner linken Hand noch fester und stieß meinen rechten Arm blitzschnell nach vorne, um ihm den Helm vom Kopf zu reißen und wegzuwerfen. Anschließend umklammerte ich die Flagge wieder mit beiden Händen.

»Spinnst du?«, rief Daniel und sah mich mit einer Mischung aus Ungläubigkeit und Wut an. »Du bist raus, Marie, also *lass los!*«

»Nein!« Ich hörte und sah nichts mehr um mich herum außer Daniel; alles was noch zählte, war, dass ich gegen ihn gewinnen wollte. Und dann passierte das, worauf ich spekuliert hatte. Die körperlose Stimme ertönte aus der Lautsprecheranlage: »Jetzt reicht es mir! Ihr zwei Turteltäubchen auf dem Boden seid raus! Und zwar für den Rest des Tages!«

»Wer den Helm auf dem Spielfeld absetzt, fliegt«, wiederholte ich, was der Sheriff zu uns gesagt hatte und sah Daniel triumphierend an. Aber Moment mal ... ihr *zwei* Turteltäubchen? Wieso war *ich* denn raus? Und wieso überhaupt *Turteltäubchen?* Ging's noch?

»Marie, ich fass es nicht!«, sagte Daniel wutschnaubend.

In diesem Moment tauchte wie aus dem Nichts die zierliche Gestalt von Nele Jacobs über uns auf, und bevor ich wusste, wie mir geschah, riss sie uns die Flagge aus den Händen, schwenkte sie hoch über ihrem Kopf und rief: »Gewonnen! Wir haben gewonnen!«

Ich rappelte mich auf, streckte beide Hände in die Luft und schrie: »YES!!!« Dann fiel ich ihr um den Hals, und wir hüpften unter Triumphgeheul wie die Irren auf und ab. Wenig später kamen Frau Brohmkamp, Frau Böhm und Frau Niemann angerannt, hängten sich an uns, und es entstand ein Freudentaumel, als hätten wir soeben das WM-Finale gewonnen.

Auch die Mitglieder des anderen Teams waren inzwischen

bei uns angekommen. »Das zählt nicht!«, rief Matthias Vollmann erbost. »Dieser Sieg ist ungültig!«

»Ach ja, und warum?«, fragte Frau Niemann mit in die Hüften gestemmten Händen.

»Weil Frau Ahrens raus war!«

»Ja, aber Nele war noch regulär im Spiel.«

Matthias Vollmann knallte seinen Markierer auf den Boden und motzte Daniel an, der sich inzwischen ebenfalls aufgerappelt hatte: »Ich kann nicht fassen, dass du dich von einer *Frau* so verarschen lassen hast!«

»Wir alle haben uns verarschen lassen, und zwar nicht von einer, sondern von fünf Frauen«, erwiderte Daniel. »Von einer allerdings besonders«, fügte er mit einem Seitenblick auf mich hinzu.

Frau Böhm strahlte mich an und klopfte mir anerkennend auf die Schulter. »Das war wirklich großartig, Frau Ahrens.«

»Ach.« Bescheiden winkte ich ab, obwohl ich mich über das Lob freute wie eine Schneekönigin.

»Ich fechte dieses Spiel an!«, rief Herr Vollmann mit erhobenem Zeigefinger. »Es ist nicht mit rechten Dingen zugegangen, ich werde mich bei der Spielleitung beschweren!«

»Jetzt krieg dich mal wieder ein, Matthias«, sagte Daniel. »Frau Niemann hat recht, Frau Jacobs war noch im Spiel, und alles, was passiert ist, bevor sie die Flagge erobert hat, zählt nicht. Also, herzlichen Glückwunsch.« Er reichte uns allen nacheinander die Hand.

»Ich könnte jetzt einen Sekt vertragen«, sagte Nele Jacobs. »Gehen wir nach draußen?«

Wir Team-Weiß-Mädels tranken Sekt direkt aus der Flasche und tauschten uns eifrig über unseren klugen Sieg aus.

»Frau Ahrens, dass Sie so taff sind, hätte ich nicht gedacht«, meinte Nele Jacobs bewundernd.

Frau Niemann kicherte. »Ich werde nie vergessen, wie Sie und Herr Behnecke auf dem Boden lagen und um die Flagge gerungen haben. Zu blöd, dass es keine Fotos gibt. Das wäre doch ein hübsches Bild für den Empfangsbereich.«

»Aber dann gehört auch ein Bild von Ihnen an die Wand, Frau Brohmkamp«, sagte ich. »Gegen Sie wirkt Rambo ja wie ein harmloser Tupperware-Vertreter.«

»Das war genau mein Ding«, sagte sie mit grimmiger Miene.

»Blöd nur, dass Sie jetzt nicht mehr dabei sind, Frau Ahrens«, meinte Frau Böhm.

»Ja, allerdings. Aber ihr schafft das auch ohne mich.«

Nach einer kurzen Verschnaufpause ging es in die dritte Runde. Unsere Teams machten sich auf den Weg zu den Spielfeldern, während Daniel und ich unsere Markierer und Masken beim Sheriff abgeben mussten und allein auf dem Flur zurückblieben. Ich setzte mich auf eine Bank, die an der Flurwand stand, und verschränkte die Arme vor der Brust. »Ist doch echt eine Frechheit, dass wir nicht mehr mitspielen dürfen.«

Daniel plumpste neben mich. »Dir ist hoffentlich klar, dass wir das ganz allein dir zu verdanken haben.«

»Immerhin hat Team Weiß gewonnen.«

»Ihr habt euch euren Sieg erschummelt. Du warst schon längst raus, und Frau Jacobs hat die allgemeine Verwirrung genutzt.«

»Das hat nichts mit Schummeln zu tun. Sondern mit Raffinesse.«

»Raffinesse, klar.« Für eine Weile schwiegen wir uns an, dann drehte er den Kopf zu mir und sagte: »Es ist mir immer noch ein Rätsel, wo Frau Jacobs auf einmal herkam.«

Ohne es wirklich zu wollen, fing ich an zu kichern. »Sie ist flink wie ein Wiesel, oder?«

»Allerdings.« Um seine Mundwinkel begann es zu zucken

und schließlich lachte er los. »Frau Brohmkamp war aber auch ein Anblick, den ich niemals vergessen werde. Was hat die denn geritten?«

Vor meinem inneren Auge sah ich sie wie eine Furie über das Spielfeld rennen und prustete ebenfalls los. »Sie war wie der Terminator auf Speed. In der ersten Runde hat sie *mich* abgeknallt.«

Daniel lachte noch lauter und ahmte Frau Brohmkamp nach: »Ach was, das sind nur Streifschüsse, das spür ich gar nicht!«

Ich streckte meine Faust in die Luft. »Aaaattackeeeee!«

»Du warst allerdings auch nicht von schlechten Eltern«, meinte er. »Wie du dich auf die Flagge gestürzt und dich an ihr festgekrallt hast, war ganz großes Kino.«

»Und du hast dich von einer *Frau* verarschen lassen«, sagte ich genüsslich.

Daniel lächelte auf mich herab und seine blauen Augen schienen noch ein bisschen blauer als sonst zu sein. »Nicht nur das, ich hatte sogar richtig Angst vor dir.«

»Zu Recht, mein Lieber. Zu Recht.«

Seine Miene wurde ernst und er sah mich wieder mit diesem forschenden Blick an, der mir durch Mark und Bein ging. »Bei einem so bescheuerten Spiel wie Paintball bist du unglaublich zielstrebig, aber wenn es um dein Leben geht, ist dir scheinbar alles egal. Da frage ich mich doch, ob da nicht irgendwo ein ziemlich ehrgeiziger Mensch in dir versteckt ist, den du nur nicht von der Leine lässt.«

Mein Herz schlug schneller, und obwohl ich wusste, dass es unsinnig war, fühlte ich mich ertappt. »Nein. Ich hasse es einfach nur zu verlieren. Weißt du, was ich mich frage?«

»Was denn?«

»Wieso du scheinbar zu jedem Menschen nett bist, nur zu mir nicht.«

Daniel lehnte seinen Kopf an die Wand und schien über meine Frage nachzudenken. »Du hast etwas an dir, das mich komplett in den Wahnsinn treibt«, sagte er schließlich. »Ich nehme mir immer vor, ruhig zu bleiben, aber dann sagst oder tust du wieder etwas so unfassbar ... Dämliches, dass ich ausflippen könnte.«

Ich schnappte empört nach Luft. »Vielen Dank auch. Mir ist durchaus klar, dass du mich schon immer für eine dumme Göre gehalten hast, aber ...«

»Nein, das stimmt nicht«, fiel er mir ins Wort. »Ich halte dich nicht für dumm. Ganz im Gegenteil, ich halte dich sogar für ziemlich schlau. Was mich so nervt, ist, dass du dich dumm *stellst*. Dass du dich von deinem Vater in diese ›nett lächeln und Smalltalk halten‹-Ecke drängen lässt, statt ihm zu beweisen, dass du viel mehr draufhast. Ich habe das Gefühl, dass du einfach nicht *willst*, und damit kann ich nicht umgehen.«

Wie vor den Kopf gestoßen starrte ich ihn an. Ich fühlte mich wie ein kleines Mädchen, das vom Lehrer abgekanzelt worden war. Sofort wollte ich es ihm zurückzahlen, doch alles, was mir in diesem Moment einfiel, war »Selber!«. Aber das traf es dann ja doch nicht so ganz. Noch bevor mir eine passende Antwort eingefallen war, kamen die Mitglieder von Team Rot und Team Grün aus der Halle.

»Wir haben gewonnen«, verkündete Finn Andersen, nachdem er sich seinen Helm vom Kopf gezogen hatte.

»Wir haben uns ergeben«, erklärte Frau Vogt. »Make love, not war. Frieden schaffen ohne Waffen. Es gibt keinen Weg zum Frieden, Frieden ist ...«

»Ist ja gut, Frau Vogt«, unterbrach Herr Kröger seine Teamkollegin und klopfte ihr auf die Schulter. »Trinken wir noch 'nen Lüttjen?«

»Jo, do bin ick dorbi«, sagte Herr Larsen.

»Ich bin auch dabei«, stimmte Matthias Vollmann zu und wandte sich an Daniel. »Kommst du?«

Daniel stand auf und zog mit den anderen ab. An der Tür, die in den Innenhof führte, drehte er sich noch mal zu mir um. Er schien etwas sagen zu wollen, doch dann schloss er den Mund wieder und ging raus.

Ich blieb allein zurück und blickte nachdenklich an die Decke. Ein klitzekleiner Teil von mir fragte sich, ob Daniel mit seiner Meinung über mich nicht vielleicht recht haben könnte. Doch diese Gedanken behagten mir ganz und gar nicht, also stand ich von der harten Holzbank auf und trat ans Fenster, durch das ich auf die Amok-Bus-Szenerie gucken konnte. Nele Jacobs kam gerade hinter einem Stapel Autoreifen hervorgeschossen, flitzte zu einem Verkehrsschild, langte nach oben und zog die rote Flagge herunter. »Gewonnen! Gewonnen!«, schrie sie, hüpfte auf und ab und schwenkte die Flagge. Die anderen Team-Weiß-Mitglieder liefen auf sie zu und fielen ihr um den Hals, und es tat mir in der Seele weh, dass ich nicht dabei sein konnte.

»Wir haben gewonnen, Frau Ahrens!«, rief Nele Jacobs, als die Gruppen aus der Halle kamen.

»Ich hab's gesehen. Das war großartig! Ich bin megastolz auf unser Team.«

»Damit sind wir auf Platz 1«, sagte Frau Brohmkamp und ihre sonst so leblosen Augen leuchteten. »Denen hab ich's gezeigt. Also wir, meine ich natürlich.«

Wir gesellten uns zu den anderen nach draußen und gönnten uns noch eine Flasche Sekt. Die Sonne war schon fast untergegangen, und der Himmel leuchtete in einem dunklen Orange. Auf den Tischen der Bierzeltgarnituren standen flackernde Windlichter, der Caterer hatte den Grill angeworfen, und es duftete köstlich. Aufgeregtes Plappern und Lachen schallte durch den Innenhof, und ich hatte das gute Gefühl, dass diese Teambuilding-Maßnahme funktioniert hatte. Nur Daniel und ich gingen uns aus dem Weg. Ein paarmal suchte er quer über die Menge meinen Blick, doch ich wich ihm jedes Mal aus. Dafür konnte ich es zu meinem Ärger nicht verhindern, dass ich den ganzen Abend über immer wieder unauffällig nach ihm Ausschau hielt und zu jedem Zeitpunkt ganz genau wusste, wo er gerade war und mit wem er sprach.

Nachdem das letzte Bier getrunken und die letzte Bratwurst gegessen war, wurden wir vom Shuttle-Bus zurück zur Werft gebracht. Eine Weile standen wir noch vor dem Tor und quatschten, doch nach und nach verabschiedeten sich alle von Daniel und mir und machten sich auf den Heimweg.

»Also dann«, sagte ich, als Daniel und ich als Letzte vor dem Tor standen. »Wir sehen uns Montag.« Ich wollte mich schon umdrehen, doch er fragte: »Wie kommst du jetzt nach Hause?«

»Na, mit der Fähre.«

Er warf einen Blick auf seine Uhr. »Die nächste kommt erst in einer halben Stunde.«

»Macht nichts. Es ist so ein schöner Abend, da ist es doch nett, eine Weile am Anleger zu sitzen.« Alternativ könnte ich auch noch der kleinen blauen Yacht ohne Namen einen Besuch abstatten.

»Fahr doch bei mir mit«, schlug Daniel vor. »Ich bin mit dem Auto da und bring dich schnell zu Hause vorbei.«

Pah, das hatte mir gerade noch gefehlt. Auf engstem Raum mit Daniel eingepfercht, ohne eine Chance, ihm ausweichen zu können. »Wo wohnst du denn?«, fragte ich.

»In Eimsbüttel. Wieso?«

»Dann ist das doch ein Riesenumweg. Lass mal, ich nehm die Fähre.«

»So ein großer Umweg ist das nun auch wieder nicht.«
»Danke, das ist nett, aber ich komm schon klar.«
Daniel verdrehte die Augen. »Jetzt sei nicht wieder bockig und lass mich dich einfach nach Hause bringen. Wo ist das Problem?«
»Also schön, wenn du unbedingt willst, dann bring mich halt nach Hause«, rief ich genervt. »Und hör gefälligst auf, mich bockig zu nennen.«
»Ich kann dich alternativ auch kratzbürstig, störrisch oder dickköpfig nennen, wenn dir das besser gefällt.«
»Du kannst mich alternativ auch mal gernhaben.«
Wir gingen zum Parkplatz, auf dem noch ein einzelnes, einsames Auto stand. Daniel schloss die Beifahrertür auf und öffnete sie, damit ich einsteigen konnte. Verdutzt schaute ich ihn an. Noch nie hatte mir jemand die Autotür geöffnet. Bislang war ich dazu immer selbst in der Lage gewesen.
Eine Weile fuhren wir schweigend vor uns hin. Ich schaute durchs Fenster auf die nächtlich beleuchteten Straßen Finkenwerders und wunderte mich, dass mir die Stille und Daniels Nähe entgegen meinen Erwartungen nicht unangenehm waren.
»Wie geht es Christine eigentlich?«, fragte er unvermittelt. »Ich weiß, sie hat Krebs und angesichts dessen ist das irgendwie eine dämliche Frage. Aber wenn wir telefonieren, sagt sie immer nur, dass alles halb so wild ist und dass sie die Chemo locker wegsteckt. Ich bin mir allerdings nicht sicher, ob ich ihr das abkaufen kann.«
Dafür, dass er sich hauptsächlich mit Booten und Zahlen beschäftigte, hatte er eine erstaunlich gute Menschenkenntnis. »Es geht ihr nicht so toll«, sagte ich zögernd. »Am Anfang dachten wir noch, dass das alles halb so wild werden würde, aber jetzt ist ihr ständig übel und ihre Leukozytenzahl ist

ziemlich niedrig. Sie sagt zwar, das sei ganz normal, aber ich finde das schon heftig.«

»Das hört sich auch heftig an. Ach verdammt, das tut mir leid.«

»Na ja, es könnte auch noch schlimmer sein. Ich hab mal gegoogelt, und was ich da an Erfahrungsberichten von Chemo-Patienten gelesen habe ... dagegen läuft bei Christine bislang alles noch einigermaßen glimpflich ab.«

Daniel warf mir nur einen kurzen Seitenblick zu, sagte aber nichts.

»Gestern Abend musste ich ihr die Haare abrasieren«, sagte ich und konnte mir selbst nicht erklären, warum ich ihm das erzählte. »Sie fingen nämlich an auszufallen, und Christine wollte es lieber schnell hinter sich haben. Da habe ich ihr halt den Schädel rasiert. Das war schon irgendwie ... horrormäßig.«

Wir hielten an einer Ampel, und ich wandte vorsichtig den Kopf zu Daniel, um zu überprüfen, wie er auf diese Information reagierte.

Er sah mich voller Mitgefühl und Verständnis an. »Das kann ich mir vorstellen.«

Automatisch fühlte ich mich schutzlos und schwach. Wie ein Jammerlappen, der bemitleidet werden wollte. Ich räusperte mich und strich mir eine Haarsträhne aus der Stirn. »Das Rasieren an sich ging ganz schnell, nur das Geräusch von der Maschine war schlimm. Wir haben vier Millimeter drangelassen, sodass sie jetzt eigentlich ganz cool aussieht. Ein bisschen wie Demi Moore als G. I. Jane. Kennst du den Film?«

Daniel nickte.

»Es könnte also alles auch noch schlimmer sein.«

»Ja, das sagtest du bereits.«

»Unterm Strich kommen wir ganz gut zurecht.«

»Klar. Aber wenn ich euch helfen kann, sag mir Bescheid, ja?«

Misstrauisch sah ich ihn an.

»Ich meine das wirklich ernst. Ich möchte euch gerne helfen.«

»Danke, das ist nett. Aber wir kommen ...«

»Gut zurecht?«

Ich spürte, wie sich ein Grinsen auf meinem Gesicht ausbreitete. »Habe ich das etwa schon gesagt?«

»Ja, du neigst heute Abend dazu, dich zu wiederholen«, sagte er und erwiderte mein Lächeln. »Kommt vielleicht von der Farbkugel, die du an den Kopf gekriegt hast.«

»Wenn überhaupt, dann an den Helm. Und außerdem bin ich nicht getroffen worden.«

Für den Rest der Fahrt redeten wir nicht viel, aber es war ein friedliches Schweigen, und ich fragte mich, wieso ich mich in seiner Gesellschaft nicht mehr gereizt, sondern vollkommen ruhig und entspannt fühlte. Wahrscheinlich hatte das Paintball-Match uns beiden gutgetan. Irgendwann waren wir vor Christines Haus angekommen, und Daniel stellte den Motor ab.

»Vielen Dank fürs Nachhausebringen.«

»Kein Problem. Grüß Christine von mir, ja?«

»Mach ich.« Ich schnallte mich ab und war schon dabei auszusteigen, doch im letzten Moment überlegte ich es mir anders und schlug die Autotür wieder hinter mir zu. »Hör mal, ich weiß, dass wir beide wahrscheinlich nie die besten Freunde sein werden, im Grunde genommen mögen wir uns ja nicht mal.« Ich wartete darauf, ob von Daniel irgendwelche Einwände kamen, doch er äußerte sich nicht dazu, sondern sah mich nur an. »Aber ich frage mich, ob wir uns nicht einfach darauf einigen können, dass wir uns wahrscheinlich niemals wirklich einig sein werden.«

Daniel lachte. »Doch, darauf kann ich mich sehr gut mit dir einigen.«

»Wir könnten doch versuchen, auf höfliche und respektvolle Art aneinanderzugeraten«, schlug ich vor.

»Einverstanden. Einen Versuch wäre es wert.«

»Hand drauf?«

»Klar«, sagte er lächelnd. »In alter hanseatischer Kaufmannstradition.«

Als wir uns die Hand gaben, fuhr mir ein heißer Schock durch die Glieder. ›Oh mein Gott, er hat Seglerhände‹, dachte ich. Kräftige, raue Seglerhände. So ein Mist. Ich nickte ihm zum Abschied zu, dann stieg ich aus und lief ins Haus.

Drinnen war alles still und dunkel. Ich setzte mich raus auf die Terrasse, um in den Sternenhimmel zu schauen und mir das Gespräch mit Daniel noch mal durch den Kopf gehen zu lassen. Ob ich wollte oder nicht, seine Worte machten mir zu schaffen. Er hielt mich für schlau und glaubte, dass ich was draufhatte. Was ihn an mir nervte, war, dass ich mich absichtlich dumm stellte und mich von meinem Vater einfach in die Ecke drängen ließ, statt ihm zu beweisen, was wirklich in mir steckte. Wenn ich mal ganz ehrlich war, hatte Daniel damit genau ins Schwarze getroffen. Und wenn ich versuchte, mich durch seine Augen zu sehen, war ich plötzlich nicht mehr sicher, was ich von dem Menschen halten sollte, den ich dann vor mir hatte.

Jo-hey-ho und 'ne Buddel voll Rum

Am nächsten Morgen wurde ich vom Regen geweckt, der sanft gegen die Fensterscheiben klopfte. Ich öffnete ein Auge und sah durch das Fenster, dass der Himmel grau verhangen war. Eigentlich ein guter Grund, mich noch mal umzudrehen und zwei weitere Stündchen zu schlafen, denn es gab nichts Schöneres für mich, als im warmen, weichen Bett zu liegen, während es draußen regnete und stürmte. Doch dann dachte ich an Christine und quälte mich schweren Herzens aus dem Bett. Ich ging nach unten ins Wohnzimmer, wo sie und die Kinder sich vor dem Fernseher versammelt hatten.

Toni und Max glotzten unbeirrt auf die Mattscheibe und kriegten nicht mal mit, dass ihre verpennte Tante den Raum betrat. Christine lag angezogen und geschminkt auf der Couch, konnte allerdings kaum die Augen aufhalten. Ich setzte mich neben sie und warf einen schnellen Seitenblick auf die Kinder. Die waren völlig versunken in *Pippi in Taka-Tuka-Land*, also konnte ich es riskieren. »Wie geht's dir heute?«, fragte ich leise.

Christine stöhnte auf. »Ich kann diese Frage nicht mehr hören, und du musst sie mir auch nicht zwanzigmal am Tag stellen.«

Ich zuckte zurück. »Tut mir leid, aber ich mach mir nun mal Sorgen und kann nicht in dich reingucken.«

»Sei froh, da würdest du nämlich nur Scheiße sehen«, zischte Christine aggressiv. »Von diesen Drecksspritzen tut mir alles weh, sogar meine Knochen. Kannst du dir das vorstellen? Mein Kopf explodiert, mir ist kotzübel, und ich bin so fertig, dass ich nichts anderes tun möchte als schlafen. So geht es mir!«

Toni drehte sich zu uns um und musterte ihre Mutter mit großen Augen. »Was hast du gesagt? Tut dir was weh?«

Christine setzte ein Lächeln auf, und es war deutlich, dass es ihr unendlich schwerfiel. »Ich hab ein bisschen Kopfschmerzen, aber sonst ist alles okay.«

»Na gut«, sagte Toni wenig überzeugt, drehte sich aber wieder zum Fernseher um.

Christine biss sich auf die Lippen. Stumme Tränen rannen über ihre Wangen, und ihr Schmerz war so deutlich, dass ich ihn beinahe selbst spüren konnte. Für eine Weile lag sie völlig reglos da, dann rappelte sie sich vom Sofa auf, als wäre sie hundert Jahre alt und ging wie auf rohen Eiern in den Flur. Dort drehte sie sich zu mir um und machte mir ein Zeichen, ihr zu folgen.

»Du musst aufhören, mich vor den Kindern auszuquetschen«, raunte sie, während sie sich vor mir die Treppen hoch quälte. In der Mitte blieb sie schwer atmend stehen. »Toni kriegt alles mit.«

»Klar«, sagte ich schnell. »Tut mir leid. Sag mal, hast du heute schon was gegessen?«

»Nein. Kein Bedarf.«

»Aber du musst was essen. Worauf hast du denn Lust?«

»Auf gar nichts.«

»Wie wäre es mit Franzbrötchen? Die magst du doch so gern. Ich hol uns eine Tüte voll, dann hauen wir uns mit den Kindern vor die Glotze und gucken Pippi Langstrumpf bis zum Abwinken.«

Christine kämpfte sich den Rest der Stufen nach oben. »Es ist völlig sinnlos, was zu essen, ich kann sowieso nichts bei mir behalten. Außerdem sollen die Kinder nicht den ganzen

Tag vor dem Fernseher hocken.« Sie wankte ins Bad, holte drei Tablettenpackungen aus dem Spiegelschrank und ließ Wasser in einen Zahnputzbecher laufen. »Ich wollte heute Nachmittag was mit ihnen unternehmen, aber ich fürchte, das wird nichts.« Sie warf ihre Tabletten ein und spülte sie mit einem Schluck Wasser runter. Anschließend setzte sie sich auf den Badewannenrand und atmete mehrmals hintereinander tief ein und aus.

Ich zögerte, mich zu ihr zu gesellen, aus Angst, dass ich ihr wieder zu nahetreten könnte, doch dann gab ich mir einen Ruck und setzte mich neben sie. »Hör zu, warum legst du dich nicht noch mal für ein paar Stunden hin? Ich geh mit Toni und Max raus, auf dem Rückweg kaufen wir was ein, und heute Abend mach ich dir was Leckeres zu essen. Eine Hühnersuppe zum Beispiel. Du wirst es vielleicht nicht glauben, aber meine Hühnersuppe ist richtig gut.« Christine zog eine Grimasse und ich sagte: »Nein? Okay, mal überlegen, was kann ich denn noch? Rührei mit Krabben? Oder mit Lachs? Hartgekochte Eier? Spiegeleier? Nudeln!«, rief ich. »Nudeln mit einer richtig fetten Käse-Sahne-Soße. Mist, jetzt hab ich Hunger.«

Christine lächelte müde. »Aber ich leider immer noch nicht.«

»Ich kann auch was vom Chinesen mitbringen. Oder eine Pizza. Was du willst. Aber eins sollte dir klar sein, Fräulein.« Ich hob den Zeigefinger und setzte eine strenge Miene auf. »Heute Abend wird was gegessen. Und wenn du dir nichts wünschst, dann wird gegessen, was auf den Tisch kommt. Solange du deine ... nee, warte mal, solange ich meine Füße unter deinen Tisch stelle, musst du nämlich ...« Ich unterbrach mich und schüttelte irritiert den Kopf. »Jetzt hab ich den Faden verloren.«

Christine lachte kümmerlich und legte ihren Kopf an meine Schulter. »Danke, dass du mir die Kinder abnimmst. Und es tut mir leid, dass ich dich so angepflaumt habe. Heute Abend geht es mir bestimmt wieder besser.«

»Na klar. Vor allem, nachdem du meine Hühnersuppe gegessen hast.«

»Ich hoffe nur, du nimmst es mir nicht übel, wenn ich sie nach fünf Minuten im Klo versenke«, seufzte Christine.

Während sie sich in ihr Bett verkroch, zog ich mich an und putzte mir die Zähne, dann ging ich runter zu den Kindern. Obwohl Pippi gerade ihren Papa aus der Festung befreite, riss Toni sich vom Fernseher los und fragte: »Wo ist Mama denn?«

»Sie ist müde und schläft ein bisschen.«

»Geht es ihr doll schlecht?«

Wie so oft hatte ich keine Ahnung, wie ich auf diese Frage reagieren sollte. Ein Nein würde Toni mir nicht abkaufen, ein Ja kam mir viel zu hart vor. Schließlich entschied ich mich für: »Ja, aber wenn wir sie jetzt schlafen lassen, ist es heute Abend bestimmt schon wieder besser.« Ich deutete auf die Mattscheibe. »Guck mal, jetzt suchen sie den Schatz.«

»Kennst du den Film?«, fragte Toni erstaunt.

»Ja, natürlich. Als ich so alt war wie du, war das mein absoluter Lieblingsfilm. Eigentlich ist er das heute noch.« Ich machte mir einen starken Kaffee und gesellte mich damit zu den Kindern, um die letzten Minuten mit ihnen zusammen anzuschauen.

Als der Abspann lief, schaltete ich den Fernseher aus, und erst jetzt tauchte Max aus Taka-Tuka-Land wieder auf. »Das war voll cool!« Er sprang aufs Sofa, kickte mit den Fäusten wild in der Luft herum und schrie: »Yaaaaayyy, Seeräuber!« Dann rannte er zum Esstisch, krabbelte darunter und drückte beide Arme gegen die Tischplatte, in dem vergeblichen Versuch, den Tisch hochzustemmen. »Ich bin genauso stark wie Pippi!«, rief er ächzend und mit von der Anstrengung verzerrtem Gesicht.

»Ich auch!«, schrie Toni und leistete ihrem Bruder Gesellschaft.

Mein Gott, die waren ja völlig überdreht. Ich setzte mich zu ihnen unter den Tisch, und zu dritt schafften wir es tatsächlich, ihn ein Stückchen hochzuheben. »Mann, ist der schwer!«, rief ich und ließ den Tisch los, wodurch er laut auf den Boden krachte. Verdammt, für Christine würde es bei dem Lärm ziemlich schwer werden, Schlaf zu finden.

»Hey, was haltet ihr davon, wenn wir rausgehen?«

»Nee, ich will lieber kämpfen!«, rief Max und sauste unter Kampfgeheul durchs Wohnzimmer. »Ich bin ein Seeräuber!«

Seinen Bewegungen zufolge war er zwar eher Chuck Norris, aber ich wollte ja nicht kleinlich sein. »Okay, du bist heute ein Seeräuber. Dann hab ich eine gute Idee, was wir jetzt machen können.«

»Ich will auch ein Seeräuber sein«, sagte Toni.

»Klar, wir sind heute alle Seeräuber. Als Kind wollte ich eine Zeitlang Piratin werden. Hat leider nicht geklappt.«

»Ich will auch Pirat werden!«, rief Max und bearbeitete die Luft mit ein paar Roundhouse-Kicks.

»Da gibt es nur heutzutage nicht mehr besonders viele Jobs«, meinte ich. »Wisst ihr, was wir jetzt machen? Wir gehen einen Piraten besuchen.«

Max und Toni bekamen große Augen. »Einen echten Piraten?«

Ich nickte. »Ja, einen echten Piraten. Den berühmtesten Piraten Hamburgs.«

Eine Stunde später standen wir vor dem Museum für Hamburgische Geschichte.

»Wo sollen denn hier Piraten sein?«, fragte Max mit langem Gesicht, als er an dem altehrwürdigen Gebäude emporblickte.

»Wart's nur ab«, sagte ich geheimnisvoll und ging mit den Kindern hinein. Den Weg hätte ich auch mit geschlossenen Augen gefunden, so oft war ich schon hier gewesen. Je näher wir dem Ziel kamen, desto schneller wurden meine Schritte. Dann waren wir endlich da, und ich machte eine weit ausholende Geste. »Darf ich vorstellen, das ist der berühmteste Pirat Hamburgs. Klaus Störtebeker.«

Die Kinder standen für ein paar Sekunden wie erstarrt da, doch dann verzog Toni angewidert das Gesicht, während Max verschüchtert einen Schritt zurücktrat.

»Iiiiihhh!«, rief Toni. »Das ist ja ein Totenkopf!«

»Ja«, sagte ich hingerissen. »Aber nicht irgendeiner, sondern der von Klaus Störtebeker.«

»Ist der echt?«, fragte Max, der sich hinter den Rücken seiner Schwester zurückgezogen hatte.

»Klar.« Liebevoll betrachtete ich den über die Jahre dunkel verfärbten Schädel mit den leeren Augenhöhlen, der auf einem Holzbalken lag. Aus der Schädeldecke ragte ein dicker, rostiger Nagel. Leider war der Unterkiefer verschwunden, sodass man aus bestimmten Winkeln glauben konnte, der Schädel würde in den Holzbalken beißen, aber für mich tat es der Sache an sich keinen Abbruch. »Und guckt mal, so hat er ausgesehen, als er noch lebte.« Ich deutete auf das Modell des blonden, zauseligen und bärtigen Piraten mit der wettergegerbten Haut und der großen Nase. »Cool, oder?«

Toni kam etwas näher. »Und was ist das für einer?«

»Ihr kennt Klaus Störtebeker nicht?«, fragte ich entrüstet.

»Also echt, was bringen sie euch denn in der Schule bei? Dieser Mann war einer der besten und schlauesten Piraten, die es je gegeben hat.« Ich erzählte Toni und Max die Geschichte von Klaus Störtebeker, der mit seinen Likedeelern die Boote der reichen Pfeffersäcke überfallen und die Beute mit den Armen geteilt hatte, bis er schließlich von Simon von Utrecht, dem späteren Hamburger Ehrenbürgermeister, geschnappt worden war.

»Und dann?«, fragte Toni mit angehaltenem Atem.

»Dann haben sie Störtebeker und seine Männer nach Hamburg auf den Grasbrook zu ihrer Hinrichtung gebracht.«

»Was ist eine Hinrichtung?«, erkundigte sich Max.

»Na ja, wenn ein Verbrecher zur Strafe umgebracht wird, dann nennt man das eine Hinrichtung.«

»Haben die Pfeffersäcke Klaus Störtebeker umgebracht?« Max sah mich mit ängstlichen Augen an.

Ich nickte langsam. »Oh ja. Und am Tag seiner Hinrichtung ist ganz Hamburg zum Grasbrook gekommen, um ihm Lebewohl zu sagen und ihm die letzte Ehre zu erweisen.« Ich ließ den Satz ein Weilchen wirken, dann fuhr ich fort: »Klaus Störtebeker konnte Simon von Utrecht zu einem Handel überreden: Ihm sollte zuerst der Kopf abgeschlagen werden. Und alle seine Männer, an denen er hinterher noch ohne Kopf vorbeilaufen konnte, sollten begnadigt, also nicht umgebracht werden.«

»Und ist er ohne Kopf durch die Gegend gelaufen?«, flüsterte Toni.

Ich nickte. »Zwölf Meter. Klaus Störtebeker ist ganze zwölf Meter ohne Kopf an seiner Crew vorbeigelaufen und hat somit mehr als dreißig Männern das Leben gerettet.«

»Boah«, sagte Max. »Stimmt das echt?«

»Natürlich stimmt das. Jedes Wort.«

»Und das da ist der Kopf von dem?« Er zeigte auf den Totenschädel, der diese Geschichte, seit er im Museum lag, wahrscheinlich schon mindestens eine Million Mal gehört und ungerührt über sich ergehen lassen hatte.

»Ja«, behauptete ich, obwohl ich wusste, dass das in etwa den gleichen Wahrheitsgehalt hatte wie die Legende von Klaus Störtebeker. Aber ich wollte selbst daran glauben, also wozu sich mit Fakten beschäftigen? »Und wisst ihr, was Klaus Störtebeker uns allen gezeigt hat? Wie viel man schaffen kann, wenn man muss. Keiner hätte gedacht, dass er es hinkriegt, zwölf Meter ohne Kopf zu laufen. Aber er *wollte* es schaffen, er *musste* es schaffen, und er war davon überzeugt, dass er es schaffen wird. Und das hat er dann auch.« Nachdenklich sah ich Störtebekers Schädel an, der unbeirrt in den Holzbalken biss. »Es ist natürlich okay, wenn man etwas nicht schafft. Aber man sollte nie von vornherein sagen ›Das kriege ich sowieso nicht hin, also versuch ich es gar nicht erst‹. Versteht ihr, was ich meine?«

Die beiden nickten, und ich fragte mich, ob ich mir diese Lektion nicht auch selbst hinter die Löffel schreiben sollte.

Toni und Max waren Feuer und Flamme für Klaus Störtebeker und konnten gar nicht mehr aufhören, mir Löcher in den Bauch zu fragen. Wir verbrachten fast eine Stunde im Museum, bis mir irgendwann nach frischer Luft war. »Hey, kennt ihr eigentlich die Rickmer Rickmers? Das ist das älteste Schiff im Hafen. Habt ihr Lust, hinzugehen?«

»Ist das Störtebekers Schiff?«

»Nein, so alt ist es dann auch wieder nicht«, sagte ich. »Aber man kann sich gut vorstellen, dass es Störtebekers Schiff gewesen sein könnte.«

»Dann will ich dahin!«, rief Max.

Der Regen hatte inzwischen aufgehört, also gingen wir zu

Fuß runter zum Hafen. Toni und Max waren immer noch ganz in ihrer Piratenwelt und sangen lauthals *Seeräuberopa Fabian*. Als ihnen das irgendwann langweilig wurde, drehte Toni sich zu mir um. »Kennst du eigentlich auch ein Piratenlied, Marie?«

Ich kramte in meinem Hirn erfolglos nach Piratenliedern und wollte schon verneinen, doch da fiel mir doch noch eins ein. »15 Mann auf des toten Manns Kiste, jo-hey-ho und 'ne Buddel voll Rum«, fing ich an zu singen. Dann hielt ich inne, weil eine ältere Dame mir einen bösen Blick zuwarf.

Max tippte mich ungeduldig an. »Wie geht's denn weiter?«

Als wir uns von der alten Dame entfernt hatten, fing ich wieder an zu singen. Anfangs leise, aber allmählich fand ich Gefallen daran, durch den Park zu gehen und Piratenlieder zu singen. Sollten die Leute doch blöd gucken. Ich steigerte mich immer weiter in den Song hinein, und bald grölten Toni und Max jedes Mal mit, wenn ich *Jo-hey-ho und 'ne Buddel voll Rum* sang.

Inzwischen waren wir an den Landungsbrücken angekommen, und ich hatte alle Mühe, die Kinder in dem samstagsnachmittäglichen Menschengewühl im Blick zu behalten. Wir kämpften uns durch die Menge zur Rickmer Rickmers, und ich zeigte ihnen die hohen Masten mit der eindrucksvollen Takelage, das Teakdeck und das alte Steuerrad. Gemeinsam malten wir uns aus, wie wir die Rickmer Rickmers kaperten, um damit in See zu stechen und die Schiffe der Pfeffersäcke zu überfallen.

Zurück in Othmarschen gingen wir im Supermarkt vorbei, um für das Abendessen einzukaufen, und auf dem Rückweg zu Christines Haus sangen wir *15 Mann auf des toten Manns Kiste* und fabulierten über Klaus Störtebeker.

Christine war noch im Schlafzimmer, als wir nach Hause kamen. Ich lugte vorsichtig durch die Tür und sah, dass sie mit offenen Augen im Bett lag und an die Decke starrte. »Hey«, sagte ich leise. »Wie ge... ich meine, wir sind wieder da. In einer Stunde können wir essen.«

Toni, Max und ich machten gemeinsam eine Hühnersuppe, und kaum war sie fertig, kam Christine nach unten. »Na, ihr Süßen, wie war's?« Sie hielt ihre Arme ausgestreckt und Toni und Max rannten auf sie zu, um sie so innig zu umarmen, dass sie fast umfiel.

»Voll gut!«, rief Toni. »Wir haben den Schädel von einem Toten angeguckt!«

»Wie bitte?«, fragte Christine irritiert.

»Wir waren im Museum«, stellte ich klar und fand, dass es sich so schon sehr viel kultivierter anhörte. »Und da haben wir Störtebekers Kopf einen Besuch abgestattet.«

»Ach so«, sagte Christine und musste lachen. »Mama und du, ihr seid früher auch ständig zusammen zu Störtebeker gegangen.« Ihr Gesichtsausdruck wurde wehmütig.

Ich spürte, wie sich mein Herz zusammenzog. »Ehrlich? Das wusste ich gar nicht mehr.« Ob ich die Störtebeker-Geschichte von ihr hatte?

»Vielleicht warst du damals noch zu klein«, meinte Christine. »Du warst ja erst sechs.«

Ja, vielleicht. Oder es kam daher, dass ich Gedanken und Erinnerungen an meine Mutter stets beiseiteschob, sobald sie in mir auftauchten. Es war zu schmerzhaft, an sie zu denken.

»Der Störtebeker war voll krass drauf«, erzählte Max aufgeregt. »Der ist zwölf Meter ohne Kopf durch die Gegend gelaufen! Dabei muss das doch megadoll geblutet haben.«

»Ja, und der Kopf wurde dann ans Stadttor angeschlagen, damit die anderen Piraten wussten, was ihnen blüht, wenn sie die Pfeffersäcke ausrauben«, berichtete Toni mit leuchtenden

Augen. »Und der Nagel steckt immer noch in Störtebekers Kopf drin. Das sieht voll gruselig aus.«

Christine schüttelte sich. »Huh, was erzählt ihr denn da für Schauergeschichten?«

»Aber er hat seine Beute mit den Armen geteilt«, rief ich den beiden in Erinnerung.

»Ja, und Störtebeker hat gesagt, man kann alles schaffen, wenn man unbedingt will«, fügte Max hinzu. »Sogar mit appem Kopf.«

Christine lachte und nahm Max in den Arm. »Da hat er recht. Ich merke schon, das war ein sehr erlebnisreicher Tag für euch.«

»Wir haben auch ein neues Lied gelernt«, plapperte Toni und fing an zu singen: »15 Mann auf des toten Manns Kiste, jo-hey-ho und 'ne Buddel voll Rum, Schnaps und Teufel brachten alle um, Schnaps und Teufel brachten alle um.«

Christine sah mich mit erhobenen Augenbrauen an.

»Suppe?«, fragte ich unschuldig und gab ihr zwei Kellen auf den Teller, wobei ich darauf achtete, viel Gemüse und Fleisch zu erwischen.

Während des Essens plapperten die Kinder unaufhörlich von Piraten, Totenschädeln und Kaperfahrten, und wenn sie das nicht taten, sangen sie Piratenlieder. Christine jagte die beiden noch für eine halbe Stunde in den Garten, damit sie sich austoben konnten, doch auch bei unserer anschließenden Uno-Runde waren sie noch völlig aufgedreht. »Na, das kann ja heiter werden«, raunte sie mir zu, als sie die beiden ins Bett brachte.

Ich räumte den Tisch ab und beseitigte fein säuberlich jede Spur, die darauf hätte hindeuten können, dass in dieser Küche gekocht worden war. Nachdem ich bereits etliche Male wegen meiner Unordnung mit Christine aneinandergeraten war, bemühte ich mich heute besonders, ihren Reinlichkeitsansprüchen zu genügen. Es ging ihr schon schlecht genug, da musste ich sie nicht noch zusätzlich reizen. Anschließend ging ich mit einem Glas Wein auf die Terrasse. Der Himmel war immer noch wolkenverhangen, und die Luft duftete herrlich nach Sommerregen. Ich fläzte mich in einen Liegestuhl, nahm einen Schluck Wein und prüfte auf meinem Handy, ob ich Nachrichten bekommen hatte. Hanna hatte geschrieben, um zu fragen, ob ich heute Abend auf den Kiez mitkommen wollte. Und Sam hatte sich gemeldet: *Babe, bin in der Stadt. Sehen wir uns?*

Mir fiel ein, dass Feli mir erzählt hatte, er sei bereits letzte Woche in der Stadt gewesen, was er mir gegenüber mit keinem Sterbenswörtchen erwähnt hatte. Andererseits waren wir einander keine Rechenschaft schuldig, er konnte tun und lassen, was er wollte. Außerdem konnte ich nicht leugnen, dass ich Lust hatte, ihn zu sehen. Christine wollte ich aber auch nicht allein lassen. Ich überlegte immer noch, was ich machen sollte, als sie eine Stunde später runterkam. »Meine Güte, ich dachte, die hören nie auf zu sabbeln.«

»Wir haben ja auch coole Sachen gemacht.«

»Mhm. Trotzdem ist es seltsam, seine Kinder im Grundschulalter von Mord, Totschlag, Teufel und Rumbuddeln singen zu hören.«

»Aber das Lied hat Papa mir früher auch immer vorgesungen«, protestierte ich. »Ich hab übrigens genau gesehen, dass du in deiner Suppe nur rumgestochert hast.«

Christine lehnte sich in ihrem Stuhl zurück. »Mein Mund ist entzündet«, sagte sie, ohne mich dabei anzusehen. »Es tut weh, wenn da was drankommt. Außerdem habe ich eh keinen Appetit.«

»Aber warum hast du mir das denn nicht früher gesagt?«, fragte ich erschrocken. »Vielleicht geht so was wie Vanille-

oder Schokoladenpudding. Oder Milchreis. Willst du das mal versuchen?«

Christine wagte sich tatsächlich an einen Vanillepudding, und sie konnte ihn sogar bei sich behalten. Ich war richtig stolz auf mich. Zu zweit kuschelten wir uns aufs Sofa und schauten einen alten Film mit Audrey Hepburn, doch Christine nickte immer wieder dabei ein. Um halb zehn stand sie auf. »Ich muss ins Bett.«

Schon bei der Vorstellung, den Rest des Samstagabends allein in Othmarschen zu verbringen, wurde mir anders. Ich würde durchdrehen. »Sag mal, Christine? Wäre es okay für dich, wenn ich noch auf den Kiez gehe? Ich bin spätestens morgen früh wieder da, das schwöre ich dir.«

»Natürlich ist das okay für mich. Schlafen kriege ich gerade noch ohne deine Hilfe hin.«

Ich verabredete mich mit Hanna und schrieb Sam, dass ich heute Abend in Rosis Bar sein würde. Wenn er Lust hatte, konnte er ja dort hinkommen, ich würde ihm sicher nicht nachlaufen.

Eine Stunde später ging ich über die nächtliche Reeperbahn, vorbei an Stripclubs, abgerockten Kneipen, Theatern und Dönerbuden. Die Leuchtreklamen blinkten in den buntesten Farben, aus den Bars drang Musik nach draußen, die Gehsteige waren übervölkert von feierwütigen und angeschickerten Menschen, und die Luft flirrte geradezu vor Energie. Ich fühlte mich wie neugeboren und hätte am liebsten jeden umarmt, der mir entgegenkam, so glücklich war ich, wieder mitten im Leben zu sein. Doch stattdessen fiel ich in Rosis Bar nur Hanna, Hector und Ebru um den Hals. »Ist das schön, euch zu sehen.«

Hanna griff in ihre Umhängetasche und holte ein Papiertütchen hervor. »Hier, das sind die Kopfbedeckungen, die ich für Christine genäht habe.«

»Die hast du schon fertig?«

»Klar. Eine Perücke habe ich auch aus dem Fundus besorgt, aber ich wollte sie nicht mit in die Kneipe schleppen.«

»Vielen Dank, Süße. Wow, die sind ja toll!«

Ebru sah uns interessiert an. »Fallen deiner Schwester jetzt die Haare aus?«

Hector schlug mit beiden Händen auf den Tisch. »Wollt ihr mir ernsthaft den Samstagabend damit versauen, dass ihr von Chemoglatzen sprecht? Ich bin eigentlich hier, um Spaß zu haben.«

Schockiert sah ich ihn an. Es kam mir vor, als hätte er mir eine Ohrfeige verpasst.

»Sag mal, hast du sie noch alle, Hector?«, fragte Hanna wütend.

»Nein, nein, schon gut«, sagte ich schnell. »Er hat ja recht. Ich bin auch hier, um Spaß zu haben. Ich will jedes kleine Fünkchen an Spaß ausnutzen, das das Leben mir zu bieten hat.«

»Das ist doch mal ein Wort«, hörte ich Sams tiefe Stimme an meinem Ohr. Ich drehte mich zu ihm um, blickte in seine dunklen Augen, und mein erster Instinkt war es, ihn zu fragen, warum er mir nicht gesagt hatte, dass er letzte Woche in der Stadt gewesen war. Doch dann rief ich mir wieder in Erinnerung, dass wir beide keine Kletten waren, also lächelte ich ihn nur an und sagte: »Sam. Schön, dich mal wieder zu sehen.«

Er begrüßte die anderen und quetschte sich neben mich auf die Bank. »Na, Babe?« Er legte mir eine Hand auf den Oberschenkel. »Hast du mich vermisst?«

»Es geht. Ich musste mich jedenfalls nicht in den Schlaf weinen.«

Er lachte. »Das hätte mich auch sehr gewundert.«

»Was machst du in Hamburg?«, fragte Hector.

»Ich shoote eine Modestrecke für die Cosmo«, sagte Sam und bediente sich an meinem Bier. »Hässliche Fummel, hässliche Schabrackenmodels, ätzende Redakteurin, insgesamt alles sehr unerfreulich.« Für die nächste halbe Stunde unterhielt er uns mit Lästereien über den Designer, über die Redakteurin, die alle fünf Minuten mit einer neuen crazy Idee kam und über die Models, deren leere Blicke ihn völlig abturnten. Sam war ein großartiger Erzähler, und schon bald lagen wir alle unter dem Tisch vor Lachen. Meine anfängliche Reserviertheit verflog von Minute zu Minute, und als wir mitten in der Nacht in einem Club an der Bar standen, hatte ich nichts dagegen, dass er mich an sich zog und küsste. »Gehen wir zu dir oder zu dir?«, raunte er mir ins Ohr.

»Hm, wenn du schon so fragst ... zu mir. In die WG. Aber ich muss spätestens um acht Uhr in Othmarschen sein. Eher um sieben.«

Sam warf einen Blick auf seine Uhr. »Es ist vier. Na, dann aber hopp.«

Zwei Stunden später lag ich in der Morgendämmerung neben Sam in meinem Bett, und obwohl wir soeben Sex gehabt hatten, berührten wir uns nicht. Er sagte immer, er wäre nicht so *touchy*, und ich selbst war ja auch nicht von der Kuschelfraktion. »Wann fährst du zurück nach Berlin?«

»Wahrscheinlich Dienstag. Sehen wir uns bis dahin noch mal?«

»Wenn ich heute Nachmittag mit den Kindern unterwegs bin, könnten wir uns treffen.«

»Warte, warte, warte«, sagte Sam und hob beide Hände in einer abwehrenden Geste. »Das ist wieder einer deiner merkwürdigen Witze, oder? Ich meine, du glaubst doch nicht ernsthaft, dass ich mit dir einen auf Familie mache?«

Etwas anderes war von Sam wohl nicht zu erwarten gewesen. »Nein, das glaube ich nicht. Natürlich war das ein Scherz.«

»Sehr lustig. Was ist mit Montag?«

»Da muss ich arbeiten.«

»Dann mach halt blau.«

Tja, sicher. Das wäre eine Option. Aber aus irgendeinem Grund wollte ich das nicht. »Nein, ich habe einen wichtigen Termin.«

Sam fing an zu lachen. »Oho. Wie sich das aus deinem Mund anhört. Du hast wichtige Termine, wie süß. Das ist sogar sexy. Marie, die Karrierefrau.«

Er zog mich an sich, um mich zu küssen, doch ich wand mich aus seinem Griff und setzte mich im Bett auf. »Ich muss los.«

»Was? Jetzt schon?«

»Ja, ich hab doch gesagt, dass ich spätestens um acht in Othmarschen sein muss.« Ich sammelte meine Klamotten vom Fußboden und zog mich an. »Sag mal, traust du mir eigentlich grundsätzlich nicht zu, dass ich wichtige Termine haben könnte?«

Sam grinste mich breit an. »Nee.«

»Und wieso nicht?«

»Na, weil du ... wie soll ich das sagen? Weil du eben du bist. Erstens ist dir überhaupt gar nichts so wichtig, du machst doch ständig blau, um an den Strand zu fahren oder einen trinken zu gehen. Und zweitens würdest du den Termin wahrscheinlich sowieso ganz einfach vergessen.«

Ich nickte langsam. »Also so siehst du mich, ja?«

»Marie, so *bist* du. Und du wirst dich auch nie ändern.«

Noch vor ein paar Tagen hätte ich ihm vorbehaltlos recht gegeben. Aber jetzt ärgerte ich mich über seine Worte, und ich dachte daran, was Daniel mir beim Paintball gesagt hatte. »Die Entscheidung, wie und wer ich bin, liegt bei mir, Sam. Wir sehen uns, wenn wir uns sehen?« Ich ging zu ihm, damit wir uns unsere obligatorische Abschieds-Ghetto-Faust geben konnten, und kam mir im selben Moment unglaublich dämlich dabei vor. Gleich darauf schlug ich die Wohnungstür hinter mir zu, lief die Treppenstufen runter und war beinahe erleichtert, als ich in die S-Bahn stieg, die mich ins geruhsame Othmarschen brachte.

Segeln für Dummies

Das Leben in der Werft gestaltete sich in den nächsten Tagen sehr viel angenehmer. Daniel und ich hielten uns an unser Friedensabkommen und kriegten ganze drei Kundentermine über die Bühne, ohne uns an die Gurgel zu gehen. Frau Böhm und Frau Brohmkamp waren zwar durch das gemeinsame Paintball-Erlebnis nicht gerade meine besten Freundinnen geworden, aber immerhin gingen wir höflich miteinander um und waren in der Lage, ein paar freundliche Worte zu wechseln. Auch in den Pausen ergriffen nicht mehr alle die Flucht, sobald ich den Aufenthaltsraum betrat. Einen nicht unerheblichen Teil meiner Zeit verbrachte ich inzwischen damit, bei Frau Niemann am Empfang zu stehen und mit ihr zu quatschen, und Frau Jacobs schaute hin und wieder unter einem Vorwand in meinem Büro vorbei, damit wir uns ausgiebig unterhalten konnten. Ich war so erleichtert, Anschluss gefunden zu haben, dass ich morgens gar nicht mehr so widerwillig nach Finkenwerder fuhr.

So oft es ging, stattete ich der einsamen blauen Holzyacht einen Besuch ab. Ich machte es mir an Deck bequem und stellte mir vor, wie ich dieses Boot mit Leben erfüllen würde, wenn es meins wäre. Ich müsste ja gar nicht damit segeln. Es reichte mir, wenn ich einfach nur hier sitzen und aufs Wasser gucken konnte, dem leisen Plätschern der Wellen lauschen und die innere Ruhe genießen, die ich jedes Mal empfand, wenn ich dieses Boot betrat. Ich hatte ihm heimlich den Namen Blue Pearl gegeben. Zum einen war ich das meiner Piratenseele schuldig. Und zum anderen fand ich diesen Namen auch unabhängig von Captain Jack Sparrow und seiner Black Pearl sehr passend für diese kleine, blau gestrichene Perle von Segelboot.

Trotz allem musste ich immer häufiger feststellen, dass ich mich im Büro langweilte. Meine Arbeitsverweigerung kam mir inzwischen beinahe absurd vor, und am Donnerstag hielt ich es endgültig nicht mehr aus. Okay, mein Vater hatte mir den klaren Auftrag gegeben, hier nichts zu tun, aber seit wann machte ich alles, was mir gesagt wurde? So war ich noch nie gewesen, das lag mir einfach nicht. Und ich würde mich nicht mehr länger von ihm in die Ecke drängen lassen. Von Smalltalk halten und nett lächeln hatte ich die Nase voll. Ich marschierte in Daniels Büro, baute mich vor seinem Schreibtisch auf und verkündete: »Ich will was zu tun haben!«

Er sah mich mehrere Sekunden lang ausdruckslos an. Dann sagte er: »Okay« und blickte wieder runter auf seine Tastatur, um sie mit seinem Zwei-Finger-Suchsystem weiter zu bearbeiten.

Irgendwie hatte ich mir vorgestellt, dass er beeindruckter sein würde. Erfreuter. Ungeduldig schüttelte ich den Kopf. »Und was soll ich nun machen?«

Er sah wieder zu mir auf. »Das weiß ich auch nicht so genau. Gut, du hast BWL studiert, aber ich hab noch mal über die Sache nachgedacht, und ich finde, es ist schon ein Hindernis, dass du dich mit Booten überhaupt nicht auskennst. Ist doch so, oder?«

Oh. Stimmt, er dachte ... Mist, und wie stand ich da, wenn ich zugab, dass ich mich tatsächlich dumm gestellt und ihn auch noch angelogen hatte? Ich räusperte mich und sagte: »Ach, das krieg ich schon irgendwie hin.«

»Hm«, machte Daniel und rieb sich nachdenklich das Kinn. »Nein, weißt du was? Ich zeig dir den Ocean Cruiser und gebe dir dabei eine Einführung zum Thema Boote und Segeln. Wir machen das ganz langsam und ausführlich. Die Grundlagen könnten wir auch erst mal an einer Jolle erarbeiten, um uns dann von Bootsklasse zu Bootsklasse hochzukämpfen. Was meinst du?«

»Ähm... Ich habe ein paar Prospekte gelesen, also die wichtigsten Stichpunkte kenne ich.«

»Nein, du hast sie auswendig gelernt. Wenn du in der Werft mit anpacken willst, fände ich es gut, wenn du auch verstehst, worum es hier überhaupt geht. Und das weißt du bislang ja leider nicht.«

Nach einer halben Ewigkeit sagte ich: »Gut, dann... vielen Dank. Ich hoffe, dass ich es einigermaßen schnell kapiere und dir nicht zu viel deiner kostbaren Zeit raube.«

»Das ist schon okay.« Er öffnete eine seiner Schreibtischschubladen, holte ein Buch hervor und hielt es mir hin. »Hier. Darin kannst du zu Hause schmökern, falls du merkst, dass doch noch was unklar ist.«

Ich warf einen Blick auf den Einband. *Segeln für Dummies.* So höflich, wie es ging, sagte ich: »Das ist aber lieb. Danke schön.«

»Gern geschehen.« Er lächelte mich charmant an. »Wollen wir loslegen?«

Was nun folgte, waren die längsten zwei Stunden meines Lebens. Daniel führte mich zum Ocean Cruiser und klärte mich dort in aller Gründlichkeit über ›das Thema Boote und Segeln‹ auf. Dabei wirkte er, als würde er mit einer Dreijährigen sprechen. So sagte er zum Beispiel: »Das Boot wird durch den Wind angetrieben, der in die Segel greift. Sprich, der Wind greift in die Segel und treibt so das Boot voran. Ich hoffe, das ist nicht zu kompliziert. Kommst du noch mit?«

»Ja, das habe ich so gerade eben verstanden.«

Daniel nickte zufrieden. »Gut. Ich würde sagen, fürs Erste ist das alles, was du wissen musst, denn von Tragflächeneffekt, Lateralplan oder Luv- und Leegierigkeit brauche ich dir wohl noch nichts erzählen. Wobei du ja zumindest das Wort Lateralplan schon mal gehört hast. Das ist prima.« Als es um den Kiel ging, sagte er: »Der Kiel ist dafür da, dass das Boot stabil im Wasser liegt und nicht einfach so umkippt. Denn das wäre natürlich blöd, richtig?« Er sah mich abwartend an und schien allen Ernstes eine Antwort zu erwarten.

»Äh, ja«, stieß ich zwischen zusammengebissenen Zähnen hervor. »Das wäre blöd.«

Ich hatte das Gefühl, dass er sich ein Lachen verkneifen musste. Allmählich dämmerte mir, dass Daniel hier eine Show abzog, um mich aus der Reserve zu locken und seine Behauptung zu beweisen, dass ich mich dumm stellte. Aber da konnte er lange warten. Ich würde mich nicht von ihm manipulieren lassen.

Daniel erzählte mir etwas über verschiedene Ankermodelle und führte auf, welcher Anker sich am besten für welchen Boden eignete. »Das ist alles ganz schön verwirrend, was?«

»Mhm. Sehr verwirrend«, sagte ich, die mit zehn Jahren schon Ankermanöver gefahren war. Meine Gereiztheit stieg sprunghaft an.

»Keine Angst, damit musst du dich nicht belasten, es reicht erst mal, wenn du verstehst, dass beim Ocean Cruiser der Anker hier vorne über eine Bugrolle herabgelassen wird.« Daniel kniete im Bug und deutete auf die soeben erwähnte Bugrolle. »Denn der Bug ist ja vorne. An deinem ersten Tag hatte ich es kurz erklärt, ich weiß nicht, ob dir das noch präsent ist.«

Im letzten Moment konnte ich mir eine wüste Beschimpfung verkneifen und zischte stattdessen: »Ja, da klingelt was.« Oh, es wäre so einfach, ihm einen Tritt in den Hintern zu verpassen und ihn damit über seine beknackte Bugrolle hinweg ins Wasser zu befördern. Aber ich würde mich *nicht* von ihm provozieren lassen.

»Prima. Gut, dann gehen wir jetzt ins Heck, also nach hinten.« Daniel stand auf und quetschte sich an mir vorbei, wobei er mich herausfordernd angrinste. »Kommen wir zu Luv und Lee. Das ist jetzt etwas komplexer, aber ich werde versuchen, es so verständlich wie möglich zu machen.« Er baute sich vor mir auf und deutete mit beiden Armen nach links. »Nehmen wir mal an, der Wind weht aus dieser Richtung, ja? Dann ist diese Seite des Bootes in Luv, also dem Wind zugewandt. Und die andere Seite«, nun deutete er nach rechts, »ist in Lee. Die Seite ist dem Wind abgewandt. Es hat nichts mit rechts und links zu tun, sondern nur mit dem Wind. Ist das einigermaßen nachvollziehbar?«

»Ja, Herrgott noch mal!«

»Käme der Wind von dort«, sagte er und deutete auf die rechte Seite des Ocean Cruisers, »wäre es natürlich umgekehrt.«

»Ach, *tatsächlich*?«, fragte ich in ätzendem Tonfall und klammerte mich an dem *Segeln für Dummies*-Buch fest.

»Jetzt wirst du dich fragen, was wäre, wenn der Wind von vorn käme«, behauptete Daniel. »Das ist zwar ein interessanter Gedanke, Marie, aber eben leider falsch gedacht, denn wenn der Wind von vorn käme, würde das bedeuten, dass das Boot *im Wind* steht, und das möchten wir auf jeden Fall vermeiden. Kannst du dir vorstellen, warum?«

Wutentbrannt feuerte ich *Segeln für Dummies* auf den Steg. »Weil dann die verdammten Segel killen, du unerträglicher Klugscheißer!«, platzte es aus mir heraus. »Du hast gewonnen, okay? Ich gebe auf. Ich hab die Schnauze voll davon, so zu tun, als hätte ich von Tuten und Blasen keine Ahnung, und dieses

Buch da«, ich deutete in Richtung des Bootsstegs, »das lies mal schön selbst, *ich* werde es ganz sicher nicht tun. Ich kann nämlich segeln!«

Daniel sah mich eine Weile schweigend an, dann sagte er völlig unbeeindruckt: »Ja, das hat Michael Kröger auch behauptet.«

Na toll. Dieser Judas.

»Er meinte sogar, dass du mehrfache Hamburger Jugendmeisterin im Laser warst und dich für die Deutsche Meisterschaft qualifiziert hast. Aber angetreten bist du nicht, hat er gesagt. Du hast von einem Tag auf den anderen mit dem Segeln aufgehört, und niemand hat verstanden, warum.«

»Ich segle nicht mehr, Punkt aus. Warum, geht niemanden etwas an.«

»Okay«, sagte Daniel. »Weißt du, was Michael Kröger noch gesagt hat? Er hat gesagt, du hättest früher so oft bei ihm in der Halle rumgehangen und ihm Löcher in den Bauch gefragt, dass du quasi eine Bootsbauerausbildung hast.« Daniel ließ sich auf eine der Bänke im Cockpit fallen. »Den Verdacht, dass du segeln kannst, hatte ich schon länger, und deine Behauptung, du hättest überhaupt keine Ahnung von Booten, kam mir immer merkwürdig vor. Aber dass du so viel Ahnung davon hast und so gut im Segeln bist, hätte ich nicht gedacht.«

»Warst«, korrigierte ich. »Ich *war* gut im Segeln. Ich segle nicht mehr.«

»Du wirst es aber doch nicht verlernt haben.«

»Ich segle nicht mehr!«, wiederholte ich laut und deutlich.

»Ist ja gut, Marie, ich will dich doch auch gar nicht dazu zwingen.« Daniel sah mich nachdenklich an. »Warum hast du so getan, als hättest du keine Ahnung? Das verstehe ich nicht.«

»Weil ich ...« Ich unterbrach mich, denn es fiel mir unglaublich schwer, darüber zu reden, und ich hatte es noch nie getan. Bis jetzt. Denn jetzt wollte ich darüber reden. Ich setzte mich auf die Bank ihm gegenüber und knibbelte an meinen Fingernägeln. »Weil ich mit all dem schon vor langer Zeit abgeschlossen habe. Mit der Werft, mit dem Segeln und mit Booten.« Ich machte eine kurze Pause, um tief durchzuatmen. »Ich habe meine ganze Kindheit und Jugend in der Werft verbracht, mein verdammtes Leben bestand aus Booten. Ich wollte alles wissen und lernen und hab alles aufgesaugt wie ein Schwamm. Ich wollte diese Werft, mehr als alles andere auf der Welt. Das war *meine* Werft. Mein Vater wusste das, er hat mir nie widersprochen, wenn ich rumgesponnen habe, was ich alles machen würde, wenn sie erst mal mir gehört. Aber als ich siebzehn war, hat er entschieden, dass Christine einsteigen soll, nicht ich. Weil er es *mir* nicht zugetraut hat. Kannst du dir vorstellen, was für ein Gefühl das war?«

Daniel schüttelte stumm den Kopf.

»Tja. Und dann verlangt er zwölf Jahre später von mir, dass ich als Notlösung herhalte und vorübergehend für Christine einspringe, aber natürlich nur pro forma, weil er es mir immer noch nicht zutraut. Also verstehst du vielleicht, dass sich meine Begeisterung über den Job als schlechter Christine-Ersatz doch ziemlich in Grenzen hält. Und ich will nicht wieder mein Herz an etwas verlieren, das mir später sowieso weggenommen wird. Aber jetzt, wo ich jeden Tag hier bin ...« Ich deutete in Richtung des Werftgeländes. »Es hat mich wieder eingeholt.«

Unsere Blicke trafen sich. In Daniels dunkelblauen Augen lag eine Wärme, die mir den Atem verschlug. »Ich wusste das nicht«, sagte er. »Ich hatte keine Ahnung, dass du die Werft übernehmen wolltest.«

»Woher auch? Mein Vater redet nicht darüber, Christine redet nicht darüber, ich rede nicht darüber. Eigentlich.«

»Wie hat dein Vater dir gegenüber denn begründet, dass er Christine in die Unternehmensleitung geholt hat und nicht dich?«

Ich zögerte mit meiner Antwort. Eigentlich hatte ich schon mehr als genug gesagt. Andererseits war das Thema jetzt sowieso auf dem Tisch. »Er hat gesagt, Christine sei verantwortungsbewusster. Ich wäre zu wild und zu jung, und wenn ich mich ausgetobt hätte, könnte ich ja ebenfalls einsteigen und ›was mit Marketing oder so‹ machen.« Zu den letzten Worten malte ich Anführungszeichen in die Luft.

»Und warum hast du das nicht gemacht?«

Wie vor den Kopf geschlagen sah ich ihn an. »Bitte? Ist das dein Ernst?«

»Ja. Du warst damals siebzehn, hattest noch nicht studiert. Warum bist du nicht nach dem Studium ins Unternehmen eingestiegen?«

»Weil ich nichts *mit Marketing* machen wollte! Das wäre doch nur eine Beschäftigungsmaßnahme gewesen, damit mein Vater sein schlechtes Gewissen beruhigen kann.«

»Aber du hättest doch erst mal *was mit Marketing* machen und deinem Vater dann beweisen können, was in dir steckt«, sagte Daniel. »Warum lässt du dich ständig von ihm in die Ecke drängen, statt zu kämpfen?«

»Warum drängt er mich ständig in die Ecke, statt mir eine Chance zu geben und mir auch mal etwas zuzutrauen?«, fragte ich aufgebracht. »Außerdem war das damals einfach eine scheiß Zeit. Ich hatte genug andere Kämpfe auszufechten.«

»Welche denn?«

Alles in mir zog sich zusammen. Und obwohl ich mir verboten hatte, daran zu denken, kehrten meine Gedanken zu dieser Zeit zurück. Zu den drei Monaten kurz nach meinem siebzehnten Geburtstag, die alles verändert hatten. Denn von da ab war mein Leben gründlich schiefgelaufen. Ich fühlte den Schmerz von damals wieder ganz deutlich. Doch bevor ich etwas Blödes sagen konnte oder anfing zu heulen, schüttelte ich heftig den Kopf, um die Erinnerungen zu verjagen. »Kannst du dir eventuell vorstellen, dass ich darüber nicht mit dir reden möchte? Wer bist du, mein Seelenklempner?«

»Nein, zum Glück nicht«, sagte Daniel. »Hör zu, es tut mir leid. Mir ist schon klar, dass es mich nichts angeht. Also lass ich dich jetzt einfach damit in Ruhe, okay?«

Wir saßen schweigend da, und ich versuchte, mich von den Erinnerungen zu erholen, die so lange tief in mir verstaut gewesen und auf einmal wieder aufgetaucht waren. Ich atmete tief durch und spürte den Wind, der durch mein Haar strich, und die Sonne, die mich wärmte. Wie gerne hätte ich jetzt meiner kleinen Blue Pearl einen Besuch abgestattet, um zur Ruhe zu kommen.

»Ich bin übrigens froh, dass du nicht länger die Ahnungslose spielst und dass du etwas zu tun haben willst«, sagte Daniel in die Stille hinein.

»Was schwebt dir da denn überhaupt vor?«

Er lächelte und fing allmählich an, zu grinsen. »Also, im Grunde genommen geht es darum, dass du mein Büro aufräumen und Muster von Winschen und Schoten zurückschicken sollst.«

»Sehr witzig«, sagte ich, musste dann aber doch lachen. »Ich habe in den Briefen, die Frau Brohmkamp mir vorlegt, gesehen, dass es ein Problem mit dem Holzlieferanten zu geben scheint.«

»Ach, die liest du?«

»Ja, gelegentlich. Wenn ich es richtig verstanden habe, hat er mehrmals die Preise erhöht, liefert aber in schlechterer Qualität.«

»Stimmt. Darum wollte ich mich kümmern, aber ich hab momentan einfach keine Zeit dafür.«

»Dann kann ich das doch machen. Ich trete ihm noch mal auf die Zehen und hole mir Angebote von anderen Lieferanten ein.«

Er sah mich mit unergründlichem Blick an. »Ja, mach das. Find ich gut.«

»Wenn ich gleich anfange, kann ich dir vielleicht Montag schon erste Ergebnisse vorlegen«, sagte ich eifrig.

Daniel lachte. »Du musst es jetzt auch nicht überstürzen. Montag bin ich sowieso nicht da. Matthias Vollmann und ich gehen zu einem Vertriebstraining für Techniker. Verkaufsstrategien, Vertriebspsychologie, irgendwie so was.«

»Oh, ein Vertriebstraining für Nerds? Da wünsch ich dir viel Spaß. Aber ich fürchte, die werden euch eh nur erzählen, dass ihr den Kunden richtig abholen müsst. Ihr müsst den Kunden abholen und mitnehmen, bitteschön, macht zweihundert Euro«, sagte ich und hielt ihm meine Hand hin.

Er ignorierte sie und sagte: »Also, ich finde, das Seminar klingt ganz interessant. Was ist, kommst du mit rauf?«

Als wir an *Segeln für Dummies* vorbeikamen, das noch immer auf dem Steg lag und sich die Sonne auf den Rücken scheinen ließ, hob Daniel es auf und hielt es mir hin. »Vergiss dein Buch nicht.«

Ich nahm es ihm aus der Hand und war kurz versucht, es in die nächste Tonne zu kloppen. Doch dann entschloss ich mich, es aufzubewahren. Immerhin hatten dieses Buch und Daniel eine nicht unwesentliche Rolle dabei gespielt, dass ich einen Schritt aus mir rausgegangen war und etwas ausgesprochen hatte, das ich niemals hatte aussprechen wollen. Und das fühlte sich zu meinem Erstaunen gar nicht mal so schlecht an.

Grenzüberschreitungen

Christine hatte nach der dritten Chemositzung noch mehr mit den Nebenwirkungen zu kämpfen als bisher. Ihre Übelkeit wurde immer schlimmer, und an manchen Tagen war sie so müde, dass sie kaum die Augen aufkriegte. Ihre diversen Sport- und Meditationskurse hatte sie an den Nagel gehängt. Noch immer versuchte sie verzweifelt, sich für die Kinder zusammenzureißen, aber an ein auch nur halbwegs normales Leben war für sie kaum noch zu denken.

Da es Christine morgens am schlechtesten ging, weckte ich Toni und Max und brachte sie zur Schule. Hatte ich anfangs gedacht, die beiden wären die wohlerzogensten Kinder der Welt, war mir inzwischen klar, dass sich sowohl in Toni als auch in Max ein kleines Monster versteckte. Max kriegte regelmäßig einen Anfall, weil er keine Lust hatte, in die Schule zu gehen und lieber wieder in die Kita wollte. Mit vor der Brust verschränkten Armen saß er dann in seinem Bett und weigerte sich aufzustehen. Toni hingegen wollte sehr gern zur Schule – allerdings grundsätzlich in den Klamotten, die gerade in der Wäsche waren. Ich hatte nicht die geringste Ahnung, wie Christine es schaffte, die beiden pünktlich aus dem Bett und ins Bad zu kriegen, und wie es ihr darüber hinaus auch noch gelang, Frühstück zu machen und Pausenbrote zu schmieren. Wenn ich die beiden endlich so weit hatte, dass sie fertig angezogen waren, war es meist schon kurz vor acht. Da keine Zeit mehr fürs Frühstück blieb, war ich dazu gezwungen, auf dem Weg zur Schule beim Bäcker einen schnellen Zwischenstopp einzulegen, um ihnen Franzbrötchen in die Hand zu drücken und für die Pausen Bifi und Caprisonne zu kaufen. Ich hatte es mit belegten Brötchen versucht, doch das Einzige, was Toni und Max von mir annahmen, waren Franzbrötchen, Bifi und Caprisonne, und ich hatte weder Zeit noch Lust, Kämpfe mit ihnen auszufechten. Obwohl ich mir wirklich alle Mühe gab, kamen die Kinder regelmäßig zu spät. Christine ahnte von alldem nichts. Nachdem sie die ganze Nacht wach lag, schlief sie morgens wie ein Stein und wurde noch nicht mal von einem Max-Tobsuchtsanfall der passionierteren Sorte wach. Ich hätte mir gerne einen Rat bei ihr geholt, aber ich wollte sie mit dieser Sache nicht belasten. Außerdem: Letzten Endes lief es ja irgendwie.

Ihre Tage verbrachte Christine in Arztpraxen oder zu Hause mit Neza. Ansonsten war sie allein. Robert und sie hatten einen gemeinsamen Freundeskreis gehabt, aber nach der Trennung waren viele dieser Freunde verschwunden. Und auch die wenigen, die Christine geblieben waren, wollte sie jetzt nicht mehr sehen.

Sie wollte auch nicht mehr mit den Kindern und mir zum Spielplatz, an die Elbe oder ein Eis essen gehen. Inzwischen vermied sie es meistens, das Haus zu verlassen. Sie hasste die Kopfbedeckungen, die Hanna ihr gemacht hatte und sagte immer, sie sähe jetzt so »krebsig« aus, dass jeder sie anstarren würde, wenn sie eins der Tücher trug. Ich setzte mir daraufhin ebenfalls ein Kopftuch auf und verpasste auch Toni und Max welche. »Siehst du, jetzt denken die Leute einfach nur, dass wir die bekloppte Piratenfamilie sind«, behauptete ich, doch Christine ließ sich trotzdem nicht zu einem Spaziergang überreden.

Am Sonntagnachmittag fühlte sie sich so schlecht, dass sie sich hinlegen wollte und mich bat, mit den Kindern zu spielen und sie später auch ins Bett zu bringen. Letzteres war bislang noch nie vorgekommen. Sofort spürte ich Panik in mir aufsteigen. »Soll ich nicht sicherheitshalber einen Notarzt rufen?«

»Nein, wozu? Gegen die Nebenwirkungen können die Ärzte auch nichts machen. Die Kinder wissen Bescheid und sie haben versprochen, lieb zu sein.«

»Brauchst du noch was? Soll ich dir einen Vanillepudding machen?«

»Nein, lass nur. Das Einzige, worauf ich wirklich Lust habe, sind Frau Brohmkamps Apfelkekse. Aber ich hab keine mehr.«

»Ich versuch morgen, das Rezept aus ihr rauszukriegen, okay?«

Ich gesellte mich zu den Kindern ins Wohnzimmer, die wie so oft in letzter Zeit Piraten spielten – genauer gesagt, spielten sie Klaus Störtebeker und Simon von Utrecht.

»Spielst du mit, Marie?«, fragte Max. »Dann kannst du Simon von Utrecht sein, der ist nämlich doof.«

»Na, besten Dank auch, dass ich ihn spielen darf.«

»Oh ja, bitte, Marie«, sagte Toni mit feinstem Hundewelpenblick. »Bist du Simon von Utrecht?«

Letzten Endes konnte ich sowieso nie Nein sagen, wenn die beiden mich um etwas baten. Und das wussten sie leider ganz genau. »Na schön.«

»Yaaay!«, rief Max. »Haust du uns die Köpfe ab?«

»Du spinnst wohl. Nein, das mach ich nicht. Aber ich könnte euch in den Kerker sperren.«

»Was ist ein Kerker?«, fragte Toni neugierig.

»So eine Art Gefängnis.«

»Boah, cool! Ja, wir wollen in den Kerker!«

»Ja, bitte«, bettelte Toni. »Wir helfen dir auch beim Bauen.«

Die beiden sahen mich so hoffnungsvoll an, dass ich lachen

musste. »Ihr seid echt bekloppt. Na gut, aber wir gehen nach draußen, okay? Das Wetter ist so schön.«

Aus Gartenstühlen und Decken bauten wir in friedlicher Eintracht einen »Kerker«. Anschließend spielten wir Gerichtsverhandlung und ich verkündete das Urteil. »Hiermit verurteile ich dich, Klaus Störtebeker, und dich ... Wer bist du überhaupt?«, fragte ich Toni.

»Auch Störtebeker.«

»Hiermit verurteile ich dich, Klaus Störtebeker, und dich, Klaus Störtebeker, wegen Piraterie, Trunkenheit und illegalen Glücksspiels zu zwanzig Jahren Kerker bei Wasser und Brot.«

Toni und Max sahen mich mit angehaltenem Atem an. »Und jetzt?«, flüsterte Toni.

»Jetzt geht ihr rein.« Ich hielt eine der Decken hoch, um sie eintreten zu lassen.

Die beiden verschwanden in der Höhle, und ich klappte die Decke wieder runter. Für einen kurzen Moment fragte ich mich, ob dieses Spiel pädagogisch wirklich astrein war oder ob dafür eventuell *ich* im Kerker landen würde. Andererseits schienen sie Freude daran zu haben, was zwar ziemlich schräg, aber dann doch wieder okay war, fand ich. Ich legte mich auf die Gartenliege und blätterte gemütlich in der neuesten *Gala*. Die herrliche Stille dauerte nur etwa drei Minuten, dann hörte ich Max' Stimme: »Du, Marie? Wann kriegen wir denn Wasser und Brot?«

Ich lief ins Haus, um zwei Gläser Wasser und zwei Scheiben Vollkornbrot zu holen, und reichte sie den beiden in ihr Verlies.

»Da ist ja gar nichts drauf«, meckerte Toni.

»Na, was denkst du denn? Es heißt ja schließlich ›bei Wasser und Brot‹, und nicht ›bei Limo und Ei-Schnittchen‹.«

Die beiden waren für ein paar Minuten mit ihrem trockenen Vollkornbrot und ihrem Wasser beschäftigt, während ich weiter die *Gala* studierte.

»Du, Marie?«, kam schließlich wieder Max' Stimme unter der Decke hervor. »Das ist irgendwie voll langweilig hier.«

»Also schön. Dann seid ihr hiermit begnadigt.« Ich erhob mich von der Liege und zog eine der Kerkerdecken herunter. »Was haltet ihr davon, wenn wir jetzt Uno spielen?«

Nachdem wir den Kerker wieder abgebaut hatten, setzten wir uns an den Wohnzimmertisch und kloppten Karten. Doch schon nach kürzester Zeit fing die friedliche Stimmung an zu kippen. »Kann Mama nicht mitspielen?«, fragte Toni mit langem Gesicht. »Nur mit dir macht das keinen Spaß.«

»Nein, eure Mama ist müde und muss schlafen.«

»Sonst spielt sie aber abends auch immer mit uns.«

»Ich weiß, Süße«, sagte ich und strich Toni übers Haar. »Aber heute geht es ihr nicht so besonders gut.«

Max legte seine Karten weg. »Mama geht es gar nie mehr gut. Die Medizin hilft überhaupt nicht richtig.«

Seine Worte und sein trauriges Gesicht brachen mir beinahe das Herz. »Doch, die Medizin hilft. Ganz sicher. Aber eure Mama wird eben müde davon und ihr wird schlecht. Hey, wie wäre es, wenn wir es wie die Piraten machen und Uno um Geld spielen?«, fragte ich in dem Versuch, die beiden abzulenken.

Beim Zauberwort *Piraten* wurden Toni und Max sofort hellhörig. »Spielen Piraten um Geld?«

»Na klar. Viele haben ihre ganze Kohle und all ihre Schätze beim Kartenspielen verprasst. Dafür saßt ihr doch gerade zwanzig Jahre im Kerker.«

Damit war Max schon überzeugt von der Idee. »Au ja, wir spielen um unsere Schätze!«

»Dann mal her mit eurem Taschengeld!«, rief ich und fügte noch ein »Harr, harr« hinzu.

Max und Toni plünderten ihre Spardosen, wobei ich entschied, dass nur Münzen, die weniger wert waren als fünfzig Cent, genommen werden durften. Ich teilte die Karten aus und erklärte dabei, wie ich mir unser Gezocke vorstellte.

»Aber wir spielen voll nach Piratenregeln und mit ohne absichtlich Verlieren«, beschloss Max.

Als würde ich jemals absichtlich verlieren. Auf mir lag der Uno-Fluch, ich konnte mich abmühen, wie ich wollte, ich verlor so oder so. Doch was dann folgte, würde als mein großer Uno-Triumph in die Annalen der Geschichte eingehen. Ich gewann eine Runde nach der anderen und spielte so überragend, dass ich gerne ein außerkörperliches Erlebnis gehabt hätte, um mich selbst dabei bewundern zu können. Als ich auch in der letzten Runde als Erste meine letzte Karte ablegte, sprang ich auf, schrie: »Unooo! Der Fluch ist gebrochen!« und streckte die Fäuste in die Luft.

Toni und Max guckten ziemlich sparsam aus der Wäsche. Kein Wunder, hatten sie doch eine nicht unerhebliche Summe in den Pott einzahlen müssen. »Gibst du uns das Geld jetzt wenigstens wieder?«, fragte Toni.

»Pff«, machte ich und leerte den Pott in meine linke Hand. »Bist du verrückt? Das habe ich ganz ehrlich und rechtschaffen gewonnen.«

»Was ist rechtsschlafend?«, fragte Max.

»Rechtschaffen«, korrigierte ich. »Das heißt gesetzestreu. Ich habe mich an alle Regeln gehalten, ihr habt selbst gesagt, dass niemand absichtlich verlieren soll. Und das habe ich nicht getan.« Ich ließ die Münzen in meiner Hosentasche verschwinden und verbeugte mich. »Meine Dame, mein Herr, es war mir eine Ehre, mit euch zu spielen. Und jetzt ab ins Bett.«

›Die hatte ich heute aber richtig gut im Griff‹, dachte ich zufrieden, als ich im Garten saß und mir ein Feierabendbier gönnte. Alles in allem war das doch heute erziehungsmäßig eine ziemlich gute Performance von mir gewesen.

Am Montagmorgen sprach ich als Allererstes Frau Brohmkamp an. »Ich hätte da eine riesengroße Bitte. Meiner Schwester ist momentan andauernd schrecklich übel, und das Einzige, was sie will, sind Ihre Apfelkekse. Es ist wirklich wichtig, dass sie etwas isst, also ... Ich weiß, dass das Rezept streng geheim ist, aber würden Sie es mir ausnahmsweise doch überlassen?« Ich hob zwei Finger und sagte feierlich: »Ich schwöre bei allem, was mir heilig ist, dass ich es niemandem verraten werde.«

Frau Brohmkamps oft so steinerne Miene wurde weich. Das letzte Mal hatte ich diesen Blick an ihr gesehen, als wir im Paintball gewonnen hatten und sie voller Stolz Frau Jacobs, unsere Flaggenkönigin, an sich gedrückt hatte. Sie bückte sich, um eine Schreibtischschublade zu öffnen, und kam mit einer Keksdose wieder hoch. »Bitte schön«, sagte sie und hielt mir die Dose hin. »Die habe ich gestern frisch gebacken. Und das Rezept bekommen Sie auch von mir, ich schreibe es Ihnen gleich auf.«

Mich beschlich ein beinahe ehrfürchtiges Gefühl, als ich die Keksdose entgegennahm. »Vielen Dank, das ist unglaublich nett von Ihnen. Christine wird sich so sehr darüber freuen.«

Sie lächelte mich an, zum ersten Mal vorbehaltlos und von Herzen. »Ein bisschen was auf den Rippen könnten Sie auch vertragen«, sagte sie. »Also nehmen Sie sich gerne einen.«

Für zwei Sekunden war ich sprachlos, dann spürte ich, wie Tränen der Rührung in meine Augen stiegen. »Danke.«

»Ach.« Sie winkte ab, doch die leichte Röte in ihren Wangen verriet, dass sie ebenfalls gerührt von unserem unausgesprochenen Freundschaftsabkommen war. »Das sind doch nur Apfelkekse.«

»Oh nein«, widersprach ich. »Das sind die besten Apfelkekse der Welt.«

Für den Rest des Tages war ich eifrig mit meinen Holzlieferanten beschäftigt, und als Daniel am Dienstag wieder im Büro war, schaute ich gleich bei ihm rein, um ihm zu erzählen, wie weit ich mit meinen Angeboten schon gekommen war. »Hey«, begrüßte ich ihn. »Wie war das Vertriebstraining für Nerds?«

»Super. Nee, echt. Total super. Es hat eine Menge neue Impulse gegeben, neue Sichtweisen aufgezeigt.« Ein Grinsen breitete sich auf seinem Gesicht aus. »Wir wissen jetzt, dass wir den Kunden richtig abholen müssen. Und zwar von da, wo er steht. Oh, und wir müssen ihn nicht nur abholen, sondern auch mitnehmen. Das ist unheimlich wichtig.«

»Interessant«, sagte ich lachend. »Erzähl mir mehr.«

»Ach, lass mal. Ich muss das alles erst noch verarbeiten.«

»Mhm, klar. Ich hab mir übrigens das Holz mal angesehen, das in letzter Zeit geliefert wurde. Das ist echt unter aller Sau.«

»Ja, ich weiß.«

»Zu ein paar neuen Lieferanten hab ich schon Kontakt aufgenommen.«

»Gut. Und ich hab da noch eine Aufgabe für dich. Kennst du schon unsere Software?«

Ich schüttelte den Kopf.

»Dann komm mal rum«, sagte er und winkte mich zu sich heran.

Er stand auf und deutete auf seinen Stuhl. »Setz dich.«

Während ich mich setzte, ging er zu dem Regal an der Wand

gegenüber und suchte im untersten Fach nach einem Aktenordner. ›Hui, was für ein netter Blick auf seinen Hintern‹, dachte ich anerkennend, und zuckte gleich darauf erschrocken zusammen. Verdammt, jetzt gaffte ich Daniel Behnecke tatsächlich auf den *Hintern*, obwohl ich es gegenüber meinen Freunden vehement bestritten hatte. ›Aus, Marie!‹, schimpfte ich mit mir und riss meinen Blick von seinem Allerwertesten los. Gerade noch rechtzeitig, bevor Daniel sich wieder umdrehte und mit einem Aktenordner zum Schreibtisch zurückkam.

Er zog einen der Besucherstühle auf meine Seite, hämmerte auf seiner Tastatur herum und öffnete das Programm. »Also, es geht darum, dass unsere Preislisten dringend angepasst werden müssen. Du kannst das hier erkennen und hier.« Er öffnete die entsprechenden Reiter im Programm und fuhr mit der Maus über die Zahlen. »Gerade bei den Wartungen wird bei uns ziemlich willkürlich kalkuliert. Wenn du die Preise für die letzten zehn Wartungen mal vergleichst, wird es deutlich.«

Während Daniel weiterredete, schweiften meine Gedanken ab. Unsere Schultern berührten sich, und wir waren uns so nah wie noch nie. Wir hätten einfach nur unsere Köpfe etwas drehen müssen, um uns küssen zu können. Ob er gut küsste? Vorsichtig linste ich zur Seite, um seinen Mund näher in Augenschein zu nehmen, und dabei wurde mir bewusst, dass er mich abwartend ansah.

»Alles klar?«, drang es wie aus weiter Ferne an mein Ohr.

Ich spürte, wie ich rot anlief. »Was?«

Er hob die Augenbrauen. »Seit wann hast du nicht mehr zugehört?«

»Habe ich doch! Also zumindest, bis es um die letzten zehn Wartungen ging«, gab ich kleinlaut zu.

Ein verschmitztes Lächeln erschien auf seinen Lippen. »Fühlst du dich nicht richtig von mir abgeholt, Marie?«

Ich lachte. »Doch. Du hast mich total gut abgeholt und auch mitgenommen. Nur leider ...«

»... hab ich dich unterwegs verloren, was?« Er seufzte. »Ach, was soll's. Also, du könntest die Zahlen miteinander vergleichen und versuchen, da eine Regelmäßigkeit reinzukriegen. Greif doch bitte mal in die mittlere Schublade, da habe ich ein paar Preislisten von anderen Werften drin.«

Ich öffnete eine der Schubladen, und das Erste, was ich sah, war das Gesicht von Daniels Exfreundin, das mir entgegenlächelte. Das letzte Mal hatte ich sie zwar vor über einem Jahr gesehen, aber ich konnte mich noch gut an sie erinnern. »Oh. Hübsches Foto.«

Verwirrt schüttelte er den Kopf, doch dann wurde ihm offenbar klar, was ich gemeint hatte, denn plötzlich wirkte seine Miene verschlossen und abweisend. »Ich habe doch gesagt, die *mittlere* Schublade.«

»Tut mir leid, aber woher soll ich bei vier Schubladen wissen, welche für dich die mittlere ist?« Ich griff in die nächste Schublade, kramte ein paar DIN-A4-Listen hervor und hielt sie Daniel hin.

Er nahm sie mir ab, machte jedoch keine Anstalten weiterzureden.

Für eine Weile herrschte ein unangenehmes Schweigen, dann fragte ich: »Wie lange ist es eigentlich her, dass sie dich verlassen hat?«

»Vier Monate.«

»Und du hoffst immer noch, dass das mit euch wieder was wird?«

»Wie kommst du darauf?«

Ich holte das Foto aus der Schublade und hielt es hoch.

»Weil du das hier immer noch in greifbarer Nähe aufbewahrst, damit du es schnell wieder aufstellen kannst, wenn sie zu dir zurückkommt.«

»Ich bin einfach noch nicht dazu gekommen, es zu entsorgen.«

»Ach. Du bist nicht dazu gekommen? Das geht doch aber ganz schnell.« Ich zog Daniels Papierkorb unter dem Schreibtisch hervor und hielt das Foto darüber. »Siehst du, ein kleiner Handgriff und schon...«

Blitzartig riss er es mir aus der Hand. »Hast du sie noch alle?«

»Jetzt entspann dich mal, ich hatte doch nicht wirklich vor, es in den Mülleimer zu schmeißen. Aber damit ist doch wohl klar, dass du sie wiederhaben willst.« Irgendwo tief in meinem Magen regte sich etwas. Es war eine Art Bohren oder Stechen. Ich sollte dringend mal was essen.

Daniel rieb sich die Stirn, als hätte er Kopfschmerzen. »Ich will sie nicht wirklich wiederhaben, ich bin nur einfach noch nicht richtig über sie hinweg, okay? Immerhin waren wir sieben Jahre zusammen.« Gedankenversunken blickte er auf das Foto. »Sie war die Liebe meines Lebens.«

»Pff, das glaubst du doch selbst nicht. Die *Liebe deines Lebens*? Was für ein Schwachsinn. Warum hat deine... Dings, deine Sandra dich überhaupt verlassen?«

»*Sarah* hat sich von mir getrennt, weil sie sich eingeengt gefühlt hat und lieber ihre Freiheit genießen wollte.«

»Dass sie dich nicht mehr liebt, hat sie nicht gesagt?«

»Nein. Nur, dass sie nicht sicher ist, ob sie mich noch liebt.«

Ich nickte langsam. »Klar. Der Klassiker. Damit hält sie dich bei der Stange, falls sich nichts Besseres findet. Ich werde dir jetzt mal was prophezeien: In spätestens drei Monaten hat sie entweder einen Neuen oder sie steht wieder bei dir auf der

Matte. Und so jemanden bezeichnest du als die Liebe deines Lebens und bewahrst ihr Foto in der Schreibtischschublade auf, damit du es jederzeit anschmachten kannst. Findest du das nicht ein bisschen armselig? Genieß lieber selbst deine Freiheit und vergiss sie.«

Daniel legte das Foto zurück in die Schublade und knallte sie wieder zu. »Ich kann kaum glauben, dass ich mir diesen Schwachsinn so lange angehört habe. Können wir jetzt bitte aufhören, über mein Liebesleben zu quatschen?«

»Jetzt sei doch nicht gleich beleidigt«, sagte ich. »Ich weise dich doch nur darauf hin, dass du dich irrst. ›Die Liebe meines Lebens‹, blabla, was für ein Unsinn. Als wäre Liebe etwas, auf das man sich verlassen kann. Und du hast mir so lange zugehört, weil du insgeheim genau weißt, dass ich recht habe.«

»Hast du nicht. Thema beendet.«

»Doch, habe ich. Du willst es nur nicht wahrhaben, weil du ...«

»Marie Ahrens«, unterbrach er mich energisch. »Merkst du eigentlich nie, wann es reicht? Die Fähigkeit zu erkennen, wann du eine Grenze überschritten hast – fehlt die komplett bei dir?«

Ich zuckte ungerührt mit den Schultern. »Muss wohl.«

»Ja, ganz eindeutig«, meinte er. »So, und jetzt noch zum Ocean-Cruiser-Termin mit den Jankowski-Leuten am Freitag.«

»Was für ein Termin?«

»Na, der ... Hast du wieder nicht in deinen Outlook-Kalender geguckt?«

»Nicht so richtig. Wollen die einen kaufen?«

Daniel runzelte die Stirn und schien zu überlegen, ob ich mir einen Scherz mit ihm erlaubte. »Kaufen? Nein, sie wollen ihn bauen.«

Mein Herz setzte einen Schlag aus. »Wie, sie wollen ihn ... Das heißt, der Ocean Cruiser soll gar nicht hier gebaut werden?«

»Nein, natürlich nicht«, sagte Daniel, scheinbar erstaunt darüber, dass ich erst jetzt darauf gekommen war. »Wie denn auch? Wir haben weder das Personal noch den Platz. Von den Maschinen ganz zu schweigen.«

»Ja, aber ...« Ich konnte nicht mehr still sitzen, also sprang ich auf und tigerte im Raum umher. »Was soll der ganze Aufriss mit dem Ocean Cruiser, wenn die Werft gar nichts davon hat?«

»Was heißt, die Werft hat nichts davon? Wenn es uns gelingt, in diesem Markt Fuß zu fassen, bedeutet das eine Menge Kohle für die Werft.«

Ich schnaubte. »Meiner Meinung nach hätten die Mitarbeiter mehr davon, wenn *hier* Arbeitsplätze entstehen würden. Was sind das überhaupt für Jankowski-Leute?«

»Jankowski ist eine polnische Werft. Außerdem verhandeln wir noch mit der schwedischen Wallin-Werft. Den Prototyp des Ocean Cruisers haben die Schweden gebaut, aber wir wollen uns auf jeden Fall noch ein weiteres Angebot einholen. Die Schweden haben zwar ...«

»Stört es dich überhaupt nicht, dass eine fremde Werft ein Ahrens-Boot bauen soll?«, unterbrach ich ihn gereizt.

»Nein, tut es nicht. Aus unternehmerischer Sicht ist das ein vollkommen legitimes Vorgehen. Jetzt komm mal wieder runter.«

Damit hatte er das Fass endgültig zum Überlaufen gebracht. »Sag du mir nicht, dass ich runterkommen soll, ich bin ja noch nicht mal oben! Ich fange gerade erst an, mich da reinzusteigern!«

»Das merke ich.« Daniel gab sich sichtlich Mühe, ernst zu bleiben, doch ich erkannte genau, wie schwer es ihm fiel.

»Du bist blöd«, sagte ich eingeschnappt.

Jetzt musste er tatsächlich lachen. »Selber blöd.«

Ohne es zu wollen, brach ein Kichern aus mir hervor, und ich fragte mich, wieso er mich zum Lachen bringen konnte, obwohl ich gerade extrem wütend auf ihn war. »Ach Mann, ich will überhaupt nicht lachen. Ich finde das wirklich ätzend, Daniel.«

»Ja, anhand deiner Reaktion habe ich mir so was schon gedacht. Aber ich glaube, du stellst dir das alles schlimmer vor, als es ist. Warte doch erst mal das Meeting mit den Polen ab. Am Montag darauf besuchen wir dann die Wallin-Werft in Schweden.«

Ich warf einen Blick aus dem Fenster. Herr Kröger und Herr Larsen gingen in Blaumännern und Schutzhelmen über den Innenhof und unterhielten sich. Wie sie diese ganze Sache wohl sahen? Mir fiel ein, dass Herr Kröger und ich neulich festgestellt hatten, dass wir ›alte Schule‹ waren. Vielleicht sollte ich etwas moderner denken. »Na schön«, sagte ich schließlich versöhnlich. »Und wie läuft das Treffen mit den Polen ab?« Ich hüpfte auf die Fensterbank, griff nach dem Rettungsring, der neben mir lag und balancierte ihn auf meinen ausgestreckten Beinen.

»Sie kommen her, wir zeigen ihnen die Werft und anschließend werden sie uns wohl ihr Unternehmen präsentieren und ein Angebot machen. Sie fliegen erst am nächsten Morgen, also gehen wir abends noch zusammen essen.«

»Und danach? Müssen wir ihnen teure Schweizer Uhren und Nutten als kleine Giveaways auf die Hotelzimmer schicken?«

»Ich denke, das wird nicht nötig sein, immerhin ist das ja keine Tagung des VW-Betriebsrats in seinen besten Zeiten«, sagte Daniel trocken. »Es reicht, wenn wir mit ihnen essen gehen.«

»Darum kann ich mich kümmern. Ich reserviere einen Tisch in einem netten Restaurant im Hafen.«

Wenn er überrascht von meinem Angebot war, ließ er es sich zumindest nicht anmerken. »Okay, gerne.«

»Alles klar.« Ich hob schwungvoll meine Beine, um den Rettungsring in die Luft zu befördern und mit den Händen aufzufangen, verfehlte ihn jedoch um Haaresbreite, sodass er auf dem Boden landete. »Mist«, murmelte ich und sprang von der Fensterbank, um den Rettungsring aufzuheben. Anschließend ging ich zur Tür und hatte die Klinke schon in der Hand, als mir noch was einfiel. »Wo genau in Schweden ist die Werft denn?«

»In der Nähe von Stockholm.«

Ich spürte, wie sich ein ungutes Gefühl in meinem Bauch breitmachte. »Fahren wir mit dem Auto dorthin?«

Daniel sah mich verblüfft an. »Mit dem Auto nach Stockholm? Für eine Besprechung? Äh ... nee?«

»Aber so ein Road Trip könnte doch ganz nett werden. Das würde uns viel Zeit geben, uns besser kennenzulernen.«

»Klar. Aber ich bin mir offen gestanden nicht sicher, ob ich dich wirklich *so* gut kennenlernen möchte.«

Idiot. »Es gibt doch bestimmt auch Fähren, die nach Stockholm fahren. Das wäre doch mal eine stilechte Anreise.«

Daniel schwieg eine Weile und schien sich zu fragen, ob ich einen an der Waffel hatte. »So sehr es mir auch schmeichelt, dass du die Fahrt in die Länge ziehen möchtest – ich hätte gedacht, dass du möglichst schnell wieder bei Christine und den Kindern sein willst.«

»Ja, natürlich.« Ich räusperte mich. »Dann fliegen wir doch einfach.«

»Gute Idee.«

»Flugzeuge sind ja immerhin das sicherste Verkehrsmittel

der Welt. Also, dann bis später.« Ich schloss die Tür hinter mir und ging langsam zurück in Christines Büro. Das war ja mal ein ziemlich unerfreuliches Gespräch gewesen. Der Ocean Cruiser sollte nicht in Hamburg gebaut werden, ich musste nach Schweden fliegen, und zu allem Überfluss fing ich auch noch an, Daniel auf den Hintern zu gaffen. Mannomann. Für heute reichte es mir.

Als ich am Donnerstag von der Werft nach Hause kam, spürte ich sofort, dass schlechte Stimmung herrschte. Toni und Max begrüßten mich mit langen Gesichtern und verzogen sich fluchtartig in den Garten. Neza war noch da und wischte mit energischen Bewegungen die Arbeitsfläche in der Küche ab. »Hallo Neza. Was ist denn los? Haben Toni und Max was ausgefressen?«

Verwirrt sah sie mich an. »Sie haben heute Abend gut gegessen. Christine nicht.«

»Nein, ich meine, haben sie was angestellt? Haben Sie Blödsinn gemacht?«

»Toni und Max?« Neza rang dramatisch die Hände. »Haben viel Blödsinn gemacht, so viel! Und du!«, rief sie und zeigte mit dem Finger auf mich, als wollte sie mich verfluchen. »Du hast viel Blödsinn gemacht. Christine ist nicht happy. Sie ist oben, will ernste Wörter mit dir reden.«

Was hatte *ich* denn für Blödsinn angestellt? »Okay, dann muss ich wohl mal rauf. Wie geht es ihr denn heute?«

Neza schaute mich aus ihren dunklen Augen kummervoll an. »Ist Donnerstag, es geht ihr nicht gut. Gar nicht gut.«

Ich ging nach oben, klopfte an Christines Zimmertür und trat ein. Sie saß angezogen auf dem Bett, den Kopf an der Wand angelehnt, die Augen geschlossen. Im ersten Moment dachte ich, dass sie schlief, doch dann schaute sie mich an. »Bist du eigentlich von allen guten Geistern verlassen?«

»Wieso?« Ich schloss die Tür hinter mir und setzte mich auf den Stuhl vor ihrem Schminktisch. »Was hab ich denn gemacht?«

»Ich habe einen Anruf von Julia, der Mutter von Tonis bester Freundin, bekommen. Sie hat sich sehr nett erkundigt, wie es mir ginge, und mir ihre Hilfe angeboten, weil sie der Ansicht war, dass wir Hilfe dringend nötig hätten.«

»Wieso das denn?«

Christines Augen sprühten Funken. »Weil Toni und Max ihr zufolge in letzter Zeit fast jeden Morgen zu spät zur Schule kommen und nur noch Bifi und Schokofranzbrötchen als Frühstück dabeihaben!«

Verständnislos schüttelte ich den Kopf. War das wirklich so schlimm? »Okay, ich gebe zu, dass ich morgens oft spät dran bin und keine Zeit habe, ihnen Brote zu schmieren und Rohkost klein zu schnibbeln, aber ...«

»Aber es müssen doch nicht ausgerechnet *Bifis* sein! Und Schokofranzbrötchen!«

»Die Kinder mögen das aber.«

Christine lachte humorlos auf. »Ja, natürlich mögen die Kinder das.«

»Es tut mir leid. Ich verspreche dir, dass ich das bald besser in den Griff kriege, und so lange kann ich ihnen ja normale Franzbrötchen mitgeben«, versuchte ich zu scherzen, doch sie verzog keine Miene.

»Findest du das etwa lustig?«

»Nein, natürlich nicht«, beeilte ich mich zu sagen. »Aber Toni und Max gehen zur Schule, sie sind gewaschen, haben saubere Klamotten an und was zu essen dabei, also kann ich auch nicht nachvollziehen, was so schlimm daran sein soll.«

Christine atmete ein paarmal tief durch, und es war deutlich, wie sehr sie dieses Gespräch anstrengte. »Du kannst nicht nachvollziehen, was schlimm daran sein soll, wenn ich völlig unvorbereitet von einer anderen Mutter damit konfrontiert werde, dass meine Kinder in der Schule herumerzählen, ihre Tante würde sie bei Wasser und Brot in den Keller einsperren? Und dass sie neuerdings ihren Freunden das Taschengeld beim Unospielen abzocken, weil besagte Tante ihnen das beigebracht hat? Das findest du alles gar nicht schlimm?«

Ich schlug eine Hand vor den Mund. »Oh mein Gott. Christine, du musst mir glauben, dass sich das alles viel schlimmer anhört, als es war. Toni und Max sind doch so besessen von Piraten, und Sonntag wollten sie unbedingt Kerker spielen. Der bestand aus ein paar Gartenstühlen und Decken, ich hab sie doch nicht ...« Hilflos brach ich ab.

»Mir ist schon klar, dass du Toni und Max nicht wirklich bei Wasser und Brot im Keller eingesperrt hast«, meinte Christine genervt. »Aber Kinder kriegen vieles in den falschen Hals, und die anderen Mütter kennen dich nicht und können daher auch nicht wissen, auf was für verrückte Ideen du manchmal kommst. Und so eine besorgte Mutter wie Julia macht sich natürlich Gedanken, wenn sie hört, dass Kinder in den Keller eingesperrt werden und um Geld zocken. Stell dir mal vor, sie wäre damit zum Schulleiter gegangen oder so was. Dann hätten wir jetzt möglicherweise das Jugendamt am Hals.«

Ich hielt mir mit beiden Händen den Kopf und wanderte rastlos hin und her. »Oh Mann. Das tut mir so leid. Beim Uno haben wir nur um Centbeträge gespielt, ehrlich. Ich konnte doch nicht ahnen, dass ich ausgerechnet dann gewinne. Zwei Euro vierzig, die zahle ich ihnen natürlich sofort zurück. Und ich wusste doch nicht, dass Toni und Max dieses Spiel gleich in der Schule einführen würden. Ich hab einfach nicht nachgedacht.«

Christines Lippen bildeten eine schmale Linie und ihre Hände hatte sie fest ineinander verhakt, als wolle sie sie daran hindern, mir etwas an den Kopf zu schmeißen. »Nein, natürlich hast du nicht nachgedacht. Das machst du nie, du preschst ohne Rücksicht auf Verluste drauflos. Und andere müssen dann deinen Mist für dich ausbaden. Schon mein ganzes Leben lang muss *ich* deinen Scheiß ausbaden!«

Sie hätte mir genauso gut einen Tritt in den Hintern verpassen können, so sehr trafen mich ihre Worte. Ich schluckte ein paarmal, um den dicken Kloß in meinem Hals loszuwerden.

Christine saß schwer atmend da und wischte sich mit der Hand über die Augen. »Tut mir leid«, sagte sie leise. »Ich hab's nicht so gemeint.« Kaum hatte sie es ausgesprochen, krümmte sie sich und griff hastig nach dem Eimer, der neben ihrem Bett stand. Gerade noch rechtzeitig konnte sie sich darüber beugen, bevor sie anfing zu würgen und zu husten. Als sie nach einer gefühlten Ewigkeit kraftlos über dem Eimer zusammenbrach, leerte ich ihn aus und brachte ihr ein Glas Wasser und Mundspülung. Sie spülte sich den Mund aus und trank ein paar Schlucke Wasser, dann ließ sie sich zurück in ihr Kissen sinken. »Ich hätte dich nicht so anfahren dürfen, Marie. Ach, verdammt, ich weiß überhaupt nicht, was mit mir los ist.«

Aber ich wusste es. Sie war schwer krank, hatte Schmerzen und litt darunter, dass sie sich nicht mehr so um ihre Kinder kümmern konnte, wie sie es gern getan hätte. All der Frust, der sich darüber in ihr angestaut hatte, war nun hochgekocht. Das Schlimme daran war, dass ich mich dafür verantwortlich fühlte. Christine hatte sich immer schon Sorgen um alles und jeden gemacht, und natürlich machte sie sich auch jetzt Sorgen darüber, dass ich mit den Kindern überfordert sein könnte. Und ich hatte dafür gesorgt, dass sie sich in ihren Befürchtungen bestätigt sah. Beruhigend strich ich ihr über die Hand. »Schon gut.«

Christine zog mich an sich, und ich legte mich neben sie ins Bett. Sie schmiegte ihren Kopf an meine Schulter und für eine Weile lagen wir beide still da.

»Das mit Toni und Max war wirklich ziemlich blöd von mir«, sagte ich schließlich leise.

»Mhm«, machte sie mit zuckenden Schultern. Im ersten Moment dachte ich, sie würde weinen, doch dann wurde mir klar, dass sie lachte. »In zwanzig bis dreißig Jahren könnte ich das mit der Uno-Abzocke allerdings tatsächlich lustig finden.«

Mein Herz fühlte sich um zwei Kilo leichter an. »Na, dann machen wir das doch alle zusammen. Ich hol schnell die Karten und die Kinder. Kram du schon mal deine Kohle hervor.«

»Hör auf«, sagte Christine glucksend. Dann verzog sie schmerzhaft das Gesicht. »Aua, Lachen tut weh.«

Ich zog sie an mich und hielt sie, so fest ich konnte. Und ich schwor mir hoch und heilig, dass ich zukünftig alles dafür tun würde, ihr keine Sorgen mehr zu bereiten. Sie sollte sich einzig und allein darauf konzentrieren können, wieder gesund zu werden.

Ein ganz normaler Tag im Leben der Marie A.

Man hätte ja meinen können, dass Toni und Max sich am nächsten Morgen besonders gut benehmen würden, denn auch sie hatten von Christine ein ganz schönes Donnerwetter zu hören bekommen. Doch das Gegenteil war der Fall. Beide waren in absoluter Terror-Höchstform. Robert kam heute nach Hamburg, um das Wochenende mit den Kindern zu verbringen, und dementsprechend waren sie völlig überdreht. Ausgerechnet heute passte mir dieser Nervkram überhaupt nicht, denn die Abordnung der polnischen Jankowski-Werft kam um neun Uhr, und ich wollte unbedingt pünktlich sein.

»Ich will nicht in die Schule!«, sagte Max und zog sich die Bettdecke bis zur Nase hoch. »Papa kommt gleich, da will ich nicht in der Pipikackaschule sein!«

»Er kommt erst heute Mittag, und dann holt er euch sofort ab«, erklärte ich so geduldig wie möglich. Das war gelogen, denn er würde schon vormittags bei Christine vorbeischauen, aber eine kleine Notlüge hier und da war ja wohl noch erlaubt.

»Na und? Ich geh da trotzdem nicht hin.«

Okay, dann eben auf die strenge Tour. »Max, das hatten wir doch schon tausendmal. Jetzt steh auf und geh ins Bad!«

»Nein! Du hast mir gar nichts zu befehlen!«

Was machte Christine in solchen Situationen? Wenn ich es richtig mitgekriegt hatte, arbeitete sie gerne damit, Sanktionen anzudrohen. »Ich gebe dir jetzt noch genau fünf Minuten, und wenn du dann nicht aufgestanden bist, dann ... äh, darfst du das ganze Wochenende nicht fernsehen!«

Max starrte mich verdattert an, dann fing er lauthals an zu brüllen: »Mir doch egal, du hast mir GAR NICHTS ZU BEFEHLEN!«

»Fünf Minuten«, sagte ich nur und ging rüber zu Toni, um zu gucken, wie weit sie war.

Bei ihr sah es nicht besser aus. Sie hatte sich zwar gewaschen und die Zähne geputzt, doch nun stand sie in Unterwäsche in ihrem Zimmer und riss ein Kleid nach dem anderen aus dem Schrank. »Wo ist das Jeanskleid?«

Oh nein, bitte nicht. »Das ist in der Wäsche. Warum ziehst du nicht das gestreifte mit dem Anker vorne drauf an, das ist doch auch cool.«

»Nein, das ist hässlich! Ich will das Jeanskleid anziehen!«

»Da ist ein riesiger Ketchupfleck vorne drauf. Und außerdem hattest du das schon zwei Tage lang an.«

Tonis Miene verzerrte sich so furchterregend, dass sie mich stark an einen Halloween-Fratzenkürbis erinnerte. »ICH WILL ABER DAS JEANSKLEID ANZIEEEEHEN!!!!!«, schrie sie mit hochrotem Kopf. Tränen spritzten ihr aus den Augen.

Oh, Hilfe. Ob ich einen Exorzisten rufen sollte? Ich griff in den Schrank und zog ein blaues Kleid hervor. »Hier, das sieht doch fast genauso aus.«

»NEIN! Das sieht überhaupt nicht so aus!«

»Toni, wenn du in fünf Minuten nicht angezogen bist, darfst du eine Woche lang nicht fernsehen!« Ich hastete nach unten, kramte zwei Schüsseln, Milch und Cornflakes raus und stellte sie auf den Tisch. Ein Blick auf die Uhr zeigte mir, dass wir extrem spät dran waren. Verdammt noch mal, ich schaffte es schon wieder nicht, Brote zu schmieren. Ich war ja selbst noch nicht mal angezogen. In Windeseile lief ich zurück nach oben, machte mir die Haare, schmiss mich in meinen weißen Karrierefrau-Hosenanzug, den ich mir eigens für das heutige Meeting mit den Jankowski-Leuten gekauft hatte, und rannte dann in Max' Zimmer, um zu sehen, ob er endlich aufgestanden war. War er natürlich nicht. Ach, scheiß auf Pädagogik. »Max, wenn du jetzt aufstehst, kauf ich dir ein dickes, fettes Eis.«

Er sah mich interessiert an. »Wie viele Kugeln?«

»Fünf.«

»Mit Schokosauce?«

»Erdbeersauce.«

»Und Gummibärchen?«

»Bunte Streusel, aber nur wenn du *jetzt* aufstehst.«

»Na gut«, lenkte Max gnädig ein und schälte sich aus dem Bett. »Dann kriegst du halt deinen Willen.«

Pff, klar. Ich lief über den Flur in Tonis Zimmer, die immer noch in Unterwäsche mit verschränkten Armen vor dem Kleiderschrank stand und sich in den letzten Minuten offenbar keinen Zentimeter bewegt hatte. »Ich will das Jeanskleid!«

Ich hastete ins Bad, zog das Jeanskleid aus der Wäsche und bearbeitete den Ketchupfleck so gut wie möglich mit Wasser und Seife. Anschließend lief ich zurück in Tonis Zimmer und hielt es ihr hin. »Anziehen, runterkommen, frühstücken. Und beschwer dich ja nicht darüber, dass es mieft.«

Zehn Minuten später saßen die Kinder am Frühstückstisch und futterten ihre Cornflakes, während ich mich im Bad schminkte.

»Hey«, ertönte Christines Stimme von der Tür. »Ganz schön laut hier. Läuft alles?« Sie sah furchtbar müde aus.

Automatisch regte sich mein schlechtes Gewissen. Ich hatte mir doch so fest vorgenommen, ihr zukünftig nie wieder einen Anlass für Kummer und Sorgen zu geben. »Ja, alles bestens«, log ich. »Toni und Max frühstücken.«

»Super.« Christine trat neben mich an den Spiegel und zog scharf die Luft ein, als sie sich darin entdeckte. »Ach, du Schande, ich sehe ja furchtbar aus!«

Da ich mir gerade die Lippen nachzog, konnte ich nicht sofort antworten. »So schlimm ist es doch gar nicht.«

»Willst du mich verarschen? Ich sehe aus wie eine wandelnde Leiche. So kann ich Robert unmöglich unter die Augen treten.«

»Wieso denn nicht? Er ist dein zukünftiger Exmann, wenn du vor ihm nicht scheiße aussehen kannst, vor wem denn dann?«

Christine betrachtete sich verzweifelt im Spiegel, drehte den Kopf hin und her und fuhr mit den Händen über die kahlen Stellen an ihrem Schädel. »Oh Mist, was wird er nur denken? Das letzte Mal war er vor drei Wochen hier, und zu dem Zeitpunkt kam ich noch einigermaßen menschlich rüber. Er wird bei meinem Anblick in Ohnmacht fallen.«

Sie hatte schon recht, selbst wenn man Christine täglich sah und sogar aktiv am Prozess ihrer Glatzenbildung beteiligt gewesen war, konnte es manchmal erschreckend sein, wie sehr die Chemotherapie sie gezeichnet hatte. Für jemanden, der sie seit drei Wochen nicht gesehen hatte, würde es ein gewaltiger Schock sein. Sie war spindeldürr, ihr Gesicht blass und ausgezehrt, die Augen dunkel umschattet. Ihre Lippen waren aufgesprungen und selbst von ihren raspelkurzen Haaren waren inzwischen nicht mehr viele übrig. »Du hast doch diesen Wunderconcealer, von dem du immer behauptest, er könnte selbst einem Basset mit Verstopfung ein strahlend frisches Aussehen verpassen. Und die Tücher von Hanna hast du auch.«

Christine schüttelte den Kopf. »Nein, die sind so krebsig. Hat Hanna nicht noch diese Perücke für mich?«

»Ja, hat sie. Aber wir wissen doch gar nicht, wie die aussieht.«

»Mit Sicherheit besser als diese Krebstücher. Ich weiß ja, dass das Meeting mit Jankowski ansteht, aber meinst du, du könntest es vielleicht vorher noch schaffen? Bitte, Marie, hilf mir.«

Bislang hatte ich es ja kaum für möglich gehalten, aber wenn es meiner überaus verantwortungsbewussten Schwester wichtiger war, vor Robert eine gute Figur zu machen, als dass ich pünktlich zu einem Werft-Meeting kam, dann konnte das nur eins bedeuten: Sie liebte ihn tatsächlich noch. Obwohl ich sie am liebsten geschüttelt hätte, konnte ich ihrem Dackelblick nicht widerstehen. »Okay«, seufzte ich. »Nachdem ich die Kinder in die Schule gebracht habe, fahr ich in die Wohnung, hol die Perücke und bring sie dir vorbei. Es wird zwar knapp, aber irgendwie werde ich es schon schaffen, bis neun Uhr im Büro zu sein.« Im selben Moment wurde mir klar, dass es unmöglich war, innerhalb von einer Stunde mit öffentlichen Verkehrsmitteln von Othmarschen in die Schanze, wieder zurück nach Othmarschen und von dort nach Finkenwerder zu fahren. Nicht mal Superman würde das hinkriegen, ja, nicht mal Knut, der schnellste Taxifahrer Hamburgs.

Ich hastete nach unten. »Wir müssen los, Kinder!« Wir hetzten durch die Straßen zur Schule, wo wir auf den Gongschlag genau ankamen. »Bis später und viel Spaß mit eurem Papa«, rief ich den beiden zu, dann rannte ich den Weg zur S-Bahn. Auf der Fahrt schrieb ich Daniel eine kurze Nachricht: *Komme etwas später, sorry, sorry, sorry!* Endlich an der Sternschanze angekommen, raste ich den Weg bis zu unserem Wohnhaus, hastete die Treppen rauf und kam völlig außer Atem in der Wohnung an. »Hanna? Notfall! Perücke!«, schnaufte ich, doch es kam keine Antwort. Aus dem Bad hörte ich Geräusche, also stürmte ich in den Raum und rief: »Hanna, schnell, wo ist die Pe...« Der Satz blieb mir im Hals stecken, denn was ich in diesem Moment im Bad erblickte, ließ mich zu

Eis erstarren. Ein Mann kam splitterfasernackt unter der Dusche hervor, nickte mir lächelnd zu und sagte gut gelaunt: »Schönen guten Morgen, Frau Ahrens. So sieht man sich wieder, was?« Das allein wäre ja gar nicht weiter erschreckend gewesen, ich hatte durchaus schon nackte Männer in meinem Leben gesehen. Was mich völlig verstörte und worauf ich mir einfach keinen Reim machen konnte, war, *wer* da splitterfasernackt unter meiner Dusche hervorkam: Es war mein Gynäkologe, Dr. Matthias Thalbach. Bei dem ich, wie mir jetzt siedend heiß einfiel, gestern einen Termin zur Krebsvorsorge gehabt hätte.

»Äh, ich ... hab den Termin vergessen ... sorry«, stammelte ich und versuchte angestrengt, meinen Blick nicht an seinem Körper südwärts wandern zu lassen.

Dr. Thalbach lachte und griff nach einem Handtuch, um es sich um die Hüfte zu binden, aber es war zu spät. Der Anblick seines grauen Brusthaars, seines Wohlstandsbäuchleins und der dünnen Beine würde sich wohl auf ewig in mein Hirn eingebrannt haben. Von dem Anblick gewisser anderer Körperteile ganz zu schweigen. »Kein Problem«, meinte Dr. Thalbach vergnügt. »Deswegen bin ich nicht hier.«

»Äh ... ja. Klar«, sagte ich und fragte mich: ›Weswegen denn dann?‹ »Okay, also ... Auf Wiedersehen.« Mein Gott. Noch nie in meinem Leben hatte ich ›Auf Wiedersehen‹ gesagt. Ich schloss die Tür hinter mir und blieb für ein paar Sekunden wie angewurzelt auf dem Flur stehen. Was war da eben passiert? Fantasierte ich?

Hannas Zimmertür öffnete sich. Sie kam in einem kurzen, ziemlich heißen Nachthemd heraus und rieb sich verschlafen die Augen. Bei meinem Anblick zuckte sie ebenso heftig zusammen, wie ich bei Dr. Thalbachs Auftritt. Ihr Blick wanderte blitzschnell zwischen der Badezimmertür und mir hin und her, dann sagte sie: »Marie. Was machst du denn hier?«

»Ich will die Perücke für Christine holen.« Ich machte Hanna ein Zeichen, dass sie mir in die Küche folgen sollte. Dort angekommen, schloss ich die Tür hinter uns, drehte mich zu ihr um und deutete anklagend Richtung Badezimmer. »Was zur Hölle hat Dr. Thalbach in unserem Bad zu suchen? *Nackt?*«

Hanna strich sich eine Haarsträhne aus der Stirn. »Wenn ein nackter Mann mit mir in unserer Wohnung ist, was glaubst du wohl, könnte dann hier vor sich gegangen sein?«

»Das ist kein Mann, das ist ein Gynäkologe!« Mein Hirn quietschte und knirschte und weigerte sich schlichtweg, eins und eins zusammenzuzählen. Nach ein paar Sekunden hatte es die Rechnung dann aber doch auf die Reihe gekriegt. »Igitt!«, rief ich entsetzt. »Das kann unmöglich dein Ernst sein, ich meine, das ist doch ... ih! Hanna!«

Trotzig erwiderte sie meinen Blick. »Ich weiß, dass das im ersten Moment komisch erscheinen könnte, aber ...«

»Komisch? Das ist die Untertreibung des Jahrtausends. Toll, jetzt muss ich mir einen neuen Frauenarzt suchen!«

»Marie, komm mal wieder runter«, sagte Hanna entnervt.

»Sag du mir nicht, dass *ich* wieder runterkommen soll. Komm du mal lieber wieder runter, und zwar von deinem Gynäkologen!«

»Er ist nicht *mein* Gynäkologe!«, rief Hanna. »Jetzt nicht mehr. Ich mag Matthias. Nein, ich mag ihn nicht nur, ich bin in ihn verliebt, und er in mich.«

»Verliebt? Das mit euch kann ja wohl noch nicht allzu lange laufen, und da redest du schon von Liebe? Das ist doch lächerlich.« Ich warf einen Blick auf meine Uhr. »Verdammt, ich muss los. Wo ist die Perücke?«

»In deinem Zimmer.«

Wäre ich auf die Idee nur selbst gekommen. Das hätte mir ein furchterregendes Erlebnis erspart, und ich hätte in aller Unschuld weiterleben können. Ich hastete in mein Zimmer, entdeckte ein blondes Etwas auf meinem Bett, stopfte es in meine Handtasche und begegnete auf dem Flur Herrn Dr. Thalbach, der inzwischen vollständig angezogen war. »Trinken Sie noch einen Kaffee mit uns, Frau Ahrens?«

»Nee, danke«, sagte ich entschieden. Dann deutete ich mit dem Zeigefinger auf Hanna, die in der Küchentür stand. »Und wir sprechen uns noch, mein Fräulein.«

Ich hetzte zurück nach Othmarschen und wurde auf dem ganzen Weg das Bild von dem nackten Dr. Thalbach nicht los. Was für ein Horror am frühen Morgen.

»Bin wieder da!«, rief ich, als ich die Haustür hinter mir zugeworfen hatte und die Treppen raufging. Ich fand Christine im Bad vor, wo sie inzwischen geduscht vor dem Spiegel stand und sich schminkte. Sie hatte ganze Arbeit geleistet. »Wow, du siehst ja toll aus!«

»Mhm, geht schon. Und, hast du das Ding?«

»Klar.« Ich kramte das blonde Etwas aus meiner Handtasche und hielt es Christine hin. »Voilà. Dein neuer Look.«

»Vielen Dank, Marie. Oha, ich werde blond.« Sie nahm mir die Perücke aus der Hand, betrachtete sie kritisch von allen Seiten, um sie sich anschließend über den Kopf zu stülpen. »Ach du Schande! Ich sehe aus wie Vivian aus *Pretty Woman*.«

Da war durchaus etwas dran. Und zwar leider wie die Vivian am Anfang des Films, also die Bordsteinschwalbe. »Ja, aber mit ein bisschen Styling kann man daraus was richtig Schickes machen. Zeig mal her.« Hektisch zupfte ich an der Perücke rum.

Christine sah mich aus weit aufgerissenen Augen an und wurde in Bruchteilen von Sekunden weiß unter ihrem Make-up. Ich wusste genau, was jetzt kommen würde, doch bevor ich mich in Sicherheit bringen konnte, übergab sie sich über meinen weißen Business-Hosenanzug und die dunkelblaue Bluse.

›Die nachfolgenden Sendungen verschieben sich voraussichtlich um dreißig Minuten‹, dachte ich lapidar.

»Oh verdammt«, flüsterte Christine und presste sich eine Hand auf den Mund. »Das tut mir so leid. Dein schöner Hosenanzug.«

Ich zog mir das Jackett aus und warf es achtlos auf den Boden. »Ist nicht schlimm, Süße. Alles wieder gut?«

Sie nickte stumm.

»Also, eins steht fest«, meinte ich und machte mich daran, die Spuren ihres Malheurs vom Fußboden zu beseitigen. »Deine neue Frisur sitzt in allen Lebenslagen.«

Christine kicherte und zeitgleich liefen ihr Tränen über die Wangen. »So was Dämliches. Jetzt hab ich uns beiden den Auftritt versaut. Und ich kann mit meinem Make-up noch mal von vorne anfangen.«

Da das meiste auf mir und nicht auf dem Fußboden gelandet war, hatte ich meine Aufgabe schnell erledigt. Ich sprang unter die Dusche, wobei ich tunlichst darauf achtete, dass meine Frisur und mein Make-up intakt blieben und schlüpfte in ein Kleid, das mich nicht mal ansatzweise so kompetent erscheinen ließ wie der Hosenanzug. Aber egal. Bevor ich ging, sah ich noch mal bei Christine rein. »Kann ich dich allein lassen?«

»Ja, natürlich. Jetzt beeil dich.«

»Okay. Es wird spät heute Abend, aber ...«

»Marie. Hau ab.«

Es war fast halb zehn und tatsächlich allerhöchste Zeit. Ich hetzte zum Bus, rannte in Övelgönne die Brücke bis zum Anleger runter und sprang noch in allerletzter Sekunde auf die Fähre. Endlich in Finkenwerder angekommen, lief ich den ganzen Weg vom Anleger bis zur Werft und kam völlig abgekämpft dort an.

»Guten Morgen«, sagte Laura Niemann erstaunt, als ich an ihr vorbeihastete. »Frau Ahrens, Ihre ...«

»Sorry, bin spät dran«, rief ich ihr über die Schulter zu und rannte die Treppen hoch, immer zwei Stufen auf einmal nehmend. Nach einem Endspurt über den Flur polterte ich in den Besprechungsraum. »Tut mir leid, ich ...« Atemlos hielt ich inne. Der Tisch war für fünf Personen eingedeckt, aber dort saß niemand. Nur Daniel war da und legte ein paar bunte Werbebroschüren neben den Kaffeetassen aus. Völlig entgeistert sah er mich an. »Marie. Was ist mit dir denn los?«

Noch immer kriegte ich kaum Luft. »Wo sind ... die Polen?«

»Ihr Flug wurde gecancelt. Sie sind erst gegen zwölf hier.«

Es dauerte eine Weile, bis seine Worte in meinem heute schon so arg gebeutelten Hirn ankamen, aber als sie dann ankamen, trafen sie mich mit voller Wucht. »Gegen *zwölf*? Und warum hast du mir das nicht gesagt?«

»Habe ich doch«, behauptete er.

»Hast du nicht!«

»Doch, ich hab dir auf deine Nachricht geantwortet. Kurz vorher hatte ich es selbst erst erfahren.«

Oh nein. Bei all dem Stress hatte ich keinen einzigen Blick mehr auf mein Handy geworfen, nachdem ich Daniel geschrieben hatte. »Das gibt's doch gar nicht.« Ich schloss die Tür hinter mir, lehnte mich kraftlos dagegen und verbarg das Gesicht in meinen Händen. »Das darf doch nicht wahr sein.«

»Du bist ja völlig durch den Wind. Jetzt setz dich erst mal.«

Daniel führte mich zu einem Stuhl, auf den ich mich fallen ließ wie ein nasser Sack. Ich beugte mich so weit nach vorne, dass mein Kopf auf meinen Knien lag. Meine Arme baumelten neben meinen Unterschenkeln und berührten den Boden. »Ich fass es nicht«, jammerte ich. »Ich hetze seit Viertel vor acht durch die Stadt wie Franka Potente in *Lola rennt*, und die kommen erst um *zwölf!* Das ist echt die Krönung.«

Ich hörte Daniel am Tisch mit Flaschen klirren. Kurz darauf legte er mir eine Hand auf den Rücken und sagte mit einem Lächeln in der Stimme: »Willst du irgendwann auch wieder von da unten raufkommen?«

Langsam richtete ich mich auf und spürte, wie mir schwummerig vor Augen wurde. Daniel hielt mir ein Glas Wasser hin. Ich griff danach und trank es gierig auf ex aus.

Ohne ein Wort nahm er mir das Glas ab, füllte es erneut und gab es mir zurück. Anschließend setzte er sich neben mich. »Ich will ja nicht übermäßig neugierig erscheinen, aber was hast du denn eigentlich von Viertel vor acht bis...«, er warf einen Blick auf seine Uhr, »fünf vor zehn gemacht?«

Ich nahm einen Schluck Wasser. »Das ist eine lange Geschichte.«

»Zwei Stunden und fünf Minuten hätten wir noch.«

»Besonders schön ist die Geschichte auch nicht«, sagte ich finster.

»Jetzt mach es nicht so spannend.«

Ich zögerte noch einen Augenblick, doch schließlich fing ich an, zu erzählen. Zunächst stockend, aber dann kam ich mehr und mehr in Fahrt und ließ kein Detail meines schrecklichen Morgens aus.

Daniel hörte mir aufmerksam zu, und als ich geendet hatte, griff er nach einem der bereitgestellten Plätzchenteller. »Möchtest du einen Keks?«

»Ja, bitte.« Ich nahm mir einen Schokoladenkeks und stopfte ihn mir in den Mund.

»Das klingt allerdings nach einem ziemlich miesen Morgen.«

»Hm«, machte ich nur.

»Ich habe einiges nicht so ganz verstanden, aber was mich gerade ehrlich gesagt am meisten interessiert, ist ... Was zur Hölle hatte dein Gynäkologe nackt unter deiner Dusche zu suchen?«

»Das hab ich mich auch gefragt!«, rief ich, dankbar, dass ich scheinbar nicht die Einzige war, die Schwierigkeiten hatte, eins und eins zusammenzuzählen. »Im ersten Moment war ich so von der Rolle, dass ich dachte, er wollte mich wegen meines vergessenen Vorsorgetermins ausschimpfen.«

Daniel lachte, und inzwischen hatte ich mich wieder so weit erholt, dass ich ebenfalls die Komik in dieser Geschichte sehen konnte. »Aber er ist nicht nur *mein* Gynäkologe, sondern auch der meiner Mitbewohnerin, und wie sich herausgestellt hat, haben die beiden was miteinander.«

»Oh, wow!« Daniel riss erschrocken die Augen auf. »Das ist ja ... ist das überhaupt erlaubt?«

»Keine Ahnung. Hanna meinte, er sei ja jetzt nicht mehr ihr Gynäkologe und sie hätte sich in ihn verliebt. Was für ein Schwachsinn. Der ist mindestens tausend Jahre älter als sie.«

»Tja. Die Liebe fällt, wohin sie will.«

»Ach Quatsch.« Ich futterte noch einen Keks. »Jetzt hab ich dich aber ganz schön lange vollgetextet. Du hast bestimmt Wichtigeres zu tun.«

»Nein, wenn du noch mehr auf Lager hast, nur raus damit.«

»Ich hätte tatsächlich noch eine Geschichte«, lachte ich. »Die ist auch sehr spannend. Es kommen Piraten und illegales Glücksspiel darin vor.«

»Jetzt bin ich noch neugieriger. Wir haben noch ziemlich viel Zeit, wie wäre es, wenn du ...«

»Nein«, unterbrach ich ihn. »Mag ja sein, dass *du* Zeit hast, aber *ich* habe Wichtiges zu tun. Mich um meine Holzlieferanten und Preislisten kümmern, zum Beispiel.«

Daniel sah mich für ein paar Sekunden verblüfft an, dann brach er in Gelächter aus. »Was hast du denn genommen?«

»Nichts«, meinte ich, erhob mich von meinem Stuhl und stolzierte zur Tür.

»Marie?«

Ich drehte mich zu ihm um. »Hm?«

»Hast du eigentlich für heute Abend einen Tisch reserviert?«

Ach du Schreck! Ich sah ihm fest in die Augen. »Ähm ... ja?«

»Du hast es vergessen«, stellte er fest.

»Nein«, log ich, immer noch sehr bemüht, seinem Blick nicht auszuweichen.

»Und wo hast du reserviert?«

»Im ... Dings, diesem Restaurant im Hafen.«

»Im *Dings*?«, fragte Daniel belustigt. »Das kenne ich gar nicht.«

»Na da, wo es ... Fisch gibt.«

Er nickte langsam. »Da bin ich ja mal gespannt. Ach so, noch was.« Daniel zeigte mit dem Finger auf seinen Kopf. »Es kann natürlich sein, dass das so gewollt ist, in diesem Fall will ich nichts gesagt haben. Aber wenn ich du wäre, würde ich vor dem Meeting noch mal in den Spiegel gucken.«

Meine Hand wanderte automatisch an mein Haar. Hatte ich es mir heute Morgen nicht hochgesteckt? Davon war zumindest nicht mehr viel zu spüren. Ich steuerte die Damentoilette an und beim Blick in den Spiegel fiel ich beinahe in Ohnmacht. Mein Haarknoten hatte sich aufgelöst, und nun sah ich aus wie das Vorher-Model in einer Werbeanzeige für eine Intensivkur gegen strapaziertes Haar. Mein Make-up war zerlaufen, unter meinen Augen hatte ich dicke Wimperntuschebalken, und aus einem völlig unerfindlichen Grund klebte mir Glitzer an der Wange. Wie war es Daniel gelungen, mir so lange aufmerksam zuzuhören, ohne auch nur einen schrägen Blick auf mich zu werfen? Oder mich auszulachen?

›Eigentlich ja ganz süß von ihm‹, dachte ich, als ich mir Make-up und Glitzer vom Gesicht wusch und meine Haare notdürftig mit den Fingern kämmte und zu einem Pferdeschwanz zusammenband. Überhaupt, dieses Zuhören. Von den meisten Männern war ich es nicht gewöhnt, dass sie mir zuhörten. Im Regelfall fanden sie das, was sie selbst zu erzählen hatten, viel interessanter. Daniel hingegen hatte sich völlig auf mich konzentriert und sogar noch meine andere Geschichte hören wollen.

Oh Mann, jetzt fand ich den auch noch nett, oder was? Reichte es nicht, dass ich ihm auf den Hintern geglotzt hatte? Wie tief wollte ich denn noch sinken? Nettigkeit war eigentlich gar nicht das, was mir an Männern gefiel. Wobei ich Daniel natürlich nicht als Mann sah. Klar, er war einer, das ließ sich nicht leugnen, er sah sogar auf den dritten oder vierten Blick recht gut aus. Er hatte starke Seglerhände und dunkelblaue Augen, er war groß und sportlich, und sein Hintern war wirklich... Aber egal, ich sah ihn nicht als Mann, sondern als zufällig einigermaßen ziemlich attraktiven Kollegen. Und einen Kollegen durfte man ruhig nett finden und man musste sich auch nicht darüber wundern, dass man es auf einmal so anziehend oder besser gesagt nett fand, dass er nett war. War doch logisch. Ich konnte mich höchstens darüber wundern, dass Daniel überhaupt nett war. Aber das würde sich bestimmt bald wieder ins Gegenteil umkehren, denn wenn ich eins im Leben gelernt hatte, dann, dass nichts von Dauer war. So, und jetzt hatte ich wirklich genug über Daniel Behnecke nachgedacht.

Ich streckte meinem Spiegelbild die Zunge raus und ging in Christines Büro, um schnell noch einen Tisch in einem schnieken Restaurant zu reservieren. Nachdem ich es in drei Fischrestaurants im Hafen vergeblich versucht hatte, gab ich auf. So kurzfristig würde ich nun mal keinen Tisch in einem angemessen schnieken Restaurant mehr bekommen. Aber wo stand denn überhaupt geschrieben, dass das Restaurant schnieke sein musste? Gab es dafür ein Gesetz? Wenn ich den Geschäftsaspekt aus der Gleichung strich, war die Lösung nämlich ganz einfach: Ich kannte ein Restaurant im Hafen, in dem es leckeren Fisch gab. Es war zwar so ziemlich das unschniekeste Restaurant Hamburgs, aber dafür ein echter Geheimtipp, der garantiert in keinem Reiseführer auftauchte. Und man musste dort nicht reservieren. Dahin würde ich unsere Gäste einfach ausführen, ganz unkonventionell. Spießig konnte schließlich jeder. Bestimmt waren die Jankowski-Leute ohnehin recht locker. Und Daniel kam mir gar nicht mehr so spießig vor, wie ich ihn immer eingeschätzt hatte. Es würde den Herren dort bestimmt gefallen.

Um kurz nach zwölf steckte Daniel den Kopf zur Tür herein. »Die Jankowski-Leute sind da.« Wir gingen gemeinsam nach unten, wo im Empfangsbereich drei Herren in Anzügen standen.

»Herzlich Willkommen. Schön, Sie endlich auch persönlich kennenzulernen«, begrüßte Daniel die drei auf Englisch und damit fing ein großes Vorstellen und Händeschütteln an. Sie hießen Adam Nowak, Jerzy Bartodziejski und Pawel Wojciechowski, und ich wusste in dem Moment, in dem ich ihre

Nachnamen hörte, dass ich mir nur den von Herrn Nowak würde merken können. Er war hochgewachsen und hager, etwa vierzig Jahre alt und hatte ein sehr freundliches Lächeln. Pawel Dingsbums hingegen war etwas kleiner als ich und kugelrund, während Jerzy Wieauchimmer, der Älteste von den dreien, mich aus wunderbar melancholischen Augen ansah. Ich konnte mir förmlich vorstellen, wie er abends am Lagerfeuer saß, Gitarre spielte und traurige Lieder sang.

Wir führten die Herren in den Besprechungsraum, wo wir Kaffee tranken und ein bisschen Smalltalk hielten. Anschließend zeigten wir Herrn Nowak, Pawel, dem Runden, und Jerzy, dem Melancholischen, die Werft und natürlich den Ocean Cruiser. Während des ganzen Rundgangs war ich heilfroh, dass ich nicht mehr so tun musste, als hätte ich von Tuten und Blasen keine Ahnung. Es war extrem interessant, mich mit den Polen auszutauschen, etwas über ihre Arbeitsweise zu erfahren und mit ihnen über Doppelruder und elektronische Manövrierhilfen zu fachsimpeln.

Als wir zurück in den Besprechungsraum gingen, präsentierten sie uns anhand einer Powerpoint-Präsentation ihre Werft. Von den Dimensionen her war sie viel größer als die Ahrens-Werft. Sie produzierten in Serie und günstig, aber auch mit einem ausgeprägten Blick auf Qualität. Und vor allem liebten sie ihre Boote. Es war klar erkennbar an der Art, wie sie über sie sprachen und an dem Stolz, der in Herrn Nowaks Augen lag, als er die verschiedenen Modelle vorstellte. »Was erwarten Sie von uns?«, fragte Herr Nowak am Ende der Präsentation. »Was ist Ihnen am wichtigsten, wenn wir Ihr Boot bauen?«

Ich sah Daniel an, um zu prüfen, ob er die Frage beantworten wollte, doch er nickte mir nur lächelnd zu. »Meine Familie besitzt diese Werft schon seit über einhundertzwanzig Jahren, und noch nie wurde der Bau eines Bootes in fremde Hände gegeben. Ich muss gestehen, dass ich mich schwer damit tue, allerdings sehe ich natürlich, dass es unternehmerisch die vernünftigste Lösung ist.« Ich machte eine kleine Pause, um meine Gedanken zu ordnen. »Was für mich absolut unerlässlich ist, ist eine enge Zusammenarbeit. Ich möchte wissen, was Sie da machen. Ich muss Ihnen vertrauen können. Und mal ganz abgesehen von der Qualität und Sorgfalt, die unseren Maßstäben entsprechen müssen, möchte ich, dass Sie das Boot mit Herz bauen.«

Die vier Herren saßen schweigend da. Während die Polen mich aufmerksam und ernst ansahen, war Daniels Blick unergründlich. Um seine Lippen spielte ein leichtes Lächeln, doch in seinen Augen lagen keinerlei Belustigung oder Spott, sondern etwas anderes, das ich nicht deuten konnte.

»Sie können uns vertrauen«, sagte Jerzy, der Melancholische, in die Stille hinein. »Ich verstehe das, es ist, als würden Sie Ihr Baby in fremde Hände geben. Ich verspreche Ihnen, dass wir es respektvoll und gut behandeln werden.«

Ich spürte, wie mir ein Stein vom Herzen fiel. Für ein paar Sekunden hatte ich geglaubt, ich hätte mich bis auf die Knochen blamiert, weil ich so sentimentales Zeug in einem Geschäftsmeeting von mir gegeben hatte. Aber zumindest Jerzy konnte es nachvollziehen. Ich warf ihm ein Lächeln zu, er lächelte zurück, und es war, als würde die Sonne in seinem traurigen Gesicht aufgehen.

»Ich kann mich den Worten von Frau Ahrens nur anschließen«, meldete Daniel sich zu Wort. »Abgesehen davon müssen natürlich auch die finanziellen Aspekte stimmen.«

Im Folgenden ging es um Zahlen, Daten und Fakten. Ich hatte keine Vergleichsmöglichkeiten, aber das Angebot schien vernünftig zu sein. Ich brannte darauf zu erfahren, welchen

Eindruck Daniel von den Jankowski-Jungs hatte, doch er ließ sich nicht in die Karten gucken. Während ich ihn am liebsten angegrinst und den Daumen nach oben gehoben hätte, hielt er sich, typisch hanseatisch, mit Begeisterung oder Ablehnung erst mal zurück. Nachdem wir noch eine Stunde über Zahlen geredet hatten, sagte er schließlich: »Also, ich habe langsam Hunger. Wie sieht's bei Ihnen aus?«

Die Herren nickten zustimmend.

»Mir hängt der Magen auch schon in den Kniekehlen«, verkündete ich.

»Frau Ahrens hat einen Tisch in einem Fischrestaurant im Hafen reserviert. Soll ich uns ein Taxi rufen?«

Taxi? Mir war jetzt dringend nach frischer Luft. Draußen schien die Sonne, es war herrlich warm, und ich hatte fast den ganzen Tag in diesem stickigen Besprechungsraum herumgehangen. »Warum fahren wir nicht mit der Fähre bis zum Fischmarkt?«, schlug ich vor. »Von da aus können wir zu Fuß gehen. Dann kriegen Sie auch ein bisschen was von der Stadt zu sehen, wenn Sie schon mal hier sind.«

Unsere Gäste waren einverstanden, und ich holte schnell noch aus Christines Büro meinen roten Schlapphut. Möglich, dass er nicht für einen hochoffiziellen Geschäftstermin geeignet war, aber zum einen würde er auf der Fähre meine Frisur vor einem neuen Fiasko schützen, und zum anderen war ich ja sowieso nicht die klassische Geschäftsfrau. Wir spazierten durchs geruhsame Finkenwerder zum Fähranleger und bestiegen die Linie 62. Ich war diese Strecke schon tausendmal gefahren, aber es wurde mir nie langweilig. Viele der anderen Pendler lasen oder stierten blicklos vor sich hin, doch ich saß immer an Deck, sofern das Wetter es zuließ, genoss den Wind und den Blick auf den Elbstrand und die Stadt. Ich liebte es, wie der Michel und die Elbphilharmonie im Näherkommen größer und größer wurden. Ich liebte das riesige Blohm+Voss-Dock, die Hafenkräne, das Geschrei der Möwen, die die Fähre begleiteten, die Barkassen, Schiffe und Segelboote, und vor allem das Gefühl der Freiheit, das so stark in mir wurde, wenn ich auf dem Wasser war.

Daniel und ich zeigten den Polen die Fischauktionshalle und die Elbphilharmonie, auf die man von hier aus einen tollen Blick hatte. Anschließend spazierten wir zum Restaurant, das in einer Seitenstraße des Fischmarkts lag. »Da sind wir auch schon. Das hier ist die Hafenklause, eins meiner Lieblingsrestaurants.«

Die vier Herren schauten zweifelnd an der graffitibeschmierten Fassade empor zu dem schief hängenden Schild. »Man kann leider nicht draußen sitzen, aber drinnen ist es sehr nett und total ungezwungen. Ich dachte, das wäre mal eine schöne Abwechslung zu den Restaurants, in die man sonst so zu Geschäftsessen geht.«

Daniel hob eine Augenbraue, doch ich wich seinem Blick schnell aus und betrat das Restaurant.

Ich wurde von Finsternis und muffigem Kneipengeruch empfangen. Die Möblierung des Restaurants stammte aus den sechziger Jahren und war wohl schon damals nicht gerade edel gewesen. Über der wuchtigen Holztheke war das unvermeidliche Fischernetz angebracht und zwei der Barhocker waren besetzt von alten Männern, die schweigend in ihre Biergläser starrten. Okay, man durfte nicht so genau in die mit Kunstblumenarrangements vollgestellten Ecken schauen, denn die waren ein kleines bisschen staubig, aber ansonsten fand ich es toll hier.

»Moin«, erklang eine Stimme hinter der Theke. Ich reckte meinen Hals und entdeckte zwischen der Holsten-Bierzapfanlage und dem Teller Fischfrikadellen unter einer Glasabdeckung die Wirtin Susi. »Was kann ich euch denn Gutes tun?«, fragte sie und machte eine furchterregende Grimasse, indem sie die Zähne bleckte, die Nase krauste und die Augen zusammenkniff. Anfangs hatte mich das ziemlich verstört, aber inzwischen wusste ich, dass sie so ihre Frank-Elstner-Gedächtnisbrille hochschob, ohne den Finger dafür verwenden zu müssen. Ganz schön clever.

»Ich habe einen Tisch für fünf Personen reserviert«, behauptete ich. »Auf den Namen Ahrens.«

Susi lachte dröhnend. »Na denn. Setzt euch man hin.«

Zielstrebig marschierte ich zum Tisch am Fenster. Daniel und die Jankowski-Jungs zögerten noch kurz, doch schließlich folgten sie mir und setzten sich.

Susi schlurfte zu uns und legte uns die Speisekarten hin. »'nen Lüttjen vorwech vielleicht?«

Wenn ich mir die Herren so ansah, würde ihnen ein Schnäpschen ganz guttun. »Gerne. Wir nehmen fünf von deinem besten Kümmelschnaps.«

»Kommt sofort«, meinte Susi und machte wieder ihre zähnebleckende Brillenhochschiebgrimasse.

Während sie hinter der Theke mit Gläsern und Flaschen klirrte, schlugen wir die Speisekarten auf, die etwas klebten und jedes Mal ein schmatzendes Geräusch machten, wenn man eine Seite umblätterte. Ich wusste sowieso schon, was ich wollte, also brauchte ich gar nicht erst reinzugucken. »Es gibt hier den besten Labskaus der Stadt, den müssen Sie unbedingt probieren«, sagte ich zu Herrn Nowak, Pawel und Jerzy. »Das ist ein altes Seefahrergericht.«

Die drei nickten höflich. »Wenn Sie das empfehlen, nehmen wir es«, meinte Herr Nowak.

»Du auch?«, fragte ich Daniel, der immer noch die Speisekarte studierte.

»Nein danke, lieber nicht.«

»Magst du Labskaus etwa nicht?«

»Das ist noch untertrieben.«

»Aber ich dachte, dein Vater und dein Opa sind zur See gefahren!«

Daniel sah mich verdutzt an, dann sagte er: »Ja, sicher. Aber während ihrer langen, entbehrungsreichen Monate auf See waren sie immer kurz vorm Skorbut und haben Unmengen von Labskaus gegessen. Wenn sie dann unter vollen Segeln und mit stolz gehisster Flagge in den Heimathafen eingelaufen sind, konnten sie ihn natürlich nicht mehr sehen, und das muss sich irgendwie auf mich übertragen haben.«

Ich schwieg für eine Weile, dann fing ich an zu lachen. »Manchmal habe ich das Gefühl, dass du mich nicht wirklich ernst nimmst.«

»Aber ich gebe mir Mühe, das musst du mir zugutehalten«, erwiderte er grinsend.

Susi trat an unseren Tisch und stellte ein Tablett mit fünf Schnapsgläsern ab. »So, die Herrschaften, das ist unser feiner Hamburger Helbing Kümmel. Denn mal Prost.«

Ich verteilte die Gläser, hob meins und sagte: »Na dann. Auf den heutigen Tag und unser nettes Gespräch.« Wir stießen an und kippten den Schnaps runter. Ich schüttelte mich und knallte das leere Glas auf den Tisch. »Lecker.«

Die Polen nickten anerkennend, während Daniel Pokerface Behnecke keine Miene verzog.

»Hast du schon mal Helbing getrunken?«, wollte ich wissen.

»Nein, denn wenn mein Vater und mein Großvater auf See waren, gab es selbstverständlich nur Rum, und deswegen ...«

»Ach, jetzt hör auf mit dem Blödsinn«, lachte ich.

»Natürlich habe ich schon mal Helbing getrunken. Was ist das denn für eine Frage?«

Susi, die immer noch an unserem Tisch stand, räusperte sich vernehmlich: »Was soll's denn bei euch sein? Unsere Tagesempfehlungen sind Labskaus, Fischfrikadellen mit Bratkartoffeln und Seelachs mit Bratkartoffeln.«

»Wir hätten gerne viermal den Labskaus und vier große Holsten«, sagte ich.

»Alles klar. Und wer will hier keinen Labskaus?«, fragte sie und fletschte die Zähne, um ihre Brille hochzuschieben.

»Ich«, meldete Daniel sich zu Wort. »Für mich bitte den Seeteufel.«

»Seeteufel is aus.«

»Okay, dann den Wolfsbarsch.«

»Wolfsbarsch is auch aus.«

»Scholle?«, fragte Daniel hoffnungsvoll.

»Fiede!«, brüllte Susi über ihre Schulter in Richtung Schwingtür neben dem Tresen. »Ham wir noch Schollen inner Truhe?«

»Nee, sind seit letzter Woche aus«, ertönte eine Stimme jenseits der Schwingtür.

Susi sah Daniel zähnefletschend an. »Scholle is aus.«

»Dann mal andersrum: Was ist denn da?«

»Labskaus, Fischfrikadellen mit Bratkartoffeln und Seelachs mit Bratkartoffeln.«

»Verstehe.« Um Daniels Mundwinkel zuckte es, doch es gelang ihm, ernst zu bleiben. »Dann nehme ich doch mal den Seelachs.«

»'n Holsten dabei?«

»Gerne.«

»Alles klar«, sagte Susi. »Und vielleicht noch fünf Kümmel, damit die Kehle nicht so trocken wird, bis das Bier da ist?«

»Immer ran damit«, sagte ich.

»Kommt sofort.« Susi zuckelte ab in Richtung Tresen und

brüllte in Richtung Küche: »Fiede, viermal den Labskaus, einmal den Seelachs!« Kurz darauf brachte sie eine neue Runde Kümmelschnaps, und während sie unsere Biere zapfte, stießen wir an.

»Der ist wirklich gut«, meinte Pawel, nachdem er sein Glas abgestellt hatte.

»Wobei ich Wodka auch gerne mag«, sagte ich großzügig. »Ich war mal in Danzig, und da gab es in einer Kneipe *so* leckeren Wodka. Leider weiß ich nicht mehr, wie er hieß.«

Daraufhin feuerten die drei Polen ungefähr hundert Wodkanamen auf mich ab, um herauszufinden, welchen ich meinte. Leider vergebens, aber immerhin hatten wir damit die Zeit überbrückt, bis unser Bier kam. Während wir auf unser Essen warteten, redeten wir über Boote und kippten noch einen weiteren Kümmel. Je mehr unsere Gäste tranken, desto redseliger und fröhlicher wurden sie, und ihre anfängliche Abneigung gegen diesen Laden schien sich zu legen. Nach einer halben Stunde brachte Susi endlich unser Essen.

»Gott sei Dank!«, rief ich aus. »Wenn es nicht bald gekommen wäre, wäre ich schon vor dem Essen bes ... angeheitert gewesen.«

Mir fiel auf, dass Herr Nowak, Jerzy und Pawel ziemlich sparsam auf ihre Teller guckten. Ein großer Haufen rötlichbrauner Matsch lag darauf, halb versteckt unter einem Spiegelei. Um den Matsch herum befanden sich eingelegte Gurken, ein paar Scheiben rote Bete und zwei Matjesfilets.

»Das macht zugegebenermaßen erst mal keinen besonders guten Eindruck«, sagte ich zu den dreien, die mich unglücklich anschauten. »Aber es schmeckt wirklich sehr viel besser, als es aussieht. Probieren Sie doch mal.«

Pawel und Herr Nowak tauschten einen Blick, dann griff Ersterer beherzt nach der Gabel und lud sich etwas von der

Pampe darauf. Er atmete tief durch, schob sich die Gabel in den Mund und lutschte an dem Brei herum. Alle am Tisch beobachteten ihn gespannt und schienen den Atem anzuhalten. Zunächst kräuselte er misstrauisch die Stirn, doch dann glättete seine Miene sich, und ein Lächeln breitete sich auf seinem Gesicht aus. »Das schmeckt gut.«

Ich nickte eifrig. »Sag ich doch. Und am besten ist es, wenn man alles zusammen isst, also Labskaus, Ei, Gurke und rote Bete. Das ist eine wahre Geschmacksexplosion!«

»Du bist ziemlich leicht glücklich zu machen, was?«, fragte Daniel amüsiert.

»Nein. Es gibt Bereiche, da muss man sich schon mehr ins Zeug legen, um mich glücklich zu machen.«

In seinen Augen flackerte etwas auf, und mit einem Mal wurde mir bewusst, dass meine Aussage ganz schön zweideutig geklungen hatte. Unwillkürlich fragte ich mich, ob er sich wohl im Bett ins Zeug legen würde, um mich glücklich zu machen. Mein Herz klopfte schneller, und ich spürte, wie mir die Hitze ins Gesicht stieg. Hilfe, was war hier denn los? Es musste an den drei Kümmelschnäpsen und dem halben Bier auf nüchternen Magen liegen. Schließlich wandte Daniel seinen Blick ab und griff nach seinem Bierglas, um einen großen Schluck zu trinken.

Ich räusperte mich und fuhr mir durchs Haar, dann wandte ich mich unseren Gästen zu, die inzwischen alle vom Labskaus probiert hatten. »Und? Schmeckt's?«

Herr Nowak sagte mit vollem Mund: »Ich muss sagen, es sieht nicht so aus, als würde man es essen wollen. Aber wenn man es dann doch tut, ist es wirklich gut.«

»Das freut mich«, sagte ich und fühlte mich fast ein bisschen stolz. Als Susi die Teller abgeräumt und uns neue Getränke gebracht hatte, wurde es richtig nett. Pawel, Jerzy und Herr

Nowak ließen den Schnaps in Strömen fließen und wurden von Glas zu Glas fröhlicher. Irgendwann fingen sie an, polnische Lieder zu singen und versuchten, sie Daniel und mir beizubringen, wobei Daniel sich zu meiner Überraschung als ziemlich talentiert entpuppte. Innerhalb kürzester Zeit konnte er die erste Strophe des Volkslieds *Czerwone jagody* mitgrölen wie ein alter Pole, der einen Liter Wodka intus hatte.

Irgendwann, als die Flasche Kümmelschnaps leer und die beiden einzigen anderen Gäste schon lange verschwunden waren, beschlossen wir, es gut sein zu lassen. Daniel bezahlte die Rechnung, während ich mit unseren Gästen schon mal nach draußen ging. Den ganzen Abend hatte ich in dem stickigen Laden gesessen, und nun wirkte der Schwall frischer Luft wie eine kalte Dusche. Ich atmete ein paarmal tief ein und aus und schloss die Augen, um zu überprüfen, ob sich alles drehte.

»Hey, Marie«, hörte ich plötzlich Daniels Stimme von ganz nah. Ich öffnete meine Augen und erkannte, dass er unmittelbar vor mir stand und mich anlächelte. »Vergiss deinen Hut nicht«, sagte er und setzte ihn mir auf den Kopf. Wieder verfingen sich unsere Blicke ineinander, wieder machte mein Herz einen kleinen Sprung, und wieder war Daniel derjenige, der schließlich wegsah. »Am Fischmarkt stehen Taxis«, sagte er zu unseren Besuchern. »Wollen wir dorthin gehen?«

Ich durfte definitiv nie wieder in Daniels Gegenwart Alkohol trinken. Das schien einen sehr bedenklichen Einfluss auf mich zu haben.

Am Fischmarkt verabschiedeten wir uns herzlich von Herrn Nowak, Pawel und Jerzy. Pawel, der heute Abend am meisten gebechert hatte, drückte Daniel und mich fest an seine Brust. »So ein schöner Abend! Wir gehen als Freunde auseinander.«

Herr Nowak war etwas geschäftsmäßiger, als er Daniel und

mir die Hand gab. »Prüfen Sie unser Angebot noch mal in aller Ruhe. Besprechen Sie es untereinander und mit Ihrem Vater. Und dann müssen Sie uns unbedingt einen Gegenbesuch abstatten.« Die drei stiegen in ein Taxi und fuhren von dannen, während Daniel und ich ihnen nachblickten.

»Czerwone jagody, wpadaja do wody, powiadaja lduzie, zenie nam urody«, sang er in die Stille hinein.

»Wieso kannst du das so gut?«, fragte ich lachend.

Er grinste mich an. »Keine Ahnung.«

»Unterm Strich ist der Termin doch ganz gut gelaufen, oder?«

»Doch, ja. Ich muss zugeben, als wir das Restaurant betreten haben, dachte ich, dass der Abend total in die Hose geht. Aber dann war es definitiv das netteste Geschäftsessen, das ich jemals miterlebt habe.«

Obwohl ich wusste, dass es albern war, fühlte ich so etwas wie Stolz in mir aufsteigen. »Ich fand's auch nett. Übrigens, ich will die Polen«, verkündete ich entschlossen.

Daniel lachte. »Was, alle drei?«

»Die ganze Werft sogar. Ich will, dass sie den Ocean Cruiser bauen. Hast du nicht auch ein gutes Gefühl bei ihnen?«

»Doch, schon.«

»Siehst du, ich auch. Ich mochte sie, und ich vertraue ihnen.«

Daniel sah mich nachdenklich an. »Die Schweden sind bereits viel mehr involviert in dieses Projekt. Ich bin gespannt, was du von ihnen hältst.«

Beim Gedanken an die Fahrt nach Schweden wurde mir mulmig. »Also, wir treffen uns am Flughafen, richtig?«

»Genau. Montag um sieben Uhr. Kriegst du das mit Christine und den Kindern alles organisiert?«

»Ja, Robert fliegt erst Montagmittag zurück nach Frankfurt. Er bringt die Kinder zur Schule. Na gut, ich glaub, ich nehm mir mal ein Taxi«, sagte ich, obwohl ich gerne noch länger mit Daniel gequatscht hätte.

Er nickte. »Bis Montag. Und gute Nacht.«

»Gute Nacht.«

Wir lächelten uns an, und wieder regten sich ein paar Schmetterlinge in meinem Bauch. Verdammter Kümmelschnaps. Abrupt drehte ich mich um und ging zum nächsten Taxi, sprang hinein und schlug die Tür hinter mir zu.

Flugzeuge im Bauch

Christine und Robert spielten am Wochenende den Kindern zuliebe wieder glückliche Familie. Ich konnte kaum mit ansehen, wie sehr Christine, Toni und Max durch Roberts Anwesenheit aufblühten. Zum einen war es mir unverständlich, wieso Christine Robert immer noch zu lieben schien. Und zum anderen wusste ich bereits jetzt, dass spätestens am Montag, wenn er zurück nach Frankfurt fuhr, alle drei in ein tiefes Loch fallen und vor allem die Kinder noch mehr durcheinander sein würden als zuvor. Ich hasste meinen Noch-Schwager dafür, dass er seiner Familie das angetan hatte, und ich war froh, dass mir so was niemals passieren konnte. Dafür würde ich schon sorgen. Niemand würde jemals die Macht haben, mir so wehzutun.

Ich zog es vor, das Weite zu suchen, und wollte mich mit Hanna verabreden. Doch sie reagierte weder auf meine Anrufe noch auf meine Nachrichten. Das Einzige, was von ihr zurückkam, war die Info, dass sie an diesem Wochenende leider komplett verplant war und sich daher aus allen Aktivitäten ausklinkte. Wahrscheinlich war sie mit ihrem Gynäkologen beschäftigt oder sie ging mir aus dem Weg, weil sie kein Interesse daran hatte, mit mir über dieses Thema zu reden. Dabei hatte ich, was das anging, wirklich dringenden Redebedarf!

Obwohl Hanna mir fehlte, beschloss ich, mein freies Wochenende zu genießen, und verbrachte zwei faule Tage mit Hector und Ebru. Wir gingen shoppen, grillten am Elbstrand und aßen an der Binnenalster Eis, wo wir auf den Stufen am Jungfernstieg saßen und auf die Alsterfontäne schauten. Abends machten wir die Beach Clubs unsicher, und die Nächte tanzten wir auf dem Kiez durch. Weder Hector noch Ebru erwähnten die Affäre von Hanna und Dr. Thalbach, was die Vermutung nahelegte, dass sie gar nichts davon wussten. Auch wenn es mir ein paarmal unter den Nägeln brannte, den beiden die skandalösen Neuigkeiten zu berichten, verkniff ich es mir.

Das ganze Wochenende über schweiften meine Gedanken immer wieder zu Daniel, und ich fragte mich, was er wohl so trieb. Unternahm er was mit Freunden oder hockte er zu Hause, blätterte alte Fotoalben durch und trauerte seiner Ex nach? Ich konnte ihn mir privat kaum vorstellen. Im Büro trug er meist Jeans und Jogi-Löw-Hemden, bei wichtigeren Terminen auch mal einen Anzug, allerdings ohne Krawatte. Was er wohl zu Hause anhatte? Unweigerlich drifteten meine Gedanken in die andere Richtung, und ich fragte mich, wie er wohl aussah, wenn er nichts anhatte. Das war der Moment (genauer gesagt war es Samstagabend, 23:13 Uhr), in dem ich beschloss, mich mal wieder bei Sam zu melden. Seit unserer letzten Begegnung herrschte Funkstille zwischen uns, und selbst wenn ich ihn nicht wirklich vermisste, war es scheinbar dringend nötig, ihn mal wieder zu sehen. Also schrieb ich ihm und fragte, wann er in der Stadt war. Es kam keine Antwort.

Am Montag stand ich mitten in der Nacht auf, um Daniel rechtzeitig am Flughafen zu treffen. Ich duschte, schminkte mich und schlüpfte in mein inzwischen gereinigtes Geschäftsfrauen-Kostüm. Anschließend ging ich in die Küche, um noch etwas zu frühstücken, doch ein Blick auf die Uhr an der Wand zeigte mir, dass ich offensichtlich mal wieder in ein Loch im

Raum-Zeit-Kontinuum gefallen war. Wie war das möglich? War ich unter der Dusche eingeschlafen, ohne es zu merken? Für ein Frühstück hatte ich definitiv keine Zeit mehr. Aber egal, mir war eh so übel, dass an Essen nicht zu denken war.

»Guten Morgen, Marie«, ertönte eine Stimme hinter mir.

Erschrocken zuckte ich zusammen und drehte mich um. Im Wohnzimmer stand Robert, gekleidet in Boxershorts und T-Shirt, die blonden Haare noch vom Schlaf verwuschelt.

»Guten Morgen«, sagte ich, wenig erfreut. »Du hast doch nicht etwa hier geschlafen?«

»Doch, auf dem Sofa.«

Ich musterte ihn misstrauisch. »Aha. Na dann. Wir sehen uns in zwei Wochen.« Ich nahm mir einen Apfel und packte ihn in meine Handtasche. Bevor ich die Küche verließ, drehte ich mich noch mal um und sagte: »Hör zu, es geht mich eigentlich nichts an, aber ich muss das trotzdem loswerden. Ich weiß nicht, was zwischen dir und Christine abgeht und wieso du die Dreistigkeit besitzt, nach allem, was du deiner Familie angetan hast, einen auf heile Welt zu machen, aber ...«

»Nach allem, was *ich* meiner Familie angetan habe?«, fragte er ungläubig.

Unbeirrt fuhr ich fort. »Wahrscheinlich hast du Mitleid mit Christine, und es beruhigt dein schlechtes Gewissen, wenn du alle zwei Wochen für ein paar Tage nett zu ihr bist. Danach kannst du dich ja wieder nach Frankfurt verziehen, und es kann dir egal sein, dass deine Noch-Ehefrau und deine Kinder dann tagelang völlig durcheinander sind. Aber *mir* ist es nicht egal, und eins sage ich dir: Wenn du es wagst, meiner Schwester oder meiner Nichte oder meinem Neffen noch mal das Herz zu brechen, dann kriegst du es mit mir zu tun.« Ich sah ihm fest in die Augen.

Robert hielt meinem Blick stand, und zu meinem Ärger

zeigte er sich nicht wirklich beeindruckt von meinen Worten. »Du hast recht, Marie. Das alles geht dich überhaupt nichts an. Ich weiß nicht, wie du auf die Idee kommst, du könntest dir über mich oder meine Beziehung mit Christine ein Urteil erlauben, aber jetzt sage ich dir mal was: Es gibt noch mehr Farben als Schwarz und Weiß.« Damit drehte er sich um und verließ die Küche.

Was für ein ätzender Typ. Auf dem Weg zum Flughafen ärgerte ich mich die ganze Zeit darüber, dass Robert auch noch das letzte Wort behalten hatte. Und ich fragte mich, wie es ablaufen würde, wenn er die Kinder zur Schule brachte und sie genau wussten, dass er abends nicht mehr da sein würde. Wahrscheinlich würden sie weinen, so wie jedes Mal, und sie würden Christine fragen, warum er nicht wieder nach Hause kommen konnte und warum er sie nicht mehr liebhatte, und ich hasste ihn dafür. Alle zwei Wochen verlassen werden – das war es, was Toni und Max für den Rest ihrer Kindheit blühte.

Ich war so vertieft in meine Gedanken, dass ich erschrak, als die Bahn am Flughafen hielt. Mein Herz begann heftig zu pochen, und auf einmal war mir so übel, dass ich dachte, ich müsste mich jeden Moment übergeben. Ich konnte mich kaum überwinden, einen Fuß vor den anderen zu setzen, doch schließlich war ich am Abflugbereich angekommen. Schon von Weitem sah ich Daniel an der verabredeten Stelle vor dem Informationsschalter. Er daddelte auf seinem Handy rum, doch als ich näher kam, sah er auf. Als würde er spüren, dass ich im Anmarsch war.

»Tut mir leid, ich weiß, ich bin zu spät«, sagte ich statt einer Begrüßung.

»Kein Problem. Ich habe eine halbe Stunde früher angegeben, damit du pünktlich bist«, erwiderte Daniel mit äußerst selbstzufriedener Miene.

Ich stöhnte entnervt auf. »Wenn ich du wäre, hätte ich mir das nicht gesagt. Das merk ich mir nämlich für die Zukunft.«

»Dann gebe ich zukünftig halt eine Stunde früher an. Wir hätten noch Zeit für einen Kaffee. Hast du schon gefrühstückt?«

»Nein, so früh kriege ich noch nichts runter.«

»Na gut. Also gehen wir rein?«

›Nein!‹, hätte ich am liebsten geschrien, doch ich gab mich ganz gelassen. »Klar.«

Wir checkten ein und gingen zur Sicherheitskontrolle. Als wir in der Schlange standen, beobachtete ich mit Argusaugen, wie die Passagiere kontrolliert wurden. Besonders streng kamen mir diese Kontrollen nicht vor. Die Security-Leute quatschten mehr miteinander, als dass sie auf ihren Monitoren darauf achteten, was an Handgepäck über das Fließband lief. Ich hätte wahrscheinlich zwei Sprengstoffgürtel und eine Kalaschnikow in meiner Handtasche transportieren können.

»Erde an die Dame in Weiß!«, bölkte der für mich zuständige Sicherheitsmann, als ich an der Reihe war, mich aber keinen Zentimeter von der Stelle rührte. »Wenn's keine Umstände macht, würde ich Sie gerne mal herbitten!«

Ich gab mir einen Ruck, legte meine Handtasche in eine Plastikkiste und stellte mich in den Metalldetektor. Nichts passierte. Der Sicherheitsmann winkte mich lediglich durch.

»Und jetzt?«, fragte ich ihn.

»Nix und jetzt. Guten Flug.«

»Ja aber ... das Ding hätte doch piepen müssen! Ich hab immerhin einen Bügel-BH an!«, rief ich entrüstet.

Ein paar der umstehenden Geschäftsmänner, Security-Leute und auch Daniel, der inzwischen mit seiner Kontrolle durch war, musterten mich interessiert.

»Welche Farbe?«, fragte der Mitarbeiter am Nachbarschalter.

Ich war schon kurz davor zu antworten, doch dann wurde ich misstrauisch. »Wieso?«

»Nur so«, sagte er grinsend.

Nun meldete mein Security-Mann sich wieder zu Wort. »Ich würd ja gerne noch mehr über Ihre Unterwäsche hören, aber leider muss ich arbeiten. Guten Flug.«

Anklagend zeigte ich auf den Metalldetektor. »Offensichtlich ist dieses Gerät kaputt. Wenn es den ganzen Morgen schon nicht piept, will ich gar nicht wissen, wie viele bewaffnete Passagiere da gemütlich durchspaziert sind! Das ist doch ein Skandal!«

»Junge Frau«, sagte der Sicherheitsmensch mit gefährlich ruhiger Stimme. »Dieses Gerät ist ein *voll funktionierender* Körperscanner, der keinerlei Geräusche von sich gibt. Wenn hier irgendwo irgendetwas piept, dann bei Ihnen. Alles klar?«

Ich räusperte mich. »Ja, äh ... Tschuldigung. Ich wollt's nur gesagt haben. Kein Grund, gleich ausfallend zu werden, *junger Mann*. Man kann ja gar nicht vorsichtig genug sein, heutzutage.«

Er musterte mich nur mit finsterer Miene, sodass ich schnell meine Handtasche holte und zu Daniel ging.

»Gut, dass du aufpasst«, sagte er belustigt. »Je mehr wachsame Augen, desto besser.«

»Als ich das letzte Mal geflogen bin, gab es diese komische Technik noch nicht«, verteidigte ich mich.

Wir gingen zum Gate und setzten uns in den Wartebereich. Mit nasskalten Händen krallte ich mich an meiner Handtasche fest und wippte nervös mit dem Bein. Daniel holte seinen Laptop aus der Tasche, öffnete ihn und rief seine E-Mails auf. Er sah aus, als hätte er die Ruhe weg. Wie konnte er nur so gelassen sein, wenn wir gleich in ein Flugzeug steigen mussten?

»Herr Nowak hat uns geschrieben«, sagte er und deutete auf den Bildschirm. »Er bedankt sich für das nette Treffen am Freitag.«

»Mhm«, machte ich nur und beobachtete unruhig die anderen Passagiere. Die meisten lasen Zeitung, stierten auf ihre Handys oder unterhielten sich mit ihrem Sitznachbarn. Mein Blick fiel auf zwei arabisch aussehende Typen, die ziemlich nervös wirkten. Sie hatten bis auf eine weiße Plastiktüte kein Handgepäck dabei. Der jüngere wippte so wie ich mit seinem Bein, während der ältere an seinen Fingernägeln kaute. Schließlich stand der Nägelkauer auf und verschwand mit der Plastiktüte auf die Toilette. Als er wiederkam, nickte er dem anderen zu. Daraufhin stand auch der auf und ging auf die Toilette. Da war doch eindeutig was faul! Wie gebannt beobachtete ich, was passierte, als der andere von der Toilette zurückkam. Die beiden tauschten einen Blick. Einen sehr bedeutungsschwangeren Blick.

Ich zupfte Daniel am Ärmel seines Jacketts. »Daniel?«, flüsterte ich. »Siehst du die beiden Araber da schräg gegenüber? Aber Vorsicht, guck ganz unauffällig hin.«

Er sah in die angedeutete Richtung. »Ja. Und?«

Einer der beiden Männer merkte wohl, dass wir sie beobachteten, denn er schaute zu uns rüber. Er sah böse aus. Richtig brutal. Schnell wandte ich meinen Blick ab. »Die machen doch nicht den Eindruck, als hätten sie vor, jemals irgendwo anzukommen, oder?«

»Bitte?«

»Das sind bestimmt Terroristen«, wisperte ich. »Und die fliegen mit uns.«

Daniel lachte ungläubig. »Marie! Dir ist doch hoffentlich klar, wie diskriminierend das ist, oder? Nur, weil die beiden Araber sind, denkst du gleich, sie wären Terroristen?«

»Nein, doch nicht nur, weil sie Araber sind«, verteidigte ich mich. »Die verhalten sich extrem verdächtig.«

»Und inwiefern?«

»Vorhin ist der eine mit seiner Plastiktüte zur Toilette gegangen. Als er wiederkam, hat er dem anderen zugenickt, und daraufhin ist der dann zur Toilette gegangen.«

In gespieltem Entsetzen schlug Daniel eine Hand an den Mund. »Oh mein Gott! Da sind zwei Araber nacheinander aufs Klo gegangen. Schnell, evakuiert den Flughafen.« Er sah mich strafend an. »Echt jetzt, die armen Typen. Stell dir mal vor, von dir würde jeder denken, du hättest einen Sprengstoffgürtel um, nur weil du zufällig aus Hamburg kommst.«

Eigentlich hatte er ja recht, und normalerweise verurteilte ich niemanden vorschnell – schon gar nicht aufgrund seiner Herkunft oder Religion. Aber normalerweise saß ich ja auch nicht an einem Flughafen und wartete darauf, ein Flugzeug zu besteigen.

Wenig später wurde durchgesagt, dass Maschine und Crew bereit zum Boarding seien. Während ich tausend innere Tode starb, schrieb Daniel in aller Ruhe seine E-Mail zu Ende und packte seinen Laptop ein. Nach einer gefühlten Ewigkeit, als alle anderen schon durch das Gate verschwunden waren, fragte er: »Wollen wir?«

›Nein, nein, nein, nein!!!‹, dachte ich und sagte: »Klar.«

Je näher wir der Maschine kamen, desto mehr steigerte sich meine Panik. Vor dem Eingang ins Flugzeug reihten Daniel und ich uns in die Schlange und warteten darauf, einsteigen zu können. Aus irgendeinem irrsinnigen Grund versteckte ich mich hinter Daniels Rücken und hielt mich an seinem Jackett fest, um an seiner Schulter vorbei zur Tür zu gucken.

Unvermittelt drehte er sich zu mir um, und ich trat hastig

einen Schritt zurück. »Hast du dich gerade hinter mir versteckt?«

Ich hielt seinem befremdeten Blick stand. »Hä? Quatsch.«

Wirklich überzeugt sah er nicht aus, aber er äußerte sich nicht weiter dazu.

Ich hörte schon die schrecklichen Geräusche der Triebwerke. Dann war es so weit. Wir bestiegen das klaustrophobisch enge Flugzeug und wurden von zwei extrem hübschen Stewardessen begrüßt, die uns freudig anstrahlten. Die noch hübschere der beiden nahm Daniel seine Bordkarte ab, wobei sie ihn überflüssigerweise am Arm berührte. Dann zeigte sie ihm, dass unsere Sitze sich auf der linken Seite befanden, und sagte mit einem verführerischen Lächeln und einem Augenzwinkern: »Bis später.«

Pff, die hatte es ja scheinbar sehr nötig. Fehlte nur noch, dass sie ihm einen Klaps auf den Hintern gab und ihn einlud, mit ihr Sex auf der Bordtoilette zu haben. Meine Bordkarte wollte sie nicht sehen und mich lächelte sie auch weitaus weniger enthusiastisch an als Daniel, aber das nur nebenbei.

Ich trottete hinter Daniel zu unseren Plätzen. »Willst du am Fenster sitzen?«, fragte er mich.

»Bloß nicht! Ich sitze lieber am Gang.«

Er nahm mir meine Handtasche ab, um sie ins Gepäckfach zu legen, dann setzten wir uns auf unsere Plätze. Ich schnallte mich an und zog den Gurt so fest, dass ich mir beinahe die Eingeweide abschnürte. Dann wurde auch schon durchgesagt, dass das Boarding abgeschlossen war, und kurz darauf meldete sich der Pilot zu Wort. »Guten Morgen, meine Damen und Herren, mein Name ist Jürgen Drews, ich bin Ihr Kapitän auf dem ...«

»Hat er gerade Jürgen Drews gesagt?«, raunte Daniel mir zu.

»Pssst«, machte ich. »Ich will das hören.«

»Du willst hören, was Jürgen Drews sagt? Da bist du aber die Einzige außerhalb von Malle«, meinte Daniel lachend. »Hilfe, Jürgen Drews fliegt unser Flugzeug, ich weiß nicht, ob ich das ...«

»Jetzt sei doch mal still«, fuhr ich ihn an.

»... melde ich mich, sobald wir unsere Flughöhe erreicht haben.«

»Vielen Dank auch, jetzt habe ich es verpasst.« Mir war so, als hätte der Kapitän was von starken Turbulenzen und Gewitterfront gesagt.

»Entschuldigung«, sagte Daniel eingeschnappt. »Findest du es nicht lustig, dass der Kapitän Jürgen Drews heißt?«

»Nein.«

»Auch nicht, wenn der Co-Pilot Micky Krause heißen würde?«

»Nein!«

»Hast du schlechte Laune?«

»Ja! Und jetzt sei leise, deine Freundin zeigt uns, was wir bei einem Absturz machen müssen.« Mein Blick richtete sich nach vorne, wo die Stewardess, die mit Daniel geflirtet hatte, die Sicherheitseinweisungen gab.

»Meine Freundin?«, fragte Daniel irritiert.

Ich beachtete ihn nicht, sondern konzentrierte mich darauf, was die Hinterngrabscherin machte. Sie zeigte anmutig mit beiden Händen in Richtung Boden und dann nach hinten und vorne. ›Leuchtmarkierungen auf dem Boden zeigen in die Richtung der Notausgänge.‹ Ich war erleichtert, neben meinem Sitz tatsächlich eine Markierung vorzufinden. Mein Blick folgte den Pfeilen, bis ich unseren Notausgang entdeckt hatte. Dabei stellte ich mit Schrecken fest, dass die Terroristen direkt hinter uns saßen. Na toll. »Unser Notausgang ist ganz in der

Nähe«, informierte ich Daniel und zeigte in die entsprechende Richtung. »Siehst du, da.«

»Ah ja«, sagte er langsam. »Gut zu wissen.«

Als Nächstes folgten die Hinweise zur Sauerstoffmaske. Alles klar, das war einfach. Doch nun kam der Teil, bei dem ich immer unsicher war. Die dauergrinsende Flugbegleiterin zog sich ganz entspannt eine Schwimmweste über den Kopf, und tat so, als würde sie an der Kette ziehen und in eine Pfeife blasen. »Warum sagen die einem eigentlich nie, *wie* man die Schwimmweste unter dem Sitz hervorkriegt?«, fragte ich Daniel. »Weißt du, wie das geht?«

Daniel musterte mich irritiert. »Nein, weiß ich nicht.«

»Mist, jetzt habe ich nicht mitgekriegt, ob man die Schwimmweste noch *im* Flugzeug oder außerhalb des Flugzeugs aufblasen soll.« Die Sicherheitseinweisung war inzwischen beendet, und die Stewardess ging an meinem Platz vorbei. »Entschuldigung?«

Sie drehte sich zu mir um und beugte sich lächelnd zu mir herab. »Ja?«

»Könnten Sie mir das mit der Schwimmweste noch mal erklären? Wie kriege ich die eigentlich unter dem Sitz hervor?«

Mit in Stein gemeißeltem Lächeln sagte sie: »Einfach ziehen. Das geht wirklich ganz leicht.«

»Und wann genau soll man die Schwimmweste aufblasen? Im Flugzeug oder außerhalb des Flugzeugs?«

»Marie«, sagte Daniel leise.

»Außerhalb des Flugzeugs«, freute sich die Stewardess. »Aber keine Sorge, im sehr unwahrscheinlichen Falle einer Notwasserung erklären wir Ihnen noch mal ganz genau, was zu tun ist.«

»Mhm. Okay. Sie meinen also, Sie könnten einer Horde

panischer Passagiere in aller Ruhe erklären, wo genau sie ihre Schwimmwesten aufblasen müssen. Na, da bin ich ja mal gespannt.«

»Marie«, hörte ich Daniels eindringliche Stimme.

Unbeirrt redete ich weiter. »Aber vielleicht können wir uns darauf einigen, dass Sie *im unwahrscheinlichen Falle einer Notwasserung* dann wenigstens höchstpersönlich meine Schwimmweste unter dem Sitz hervorholen, denn ich habe keine Lust zu ertrinken, nur weil Sie nicht im Vorhinein klar kommuniziert haben, wie und wann...«

»Marie!«, rief Daniel und legte mir eine Hand auf den Arm. Wütend fuhr ich zu ihm herum. »Was?«

»Das ist jetzt ganz wild spekuliert, aber kann es sein, dass du Flugangst hast?«

»Ich? Quatsch! Aber es ist ja wohl mein gutes Recht zu erfahren, wann...« Ich wandte mich wieder der Stewardess zu, doch die war in der Zwischenzeit geflüchtet. »Na super, jetzt ist sie abgehauen.«

Daniel drückte meinen Arm ganz leicht und sagte in einem Tonfall, als müsse er ein tollwütiges Tier besänftigen: »Wir müssen nicht notwassern. Es wird nichts passieren. Du musst wirklich keine Angst haben.«

»Hab ich ja auch nicht. Ich fliege einfach nicht gern. Es ist mir unheimlich. Der Mensch ist nicht dazu bestimmt, sich in der Luft herumzutreiben.«

Daniel lachte leise. »Da spricht die Tochter eines Bootsbauers.«

Das Flugzeug setzte zurück, und mir blieb das Herz stehen. »Oh, verdammt.«

Er ließ meinen Arm los, um sich anzuschnallen. Die Stelle, an der er mich berührt hatte, fühlte sich plötzlich seltsam leer an.

»Und, hattest du ein schönes Wochenende?«, fragte Daniel im Plauderton.

»Danke, ja.« Ich klammerte mich mit beiden Händen an den Armlehnen fest. »Und du?«

»Auch. Was hast du unternommen?«

Die Maschine rollte langsam in Richtung Startbahn. Warum konnten wir nicht auf diese Art bis nach Stockholm fahren? Das wäre doch nett. »Ich war mit Freunden unterwegs. Und du?«

»Ich auch. Wir waren segeln.«

Ah. Das machte er also an seinen Wochenenden. »Wo denn?«

»Wir sind die Elbe rauf bis Cuxhaven.«

»Hast du ein eigenes Boot?«

Er zögerte einen Moment, dann sagte er: »Nein. Aber ein Freund von mir hat eins.«

Die Maschine hielt an und stand still, doch das Dröhnen der Triebwerke wurde lauter und lauter. »Was für eins?«

»Eine Beneteau Evasion 36.«

»Wow«, sagte ich beeindruckt.

»Na ja, sie ist Baujahr 78, und sie war in keinem besonders guten Zustand, als er sie gekauft hat. Aber wir haben sie wieder fit gemacht.«

Das Flugzeug fuhr auf die Startbahn, wurde schneller und schneller, und ich fühlte mich, als hätte mein letztes Stündlein geschlagen. Ich verstärkte den Griff um meine Armlehnen und schloss die Augen.

»Warum erzählst du mir nicht diese Geschichte von den Piraten und dem illegalen Glücksspiel?«, fragte Daniel.

»Was, jetzt?!« Mit einem Ruck setzte das Flugzeug vom Boden ab. Mein Herz raste unkontrolliert, und mir war so übel, dass ich hätte heulen können.

»Wieso nicht? Wir haben anderthalb Stunden Zeit bis Stockholm.«

»Aber ich ...« Die Maschine zitterte und wackelte Furcht einflößend. »Scheiße, wir stürzen ab!«

»Nein, tun wir nicht.«

»Und was, wenn doch?«, fragte ich kratzbürstig. »Dann ist ausgerechnet dein Gesicht das Letzte, was ich von dieser Welt sehe. Toller Abgang.« Kaum hatte ich die Worte ausgesprochen, taten sie mir auch schon leid. »Entschuldige, das war blöd.«

»Kein Problem«, sagte Daniel gelassen. »Wessen Gesicht würdest du denn gerne als letztes sehen?«

In meinem Hirn herrschte komplette Leere. Da war niemand. Kein Gesicht, kein Mensch, der mir so wichtig war, dass ich ihn mir in diesem Moment herbeiwünschte. Und das erfüllte mich für ein paar Sekunden mit noch viel größerer Panik, als dieser Flug es tat. Doch zum Glück hatte ich mich bald gefangen, und ich sah Christine, Toni und Max vor mir. Meinen Vater. Hanna. »Was ist denn das für eine Frage? Meine Familie natürlich. Und meine Freunde. Und du? Wessen Gesicht willst du als letztes sehen? Sandras?«

»Sarahs«, korrigierte Daniel.

»Also ihres?«

»Das habe ich nicht gesagt.«

Das Flugzeug flog eine Kurve und lag so schräg, dass ich befürchtete, es könnte jeden Augenblick eine Rolle machen. Ich schnappte nach Luft und konzentrierte mich schnell wieder auf das Gespräch mit Daniel. »Hast du das Foto von ihr inzwischen entsorgt?«

Er antwortete nicht.

»Das darf doch echt nicht wahr sein. Diese Frau ist Geschichte, du musst das endlich akzeptieren. Versuch es doch mal bei der Stewardess. Ich denke, bei der hättest du Chancen.«

»Prima«, sagte Daniel trocken. »Sobald die Anschnallzeichen aus sind, geh ich zu ihr und frag sie, ob sie mich heiraten will.«

»Du musst sie ja nicht gleich heiraten. Aber du könntest bei ihr landen.«

»Ach so. Um – wie sagtest du noch neulich – meine Freiheit zu genießen, nehme ich an?«

»Genau«, nickte ich. »Soll ich sie gleich noch mal wegen der Schwimmwesten ansprechen?«

»Oh nein, bitte nicht.«

»Aber du könntest dann so etwas sagen wie: ›Marie, lass die arme Frau in Ruhe, sie macht hier einen verdammt guten Job, und wenn wir notwassern müssen, wird sie wissen, was zu tun ist‹. Das gefällt ihr bestimmt, und du kriegst dafür einen Extrasnack und ihre Telefonnummer auf dem Plastikbecher mit Tomatensaft.«

»Du glaubst ernsthaft, dass ich für diesen lahmen Spruch ihre Telefonnummer bekomme?«

»Na ja. Du müsstest sie schon auch noch nett anlächeln oder so. Und ihr zuzwinkern. Ich glaub, da steht sie drauf.«

»Auf Zuzwinkern?«, fragte Daniel entsetzt. »Kein Mensch steht auf Zuzwinkern.«

»Die schon. Wetten?« Das Flugzeug flog durch eine dichte Wolkendecke und machte ein paar bedenkliche Hopser, und mein Herz hopste gleich mit. »Wie lang geht dieser blöde Flug denn noch?«

»Das ist nur Thermik«, sagte Daniel beruhigend. »Als würdest du mit dem Auto über eine holprige Piste fahren.«

»Das Auto befindet sich aber auf festem Grund und Boden«, sagte ich mit zittriger Stimme. »Wir sind in der Luft, wo wir definitiv nicht hingehören.«

Daniel musterte mich nachdenklich. »Na schön. Wetten wir.

Ich sage, dass deine lahme Nummer bei der Stewardess nicht zieht.«

»Einverstanden. Und was ist der Einsatz?«

»Ein Essen in der Hafenklause. Inklusive Getränke, natürlich.«

»Okay.« Ich hielt ihm meine Hand hin. »Schlag ein.«

Er ergriff meine Hand und schüttelte sie. »Au weia«, sagte er und schnalzte mitleidig mit der Zunge. »Die ist ja eiskalt.«

Erst jetzt wurde mir bewusst, wie wunderbar warm seine Hand sich anfühlte. Warm und stark und rau. Auch in seinen dunkelblauen Augen lag Wärme, und dieser Blick berührte etwas tief in meinem Inneren und weckte den Wunsch in mir, meine Hände zwischen Daniels zu verstecken, damit seine Ruhe und Wärme sich auf mich übertragen konnten. Hastig unterbrach ich unseren Blickkontakt und zog meine Hand weg.

Zum Glück fing in diesem Moment der Service an. »Gleich kommt sie«, flüsterte ich. Ein paar Minuten später hatte die Hinterngrabscherin uns mit dem Servicewagen erreicht. »Darf es für Sie etwas zu trinken sein?«, fragte sie abartig vergnügt.

»Für mich bitte einen Orangensaft«, sagte ich. »Und da wir ja vorhin leider unterbrochen wurden, würde ich gerne noch mal auf die Schwimmwestensituation zurückkommen.«

Ihre fröhliche Fassade bröckelte ein wenig. »Es tut mir sehr leid, aber ich habe momentan keine Zeit, mit . . .«

»Keine Zeit?«, unterbrach ich sie. »Das heißt also, wenn wir notwassern müssen, gehen wir alle drauf, weil Sie keine Zeit haben, eine simple Frage über Schwimmwesten zu beantworten?«

»Bitte schön, Ihr Orangensaft«, sagte die Stewardess, und ich meinte, einen scharfen Unterton aus ihrer Stimme herauszuhören. »Und ich kann Ihnen versichern, dass im sehr unwahrscheinlichen Fall der Fälle alles ganz geregelt ablaufen wird. Wir haben das schon etliche Male geübt.«

»Ach ja? Haben Sie das Szenario denn auch mit einhundertfünfzig Passagieren an Bord geübt? Da wird doch eine Massenpanik entstehen, und nur weil Sie so inkompetent sind ...«

»Marie, jetzt mach mal halblang«, schaltete Daniel sich planmäßig ein.

»Nein, sie hat recht«, ertönte eine Stimme hinter mir.

Ich drehte mich um und blickte direkt in die bösen Augen des älteren Arabers. »Ich habe auch nie verstanden, wie das mit den Schwimmwesten funktioniert«, sagte er in völlig akzentfreiem Deutsch.

»Ich auch nicht«, stimmte sein Terroristenkollege ihm – ebenfalls in astreinem Hochdeutsch – zu. »Man wird überhaupt nicht richtig informiert.«

Dankbar nickte ich den beiden zu und wandte mich dann wieder an die Hinterngrabscherin. »Da sehen Sie's. Wir fühlen uns alle alleingelassen mit unseren Sorgen und Ängsten.«

»Wenn wir schon mal beim Thema sind«, meldete sich der Jüngere der beiden Araber zu Wort. »Finden Sie nicht, dass die Tragfläche da draußen bedenklich wackelt? Da stimmt doch was nicht. Diese Maschine ist der reinste Schrotthaufen.«

»Das Flugzeug kommt gerade erst vom C-Check«, sagte die Stewardess und wirkte inzwischen reichlich genervt. Sie lehnte sich über mich und warf einen Blick aus dem Fenster, wobei sie Daniel so nahe kam, dass er sie problemlos hätte küssen können. »Mit der Tragfläche ist alles in Ordnung. Es ist ganz normal, dass sie sich in der Luft etwas bewegt.« Bevor sie sich wieder zurückzog, sah sie Daniel tief in die Augen.

Der nutzte seine Chance. »Ich kann mich nur für meine Kollegin entschuldigen. Sie hat große Flugangst, und die beiden Herren hinter mir scheinen sich auch nicht wohlzufühlen.« Er sah uns drei an, deutete auf die Stewardess und sagte: »Diese Frau macht einen verdammt guten Job, und ich bin mir sicher, dass wir bei ihr in den allerbesten Händen sind. Sie weiß ganz genau, was zu tun ist.« Mit einem charmanten Lächeln zwinkerte er ihr zu.

Die Araber sagten nichts mehr, und auch ich hielt meine Klappe. Mit angehaltenem Atem wartete ich auf die Reaktion der Stewardess.

Sie errötete leicht und hauchte: »Vielen Dank für Ihr Vertrauen. Was darf ich Ihnen denn zu trinken anbieten?«

»Einen Tomatensaft, bitte.«

Ich beobachtete, wie sie den Saft in einen Plastikbecher goss. »Salz und Pfeffer dazu?«

»Gerne.«

Als sie ihm den Becher reichte, berührten sich ihre Finger. Daniel lächelte und zwinkerte noch mal, und ich musste zugeben, dass ich bei diesem Lächeln – ohne das Zwinkern allerdings – womöglich auch schwach geworden wäre. Als Stewardess jedenfalls.

Sie zwinkerte zurück und ging mit ihrem Wagen weiter.

»Und?«, flüsterte ich. »Steht da irgendwo ihre Nummer?«

Er drehte seinen Becher und kontrollierte auch die Salz- und Pfeffertütchen. »Gar nichts«, sagte er triumphierend. »Und das bedeutet: Behnecke: Eins! Ahrens: Null! Du hast verloren. Oh, ich freue mich schon auf das Dinner in der Hafenklause. Feinster Seelachs und edelster Kümmelschnaps. Das wird ein Fest.«

»Ich habe nur verloren, weil du es mit deinem letzten Zwinkern wieder kaputtgemacht hast«, grummelte ich. »Das war einfach zu viel des Guten. Außerdem hast du dich auch nicht ganz genau an den Text gehalten.«

Daniel lachte. »Vergiss es. Ich hab sogar Tomatensaft bestellt, dabei hasse ich den fast noch mehr als Labskaus.«

»Tauschen wir?« Ich hielt ihm meinen unangetasteten O-Saft hin. Er nahm ihn mir ab und drückte mir stattdessen seinen Becher in die Hand. Ich stellte ihn auf das ausgeklappte Tischchen vor mir und gab ordentlich Salz und Pfeffer rein. »Du hast nicht mal einen Extrasnack gekriegt«, sagte ich enttäuscht.

»Nee. Wir haben zur Strafe gar keinen Snack gekriegt.«

Für den Rest des Fluges war ich damit beschäftigt zu analysieren, was genau schiefgelaufen war. Unsere leeren Becher wurden eingesammelt, und kurz darauf wurde schon durchgesagt, dass wir uns im Anflug auf Stockholm befanden. Zwanzig Minuten später landete die Maschine, und ich atmete erleichtert auf. Hurra, ich lebte noch. Und jetzt nichts wie raus hier. Kaum hatte die Maschine die Parkposition erreicht, sprang ich auf und öffnete die Gepäckablage. Daniel trat hinter mich, langte nach oben und holte mir ganz gentlemanlike meine Handtasche raus. Als wir kurz vor dem Ausgang an seiner Stewardess vorbeigingen, legte sie ihm eine Hand auf den Arm, um ihn zum Anhalten zu bewegen. »Vielen Dank für Ihre Unterstützung vorhin.« Sie sah ihm tief in die Augen und drückte ihm ein Zettelchen in die Hand. »Bis bald, hoffentlich.«

Meine Kinnlade klappte herunter.

Daniel blieb für ein paar Sekunden wie angewurzelt stehen und starrte auf den Zettel. »Äh ... danke. Tschüs.« Damit ging er weiter, und die Stewardess sah mich an. Das Lächeln verschwand von ihrem Gesicht.

»Vielen Dank. Bis zum nächsten Mal«, sagte ich freundlich.

Sie schnaubte. »Hoffentlich nicht.«

Daniel war schon weitergegangen, und ich lief ein paar Schritte, um zu ihm aufzuschließen. »Zeig her«, sagte ich und grabschte nach dem Zettel in seiner Hand.

Bea, 0178 394 056 848, call me, stand darauf.

»Das glaub ich jetzt nicht!«, rief ich und prustete los.

Daniel guckte immer noch ziemlich verdattert aus der Wäsche. »Ich auch nicht.«

»Oh, warte mal, da wäre ja noch abschließend zu klären, wer diese Wette gewonnen hat.« Ich blickte schräg nach oben und kräuselte die Lippen. »Wer könnte das denn wohl sein? Na? Wer hat gewonnen?«

»Eben noch ein nervöses Wrack, und kaum sind wir am Boden, hast du wieder eine große Klappe«, sagte er kopfschüttelnd.

»Weil ich gewonnen habe!«, rief ich. »Ahrens: Eins! Behnecke: Null! Katsching, einmal Labskaus und mindestens zwanzig Holsten und Schnäpse für lau!«

Die beiden Araber überholten uns und nickten mir freundlich zu.

Ich lächelte sie besonders nett an und spürte, wie sich mein schlechtes Gewissen regte. »Gute Weiterfahrt.«

»Danke«, sagte der Jüngere von beiden. »Wir müssen zum Glück für zwei Wochen nicht mehr fliegen.«

»Haben Sie es gut. Wir fliegen heute Abend zurück. Was machen Sie denn in Stockholm?«

»Meine Tochter besuchen.« Der Ältere kramte aus seiner Plastiktüte einen kleinen Stoffeisbär hervor. »Für meine Enkelin.«

Mein schlechtes Gewissen war kaum noch auszuhalten. »Oh, wie süß. Da wird sie sich bestimmt drüber freuen.«

Er strahlte mich an, legte seine Hand auf die Brust und verneigte sich leicht. »Ich hoffe es. Ma'a as-salama.«

»Tschüs«, sagte ich.

Die beiden bogen ab in Richtung Gepäckausgabe, während Daniel und ich den Ausgang ansteuerten.

»Wer hätte gedacht, dass du dich mal mit Terroristen verbünden würdest?«, meinte Daniel. »Er hat dir übrigens gerade Frieden gewünscht. Ich hoffe, du schämst dich.«

»Und wie«, sagte ich kleinlaut. »Aber immerhin habe ich es richtig interpretiert, dass sie vor dem Flug nervös waren.«

Wir gingen durch die Ankunftshalle, und auf einmal nahm ich einen köstlichen Duft nach Zimt und frischem Gebäck wahr. »Mmmh, ich rieche Kanelbullar.« Schnuppernd folgte ich dem Duft und landete vor einem Bäcker, bei dem ich uns ein paar Kanelbullar und zwei Kaffee zum Mitnehmen kaufte. Dann gingen wir nach draußen, um uns ein Taxi zu suchen. Stockholm begrüßte uns mit wunderschönem, sonnigem Juniwetter. Ich war noch nicht oft in Schweden gewesen, aber ich konnte mich noch gut daran erinnern, dass die Luft und vor allem das Licht hier ganz besonders waren. So hell und klar, und irgendwie ein bisschen unwirklich.

Auf der Fahrt zur Werft hatten wir reichlich Zeit, unsere Kanelbullar zu verspeisen und die wunderschöne Landschaft zu bestaunen. Wir fuhren durch schier endlose tiefgrüne Wälder und vorbei an Dutzenden dunkelblauen Seen mit felsigen Ufern. Wenn ich mich sehr anstrengte, meinte ich sogar, zwischen den Bäumen einen Bären oder Elch zu entdecken.

»Es tut so gut, mal was anderes zu sehen«, sagte ich versonnen. »Versteh mich nicht falsch, ich liebe Hamburg, aber ab und zu muss ich auch mal raus. Können wir nicht einfach den Termin schwänzen und einen Kurz-Kurz-Urlaub in Schweden machen?«

»Wir können versuchen, uns zu beeilen und hinterher noch spazieren gehen. Die Werft liegt wunderschön am Stockholmer Schärengarten.«

»Wir waren da mal segeln.« Bilder von mir und Christine tauchten vor meinem inneren Auge auf. Wie wir vom Boot aus ins Wasser gesprungen waren und auf kleinen, unbewohnten Inseln Blaubeeren gesammelt hatten. Mein Vater hatte uns Pfannkuchen gemacht und uns Geschichten von Bären und Elchen erzählt, woraufhin Christine und ich überall vergeblich nach ihnen Ausschau gehalten hatten. Seltsam, genau das hatte ich gerade eben auch wieder getan, aber mir war nicht bewusst gewesen, warum. »Da muss ich sechs oder sieben Jahre alt gewesen sein, also kurz nachdem meine ...« ›Mutter gestorben ist‹, wollte ich eigentlich sagen, doch ich unterbrach mich gerade noch rechtzeitig. »Christine war damals schon ein Teenie, aber sie hat trotzdem mit mir gespielt, als wäre sie noch ein kleines Mädchen«, sagte ich stattdessen. Ein weiteres Bild tauchte in meiner Erinnerung auf. In einer Nacht hatte ich nicht schlafen können, also war ich aufgestanden und an Deck gegangen. Dort oben hatte mein Vater gesessen, weinend, den Kopf in den Armen vergraben. Ich hatte zu ihm gehen, ihn trösten wollen. Aber ich war starr vor Angst und Schock gewesen. Irgendwann war ich leise zurück in meine Koje geschlichen, mit dem schrecklichen Gefühl, ihn im Stich gelassen zu haben. Ich hatte mich so unendlich hilflos gefühlt. Rückblickend betrachtet waren wir alle drei damals tief verstört gewesen, aber wir hatten nie darüber geredet. Bis heute nicht.

Ich wandte meinen Blick von der Landschaft ab und konzentrierte mich stattdessen auf meinen Kaffee, der inzwischen nur noch lauwarm war. »Warst du schon mal hier segeln?«, fragte ich Daniel im Plauderton.

Er sah mich prüfend an, wie er es so oft tat. Als würde er versuchen, hinter meine Fassade zu blicken. »Ja, vor fünf Jahren.«

»Mit deiner Ex?«

»Ja. Es war unsere erste Segelreise, aber es war nicht ihr Ding.«

»Bitte?«, fragte ich verblüfft. »Wie kann das nicht ihr Ding sein? Die Landschaft hier ist doch wunderschön.«

»Es war ihr zu kalt und zu nordisch. Sie mag das Mittelmeer lieber.«

Das Taxi fuhr durch ein Tor in eine lange Einfahrt und hielt schließlich vor einem fünfstöckigen Bürogebäude. Daniel bezahlte, wir stiegen aus und gingen langsam auf das Gebäude zu. Der neue Eingangsbereich der Ahrens-Werft war mir ja schon pompös vorgekommen, aber gegen dieses Glas- und Stahlmonstrum war er ein Witz. Daniel öffnete die Tür und ließ mich eintreten. Die Decke der Empfangshalle war gefühlt einen Kilometer hoch, und der Boden aus hellgrauem, glänzendem Granit ließ mich an Eis denken. Die hübsche Empfangsdame begrüßte uns auf Schwedisch, wovon ich allerdings nur ›Hej‹ verstand. Daniel stellte uns auf Englisch vor. »Wir haben einen Termin mit Arne Gustafsson und Olof Sjöberg.«

»Ich sage sofort Bescheid. Sie werden gleich abgeholt.«

Kurz darauf öffnete sich eine Fahrstuhltür, und zwei Männer traten heraus, formvollendet in Anzug und Krawatte. Einer war blond, blauäugig und groß. Er sah exakt so aus, wie man sich einen Schweden gemeinhin vorstellte. Der andere war klein und dunkelhaarig.

»Hallo, ich bin Olof Sjöberg«, sagte der Blonde, als er mir die Hand schüttelte. »Ich bin hier der Geschäftsführer.« Er deutete auf den dunkelhaarigen Mann. »Das ist Arne Gustafsson, er ist Projektmanager und hat bereits den Bau des Ocean-Cruiser-Prototyps betreut. Herr Behnecke und Ihre Schwester waren ja schon ein paarmal hier und kennen die Werft. Daher ist ein Rundgang wohl nicht unbedingt nötig, es sei denn, Sie möchten sich Ihr eigenes Bild machen.«

»Ja«, sagte ich. »Das möchte ich sehr gerne.«

»Gut. Dann führt Herr Gustafsson Sie herum. Ich schlage vor, dass Herr Behnecke und ich schon mal nach oben gehen, damit wir anfangen können, Technisches und Finanzielles zu besprechen.«

»Und ich schlage vor, dass Sie damit warten, bis ich mir Ihre Werft angesehen habe«, sagte ich und gab mir Mühe, meine Stimme freundlich klingen zu lassen.

Herr Sjöberg lächelte mich nachsichtig an. »Natürlich. Ich dachte nur, da Sie ja zu einem sehr späten Zeitpunkt in den Deal einsteigen und mit den Details wahrscheinlich noch nicht vertraut sind, wäre es ...«

»Keine Sorge, ich bin mit den Details vertraut.« Die Wahrheit war allerdings, dass ich mich noch keine Sekunde lang damit beschäftigt hatte. Aber das musste dieser Lackaffe von Sjöberg ja nicht wissen.

Herr Gustafsson und Herr Sjöberg tauschten einen Blick, den ich nicht deuten konnte. Schließlich sagte Daniel: »Ich schau mir die Werft auch gerne noch mal an. Also gehen wir doch alle zusammen.«

»Natürlich.« Herr Sjöberg gab sich geschlagen. »Möchten Sie erst noch ablegen?«

Die beiden führten uns in einen Besprechungsraum, der die Dimensionen einer Aula hatte. In der Mitte stand ein Konferenztisch, an dem locker dreißig Personen Platz nehmen konnten, und ich fragte mich, wieso man uns hierhergebracht hatte. So wie ich diesen Laden einschätzte, gab es mehrere Räume. Kleinere Räume, die einer Besprechung von vier Personen eher angemessen gewesen wären. Und irgendetwas sagte mir, dass sie uns mit dieser Geste ganz deutlich machen wollten, wer hier der Riese war und wer der Zwerg.

Die Führung durch die verschiedenen Produktionshallen bestätigte meinen ersten Eindruck. Alles war modern, sauber und effizient. An langen Produktionsstraßen wurden Luxusyachten im Akkord gebaut. Es gab keinen Herrn Kröger, der nur quer durch die Halle bölken musste, um sein Team um sich zu versammeln. Keine Frau Jacobs, die mindestens zweimal am Tag unter einem Vorwand in die Halle schlich, um ihren Schwarm Finn Andersen anzuhimmeln. Keinen Herrn Weinert, der jeden Lieferanten und jeden Kunden mit Vor- und Nachnamen kannte, ganz zu schweigen von den Booten, bei denen er wahrscheinlich jeder einzelnen Schraube einen Namen gab. Ich bezweifelte keine Sekunde, dass die Wallin-Werft gute Boote baute. Aber ich konnte mir einfach nicht vorstellen, dass hier ein Boot gebaut wurde, das den Namen Ahrens trug.

Nachdem der Rundgang beendet war, gingen wir zurück in den Besprechungsraum, wo wie von Zauberhand köstlich garnierte belegte Brote und Kaffee auf dem Tisch standen. Herr Gustafsson zeigte uns an einer Computersimulation einige technische Verbesserungen für den Ocean Cruiser, die die Produktionskosten herunterschrauben würden. Als er seine Erläuterungen beendet hatte, übernahm Herr Sjöberg und zeigte anhand einer Powerpoint-Präsentation die Eckdaten des Angebots. Es war meines Erachtens längst nicht so gut wie das von Jankowski, und für mich war die Sache ganz klar. Daniel ließ den Vortrag mal wieder scheinbar ungerührt über sich ergehen. Er schrieb hier und da etwas mit, und als ich auf seinen Block spickte, erkannte ich, dass er Rechnungen anstellte.

»Mittelfristig könnten wir uns auch noch andere Modelle einer Zusammenarbeit vorstellen«, beendete Herr Sjöberg seinen Vortrag. »Ein Investment in Ihr Unternehmen wäre für uns interessant, und für Sie wäre es sicherlich auch von Vorteil, einen starken Partner wie uns an Ihrer Seite zu wissen. Sie führen ein gut florierendes Unternehmen, Ihre Boote sind erstklassig. Wir sehen da großes Potenzial.«

Ich stellte mein Wasserglas mit einem lauten Knall auf den Tisch. »Und an was für eine Art von Investment denken Sie dabei?«

Herr Sjöberg lächelte. »Es ist noch nicht der Zeitpunkt, um über Zahlen zu reden. Wir möchten Ihnen nur jetzt schon signalisieren, dass unser Interesse an einer Zusammenarbeit wirklich sehr groß ist. Eine Unternehmensbeteiligung wäre für uns durchaus denkbar.«

Mein Magen zog sich zusammen, und ich spürte, wie alles in mir gegen diesen Gedanken rebellierte. Ich warf einen Seitenblick auf Daniel, doch er hatte immer noch sein Pokerface aufgesetzt, und ich konnte nicht einschätzen, wie er diese Sache sah. Er legte seinen Kugelschreiber beiseite. »Das ist auf jeden Fall ein sehr interessanter Gedanke, Herr Sjöberg. Wir werden das alles noch mal mit Herrn Ahrens besprechen, und dann melden wir uns bei Ihnen.«

Am liebsten wäre ich sofort aufgesprungen und abgehauen, doch wir palaverten noch endlos weiter über Zahlen, Daten und Fakten des Ocean Cruisers. Nach zwei weiteren Stunden kehrte endlich Aufbruchstimmung ein. Herr Sjöberg und Herr Gustafsson sagten am Empfang Bescheid, dass wir ein Taxi benötigten, dann geleiteten sie uns nach unten. Sie warteten nicht mit uns zusammen, was ich irgendwie unhöflich fand, sondern verabschiedeten sich und verschwanden im Aufzug.

Daniel warf einen Blick auf die Uhr. »Wir hätten noch eine Stunde Zeit für einen Spaziergang. Hast du Lust?«

Eine Stunde im Flughafengebäude sitzen und auf die Maschine glotzen, in die ich gleich einsteigen musste oder eine Stunde lang durch Schweden spazieren? »Natürlich habe ich Lust.«

»Ich auch.« Daniel sagte der Empfangsdame Bescheid, dass

wir das Taxi erst in einer Stunde benötigten, und dann verließen wir endlich dieses kalte Eisloch von Wallin-Werft.

Wir folgten dem Weg, den die Empfangsdame vorgeschlagen hatte, und waren schon nach ein paar Minuten an der Küste. Wie immer, wenn ich das Meer sah, wurde mir automatisch leichter ums Herz. Was für ein wunderschöner Anblick das war. Ich sah graue Felsen, grüne Bäume und Büsche, rote und gelbe Schwedenhäuser und endlos viele winzig kleine Inselchen. Die felszerklüftete Küste erstreckte sich scheinbar endlos vor uns, und das Meer leuchtete tiefblau. Für ein paar Sekunden schloss ich die Augen, um nur die salzige Luft einzuatmen, dem Plätschern der Wellen zu lauschen und den Wind in meinem Haar und auf meiner Haut zu spüren. Dann öffnete ich sie wieder und war geradezu überwältigt von diesem traumhaften Fleckchen Erde. »Ich kann gar nicht glauben, dass ich tatsächlich in Schweden bin. Und ich kann nicht glauben, dass ich nur eine Stunde habe, um das zu genießen.« Ich seufzte tief. »Aber immerhin. Eine Stunde ist besser als nichts.« Ich zog mein Jackett aus und warf es achtlos auf einen Felsen, schlüpfte aus meinen Schuhen und krempelte meine Hosenbeine hoch. Anschließend kletterte ich über die Felsen zum Meer und hielt vorsichtig einen Zeh ins Wasser. Es war eiskalt. Trotzdem tauchte ich meinen ganzen Fuß ein und stellte mich schließlich mit beiden Beinen ins Meer. »Das Wasser ist herrlich!«, rief ich Daniel begeistert zu. »Los, sei kein Feigling und komm her.«

Er lachte und zog sich ebenfalls seine Schuhe und Socken aus, um sich zu mir zu gesellen.

»Ich würde so gerne schwimmen gehen«, sagte ich sehnsüchtig. »Christine und ich sind damals immer vom Boot aus ins Meer gesprungen. Aber dass es so kalt ist, hatte ich vergessen. Und auch, dass es so schön hier ist.«

»Wenn wir das nächste Mal hierherkommen, bleiben wir unter einem Vorwand über Nacht und fliegen erst am nächsten Abend nach Hause. Wir machen einfach einen Tag blau. Das dürfte doch genau in deinem Sinne sein«, sagte Daniel grinsend und spritzte mit einem Fuß ein bisschen Wasser in meine Richtung.

Ich streckte ihm die Zunge raus, doch dann sagte ich ehrlicherweise: »Ist es auch. Aber ich kann mir kaum vorstellen, dass das in *deinem* Sinne ist.«

»Hältst du mich für einen Workaholic?«

Nachdenklich sah ich ihn an. ›Meerblau‹, fiel mir plötzlich auf. Seine Augen waren so blau wie das Meer. Wahrscheinlich mochte ich sie deswegen so sehr. »Ich weiß nicht. Irgendwie schon.«

»Bin ich aber nicht. Klar, seit Christine weg ist, habe ich extrem viel am Hals. Es ist gewöhnungsbedürftig, allein für alles verantwortlich zu sein. Ich arbeite viel, aber es gibt durchaus andere Dinge in meinem Leben.«

»Welche denn?«

»Ich segle, ich bastle an Booten rum, am Wochenende spiele ich mit meinen Kumpels Fußball im Park, oder wir gehen ins Stadion. Außerdem gibt es da noch diesen Skatabend zweimal im Monat, auf den ich nichts kommen lasse. Ich habe eine ziemlich große, nervige, aber nette Familie. Und Freunde. Die im Grunde genommen auch nervig, aber nett sind.«

Das klang irgendwie ... schön. »Ich kann Skat spielen«, informierte ich Daniel und fragte mich gleich darauf, warum ich das gesagt hatte.

Daniel lachte. »Ehrlich?«

»Klar. Das haben meine Großeltern mir beigebracht. Wir haben stundenlang Skat gekloppt.«

Für den Rest unseres Spaziergangs redeten wir nicht viel,

sondern wateten in einträchtigem Schweigen mit den Füßen durchs Meer. Etliche Male rutschten wir auf den glitschigen Felsen aus, aber wie durch ein Wunder schafften wir beide es, nicht reinzufallen. Ich sog alles in mich auf und prägte mir jede Einzelheit von unserem Mini-Kurzurlaub ein, um mich später immer daran erinnern zu können. Das Meer, die Luft, das Licht, die Farben und die verrückten Wolkenformationen, die den Eindruck entstehen ließen, der Himmel wäre hier höher als irgendwo sonst auf der Welt. Und Daniel, der mir gelegentlich die Hand reichte, um mir über einen Felsen zu helfen, was jedes Mal ein Kribbeln in meinem Bauch hervorrief. Später würde ich das aus meinen Erinnerungen streichen, weil es nicht gut für mich war und weil es mich zutiefst beunruhigte, dass er dieses Kribbeln auch dann in mir hervorrief, wenn ich keinen einzigen Tropfen Kümmelschnaps intus hatte. Aber jetzt und hier, für diese eine Stunde in Schweden, wollte ich es einfach nur genießen.

Als wir im Taxi saßen und zum Flughafen fuhren, wurde ich richtig wehmütig. Ich schaute rüber zu Daniel, der auf dem Display seines Handys tippte. »Das war schön.«

Er sah auf und lächelte mich an. »Ja. Finde ich auch.«

Für eine Weile blickte ich aus dem Fenster und je näher wir dem Flughafen kamen, desto mehr nahm die graue Realität wieder von mir Besitz. »Die Besprechung fand ich allerdings weniger schön. Irgendwas gefällt mir an den Schweden nicht.«

Daniel steckte sein Handy in die Tasche seines Jacketts. »Was denn? Es war nicht in Ordnung, dass sie ohne dich anfangen wollten, aber ansonsten lief doch alles gut.«

»Es passt einfach nicht. Ich kann mir nicht vorstellen, dass dort eine Ahrens-Yacht gebaut wird. Der Ocean Cruiser an sich passt schon nicht, die Wallin-Leute noch weniger.«

»Ich weiß, dass du den Ocean Cruiser nicht magst. Aber damit ist nun mal ein Haufen Kohle zu verdienen.«

»Ja, aber ich kann einfach den Sinn darin nicht erkennen, ein Boot zu bauen, auf dem nur Ahrens draufsteht, das aber kein Ahrens-Boot ist. War das vorhin eigentlich dein Ernst? Du findest den Gedanken einer Unternehmensbeteiligung interessant?«

»Ja, klar«, sagte er, als wäre das völlig selbstverständlich.

Fassungslos sah ich ihn an. »Willst du dir wirklich von denen reinreden lassen? Die werden alles ändern wollen, guck dir deren Laden doch mal an. Und mein Vater? Will er das auch? Ich kann mir nicht vorstellen, dass das in seinem Sinne ist.«

»Denkst du etwa, ich würde das über seinen Kopf hinweg entscheiden?« Daniel sah aus dem Fenster, und ich dachte schon, das Thema wäre für ihn erledigt, doch dann wandte er sich wieder zu mir. »Wir stecken fest. Die Umsätze stagnieren, und das ist ein Zeichen dafür, dass es so nicht weitergehen kann. Die Schweden haben eine Menge Know-how und Kontakte, die uns nützen können. Dass sie bei uns einsteigen, wäre das Beste, was uns passieren kann.«

»Aber ausgerechnet diese Wallin-Leute«, murrte ich. »Die sind so eiskalt, für die ist das alles doch nur ein Geschäft, und die Boote sind Massenprodukte wie Autos oder Fahrräder.«

»Es *ist* ein Geschäft. Und die Boote *sind* Produkte, die wir verkaufen müssen, wenn wir das Geschäft am Laufen halten wollen. Du siehst das alles viel zu emotional. Letzten Endes geht es um Kohle und um nichts anderes.«

»Dann bist du also nur Schiffsbauingenieur geworden, weil man da ordentlich was verdienen kann? Und du schraubst in deiner Freizeit an Booten rum, weil sie nur Produkte sind?«

»Das ist doch albern, Marie«, sagte er, und inzwischen klang eine deutliche Gereiztheit aus seiner Stimme heraus. »Natürlich *mag* ich Boote. Aber das sind nicht meine Babys, sie sollen einfach nur Geld einbringen, und zwar möglichst viel. Was ich in meiner Freizeit mache, hat damit überhaupt nichts zu tun.«

»Mir gefällt das nicht«, sagte ich störrisch.

»Das ist mir durchaus klar. Aber glaub mir, wir brauchen den Ocean Cruiser.«

Ich hatte nicht vom Ocean Cruiser geredet. Sondern von Daniel. Andererseits war ich auch ganz froh, denn jetzt würde es bei mir in seiner Gegenwart garantiert nie wieder kribbeln. Ein eiskalter Geschäftsmann konnte nun wirklich keine warmen Gefühle in mir aufkommen lassen. Da konnte er noch so blaue Augen haben und noch so sehr einen auf nett machen und mir die Türen aufhalten und mich zum Lachen bringen.

Toni und Max lagen schon im Bett, als ich um neun Uhr abends endlich in Christines Haus ankam. Im Flur kickte ich meine Schuhe von den Füßen, hängte mein Jackett über die Treppe und warf meine Handtasche achtlos auf den Boden. Doch dann machte ich auf dem Absatz kehrt, und räumte alles fein säuberlich dahin, wo es hingehörte. Anschließend ging ich durch die offene Terrassentür in den Garten. Christine hatte es sich auf ihrer Stammliege bequem gemacht, und obwohl es ein warmer Frühsommerabend war, lag sie unter einer Kuscheldecke.

»Hey, Christinchen«, begrüßte ich sie und ließ mich auf die benachbarte Liege fallen. »Mann, war das ein Tag, ich dachte, der geht nie zu Ende. Bei dir alles gut?«

»Natürlich. Es könnte gar nicht besser sein«, sagte sie so scharf, dass ich Angst hatte, meine Gehörgänge könnten ruiniert werden. »Gesundheit und eine funktionierende Ehe werden ja völlig überbewertet.«

Natürlich. Ich hatte es doch gewusst. Sie hatte den Robert-ist-weg-Blues. »Tut mir leid. War 'ne blöde Frage.«

»Allerdings. Robert hat übrigens erzählt, du hättest ihm gedroht, dass er es mit dir zu tun kriegt, wenn er mir und den Kindern noch mal wehtut.« Sie setzte sich mühsam auf. »Bist du völlig bescheuert geworden? Wie stehe ich denn jetzt da?«

»Du?«, fragte ich verwirrt. »Wieso du? *Ich* hab das doch gesagt.«

»Aber du bist weder meine Leibwächterin noch die meiner Kinder«, stieß sie hervor. Dann atmete sie laut aus und fuhr in ruhigerem Tonfall fort: »Es ist ja süß, dass du so auf uns aufpasst, aber misch dich bitte nicht in meine Ehe ein. Okay?«

»Es tut mir leid, aber es kotzt mich einfach an, dass Robert alle paar Wochen hier auftaucht und einen auf heile Welt macht, nur um euch dann doch wieder allein zu lassen.«

»Soll er seine Kinder denn gar nicht mehr sehen? Soll er einfach aus ihrem Leben verschwinden? Guck dir doch mal an, wie verkorkst wir sind, weil Mama gestorben ist – Papa, du und ich, wir alle! Toni und Max brauchen ein bisschen heile Welt, momentan mehr als alles andere. Und ich brauche das auch.«

Ich schaute in den abendlichen Himmel, der sich allmählich orange und rot färbte. »Ich bin nicht verkorkst.«

»Ach Marie, du bist genauso verkorkst wie Papa und ich. Du warst damals sechs, du konntest einfach nicht verstehen, wieso Mama auf einmal nicht mehr da war. Du hast jeden Tag mindestens zwanzigmal nach ihr gefragt. Jeden Tag saßt du stundenlang vor der Tür und hast auf sie gewartet, du warst nicht dort wegzukriegen. Aber sie ist nicht wiedergekommen, und das hat dir das Herz gebrochen.«

Vollkommen starr vor Schreck saß ich da. »Daran kann ich mich gar nicht mehr erinnern.«

Christine verbarg das Gesicht in den Händen und fing an zu

schluchzen. »Du warst noch so klein, ich konnte es dir einfach nicht erklären. Und Papa hat nur noch gearbeitet. Es wurde erst besser, als Oma und Opa zu uns gezogen sind.«

Ich ging zu ihr und legte mich neben sie, um sie in den Arm zu nehmen. Wir lagen lange schweigend und aneinandergekuschelt da, und ich wünschte mir so sehr, dass ich sie trösten könnte. Allmählich wurde es dunkel um uns herum, und Christine fing unter ihrer Decke an zu zittern. »Ich muss in letzter Zeit oft an Mama denken.«

Ich sagte nichts dazu, denn ich wusste beim besten Willen nicht, was ich hätte sagen können. Ich wollte nicht an meine Mutter denken, und meistens tat ich es auch nicht. Denn es tat viel zu weh, an sie zu denken und dabei zu merken, dass ich kaum noch wusste, wie sie gewesen war.

»Ich meine«, fuhr Christine zögerlich fort. »Du warst damals etwa im gleichen Alter wie Toni und Max. Und wenn ich sterben sollte, dann ...« Ihre Stimme wurde zittrig und war kaum noch zu hören. »... werden sie mich vielleicht vergessen, so wie du Mama vergessen hast.«

Ich fuhr heftig zusammen, so sehr trafen mich ihre Worte. Tränen schossen mir in die Augen, und ich musste mir alle Mühe geben, sie zurückzuhalten. »Du wirst nicht sterben, also lass diesen Unsinn«, sagte ich so fest wie möglich. »Und ich habe Mama nicht vergessen. Wie kannst du so was sagen? Ich kann mich nur kaum an sie erinnern, und das ist nicht allein meine Schuld.«

»Ich weiß.« Christine kuschelte sich noch enger an mich. »Tut mir leid. Mir geht es doch ähnlich, dabei durfte ich sie sieben Jahre länger kennen als du. Papa hätte mehr mit uns über sie reden müssen. Aber er war einfach völlig überfordert und viel zu streng. Manchmal denke ich, dass sein Herz mit Mama gestorben ist. Kannst du dich noch daran erinnern, dass er immer ›Ein Indianer kennt keinen Schmerz‹ zu uns gesagt hat, wenn wir geweint haben?«

Ich schüttelte stumm den Kopf.

»Na ja, er wusste es wahrscheinlich einfach nicht besser. Das hat er bestimmt auch von seinem Vater zu hören gekriegt, wenn er geweint hat. Falls ich sterbe, bin ich mir sicher, dass Robert das besser hinkriegen wird. Jedenfalls habe ich ihm gesagt, dass er so viel wie möglich mit Toni und Max über mich sprechen soll.«

»Hör auf damit«, sagte ich scharf, und meine Trauer wich allmählich einer kalten Wut. »Du wirst nicht sterben, okay? Das kommt überhaupt nicht infrage.«

Christine richtete sich auf und sah mich aus tränenverquollenen Augen an. »Keine Sorge, ich habe es nicht vor. Aber ich kann auch nicht einfach darüber hinwegsehen, dass diese Krebsgeschichte möglicherweise kein Happy End haben wird.«

Ich nahm ihr Gesicht in beide Hände und sagte langsam und deutlich: »Aber solange das nicht bombensicher ist, solltest du dich ausschließlich darauf konzentrieren, wieder gesund zu werden. Verschwende deine Energie nicht mit solchen Gedanken, und steigere dich da vor allem nicht rein.«

Christine schlang ihre Arme um meinen Hals und drückte mich fest an sich. »Du hast recht«, sagte sie leise. »Aber das ist manchmal ganz schön schwer.«

Christine ging bald darauf ins Bett, während ich noch eine Weile im Garten blieb und in den Nachthimmel hinaufsah. In letzter Zeit wurden ständig Erinnerungen und lang vergessene Gefühle hochgespült, die mich zusammen mit Christines Krankheit und der permanenten unterschwelligen Angst um sie, allmählich porös machten. Und ich musste höllisch aufpassen, dass meine Oberfläche nicht irgendwann unter dem Druck zerriss.

Eine Diva in Nöten

Ich war wie üblich ziemlich spät dran, als ich am nächsten Morgen im Büro ankam. »Moin, Frau Brohmkamp«, begrüßte ich sie. »Hatten Sie ein schönes Wochenende?«

»Danke, ja. Wie war es in Schweden?«

Einen Moment lang zögerte ich. »Interessant, würde ich sagen.«

Ich war schon fast in Christines Büro verschwunden, da rief Frau Brohmkamp mir nach: »Ach, Frau Ahrens, den Termin mit Herrn Wolf haben Sie noch im Kopf?«

Selbstverständlich hatte ich diesen Termin *nicht* mehr im Kopf, und ich wusste genau, dass Frau Brohmkamp wusste, dass ich es nicht mehr wusste. Aber jetzt fiel es mir wieder ein. Er wollte heute hier vorbeikommen, um seine Diva abzuholen.

»Ach ja. Heute Mittag um zwölf, richtig?«

»Um halb zwölf.«

»Genau. Halb zwölf. Vielen Dank.« Ich ging in Christines Büro, wo ich mich an den Schreibtisch setzte, die Schuhe auszog und die Nummer meines Vaters wählte. Nach nur zweimal Klingeln meldete er sich. »Hallo, Marie. Wie war es in Schweden?«

Typisch. Mein Vater und ich hielten uns bei unseren Telefonaten nie großartig mit Smalltalk auf.

»Hallo, Papa. Zum Thema Schweden komme ich gleich«, sagte ich. »Erst mal möchte ich mit dir über die Jankowski-Werft reden.« Ich griff nach einem Kuli und meinem Notizblock, um Nikolaushäuser darauf zu zeichnen. »Warum wurden die Polen darum gebeten, ein Angebot abzugeben, wenn ihr euch doch im Grunde genommen schon längst für die Schweden entschieden habt?«

»Es wäre falsch, nur auf ein Pferd zu setzen, solange die Verhandlungen mit Wallin noch nicht abgeschlossen sind.«

»Verstehe. Sie sind also nur auf der Ersatzbank, falls mit Wallin etwas schiefgeht. Okay, aber die Jankowski-Leute waren ja am Freitag da, und ich habe einen sehr positiven Eindruck von ihnen. Ihr Angebot war sehr gut. Wenn du mich fragst, sollten wir Jankowski...«

»Dich fragt aber niemand«, sagte mein Vater barsch. »Wir erhoffen uns einiges von Wallin.«

Ich ließ meinen Kuli fallen und verstärkte den Griff um den Telefonhörer. »Du weißt es wahrscheinlich schon, aber sie haben gestern angedeutet, dass sie sich eine Unternehmensbeteiligung vorstellen können.«

»Ja, das weiß ich, und das ist wirklich ein sehr schöner Erfolg. Genau darauf haben wir spekuliert.«

»Papa, ich verstehe das nicht. Willst du dir ernsthaft von denen reinreden und vorschreiben lassen, wie du deine Werft zu führen hast?«

Mein Vater schwieg eine Weile, und ich konnte hören, wie er auf die Terrasse trat, denn im Hintergrund schrien ein paar Möwen. »Behnecke hat mir bereits gesagt, dass du darüber nicht gerade glücklich bist, aber das ist nicht dein Problem. Also zerbrich dir nicht weiterhin meinen Kopf.«

Ich schlug mit der Hand auf die Tischplatte und rief: »Hör auf, so mit mir zu reden! Du bist also wirklich hundertprozentig davon überzeugt, dass es Wallin sein soll?«

»Ja.«

»Dann sag mir, in welcher Höhe du dir eine Beteiligung vorstellen kannst. Zwanzig Prozent? Fünfzig?«

Mein Vater stieß laut die Luft aus, und als er mir endlich antwortete, klang er unendlich müde. »Ich weiß es nicht, Marie. Warten wir doch erst mal ab, was sie uns anbieten.«

Ich rieb mir die Stirn und versuchte, die dahinter rasenden Gedanken zu ordnen. »Ist die Firma finanziell in Schwierigkeiten?«

»Nein. Die Geschäfte könnten etwas besser laufen, aber sie laufen seit drei Jahren immerhin konstant.«

Etwas Ähnliches hatte Daniel auch gesagt. Warum nur wurde ich das Gefühl nicht los, dass die beiden mir etwas verschwiegen? »Na schön. Das heißt also, alles, was mit den Schweden verhandelt wird, ist absolut in deinem Sinne?«

»Wallin ist das Beste, was uns passieren kann«, sagte mein Vater. »Aber ich bin froh, dass du mich das fragst. Wie geht es Christine?«

»Es geht. Ab Mittwoch bekommt sie ein anderes Medikament und muss nur noch alle zwei Wochen zur Chemo. Ich hoffe, es wird dann besser mit den Nebenwirkungen.«

»Ja, das hoffe ich auch.« Nach einer kleinen Pause fragte mein Vater: »Braucht ihr Hilfe? Soll ich wirklich nicht vorbeikommen?«

»Nein«, sagte ich schnell. »Wir kriegen das hin, Papa. Ich muss jetzt Schluss machen, okay? Mach's gut.«

Nachdem wir aufgelegt hatten, blieb ich lange reglos sitzen und starrte aus dem Fenster. Dann atmete ich tief durch, hob mein Kinn in die Höhe und ging in Frau Brohmkamps Vorzimmer. »Ich brauche bitte alle Unterlagen zu den Verhandlungen mit der Wallin-Werft.«

Frau Brohmkamp sah mich verdattert an. »Die Akten sind bei Herrn Behnecke. Aber es tut mir leid, Frau Ahrens, das sind ziemlich vertrauliche Unterlagen, und ich weiß nicht, ob er möchte, dass Sie ...«

»Ich will diese Akten sehen«, sagte ich bestimmt.

»Gut. Dann kümmere ich mich darum.«

»Danke, das ist nett.« Ohne ein weiteres Wort ging ich zu Frau Böhm und Frau Sieve in die Buchhaltung. »Sagen Sie, wo finde ich eigentlich die Jahresabschlüsse von 2012 bis heute? Und sämtliche Unterlagen, die dem Wirtschaftsprüfer übermittelt wurden.«

Die beiden tauschten einen Blick. »Wozu brauchen Sie die denn?«, fragte Frau Böhm misstrauisch.

»Ich will sie mir einfach ansehen.«

»Die Akten sind in Ihrem ... also, im Büro Ihrer Schwester«, erklärte Frau Sieve. »Aber der Schrank ist abgeschlossen, und Herr Behnecke hat den Schlüssel.«

Innerlich stöhnte ich auf. War ja klar.

»Das sind hochvertrauliche Unterlagen, da müssen wir ihn sowieso erst fragen, ob Sie die einsehen dürfen«, fügte Frau Böhm hinzu. »Selbst wenn wir wüssten, dass er den Schlüssel in seiner obersten Schreibtischschublade aufbewahrt.«

Moment mal. Wollte sich da etwa jemand mit mir verbünden? Das war ja süß. »Vielen Dank, Frau Böhm«, sagte ich gerührt. »Aber ich habe nicht vor, den Schlüssel zu klauen. Sollte ich Herrn Behnecke allerdings jemals etwas klauen wollen und dafür Komplizinnen brauchen, weiß ich ja jetzt, an wen ich mich wenden kann.«

Frau Böhm lachte und hob eine Faust. »Team Weiß für immer!«

Ich nickte den beiden noch mal zu, dann machte ich mich auf den Weg zu Daniel. Zu meinem Ärger fing es in meinem Magen an zu kribbeln, als ich ihn an seinem Schreibtisch sitzen sah. Diese dämlichen Schmetterlinge hatten offensichtlich noch nicht mitgekriegt, dass ich mich von ihm nicht mehr durcheinanderbringen lassen wollte. »Ich brauche den Schlüssel zu dem Schrank, in dem die Jahresabschlüsse und Unterlagen für den Wirtschaftsprüfer gesammelt werden. Ich hab gehört, der ist bei dir.«

»Stimmt, ist er. Frau Brohmkamp war gerade schon hier und hat gesagt, dass du auch gern die Wallin-Akten hättest.«

»Ich weiß, das sind alles vertrauliche Dokumente, aber ...«

»Nein, schon in Ordnung.« Daniel kramte in seiner Schublade und kam auf mich zu. Dicht vor mir blieb er stehen, sodass ich meinen Kopf in den Nacken lehnen musste, um ihn ansehen zu können. Er drückte mir den Schlüssel in die Hand und legte meine Finger darum. »Vertraust du mir nicht, Marie?«

Mein Herz schlug schneller, und die Stelle, die er berührte, prickelte wie verrückt. »Doch. Ich will mir nur ein eigenes Bild machen. Wenn mein Vater dazu bereit ist, ein anderes Unternehmen in seine heiß geliebte Werft einsteigen zu lassen, will ich das verstehen. Die Infos, die ich von ihm und dir bekommen habe, reichen mir nicht.«

Daniel schwieg eine Weile, dann sagte er: »Okay. Das ist dein gutes Recht.« Er hielt immer noch meine Hand fest und sah mich mit diesem intensiven Blick an, der mich jedes Mal aus dem Gleichgewicht brachte. Ich wollte, dass er losließ, damit ich mich wieder konzentrieren konnte und mein Atem sich wieder beruhigte. Ich wollte Abstand zwischen uns schaffen, am besten ein paar Kilometer. Doch ich rührte mich keinen Millimeter von der Stelle.

In diesem Moment wurde die Tür aufgestoßen und Frau Brohmkamp polterte herein. »Herr ... Frau Ahrens!«

Daniel und ich fuhren auseinander, als hätte sie uns beim unerlaubten Knutschen im Schullandheim erwischt.

Frau Brohmkamp war völlig außer Atem und hochrot im Gesicht. Ihr Blick flog zwischen Daniel und mir hin und her.

»Was ist denn los?« Ich ging zu ihr und legte ihr eine Hand auf die Schulter. »Sie sind ja völlig außer sich.«

»Große Katastrophe! Sie ... müssen unbedingt ...«, japste sie. »Der Kran ... Herr Wolf ...«

Es war gar nicht nötig, dass sie weiterredete. Daniel und ich liefen schon los, über den Flur, die Treppen hinunter, und ich fragte mich panisch, was Herrn Wolf Schreckliches zugestoßen sein mochte. Wir rannten durch die Eingangshalle über den Innenhof in Richtung Marina, und schon von Weitem erkannte ich, dass nicht Herr Wolf einen furchtbaren Unfall gehabt hatte, sondern seine Diva. Schon wieder. Mir fiel ein Stein vom Herzen, doch dann waren wir am Ort des Geschehens angekommen, und mit einem Schlag wurde mir das Ausmaß der Katastrophe bewusst.

»Ach du Scheiße!«, rief ich aus. Ich hatte im Laufe meiner Kindheit und Jugend auf der Werft ja schon einiges erlebt, aber das übertraf alles um Längen. Die sage und schreibe neunzig Jahre alte wunderschöne Diva von Herrn Wolf hing im wahrsten Sinne des Wortes in den Seilen. Allerdings nur in den hinteren. Denn die vorderen Gurte waren offenbar gerissen, als irgendjemand versucht hatte, die Diva mit Hilfe des Krans zurück ins Wasser zu befördern. Prompt war das Boot mit dem Bug voran aus einem Meter fünfzig Höhe auf den Betonboden geknallt. Es war ein furchtbarer Anblick: Das Heck noch in den hinteren Gurten in der Luft, der Bug auf dem Boden aufgeschlagen. Ich konnte die arme Diva förmlich stöhnen und jammern hören. Daneben stand Finn Andersen mit leichenblassem Gesicht.

»Kiek di dat an«, hörte ich Herrn Larsen ausstoßen, der in diesem Moment herbeigeeilt kam. »Koppheister vun Kraan op Plaster.«

Allmählich kam wieder Leben in mich, und ich nahm auch

noch andere Dinge wahr als die Diva. Inzwischen hatte sich die gesamte Belegschaft rund um den Kran versammelt, und alle schauten fassungslos auf die Unfallstelle. Finn Andersen klapperte mit den Zähnen, obwohl es mindestens fünfundzwanzig Grad waren. »Es tut mir leid. Es tut mir so leid«, stammelte er.

Ich atmete ein paarmal tief durch. »Also gut«, sagte ich schließlich. »Wie zur Hölle ist das passiert?«

Finn Andersen trat einen Schritt auf mich zu. In seinen Augen glänzten Tränen, und er konnte mich kaum ansehen. »Der Gurt ist gerissen. Er ist einfach gerissen, und dann ... patsch.«

»Wir müssen sie hochheben«, sagte Daniel, der anscheinend auch aus seiner Schockstarre erwacht war. »Herr Larsen, wir brauchen andere Gurte, nach Möglichkeit mindestens drei Nummern stärkere als diese dünnen Dinger da.«

Herr Larsen hastete davon, während Daniel und Herr Kröger sich am Kran zu schaffen machten.

Ich wandte mich wieder an Finn Andersen. »Haben Sie den Kran bedient?«

Er nickte.

»Allein? Ohne Aufsicht?«

Erneutes Nicken. »Ich war mir sicher, dass die Gurte stark genug sind. Bislang ist noch nie was schiefgegangen.«

Bislang? Dann hatte er das also schon öfter gemacht? Mir lag eine scharfe Antwort auf der Zunge, doch sein Kinn zitterte, und er sah so kreuzunglücklich aus, dass er mir plötzlich leidtat. Ich schluckte meinen Ärger runter und klopfte Finn auf die Schulter. »Ist ja gut. Jetzt setzen Sie sich erst mal und ... keine Ahnung, rauchen Sie eine. Obwohl, nein, besser nicht rauchen«, fügte ich schnell hinzu.

Wie aus dem Nichts tauchte Nele Jacobs auf, legte ihm einen Arm um die Taille und führte ihn zu einem Poller. Er setzte sich und verbarg den Kopf in den Händen, während sie ihm behutsam über den Rücken strich.

»Wir sollten das besser fotografieren, bevor die Diva wieder angehoben wird«, fiel mir ein. »Für die Versicherung.«

Die Hälfte der Belegschaft zückte umgehend ihre Handys, und ein wildes Fotoshooting begann. »Und wenn ich später auch nur eins dieser Fotos auf Facebook entdecke, spielen wir nie wieder Paintball«, sagte ich streng. »Das gilt auch für YouTube-Videos.«

Inzwischen waren die neuen Gurte da, und nachdem die Diva und der Kran von allen Seiten mindestens tausendmal fotografiert worden waren, machten sich Herr Kröger und Herr Larsen daran, sie erneut zu befestigen.

Mit angehaltenem Atem beobachtete ich, wie die Diva vorsichtig hochgehoben wurde, und hätte mich am liebsten wieder hinter Daniels Rücken versteckt. Schließlich schwebte sie in der Luft, sodass das volle Ausmaß des Schadens sichtbar wurde. Ich hatte erwartet, dass es schlimm sein würde. Aber diese Art von Grausamkeit hatte ich nicht kommen sehen. Ich trat an die Diva heran, und strich vorsichtig um den Rand des riesigen Lecks. »Armes altes Mädchen«, sagte ich zärtlich. »Das tut weh, was?«

Daniel machte sich daran, das Leck zu untersuchen, während Herr Kröger und Herr Weinert danebenstanden.

»Ach, das ist halb so wild«, sagte Herr Weinert barsch.

Herr Kröger nickte zustimmend. »Lässt sich relativ leicht beheben.«

»Bitte?«, japste ich. »Ich halte ja viel von Optimismus, aber ›halb so wild‹ ist die Untertreibung des Jahrtausends! Unsere Kunden geben ihre Boote vertrauensvoll in unsere Obhut – da fände ich es schön, wenn sie sich sicher sein könnten, dass wir sie gut behandeln, anstatt sie zu verstümmeln.«

»Fehler passieren nun mal«, behauptete Herr Weinert.

»Ja, aber solche Fehler nicht! Solche Fehler dürfen nicht passieren, und schon gar nicht auf unserer Werft!«

Herr Weinert und ich lieferten uns ein Blickgefecht, das nur dadurch unterbrochen wurde, dass Daniel seine Untersuchung beendet hatte und sich zu uns umdrehte.

»Und?«, fragte ich ihn.

Er zog eine Grimasse. »Sieht schon übel aus. Der Schaden ist zwar zu beheben, aber nur unter erheblichem Aufwand. Die Saison ist für Herrn Wolf gelaufen.«

Ich legte eine Hand an meinen Mund und trat einen Schritt zurück. »Er wird ausrasten.«

»Durch das Leck ist der Blick auf die Elektrik frei geworden«, sagte Daniel nachdenklich. »Die muss noch aus den Fünfzigern stammen. Herr Wolf hat die nie machen lassen, und dementsprechend sieht sie jetzt auch aus. Das wird allerhöchste Zeit.«

Ich betrachtete das Leck. »Das heißt also, nur weil dieses Leck entstanden ist, hast du die marode Elektrik überhaupt gesehen? Und wenn du sie nicht gesehen hättest, wäre ihm das Boot früher oder später – sagen wir, eher früher – um die Ohren geflogen?«

»Na ja. So würde ich es nicht formulieren.«

»Du vielleicht nicht, aber ich.« Ich dachte laut nach. »Wenn wir bei der Reparatur die Elektrik neu machen, auf unsere Kosten selbstverständlich, dann wäre das doch für Herrn Wolf eine ziemlich gute Sache. Ja, ich glaube, so kann ich ihm das verkaufen.«

»Die komplette Elektrik neu machen?«, rief Herr Weinert aufgebracht. »Haben Sie eine Ahnung, was für ein Aufwand das ist?«

»Ja, habe ich. Die Diva muss dafür komplett entkernt werden. Das ist nicht nur ein Riesenaufwand, sondern auch noch schweineteuer.«

»Herr Wolf wusste, dass die Elektrik dringend gemacht werden muss, aber er war zu geizig! Und jetzt sollen wir die Kosten dafür übernehmen?«

»Allerdings, denn wir haben verdammt noch mal sein Boot geschrottet, und da ist es ja wohl das Mindeste, was wir als Entschädigung für ihn tun können!«

Herr Weinert verschränkte die Arme vor der Brust. »Nein«, sagte er entschieden. »Das kommt überhaupt nicht infrage.«

»Also, ich finde das auch ein bisschen übertrieben«, mischte sich Matthias Vollmann ein, der bislang nur schweigend zugehört hatte. »Klar muss er entschädigt werden, aber gleich die ganze Elektrik neu machen ... ist 'n bisschen too much, denke ich.«

Herr Kröger nickte und sagte: »Da muss ich ihm recht geben. Ihr Vater wäre sicher nicht begeistert von der Idee, Frau Ahrens.«

»Ganz meine Meinung«, sagte Herr Weinert. »Das ist nicht die Art, wie wir hier arbeiten. Weder Ihr Vater noch Ihre Schwester hätten auch nur im Traum daran gedacht, so etwas zu ...«

Ich reckte das Kinn in die Höhe. »Aber weder mein Vater noch meine Schwester sind jetzt hier. *Ich* bin jetzt hier! Okay? Und weder mein Vater noch meine Schwester müssen Herrn Wolf beibringen, dass er seine Diva für den Rest der Saison nicht wiedersehen wird, weil wir ihr Höllenqualen zugefügt haben. *Ich* bin diejenige, die das tun muss. Und *ich* sage, wir machen die Elektrik auf unsere Kosten neu!«

Man hätte eine Stecknadel fallen hören können, so still war es geworden. Ich spürte die Blicke der kompletten Belegschaft auf mir.

Herr Weinert hatte die Hände zu Fäusten geballt und war hochrot im Gesicht angelaufen. »Daniel? Was sagst du dazu?«

Der sah stirnrunzelnd von Herrn Weinert zu mir. Dann blickte er Herrn Kröger, Herrn Vollmann und den Rest der Belegschaft an, die alle die Szene so gebannt verfolgten wie das Wimbledon-Finale. Schließlich sagte er laut und deutlich: »Ihr habt Frau Ahrens doch gehört. Es wird gemacht, wie sie es sagt.«

Was?! Das musste ein verrückter Traum sein. Aber nein, Herr Weinert schnappte empört nach Luft, und seine Miene erinnerte mich stark an Tonis Halloween-Kürbisfratze. Also musste es tatsächlich wahr sein. Wortlos drehte er sich um und stapfte zurück ins Büro.

Für eine Weile sahen wir alle ihm schweigend nach.

Schließlich kratzte Herr Kröger sich am Bauch und sagte: »Tja, nu. Denn wollen wir den Kahn mal wieder reinbringen.«

»Am besten machen wir uns alle wieder an die Arbeit«, schlug ich vor. »Frau Brohmkamp, suchen Sie mir doch bitte schon mal die Versicherungsunterlagen raus. Und Herr Kröger, ich hätte gerne mal fünf Minuten.«

Während der Pulk sich nach und nach auflöste und die Mitarbeiter sich entweder zurück in ihre Büros verzogen oder dabei halfen, die arme Diva in die Halle zu bringen, kam Herr Kröger zu Daniel und mir herüber. »Tut mir leid«, sagte er und steckte die Hände in die Taschen seines Blaumanns. »Beim Kranen ist noch nie was schiefgelaufen, ich hab keine Ahnung, wie das passieren konnte.«

»Das konnte passieren, weil ein Auszubildender im zweiten Lehrjahr anscheinend nicht in der Lage ist einzuschätzen, dass eine zehn Meter lange Holzyacht locker sechs Tonnen wiegt und deswegen die falschen Gurte genommen hat«, sagte ich mit mühsam beherrschter Stimme. »Und vor allem konnte das passieren, weil ein Azubi *alleine* den Kran bedient hat.«

»Wie gesagt, normalerweise hat er das drauf. Er hat Mist gebaut, aber ...«

»Nein, *Sie* haben Mist gebaut, Herr Kröger!«, fiel ich ihm ins Wort. »Herr Andersen darf den Kran überhaupt nicht bedienen. Das sollten Sie eigentlich wissen.«

Herr Kröger nahm eine Hand aus der Hosentasche und fuhr sich damit über den Kopf. »Ihr Vater und ich sind der Auffassung, dass es nicht schaden kann, wenn Lehrlinge auch mal ordentlich mit ranmüssen und nicht den ganzen Tag nur die Halle fegen.«

»Ja, da bin ich ganz Ihrer Meinung. Er soll gerne anspruchsvolle Aufgaben übernehmen, aber doch nicht allein. Was glauben Sie, wird die Versicherung davon halten?«

Herr Kröger schaute ziemlich betreten drein. »Ich werde natürlich sagen, dass er das unter meiner Aufsicht gemacht hat.«

»Ich weiß nicht, ob ich große Lust dazu habe, die Versicherung anzulügen«, meinte ich.

»Lass uns das später besprechen, Marie«, sagte Daniel. »Herr Wolf ist bald da.«

»Na schön.« Ich sah Herrn Kröger fest in die Augen. »Der Azubi wird derart verantwortungsvolle Aufgaben zukünftig nur noch unter Anleitung erledigen. Ist das klar?« Es fiel mir nicht leicht, so mit ihm zu reden. Er kannte mich seit meiner Geburt, und er war immer eine Respektsperson für mich gewesen.

Seine weißen, buschigen Augenbrauen zogen sich zusammen, und für einen Moment glaubte ich, er würde mich übers Knie legen und mir den Hintern versohlen. Doch schließlich nickte er und brummte: »Aye, aye, Captain.« Dann beugte er sich vor und raunte mir zu: »Wurd auch mal Zeit, dass du erwachsen wirst.« Mit diesen Worten drehte er sich um und zog ab in Richtung Halle.

Ich spürte, wie meine Anspannung nachließ. Erst jetzt wurde mir klar, was in den vergangenen Minuten passiert war. Und wie ich mich verhalten hatte. Das war doch nicht wirklich *ich* gewesen. So war ich doch überhaupt nicht. Andererseits hatte sich das alles irgendwie so ... normal und richtig angefühlt.

»Hey«, sagte Daniel leise. Seine Augen funkelten, und um seine Lippen lag ein Lächeln, das ich nicht richtig deuten konnte. »Eins-a-Krisenmanagement, Captain.«

»Danke, dass du mir nicht in den Rücken gefallen bist.«

»Nichts zu danken. Ich hätte es gar nicht gewagt, dir zu widersprechen.« Daniel schwieg eine Weile, dann sagte er: »Du hast *wir* gesagt.«

»Hm?«

»Du hast heute zum ersten Mal *wir* und *unsere Werft* gesagt. Sieht so aus, als wärst du allmählich hier angekommen.«

»Ja. Sieht wohl so aus.«

Daniel nickte langsam. »Dann herzlich willkommen. Freut mich sehr, dich kennenzulernen, Marie Ahrens.«

Herr Wolf war tief getroffen, als er vom Unfall seiner Diva hörte. Doch als wir ihm anboten, die Elektrik auf unsere Kosten zu erneuern und ihm darüber hinaus noch eine DS 530 als Ersatzboot zur Verfügung stellten, ließ er sich recht schnell trösten und drohte uns weder mit einem Anwalt noch damit, in der ganzen Weltgeschichte zu verbreiten, was für ein inkompetenter Haufen die Leute von der Ahrens-Werft waren.

Nach dem Gespräch prüften Daniel und ich die Versicherungsunterlagen. Wir entschieden uns dazu, den Schaden nicht zu melden. Finn Andersen hätte den Kran nicht führen dürfen, und weder Daniel noch ich wollten die Mitarbeiter zum Lügen anstiften. Die Kosten selbst zu übernehmen tat zwar weh, war aber immer noch besser als Versicherungsbetrug.

Es war bereits halb acht, als wir endlich Feierabend machten. Und obwohl es ein langer Tag gewesen war, fühlte ich mich zufrieden und erfüllt. ›Sieht so aus, als wärst du hier angekommen‹, hatte Daniel gesagt. Und es stimmte. Es machte mir Angst, aber ich wusste, dass es zu spät war. Mein Herz hing längst voll drin.

Die Blue Pearl wird gekapert

Entgegen meiner Hoffnung vertrug Christine das neue Zytostatikum noch weniger als das alte. Die Übelkeit war für sie kaum noch zu ertragen, und sie war so müde, dass sie den ganzen Donnerstag und Freitag nicht aus dem Bett gekommen war. »Würdest du mir die Kinder heute abnehmen?«, fragte sie mich am Samstag nach dem Frühstück.

»Klar. Wir können an die Elbe fahren oder so.« Ich sprang unter die Dusche, schlüpfte in kurze Jeansshorts, Flipflops und eine ärmellose blaue Bluse mit kleinen aufgedruckten Möwen. Während ich eine Tasche mit Decken, Getränken, Obst und Keksen packte, überlegte ich, ob wir zur Strandperle gehen oder ans Falkensteiner Ufer fahren sollten. Doch letzten Endes gab es nur einen Ort, an den ich wirklich wollte, weil er in den letzten Wochen mein Zufluchtsort geworden war: das kleine blaue Holzboot, das in der Marina der Werft lag. Ich stattete ›meiner‹ Blue Pearl so oft wie möglich einen Besuch ab, verbrachte ein paar Minuten auf dem Deck und genoss die Ruhe und den Frieden, die sich dort jedes Mal auf wundersame Weise in mir ausbreiteten. Noch immer hatte sich kein Eigner blicken lassen, und die Yacht wirkte genauso einsam und verlassen wie zuvor.

Ich ging in den Garten, wo die Kinder sich einen hitzigen Kampf mit Schaumstoffschwertern lieferten und alle zwei Sekunden ›Harr, harr‹ riefen. Sie hatten Christine so lange angebettelt, bis sie ihnen im Internet Piratenkostüme bestellt hatte, und ihre Piratenhüte, Kopftücher und Augenklappen nahmen sie kaum noch ab. Auch jetzt waren sie komplett kostümiert.

»Hey, Störtebeker und Störtebeker. Habt ihr Lust, ein Schiff zu kapern?«

Toni und Max unterbrachen augenblicklich ihre Schlacht.

»Ein echtes?«, fragte Max.

»Ja, ein echtes.«

»Die Rickmer Rickmers?«

»Nein, die Rickmer Rickmers schaffen wir zu dritt nicht. Dafür brauchen wir eine größere Crew. Wir fahren rüber zur Werft und kapern dort ein Boot. Die Blue Pearl.«

»Ja, wir kapern die Blue Pearl, harr, harr!«, schrie Toni und hob ihr Schwert. »Aber du musst auch ein Piratenkostüm anziehen.«

Ich band eins von Christines Kopftüchern um, setzte meinen roten Schlapphut auf und kramte aus dem Medizinschränkchen eine Augenklappe hervor, die anscheinend unbenutzt war. »Okay, auf geht's!«

Wir fuhren mit der Fähre nach Finkenwerder, holten dort ein paar Franzbrötchen vom Bäcker und gingen das letzte Stück zur Werft am Deich entlang. An diesem Samstagvormittag war in der Marina dank des herrlichen Wetters ordentlich was los. Die Eigner bastelten an ihren Booten herum oder saßen einfach nur an Deck, ließen sich die Sonne auf den Bauch scheinen und tranken Kaffee oder ein kühles Bier. Ich musste es den Leuten zugutehalten, dass sie uns aufgrund unserer Kostümierungen kein bisschen schief anguckten, sondern nur freundlich grüßten. Es schien nichts Verwunderliches zu sein, dass Möchtegernpiraten ihr Unwesen in diesem Yachthafen trieben.

Kurz vor der Blue Pearl blieben wir stehen und ich kniete mich vor Toni und Max hin. »Okay, Lagebesprechung«, sagte ich leise. »Wir können nicht einfach so draufloskapern, wir brauchen einen Plan. Machen wir es so: Ich geh als Erste, weil ich die Größte von uns bin. Danach helfe ich euch beiden rüber, wir schleichen einmal ums Deck, bis wir am Heck angekommen sind und hissen unsere Flagge. Und dann gehört das Boot uns.«

»Wir haben doch gar keine Flagge«, bemerkte Toni.

»Doch, hier.« Ich kramte eine Decke aus meiner Tasche. »Das ist unsere Flagge.«

Max rümpfte die Nase. »Da sind ja bunte Blumen drauf. Wir brauchen doch eine mit Totenköpfen.«

»Das ist ein Täuschungsmanöver«, behauptete ich. »So was hat Störtebeker auch andauernd gemacht.«

Wir gingen die letzten Meter bis zur Blue Pearl. Ich kletterte über die Reling ins Boot und hob anschließend Toni und Max rüber. »Pssst«, machte ich. »Jetzt schleichen wir einmal an der Reling entlang, um das Boot auszukundschaften.«

Toni und Max schauten mich mit großen Augen an, und Max zitterte vor Aufregung. Ganz leise und auf allen vieren bewegten wir uns vorwärts und spähten dabei nach rechts und links. Allmählich machte sich irrsinnigerweise auch in mir Nervosität breit. Ich wagte es kaum zu atmen, und eine Gänsehaut kroch über meinen Rücken. »Es scheint keine Menschenseele an Bord zu sein«, flüsterte ich.

»Wo kommt denn unsere Flagge überhaupt hin?«, wisperte Toni.

»Wir hängen sie einfach über die Heckreling.«

Nach einer gefühlten Ewigkeit waren wir endlich im Heck angekommen. Ich kramte die Decke aus meiner Tasche und war gerade dabei, sie gemeinsam mit Toni und Max über die Reling zu hängen, als hinter uns eine tiefe Stimme ertönte. »Kann ich irgendwie behilflich sein?«

Ich fuhr so heftig zusammen wie noch nie in meinem Leben. Hektisch sprang ich auf und drehte mich um, wobei ich aus dem Tritt geriet und mich nur in allerletzter Sekunde an der Reling festhalten konnte, um zu verhindern, dass ich über Bord ging. »Ich war's nicht!«, schrie ich und hob meine Hände.

»Das ist ja Daniel.« Aus Tonis Stimme war deutlich die Erleichterung zu hören.

Es war tatsächlich Daniel. Mein Herz machte einen Salto und fing dann an zu rasen. »Äh ... ach. Hallo«, sagte ich so beiläufig, als stünde ich nicht gerade mit Kopftuch, Hut und Augenklappe vor ihm – und zwar auf einem fremden Boot, von dem ich gerade beinahe runtergefallen wäre. Mir wurde bewusst, dass ich immer noch völlig dämlich die Hände erhoben hatte, und ich ließ sie schnell sinken.

»Hallo«, sagte er. Sein Gesichtsausdruck verriet, dass er nicht verstand, was hier gerade vor sich ging.

Max hatte den Schrecken inzwischen überwunden. Er zückte sein Schaumstoffschwert, baute sich damit vor Daniel auf und schrie: »Wir ka...« Er war so aufgeregt, dass er mitten im Wort schwer schlucken musste. »... kapern dieses Schiff!«

Toni tat es ihrem Bruder gleich und bedrohte Daniel ebenfalls. »Genau! Wir haben unsere Flagge gehisst, das Boot gehört uns!«

Daniel sah völlig baff von Toni und Max zum Heck, wo unsere Blümchendecke über der Reling hing. »Ihr kapert dieses Schiff?«

»Ja! Wir sind nämlich Piraten, und du musst dich jetzt ergeben!«, rief Max todesmutig.

»Ich? Mich ergeben? Niemals!« Daniel beugte sich runter und holte einen Zollstock aus dem Werkzeugkoffer, der neben ihm stand. Dann klappte er die ersten sechzig Zentimeter aus und lieferte sich mit Toni und Max einen Schwertkampf vom Allerfeinsten. Sie kletterten über die Sitzbänke, verschanzten sich hinter dem Steuerrad, rannten vom Heck in den Bug und wieder zurück und stocherten dabei wild mit ihren Schwertern in der Luft herum. Das Boot geriet bei diesem stürmischen Gefecht ordentlich ins Wanken. »Hey, Vorsicht!«, rief ich, doch sie waren so in ihren Kampf vertieft, dass sie nichts mitkriegten.

Als sie im Heck auf den Bänken standen, stolperte Max durch die Schwingungen des Boots und ruderte wild mit den Armen. Ich sah ihn schon kopfüber ins Wasser plumpsen, doch bevor ich reagieren konnte, war Daniel bei ihm und hob ihn von der Bank. »Sagen wir: unentschieden?«, fragte er Toni und Max.

Die beiden tauschten einen Blick. »Wem gehört denn dann dieses Schiff?«, fragte Toni.

»Mir«, sagte Daniel. »Aber ich räume euch Nutzungsrecht ein.«

»Was heißt das?«

»Dass ihr es auch benutzen dürft und ich euch nicht über die Planke gehen lasse.«

»Und was heißt *das*?«, fragte Toni ungeduldig.

»Na, das haben Piraten damals gemacht«, erklärte Daniel. »Sie haben eine Planke, also sozusagen ein Brett, über die Reling gehalten und ihre Gefangenen gezwungen, bis ans Ende zu gehen und runterzuspringen. Und das auf hoher See. Nicht angenehm.«

»Na gut«, sagte Max. »Dann eben unentschieden.«

Toni kletterte ebenfalls von der Bank, und die drei legten ihre Waffen nieder.

»Hand drauf?«, fragte Daniel.

Nachdem sie eingeschlagen hatten, erkundigte sich Toni:

»Was ist denn eigentlich mit Marie? Muss sie jetzt über die Planke gehen?«

Daniel sah zu mir, und ein Grinsen breitete sich auf seinem Gesicht aus. »Nein, eure Tante hat sich ja bereits nach zwei Sekunden kampflos ergeben.«

»Stimmt doch gar nicht«, protestierte ich.

»Ach nein?« Daniel hob beide Hände und rief mit hoher Stimme: »Ich war's nicht!«

»Ich hab mich nur erschrocken«, behauptete ich, musste allerdings selbst lachen.

Daniel setzte sich auf eine der Bänke, und ich gab meinen Platz an der Heckreling endlich auf und setzte mich ihm gegenüber. »Was machst du eigentlich hier?«

»Was *ich* hier mache? Was macht ihr hier? Warum wollet ihr ausgerechnet mein Boot kapern?«

»Dein Boot?«, wiederholte ich perplex. Bisher hatte ich angenommen, diese Behauptung wäre nur ein Teil des Spiels gewesen.

»Ja.« Er hielt kurz inne, dann sagte er: »Noch ist es meins.«

»Die Blue Pearl gehört dir?«

»Die was?«

Oh je. Das war mir so rausgerutscht. »Das Boot hatte keinen Namen, daher habe ich es Blue Pearl genannt.«

»Kein schlechter Name«, sagte Daniel lächelnd. Er lehnte sich zurück und ließ seinen Blick über uns schweifen. »Soso, und ihr seid also Piraten.«

Toni und Max nickten.

»Captain Jack Sparrow?«, fragte Daniel.

»Klaus Störtebeker«, sagte ich.

»Ah. Klar.«

»Marie war nämlich mit uns bei Störtebekers Kopf«, erklärte Toni. »Das ist aber nur noch ein Skelett mit riesengroßen Löchern, wo vorher die Augen waren. Der sah echt cool aus.«

Daniel nickte. »Ja, ich weiß. Ich war auch schon mal da. Wusstet ihr eigentlich, dass jemand den Kopf mal aus dem Museum geklaut hat?«

»Was, echt?«, fragte ich. »Den Totenschädel?«

»Ja. Der war eine Zeit lang verschwunden, weil ein Typ ihn rausgeschmuggelt und zu Hause als Kerzenleuchter verwendet hat.«

Ich prustete los. »Das hast du dir doch ausgedacht.«

»Nein! Nur das mit dem Kerzenleuchter.«

Max bekam große Augen. »Können wir den Kopf nicht auch klauen?«

»Auf gar keinen Fall«, sagte ich schnell. »So was machen wir nicht.«

»Klar. Ihr kapert nur Boote«, stellte Daniel trocken fest.

»Ja, aber ich dachte doch, dass die Blue Pearl niemandem gehört. Wieso bist du denn nie hier, das ist so ein tolles Boot. Ich kann gar nicht glauben, dass es deins ist.«

»Na, vielen Dank auch.«

»Wo hast du es überhaupt her? Ich will auch so eins.«

Er wich meinem Blick aus. »Das könnte schwierig werden. Es gibt nämlich nur eins davon, und darauf sitzen wir gerade.«

»Und wer hat es gebaut?«

»Ich.«

Wenn ich nicht schon gesessen hätte, hätte ich mich glatt setzen müssen. Die Kinnlade fiel mir runter, und ich starrte Daniel wortlos für mehrere Sekunden an. Er hatte dieses Boot gebaut? Meinen Zufluchtsort, meine Oase des Friedens und der inneren Ruhe? Er hatte das Boot gebaut, in das ich mich auf den ersten Blick verliebt hatte? Das ging echt zu weit.

»Du hast das selbst gebaut?«, fragte Max bewundernd. »Ganz alleine?«

»Nein, ich hatte Hilfe. Von Michael Kröger und von einem Kumpel.«

Ich zog meine Beine an und umschlang sie mit den Armen. »Du hast gerade gesagt, dass dieses Boot *noch* deins ist. Willst du es etwa verkaufen?«

»Ja, ich denke schon.«

»Aber das kannst du doch nicht machen!«, rief ich bestürzt.

»Nein«, stimmte Toni mir zu. »Das darfst du auch gar nicht. Das ist jetzt nämlich auch unser Boot. Das hast du vorhin selbst gesagt. Und wir erlauben nicht, dass du es verkaufst.«

»Und wenn, dann kaufe *ich* es.« Ich reckte das Kinn in die Höhe und sah ihn hochmütig an.

»Ach ja? Dann lass mal hören. Wie viel bietest du mir?«

»Kann ich es in Raten abstottern? Zwanzig Euro monatlich für den Rest meines Lebens. Oder deines.«

Daniel lachte. »Ich fürchte, da kommen wir nicht ins Geschäft.«

»Aber *warum* willst du es verkaufen?«

Seine Miene wurde wieder ernst. »Sagen wir, es hat mir nicht besonders viel Glück gebracht. Immerhin habe ich es für meine Freundin gebaut. Kurz nachdem ich es ihr geschenkt habe, war sie dann allerdings meine Exfreundin.«

Meine Füße rutschten von der Kante der Sitzbank. Da taten sich ja echt Abgründe auf. Daniel Behnecke. Baute seiner Freundin ein Boot. Er *baute* seiner *Freundin* ein *Boot*! Und dann auch noch so ein wunderbares Boot wie die Blue Pearl! Ich musterte ihn, als würde ich ihn zum ersten Mal sehen. Seine braunen Haare waren verwuschelt, und seine Augen leuchteten so blau wie die Elbe. Er trug abgeschrabbelte Jeans, ein altes T-Shirt und Turnschuhe, und hier an Deck der Blue Pearl hatte ich tatsächlich das Gefühl, ich würde ihm zum ersten Mal begegnen. Als wäre er hier der Mensch, der er wirklich war. Und dieser Mensch gefiel mir. Sehr sogar.

»Was ist?«, fragte er. »Wieso starrst du mich so an?«

Ich schreckte auf und wollte mir verlegen durchs Haar fahren, stellte jedoch fest, dass ich immer noch Hut, Piratenkopftuch und Augenklappe trug. Schnell riss ich alles runter und lockerte mit beiden Händen meine am Kopf festgeklatschten Haare. »Tu ich doch gar nicht.«

»Doch, tust du wohl«, meldete Toni sich zu Wort.

Daniel grinste sie freundschaftlich an und sah dann wieder zu mir. »Da hörst du es.«

»Es ist nur ... ich verstehe nicht, wieso sie ... hat sie das Boot denn gar nicht *gesehen*?«

»Doch, klar. Es war ihr Geburtstagsgeschenk.«

»Aber wieso macht die mit dir Schluss, nachdem du ihr dieses Boot geschenkt hast?« Meine Empörung steigerte sich von Sekunde zu Sekunde.

Er hob ratlos die Schultern. »Es war wohl nicht das, was sie erwartet hatte.«

»Was für eine blöde Kuh! Und wegen *der* willst du die Blue Pearl verkaufen? Das ist doch bescheuert.«

»Hm. Nein, ich denke, es wäre gut, wenn ich das Boot verkaufe. So eine Art Neuanfang. Sonst würde es mich nur immer daran erinnern, dass meine große Liebe abgehauen ist.«

Ich schlug mir die Hand an die Stirn. »Aber wir haben doch gemeinsam erarbeitet, dass sie nicht deine große Liebe war. Also vergiss sie, und schaff dir neue Erinnerungen mit diesem Boot.«

»Wir haben das nicht *gemeinsam* erarbeitet. *Du* hast das erarbeitet.«

»Und du glaubst immer noch daran, dass sie die einzig Wahre ist? Was für ein Schwachsinn! Eine Tussi, die abhaut, obwohl du ihr so ein Boot schenkst, kann unmöglich ...«

»Nicht jeder Mensch ist so verrückt nach Booten wie du, Marie«, sagte Daniel.

»Ich bin nicht verrückt nach Booten, ich bin nur verrückt nach *diesem* Boot«, platzte es aus mir heraus. Daniel musterte mich erstaunt, und ich überlegte fieberhaft, wie ich meine Worte relativieren konnte.

Zum Glück kam Max mir zur Hilfe. »Mir ist langweilig«, verkündete er. »Können wir nicht mit unserem gekaperten Schiff irgendwohin segeln und einen Schatz suchen?«

»Ja!«, rief Toni eifrig. »Können wir bitte, bitte segeln gehen?«

Ich spürte, wie mein Körper sich augenblicklich verkrampfte. An Deck der Blue Pearl zu sitzen war okay. Das war sogar wunderschön. Aber mit ihr segeln ... nein.

»Das geht leider nicht«, sagte Daniel zu meiner Erleichterung. »Ich hab die Segel abgeschlagen.«

»Abgeschlagen?«, fragte Max entsetzt.

»Das heißt nur, dass Daniel die Segel abgenommen hat«, sagte ich beruhigend. »Er hat nichts kaputtgemacht oder so.«

Daniel deutete auf den benachbarten Steg, an dem die Vorführboote lagen. »Wir könnten doch mit einem von ...«

Ich schüttelte heftig den Kopf, und er unterbrach sich mitten im Satz.

»Och Maaann«, maulte Toni, und die Enttäuschung stand ihr ins Gesicht geschrieben.

»Ist es nur das Segeln an sich?«, fragte Daniel. »Ich meine, es kann ja nicht darum gehen, auf dem Wasser zu sein. Mit der Fähre fährst du doch.«

Ich zögerte mit meiner Antwort. »Nein, es geht nicht

darum, auf dem Wasser zu sein. Ich will einfach nicht segeln.«

»Aber unter Motor fahren wäre okay?« Er warf einen Seitenblick zu Toni und Max. »Was wärt ihr für Piraten, wenn ihr mit eurem gekaperten Schiff nicht auch in See stecht?«

»Ja, bitte, bitte Marie!«, rief Max. »Wir müssen unbedingt mit unserem Schiff fahren!«

Ich wollte schon Nein sagen, doch dann betrachtete ich Toni und Max in ihren Piratenkostümen, die es sich so sehr wünschten und die so eine schwere Zeit durchmachten. Und letzten Endes wollte ich es ja auch. Ich wollte mit der Blue Pearl fahren, nur ein einziges Mal, bevor Daniel sie verkaufte. Was sollte denn schon groß passieren? Fahren unter Motor hatte mit Segeln nichts zu tun. Da würden schon keine alten Wunden aufreißen. »Okay«, sagte ich schließlich. »Drehen wir eine kleine Runde.«

»Yaaaaayyyy«, riefen Toni und Max und machten ein paar Freudensprünge. »Wir stechen in See, wir stechen in See!«

»Aber nur mit Schwimmwesten«, sagte Daniel. »Ich hole euch schnell welche.« Er ging zum benachbarten Boot und kramte zwei Kinder-Schwimmwesten hervor. »Die von Heesens kommen meist nur sonntags«, sagte er, als er wieder an Bord sprang. »Ich bin mir sicher, sie leihen Toni und Max ihre Schwimmwesten gerne.«

Er half Max in seine Schwimmweste und ich Toni in ihre. »Wenigstens ist hier völlig klar, wann man die Dinger aufblasen muss«, meinte ich, als ich Tonis Weste festzurrte. »Bei Booten ist halt alles viel logischer als bei Flugzeugen.« Im gleichen Moment fielen mir die Wette und die Stewardess ein. Ich fragte mich, ob Daniel sie wohl angerufen hatte. Hoffentlich nicht. Wobei er natürlich machen konnte, was er wollte – im Grunde genommen interessierte mich das gar nicht. Mir ging es nur um die Blue Pearl, denn diese blöde Hinterngrabscherin würde so ein Boot wohl kaum zu schätzen wissen.

»Ja, die Schwimmwestensituation in der modernen Passagierluftfahrt ist skandalös«, meinte Daniel. Er zeigte Toni und Max, wo sie sich hinsetzen sollten, dann sagte er zu mir: »Wärst du so nett, mir beim Ablegen zu helfen?«

Oh nein. Ich hatte eigentlich gedacht, ich müsste einfach nur dasitzen, und er würde sich um alles kümmern. Doch ich wollte auch nicht allzu faul erscheinen. »Ja, okay.«

»Super. Du weißt Bescheid, nehme ich an.«

»Zufällig habe ich das Kapitel ›Ablegen‹ gerade erst gestern in *Segeln für Dummies* durchgelesen. Ans Steuer gehe ich aber nicht.«

Daniel lachte. »Wie kommst du darauf, dass ich dich ans Steuer lassen würde?«

Ich schlüpfte aus meinen Flipflops und sprang auf den Steg, um die Leinen zu lösen, während Daniel sich ans Steuer stellte und den Motor anließ. »Leinen sind los!«, rief ich, und Daniel gab langsam Gas. Ich hielt mich an der Reling fest und stieg zurück an Bord, während die Blue Pearl vom Steg ablegte und ins Hafenbecken fuhr. Eine Welle von Glück durchströmte meinen gesamten Körper. Zum ersten Mal seit zwölf Jahren hatte ich Knoten gelöst, ganz wie von selbst und ohne darüber nachzudenken. Ich hatte es nicht verlernt, und in diesem Moment erfüllte mich das mit so großer Erleichterung, dass ich am liebsten getanzt hätte. Daniel saß am Steuer und lächelte mich an. In meiner Euphorie wäre ich ihm am liebsten um den Hals gefallen, und ein kleiner Kuss wäre bestimmt auch nicht verkehrt gewesen. Doch dann haute ich mir gedanklich sofort auf die Finger für diesen absonderlichen Wunsch.

Inzwischen hatten wir den Hafen verlassen und fuhren raus auf die Elbe. Ich setzte mich neben Max, legte meinen Kopf in den Nacken und sah hinauf in den blauen Himmel. Der Wind wehte mir um die Nase und brachte meine Haare zum Fliegen, ich spürte die warmen Planken unter meinen Füßen und hörte das Tuckern des Motors. Seit Ewigkeiten hatte ich mich nicht mehr so frei gefühlt. Ich spürte sie wieder, ganz deutlich und so stark wie nie zuvor: die Sehnsucht nach dem Segeln. Nur durch den Wind vorangetrieben mit der Blue Pearl über die Elbe zu gleiten musste traumhaft schön sein. Wir fuhren elbabwärts Richtung Nordsee, ließen die Stadt hinter uns, und je länger wir unterwegs waren, desto weniger wollte ich wieder zurück.

»Darf ich auch mal ans Steuer?«, fragte Toni irgendwann.

»Klar«, meinte Daniel. »Dann komm mal her.«

»Ich auch!«, rief Max.

»Ja, du auch, keine Sorge. Aber erst ist deine Schwester dran.«

»Ach, sie dürfen ans Steuer, und ich nicht?«, fragte ich in gespielter Empörung.

Toni stellte sich zwischen Daniels Arme und legte die Hände ans Steuer, sodass sie beide das Steuerrad umfassten und im Grunde genommen nach wie vor Daniel die ganze Arbeit machte.

»Wenn du dir das unterm Steuern vorgestellt hast, dann darfst du auch«, sagte er, und in seinen Augen blitzte etwas auf. Etwas äußerst Verführerisches, Aufregendes. Unwillkürlich sah ich mich vor Daniel auf der Bank sitzen, zwischen seinen Beinen, mein Rücken an seiner Brust, und wir steuerten gemeinsam die Blue Pearl. Ich würde die Augen schließen, um seine Nähe noch mehr genießen zu können, und irgendwann würde ich meinen Kopf nach hinten lehnen, an seine Schulter. Er würde das Steuer Steuer sein lassen und mit den Armen meine Taille umschlingen, und wir ... ›Jetzt hör auf damit!‹, rief meine innere Stimme mich zur Ordnung. Daniel und ich sahen uns immer noch an, und ich fragte mich, ob er gerade ganz ähnliche Gedanken gehabt hatte wie ich. »Ich geh mal nach vorne«, sagte ich hastig und sprang auf.

Während Daniel mit Toni und Max beschäftigt war, setzte ich mich in den Bug und genoss den Wind, das Wasser und die Wellen. Wir fuhren an den unbewohnten Elbinseln mit ihren wunderschönen Stränden vorbei, am Alten Land, großen Containerschiffen und kleinen Segelbooten. Irgendwann, viel zu schnell für meinen Geschmack, machte Daniel kehrt, und wir fuhren zurück nach Finkenwerder. Ich gesellte mich wieder zu den anderen, die ihren Steuerlehrgang inzwischen beendet hatten.

»Du, Daniel?«, fragte Max. »Wenn du dein Boot mit uns teilst, gehörst du doch in unsere Crew, oder?«

»Klar.«

Max sah fragend zu mir. »Sind wir dann jetzt genug Mann, um die Rickmer Rickmers zu kapern?«

Nachdenklich wiegte ich den Kopf. »Ich fürchte, vier Mann sind immer noch zu wenig.«

»Ach, das kriegen wir schon hin«, sagte Daniel zuversichtlich. »Allerdings erfordert das einiges an Vorbereitung. Und einen verdammt guten Plan. Habt ihr einen?«

Toni, Max und ich schüttelten die Köpfe. »Wir wollten erst mal ein paar mehr Crewmitglieder rekrutieren«, meinte ich.

Allmählich kam die Marina in Sicht, und ich war unendlich traurig, dass jetzt schon alles vorbei sein sollte.

»Danke, dass du mit uns rausgefahren bist«, sagte ich zu Daniel, als wir angelegt hatten und ich unsere Sachen zusammenräumte.

»Ja, danke«, sagten Toni und Max artig.

»Gern geschehen. Es war mir ein Vergnügen. Was habt ihr denn jetzt noch vor?«

»Nichts eigentlich.«

»Ich auch nicht.«

Mein Herz machte einen freudigen Hüpfer. »Tja dann ... wir haben noch ziemlich viel zu essen.«

Max tippte Daniel an und sagte: »Du darfst ruhig noch mit uns picknicken.«

»Ehrlich? Na, dann bin ich dabei.«

Toni und Max strahlten beide übers ganze Gesicht, und ich musste aufpassen, dass ich meine Freude nicht ebenso offensichtlich zeigte wie sie. Wir setzten uns wieder auf unsere angestammten Plätze auf dem Deck. Ich packte unsere Essensvorräte und Getränke aus, und wir machten uns über Franzbrötchen, Kekse und Obst her. Als wir aufgegessen hatten, setzten Toni und Max sich in den Bug, während Daniel und ich allein zurückblieben und in den Himmel und die Wolken blickten.

»Übrigens habe ich Toni und Max nicht einfach nur blutrünstig Störtebekers Kopf gezeigt«, sagte ich in die Stille hinein. Irgendwie erschien es mir auf einmal wichtig, das klarzustellen. »Ich hab ihnen dazu auch eine pädagogisch wertvolle Geschichte erzählt.«

»Was für eine pädagogisch wertvolle Geschichte war das denn?«, fragte Daniel interessiert.

»Na ja, wenn ich schlecht drauf bin, gehe ich manchmal zu Störtebekers Kopf und ...«

»Du stattest dem Schädel eines toten Piraten einen Besuch ab, wenn du schlecht drauf bist?« Daniel sah mich fasziniert an.

»Hallo? Der Typ ist zwölf Meter ohne Kopf gelaufen, um seine Mannschaft zu retten. Da können wir uns doch alle mal ein Beispiel dran nehmen. Und deswegen hab ich Toni und Max dorthin mitgenommen. Ich wollte ihnen begreiflich machen, was man alles schaffen kann, wenn man nur muss.

Weil wir drei doch jetzt in gewisser Weise auch zwölf Meter ohne Kopf laufen müssen. Für Christine, verstehst du?«

Daniel nickte langsam. »Ja. Verstehe. Das ist momentan alles ganz schön viel für dich, oder?«

»Für mich? Nein, ich komm schon klar. Es ist nur ungewohnt, und es fällt mir nicht immer leicht, mit Toni und Max pädagogisch wertvoll umzugehen. Was weiß denn ich, was richtig ist und was falsch? Manchmal hab ich das Gefühl, dass sie mich den ganzen Tag manipulieren. Jeden verdammten Morgen muss ich erst mehrere Tobsuchtsanfälle in den Griff kriegen, bevor sie sich bequemen, aufzustehen und sich fertig zu machen.« Ich atmete laut aus und lehnte mich nach hinten. »Und eigentlich habe ich überhaupt keine Lust, sie dafür auch noch zu belohnen, aber die einzige Möglichkeit, sie in den Griff zu kriegen, ist es, ihnen Goodies in Aussicht zu stellen. Eis, Zoo, eine Stunde länger fernsehen und solche Sachen. Ich weiß einfach nicht, was ich sonst machen soll. Christine will ich nicht fragen, ich will sie nicht auch noch mit meinem Kram belasten. Sie soll denken, dass alles wie am Schnürchen läuft.«

Daniel legte mir eine Hand auf den nackten Oberschenkel. Seine Berührung traf mich wie ein Stromschlag. Meine Haut kribbelte und prickelte wie verrückt, und ich wusste in diesem Moment, dass es zu spät war. Ich war ganz eindeutig in Daniel Behnecke verknallt. Ein winzig kleines bisschen nur, wirklich kaum der Rede wert, aber ich war verknallt. Und das war nicht gut. Gar nicht gut.

»Woher sollst du es denn auch wissen?«, fragte Daniel, der offenbar keine Ahnung hatte, was für Turbulenzen er mit seiner Berührung in mir auslöste. »Für Toni und Max gibt es doch nirgends eine Gebrauchsanleitung. Ich wünschte, ich könnte dir gute Ratschläge geben, aber wahrscheinlich würde ich es genauso machen wie du.«

Ich antwortete nicht, weil seine Hand jetzt nicht mehr einfach nur warm und still auf meiner Haut lag, sondern sanft über meinen Oberschenkel strich. Mein Atem beschleunigte sich, und ich musste mich schwer zusammenreißen, um äußerlich gelassen zu bleiben, während in mir drinnen die Hölle los war.

»Warum fragst du nicht die Mütter von Tonis und Max' Freunden? Oder Robert?«

Ich schüttelte stumm den Kopf. Mein Blick wanderte zu der Stelle, an der Daniel mich streichelte. Mein Oberschenkel sah klein und zart aus unter seiner großen, starken Hand, und ich wünschte mir nichts sehnlicher, als dass er mich mit diesen Händen überall berührte.

Daniel wurde scheinbar erst jetzt bewusst, was er da tat, denn er nahm seine Hand so schnell weg, als hätte er sich die Finger verbrannt. »Oh, Entschuldigung.«

Mein Oberschenkel fühlte sich kalt an ohne seine Berührung. Ich räusperte mich. »Wofür?«

»Ich wollte dich nicht ... antatschen oder so.«

»Ach, kein Problem, das ... hab ich gar nicht gemerkt.« Ich berührte fahrig meine Nase, um zu überprüfen, ob sie angesichts dieser dicken, fetten Lüge um ein paar Zentimeter länger geworden war. ›Danke Oma, dass du mir früher so viel von Pinocchio erzählt hast.‹

»Ach so.« Daniel räusperte sich ebenfalls. »Klar. Aber, um mal auf das Thema zurückzukommen ...« Er schwieg eine Weile, als müsste er überlegen, was das Thema überhaupt gewesen war.

»Toni und Max«, half ich aus.

»Ja. Richtig. Ich finde, du machst das schon ziemlich gut mit den beiden. Und mein Angebot steht. Also wenn ich dir oder euch helfen kann, dann sagt mir, wie.«

In diesem Moment meldete sich mein Handy und riss mich jäh aus diesem unwirklich schönen Traum. »Oh Mist«, sagte ich, nachdem ich die Nachricht gelesen hatte. »Das war Christine, sie fragt, wo wir bleiben. Es ist schon gleich acht.« Ich sprang auf und packte unsere Sachen zusammen. »Toni, Max! Wir müssen los«, rief ich, und wie durch ein Wunder kamen die beiden tatsächlich angetrottet.

Daniel ging auf den Steg, um sie vom Boot zu heben, und als ich an der Reihe war, wünschte ich mir beinahe, dass er das auch mit mir machen würde. Doch er reichte mir nur die Hand. »Danke«, sagte ich, als ich vor ihm stand. »Auch noch mal für die Spritztour und dass du uns nicht über die Planke gehen lassen hast.«

»Kein Problem. Ihr könnt die Blue ... das Boot kapern, so oft ihr wollt.«

»Siehst du, für dich ist sie auch schon die Blue Pearl. Du wirst sie niemals verkaufen«, sagte ich triumphierend.

Ich musste mich geradezu zum Gehen zwingen, aber schließlich kriegte ich es hin. Am Ende des Stegs drehte ich mich noch mal um und sah, dass Daniel uns nachblickte. Unwillkürlich hob ich die Hand und winkte ihm zu, während sich ein Lächeln auf meinem Gesicht ausbreitete. Dann hastete ich mit den Kindern zur Fähre, als wäre mir der Teufel höchstpersönlich auf den Fersen. Eins stand fest: Ich sollte Daniel in der nächsten Zeit tunlichst aus dem Weg gehen. Sonst würden diese dämlichen Schmetterlinge in meinem Bauch noch völlig außer Kontrolle geraten – und das war das Letzte, was ich wollte.

Das Leben fällt, wohin es will – die Liebe auch

In der nächsten Woche kriegten Daniel und ich uns kaum zu sehen. Ich wusste nicht, ob es daran lag, dass er ebenso sehr daran interessiert war, mir aus dem Weg zu gehen wie ich ihm oder einfach daran, dass wir beide im Büro mit unserem eigenen Kram beschäftigt waren. Wie auch immer – auf jeden Fall war es gut für meinen Seelenfrieden, denn mein peinliches Geschmachte musste dringend aufhören. Also konzentrierte ich mich auf das Problem mit dem Holzlieferanten und studierte die Unterlagen für den Wirtschaftsprüfer sowie die Wallin-Akten. Bislang konnte ich nichts Ungewöhnliches darin entdecken, und was mein Vater und Daniel mir erzählt hatten, deckte sich mit meinem eigenen Eindruck. Die Werft steckte nicht in finanziellen Schwierigkeiten, aber bombig liefen die Geschäfte auch nicht. Und mit den Schweden schien alles in bester Ordnung zu sein. Trotzdem hatte ich das ungute Gefühl, dass irgendetwas faul war an ihrem Interesse, bei der Ahrens-Werft einzusteigen.

Abgesehen von Herrn Weinert kam ich inzwischen mit allen Mitarbeitern bestens zurecht. Wenn ich in der Produktionshalle vorbeischaute, begrüßte Finn Andersen mich neuerdings immer mit einem »Moin, Chefin«, was mich anfangs extrem verstört hatte. Doch jetzt gefiel es mir sogar ein bisschen. ›Moin, Chefin‹ – wenn mir jemand noch vor ein paar Wochen gesagt hätte, dass ich mal so angesprochen werden würde, hätte ich ihn laut ausgelacht.

Nele Jacobs und Finn Andersen waren inzwischen ganz

offiziell ein Paar, und ich erwischte die beiden andauernd knutschenderweise in irgendeiner Ecke des Werftgeländes. Einer von tausend guten Gründen, niemals was mit Daniel anzufangen: Wir würden garantiert zu nichts anderem mehr kommen, sondern nur noch rumknutschen oder auf dem Schreibtisch ... Aber egal, das stand ja eh nicht zur Debatte.

Meine Pausen verbrachte ich ab und zu im Aufenthaltsraum mit den Mädels, um ein bisschen zu quatschen, aber meistens ging ich runter zur Blue Pearl, saß im Bug in der Sonne und versuchte, Daniel aus meinen Gedanken zu vertreiben – was angesichts der Tatsache, dass er dieses Boot gebaut hatte, nicht gerade einfach war. Und genau dort, auf dem Deck der Blue Pearl, hatte ich am Donnerstag die Eingebung: Dieses Boot sollte unsere Werft bauen. Eine kleine Holzyacht mit Herz und Seele, auf traditionelle Weise hergestellt. Denn Herz und Seele waren es, die mir beim Ocean Cruiser fehlten. Er trug nicht die Handschrift unserer Werft, sondern hätte auch von jeder anderen kommen können. Aber die Blue Pearl war individuell, ein Boot abseits des Mainstreams, und ich war mir sicher, dass es einen Markt für solche Boote gab. Und das Beste daran war: Wir konnten sie hier bauen, in Hamburg, denn sie war klein. Meine Idee begeisterte mich so sehr, dass ich sofort in mein Büro stürmte und mit meinen Recherchen begann. Es lag noch eine Menge Arbeit vor mir, aber das aufgeregte Kribbeln in meinem Bauch verriet mir, dass ich auf dem richtigen Weg war.

Als ich am Freitagabend aus dem Büro kam, war Robert da, um mit Toni, Max und Christine glückliche Familie zu spielen. Ich hatte wenig Lust, mich zu ihnen zu gesellen, und war mir außerdem sicher, dass sie sowieso lieber für sich sein wollten.

Also versuchte ich mal wieder, Hanna zu erreichen. Seit unserer letzten Begegnung waren zwei Wochen vergangen, und ich vermisste sie, doch sie war weiterhin kaum zu erreichen. Wenn ich sie zufällig mal an die Strippe kriegte oder sie sich dazu bequemte, auf eine Nachricht zu antworten, war sie kurz angebunden und hatte nie Zeit, weil sie ständig mit ihrem schrecklichen Gynäkologen rumhing. Irgendwann hatte ich meine Kontaktversuche deutlich reduziert, weil es mir zu blöd geworden war, dass sie mich ständig abblitzen ließ. Doch zu meiner großen Überraschung ging sie heute ans Telefon und sagte, dass sie sich abends gerne mit Hector, Ebru und mir treffen würde. Das konnte nur bedeuten, dass ihre Affäre mit Dr. Thalbach Geschichte war. Zum Glück!

Wenn es schön draußen war, trafen wir uns immer vor den Bars und Cafés am Schulterblatt, wo etliche Tische und Bänke aufgebaut waren. Es war bereits brechend voll, die Leute lachten, tranken Bier und genossen das mediterrane Lebensgefühl, das einem in Hamburg nur so selten vergönnt war, aber dann umso intensiver zelebriert wurde.

Wie üblich war ich die Letzte, die zum Treffpunkt kam. Ich entdeckte Hanna, Ebru und Hector an einem Tisch vor der Daniela Bar und fiel Hector und Ebru stürmisch um den Hals. Doch die Begrüßung mit Hanna fiel deutlich verhaltener aus.
»Wie nett, dass du dann doch mal auf meine Nachrichten und Anrufe reagiert hast«, sagte ich spitz.

»Ich hatte viel um die Ohren.«

»Tja, aber das hat sich ja nun erledigt. Willkommen zurück im Leben.«

Sie äußerte sich nicht dazu, sondern wandte sich an Hector und Ebru. »Ich weiß nicht, was Marie euch erzählt hat, aber wie ihr ja alle wisst, habe ich mich in den letzten Wochen etwas zurückgezogen.«

»Gar nichts, Schätzchen! Marie hat rein gar nichts gesagt«, rief Hector. Er setzte sich aufrecht hin und fächelte sich Luft zu. »Erzählst du uns jetzt von deinem heimlichen Verehrer? Die ganze Szene rätselt, wer das sein könnte, ich muss es wissen, sonst sterbe ich!«

Hanna knibbelte an dem Etikett ihrer Astraflasche, dann sah sie entschlossen auf. »Er ist nicht nur ein *Verehrer*. Ich habe mich verliebt. Ich möchte jetzt nicht allzu kitschig werden, aber er ist der Richtige.«

»Das ist nicht dein Ernst!«, rief ich entsetzt. »Hanna, bitte, das kann nicht dein Ernst sein!«

Sie wurde blass um die Nase, sah mich jedoch unverwandt an. »Doch, ist es. Es ist mir verdammt ernst.«

Ebru klopfte mit den Knöcheln auf die Tischplatte. »Hallo? Kann uns hier mal jemand aufklären?«

Hector schlug sich die Hand an den Mund. »Er ist nicht standesgemäß? Oh mein Gott, Hanna! Wie romantisch!«

»Romantisch?«, japste ich. »Willst du es sagen, Hanna, oder soll ich?« Bevor sie auch nur den Mund aufmachen konnte, rief ich: »Der Typ ist ihr Gynäkologe! Und er könnte ihr Vater sein!«

Ebru und Hector starrten erst mich und dann Hanna mit offenem Mund an. Auch die jungen Männer, die neben uns saßen, unterbrachen ihr Gespräch, um interessiert zuzuhören.

»Er war mein Gynäkologe«, sagte Hanna. »Und ja, er ist älter, aber das ist mir egal. Ich liebe ihn.«

Am liebsten hätte ich sie geschüttelt. »Du ... *was*? Sag mal, spinnst du?«

Hector schien es ebenfalls nicht glauben zu können. »Du

hast dich in deinen Gynäkologen verliebt? Jetzt mal ehrlich ... das geht gar nicht!«

»Ich wusste, dass ihr so reagiert, ich wusste es ganz genau.« Hannas Kinn begann zu zittern. »Kurz nach meinem Termin bei ihm haben wir uns zufällig in einem Café getroffen und stundenlang geredet. Danach sind wir uns ständig über den Weg gelaufen, er wohnt ja auch hier im Viertel. Und dann haben wir uns eben nicht mehr zufällig getroffen. Ich weiß, dass er nicht euren Standards entspricht, er ist älter, er ist geschieden und hat zwei erwachsene Töchter, er ist kein Model oder sonst irgendwie ... szenig, aber er ist etwas ganz Besonderes. Und ich liebe ihn.«

Hector, Ebru und ich sahen Hanna schweigend an. Schließlich fragte Hector: »Wie alt ist er denn nun genau? Ich hoffe, er ist noch einigermaßen gut zu Fuß. Und sind seine Töchter älter oder jünger als du?«

Ebru schnalzte missbilligend mit der Zunge. »Jetzt mach aber mal halblang, Hector.«

Ich war immer noch vollkommen geschockt. »Hanna, ich weiß ja, dass du in letzter Zeit eine Art Torschlusspanik bekommen hast. Aber du kannst doch nicht so verzweifelt sein, dass du dich dem Erstbesten an den Hals wirfst, nur, weil du nicht allein sein willst.«

Hector nickte zustimmend. »Ein Typ, der so viel älter ist als du ... das klingt ziemlich verzweifelt.«

Ebru funkelte uns böse an. »Jetzt hört doch mal auf damit! Das hat uns überhaupt nicht zu interessieren. Hauptsache, sie ist glücklich.«

»Glücklich?«, rief ich, und meine Stimme klang schrill. »Was hat das denn bitte mit Glück zu tun? Das ist doch nur die biologische Uhr, die da tickt!«

Hanna zuckte zusammen, und ich erkannte, dass Tränen in

ihren Augen schimmerten. Sie sah mich direkt an und sagte: »Es war klar, dass du so reagieren würdest, Marie. Für dich existiert Liebe nicht. Aber nur, weil du Angst davor hast, jemanden wirklich an dich heranzulassen. Denn dann könnte er ja möglicherweise hinter deine Fassade blicken und entdecken, dass da einfach gar nichts ist. Und das ist bei euch allen so!« Nun wandte sie sich an Hector und Ebru. »Wann haben wir jemals über ernsthafte Themen gesprochen? Über uns, unsere Familien, das, was in uns vorgeht? Ich weiß im Grunde genommen nichts von euch, und ihr seid meine besten Freunde. Findet ihr das nicht irgendwie traurig? Es geht immer nur um Party, ›joie de vivre‹ und oberflächliches Blabla. Aber mir reicht das nicht mehr.« Sie stand auf und hängte sich ihre Tasche um die Schulter. »Es tut mir leid, aber das reicht mir nicht mehr.« Sie kletterte über die Bank und ging im Eiltempo davon.

Hector, Ebru und ich blieben stocksteif sitzen. Ich konnte kaum glauben, was Hanna, meine angeblich beste Freundin, mir da soeben an den Kopf geknallt hatte. Sie hielt mich für eine Hohlbirne. Ich dachte an all die langen Nächte, die wir durchgequatscht hatten. Okay, sie wusste nichts über den Menschen, der ich vor zwölf Jahren gewesen war, aber ansonsten kannte sie mich in- und auswendig. Und trotzdem hielt sie mich für nichts als eine leere Fassade?

»Was hat die denn für ein Problem?«, fragte Hector in die Stille hinein.

»Vielleicht, dass ihr euch wie die letzten Arschlöcher benommen habt?«, sagte Ebru. »Wobei, das Oberarschloch heute Abend warst eindeutig du, Marie.«

»Ich?«, rief ich empört. »Wieso das denn? Du müsstest diesen Typen mal sehen, der ...«

»Es ist doch völlig egal, wie er aussieht oder wie alt er ist«, fiel sie mir ins Wort.

»Also, ich brauch jetzt einen Schnaps«, sagte Hector, und ausnahmsweise sprach da nicht der überkandidelte Modedesigner, sondern einfach nur Besim, der gute Kumpel von nebenan. Er verschwand in der Bar, um kurz darauf mit sechs Tequilas wiederzukommen. Nachdem wir den ersten runtergekippt hatten, fragte Ebru: »Und was machen wir jetzt?«

»Uns besaufen«, sagte Hector finster.

»Ich meine wegen Hanna. Sollen wir ihr nicht nachgehen?«

»Nee, ich ganz bestimmt nicht.« Hektisch trank ich ein paar große Schlucke von meinem Astra. »Okay, was ich zu ihr gesagt habe, war gemein. Aber, hey, was will man von mir schon anderes erwarten? Immerhin bin ich doch nur so 'ne oberflächliche Dumpfbacke, die nichts als Party im Kopf hat.«

Hector winkte ab. »Die kriegt sich schon wieder ein. Spätestens in drei Monaten ist das mit diesem Typen eh vorbei.«

»Wollt ihr euch nicht bei ihr entschuldigen?« Ebru sah uns streng an.

Ich schnaubte. »Wofür? Dafür, dass sie mich eine Dummblinse genannt hat?«

Hector verteilte die nächste Runde Tequila. »Kommt, meine Prinzessinnen, trinkt. Und dann wechseln wir die Location.«

Wir tranken den Tequila und unser restliches Bier, hakten uns unter und gingen zu Fuß zum Kiez. »Was ist bei dir denn überhaupt los, Mariechen?«, fragte Ebru und zündete sich eine Zigarette an.

»Du solltest echt nicht rauchen«, sagte ich vorwurfsvoll.

Ebru nahm demonstrativ einen besonders tiefen Zug und blies den Rauch genüsslich in die Luft. »Wie geht's deiner Schwester?«

»Es könnte besser sein. Sie kriegt jetzt ein neues Medikament und muss nur noch alle zwei Wochen zur Chemo, aber dafür scheint die Dröhnung noch heftiger zu sein. Aber ihre

Haare wachsen allmählich wieder. Das ist irgendwie schräg, es ist nur ein ganz leichter Flaum, aber ...«

»Es reicht, Marie!«, rief Hector energisch. »Bitte nicht schon wieder dieses unappetitliche Krebsthema. Was geht denn sonst so bei dir ab?«

Obwohl er mich nach wie vor untergehakt hielt, fühlte es sich an, als hätte er mich von sich weggeschubst. Ich schluckte meine Enttäuschung runter. »Also, auf der Werft ist neulich was Krasses passiert.« Ich erzählte in allen Einzelheiten die Geschichte von dem Unglück der Diva, beschrieb den Nachmittag mit Toni, Max und Daniel auf der Blue Pearl und dass ich vorhatte, künftig solche Boote zu bauen. Als ich bei meinen Holzlieferanten angekommen war, stöhnte Hector laut auf.

»Schätzchen, willst du eigentlich, dass ich einpenne?«

»Was?«, fragte ich verwirrt. »Wieso?«

»Weil das langweilig ist! Du redest nur noch von Krebs, Kindern, der Werft und diesem Daniel Behnecke.«

»Ja, denn daraus besteht mein Leben momentan nun mal.«

»Was ist nur aus dir geworden?« Er sah mich kopfschüttelnd an. »Früher warst du mal unbekümmert und lustig, die pure Lebensfreude. Du warst meine Muse. Jetzt bist du ein reiner Trauerkloß. Wenn das so weitergeht, fängst du noch an, was von Altersvorsorge zu erzählen.«

»Sagt mal, habt ihr heute alle den Arsch offen?«, stieß Ebru wütend hervor.

Ich riss mich von Hector los und hätte ihm am liebsten eine reingehauen. »Es tut mir leid, aber angesichts der Tatsache, dass meine Schwester Krebs hat und ich tagtäglich Angst habe, dass entweder die Krankheit oder deren Behandlung sie umbringt, fällt es mir sehr schwer, lustig und unbekümmert zu sein. Du hast keine Ahnung, was bei mir momentan los ist,

Hector-Besim. ›Joie de vivre‹ ist jedenfalls etwas, das auf meiner Liste ziemlich weit unten steht.« Ich zeigte mit dem Finger auf ihn und sagte: »Und dir kann ich nur empfehlen, dich endlich mal mit deinem eigenen Kram auseinanderzusetzen und mit dir selbst zu klären, ob du nun lieber Spanier, Albaner oder Deutscher bist, und wer du überhaupt bist!«

Hector hob abwehrend beide Arme. »Okay, das war mein Stichwort. Ich bin raus. Meldet euch, wenn euer PMS vorbei ist.« Er drehte sich um und ging in die andere Richtung davon.

»Und da waren's nur noch zwei«, kommentierte Ebru.

»Scheiße!«, rief ich und setzte mich auf die Treppe eines Hauseingangs. Ich atmete ein paarmal tief durch, um nicht in Tränen auszubrechen.

Ebru setzte sich neben mich und hielt mir ihre Zigarette hin. Ich nahm sie und war schon dabei, sie zum Mund zu führen, doch im letzten Moment warf ich sie weg.

»Hey! Das war eine von meinen letzten französischen Kippen.«

»Wollen wir uns jetzt etwa auch noch streiten?«

»Nein«, seufzte sie. »Mir reicht es für heute. Ihr seid doch alle nicht mehr ganz dicht.«

Ich lehnte mich mit dem Rücken an die Haustür und sah hinauf in den nächtlichen Himmel.

Ebru stieß mich freundschaftlich in die Seite. »Das renkt sich alles schon wieder ein, hm? Hector ist einfach nur mies drauf. Und Hanna ... wahrscheinlich kommt irgendwann jeder an den Punkt, an dem es ernst wird im Leben.«

»Erzähl mir was Neues«, sagte ich bitter.

»Nein, ich meine, was Männer angeht. Wollen wir nicht alle irgendwann zur Ruhe kommen? Einen Typen haben, der sich nicht fünf Minuten nach dem Aufwachen verzieht, sondern bleibt? Kinder haben. Hättest du nicht auch gerne Kinder?«

»Nein.«

»Echt nicht? Aber so wie du von deiner Nichte und deinem Neffen redest, hätte ich gedacht...«

»Ich will keine Kinder!«, fuhr ich sie an und stand von den Treppenstufen auf. »Was ist, gehen wir weiter? Ich kann jetzt echt ein Bier gebrauchen.«

Sie zögerte ein paar Sekunden, doch dann stand sie ebenfalls auf und hakte mich unter. »Na schön, alte Zicke. Gehen wir in den Kiezhafen?«

Wie immer war der Laden brechend voll, doch Ebru und mir gelang es, einen Platz an der Theke zu ergattern. Wir bestellten uns zwei Astra und zwei Mexikaner, die im Kiezhafen die schärfsten von ganz Hamburg waren. Kaum hatte Ebru ihren Mexikaner runtergekippt, rief sie: »Oh, da hinten ist Tom, den hab ich neulich bei einem Shooting kennengelernt. Ich geh schnell mal Hallo sagen.« Und schon war sie verschwunden.

Da stand ich also, ganz allein an der Theke des Kiezhafens, inmitten von plaudernden und lachenden Menschen. Noch vor wenigen Wochen hätte mir das nichts ausgemacht. Aber heute, an diesem schrecklichen Abend fühlte ich mich einsam inmitten der Menschenmenge.

»Sachma, kennen wir uns nich?«

Ich drehte mich um und musterte den Typen. Er war groß und bullig, hatte einen Vollbart und lange dunkle Haare, die zum Pferdeschwanz zusammengebunden waren. Und wir kannten uns tatsächlich. »Knut!«, rief ich. »Du bist doch der schnellste Taxifahrer Hamburgs.«

Er grinste bescheiden. »Ach, man tut was man kann. Warde, nich sagen, woher ich dich kenn...« Er überlegte eine Weile, dann verkündete er strahlend: »Ich hab dich, deine Schwester und die Lüdden neulich gefahren. Erst zur Schule und denn ging's nach ...« Knuts Strahlen verblasste. »Oh. Wie geht's denn deiner Schwester?«

»Es geht. Nicht so besonders.«

»Wat 'n Schiet.«

»Tja. Da kann man nichts machen. Und du? Besuchst du deine Freundin?« Ich deutete auf die zierliche Frau mit dem Kiezkönigin-T-Shirt hinter dem Tresen.

Seine Wangen färbten sich rot und seine Augen begannen zu leuchten, als er Irina einen Blick zuwarf. »Jo. Das is meine Süße. Warde mal.« Er beugte sich über den Tresen, um sich von Irina einen Kuss abzuholen und ihr etwas ins Ohr zu flüstern, woraufhin auch sie rot anlief und ihn verliebt anlächelte.

Knut stellte uns einander vor. »Das is meine Süße. Irina.« Nun wandte er sich an Irina. »Und das is 'ne liebe Passagierin von mir. Deinen Namen krieg ich leider nich mehr auf die Kedde.«

»Marie«, sagte ich und reichte Irina die Hand. »Freut mich.«

Sie musterte mich eingehend. »Bist ein bisschen blass um die Nase. Willst du einen Kaffee? Ich mach den besten Kaffee der Stadt.«

»Nein danke.«

»Aber ich hätt gern einen«, sagte Knut.

Irina stellte ihm einen Pott pechschwarzen Kaffee vor die Nase. Er nahm einen großen Schluck. »Mmh. Ich schwör dir, so guden Kaffee haste noch nie getrunken. Der hält dich wach. Ich sitz auf heißen Kohlen, weil 'ne gude Freundin von mir schwanger is. Könnte jeden Moment losgehen, und ich hab ihr und ihrem Mann versprochen, dass ich sie fahr.«

Irina stieß ein paar russisch klingende Wörter aus, dann

sagte sie: »Will Lenas Kind denn erst volljährig werden, bevor es rauskommt?«

»Beim ersten Kind meiner Schwester hat es auch ewig gedauert«, meinte ich.

»Es wird ein Junge«, verkündete Knut so stolz, als wäre er der Vater. »Und ich hab Lena und Ben gesacht, dass sie ihn Knut nennen müssen. Immerhin hab *ich* die beiden zusammengebracht, und wenn's mich nich gäb, gäb's den Jungen auch nich. Is ja wohl das Mindeste, wa?«

»Ja, das finde ich auch.«

»Ich bin nämlich der Amor unter Hamburchs Taxifahrern, musste wissen«, prahlte Knut. »Hab schon etliche Paare zusammengebracht. Meine Freundin Isa und ihren Jens zum Beispiel. Das war hier im Kiezhafen, genau hier, wo wir jetzt stehen, da hat se das erste Mal mit ihm geknutscht.«

»Dann ist das hier ja sozusagen ein historischer Ort.«

»Das kannste mal laut sagen. Ich könnt dir Geschichten über diesen Abend erzählen, du. Aber das willste wahrscheinlich alles gar nich hörn.«

»Doch.« Ich setzte mich bequem auf meinem Barhocker zurecht und nahm noch einen Schluck Bier. »Schieß los.«

In diesem Moment tippte mir jemand an die Schulter und sagte: »Hey, Babe.«

Ich sah zur Seite und entdeckte Sam neben mir. Seit Wochen hatten wir nichts mehr voneinander gehört. Ich hatte ihm mehrmals geschrieben, aber nie eine Antwort bekommen und irgendwann aufgegeben. Und nun musste ich feststellen, dass ich ihn vergessen hatte. Komplett vergessen. »Sam. Du hier?« Mir lag ein ›Schön, dich zu sehen‹ auf der Zunge, doch ich konnte mich nicht dazu überwinden, es auszusprechen. Es wäre eine Lüge gewesen. »Das sind Knut und Irina«, sagte ich stattdessen und stellte die beiden vor. »Und das ist Sam.«

Sam nickte ihnen wenig interessiert zu und wandte sich gleich wieder an mich. »Wie geht's?«, fragte er und legte mir eine Hand auf den Oberschenkel.

Reflexartig schob ich sie weg. »Ach, ich weiß auch nicht. Heute ist ein vollkommen verrückter Abend. Ich hab mich mit Hanna und Hector gestritten und ...«

»Stopp, stopp, stopp«, fiel er mir ins Wort. »Wann genau hast du eigentlich verlernt, dass auf die Frage ›Wie geht's‹ die richtige Antwort ›Gut‹ lautet?«

Fassungslos sah ich ihn an. »Ist das dein Ernst?«

Sam fuhr sich mit beiden Händen durchs Haar. »Hör mal, ich hab dich gerade zufällig hier entdeckt und dachte mir, ich nutz die Gelegenheit. So was sollte man ja schon persönlich sagen.«

»Was denn?«

»Mir wird das alles zu intensiv mit uns beiden.«

Beinahe wäre ich hintenüber vom Hocker gekippt. »Zu *intensiv*?«

»Na ja, bei dir ist momentan 'ne Menge los, und das macht was mit dir, das verstehe ich schon. Aber du bist mir echt zu needy und anhänglich geworden. Das wird mir too much.«

»Too much?«, wiederholte ich und kam mir vor wie ein blöder Papagei.

Sam nickte. »Warum legen wir das Ganze nicht eine Weile auf Eis, hm? Und wenn bei dir alles back to normal ist, dann schauen wir mal. Weißt du, Babe, ich glaube einfach, dass das mit uns beiden momentan keine so gute Idee ist. Ich bin momentan nicht der Mensch, den du in deinem Leben brauchst, verstehst du?«

Im Hintergrund hörte ich Knut und Irina abfällig schnauben, während ich selbst völlig starr dasaß. Ich wartete darauf, dass sich irgendein Gefühl bei mir einstellte. So etwas wie Wut,

Trauer oder Enttäuschung. Aber da war nichts. Das Einzige, was ich empfand, war Scham, weil ich über ein Jahr lang mit einem solchen Arschloch ins Bett gegangen war. »Streich das ›momentan‹, Sam«, sagte ich, als ich mich aus meiner Schockstarre gelöst hatte. »Jemanden wie dich brauche ich *gar* nicht mehr in meinem Leben. Nie wieder.«

Sam sah mich prüfend an. »Okay. Dann eben so. Gut, dass wir das geklärt haben. Also no hard feelings?«

»Halt einfach die Klappe und verzieh dich!«

»Klar.« Er beugte sich in meine Richtung, als wolle er mir einen Kuss geben, doch in letzter Sekunde schreckte er zurück. Mein Gesichtsausdruck musste Furcht einflößend sein. »Wir sehen uns, Babe«, sagte er und verschwand schnell in der Menge.

Knut und Irina sahen mich betreten an. Schließlich füllte Irina ein Wasserglas bis zur Hälfte voll mit Mexikaner und stellte es vor mich auf den Tresen. »Hier, Marischatschka. Trink das und vergiss ihn. Sei nicht traurig wegen so einem, ja?«

Ich nahm einen großen Schluck von dem Mexikaner und schüttelte mich ausgiebig. »Das ist wirklich lieb, aber ich bin gar nicht traurig. Wir waren ja nie richtig zusammen. Ich mag ihn nicht mal besonders, aber ich bin trotzdem mit ihm ins Bett gegangen. Und das ist eigentlich das Schlimme daran.« Ich hielt mir das Glas noch mal an den Hals und kippte den Rest runter. Anschließend ließ ich meinen Kopf auf den Tresen fallen. »Ich bin so dumm, so dumm, so dumm. Aber nicht nur das, ich bin eine blöde Kuh. Eine blöde, oberflächliche Kuh, die nicht mal mehr lustig und lebensfroh ist, sondern nur noch über Altersvorsorge, Krebs und Glatzen redet. Und die ihrer besten Freundin vorhin ein paar wirklich unverzeihliche Dinge an den Kopf geknallt hat.«

Knut klopfte mir auf die Schulter und sagte: »Na, na. Nu lass dich mal nich feddichmachen. Ich bring dich jetzt nach Hause, okay?«

»Wo soll das denn sein?«, jammerte ich. »Ich hab doch gar kein richtiges Zuhause mehr. Nur auf der Blue Pearl fühle ich mich zu Hause. Aber die gehört mir nicht, dabei will ich sie so sehr. Diese blöde Blue Pearl geht mir überhaupt nicht mehr aus dem Kopf.«

»Jetzt erst mal ist Zuhause da, wo dein Bett steht«, sagte Irina aufmunternd. »Und irgendwo wirst du doch eins haben, oder?«

»In Othmarschen.«

»Na denn, hoch mit dir«, sagte Knut und half mir, mich vom Tresen aufzurichten. »Wenn dir das Wasser bis zum Hals steht, sollteste besser nich den Kopf hängen lassen.«

»Du bist echt klug, Knut«, sagte ich und sah in seine freundlichen Knopfaugen. »Und du auch.« Ich wandte mich an Irina.

»Wissen wir«, sagte sie vergnügt. »Mach's gut, Marischatschka. Komm bald mal wieder vorbei, ja?«

Knut gab Irina einen Kuss, dann hakte er mich unter und wir steuerten auf den Ausgang zu. Im Vorbeigehen winkte ich Ebru, die auf dem Schoß eines etwa zwanzigjährigen Jünglings saß, und machte ihr ein Zeichen, dass ich jetzt ging.

Die frische Luft tat mir gut, und mein Kopf wurde allmählich klarer. Als wir bei Knuts Taxi angekommen waren, hatte ich mich wieder einigermaßen im Griff. Ich stieg auf den Vordersitz, schnallte mich an und nannte Knut Christines Adresse. Er zündete sich eine Zigarette an, kurbelte das Fenster runter und schon brausten wir durch die Hamburger Nacht.

»Du solltest echt nicht rauchen, Knut.«

»Ich weiß. Hast ja recht.« Er nahm noch einen Zug und warf die brennende Kippe aus dem Fenster. Eine Weile fuhren wir schweigend vor uns hin, doch schließlich knuffte Knut mich freundschaftlich in die Schulter. »Nich so 'n guder Tach für dich heude, wa?«

Ich zog die Beine an und lehnte meinen Kopf an die Nackenstütze. »Ich wünschte, es wäre nur der heutige Tag. Mein Leben steht seit Wochen auf dem Kopf. Es spielt völlig verrückt.«

»Das hat das Leben so an sich. Es fällt, wohin es will. Es stellt sich auf den Kopf, schlägt Purzelbäume und wirbelt alles durcheinander. Da kannste nix machen.«

Ich dachte eine Weile über seine Worte nach. »Das kannst du laut sagen. Mein Leben fällt auch andauernd, wohin es will, und momentan stolpert es vorwärts und rückwärts gleichzeitig.«

»Hm«, machte Knut. »Und wie passt dieser Heiopei von vorhin da rein?«

»Gar nicht. Das mit ihm war nichts Richtiges. Ich bin nicht gut in ernsten Dingen. Auch nicht in Beziehungen. Deswegen habe ich erst gar keine.«

Knut bremste so scharf an einer roten Ampel, dass ich nach vorne in den Gurt und anschließend zurück gegen den Sitz geschleudert wurde. »Das glaub ich nich. Da biste bestimmt spitzenmäßig drin. Musst dich halt nur trauen.«

»Beziehungen gehen doch nie gut. Man wird nur enttäuscht, wenn man sich auf jemanden verlässt.«

»Also, das is ja nu ganz großer Käse«, sagte Knut mit tadelnd erhobenem Zeigefinger. »Ich kann dir etliche Beziehungen nennen, die gut funktionieren.« Der Wagen geriet bedrohlich nah an die Bordsteinkante, und er riss schnell das Steuer herum.

Meine Gedanken machten sich selbständig und schweiften zu Daniel. Nachdenklich betrachtete ich meine Fingernägel. »Es gibt da einen Typen, der hat seiner Freundin ein Boot gebaut. Kannst du dir das vorstellen? Mir hat noch nie jemand ein Boot gebaut.«

Knut lachte auf. »Wenn du solche Erwartungen an 'nen Macker hast, dann dürfte deine Auswahl aber sehr eingeschränkt sein.«

»Nein, ich hab überhaupt keine Erwartungen. Es ist nur so, ich hab mich blöderweise ein klitzekleines bisschen in ihn verknallt. Aber das geht schon wieder vorbei.«

»In diesen Typen mit dem Boot? Hat der nich 'ne Freundin?«

»Nein. Nicht mehr.«

»Na denn, ran an den Speck.«

Ich schüttelte den Kopf. »Für mich lautet die Devise eher ›weg vom Speck‹. Ich will mich nicht in Daniel verlieben.«

»Och Lüdde, nu stell dich mal nich so bengelig an.«

»Tu ich doch gar nicht. Er ist viel zu ... nett für mich.«

»Tja, nu«, meinte Knut gelassen. »Nich nur das Leben fällt, wohin es will. Die Liebe hat das auch so an sich, weißte?«

»Ach, die Liebe kann mich mal.«

Inzwischen waren wir vor Christines Haus angekommen. »Vielen Dank fürs Nachhausebringen. Und für das nette Gespräch«, sagte ich, nachdem ich bezahlt hatte.

»Hat mich auch gefreut. Lass dich bloß nich feddichmachen, hörste? Weder von der Liebe noch vom Leben.«

»Ich werd's versuchen. Ich drück dir übrigens die Daumen, dass deine Freunde ihr Baby Knut nennen.«

Lachend winkte er ab. »Ach, die machen eh, was sie wollen.«

Ich schlug die Tür des Taxis hinter mir zu und ging ins Haus. In meinem Zimmer öffnete ich das Fenster sperrangelweit, in der Hoffnung, durch die kühle Nachtluft einen klaren Kopf zu bekommen. Doch ich lag hellwach auf meinem Bett, während wirre Gedanken, Emotionen, Bilder und Satzfetzen durch meinen Kopf rasten. Hanna und Hector, Sam, Christine und die Kinder. Daniel. ›Wenn dir das Wasser bis zum Hals steht, sollteste besser nich den Kopf hängen lassen‹, hatte Knut gesagt. Und er hatte recht. Ich wünschte nur, dieses verdammte Wasser würde sich endlich mal verziehen oder es würde jemanden geben, der mir einen Rettungsring zuwarf, an dem ich mich festhalten konnte. Doch da war niemand. Ich war allein, so wie immer, und ich würde verdammt noch mal lernen müssen, in diesem trüben Wasser zu schwimmen. Und das würde ich auch hinkriegen. Bislang war ich immer sehr gut allein klargekommen, es gab keinen Grund dafür, plötzlich sentimental zu werden.

In der Hafenklause nachts um halb eins

Christine verfiel nach dem Wochenende mit Robert in ihre typische Depression, und durch die neue Ladung Gift, die sie am Mittwoch in den Körper gepumpt bekam, wurde alles noch schlimmer. Innerhalb kürzester Zeit baute sie so stark ab, dass ich mich am Samstag dazu gezwungen sah, ihr zu drohen: »Christine, wenn du nicht sofort etwas isst, das mehr Substanz hat als Apfelkekse, dann ruf ich einen Krankenwagen. Also, was soll ich dir kochen?«

»Ist mir egal, ich kotz es eh wieder aus.«

»Was soll ich dir kochen?«, wiederholte ich lauter.

»Grünkohl.«

»Wie bitte? Draußen sind vierundzwanzig Grad, und du willst Grünkohl?«

»Ja«, sagte sie trotzig.

Ich versuchte es in drei Supermärkten, aber zu dieser Jahreszeit stand Grünkohl nirgends auf dem Programm, nicht mal als Tiefkühlware. Also machte ich stattdessen Spinat, was bei Christine zwar nicht gerade für Begeisterung sorgte, aber immerhin aß sie eine Portion davon. Und sie konnte sie ganze fünfundvierzig Minuten bei sich behalten. Darauf war ich mächtig stolz. Normalerweise spuckte sie alles, was ich fabrizierte, umgehend in die Toilette – bis auf Frau Brohmkamps Apfelkekse. Inzwischen vermutete ich stark, dass einzig und allein diese Christine vor dem Verhungern oder der künstlichen Ernährung bewahrten, und ich war unendlich dankbar, dass Frau Brohmkamp mir das Rezept gegeben hatte.

Ein paarmal war ich kurz davor, Hanna anzurufen, doch letzten Endes entschied ich mich immer dagegen. Ich hatte ein furchtbar schlechtes Gewissen, weil ich so gemein zu ihr gewesen war, doch meine Meinung über Dr. Thalbach hatte sich nicht geändert. Ich konnte einfach nicht nachvollziehen, wieso Hanna sich auf einen so viel älteren Mann einließ, und ich befürchtete, dass er sie nur ausnutzen wollte. Davon hörte man doch ständig. Der Mann in der Midlife-Crisis, der sich eine jüngere Frau sucht und sie dann früher oder später für eine noch Jüngere verlässt. Wie konnte sie ihm nur so blind vertrauen? Außerdem nagte es schwer an mir, dass sie mich für eine Hohlbirne hielt. Es gab nur sehr wenige Menschen, die ich so nah an mich herangelassen hatte wie Hanna. Kaum jemanden, der mich so gut kannte wie sie. Wenn sie so über mich dachte, war es sowieso sinnlos, sie anzurufen.

Am Donnerstagabend hatten Daniel und ich einen Termin in einem piekfeinen Restaurant in der Hafencity. Ein möglicher neuer Holzlieferant hatte uns dort zu einem Geschäftsessen eingeladen. Einerseits war ich nervös wegen dieses Termins, denn ein ganzer Abend mit Daniel würde meinem in Unordnung geratenen Gefühlshaushalt nicht gerade guttun. Andererseits sagte ich mir, dass ich diese alberne Schwärmerei doch ganz gut im Griff hatte. Und überhaupt – was sollte bei einem Geschäftsessen schon passieren?

Daniel und ich fuhren gemeinsam nach Büroschluss in die Hafencity. Das Restaurant befand sich in unmittelbarer Nähe zur Elbphilharmonie, aber es hatte keinen Außenbereich, sodass wir gezwungen waren, drinnen zu sitzen. Kaum hatten wir den Raum betreten, wollte ich auch schon wieder raus. Die Einrichtung war äußerst spärlich, die Wände grau gestrichen, die Möbel schwarz. Einzige Farbtupfer waren ein paar Orchideen auf den Tischen. Draußen schien die Sonne, ganz Hamburg grillte am Elbstrand oder im Park, und ich sollte den Abend in diesem Bestattungsinstitut verbringen? Na, besten Dank auch.

»Nett hier, was?«, raunte Daniel mir zu, als wir durch den Raum gingen und nach unseren Gastgebern Ausschau hielten.

»Es ist noch nicht zu spät, um abzuhauen«, flüsterte ich, doch in dem Moment entdeckte ich Frau Schäfer, die Vertriebsleiterin der Firma. Sie sprang von ihrem Stuhl auf und winkte Daniel und mir zu. »Mist, jetzt ist es doch zu spät.«

Frau Schäfer hatte einen Kollegen im Schlepptau, den sie uns als Herrn Peters vorstellte. Nachdem wir uns begrüßt hatten, setzten wir uns, und dann begann erst einmal höflicher Smalltalk über den ungewöhnlich heißen Sommer, die bevorstehende Ferienzeit und die Elbphilharmonie. In deren Schatten saßen wir gerade, und dadurch wirkte das Restaurant nur noch dunkler. Während des gesamten Essens wartete ich darauf, dass irgendetwas Wichtiges besprochen würde, aber es war ein einziges, langes, zähes Blabla. Frau Schäfer und Herr Peters waren zwar sehr nett und bemüht, uns einen schönen Abend zu bereiten, aber ich schaute immer wieder sehnsüchtig aus dem Fenster und haderte mit meinem Schicksal. Nur am Rande wurden finanzielle Fragen oder Liefertermine besprochen, und meine Ungeduld steigerte sich von Minute zu Minute. Endlich hatten wir das Dessert aufgegessen, woraufhin Herr Peters und Frau Schäfer sich höflich verabschiedeten. Kaum hatten sie das Restaurant verlassen, ließ ich mich kraftlos auf meinen Stuhl zurückfallen. »Was für 'ne Zeitverschwendung! Was sollte das denn?«

Daniel setzte sich ebenfalls wieder. »Klassischer Fall von Honig ums Maul. Das machen wir doch auch andauernd.«

»Eigentlich würde ich deren Angebot am liebsten ablehnen, nur zur Strafe dafür, dass sie mir diesen Abend geklaut haben.« Ich zog die Nase kraus. »Leider ist es aber viel zu gut, als dass wir es ablehnen könnten.«

»Ja, leider«, sagte er lachend. »Willst du noch ein ...« Daniel blickte zum Eingang des Restaurants und hielt mitten im Satz inne. Sein ganzer Körper schien sich zu versteifen, und er wurde blass um die Nase.

Ich wandte den Kopf, um seinem Blick zu folgen, und sah, dass ein Pärchen das Restaurant betreten hatte. Die Frau war groß, blond und sehr hübsch. Und plötzlich wurde mir klar, wieso Daniel zur Salzsäule erstarrt war. »Oh, Mist. Deine Ex.«

»Sie hat mich gesehen«, stöhnte er. Dann setzte er ein Lächeln auf und winkte in Richtung Eingang. »Verdammt, jetzt kommt die auch noch hierhin.«

Kurz darauf waren Daniels Ex und ihre Begleitung an unserem Tisch angekommen. »Hallo, Daniel«, sagte sie und lächelte ihn an. Sie war noch hübscher, als ich sie in Erinnerung hatte.

»Hallo Sarah«, erwiderte er und lächelte zurück. »Wie geht's?«

»Danke, sehr gut. Und dir?«

»Auch gut, Danke.«

»Schön.«

Daniel nickte. »Ja.«

Nun sah die perfekte Sarah zu mir rüber, und ihre Augen weiteten sich vor Überraschung. »Oh. Hallo, Frau Ahrens.«

»Hallo«, sagte ich und merkte zum Glück gerade noch rechtzeitig, dass ich ihren Nachnamen nicht wusste. Ich wartete darauf, dass Daniel erklärte, wie es dazu kam, dass wir beide hier an einem Tisch saßen, doch er tat nichts dergleichen.

Sarah zog ihren Begleiter, der mir bislang gar nicht aufgefallen war, ein Stück näher zu sich heran. »Entschuldigung, wie unhöflich von mir. Das ist Vincent, mein ... ach, es ist immer noch so ungewohnt, das zu sagen.« Sie lachte nervös. »Mein Verlobter.«

Daniel zuckte zusammen, doch gleich darauf hatte er sich wieder gefangen. »Wie nett. Da gratuliere ich aber.«

»Ja, ich auch. Alles Gute«, sagte ich, während ich innerlich vor Wut kochte. Diese blöde Kuh hatte mit Daniel Schluss gemacht und ihm das Herz gebrochen, obwohl er ihr die Blue Pearl geschenkt hatte. Und jetzt präsentierte sie ihm nicht mal ein halbes Jahr nach der Trennung einen *Verlobten*. Ich versuchte anhand Daniels Miene zu erkennen, wie schlimm das Ganze für ihn war, doch er ließ sich mal wieder nicht in die Karten gucken, und es gelang ihm, ernst, aber gelassen rüberzukommen. Ich an seiner Stelle hätte wahrscheinlich eine Szene gemacht oder meinen Wein über diesem langweiligen Vincent ausgekippt. Oder über Sarah.

»War schön, dich mal wieder zu treffen, Daniel. Mach's gut«, sagte sie und legte ihm eine Hand auf die Schulter. Am liebsten hätte ich sie angefaucht, und ich erschrak über meine heftige Reaktion.

»Du auch.«

Wir nickten uns alle noch mal höflich zu, dann gingen die beiden zum Empfangstresen und ließen sich vom Kellner ihren Tisch zuweisen. Zum Glück war er weit entfernt von unserem.

Daniel saß wie versteinert da und starrte in sein Glas.

»Alles gut?«, fragte ich leise.

Er sah zu mir auf. »Keine Ahnung. Irgendwie schon.«

»Du bist ja völlig von der Rolle.«

»Nein, eigentlich bin ich ziemlich ruhig. Ich hab's mir

schlimmer vorgestellt.« Daniel griff nach seinem Wein und trank den letzten Schluck. »Wollen wir abhauen?«

»Ja, aber noch nicht jetzt. Wir müssen noch ein bisschen hierbleiben, sonst sieht es so aus, als würdest du vor ihr flüchten. Und die Blöße willst du dir doch wohl nicht geben.«

»Hm«, machte er und lehnte sich wieder in seinem Stuhl zurück. Er fuhr sich durchs Haar und lachte auf. »Die ist echt verlobt. Nicht mal ein halbes Jahr, nachdem wir uns getrennt haben. Genauso, wie du es vorausgesagt hast.«

»Ist es sehr schlimm für dich?«

Er schwieg eine Weile, und schaute ins Leere, als würde er in sich hineinhorchen. »Im Moment ist da irgendwie ... nichts. Schock vielleicht. Verwunderung. Und ich könnte mir in den Arsch beißen, dass ich ihr dieses verdammte Boot gebaut habe.«

»Hey! Die Blue Pearl kann nichts dafür.«

»Nein, vielleicht nicht«, meinte er nachdenklich. »Können wir jetzt gehen? Ich hab keine Lust, noch länger hierzubleiben, und es ist mir egal, was für einen Eindruck das auf Sarah macht.«

»Okay. Gehen wir.«

Draußen wurden wir von einer herrlichen Sommerabendstimmung empfangen. Der Wind wehte uns um die Nase, und die untergehende Sonne tauchte alles in ein warmes orangefarbenes Licht. Wir schlenderten am Hafen entlang, an dem um diese Zeit immer noch eine ganze Menge los war. Barkassenfahrer warben laut für ihre Dämmertörns, Touristen aßen Fischbrötchen und bestaunten das Hafenpanorama, und über uns kreisten Möwen, die darauf lauerten, ein paar Krümel abzustauben. »Hast du Lust auf ein Bier?«, fragte ich Daniel, denn irgendwie wollte ich ihn in dieser Situation nicht allein lassen.

»Klar«, sagte er.

»Dann gebe ich dir eins aus. Ich kenne die beste Stelle, um am Hafen Bier zu trinken.« Ich holte uns von einem Fischimbiss zwei Flaschen Astra und führte Daniel die Stufen zu den Landungsbrücken runter. Wir gingen an den Fähren vorbei, immer weiter, bis wir vor der Rickmer Rickmers standen.

»Hier«, sagte ich und deutete auf zwei Poller. »Die beste Stelle im ganzen Hafen.« Wir setzten uns auf die Poller, tranken einen Schluck von unserem kühlen, herben Bier und schauten schweigend auf die Rickmer Rickmers. »Das Museum hat leider schon zu, sonst hätten wir zu Störtebekers Kopf gehen können«, sagte ich. »Einen besseren Ort gibt es nicht, wenn man mies drauf ist.«

»So mies drauf bin ich eigentlich gar nicht.«

Irgendwie konnte ich ihm das nicht glauben. Immerhin hatte er soeben erfahren, dass die Frau, der er immer noch nachtrauerte, heiraten würde. »Weißt du was? Du solltest diese ... deine Sandra endlich vergessen.« Zu meiner Überraschung reagierte er nicht auf den falschen Namen.

»Ja?«, fragte er nur.

»Ja. Wer es nicht zu schätzen weiß, dass du die Blue Pearl gebaut hast, hat deine Liebe nicht verdient. Vergiss sie und schmeiß endlich ihr Foto weg.«

»Habe ich schon.«

»Oh. Gut. Sehr gut.« Ich knibbelte am Etikett meiner Bierflasche und haderte damit, dass ich mich so sehr darüber freute, dass er ihr Foto weggeschmissen hatte.

»Sag mal, Marie?«, fragte Daniel, nachdem wir eine Weile still dagesessen hatten. »Wie fandest du diesen Typen eigentlich?«

»Ziemlich nichtssagend. Du bist viel toller.« Ach du Schande. Hatte ich meine Zunge denn wirklich gar nicht im Griff?

Daniel ließ abrupt die Flasche sinken, die er gerade zum Mund führen wollte. »Wie bitte?«

»Aus ihrer Sicht natürlich«, sagte ich schnell.

»Aus ihrer Sicht? Wenn das ihre Sicht wäre, wäre sie doch jetzt nicht mit ihm zusammen, sondern noch mit mir.«

»Ja. Nein, ich meine, rein objektiv und freundschaftlich betrachtet, würde man sich als Frau, die zwischen dir und diesem Vincent wählen müsste, doch eigentlich eher für dich entscheiden. Freundschaftlich meine ich das.«

Daniel sah mich prüfend an, als ob er versuchte zu erkennen, was hinter meiner Stirn vor sich ging. »Aha.«

Ich nahm einen Verlegenheitsschluck Bier und überlegte fieberhaft, wie ich mich aus dieser Nummer herausreden konnte. Schließlich räusperte ich mich und sagte: »Ich finde übrigens, du solltest dich wieder mit anderen Frauen treffen.« Oh Mann, was für 'n Schwachsinn.

»Ach, wirklich? Ist das jetzt auch rein freundschaftlich gemeint?«

›Nein‹, dachte ich und sagte: »Ja, klar. Hast du eigentlich die Stewardess angerufen?«

Er schüttelte irritiert den Kopf. »Die Stewardess? Nein, hab ich nicht.«

»Na, dann aber hopp. Sie ist hübsch, sie ... kennt sich aus mit Schwimmwesten ...« Mehr fiel mir nicht zu ihr ein.

»Das ist natürlich ein Argument. Du hast recht, ich muss sie unbedingt anrufen.«

»Gut«, sagte ich und versuchte, den Stich der Eifersucht zu ignorieren. »Mach das.«

»Mhm.«

Wir tranken schweigend unser Bier, und ich fragte mich, ob Daniel mich nun für geisteskrank hielt oder ob er gemerkt hatte, dass er mir nicht gleichgültig war. Hoffentlich Ersteres.

»Es könnte übrigens schwierig werden, die Rickmer Rickmers mit unserer kleinen Crew zu kapern«, sagte er unvermittelt und sah an den Mastspitzen empor. »Vor allem, wenn man sich beim Kapern so blöd anstellt wie du.«

»Entschuldige mal«, rief ich indigniert. »Mein Plan, die Blue Pearl zu kapern, war perfekt ausgeklügelt. Ich konnte ja nicht ahnen, dass du auf einmal auftauchst.«

Er grinste mich an. »Ja, aber wenn du bei der kleinsten Schwierigkeit gleich die Hände hebst und ›Ich war's nicht‹ schreist, werden wir nicht weit kommen.«

»Wir müssen es halt nachts machen, wenn uns keiner erwischen kann.«

»Und wo segeln wir hin?«

»Zu den Schären«, erwiderte ich wie aus der Pistole geschossen.

Daniel lachte. »Nicht nach Tortuga?«

»Ach, Tortuga ist doch tot. Die Rum-Preise sind ins Unermessliche gestiegen, und andauernd hast du die Marine am Hals.«

»Na gut. Dann zu den Schären.«

Wir schmiedeten eifrig Pläne, wie wir am besten die Rickmer Rickmers kapern konnten, während um uns herum die Sonne im Hafen versank und wir Bier trinkend auf Pollern saßen. Schließlich verstummte unser Gespräch und wir beobachteten in einvernehmlichem Schweigen, wie nach und nach die Lichter des Hafens aufleuchteten und die Musical-Theater gegenüber in kitschigem Rosa, Blau und Gelb erstrahlten. Um nichts in der Welt wollte ich, dass dieser Abend mit Daniel endete. Also rührte ich mich nicht und hoffte inständig, dass die Zeit es mir gleichtun würde.

»Sag mal, Marie?«, fragte Daniel irgendwann in die Stille hinein. »Wo du vorhin die Stewardess erwähnt hast ... wie wäre es, wenn wir auf einen Absacker in die Hafenklause gehen? Ich bin dir doch noch was schuldig.«

Mein Herz machte einen so großen Hüpfer, dass ich befürchtete, es könnte mir aus der Brust springen. »Einverstanden.«

Wir schlenderten gemächlich an der Elbe entlang in Richtung Fischmarkt, bis wir an der Hafenklause angekommen waren. In der dusteren, piefigen Kneipe wurden wir von Freddie Quinn empfangen, der aus der Jukebox dröhnte. Am Tresen saßen die üblichen zwei einsamen Gestalten, und der Teller mit Fischfrikadellen neben der Bierzapfanlage war wahrscheinlich noch derselbe wie vor ein paar Wochen. Augenblicklich fühlte ich mich wohl. Ich fragte mich, wer für Freddie Quinn verantwortlich war, denn normalerweise war die Jukebox immer aus. An einem Tisch hinten in der Ecke entdeckte ich die mutmaßlichen Übeltäter. Ein älteres Paar saß dort, beide hatten Regenjacken dabei und outeten sich somit als Touristen. Der Hamburger an sich trug so etwas nur äußerst selten – Touristen hingegen verließen ihre Hotels selbst bei strahlendstem Sonnenschein nur in Regenjacken, so sehr misstrauten sie dem Hamburger Wetter. Nicht ganz zu Unrecht zwar, aber meiner Meinung nach waren es die Touristen, die für den Regen verantwortlich waren, da sie ihn mit ihrer Schutzkleidung ja geradezu herausforderten.

Susi stand hinter dem Tresen und polierte Biergläser mit einem äußerst zwielichtigen Handtuch. »Moin, ihr zwei«, sagte sie und zog ihre Brillenhochschiebgrimasse. »Was kann ich euch denn Gutes tun?«

»Ein Holsten und einen Helbing bitte.« Ich wandte mich an Daniel. »Du auch?«

»Was denn sonst?«

»Heute keinen Labskaus und keinen Seelachs?«, fragte Susi.

»Nein danke«, sagte ich. »Beim nächsten Mal wieder.«

Sie machte sich an der Bierzapfanlage zu schaffen, während Daniel und ich uns an den Tresen setzten. Ich erzählte ihm gleich von meiner Theorie, dass die Touristen für das schlechte Wetter in Hamburg verantwortlich waren.

»Klingt plausibel«, meinte er. »Ich wette, wenn man Regenjacken in Hamburg verbieten würde, würde nur noch die Sonne scheinen.«

Susi stellte unsere Getränke vor uns ab. »Lasst denen mal ihre Regenjacken. Zu viel Sonne is nich gut fürs Geschäft.«

Die beiden einsamen Gestalten am Tresen brummten zustimmend in ihre Biergläser.

»Na dann, Prost.« Ich stieß mein Glas gegen Daniels. »Auf alle, die unsere schöne Stadt besuchen und uns den Regen bringen.«

»Wir heißen jeden Gast herzlich willkommen«, fügte Daniel hinzu.

»Schön gesagt«, meinte Susi gerührt und bleckte die Zähne. »Ihr seid in Ordnung.« Ich vermutete, dass es ein größeres Kompliment aus ihrem Mund nicht gab. Wir kippten unsere Schnäpse runter, und sie schenkte uns ungefragt zwei neue ein. »Und?«, fragte sie uns. »Seid ihr heut romantisch unterwegs, oder was?«

Daniel sah mich belustigt an. »Ich weiß es auch nicht so genau. Sind wir romantisch unterwegs, Marie?«

Mein Herz setzte für einen Schlag aus. »Quatsch. Mein Fr...ollege hat Liebeskummer, weil er seine Ex und ihren Verlobten getroffen hat.«

»Oha«, sagte Susi. »Na denn, Prost.«

Daniel und ich tranken unseren zweiten Schnaps und spülten ihn mit einem Schluck Bier runter. »Ich hab gar keinen Liebeskummer«, behauptete er.

»Natürlich hast du Liebeskummer«, widersprach ich. »Ich bin übrigens der Meinung, dass bestimmte Situationen bestimmte Lieder erfordern. Und jetzt ist es definitiv an der Zeit für ...« Ich machte mich an der Jukebox zu schaffen, winkte dem Touristenpaar entschuldigend zu und setzte mich wieder neben Daniel an den Tresen. »Udo!«, rief ich, als die ersten Takte von *Ich lieb dich überhaupt nicht mehr* erklangen.

Daniel stöhnte auf. »Na super.«

Auch Susi schien kein großer Udo-Lindenberg-Fan zu sein. »Och Leude, ihr habt heut 'ne Mucke drauf.«

»Es tut nicht mehr weh, endlich nicht mehr weh, wenn ich dich zufällig mal wiederseh«, sang ich ungerührt mit und bat Susie mit einem Handzeichen, uns noch zwei Schnäpse einzuschenken.

»Seit Ewigkeiten wohnt der in Hamburg, aber meint ihr, er hätte sich schon mal hier blicken lassen?«, murrte sie, während sie mit der Flasche hantierte.

Daniel lachte. »Dabei ist der Helbing im Atlantic garantiert auch nicht besser als hier.«

»Und der Labskaus schon mal gar nicht«, fügte ich hinzu.

»Nee, da könnt ihr einen drauf lassen«, meinte Susi und verzog sich, um dem Touristenpaar neue Getränke zu bringen.

Als der Refrain des Liedes einsetzte, grölte ich aus vollem Herzen: »Ich lieb dich überhaupt nicht mehr. Das ist aus, vorbei und lange her.« Daniel und ich tranken unseren Schnaps, und ich schüttelte mich ausgiebig. »Du hast übrigens vorhin ziemlich gut reagiert, als deine Sandra und ihr Verlobter zu uns an den Tisch gekommen sind. Man hat dir kaum angemerkt, wie schwer das für dich war.«

»Es war gar nicht so schwer. Im ersten Moment war es ein Schock, aber dann ging es eigentlich.«

»Ja, schon klar«, sagte ich ironisch. »Du musst mir nichts vormachen, Daniel.«

»Tu ich auch gar nicht.«

»Oh doch.«

»Nein! Ich ...« Er unterbrach sich mitten im Satz und blickte in gespielter Verzweiflung zur Kneipendecke. »Egal. Darf ich dich mal was fragen?«

»Klar.«

»Wen liebst du eigentlich überhaupt nicht mehr? Ich meine, so wie du diesen Song mitsingst, muss er eine ganz besondere Bedeutung für dich haben. Wen verbindest du damit?«

»Niemanden.«

»Das kauf ich dir nicht ab.«

»Es ist aber die Wahrheit.« Erinnerungen tauchten in mir auf, und ich gab mir alle Mühe, sie zu verdrängen.

»Ist es nicht.«

»Hör auf damit!«, rief ich, doch da war es schon zu spät. Ein Gesicht erschien vor meinem inneren Auge. Blonde, windzerzauste Haare, ein breites Lächeln. Carsten. Ich spürte seine Lippen auf meinen und hörte seine Worte, als er mich im Stich gelassen hatte. »Das ist lange her«, hörte ich mich schließlich sagen, obwohl ich eigentlich gar nicht darüber reden wollte.

»Aus, vorbei und lange her, nehme ich an«, meinte Daniel.

»Richtig. Aus, vorbei und lange her. Ich war sechzehn, als wir zusammengekommen sind, und ich hielt ihn für meine einzig wahre, große Liebe. Genau wie du deine Sandra. Er war im gleichen Segelclub wie ich. Wir waren happy, so richtig abartig happy. Ein Jahr lang ging das gut. Mein Gott, war ich verliebt in diesen Typen. Ich hab ihm blind vertraut, und nie im Leben hätte ich gedacht, dass er mir jemals wehtun könnte.« Ich hielt einen Moment inne und spürte noch einmal diesen Schmerz, den ich empfunden hatte, als mein Leben auseinandergefallen war. »Dann brach das Chaos über uns herein, weil ich ...« Ich schüttelte den Kopf und umfasste mein Bierglas fester. »Ich wurde ihm zu schwierig, und ihm wurde alles zu viel. Er ist abgehauen und hat mich allein zurückgelassen mit diesem ... Mist. Da war ich siebzehn, und mein Leben, wie ich es bis dahin kannte, war vorbei. Ende der Geschichte.« Mit einem großen Schluck trank ich den Rest meines Biers aus. Ich spürte Daniels Blick auf mir, doch ich weigerte mich, ihn anzusehen.

»Das ist eine stark gekürzte Version der Geschichte, oder?«

Ich hob wortlos die Schultern und schob innerlich einen Riegel vor diese Tür im hintersten Winkel meines Gedächtnisses.

»Du warst siebzehn, und er war im gleichen Segelclub wie du«, sagte Daniel langsam. »Oh Mann, jetzt erzähl mir bitte nicht, dass irgendein idiotischer Typ der Grund dafür war, dass du mit dem Segeln aufgehört hast.«

»Nein. Er war nicht der Grund. Nicht nur. Ich konnte es nicht mehr. Deshalb hab ich aufgehört. Oh, aber er nicht. Klar, oder? Er hat weitergemacht. Dabei war ich besser als er. Ich war tausendmal besser als er, und weißt du, was die Ironie des Ganzen ist? *Er* ist letztes Jahr bei den Olympischen Spielen für Deutschland angetreten, während *ich* nicht mal mehr den Mast eines Segelboots anfasse und so tue, als wüsste ich nicht, was Genua, Fock und Winschen sind.« Ich lachte humorlos auf. »Das Leben fällt, wohin es will, was?«

»Ich komm da niemals drüber weg«, sang Udo Lindenberg, und ich sprang von meinem Hocker. »Mann! Dieses scheiß Lied!« Ich ging zur Jukebox, steckte eine Münze in den Schlitz und drückte ohne hinzusehen auf ein paar Tasten. Dann kehrte ich zurück zu Daniel und warf ihm einen vorsichtigen Seitenblick zu.

»Du hast den Mast der Blue Pearl angefasst«, sagte er nachdenklich. »Und du tust auch nicht mehr so, als wüsstest du nicht, was Genua, Fock und Winschen sind. Im Gegenteil, du redest jeden an die Wand. Wenn du anfängst zu fachsimpeln, komme ich manchmal nicht mehr mit und muss hinterher nachschlagen, wovon du überhaupt geredet hast.«

Beinahe gegen meinen Willen musste ich lachen. »Du spinnst doch.«

»Nein, echt.«

Susi versorgte uns mit neuen Getränken, und Daniel hielt mir einladend sein Schnapsglas hin. Ich hob meins ebenfalls und stieß mit ihm an. Endlich traute ich mich wieder, ihm in die Augen zu sehen. In dem schummrigen Licht war das schöne Blau kaum zu erkennen, aber sein Blick und sein Lächeln waren so warmherzig, dass mir gleich viel leichter ums Herz wurde.

»Meine Ex-Exfreundin, also die vor Sarah, hat mich betrogen«, sagte Daniel unvermittelt. »Mein Vater findet es ätzend, dass ich nicht Kapitän geworden bin, und das lässt er mich auch deutlich spüren. Als ich dreizehn war, musste meine Mutter für ein halbes Jahr zur Kur. Meine Geschwister und ich haben in der Zeit bei unseren Großeltern gewohnt. Was für eine Kur das war, wissen wir bis heute nicht, meine Eltern haben nie darüber geredet. Etwa zehn Minuten, nachdem ich Sarah die Blue Pearl geschenkt habe, hat sie mich verlassen. Aus Rache habe ich ihr zweitausend Euro teures Rennrad geschrottet. Dämlicherweise habe ich das am Straßenrand getan, und zwar mitten am Tag. Die Polizei hat mich erwischt, und ich hatte eine Anzeige wegen Vandalismus am Hals, die aber fallen gelassen wurde.« Er lächelte mich beinahe triumphierend an.

Für einen Moment war ich sprachlos. »Warum erzählst du mir das alles?«

»Weil ich dir zeigen wollte, dass wir uns gar nicht so unähnlich sind. Außerdem hatte ich das Gefühl, dass ich dir ein paar schmutzige Wahrheiten aus meinem Leben schuldig bin, nachdem du mir schon ein paar aus deinem erzählt hast.«

»Also, ich habe noch nie ein Fahrrad geschrottet, mein Lieber«, sagte ich grinsend. »Und war's das oder hast du noch mehr auf dem Kerbholz?«

»Oh, das waren nur die harmlosen Geschichten.«

»Tse«, machte ich und konnte mir ein Lachen nicht länger verkneifen. »Und ich dachte immer, du wärst der Traum aller Schwiegermütter. Dabei bist du in Wahrheit ein richtiger Bad Boy, was?«

»Jawoll«, sagte er, lachte dabei aber so süß, dass niemand, der auch nur halbwegs bei Verstand war, ihm den Bad Boy abgekauft hätte. »Exzellente Musikauswahl übrigens.«

Ich horchte auf. »Du hast in mir ein erloschenes Feuer entfahahacht«, hauchte ein Schlagersänger ins Mikro, begleitet von einem quietschigen Damenchor. »Hilfe, was ist das denn?«

Daniel schlug in gespieltem Entsetzen die Hand vor den Mund. »Jetzt sag nicht, du kennst *Dich zu lieben* von Roland Kaiser nicht! Meine Mutter ist ein ganz großer Fan. Noch eine finstere Geschichte aus meinem Leben.« Daniel stand von seinem Hocker auf, verbeugte sich formvollendet und hielt mir seine Hand hin. »Darf ich bitten?«

»Das ist nicht dein Ernst.«

»Oh doch. Jetzt komm schon.«

Lachend ergriff ich seine Hand und ließ mich vom Barhocker runter zwischen die Tische ziehen. Dort riss Daniel mich schwungvoll an seine Brust und legte seinen Arm um meine Taille.

»Dich zu lieben, dich berühren, mein Verlangen, dich zu spüren«, sangen Roland Kaiser und seine Mädels, während

Daniel und ich tanzten und lachten wie die Wilden. Er drehte mich im Kreis, wirbelte mich herum, zog mich zu sich und stieß mich von sich weg. Wir machten völlig unpassende Tango-Moves, die in schlechte Turniertänzerposen übergingen, und es bestand kein Zweifel daran, dass sich hier die beiden schlechtesten Tänzer der Welt zusammengefunden hatten. Ich konnte mich nicht daran erinnern, wann ich zum letzten Mal derart albern gewesen war.

Irgendwann war das Lied zu Ende und wir blieben schwer atmend stehen. Daniel verbeugte sich erneut vor mir und führte mich zurück zum Tresen. »Vielen Dank für diesen Tanz, junges Fräulein Ahrens«, sagte er und drückte mir einen Kuss auf den Handrücken. Es war ein Schock, wie intensiv ich auf seine Berührung reagierte. Mein Herz klopfte unkontrolliert und meine Knie wurden so weich, dass ich Angst hatte einzuknicken. Daniel ließ meine Hand nicht los, sondern hielt sie fest und strich sanft mit dem Daumen darüber. Ich wusste, dass ich meine Hand wegziehen sollte, um mich in Sicherheit zu bringen, aber ich konnte es nicht. Dieses Gefühl war viel zu schön, und ich wollte es auskosten, solange ich konnte.

»Darf ich auch mal?«, ertönte in diesem Moment eine raue Stimme neben mir, und ich fuhr erschrocken zusammen.

Einer der beiden alten Männer, die sonst immer schweigend am Tresen saßen, hatte sich neben mir aufgebaut und hielt mir seine Hand hin.

»Was denn?«, fragte ich irritiert.

»Na, mit dir tanzen.«

Meine Musikauswahl war heute Abend tatsächlich von allererster Güte, denn jetzt erklang *Tanze Samba mit mir* aus den Boxen. Oh je, ich wollte viel lieber weiter mit Daniel Händchen halten, als mit diesem Typen Samba zu tanzen. Aber andererseits – er hatte freundliche Augen, die mich hoffnungsvoll ansahen. Wahrscheinlich bekam er nicht oft die Gelegenheit zum Tanzen, also warum eigentlich nicht? »Okay, gerne.«

»Darf ich?«, fragte der Typ an Daniel gerichtet.

Er lachte und sagte: »Nur zu.«

Susi schaltete sich von der anderen Seite des Tresens ein. Sie machte ihre furchterregende Brillenhochziehfratze und rief: »Ey! Nu hört mal auf, hier zu schlechter Schlagermucke zu tanzen. Wir sind doch nich im Silbersack!«

»Wollen wir es auch mal versuchen?«, fragte Daniel sie, und wer konnte seinem netten Lächeln schon widerstehen? Susi jedenfalls nicht. Da hatten wir also was gemeinsam.

»Och, na ja. Wennde schon so fragst.«

Der rundliche Mann führte mich ein Stück von der Theke weg, und wir nahmen die Tanzposition ein. »Ich bin übrigens Horst.«

»Hallo Horst. Ich bin Marie«, sagte ich, und dann schleuderte Horst mich auch schon herum. Und er tanzte wie ein junger Gott. Ich konnte es kaum glauben, aber er legte eine so heiße Sohle aufs Parkett und führte mich so sicher, dass sogar ich richtig gut wurde. Okay, das Lied war Mist, aber es machte einen Heidenspaß, mit ›Horst Astaire‹ zu tanzen. Neben uns schwoften Daniel und Susi, und auch sie schien ihre Sache nicht schlecht zu machen. Jedenfalls führte sie Daniel fast genauso gut wie Horst mich. Es dauerte nicht lange, bis sich auch das Touristenpärchen zu uns gesellte, die sich als Mechthild und Reiner aus Chemnitz vorstellten. Als das Lied aus war, warf Susi höchstpersönlich noch ein paar Münzen in die Jukebox, und dann ging die Spontan-Party erst richtig los. Ein kitschiger Schlager nach dem anderen ertönte. Ich tanzte mit Horst und mit Reiner, am häufigsten aber mit Daniel. Zwischendurch standen wir alle an der Theke, tranken Bier und unterhielten uns ausgelassen. Ich hätte noch ewig so weitermachen können, doch irgendwann verabschiedeten sich Reiner und Mechthild, und auch Horst machte sich auf den Weg. »Susi, schreibste alles auf meinen Deggel, nä?« Er lupfte seinen nicht vorhandenen Hut. »War mir eine Freude«, sagte er und wankte zur Tür hinaus.

»Leude, nix für ungut, aber Horst hat recht«, meinte Susi. »War echt nett mit euch, aber so langsam muss ich auch ins Bett. Ich geb euch noch einen mit auf 'n Weg und denn nix wie raus hier.«

Sie schenkte uns ein letztes Mal unsere Schnapsgläser voll und goss sich auch selbst einen ein. Wir stießen miteinander an, dann zahlte Daniel die Rechnung und schenkte Susi zum Abschied ein Lächeln. »War mal wieder ein toller Abend bei dir. Vielen Dank.«

Sie winkte ab, doch ihre Wangen färbten sich mädchenhaft rosé. »Da nich für. Denn macht's mal gut, ihr beiden.«

Daniel und ich verließen die Kneipe und traten hinaus in die frische Nachtluft. »Wie spät ist es eigentlich?«, fragte ich.

»Gleich zwei.«

»Was, echt? Mist, und ich muss morgen um viertel nach sechs aufstehen, Toni und Max zur Schule bringen und dann auch noch arbeiten.«

Daniel lachte. »Und du kannst nicht mal zu spät ins Büro kommen. Denn ich werde dann wissen, dass es nur deswegen ist, weil du dich bis nachts um zwei in Hafenspelunken rumgetrieben hast.«

Wir gingen schweigend zum Taxistand am Fischmarkt, langsam, wir schlichen beinahe. Trotzdem waren wir viel zu schnell dort angekommen. »Das war ein megaschöner Abend«, sagte ich, um die Stille zu durchbrechen.

»Ja, finde ich auch. Ich kann kaum glauben, dass ich mit

Schlagern jetzt etwas Schönes verbinde. Vor allem mit diesem Roland-Kaiser-Song.«

Wir lächelten uns blöde an und rührten uns beide nicht von der Stelle.

Ich räusperte mich. »Tja, also ... gute Nacht.«

»Gute Nacht. Komm gut nach Hause.«

»Ja, du auch. Dann geh ich jetzt mal«, behauptete ich, blieb aber nach wie vor stehen, als hätte ich vergessen, wie man einen Fuß vor den anderen setzt.

Wir sahen einander wie hypnotisiert in die Augen. Schließlich trat Daniel einen Schritt näher, legte eine Hand an meinen Hinterkopf und beugte sich langsam zu mir herab. Zwischen uns schienen Funken zu sprühen, und in meinem Magen knisterte es so heftig, als hätte ich eine Tüte Magic Gums verschluckt. Daniels Gesicht war nur noch wenige Zentimeter von meinem entfernt, und in Erwartung seines Kusses schloss ich die Augen und hob meinen Kopf. Doch dann spürte ich seine weichen Lippen nur federleicht über meine Wange streichen. »Schlaf gut«, sagte er leise in mein Ohr und zog sich wieder zurück. Ich nickte stumm, denn ich wusste, dass ich sowieso nicht in der Lage war, etwas zu sagen. Dann gelang es mir endlich, mich von ihm loszureißen und ins Taxi einzusteigen.

›Gut, dass er mich nur auf die Wange geküsst hat‹, dachte ich, als das Taxi für einen sicheren Abstand zwischen Daniel und mir sorgte. Sonst hätte ich mich womöglich noch richtig in ihn verliebt.

Im Hamsterrad

»Guten Morgen, guten Morgen, guten Morgen, Sonnenschein«, dröhnte es quietschig an mein Ohr.

»Nein«, wimmerte ich und hielt mir eine Hand an meinen schmerzenden Kopf. »Nana Mouskouri, wir beide werden in diesem Leben keine Freundinnen mehr.« Stöhnend setzte ich mich auf, stellte das nervende Handy aus und ließ mich zurück in mein Kissen sinken. Es war hell. Viel zu hell. Und wieso sangen diese blöden Vögel so laut, konnten die nicht mal den Schnabel halten? Das waren gestern eindeutig ein paar Schnäpse zu viel gewesen. Schnäpse. Die Hafenklause. Roland Kaiser. Daniel.

Ich sah seine blauen Augen vor mir und spürte seine Lippen auf meiner Wange. Seinen Körper dicht an meinem. Ein wohliger Schauer lief mir über den Rücken, und ich seufzte versonnen. Als mir bewusst wurde, was ich da tat, stöhnte ich verzweifelt auf. »Oh nein, bitte nicht. Nicht verlieben, Marie. *Nicht* verlieben!«

Ich sprang aus dem Bett und stellte mich minutenlang unter die kalte Dusche – denn die hatte ich wirklich dringend nötig. Das eiskalte Wasser auf meinem Körper half zwar gegen den Kater, konnte jedoch weder die Gedanken an Daniel noch das Herzklopfen vertreiben. Dabei war gestern ja eigentlich gar nichts passiert. Zwei Menschen, die zusammen arbeiteten, waren nach einem Geschäftsessen in die Kneipe gegangen, hatten geredet, getanzt, getrunken, Spaß gehabt. Zum Abschied ein vollkommen harmloser Kuss auf die Wange. Alles easy.

Wenn er mich richtig geküsst hätte, dann hätte ich jetzt eveeeentuell ein Problem, aber so ... Nein, ich sah da wirklich überhaupt keine Schwierigkeiten. Spätestens in zwei bis vier Wochen hatte sich diese Schwärmerei sowieso erledigt.

Als ich im Büro ankam, fühlte ich mich ruhig und innerlich gewappnet für eine Begegnung mit Daniel. »Moin, Frau Brohmkamp«, sagte ich, als ich ihr Vorzimmer betrat.

»Moin, Frau Ahrens. Herr Behnecke war vorhin schon hier. Er hat mich gebeten, Ihnen auszurichten, dass Sie sofort bei ihm vorbeikommen sollen, wenn Sie im Haus sind.«

»Gut, dann ... gehe ich wohl mal besser gleich zu ihm. Oder?«

»Ja, das würde ich Ihnen empfehlen«, sagte sie mit ernster Miene, doch in ihren Augen blitzte es amüsiert auf.

Ich legte meine Tasche ab und machte mich auf den Weg zu Daniel. Je näher ich seinem Zimmer kam, desto lauter schlug mein Herz, nur um dann gleich drei Freudenhopser zu machen, als ich ihn durch die offene Bürotür an seinem Schreibtisch sitzen sah. Zu allem Überfluss verzog sich mein blödes Gesicht auch noch automatisch zu einem Lächeln. »Guten Morgen«, sagte ich betont lässig und betrat den Raum.

Auch Daniel fing bei meinem Anblick an zu lächeln, und zwar so süß, dass die Sonne in meinem Herzen aufging. »Guten Morgen, Marie. Wie geht's dir?«

»Super«, sagte ich, doch dann wurde mir bewusst, dass das möglicherweise die falsche Taktik war. Ich sollte besser stark verkatert rüberkommen, um so tun zu können, als hätte ich den letzten Abend komplett vergessen. »Aber ziemlich verkatert. Wir haben gestern ja echt richtig viel getrunken. Also, puh. In meinem Kopf dreht sich alles.«

»Wem sagst du das? Ich kann mich an gar nichts mehr erinnern«, meinte Daniel und rieb sich die Stirn. »Was haben wir eigentlich gemacht, nachdem wir von der Rickmer Rickmers weg sind?«

Er hätte mir genauso gut einen Eimer kaltes Wasser über den Kopf kippen können. »Das weißt du nicht mehr?«, fragte ich entrüstet. »Die Hafenklause? Die Spontan-Party mit Susi, Horst und den Chemnitzern? Roland Kaiser?« Als ich den letzten Namen aussprach, klang meine Stimme schrill.

Daniel sah mich aus zusammengekniffenen Augen an, als würde er angestrengt nachdenken, doch dann brach er in Gelächter aus. »Natürlich kann ich mich noch an alles erinnern. Du ja anscheinend auch. Also können wir nicht *so* viel getrunken haben.«

Was für eine linke Nummer! Und ich war nicht nur darauf reingefallen, sondern hatte jetzt auch keine Möglichkeit mehr, so zu tun, als könnte *ich* mich an nichts erinnern. »Du bist echt ein Idiot!«

»Tut mir leid, ich weiß, das war fies«, sagte Daniel, doch er grinste zufrieden und sah nicht ansatzweise so aus, als würde es ihm ernsthaft leidtun.

»Und was willst du jetzt von mir?«, fragte ich pampig.

Daniel hob die Augenbrauen. »Oh, ich glaube nicht, dass das der richtige Zeitpunkt ist, um ...«

»Ich meine, was du *jetzt* von mir willst!«, fiel ich ihm ungeduldig ins Wort. »Wieso wolltest du mich so dringend sprechen?«

»Na, um dir Guten Morgen zu sagen«, entgegnete er, als sei das das Selbstverständlichste auf der Welt. »Und um dich zu fragen, wie es dir geht.«

Mein Herz wurde so weich wie der sonnengewärmte Sand am Elbstrand. Wieso war dieser Typ nur so süß? ›Schnell, sei doof zu ihm, stoß ihn zurück‹, rief ich mir innerlich zu. »Und warum lässt du mich dafür hier antanzen? Du hättest ja auch zu mir kommen können.«

»Hätte ich, aber da ich nicht wusste, wann du hier auftauchst, und ich nicht alle fünf Minuten bei Frau Brohmkamp auf der Matte stehen wollte, dachte ich, so rum wäre es einfacher.«

»Ach so. Okay. Na schön, Guten Morgen gesagt haben wir, und du weißt jetzt auch, wie es mir geht, also ... war sonst noch was?«

Daniel sah mich nachdenklich an. »Nein«, sagte er nach einer Weile. »Das war's. Erst mal.« Nun wurde sein Ton wieder ganz geschäftsmäßig. »Was das Gespräch mit Frau Schäfer und Herrn Peters angeht – ich denke, wir sind uns einig, dass wir ihr Angebot annehmen, oder?«

»Ja, sind wir. Ich kümmere mich um alles«, sagte ich und flüchtete zurück in mein Büro.

Als ich abends nach Hause kam, saß Christine auf dem Sofa und starrte so düster vor sich hin, dass mir angst und bange wurde. Hoffentlich war nichts passiert. Musste die Chemo vielleicht unterbrochen werden, weil die Werte nicht stimmten oder sie insgesamt nicht anschlug? Oh Gott, bitte nicht Letzteres. »Was ziehst du denn für eine Miene?«

»Nezas Tante in Paris ist ins Krankenhaus gekommen«, sagte Christine. »Sie ist die einzige Verwandte, die Neza noch hat. Daher wollte sie sofort zu ihr.«

Der Schreck fuhr mir durch die Glieder. Das alles hier konnte nur mit Neza funktionieren, ich hatte keine Ahnung, wie es ohne sie gehen sollte. Mit zitternden Knien wankte ich zu Christine und setzte mich neben sie. »Ich krieg das schon hin. Klar, einfach wird es nicht, aber das schaffe ich.«

Sie sah zu mir auf, und ich erschrak, weil in ihren Augen ein völlig mutloser Blick lag. »Wie denn? Wie soll das gehen?«

»Ich mache früher Feierabend, damit ich Toni und Max rechtzeitig von der Schule abholen kann. Den Haushalt erledige ich abends und an den Wochenenden.«

»Ach ja? Du kriegst es ja nicht mal hin, euren Frühstückskram vernünftig wegzuräumen.«

»Was? Ich gebe mir so viel Mühe, alles ordentlich...«

»Ordentlich nenne ich was anderes«, sagte Christine bissig.

»Tut mir leid, ich werde mich bessern. Wie lange bleibt Neza denn überhaupt weg?«

»Mindestens drei Wochen.«

Drei Wochen. Da würde eine harte Zeit auf mich zukommen. Ich legte Christine den Arm um die Schulter und drückte sie an mich. »Das ist doch gar nicht so lange. Mach dir mal keine Sorgen, ich krieg das hin.«

Später am Abend kam Robert, was Christine wenigstens etwas aufheiterte. Außerdem rief mein Vater an und drohte mal wieder mit einem Besuch. Er meldete sich mindestens dreimal die Woche bei Christine, und auch mit mir telefonierte er regelmäßig, um sich nach ihr und der Werft zu erkundigen. Aber wenn er Christine fragte, ob er vorbeikommen sollte, lehnte sie es stets ab. Sie wollte nicht, dass er sie in ihrem Zustand sah, sie hatte geradezu Angst davor, schwach und krank vor ihm zu erscheinen. Auch dieses Mal gelang es ihr, das drohende Unheil abzuwenden und ihm den geplanten Besuch wieder auszureden. Mir war das nur recht, denn er würde mich sowieso nur für alles kritisieren, was ich in Christines Haus tat. Und außerdem brauchte ich seine Hilfe nicht. Ich kriegte das alles auch sehr gut allein hin.

Schon am Ende der ersten Woche ohne Neza war klar, dass ich es *nicht* hinkriegte. Und vor allem wurde mir klar, in was für einer Luxussituation ich mich dank Neza in den letzten Wochen befunden hatte. Ich hatte mich bislang nie wirklich um einen Haushalt kümmern müssen, denn Hanna und ich machten in unserer WG nur das Allernötigste. Doch jetzt musste ich alles nach Christines Vorstellungen erledigen. Und meine große Schwester war leider die akribischste Hausfrau aller Zeiten. Mein Tag fing morgens um Viertel nach sechs an, ich versorgte Toni und Max und brachte sie zur Schule, dann hetzte ich ins Büro, wo sich in letzter Zeit die Termine, Besprechungen und Einträge auf meiner To-do-Liste so sehr häuften, dass ich kaum noch dazu kam, die Blue Pearl zu besuchen. Daniel reagierte zwar sehr verständnisvoll, als ich ihm eröffnete, dass ich in den nächsten drei Wochen früher gehen musste, aber meistens schaffte ich es trotzdem nicht, egal, wie sehr ich mich bemühte. Zwischen vier und sieben Uhr brachte ich Toni und Max zu ihren zahlreichen Nachmittagsaktivitäten, zu Hause machte ich das Abendessen, und nachdem die beiden im Bett lagen, war der Haushalt dran. Nicht, dass ich nicht in der Lage dazu gewesen wäre, eine Waschmaschine zu bedienen, ein Bad zu putzen oder Unkraut zu zupfen – aber ich hasste es so abgrundtief, dass ich hätte heulen können. Zumal Christine mich auch noch bei allem kritisch beäugte und ständig etwas auszusetzen hatte. Ein paarmal war ich kurz davor, sie anzupflaumen und ihr zu sagen, dass ich es so machte, wie ich es für richtig hielt oder gar nicht. Aber ich brachte es nie übers Herz, denn sie brauchte nun mal ihre gewohnte Ordnung, um sich einigermaßen wohlfühlen zu können. Und ich wollte sie in all ihrem Elend nicht noch zusätzlich stressen.

Neza fehlte an allen Ecken und Enden. Nicht nur wegen des Haushalts, sondern auch menschlich. Christine tat es eindeutig nicht gut, den ganzen Tag allein zu Hause zu sein, und sie wurde von Tag zu Tag übellauniger und deprimierter. Auch Toni und Max tat die zusätzliche Veränderung in ihrem Tagesablauf nicht gut. Die beiden waren ebensolche Gewohnheitstiere wie Christine, und es fiel ihnen verständlicherweise nicht leicht zu akzeptieren, dass jetzt nicht nur ihre Eltern getrennt, ihr Vater nach Frankfurt gezogen und ihre Mutter schwer krank war, sondern dass auch noch ihre Nanny, die ihnen Sicherheit und Stabilität gegeben hatte, von einem Tag auf den anderen nach Paris verschwunden war. Ich wurde also häufig mit Tobsuchtsanfällen à la »Neza macht das aber immer so und so« konfrontiert, und auch wenn ich wusste, dass es schwer für die Kinder war und dass sie sich nicht anders zu helfen wussten, war das alles eben auch schwierig für mich. Ich hetzte in einem Tempo durch meinen Alltag, das ich überhaupt nicht gewöhnt war, und hatte dabei das Gefühl, dass alles zu kurz kam: Toni und Max, Christine, die Arbeit, der Haushalt, der Garten, einfach alles. Aber egal, ich biss die Zähne zusammen und machte weiter. Es waren ja nur drei Wochen. Eine hatte ich schon fast geschafft.

Am Samstagmorgen wurde ich durch ein infernalisches Gebrüll geweckt, das aus dem Wohnzimmer bis in mein Zimmer drang. Es klang, als wären Toni und Max in höchster Gefahr. Panisch sprang ich aus dem Bett, hastete nach unten und stürzte ins Wohnzimmer. Ich erfasste die Situation mit einem Blick: Toni und Max waren nicht in Gefahr, sondern kämpften mit wutverzerrten Gesichtern um einen Game Boy.

»Du hattest den die ganze Zeit, jetzt bin ICH dran!«, schrie Max.

»Das ist aber MEINER!«, brüllte Toni.

Das war im Prinzip auch schon alles, was sie sagten, aber sie wiederholten es in Dauerschleife und in einer Lautstärke, die die Wände zum Beben brachte.

Christine lag in Jeans und T-Shirt auf dem Sofa, oder besser formuliert lagen die Jeans und das T-Shirt mit Christine auf dem Sofa, denn sie war so dünn, dass es schwierig war, ihren Körper in der Kleidung ausfindig zu machen. Sie beugte sich über einen Eimer und übergab sich, wobei jede Faser ihres Körpers sich zusammenzukrümmen schien.

Mit einem Satz war ich bei Toni und Max und riss ihnen den Game Boy aus der Hand. »Hört jetzt auf!« Ich öffnete die Terrassentür. »Raus. Sofort.«

Die beiden standen für drei Schrecksekunden stockstef da, dann setzten sie sich in Bewegung und liefen in den Garten.

Ich holte Christines Tabletten gegen Übelkeit, ließ ihr ein Glas eiskaltes Wasser einlaufen und befeuchtete ein Küchentuch. Damit ging ich zu ihr, und versuchte, sie zu stützen, so gut es ging. Als sie nach ein paar Minuten völlig kraftlos zusammenbrach, gab ich ihr die Tabletten und wischte ihr das Gesicht mit dem feuchten Tuch ab. »Geht's wieder?«

Sie nickte. »Verdammt, ich glaub, da ist was auf den Teppich gegangen.«

»Kein Problem, darum kümmere ich mich schon. Ruh dich erst mal ein bisschen aus, ja? Ich nehm die Kinder mit zum Einkaufen, und wenn wir wieder da sind, geht es dir bestimmt schon besser.«

Ich half Christine die Treppe rauf und ins Bett und machte mich anschließend daran, den Teppich zu reinigen. Inzwischen hatte ich schon so oft Christines Erbrochenes aufgewischt, dass es mir nicht mal mehr was ausmachte. Viel schlimmer war es, meine Schwester so zu sehen. Mitzubekommen, wie ihr Körper mehr und mehr vergiftet wurde und wie sie darunter litt. Nachdem ich den Teppich gereinigt und die Küche aufgeräumt hatte, machte ich mich mit den Kindern im Schlepptau auf den Weg in den Supermarkt, um die Wochenendeinkäufe zu erledigen. Sie waren immer noch im Streithahnmodus, schienen sich nun jedoch gegen mich verbündet zu haben, weil sie beide unbedingt etwas haben wollten, das sie nicht haben durften. Und wie immer endete es damit, dass ich es ihnen trotzdem kaufte, weil ich keine Lust auf endlose Diskussionen und Wutausbrüche hatte. Wir ließen uns Zeit beim Einkaufen und aßen auf dem Rückweg noch ein Eis, und als wir zu Hause angekommen waren, war Christine schon wieder aufgestanden, um aus mir unerfindlichen Gründen die Kaffeemaschine zu reinigen.

Ich packte die Einkäufe ins Regal, während Toni ihrer Mutter das Lied vorsang, das sie schon auf dem kompletten Rückweg vom Supermarkt nach Hause gesungen hatte. »Wir haben gestern in der Schule ein englisches Lied gelernt, Mama. Hör mal.« Toni fing an, *Heads, Shoulders, Knees and Toes* zu trällern und machte auch gleich den entsprechenden Tanz dazu vor. Ich war mir ziemlich sicher, dass dieses Lied sich für den Rest meines Lebens in mein Hirn eingebrannt hatte. Wahrscheinlich würde ich noch in drei Jahren mitten in der Nacht aufwachen und anfangen zu singen: »Heads, shoulders, knees and toes, knees and toes.« Und dazu tanzen würde ich wahrscheinlich auch.

»Du musst mitmachen, Mama«, forderte Toni sie auf.

Christine und sie sangen beide das Lied und versuchten sich an der Choreographie, doch schon beim zweiten Durchlauf von ›knees and toes‹, als Christine sich bis zu den Zehen runterbeugen musste, geriet sie ins Wanken und hielt sich schnell an der Arbeitsplatte fest.

Ich stürzte zu ihr, um sie abzustützen. »Alles okay?«

»Ja klar, mir ist nur ein bisschen schwindelig«, sagte sie mit zusammengebissenen Zähnen.

»Willst du dich nicht besser wieder hinlegen?«

»Hör auf, mich andauernd so zu behandeln, als wäre ich sterbenskrank!«

›Aber das bist du doch‹, hätte ich beinahe gesagt, und ich erschrak so sehr darüber, dass mir die Sprache wegblieb.

Toni beobachtete uns mit großen Augen. »Ich geh in den Garten«, sagte sie und lief in einem Tempo raus, als wäre ihr der Teufel auf den Fersen.

»Toll, jetzt hast du ihr Angst gemacht«, motzte Christine.

»Ich? Wieso ... wie denn?«

»Weil du vor den Kindern immer wieder fragst, wie es mir geht, ob ich schon was gegessen habe, ob auch alles gut ist oder ob ich mich nicht lieber hinlegen will. Das kotzt mich an! Kannst du mich nicht normal behandeln?«

»Aber ich mach mir nun mal Sorgen um dich. Ich will doch nur wissen, ob ...«

»Ich brauch das aber nicht, hörst du? Wenn ich jemanden gewollt hätte, der mich verhätschelt, hätte ich ganz bestimmt nicht *dich* gebeten, zu mir zu ziehen.«

Ihre Worte fühlten sich an wie eine Ohrfeige. Sie sah mich aus wütend funkelnden Augen an, was noch gruseliger dadurch wurde, dass sie vom vielen Übergeben mit roten, aufgeplatzten Äderchen durchzogen waren. Auch ihre Lippen waren knallrot und aufgesprungen, und sie wirkte so winzig klein und zerbrechlich, dass es mir beinahe das Herz zerriss. Ich zählte innerlich bis drei und sagte dann ruhig: »Okay, dann lass uns gleich rausgehen. Draußen ist so schönes Wetter. Lass uns an die Elbe fahren oder in den Park gehen.«

»Nein«, sagte sie abwehrend.

»Dann gehen wir irgendwo einen Kaffee trinken oder ein

Eis essen. Oder wir fahren an den See, da können die Kinder schwimmen und ...«

»Nein!«, wiederholte Christine lauter. »Ich bleibe zu Hause.«

Mit einem lauten Knall schloss ich den Kühlschrank, in dem ich soeben die letzten Lebensmittel verstaut hatte. »Das Einzige, was du von der Welt noch mitkriegst, sind Arztpraxen. Da draußen gibt es ein Leben, Christine. Und es wäre sicher nicht verkehrt, wenn du ein kleines bisschen daran teilnimmst. Also erzähl mir nicht, dass ich dich normal behandeln soll, denn du weißt doch gar nicht mehr, was Normalität überhaupt ist.«

»Nein, das weiß ich nicht!«, schrie sie. »Das weiß ich wirklich nicht mehr, denn in meinem ›Leben‹«, zu dem Wort malte sie mit den Fingern Anführungszeichen in die Luft, »ist gar nichts mehr normal, und ich habe keinen Bock darauf, mir anzugucken, wie happy und gesund alle Leute um mich herum sind, wie sie arbeiten, sich verlieben, lachen und völlig sorgenfrei sind. Ich will all diese schönen, glücklichen Menschen nicht sehen!«

»Das ist doch Blödsinn! Kein Mensch ist völlig sorgenfrei. Jeder, der dir über den Weg läuft, schleppt seinen Ballast mit sich herum, jeder Einzelne hat schon Mist erlebt.«

Christine sah mich fassungslos an. »Willst du damit etwa sagen, ich soll mich nicht so anstellen? Dass es nicht so schlimm ist, dass ich Krebs habe und möglicherweise abkratze, andere Menschen haben schließlich auch ihre Problemchen?«

»Hör gefälligst auf, davon zu reden, dass du *abkratzt*, denn das wirst du nicht«, fuhr ich sie an. »Was ich damit sagen wollte, war lediglich, dass du nicht die ganze Welt hassen sollst. Das bringt dich nämlich auch nicht weiter.«

»Ich hasse nicht die ganze Welt, ich *hasse* nur gesunde Menschen! Ich hasse sie abgrundtief!«

Ich spürte, wie mir Tränen in die Augen stiegen und mein Kinn zu zittern begann. Schnell wandte ich mich ab, um ein paarmal tief durchzuatmen, dann drehte ich mich wieder zu Christine um. »Es tut mir wirklich leid, dass du krank bist. Es bricht mir das Herz, das kannst du mir glauben. Aber ich möchte dich daran erinnern, dass du dir geschworen hast, dich von diesem scheiß Krebs nicht kleinkriegen zu lassen. Ich sollte dir in den Hintern treten, wenn du dich hängen lässt. Und das tue ich hiermit.«

Christine wankte von der Arbeitsplatte zum Tisch und ließ sich auf einen der Stühle fallen. »Ja, für dich ist es leicht, das zu sagen, Marie. Für mich war es auch leicht, als ich noch keine Ahnung hatte, was mich erwartet. Dieses Gelaber von stark sein und kämpfen und sich nicht kleinkriegen lassen – das ist doch alles nur hohles Gewäsch. Also lass mich bitte selbst entscheiden, wie ich mit diesem Mist umgehe.«

»Dann sag mir, was ich für dich tun kann.«

Christine schüttelte den Kopf. »Mach mich gesund.«

»Ich wünschte, das könnte ich«, flüsterte ich. »Ich wünsche mir so sehr, dass ich das könnte.« Für einen Moment blieb ich an der Arbeitsfläche stehen, doch dann zog es mich wie von selbst zu meiner Schwester. Ich nahm sie in den Arm und erschrak, wie jedes Mal, wenn ich das tat, weil sie nur noch Haut und Knochen war.

Christine brach in meinen Armen zusammen und schluchzte haltlos. Ich versuchte, sie zu trösten, doch ich wusste genau, dass nichts, was ich sagte oder tat, ihr helfen würde. Nach einer ganzen Weile versiegten ihre Tränen und sie löste sich von mir, um sich das Gesicht abzuwischen. »Tut mir leid«, schniefte sie. »Ich hab heute keinen guten Tag.«

Innerlich lachte ich bitter auf. Sie hatte schon seit Wochen keinen guten Tag mehr gehabt. »Schon gut. So, jetzt mach ich dir Apfelkekse, und davon isst du mindestens fünf, damit du wieder schön proper wirst. Ich weiß, du hast hart an dieser Size-Zero-Figur gearbeitet, aber moppelig hast du mir besser gefallen.«

»Hey! Ich passe endlich in die Klamotten von Zara, das werde ich mir bestimmt nicht mit Frau Brohmkamps Apfelkeksen versauen.«

Wir lächelten uns an, aber ich empfand es als wahnsinnig anstrengend, so zu tun, als wäre nichts gewesen, und ich ahnte, dass es Christine ebenso erging.

Nachdem ich Christines Apfelkekse gebacken hatte, erledigte ich den Hausputz. Vier geschlagene Stunden brauchte ich dafür. Am Sonntag ging ich mit den Kindern zum Schwimmen und bügelte anschließend zwei Riesenkörbe voll Wäsche. Als ich runterkam, entdeckte ich, dass Toni und Max die komplette Küche auf den Kopf gestellt hatten, weil sie für Christine, die im Schlafzimmer ein Nickerchen hielt, eine Tomatensuppe (bestehend aus Tomaten, Möhren und Äpfeln) zum Abendessen kochen wollten. Die eine Hälfte der Zutaten lag auf dem Boden, die andere hatte sich über Arbeitsflächen, Schränke und Herd verteilt. Der Topf hingegen war leer.

»Irgendwie ist das nichts geworden«, sagte Toni unglücklich. Sie hatte einen hochroten Kopf, und ihr Lieblingskleid, das sie morgen garantiert zur Schule anziehen wollte, sah aus, als hätte sie starkes Nasenbluten gehabt.

Max tauchte einen Finger in eine Suppenlache auf der Arbeitsfläche. »Die schmeckt echt gut. Davon wäre Mama bestimmt ganz schnell gesund geworden.«

Die beiden sahen so enttäuscht aus, dass ich ihnen nicht ernsthaft böse sein konnte. »Wir fangen einfach noch mal von vorne an. Das kriegen wir schon hin.«

Ich beseitigte die Spuren notdürftig und kochte anschließend an einem wunderschönen Sommerabend eine heiße Suppe mit den Kindern.

Christine kriegte beim Anblick der Küche beinahe einen Anfall, doch als ich ihr sagte, wie es zu diesem Chaos gekommen war, schluckte sie ihre Wut herunter – und immerhin fünf Löffel Suppe. Als die drei nach dem Essen nach oben gegangen waren, machte ich mich daran, die Küche erneut zu putzen und hatte das Gefühl, in einem Hamsterrad gefangen zu sein. Es nahm einfach alles kein Ende. Jedes Mal, wenn ich dachte, ich könnte etwas von der Liste abhaken, musste ich von vorne damit anfangen, das Chaos ging weiter und weiter und weiter. Ich wusch Tonis Lieblingskleid, steckte es in den Trockner und bügelte es, damit ich mir die Diskussion am nächsten Morgen ersparen konnte. Anschließend trieb ich mich bis spät in die Nacht in einem Internetforum für Krebspatienten herum und schrieb zum ersten Mal selbst einen Beitrag, in dem ich die Situation mit Christine schilderte und um Rat bat. Die Antworten waren zwar tröstlich, aber leider nicht besonders hilfreich. Viel mehr, als dass Christine besonders stark unter den Nebenwirkungen litt und zudem vermutlich eine Depression hatte, kam nicht dabei heraus. Das allerdings war mir bereits klar gewesen. Man nannte mir ein paar Adressen von Beratungsstellen und Selbsthilfegruppen, die Christine mit Sicherheit gutgetan hätten. Aber ich sah ihre begeisterte Reaktion auf den Vorschlag, dort hinzugehen, förmlich vor mir. Und sie würde sich wohl kaum an den Ohren zu einer Beratung ziehen lassen. Entmutigt klappte ich den Laptop zu und fiel todmüde ins Bett.

Supergirls heulen nicht

Am nächsten Morgen wurde ich von der Sonne geweckt, die mir durch einen Schlitz in den Vorhängen ins Gesicht schien. Die Vögel zwitscherten fröhlich, und ich wollte mich gerade wohlig umdrehen, um noch ein bisschen weiterzuschlafen, als mir bewusst wurde, dass ich zwar vom Sonnenschein geweckt worden war, aber nicht von Nana Mouskouris *Guten Morgen, Sonnenschein*. Ich setzte mich mit einem Ruck auf, grabschte nach meinem Handy und stellte fest, dass ich verschlafen hatte. Und zwar ordentlich. Fluchend sprang ich aus dem Bett, schlüpfte in die erstbesten Klamotten, rannte ins Bad, um mir einen Haarknoten zu machen und die Zähne zu putzen, und weckte noch mit der Zahnbürste im Mund die Kinder.

Unten kippte ich Cornflakes und Milch in zwei Schüsseln, schnitt eine Banane rein und rannte wieder nach oben, um zu überprüfen, ob Toni und Max aufgestanden waren. Waren sie, immerhin. Während Max im Bad war, stand Toni vor ihrem Kleiderschrank. »Wo ist denn mein gestreiftes Kleid?«

Oh nein. Bitte nicht. »In der Wäsche. Ich hab gestern noch dein Jeanskleid gewaschen und gebügelt, das willst du doch sonst immer anziehen.«

»Aber heute nicht. Heute will ich das gestreifte!« verkündete sie im Tonfall einer herrischen Hollywood-Diva.

»Das ist dreckig und stinkt. Zieh das Jeanskleid an oder irgendetwas anderes. Das gestreifte jedenfalls nicht.«

Ihre Mundwinkel zogen sich nach unten, ihr Kinn begann

zu zittern, und ich ahnte, was jetzt auf mich zukam. »Toni, ich warne dich. Ich hab keinen Bock auf dein Theater, also zieh dich an!«

Uuuuund... Auftritt Antonia Ahrens. Ihre Miene verzerrte sich zu der mir inzwischen wohlbekannten Halloween-Kürbisfratze, die Tränen spritzten aus ihren Augen, und sie schrie lauthals: »Nie darf ich anziehen, was ich will! Du bist nur noch blöd und gemein und überhaupt nicht mehr meine beste Freundin! Mama soll uns wieder zur Schule bringen!«

Ich griff in Tonis Schrank, zerrte ein geblümtes Sommerkleid heraus und warf es zu ihr rüber. »Hier. Das kannst du anziehen.«

»Mama soll uns zur Schule bringen!«, schrie sie noch lauter.

»Das geht nicht, du weißt doch, wie übel ihr morgens immer ist.«

»Ich will aber, dass alles wieder so ist wie früher.« Jetzt waren ihre Tränen echt, und sie fing an, so verzweifelt zu weinen, dass es mir beinahe das Herz brach. »Ich will dich nicht mehr, ich will meine Mama und Papa und Neza wiederhaben.«

Ich ging zu ihr rüber und zog sie in meine Arme. »Ach, Süße. Ich weiß genau, was für eine blöde Zeit das für dich und Max ist.« Düstere Erinnerungen an die ersten Monate, nachdem meine Mutter gestorben war, tauchten in mir auf. Und auf einmal vermisste ich sie so sehr, dass mir die Luft wegblieb. Ich brauchte meine Mutter jetzt und hier, ich schaffte das nicht mehr allein, es war alles zu viel. Sie hätte bestimmt einen Rat gewusst. Sie hätte genau die richtigen Worte gefunden, sowohl für Christine als auch für Toni, während ich keine Ahnung hatte, wie ich mit dieser Situation umgehen sollte. Ich schluckte den dicken Kloß in meinem Hals runter und strich Toni tröstend übers Haar. »Ich versuche echt mein Bestes, das musst du mir glauben. Und eigentlich kriegen wir das doch ganz gut zusammen hin, oder?«

Sie nickte stumm, schluchzte aber immer noch.

»Wir sind schon mindestens neun Meter ohne Kopf gelaufen, die letzten drei schaffen wir jetzt auch noch, okay?«

»Ja«, schniefte sie. »Für Mama.«

»Genau. Und denk immer daran, dass das nur vorübergehend ist. Neza ist bald wieder da, und euer Papa kommt am nächsten Wochenende, dann fahrt ihr mit ihm in den Urlaub und habt ihn ganz lange nur für euch allein. Und eure Mama wird wieder gesund.«

Sie löste sich von mir und sah mich aus verheulten Augen an. »Versprochen?«

Oh Gott, was sollte ich denn jetzt nur sagen? Ich hatte keine Ahnung, was pädagogisch gesehen die richtige Antwort war. Aber wie konnte ich es ihr *nicht* versprechen? »Ja. Versprochen«, sagte ich fest und fühlte mich furchtbar dabei.

Toni wischte sich die Tränen von den Wangen. »Okay.«

Ich drückte sie noch mal an mich und gab ihr einen Kuss auf die Wange. »So, und jetzt geh schnell ins Bad, ja?«

Wenigstens Max war heute Morgen einigermaßen umgänglich, sodass wir es mit nur fünfzehnminütiger Verspätung zur Schule schafften.

Völlig aufgelöst kam ich in Finkenwerder an und hastete gleich zu Daniel. Ich war bereits äußerst spät dran für die Besprechung mit Herrn Weinert und Herrn Vollmann, die wir angesetzt hatten, um unsere neuen Preislisten durchzugehen. »Tut mir leid, ich hab's nicht früher geschafft«, sagte ich atemlos, als ich in Daniels Büro platzte. Er war allein.

»Kein Problem. Die Jungs wissen Bescheid, ich hab gesagt, dass ich anrufe, wenn du da bist.« Er musterte mich aufmerksam. »Alles okay?«

»Ja, klar.«

»Du siehst ziemlich scheiße aus«, sagte er nüchtern.

»Na, vielen Dank auch. Da denkt man immer, man wäre halbwegs attraktiv, und dann so was.«

»Ist das fishing for compliments?«, wollte Daniel wissen. »Willst du hören, dass ich dich hübsch finde? Das tue ich nämlich. Ich finde dich sogar sehr hübsch. Aber du siehst extrem mitgenommen aus. Gestresst. Durch den Wind. Bedrückt. Trau...«

»Ist gut, ich hab's verstanden«, unterbrach ich ihn und haute diesem kleinen Teil von mir auf die Finger, der sich geschmeichelt durchs Haar strich und ›Daniel findet mich hühübsch, Daniel findet mich hühübsch‹ vor sich hin sang. »Es war nur ein ziemlich stressiger Morgen. Wollen wir dann jetzt Herrn Weinert und Herrn Vollmann anrufen?«

»Nein. Warum setzt du dich nicht erst mal? Willst du einen Kaffee?«

Ein Kaffee war tatsächlich eine gute Idee, denn ich hatte heute noch keine Zeit gehabt, einen zu trinken. »Ja, ich hol mir schnell einen. Soll ich dir einen mitbringen?«

Daniel seufzte tief und stand auf. Er kam auf mich zu, umfasste behutsam meine Schultern und führte mich zu dem Besucherstuhl vor seinem Schreibtisch. »Ich hole dir einen. Du setzt dich.« Damit drückte er mich auf den Stuhl und verschwand.

Ach Mann, immer diese Aufmerksamkeit und diese Freundlichkeit, wenn man sie am wenigsten gebrauchen konnte. Ich wollte nicht, dass er nett zu mir war, sonst fing ich noch an zu heulen.

Es dauerte nicht lang, bis Daniel mit zwei vollen Kaffeebechern zurückkehrte und mir meinen hinhielt. »Bitte schön.«

»Vielen Dank, das ist nett.« Ich pustete in meine Tasse und nahm einen großen Schluck. »Also gut, wegen dieser Preislisten ...«

»Jetzt lass doch mal die Besprechung«, sagte Daniel ungeduldig. »Ich will wissen, was mit dir los ist. Und ich dachte eigentlich, du hättest neulich in der Hafenklause gemerkt, dass nichts Schlimmes passiert, wenn du auch mal etwas von dir preisgibst und nicht immer so verdammt cool und supergirlmäßig tust.«

»Supergirl?« Ich schnaubte. »Oh, ich wünschte, ich wäre Supergirl, dann wüsste ich vielleicht, wie ich mit diesem ganzen Mist umgehen soll! Ich fühle mich von dem Moment an überfordert, in dem ich morgens die Augen aufschlage. Und das geht den ganzen Tag lang so, bis ich irgendwann nachts ins Bett falle. Ich kriege nichts auf die Reihe und frage mich die ganze Zeit, wieso ich mich nicht mal drei Wochen lang um meine krebskranke Schwester, ihre zwei Kinder, Haus, Garten und meinen Job kümmern kann. Andere machen das ihr Leben lang, aber ich krieg's nicht mal für so eine kurze Zeit hin. Supergirl, schön wär's!«

Daniel musterte mich nachdenklich. »Wie kann ich dir helfen, Marie?«

»Es ist schon Hilfe genug, dass ich um Viertel nach drei aus dem Büro abhauen kann. Anders würde ich das gar nicht schaffen.« Ich atmete tief durch und trank noch einen Schluck Kaffee. »Können wir jetzt *bitte* Herrn Weinert und Herrn Vollmann anrufen?«

Ich spürte Daniels Blick auf mir, doch ich starrte stur in meine Tasse. »Na schön«, sagte er schließlich.

Für den Rest des Tages stürzte ich mich in die Arbeit und

genoss es, mich allein darauf zu konzentrieren und die Gedanken an Christine, die Kinder und Daniel von mir zu schieben. Ich recherchierte mal wieder in Sachen Blue Pearl und arbeitete an meinem Konzept. Inzwischen hatte ich schon einiges an notwendigen Informationen zusammengetragen, und ich war mehr und mehr davon überzeugt, dass dieses Projekt ein Erfolg werden könnte. Mein Vater und Daniel hatten Herrn Sjöberg von der Wallin-Werft inzwischen informiert, dass sie an einer Unternehmensbeteiligung interessiert waren. In zwei Wochen würden die Schweden nach Hamburg kommen, um mit Daniel und mir über die »Zusammenarbeit« zu sprechen und uns ein erstes Angebot zu unterbreiten. Mir drehte sich der Magen um, wenn ich daran dachte. Umso intensiver stürzte ich mich in mein Blue-Pearl-Projekt, denn ich musste meinem Vater und Daniel diese Idee unbedingt präsentieren, bevor die Wallin-Leute bei unseren Entscheidungen ein Wörtchen mitzureden hatten. Leider war ich so vertieft in meine Arbeit, dass ich schon wieder die Zeit vergaß und viel zu spät an der Schule auftauchte.

Die Kinder waren auf dem Spielplatz, und Mirko, einer der Ganztagsbetreuer, kam auf mich zu, als er mich sah. Ich ahnte, dass ich jetzt einen Anranzer kassieren würde. »Hallo, Frau Ahrens.«

»Hallo. Es tut mir sehr leid, dass ich schon wieder zu spät bin.«

»Schon gut. Halb so wild. Mir ist klar, dass es momentan nicht so leicht für Sie ist. Auch für die Kinder nicht. Wir versuchen, Toni und Max aufzufangen, so gut es geht, aber man merkt ihnen an, dass sie sehr unter der Situation leiden. Toni ist in letzter Zeit extrem hibbelig und kann sich kaum noch konzentrieren. Und Max hat heute einen Klassenkameraden so heftig verprügelt, dass der Nasenbluten bekommen hat.«

»Was?«, fragte ich ungläubig. Max, der friedlichste Junge der Welt, hatte einen Freund verprügelt? »Aber warum denn?«
»Sie wollten beide nicht darüber reden.«
Toni und Max hatten mich inzwischen entdeckt und kamen zu Mirko und mir herübergelaufen. »Du bist schon wieder zu spät«, begrüßte Toni mich streng. »Immer bist du zu spät!«
»Tut mir leid, Süße.«
»Jaja, das hab ich schon tausendmal gehört«, antwortete sie so altklug, dass ich sie hätte knutschen können.
Wir verabschiedeten uns von Mirko, dann steuerten wir den Supermarkt an. Auf dem Weg dahin sagte ich: »Hey, Störtebeker und Störtebeker. Als Entschädigung dafür, dass ich zu spät war, machen wir nachher ein Feuer, okay?«
»Au ja, ein Feuer!«, rief Max enthusiastisch. »Dürfen wir dann auch kokeln?«
»Natürlich dürft ihr dann auch kokeln.«
Wie üblich setzten Toni und Max es sich im Supermarkt in den Kopf, irgendein utopisch teures Spielzeug haben zu wollen, doch dieses Mal blieb ich hart. »Wisst ihr was? Ich bin bald pleite, wenn ich euch andauernd diesen Schwachsinn kaufe. Also entweder ihr hört jetzt auf mit diesem Theater, oder wir machen heute Abend kein Feuer. Überlegt es euch.«
Damit drehte ich mich um und ließ die beiden stehen. Es dauerte genau zwei Minuten und zweiunddreißig Sekunden, bis Max angelaufen kam, und weitere fünfundvierzig Sekunden später tauchte auch Toni auf. Die beiden waren zwar beleidigt, aber ich hatte mich durchgesetzt. Ich konnte mich gerade noch davon abhalten, triumphierend zu jubeln.
Zu Hause lief Toni gleich in den Garten, und Max wollte ihr folgen, doch ich hielt ihn am Arm zurück. »Hey, warte mal. Mirko hat erzählt, dass du heute einen Klassenkameraden verprügelt hast.«

Max presste die Lippen fest aufeinander.
»Stimmt das?«, hakte ich nach.
Er nickte.
»Aber warum denn?«
»Das will ich nicht sagen.«
»Wieso nicht? Ich erzähle es auch ganz bestimmt nicht weiter.« Ich wartete kurz ab, doch Max schwieg sich aus. »War er doof zu dir?«
Erneutes Nicken.
Vor meinem inneren Auge sah ich mich als Sechsjährige Marco Dreher verprügeln, und ich wusste, dass manche Kämpfe einfach gekämpft werden mussten. Aber das konnte ich Max wohl kaum sagen. Ich kam mir vor wie eine Heuchlerin, als ich stattdessen sagte: »Hör zu, ich weiß nicht, was vorgefallen ist, aber dir ist doch selbst klar, dass man niemanden schlägt, nur weil man sich über ihn ärgert. Nur dumme Menschen schlagen, und du bist nicht dumm, Max. Also hör auf...«
»Aber Linus hat gesagt, dass Mama stirbt!«
»Was?!«, rief ich entsetzt.
»Er hat gesagt, dass alle Mamas, die Krebs haben, sterben. Erst kriegen sie eine Glatze, dann werden sie ganz dünn, und dann müssen sie ins Krankenhaus und sterben.« Tränen schossen in seine Augen, und er fing an, bitterlich zu schluchzen.
»Oh Gott, Max.« In meinem Magen brodelte es wie in einem Hexenkessel, und ich war mir sicher, dass ich in diesem Moment in der Lage gewesen wäre, Feuer zu spucken, hätte ich mich nicht für Max zusammenreißen müssen. Diese fiese, hinterhältige kleine Ratte von Linus! Am liebsten hätte ich den kleinen Mistkerl höchstpersönlich angepfiffen, und zwar so richtig. Ich nahm Max fest in den Arm und strich liebevoll sein dunkles Haar glatt, das ihm schon wieder in allen Richtungen vom Kopf abstand. »Deine Mama stirbt nicht, Max. Sie ist

krank, sie ist doll krank, ja. Aber sie wird wieder gesund. Ganz bestimmt.«

»Mama darf nicht sterben«, schluchzte er. »Wenn sie stirbt, dann sind Toni und ich doch ganz alleine.«

Mir schossen Tränen in die Augen und mein Kinn fing an zu zittern. »Ihr seid nicht allein. Euer Papa ist doch noch da, und Neza kommt auch bald wieder. Es gibt noch Opa. Und ihr habt mich. Ich lass euch ganz bestimmt nicht allein. Niemals. Und eure Mama stirbt nicht. Glaub mir, Max.«

Max weinte so sehr, dass ich Angst hatte, er könnte ersticken. »Versprichst du mir das?«

Ich schloss die Augen, und mir fiel auf, dass ich heute schon zum zweiten Mal ein Versprechen über etwas geben sollte, das ich nicht in der Hand hatte. Trotzdem wusste ich auch jetzt nichts anderes zu sagen als: »Ja. Das verspreche ich dir.«

Max weinte noch eine ganze Weile, und es kostete mich unendlich viel Kraft, stark zu bleiben und ihn zu trösten. Ganz allmählich hörten seine dünnen Schultern auf zu zucken, und er löste sich von mir. »Machen wir jetzt Feuer?«, fragte er und sah mich aus verheulten Augen an.

»Klar. Eure Mama ist noch beim Arzt, aber sobald sie wieder da ist, fangen wir an, okay? Geh doch so lange zu Toni in den Garten. Ihr könnt schon mal Stöcke zum Kokeln sammeln.«

»Wann kommt Mama denn vom Arzt wieder?«

»Ich glaube, um sechs.«

Nachdem Max rausgelaufen war, stand ich auf und packte die Einkäufe in die Schränke. Doch schon nach kürzester Zeit hielt ich inne, ließ mich langsam am Küchenschrank herabgleiten und setzte mich auf den Boden. Ich umschlang meine Beine mit den Armen und lehnte den Kopf zurück. ›Nicht heulen, Marie‹, sagte ich mir immer wieder.

»Was machst du denn da?«, hörte ich plötzlich Tonis Stimme von der Terrassentür. Ich fuhr zusammen und tat schnell so, als würde ich etwas suchen. »Mir ist was runtergefallen.«

»Ach so«, sagte sie schulterzuckend. Sie holte ein paar Zeitschriften aus dem Regal und lief wieder hinaus.

Ich ließ mir an der Spüle eiskaltes Wasser über Hände und Arme laufen und schlug mir ein paar Ladungen ins Gesicht. Dann schloss ich die Augen, atmete ein paarmal tief durch und machte mich daran, Zutaten für einen Salat zu schnibbeln. Ich genoss die stupide Arbeit, die mich nach einer Weile etwas entspannter werden ließ. Mein Moment der Ruhe währte jedoch nicht lange, denn Toni und Max war es offensichtlich zu langweilig geworden, im Garten Stöcke zu sammeln. Stattdessen droschen sie damit jetzt lieber aufeinander ein. »Mein Gott, was ist denn heute nur los?«, stöhnte ich und wollte mich gerade auf den Weg in den Garten machen, als die beiden ins Wohnzimmer stürmten.

»Die hat mich gehauen!«, schrie Max und zeigte anklagend mit dem Finger auf seine Schwester.

»Du hast mich ja selber gehauen!«

»Aber du hast angefangen! Blöde Kuh!«

»Hey!«, versuchte ich die beiden zu stoppen, doch da lieferten Toni und Max sich schon ein weiteres Gefecht. Sie jagten sich kreuz und quer durchs Wohnzimmer und die Küche, schrien sich an, beschimpften sich und schlugen mit den langen, dünnen Stöcken aufeinander ein. Ich schrie sie an, dass sie gefälligst damit aufhören sollten, und versuchte, einen der beiden zu fassen zu kriegen, doch sie waren viel zu flink für mich. Ein Stuhl fiel um, kurz darauf stieß Max mit seinem Stock gegen den Salat auf der Arbeitsfläche. Die Schüssel landete mit einem lauten Knall auf dem Boden, und zerbrach in tausend Stücke. Max ignorierte das und sprang auf den Couchtisch, um sich von da aus weiter mit seiner Schwester zu bekämpfen. Es kam, wie es kommen musste: Mit einem lauten Krachen kippte die Blumenvase um und ging zu Bruch. Das Wasser lief quer über den Tisch und tropfte auf den Teppich, doch Toni und Max kriegten davon kaum was mit, so sehr waren sie in Rage.

»Hört jetzt auf!« Ich stürzte zu Max, und gerade, als er zu einem Schlag ausholte, griff ich nach ihm, um ihn mir unter den Arm zu klemmen. Ich spürte einen scharfen Schmerz an der Wange, doch ich hatte keine Zeit, mir Gedanken darüber zu machen.

»Du hast Marie gehauen!«, schrie Toni. »Marie blutet, Marie bluuuuuuutet!« Dann fing sie lauthals an zu heulen.

Max zappelte heftig mit Armen und Beinen, und ich dachte schon, dass es jetzt wirklich nicht mehr schlimmer werden konnte, doch dann klingelte es an der Haustür. »Toll, einer der Nachbarn hat garantiert die Polizei gerufen bei eurem Rumkrakeele«, schimpfte ich und sah mich schon vom Jugendamt zu einem ernsten Gespräch herbeizitiert werden, weil ich nicht dazu in der Lage war, zwei Stunden lang auf meine Nichte und meinen Neffen aufzupassen, ohne dass etwas zu Bruch ging, ich irgendetwas vollkommen nicht kindgerechtes unternahm oder einer von uns anfing zu bluten. Mit dem immer noch tobenden Max auf dem Arm ging ich in den Flur und setzte schon während ich die Tür öffnete zu einer Entschuldigung an. »Tut mir leid, es ist ein biss...« Dann hielt ich starr vor Schreck inne. Vor mir stand nicht die Polizei. Sondern Daniel.

Er sah von mir zu dem strampelnden Max auf meinem Arm und dann über meine Schulter hinweg ins Wohnzimmer, wo Toni lauthals brüllte. Ohne ein Wort zu sagen, nahm er mir Max ab und stellte ihn auf den Boden, woraufhin der gleich wieder ins Wohnzimmer zu seiner Schwester stürzte.

»Marie bluuuutet, du hast Marie gehaaaauuuueeeen«, heulte Toni und konnte sich gar nicht mehr einkriegen.

»Hab ich nicht, du blöde Kuh!«

Ich folgte Max ins Wohnzimmer und riss ihm und Toni die Ruten aus der Hand. »Hört jetzt endlich auf! Ich hab die Schnauze so voll, das könnt ihr euch gar nicht vorstellen!«

Für diese Bemerkung erntete ich nur noch lauteres Gebrüll.

Von der Tür ertönte ein scharfer Pfiff und ein »Hey!«, woraufhin Toni, Max und ich zusammenzuckten und innehielten.

»Sagt mal, habt ihr sie nicht mehr alle? Was ist hier überhaupt los?« rief Daniel.

»Der hat mich gehauen!«, spielte Toni wieder ihre Platte ab und zeigte auf Max.

»Aber die hat angefangen, und die hat mich Pupser genannt!«

»Gar nicht, der hat angefangen!«

Entnervt ließ ich mich auf die Couch fallen. »Ich halte das nicht mehr aus.«

Daniel musterte uns mit finsterer Miene. »Ihr seid doch eine Crew, oder nicht? Ihr habt zusammen die Blue Pearl gekapert, und als Nächstes wollen wir die Rickmer Rickmers in Angriff nehmen. Und jetzt führt ihr euch so auf? Das könnt ihr knicken. Ich bin raus.«

»Aber da kann ich doch nichts dafür, die haben angefangen«, rief ich empört.

Tonis wutverzerrtes Gesicht entspannte sich allmählich, stattdessen sah sie besorgt aus. »Aber wir schaffen die Rickmer Rickmers nicht ohne dich.«

»Ja, Daniel, du musst in der Crew bleiben«, sagte Max.

»Nee. So habe ich da keinen Bock drauf. Echt nicht.«

»Bitte, Daniel«, sagte Toni mit ihrem feinsten Hundewelpenblick.

Er atmete tief durch. »Na schön. Aber nur, wenn ihr euch wieder vertragt.«

Die beiden nickten eifrig.

»Dann gebt euch die Hand.«

Toni und Max sahen einander widerwillig an und reichten sich schließlich halbherzig die Hand.

»Gut. Und jetzt entschuldigt ihr euch bei Marie.«

»Entschuldigung«, murmelte Toni.

Max kam zu mir und schlang seine Arme um meinen Hals. »Das wollte ich echt nicht, das war voll aus Versehen.«

Ich drückte ihn an mich. »Weiß ich doch. Ist schon gut.«

Daniel setzte sich dicht neben mich, umfasste mein Kinn und drehte meinen Kopf zu sich. »Lass mal sehen.« Er betrachtete eingehend mein Gesicht. Erst jetzt spürte ich das Puckern in meiner Wange. Und erst jetzt wurde mir bewusst, dass Daniel mich gerade in einer ziemlich ungünstigen Situation erwischt hatte, in der ich die Lage so was von *nicht* im Griff gehabt hatte. Das Verrückte daran war, dass es mir nicht mal etwas ausmachte. Im Gegenteil, ich war unendlich froh, dass er da war.

Daniel stand auf und verschwand in der Gästetoilette, um kurz darauf mit einem befeuchteten Gästehandtuch zurückzukehren. Er kniete sich vor mich hin und tupfte mir vorsichtig damit über die Wunde.

Augenblicklich begann es zu brennen, und ich zog scharf den Atem ein. »Aua!«

»Schsch. Sei nicht so ein Baby«, sagte er, doch sein Tonfall und sein Lächeln waren so zärtlich, dass mindestens tausend Schmetterlinge in meinem Bauch erwachten und den Schmerz vertrieben.

Toni und Max hatten sich rechts und links von mir positioniert und beobachteten uns gespannt.

»Muss Marie jetzt ins Krankenhaus?«, fragte Max ängstlich. »Ich wollte das nicht, echt nicht.«

Beruhigend strich ich ihm über den Oberschenkel. »Ich muss nicht ins Krankenhaus, das ist wirklich nicht so schlimm.«

»Nein, ist es nicht«, stimmte Daniel mir zu. »Nur ein Kratzer.«

Erleichtert atmete Max auf.

Eigentlich hätte ich noch stundenlang hier sitzen und mich von Daniel behandeln lassen können, doch zu meinem Verdruss ließ er das Gästehandtuch sinken. »Okay, ich glaub, das reicht.« Er sah sich ratlos um, als wüsste er nicht, wohin mit dem blutbefleckten Tuch.

»Leg es am besten zurück ins Bad, ich räum es nachher weg«, sagte ich. Dann wandte ich mich an Toni und Max. »Und ihr beide helft mir jetzt, das Chaos aufzuräumen, das ihr veranstaltet habt.«

Gemeinsam mit Daniel beseitigten wir die Spuren des Gefechts. Anschließend wollten Toni und Max wieder in den Garten. »Kommst du mit, Daniel? Wir sammeln Stöcker, weil wir gleich ein Feuer machen.«

»Sofort. Ich will erst mit Marie sprechen.«

Toni und Max liefen raus und ließen Daniel und mich allein zurück.

»So chaotisch ist es hier sonst nicht«, sagte ich und strich mir eine Haarsträhne aus der Stirn. »Jedenfalls nicht immer«, fügte ich hinzu.

Daniel lächelte. »Da bin ich aber froh.«

»Wieso bist du überhaupt hier?«

»Ich habe dir und Christine tausendmal meine Hilfe angeboten, und ihr habt sie immer ausgeschlagen. Aber jetzt werde ich mich nicht länger davon abhalten lassen, euch zu helfen. Ich mach's einfach.«

»Warum willst du das unbedingt?«

Daniel schwieg ein paar Sekunden, dann fragte er ruhig: »Kannst du dir das nicht denken, Marie?«

Ich schüttelte den Kopf.

»Ich habe mehr als fünf Jahre mit Christine zusammengearbeitet. Wir sind Freunde, und sie ist mir wichtig. Ich will sie sehen, mit ihr reden und wissen, wie es ihr geht. Und du ...« Er hielt inne und schien nach Worten zu suchen.

»Mir geht's scheiße«, erklang Christines Stimme von der Tür.

Wir drehten beide ruckartig die Köpfe in ihre Richtung, dann sah ich schnell zu Daniel, um zu überprüfen, wie er auf Christines Anblick reagierte. Er hatte sie kein einziges Mal gesehen, seit sie die Chemo machte, und er war vollkommen unvorbereitet. Doch wenn Daniel geschockt von ihrem Anblick war, ließ er es sich zumindest nicht anmerken.

»Hallo, Daniel«, sagte Christine, und ich war erstaunt, wie gelassen sie auf seine Anwesenheit reagierte. »Ich habe gehört, was du gerade gesagt hast, und ich ... Danke. Ehrlich, ich weiß gar nicht, was ich sagen soll.« So etwas Ähnliches wie ein Lächeln glitt über ihr Gesicht. »Jetzt komm schon her und umarm mich. Ich sehe zwar schlimm aus, aber ich beiße nicht.«

Daniel war in ein paar Schritten bei ihr und zog sie in den Arm. »Es ist schön, dich endlich mal wiederzusehen«, sagte er.

»Finde ich auch. Ich hätte mir nur andere Umstände gewünscht.« Sie löste sich von ihm und strich sich verlegen über die Perücke.

»Ich auch. Aber es ist nun mal, wie es ist.«

Christine nickte langsam. »Tja. Ja, so ist es.«

In diesem Moment kamen Toni und Max in die Küche gestürmt und umarmten Christine. »Hallo Mama, Daniel ist da!«, rief Max. »Und Marie macht gleich ein Feuer, wir haben schon Stöcker gesammelt.«

Christine sah mich zum ersten Mal richtig an, seit sie wieder da war und riss erstaunt die Augen auf. »Was hast du denn gemacht?«

»Nichts.«

»Ach, diese Macke auf deiner Wange ist von allein gekommen?«

»Nein, ich hatte einen kleinen Unfall.«

»Was für einen Unfall?« Christine sah sich im Raum um, bis ihr Röntgenblick am Couchtisch hängen blieb, auf dem die Blumenvase fehlte und ein dunkler, feuchter Fleck auf dem Teppich zu sehen war. »Was ist hier passiert?« Sie sah vom Teppich zu Toni und Max und dann zu mir. Als wir drei schwiegen, wandte sie sich an Daniel. »Weißt du, was hier los war?«

»Ich? Nein, ich weiß von nichts«, sagte er und wich ihrem Blick aus. Dieser Lügen-Anfänger. Wusste doch jeder, dass man dem Blick standhalten musste, wenn man log.

Misstrauisch musterte sie uns, doch wir schwiegen uns weiterhin aus. Ich war sehr stolz auf unsere Crew, die so fest zusammenhielt. Verräter gab es bei uns jedenfalls nicht.

»Na schön«, meinte sie schließlich. »Ich hoffe, euch ist klar, dass ich es früher oder später sowieso rauskriegen werde.«

»Warum geht ihr vier nicht schon mal raus in den Garten?«, schlug ich schnell vor. »Ich komm gleich mit dem Essen nach.«

Toni und Max stürmten los, und Christine folgte ihnen. Nur Daniel blieb stehen und sah mich fragend an.

»Geh schon«, sagte ich. »Christine ist so froh, dich zu sehen.«
Er zögerte kurz, dann folgte er den anderen in den Garten.

Als ich eine Viertelstunde später mit einem neuen Salat, Baguette, eingelegtem Gemüse, Falafel und Dips vom Türken in den Garten kam, hatte Daniel bereits ein Feuer angezündet und saß mit Toni und Max davor. Christine lag auf ihrer Liege und unterhielt sich mit Daniel, während die Kinder selig ihre gesammelten Stöcke ins Feuer hielten und kokelten. Ich fand ein Feuer an einem warmen Sommerabend zwar eher unpassend, aber es war schön zu sehen, dass Toni und Max solchen Spaß hatten. Auch Christine schien Daniels Gegenwart gutzutun, denn sie lächelte so viel wie schon lange nicht mehr. Wir picknickten und quatschten über alles Mögliche – das Wetter, die Blue Pearl, Filme und Musik – nur nicht über Christines Krankheit. Später holte ich Marshmallows aus dem Haus. Daniel, Toni, Max und ich setzten uns um das Feuer herum, um so lange Marshmallows zu rösten und zu futtern, bis uns schlecht wurde. Währenddessen schmiedeten wir Pläne, wie wir die Rickmer Rickmers kapern konnten. Irgendwann verkündete Christine, dass es Zeit für die Kinder war, ins Bett zu gehen. Sie sah zwischen mir und Daniel hin und her, dann sagte sie: »Ich bleib dann auch gleich oben. Tut mir leid, aber ich muss jetzt echt schlafen.«

Daniel stand auf und drückte sie an sich.

»Es war wirklich schön, dich mal wiederzusehen«, sagte sie.

»Gut. Ich habe nämlich vor, jetzt öfter hier vorbeizuschauen. Das hätte ich schon viel früher tun sollen.«

»Fahren wir mit der Blue Pearl raus, wenn wir aus den Ferien wieder da sind?«, fragte Max.

»Auf jeden Fall«, sagte Daniel und sah zu mir rüber. »Vielleicht segeln wir beim nächsten Mal ja sogar.«

Ich wartete auf die übliche innere Abwehr, auf das Verkrampfen und die Panik, doch zum ersten Mal seit zwölf Jahren stellte diese Reaktion sich nur sehr verspätet und längst nicht mehr so stark ein.

Christine und die Kinder verschwanden im Haus, während Daniel und ich vor dem Feuer sitzen blieben. Eine ganze Weile starrten wir einfach nur in die Flammen und lauschten dem Knistern. Ich fühlte, wie die verriegelte Tür zu diesem Raum im hintersten Winkel meiner Erinnerung sich wie von selbst öffnete. Doch dieses Mal schlug ich sie nicht wieder zu. Ich konnte es nicht mehr. »Ich war übrigens schwanger«, hörte ich mich sagen.

»Was?«

Ich spürte Daniels Blick auf mir, doch ich sah weiter ins Feuer. »Von meinem Freund. Du weißt schon, was ich dir in der Hafenklause erzählt habe?« Ohne Daniels Antwort abzuwarten, fuhr ich fort. »Ich bin schwanger geworden. Mit siebzehn. Es war ein totaler Schock, und ich dachte, mein Leben wäre vorbei. Aber dann war ich bei der Frauenärztin und habe diesen Punkt auf dem Ultraschallbild gesehen und mich unsterblich verliebt. Das war der süßeste Punkt, den ich je in meinem Leben gesehen hatte. Und ich konnte nicht... ich wollte es unbedingt behalten.«

»Und dein Freund wollte das nicht?«, fragte Daniel.

»Er war zwar nicht übermäßig begeistert, aber er hätte es mit mir durchgezogen. Hat er zumindest behauptet. Ich wollte nicht, dass irgendjemand versucht, es mir auszureden, deswegen habe ich niemandem etwas erzählt. Ich wollte damit so lange warten, wie es nur ging, damit keiner mehr sagen konnte, dass ich es wegmachen lassen soll.« Ich nahm einen der Kokelstöcke und hielt ihn ins Feuer. Es war geradezu unheimlich, diese Erinnerungen zuzulassen. So lange hatte ich sie verdrängt, doch jetzt, nachdem ich erst mal angefangen hatte, darüber zu reden, konnte ich nicht mehr aufhören. »Ich hab mich richtig darauf gefreut und mir schon Namen überlegt und in jeden Kinderwagen geguckt. Und dann hab ich es verloren. In der zehnten Woche.« Ich warf den Stock ins Feuer und rieb mir mit beiden Händen die Stirn. »Und damit bin ich nicht fertiggeworden, überhaupt nicht. Kein bisschen. Ich hab mir Vorwürfe gemacht, weil ich weiter gesegelt bin, und obwohl die Ärztin mir gesagt hat, dass es nicht daran lag, war ich mir sicher, dass es meine Schuld war.« Ich warf Daniel einen vorsichtigen Blick zu, um zu sehen, wie er auf meine Erzählung reagierte. Er schaute mich so verständnisvoll an, dass ich es wagte, weiterzureden. »Und dann *konnte* ich nicht mehr segeln, ich konnte es einfach nicht mehr. Ich hab nur noch geheult. Vor anderen ist es mir irgendwie gelungen, mich zusammenzureißen, aber sobald ich allein war, hab ich geflennt. Und Carsten, mein Ex, kam nicht damit klar. Besser gesagt, er kam nicht mehr mit *mir* klar. Er meinte, das sei alles zu viel für ihn, und dann ist er abgehauen.«

»Was für ein Arschloch«, sagte Daniel mit kaum unterdrückter Wut in der Stimme.

»Tja. Er war jung. Wir waren beide viel zu jung. Ich hab mich so einsam gefühlt. Eine Mutter hatte ich nicht, meine Oma war ein paar Monate vor dieser Sache gestorben, Christine gerade mit Robert zusammengezogen. Mit Papa oder Opa konnte ich nicht darüber reden. Auch sonst mit keinem. Sie haben natürlich alle gemerkt, dass ich unglücklich war, aber ich habe es darauf geschoben, dass Carsten Schluss mit mir gemacht hat. Ich hab nie jemandem gesagt, was wirklich los war.« Für einen Moment hielt ich inne. »Nach ein paar Wochen wollte ich das alles nur noch vergessen. Ich hab angefangen, Party zu machen. Dann bin ich in der Schule abgesackt und ...« Mein Kinn fing an zu zittern, und ich presste die Lippen aufeinander. »Na ja. Kurz darauf hat mein Vater Christine in die Werft geholt und mir gesagt, ich sei zu wild und verantwortungslos. Das war eine ziemlich ... miese Zeit in meinem Leben. Seitdem bin ich nie wieder gesegelt. Und mit der Werft wollte ich nichts mehr zu tun haben.«

Daniel sagte nichts, sondern legte nur seine Hand auf meinen Rücken und streichelte mich sachte.

Ich räusperte mich und strich mir fahrig mit der Hand durchs Haar. »Tut mir leid, heute ist ein komischer Tag. Ich bin sonst nicht so emotional. Aber Toni und Max kommen nicht mit Christines Krankheit klar. Und dann ist auch noch ihr Vater weg. Sie haben heute beide so geweint, und ich hab ihnen versprochen, dass ihre Mutter nicht stirbt. Wie konnte ich ihnen das versprechen? Allmählich habe ich doch selbst Angst.« Ich spürte, wie mir Tränen in die Augen stiegen. »Ich habe solche Angst, dass sie sterben könnte.« Meine letzten Worte kamen so leise und zittrig raus, dass ich mir nicht sicher war, ob Daniel sie überhaupt verstanden hatte. Alles tat mir weh. Mein Kopf, mein Bauch, mein Herz, überall spürte ich diesen scharfen Schmerz der Trauer, Wut und Angst. »Tut mir leid«, flüsterte ich. Doch da war es schon zu spät, eine erste Träne rollte mir über die Wange. Es brannte, als sie auf die frische Wunde traf, und ich wollte sie schnell wegwischen, doch Daniel griff nach meiner Hand und hielt sie fest.

»Da ist nichts, was dir leidtun müsste«, sagte er. »Überhaupt nichts.« Er rückte näher an mich heran, legte seine Arme um meine Schultern und zog mich an sich. Mein Kopf landete an seiner Brust und wie von selbst schlangen meine Arme sich um seine Taille. Und plötzlich wollte ich mir gar nicht mehr verbieten zu weinen. Immer mehr Tränen rollten über meine Wangen, bis ich bitterlich schluchzte und alles aus mir herausbrach. Seit zwölf Jahren hatte ich nicht mehr so sehr geweint, und vor genau zwölf Jahren hatte ich es das letzte Mal vor einem anderen Menschen getan. Und nun lag ich in Daniels Armen und weinte und weinte und konnte nicht mehr aufhören. All die aufgestauten Tränen bahnten sich ihren Weg aus meinem Inneren an die Oberfläche und durchnässten Daniels Hemd. Er hielt mich fest, strich mir über den Rücken und über das Haar und flüsterte zärtliche, beruhigende Worte. Und obwohl ich mich so verletzlich und schwach zeigte, fühlte ich mich sicher und aufgefangen.

Nach einer gefühlten Ewigkeit versiegten meine Tränen allmählich, aber ich konnte mich nicht dazu aufraffen, mich von Daniel zu lösen. Ich vergrub meinen Kopf an seiner Brust und genoss seine Stärke und seine Ruhe, die sich nach und nach auf mich übertrugen. Daniel ließ mir Zeit, er tröstete mich, obwohl ich nicht mehr weinte, und dachte scheinbar gar nicht daran, mich loszulassen. Doch irgendwann zog ich mich schweren Herzens zurück. »Tut mir ...«

»Marie, sag jetzt bloß nicht, dass es dir leidtut. Du kannst heulen, so viel wie du willst, ich stehe dir jederzeit gern zur Verfügung.« Daniel griff hinter sich, nahm ein paar Servietten von der Picknickdecke und hielt sie mir hin. »Bitte schön.«

Dankbar nahm ich sie entgegen, um mich ausgiebig zu schnäuzen.

»Ist es etwas besser?«, fragte er.

Ich horchte in mich hinein. Die Probleme waren zwar durch meine Heulerei nicht verschwunden, aber trotzdem fühlte ich mich irgendwie erleichtert. Und wunderbar getröstet. »Ja, es geht schon wieder.«

»Du schleppst ganz schön viel Ballast mit dir rum«, sagte er nachdenklich. »Und momentan steckst du wirklich in einer miesen Situation. Du hast allen Grund zum Weinen, also tu es, so oft es geht.«

Ich atmete tief durch und schüttele den Kopf. »Besser nicht. Wenn ich die ganze Zeit nur heule, komme ich ja zu nichts anderem mehr. Apropos: Ich hab noch ein bisschen was zu tun.«

»Okay.« Daniel stand auf. »Was liegt an? Eigentlich kannst du mir alles aufs Auge drücken bis auf Fenster putzen, darauf habe ich heute nämlich echt keine Lust mehr.«

»Wie meinst du das?«

»Na, wie soll ich das schon meinen? Ich bin hergekommen, um zu helfen.«

»Ja, aber es reicht doch, dass du mit Christine und ...«

»Diskutier nicht lange rum, Marie«, sagte er und hielt mir eine Hand hin.

Ich ergriff sie und ließ mich von ihm hochziehen. »Na gut. Ich lass dich aber richtig malochen, also mach dich auf was gefasst.«

Wir räumten gemeinsam das benutzte Geschirr und die Essenreste zusammen und trugen sie ins Haus. Anschließend ließ ich Daniel die Wäsche bügeln und freute mich insgeheim diebisch, dass ich das nicht machen musste. Währenddessen quatschten wir über die Werft und tratschten über Nele Jacobs und Finn Andersen, die immer noch schwer verliebt waren und die auch Daniel schon etliche Male beim Knutschen erwischt hatte. Viel zu schnell für meinen Geschmack war ich mit der Küche und Daniel mit der Bügelwäsche fertig. »Wieso kannst du so schnell bügeln? Bei mir dauert das immer eine Ewigkeit.«

Er zuckte mit den Schultern. »Ich hab's halt drauf.«

»Hast du das auch ordentlich gemacht?«, fragte ich misstrauisch und ging zu ihm, um einen Blick in den Wäschekorb zu werfen.

»Soll ich dir beim nächsten Mal jedes gebügelte Kleidungsstück zur Qualitätsprüfung vorlegen?«

Ich schlug eine Hand vor meinen Mund. »Ach herrje«, stieß ich aus. »Was ist nur aus mir geworden? Da muss ich mal kurzzeitig einen Haushalt schmeißen, und schon werde ich zum Kontrollfreak.«

Daniel lächelte und strich vorsichtig mit dem Zeigefinger unter meiner Wunde entlang. »Tut's noch weh?«

Nur mit Mühe konnte ich mich davon abhalten, mein Gesicht in seine Hand zu schmiegen. »Nein, es geht schon.«

Unvermittelt ließ er seine Hand sinken und räusperte sich. »Es ist gleich halb zwölf«, sagte er nach einem Blick auf seine Uhr. »Soll ich dich mal besser allein lassen, damit du schlafen kannst?«

›Nein, du sollst mal besser hierbleiben, damit du *mit* mir schlafen kannst‹, dachte ich, und spürte, wie mir die Hitze ins Gesicht stieg. »Ja. Doch, das ... ich will ganz dringend ins Bett.«

Ich brachte ihn zur Tür, und es fiel mir wahnsinnig schwer, ihn gehen zu lassen. »Danke für deine Hilfe. Und fürs Zuhören. Und für deine Schulter natürlich.«

»Leih sie dir aus, so oft du willst.«

Ohne darüber nachzudenken, legte ich meine Hände auf Daniels Schultern, stellte mich auf die Zehenspitzen und küsste ihn auf die Wange. Ich nahm seinen Duft wahr, die kratzigen Bartstoppeln und die weiche Haut darunter, und ich konnte mich einfach nicht dazu aufraffen, meinen Kopf zurückzuziehen, sodass mein Kuss auf die Wange eindeutig länger dauerte, als es gemeinhin üblich war.

Daniel blieb zunächst ruhig stehen, doch dann legte er seine Hände um mein Gesicht und dirigierte meinen Kopf sanft von seiner Wange weg, hin zu seinem Mund. Es fühlte sich an wie ein Stromschlag, als seine Lippen auf meine trafen, und ich hatte keine Tüte Magic Gums mehr in meinem Bauch, sondern gleich zwei Kisten, die wild vor sich hin knisterten und knasterten. Ich schlang meine Arme um Daniels Nacken, schmiegte mich an ihn und erwiderte seinen Kuss, der so wunderbar zart war, dass ich hätte ausflippen können. Ich wollte mehr, viel mehr, doch irgendwann zog er seinen Kopf zurück. Völlig verwirrt darüber, dass er mich nicht mehr küsste, öffnete ich die Augen.

Daniel lächelte mich an und fuhr mit dem Daumen über meine Lippen. Dann beugte er sich noch mal vor und gab mir einen Kuss auf die Wange. »Gute Nacht, junges Fräulein Ahrens«, flüsterte er in mein Ohr.

»Gute Nacht«, flüsterte ich zurück.

Er drehte sich um, ging die Einfahrt runter zur Straße, und ich blickte ihm auch dann noch nach, als ich ihn schon lange nicht mehr sehen konnte. Irgendwann schloss ich die Haustür hinter mir und ließ mich auf die unterste Stufe im Treppenhaus sinken. Was für ein Tag. Von all den Emotionen, die mich heute durchgerüttelt hatten, und von allen Erlebnissen blieben in diesem Augenblick nur das letzte Erlebnis und das letzte Gefühl präsent. Daniel und ich hatten uns geküsst. Und das war so ein wunderschöner, verzauberter Moment gewesen, dass ich ihn wieder und wieder erleben wollte.

Daniel hat ein Date

In den nächsten Tagen gingen Daniel und ich nett und freundschaftlich miteinander um. Wir arbeiteten zusammen, lachten und redeten, aber nie kam das zur Sprache, was am Montagabend passiert war. Nachdem ich emotional so vor ihm blankgezogen hatte, fühlte ich mich verletzlich und verunsichert, doch auf der anderen Seite suchte ich geradezu seine Nähe. Ich war hin- und hergerissen. Ein Teil von mir wollte sich zurückziehen und verkriechen, mein Herz irgendwo einschließen und es in Sicherheit bringen. Der andere Teil wollte einfach nur zu Daniel.

Er kam häufig bei uns vorbei, um mit Christine zu reden und mit Toni und Max zu spielen. Außerdem half er mir, indem er einkaufte, die Wäsche erledigte oder einen tropfenden Wasserhahn reparierte. Er lächelte mich häufig auf diese ganz besondere Art an, die nur für mich bestimmt war, und er sah mich an wie sonst niemanden. Aber was mich völlig wahnsinnig machte, war, dass er mir gegenüber so verdammt freundschaftlich blieb, obwohl wir mehr als genug Gelegenheiten gehabt hätten, uns noch mal zu küssen oder sonst irgendwie... privat zu werden. Ich verstand einfach nicht, was das sollte.

Meine Gefühle drehten sich ständig im Kreis. Einerseits fühlte ich mich wie ein Fisch, der am Haken zappelte, und am liebsten hätte ich mich losgerissen. Dann wiederum wünschte ich mir, dass Daniel etwas unternahm, damit wir endlich aufhören konnten, so zu tun, als wäre nie etwas zwischen uns passiert. Bislang hatte ich nie ein Problem damit gehabt, einem Mann mein Interesse zu signalisieren, doch bei Daniel war ich auf einmal so unsicher wie ein sechzehnjähriges Teeniemädchen. Es waren wirklich seltsame Wochen in diesem Hamburger Sommer.

Am Mittwoch hatte Christine den letzten Chemotherapie-Termin in der Tagesklinik. Ich hatte gehofft, dass der Abschluss der Chemo ihr neue Hoffnung geben und sie aufmuntern würde. Doch sie war nach wie vor in einem seelischen Tief und körperlich völlig am Ende. Immerhin hatte sie jetzt eine Verschnaufpause, bevor eine neue Serie von Untersuchungen gemacht werden würde. Erst dann würde sie erfahren, wie die Behandlung angeschlagen hatte und wann operiert werden konnte. Wahrscheinlich war es diese Ungewissheit, die sie derart runterzog.

Die Zeit rauschte nur so an mir vorbei, und ehe ich es mich versah, fingen die Sommerferien an. Am Freitag war mein letzter Morgen mit Toni und Max, bevor die beiden nach der Schule für drei Wochen mit Robert an die Nordsee und nach Frankfurt fuhren. Ich fürchtete mich vor dem, was mit Christine passieren würde, wenn sie weg waren. Denn ohne ihre Kinder sah sie womöglich überhaupt keinen Grund mehr, aufzustehen und sich irgendwie aufrecht zu halten.

Wie um mir den Abschied noch schwerer zu machen, waren Toni und Max heute besonders lieb. Toni zog anstandslos ihr gestreiftes Kleid an, ohne nach einem anderen zu verlangen, und Max war so glücklich über die bevorstehenden Ferien, dass er gar nicht auf die Idee kam, seine ›Ich will nicht in die Schule‹-Nummer abzuziehen. Wir hatten alle Zeit der Welt, zu frühstücken und ganz gemütlich zur Schule zu gehen. Als wir den Schulhof erreicht hatten, kniete ich mich vor Toni und Max hin. »Also, Störtebeker und Störtebeker, habt ganz viel

Spaß mit eurem Papa. Seid lieb. Und schreibt mir mal eine Karte.«

»Machen wir«, sagte Max. »Vielleicht können wir an der Nordsee ja ein bisschen Schiffe kapern üben.«

»Besser nicht.« Nicht, dass sie noch wildfremde Yachtbesitzer zu Tode erschreckten. »Das machen wir, wenn ihr wieder da seid, okay? Ich werde euch vermissen, ihr Monster.« Ich zog die beiden fest an mich.

»Ich dich auch«, sagte Max und schmiegte sich eng an mich. »Ich hab dich nämlich voll doll lieb.«

Tränen stiegen mir in die Augen. »Ich hab dich auch lieb«, flüsterte ich und drückte ihm einen dicken Kuss auf die Wange. »Und dich, Toni«, sagte ich und gab ihr ebenfalls einen Kuss.

Sie legte ihre Arme um meinen Hals. »Ich finde, wir sind voll die gute Crew.«

»Ja, das sind wir.«

Die beiden lösten sich von mir, dann rannten sie über den Schulhof. Bevor sie durch die Tür gingen, drehten sie sich noch mal um und winkten mir zu. Ich winkte zurück und musste mir ein paar Tränen von den Wangen wischen.

Eine Dreiviertelstunde später stand ich am Empfangstresen und hielt ein Schwätzchen mit Frau Niemann, als Daniel hereinkam, der offensichtlich schon eine Runde durch die Hallen gedreht hatte. Ich wusste nicht, wieso, aber irgendwie sah er heute besonders gut aus. Wie fast immer, wenn kein offizieller Termin anlag, trug er Jeans, und seine dunklen Haare waren leicht zerstrubbelt. Bei meinem Anblick lächelte er und gesellte sich zu Frau Niemann und mir. »Guten Morgen, Marie.«

»Guten Morgen«, sagte ich und konnte nicht verhindern, dass sich ein Strahlen auf meinem Gesicht ausbreitete.

»Hast du heute Nachmittag vielleicht ein Stündchen, damit wir über den Wallin-Termin am Montag reden können?«

»Klar.« Waren seine Augen heute noch blauer als sonst?

»Gut. Also dann, bis später.« Er nickte uns noch mal fröhlich zu und lief dann die Treppe rauf, immer zwei Stufen auf einmal nehmend.

Ich versuchte angestrengt, nicht auf seinen Hintern zu starren – was mir jedoch leider gar nicht gelang. Hastig wandte ich mich wieder Frau Niemann zu, die mich amüsiert ansah. »Haben Sie eigentlich besondere Wünsche für das Catering am Montag?«, fragte sie.

»Nein, nein, Sie machen das schon. Bloß nichts Übertriebenes. Ein paar Brötchen reichen.« Ich hatte nicht die geringste Lust, diese blöden Wallin-Typen auch noch zu verwöhnen.

Gegen fünf Uhr klopfte Daniel an meine offene Bürotür. »Na?«

Ich kniete gerade auf dem Boden und verglich ein paar Holzyachten, über die ich Artikel in der Fachpresse gefunden hatte. »Na?«

»Bist du bereit?«, fragte er und hielt mir die Hand hin.

»Oh ja. Ich bin so was von bereit.« Ich ergriff seine Hand, und er zog mich zu sich hoch. Dicht vor ihm kam ich zum Stehen. Unsere Blicke verfingen sich ineinander, und automatisch musste ich an unseren Kuss denken. Es kostete mich enorme Selbstbeherrschung, mich Daniel nicht einfach an den Hals zu werfen. Als könnte er meine Gedanken lesen, trat er noch näher an mich heran, und dieser ganz besondere Ausdruck erschien wieder in seinem Blick. Ich war mir sicher, dass es Verlangen war, und dass er mich genauso gern küssen wollte wie ich ihn. »Gut zu wissen«, sagte er leise. Dann räusperte er sich unvermittelt. »Ja, ähm ... Kommst du mit in mein Büro?«

Beinahe hätte ich frustriert mit dem Fuß aufgestampft, doch ich konnte mich gerade noch zurückhalten. Ich nickte. »Okay.«

In Daniels Büro setzte ich mich auf einen der Besucherstühle vor dem Schreibtisch, während er auf seiner Seite Platz nahm. Er schaute auf seine Uhr und sagte ganz geschäftsmäßig: »Ich habe heute leider noch eine wichtige Verabredung und muss um sechs Uhr los. Aber eine Stunde sollte eigentlich reichen. Notfalls haben wir ja auch noch den Montagvormittag.«

Mein Herz rutschte mir in die Hose. Er hatte eine *wichtige Verabredung*?! Was sollte das an einem Freitagabend denn bitte schön sein? Er hatte nicht ›Party‹ gesagt oder ›Geburtstag‹ oder ›Familienfeier‹, nein, dieser Arsch hatte eine *Verabredung*! Das konnte nur ein Date sein. Daniel hatte ein Date, er hatte so was von ein Date. Wahrscheinlich mit dieser ätzenden Schlampe von Stewardess. Oder mit seiner Ex. Möglicherweise hatte er sie nach der Begegnung im Restaurant angerufen, und sie hatten sich versöhnt. Wobei, das konnte ich mir eigentlich nicht vorstellen. Nein, die Stewardess. Es war die Stewardess. Daniel hatte ein verdammtes Date mit dieser verdammten Schwimmwestenfanatikerin. Und wer hatte das Ganze eingefädelt? Ich höchstpersönlich! War ich eigentlich bescheuert? War ich vollkommen verblödet, geisteskrank, dämlich, irre?! Hatte ich nicht mehr alle Latten...

»Ist irgendwas?« Daniel sah mich stirnrunzelnd an.

»Nein«, presste ich zwischen zusammengebissenen Zähnen hervor.

»Okay«, sagte er, doch es klang wenig überzeugt. »Können wir dann jetzt loslegen?«

»Klar.«

Daniel zog zwei Listen hervor und reichte mir eine davon

rüber. »Ich habe hier alle Punkte aufgeführt, die unsererseits noch geklärt werden müssen. Wenn dir noch was einfällt, setz es gerne darunter.« Er sprach auf diese nüchterne Büro-Daniel-Art, was mich in diesem Moment besonders nervte, weil ich wusste, wie sexy seine Stimme klingen konnte. Und weil ich große Lust dazu hatte, diese sexy Stimme zu hören. Andererseits, er würde ja heute Abend sicherlich die Stewardess vögeln, die ließ garantiert nichts aus. Dieser blöde Idiot hatte heute ein Date. War ja klar. Es war so klar, dass er mich erst angelte, dann zappeln ließ und schließlich mit einem schmerzhaften Bauchklatscher zurück in den Teich schmiss. So war das eben, man steigerte sich in was rein, machte sich Hoffnungen und wurde dann enttäuscht, immer wieder.

»Du guckst schon wieder so sauer«, sagte Daniel. »Hab ich irgendwas gemacht, von dem ich nichts weiß?«

»Nein.«

Er sah mich zweifelnd an, doch schließlich wandte er sich wieder seiner Liste zu. Wir gingen alle Punkte durch, fügten noch ein paar meiner Fragen hinzu und besprachen die Gesprächsstrategie. Irgendwann wurde ich hibbelig. Es brachte doch sowieso nichts, jetzt mit Daniel über die Schweden zu reden, wenn er es eilig hatte und sich innerlich die ganze Zeit nach seiner Stewardess verzehrte. Ich ging rüber zur Fensterbank, um nach draußen zu sehen. Die Blue Pearl dümpelte in der Marina vor sich hin und schien sich furchtbar einsam zu fühlen. Ich seufzte tief und schwang mich auf die Fensterbank.

»Hallo?«, fragte Daniel von seinem Schreibtisch und fuchtelte mit den Händen über seinem Kopf. »Bist du noch da?«

»Halbwegs. Mach weiter. Je schneller wir es hinter uns haben, desto besser.«

Daniel setzte seinen Vortrag über das schwedische Meeting

fort. Ich nahm den Rettungsring, der neben mir auf der Fensterbank stand, hob meine Beine hoch und balancierte ihn darauf. Wie schon neulich versuchte ich, ihn mit meinen Beinen in die Luft zu werfen und aufzufangen, und dieses Mal gelang es mir sogar. Ich war so begeistert, dass ich es gleich noch mal machte, und noch mal.

»Marie!« Daniel stand auf und kam zu mir rüber. Er nahm den Rettungsring von meinen Beinen und stülpte ihn mir über Kopf und Oberkörper, sodass ich gefangen war. »Hör auf zu zappeln. Das macht mich wahnsinnig.«

Er war mir so nah, dass mir der Atem stockte. Und mit einem Mal wurde mir bewusst, was er da gerade getan hatte. Daniel hatte mir einen Rettungsring zugeworfen. Einfach so, als wäre es nichts Besonderes. Er war für mich da, stand mir zur Seite und half mir, wenn alles über mir zusammenbrach. Und diesen Mann wollte sich die blöde Hinterngrabscherin schnappen. Oh, wie ich sie hasste! »Meinst du eigentlich echt, dass diese Verabredung heute das Richtige für dich ist?«, platzte es aus mir heraus.

Daniel blinzelte verwirrt. »Äh ... wieso?«

»Unter uns, ich glaube, das wird ziemlich ätzend. Ja, ich weiß, es war meine Idee, aber es war halt irgendwie eine blöde Idee.« Mein Herz schlug mir bis zum Hals, als ich auf seine Antwort wartete, doch er sah mich nur an, als würde ich in einer fremden Sprache sprechen. Hastig fuhr ich fort: »Die Stewardess ist hübsch, das gebe ich zu, und sie kennt sich aus mit Schwimmwesten. Aber für meinen Geschmack zwinkert sie eindeutig zu viel. Mit der ist doch was faul.«

»Es tut mir leid, aber ich habe keine Ahnung, wovon du redest.«

»Ich rede davon, dass du gleich ein Date hast!«

»Du denkst, ich hätte ein *Date*?«, fragte Daniel fassungslos.

»Du denkst ernsthaft, nach allem, was zwischen uns ... sag mal, wofür hältst du mich eigentlich?«

Mein Herz schlug noch schneller, und ein Funken Hoffnung keimte in mir auf. »Na, ich dachte halt, du hättest die Stewardess angerufen. Weil ich dir doch neulich gesagt habe, dass du das machen sollst.«

Daniel schnaubte. »Ach. Du glaubst, ich tue alles, was du mir sagst, junges Fräulein Ahrens?«

»Nein!«

Für eine Weile starrte er so finster vor sich hin, dass ich lieber keinen Mucks von mir gab. Schließlich nahm er mir unvermittelt den Rettungsring ab und schob mich von der Fensterbank. »Wie sieht's aus, kommst du mit zu meinem Date?«

Misstrauisch sah ich ihn an. Mir war inzwischen durchaus klar, dass er kein Date hatte, aber in mir überschlugen sich die Emotionen derart, dass ich zu keinem klaren Gedanken mehr fähig war. »Ähm ... ja?«

»Gut. Dann lass uns gehen.«

Daniel führte mich aus dem Büro und vom Werftgelände runter. Schließlich gingen wir auf dem Deich an der Elbe entlang. Wir wurden von etlichen Radfahrern überholt, am Fluss wurde gepicknickt und gegrillt, und als wäre die Szenerie nicht schon schön genug, fuhr auch noch langsam ein strahlend weißes Kreuzfahrtschiff an uns vorbei. Doch zwischen Daniel und mir herrschte Schweigen. »Den Pott müssten wir mal kapern, was?«, fragte ich, um einen leichten Tonfall bemüht.

»Mhm.«

»Bist du sauer auf mich?«

»Nein, ich bin nicht sauer. Ich denke nur nach.«

»Worüber?«

»Über dich.«

»Und was denkst du da so?«

Er blieb stehen, fasste mich an den Schultern und drehte mich zu sich herum. »Dass man ganz offensichtlich eine Menge Geduld mit dir braucht.«

»Findest du mich schwierig, oder was?«

Daniel brach in Gelächter aus. »Wie kommst du denn darauf? Du bist doch total simpel gestrickt.« Er drückte leicht meine Schultern und sagte: »Lass uns weitergehen, mein Date wartet nicht gern.«

Wir setzten uns wieder in Bewegung und nachdem wir noch zehn Minuten am Deich entlanggelaufen waren, bogen wir in eine kleine Seitenstraße ein. Gleich darauf standen wir vor einem windschiefen, reetgedeckten Fachwerkhäuschen. »Ich muss dich übrigens vorwarnen«, sagte Daniel. »Mein Date ist extrem stur und weigert sich, Hochdeutsch zu sprechen. Aber ich übersetze für dich.«

»Dann kann es nicht die Stewardess sein. Die hat Hochdeutsch gesprochen.«

In gespielter Verzweiflung verdrehte er die Augen, doch ich grinste ihn breit an, und irgendwann fingen wir an zu lachen.

Daniel ging am Haus entlang nach hinten, und wir betraten einen Garten, der mir vorkam wie ein Märchenparadies. Hohe Bäume standen darin, überall blühte es in den prächtigsten Farben und der Rasen war offenbar schon eine ganze Weile nicht mehr gemäht worden. Es sah chaotisch und natürlich aus – ganz anders als der durchdesignte Garten hinter Christines Haus. Unter einer Weide stand ein Gartentisch, an dem ein Mann mit schlohweißen Haaren saß. Er war etwa achtzig Jahre alt, doch er strahlte noch immer Kraft aus und musterte mich neugierig aus seinen tiefblauen Augen. Daniel umarmte ihn und dann wandte er sich an mich. »Darf ich vorstellen, das ist mein Opa. Hans Behnecke. Opa, das ist Marie Ahrens.«

Hans Behnecke stand auf und überragte mich um einen Kopf. Er war genau so groß wie Daniel. Ich hielt ihm meine Hand hin, er ergriff sie und drückte sie so fest, dass ich beinahe aufgeschrien hätte. »Du büst de Dochter vun den Baas vun min Enkelsöhn?«

»Er fragt, ob du die Tochter von meinem ...«

»Jo, ick bin de Dochter vun den ollen Ahrens«, antwortete ich.

Daniel starrte mich mit offenem Mund an.

»De drieste Krööt odder dat tahme Reh?«, wollte sein Opa wissen.

Hm. Also, ein zahmes Reh war ich sicher nicht. Freche Kröte klang schon eher nach mir. »Ick glööv, de drieste Krööt«, antwortete ich. »Seggt he dat?« Mit dem Kopf deutete ich auf Daniel.

Hans Behnecke lachte. »Nee. Ick segg dat. He hett mi bannig veel vun di vertellt.«

Ach, das war ja mal interessant. Daniel sprach also sehr viel von mir? »Aver nix Godes, wa?«, fragte ich seinen Opa.

»Bloot Godes. Nu sett di dol, Deern, un drink di 'n Beer.« Herr Behnecke legte einen Arm um meine Schulter und zog mich auf den Stuhl neben sich. »Daniel, nu bring de Deern doch mal 'n Beer un 'n Köm. Un mi ok.«

Daniel verschwand folgsam im Haus und kehrte kurz darauf mit einem Tablett voller Bierflaschen und Schnapsgläser zurück.

Wir stießen mit Daniels Opa an und kippten unseren Korn.

»Kommt Herr Claassen nicht?«, fragte Daniel seinen Opa.

Der winkte ab. »Nee.«

»Na, was für ein Glück, dass Marie Skat spielen kann«, sagte Daniel und wandte sich an mich: »Falls du Lust hast.«

»Ja, und wie. Ich hab schon ewig nicht mehr gespielt.«

»Du kunnst Skotspeelen?« Daniels Opa musterte mich anerkennend.

Wir fingen an zu spielen, doch schon nach kurzer Zeit stellte sich heraus, dass Hans Behnecke nicht so ganz bei der Sache war und sich eigentlich viel lieber mit mir unterhalten wollte. Er quetschte mich über mein Leben aus, über meine Eltern und Großeltern und erzählte mir seinerseits Geschichten von seinen Tagen auf See. Noch viel besser gefielen mir allerdings seine Erzählungen über peinliche Dinge, die Daniel in seiner Kindheit und Jugend angestellt hatte. Ich konnte mich nicht daran erinnern, wann ich das letzte Mal so viel gelacht hatte. Es war so schön, in diesem alten Garten zu sitzen, mit Daniel und seinem Opa Bier zu trinken, Skat zu spielen und endlich mal wieder Platt zu schnacken. Und obwohl es mich auch wehmütig machte und ich meine Großeltern in diesem Moment wahnsinnig vermisste, hätte ich mit nichts und niemandem auf der Welt tauschen wollen. Es fühlte sich an wie nach Hause kommen.

Irgendwann wurde es dunkel und der Kopf von Hans Behnecke sackte immer wieder müde auf seine Brust.

Daniel fing meinen Blick ein, und er lächelte mich so süß an, dass es augenblicklich in meinem Bauch zu kribbeln begann.

»Wollen wir mal so langsam, Marie?«

»Ja. Wollen wir.«

Daniel brachte die leeren Bierflaschen und die Spielkarten ins Haus. Dann verabschiedeten wir uns von seinem Opa.

»Dat is 'ne bannig seute deern«, sagte er zu ihm und deutete mit dem Kopf auf mich. »De behol man.«

Daniel lachte. »Danke für den Rat, Opa.«

Wir gingen am Deich entlang zurück zur Werft. »Ich kann echt nicht fassen, dass du Platt schnackst«, sagte Daniel in die Stille hinein. »Jedes Mal, wenn ich denke, dich einigermaßen zu kennen, erlebe ich eine Überraschung.«

»Tja, ich hatte auch sture Großeltern. Sie haben oft Platt mit mir geredet. Daher hab ich mich gefreut, dass ich vorhin endlich mal wieder die Gelegenheit dazu hatte. Heutzutage schnackt ja fast keiner mehr Platt.«

»Mein Opa ist jetzt jedenfalls in dich verknallt.«

»Ich auch ein bisschen in ihn.«

»Na toll«, sagte Daniel, und obwohl ich sein Gesicht nicht sehen konnte, wusste ich, dass er lächelte. »Dieser alte Schwerenöter. Dass du ein süßes Mädchen bist, hätte ich dir auch sagen können.«

»Aber bei deinem Opa kommt es irgendwie besonders charmant rüber«, lachte ich.

Irgendwann kamen die Marina und die Werft in Sicht, und allmählich bekam ich Panik, dass unser Abend schon vorbei sein könnte. Ich wollte das nicht, ich wollte bei Daniel bleiben, und je näher wir der Werft kamen, desto mehr verlangsamten sich meine Schritte. Schließlich nahm ich all meinen Mut zusammen. »Wollen wir noch mal bei der Blue Pearl vorbeischauen?«

»Ja. Gerne.«

Bei seiner Antwort fielen mir mindestens eine Milliarde Steine vom Herzen. Wir bogen ab in Richtung Marina, schlenderten über den Steg und standen schließlich vor der Blue Pearl, die im Abendlicht wunderhübsch aussah. »Ich liebe dieses Boot«, sagte ich leise. »Du darfst sie auf keinen Fall verkaufen. Ich weiß, ich wiederhole mich, aber ... du darfst sie auf keinen Fall verkaufen.«

»Das hab ich schon mal gehört, glaub ich«, sagte Daniel

lachend. Er kletterte an Bord und reichte mir seine Hand, um mir reinzuhelfen. Aus seiner Hosentasche kramte er einen Schlüsselbund hervor. »Ich glaub, ich hab noch irgendwo eine Flasche Wein da drinnen.« Er schloss die Tür zum Innenraum auf und trat ein.

»Darf ich auch mal reingucken?«

»Klar.« Er machte Licht an, und ich betrat hinter ihm den Raum. Klein, aber gemütlich, das war mein erster Eindruck. Die Luft war abgestanden, und Daniel öffnete ein paar Fenster, um den Abendwind hereinzulassen. Während er in den Schränken herumkramte, schaute ich mich um. Viel zu sehen gab es nicht, aber was ich sah, war wunderschön. Ein kleiner Salon mit Kochnische, einem Tisch und zwei Sitzbänken, die zu einer Koje umfunktioniert werden konnten. Ein winziges Bad mit Dusche. Zum Bug hin war noch eine Tür. »Ist da drin eine Kabine?«

»Ja.« Daniel trat hinter mich, öffnete die Tür und machte das Licht an. Die Kabine war so klein, dass außer einem schmalen Bett für zwei Personen, die sich sehr gern hatten, nichts reinpasste. Es war eng hier. So eng, dass Daniel sich dicht hinter mich stellen musste, damit wir beide Platz fanden. Ich spürte seinen Körper an meinem, sein Atem streifte mein Haar, und die Luft um uns herum schien sich elektrisch aufzuladen. Der Anblick des Betts machte die Situation auch nicht gerade einfacher. Ich räusperte mich. »Schön. Sieht gemütlich aus.«

»Mhm«, machte Daniel dicht hinter mir.

»Hast du den Wein gefunden?«

»Was? Äh, ja.« Daniel ging zurück in den Salon, und ich verpasste mir in Gedanken einen ordentlichen Tritt in den Hintern.

»Allerdings habe ich nur einen Kaffeebecher«, meinte er. »Ich hoffe, es ist okay, wenn wir ihn uns teilen?«

»Eigentlich trinke ich zwar nur aus kostbaren Kristallgläsern, aber gut. Ausnahmsweise.«

Wir gingen nach draußen und setzten uns nebeneinander auf eine der Sitzbänke im Cockpit. Daniel schenkte Rotwein in den Kaffeebecher und reichte ihn mir.

»Das war ein sehr schöner Abend«, sagte ich.

»Ist es noch.«

»Ja.« Verdammt, ich war nicht gut in diesem Gesäusel, ich konnte das einfach nicht. Und wieso fühlte ich mich in seiner Gegenwart neuerdings ständig wie ein nervöser Teenager? Ich trank einen Schluck Wein, lehnte mich zurück und zog die Beine an. Durch meine veränderte Sitzposition war ich näher an Daniel herangerückt, was mich nur noch kribbeliger werden ließ. »Ich bin froh, dass ich mitdurfte zu deinem Date.«

Er nahm mir den Becher aus der Hand und stellte ihn auf den Tisch. Dann drehte er sich halb zu mir. »Mein *Date*, ja genau. Also, was das angeht ...« Sein Blick fiel auf den Kratzer unter meinem Auge und ein zärtliches Lächeln erschien auf seinen Lippen. »Man sieht fast gar nichts mehr«, sagte er wie zu sich selbst und legte eine Hand an mein Gesicht, um mit dem Daumen über meine Wange zu streichen.

›Jetzt küss mich doch endlich‹, wollte ich sagen. Doch ich sagte nichts, denn ich traute meiner Stimme nicht über den Weg, die garantiert verraten würde, was er nur durch diese kleine Berührung in mir anrichtete.

Nun legte Daniel auch seine andere Hand an mein Gesicht und sah mich so intensiv an, dass ich Schwierigkeiten hatte zu atmen. »Du hast echt eine unglaublich lange Leitung, Marie Ahrens.« Langsam beugte er sich vor und kam meinem Mund näher und näher. Und als ich ihm gerade ungeduldig entgegenkommen wollte, berührten seine Lippen endlich meine. Es war eine flüchtige, zarte Berührung, die mich fast in den Wahnsinn trieb. Allmählich kam der Verdacht in mir auf, dass er das mit Absicht tat, weil er genau wusste, dass es mich verrückt machte. Wieder legte er seine Lippen auf meine. Er küsste mich sanft, beinahe fragend, als wollte er erst abwarten, wie ich reagierte. Ich schlang meine Arme um seinen Hals, zog ihn näher zu mir heran und erwiderte seinen Kuss mit voller Hingabe. Mein Herz pochte so stark, dass es sich anfühlte, als würde es gleich zerspringen, während mein ganzer Körper zu prickeln begann.

Schon bald wurden wir fordernder und bestimmter, und aus unserem zärtlichen Kuss wurde allmählich ein ungeduldiges Erobern des anderen. Er schmeckte nach Rotwein, seine Lippen waren herrlich weich, und als er mit seinen Händen meinen Körper entlangfuhr, stöhnte ich leise auf. Ich legte meine Beine über seine, um ihm noch näher zu sein. Er verstand sofort, legte seinen Arm um meine Hüfte und zog mich auf seinen Schoß. In dieser Position gab es für uns beide kein Halten mehr. Wir küssten uns leidenschaftlich und erkundeten mit unseren Händen den Körper des anderen. Ich strich über Daniels Oberarme und seine Brust, doch schon bald reichte mir das nicht mehr, ich wollte seine Haut spüren. Ungeduldig öffnete ich die Knöpfe seines Hemds und berührte die weiche Haut über den festen Muskeln. Daniels Hände wanderten an meinen Schenkeln entlang unter meinen Rock. Und als er ganz leicht die Innenseite meiner Oberschenkel entlangfuhr, wusste ich, dass es für mich kein Zurück mehr gab. Ich wollte ihn so sehr, wie ich noch nie einen Mann gewollt hatte, und zwar hier und jetzt. Hastig griff ich nach dem Saum meines Kleids, um es mir über den Kopf zu ziehen, doch Daniel hielt meine Hände fest und flüsterte: »Warte mal.«

Oh nein, das konnte er mir nicht antun! »Worauf?«, fragte ich atemlos. »Oder denkst du ... es wäre besser, wenn ich jetzt gehe?«

In Daniels Augen blitzte es amüsiert auf. »Besser? Wie kommst du denn darauf? Es wäre vernünftiger, aber besser auf keinen Fall.«

»Ich bin nicht gerade bekannt dafür, vernünftig zu sein.« Daniel lachte. »Da bin ich aber froh.«

»Warum hörst du dann auf?«, fragte ich beinahe verzweifelt.

Er zog mich zu sich heran und küsste mich auf den Mund. Dann sagte er leise: »Weil ich dich fragen wollte, ob wir nicht lieber reingehen sollen, bevor wir den Leuten hier ein kostenloses Entertainmentprogramm liefern.«

Erschrocken sah ich mich um. Er hatte recht, wir waren nicht allein hier. Auf einigen Yachten brannte Licht, auf anderen konnte ich von Weitem Leute an Deck sitzen sehen. Hatten die uns etwa die ganze Zeit aus der Ferne beobachtet? Egal, ich hatte keine Zeit, mich damit zu beschäftigen. Dafür war ich viel zu erleichtert, dass Daniel mich nicht abgewiesen hatte. »Ja. Wollen wir.«

Ohne weitere Umschweife hob er mich hoch, um mich über das Deck durch den Salon in die Kabine zu bringen. Dort angekommen ließ er mich auf das Bett gleiten und begann, mich wild und leidenschaftlich zu küssen. Es dauerte nicht lang, bis unsere Kleidung auf dem Boden landete und wir uns hemmungslos liebten. Seine Küsse und Berührungen fühlten sich an, als hätte ich mein Leben lang darauf gewartet. Plötzlich kam es mir vor, als wäre seit unserer ersten Begegnung alles auf diesen Moment zugelaufen. Als hätten wir gar keine andere Wahl gehabt, als genau das zu tun, was wir jetzt taten.

Viel später lag ich in Daniels Armen, mein Kopf auf seiner Brust, mein Bein besitzergreifend über seinen. Mit geschlossenen Augen atmete ich den Duft seiner Haut ein und fuhr mit dem Zeigefinger gedankenverloren an seinen Rippen entlang. Daniel seufzte leise und legte eine Hand an meine Hüfte, während er die Nase in meinem Haar vergrub. Ich konnte immer noch nicht die Finger von ihm lassen. Meine Sehnsucht nach ihm war durch die vergangenen Stunden noch lange nicht gestillt, sondern erst recht angefeuert worden.

»Marie?«, sagte er irgendwann.

»Mhm«, machte ich träge und gab ihm einen Kuss auf die Brust.

»Normalerweise gehe ich nicht beim ersten Date mit einer Frau ins Bett.«

Ich lächelte und gab ihm gleich noch einen Kuss. »Wir hatten ja gar kein Date. Ich hab dich nur auf dein Date begleitet.«

Daniel drehte sich auf die Seite und stützte seinen Kopf auf dem angewinkelten Arm ab, sodass er mir in die Augen sehen konnte. Ich war ein bisschen beleidigt, weil er mir meinen Platz an seiner Brust weggenommen hatte, aber angesichts seines Blicks, der eine einzige Liebkosung war, konnte ich ihm das verzeihen. Wie von selbst wanderte meine Hand an seine Wange, und ich reckte mich ihm entgegen, um ihn zu küssen. Doch irgendwann zog Daniel seinen Kopf zurück.

»Warum hörst du immer auf, mich zu küssen?«, beschwerte ich mich.

Er lachte leise. »Das ist reine Taktik. Ich lass dich zappeln.«

Ich griff nach seiner Hand, um sie zurück an meine Taille zu führen. »Hab ich mir schon gedacht, du fieser, hinterhältiger ...«

»Du weißt aber schon, dass ich verliebt in dich bin, oder?«, fiel er mir ins Wort.

Mein Herz setzte einen Schlag aus. Mitten in der Bewegung hielt ich inne und starrte ihn an. »Ernsthaft?«

Daniel stöhnte auf. »Nein. Nicht ernsthaft. Das war nur so dahergesagt. Ich dachte, das wäre ich dir schuldig, nachdem ich dich so fies und hinterhältig verführt habe.«

Ich musterte ihn eingehend, woraufhin er lächelnd den Kopf schüttelte. »Natürlich ernsthaft, du dumme Nuss. Du süße, dumme Nuss«, korrigierte er sich schnell. »Süße, eigentlich sehr schlaue, aber in einigen wenigen Bereichen dumme Nuss.«

Oh, diese verdammten Magic Gums in meinem Bauch. Ich spürte, wie sich ein strahlendes Lächeln auf meinem Gesicht ausbreitete, und hatte das seltsame Bedürfnis, einen Freudentanz aufzuführen. »Aber warum? Ich hab doch nie versucht, mich von meiner besten Seite zu präsentieren.« Ganz im Gegenteil. Daniel ahnte ja noch nicht mal, wie absolut bezaubernd ich sein konnte.

»Weil du völlig anders bist als alle anderen Frauen, die ich kenne. Du bist süß und kratzbürstig zugleich, stark und schwach, unbekümmert und nachdenklich. Man weiß bei dir nie, was als Nächstes kommt. Du bist...« Daniel strich mir mit dem Finger über die Wange. »...unfassbar schön, vollkommen durchgeknallt und klug. Und wie könnte ich mich *nicht* in eine Frau verlieben, die dem Kopf eines toten Piraten einen Besuch abstattet, wenn es ihr nicht gut geht?«

Ich konnte absolut nichts tun gegen dieses wunderschöne warme Gefühl, das mein Herz voll und ganz erfüllte und es vor Glück beinahe zum Platzen brachte. Ohne ein Wort stürzte ich mich förmlich auf Daniel und küsste ihn stürmisch. Sagen konnte ich nichts, aber ich konnte ihm zeigen, wie ich mich fühlte. Ich überschüttete ihn mit Liebkosungen und hoffte inständig, dass er verstand, was in mir vorging.

Wir liebten uns die ganze Nacht. Zwischendurch lagen wir eng aneinandergekuschelt da, konnten uns einfach nicht loslassen, nachdem es so lange gedauert hatte, bis wir einander gefunden hatten. Irgendwann schlief Daniel ein, den Arm um meine Taille geschlungen, ein Bein zwischen meinen. Der Mond schien durch die Fenster der Blue Pearl herein und erhellte die Kabine. Zärtlich streichelte ich Daniels Arm. Ich lehnte meinen Kopf an seine Brust, schloss die Augen und sog alles in mich auf, jede Einzelheit dieses magischen Moments, weil ich nichts davon jemals vergessen wollte. Das sachte Schaukeln des Bootes, das leise Plätschern und das Knarren und Knarzen im Holz. Daniels Atem an meinem Ohr, sein Duft, seine weiche Haut, das Gefühl seines Körpers an meinem. Allmählich wurden mir die Augen schwer, und obwohl ich nicht einschlafen wollte, war ich machtlos gegen die Müdigkeit. Meine Gedanken wurden immer unklarer, mein Körper entspannte sich zunehmend, und schließlich glitt ich in einen tiefen Schlaf.

Von einem lauten Poltern wurde ich wieder geweckt. Wie lange ich geschlafen hatte, wusste ich nicht. Ich öffnete die Augen und erkannte, dass der Morgen bereits angebrochen war. Noch vollkommen schlaftrunken tastete ich nach Daniel, doch er war nicht da. Und mit einem Mal war ich hellwach. Ich fuhr zusammen, mein Herz fing an zu rasen, und mir wurde eiskalt. Daniel war abgehauen. Er hatte mich hier allein gelassen und sich aus dem Staub gemacht, wahrscheinlich, weil er bereute, was letzte Nacht passiert war. Augenblicklich schnürte sich mir die Kehle zu. Doch dann spürte ich eine Bewegung am Ende des Bettes und setzte mich hastig auf. Daniel saß dort und knöpfte sich sein Hemd zu. Ich konnte sein Gesicht nicht sehen, was mich wahnsinnig machte. »Du ... gehst weg?«

Er drehte sich lächelnd zu mir um, doch bei meinem Anblick erschien ein besorgter Ausdruck in seinen Augen.

»Ist schon okay«, sagte ich schnell. »Kein Problem, ich verstehe das, die letzte Nacht war ... da haben wir uns einfach mitreißen lassen, und wir ...«

»Marie«, unterbrach er mich und sah mich eindringlich an. »Ich wollte nur zum Bäcker gehen und uns Frühstück holen. Ich hatte schon vor wiederzukommen.«

Ganze Steinbrüche fielen mir vom Herzen, und ich war so erleichtert, dass mir die Tränen kamen. Und das war der irrsinnige Moment, in dem mir auf einen Schlag bewusst wurde, in was ich mich hier hineinmanövriert hatte. Das Wasser stand mir nicht mehr nur bis zum Hals, nein, es reichte mir schon über die Nase, und ich konnte nicht mehr atmen. Wenn Daniel diese heftigen Gefühle bereits nach einer einzigen Nacht bei mir auslösen konnte, wie sollte es dann erst werden, wenn das mit uns beiden weiterging? Wenn er mich in ein paar Tagen, Wochen oder Monaten verließ? Und das würde er, weil nichts, was ich wirklich liebte, auf Dauer mir gehörte. Diese Erfahrung hatte ich schon zu oft gemacht. Mein Gott, wie ich mich gestern an ihn rangeschmissen hatte. So anhänglich und »needy«, wie Sam es bezeichnet hätte. So war ich nicht. So war ich nie gewesen, und ich wollte auch nicht so sein. Ich brauchte meine Freiheit, Luft zum Atmen und nicht diese Abhängigkeit von einem Typen, der mein Herz in seinen Händen hielt und die Macht besaß, es zu zerbrechen.

Daniel schien meine Panik zu spüren, denn sein Blick wurde wachsam. »Was ist los?«

»Ich muss gehen«, sagte ich und sprang aus dem Bett. Mit zitternden Händen hob ich mein Kleid vom Boden auf, um es mir überzuziehen.

»Was wird das hier eigentlich, Marie?«, fragte er stirnrunzelnd.

Ich wich seinem Blick aus. »Ich kann das nicht. Es tut mir leid, ich wünschte, ich könnte es, aber ich kann es nicht.«

Daniel saß für ein paar Sekunden reglos da, dann stand er auf, kam auf mich zu und drehte mich zu sich herum. »Was kannst du nicht?«

»Das mit uns. Das ist mir alles zu ... ernst.«

Sein Gesichtsausdruck verfinsterte sich. »Es ist dir zu ernst?«

»Ja!«, rief ich und machte mich von ihm los. »Es ist mir zu ernst, das bin ich nicht, ich bin nicht so eine, die sich an einen Typen kettet.« Ich ging zwei Schritte zurück, um in diesem winzigen Raum wenigstens ein bisschen Abstand zwischen uns zu schaffen. »Ich bin nicht für eine Beziehung geschaffen. Ein bisschen Spaß haben ist okay, aber mehr will ich nicht.«

Daniel sah mich eine gefühlte Ewigkeit fassungslos an. Es kostete mich alle Kraft, nicht auf der Stelle in Tränen auszubrechen, so weh tat es mir, ihn verletzen zu müssen.

»Dann haben wir ein Problem«, sagte er schließlich tonlos. »Bei mir ist es nämlich genau umgekehrt.« Er atmete laut aus und fuhr sich mit beiden Händen durchs Haar. »Und ich kauf es dir auch nicht ab. Das gestern hatte nichts mit ›ein bisschen Spaß haben‹ zu tun. Du bist einfach nur feige, und du haust lieber ab, als dich deiner Panik zu stellen und es zu versuchen. Und das ist echt erbärmlich.«

Ich brachte kein Wort mehr über die Lippen. Fast blind vor Tränen öffnete ich die Tür und trat raus aufs Deck. Die Sonne empfing mich warm und gleißend hell, doch die Eiseskälte, die sich in mir ausgebreitet hatte, konnte sie nicht vertreiben. Ich sammelte meine Schuhe und meine Tasche auf, die noch immer hier draußen lagen, und sprang auf den Steg. Ohne mich nach der Blue Pearl und nach Daniel umzudrehen, lief ich zum Fähranleger und sprang in letzter Sekunde auf die ablegende Fähre. Und erst als der Abstand zwischen mir und Finkenwerder so groß geworden war, dass ich nicht mehr auf die Idee kommen konnte, von Bord zu springen und ans Ufer zu schwimmen, wagte ich es, mich umzudrehen. Finkenwerder wurde kleiner und kleiner, und ich hatte das Gefühl, als hätte ich mit Daniel und der Blue Pearl auch mein Herz dort zurückgelassen.

Läuft alles super bei mir

Ich hatte keine Ahnung, wie ich nach Hause gekommen war. Die Welt um mich herum hatte ich nur durch eine Art Nebelschleier wahrgenommen. Gesichtslose Menschen waren an mir vorbeigegangen, Häuser, Bäume und Autos waren zu einem einzigen grauen Brei verschwommen. Mit letzter Kraft schleppte ich mich jetzt die Einfahrt zu Christines Haus runter, schloss die Tür auf, ließ meine Tasche achtlos auf den Boden fallen, hob sie dann aber gleich wieder auf und hängte sie an die Garderobe. Christine lag auf dem Sofa und schaute zur Decke. Als ich reinkam, setzte sie sich auf.

»Hey«, sagte ich und setzte mich neben sie.

»Wo kommst du denn her? Du warst die ganze Nacht nicht zu Hause.«

Ich betrachtete eingehend meine Fingernägel. »Ich war nach der Arbeit noch mit Daniel unterwegs.«

»Ach. Bis jetzt?«

»Christine?«, sagte ich und konnte sie noch immer nicht ansehen. »Ich hab mich in ihn verliebt.«

Ein paar Sekunden saß sie reglos da, dann sagte sie: »Erzähl mir was Neues. Das ist mir schon längst klar.«

»Aber das hätte mir nie passieren dürfen, niemals. Trotzdem ist es passiert, und wir haben die Nacht miteinander verbracht. Er war so toll und lieb, und ich war ... ich bin abgehauen«, flüsterte ich. »Ich bin abgehauen, weil ich Angst habe, und ich kann das einfach nicht, verstehst du? Ich kann es nicht.«

Christine sagte zunächst nichts dazu, doch dann lachte sie humorlos auf. »Kannst du dir nicht vorstellen, dass ich momentan andere Sorgen habe als deine Bindungsunfähigkeit?«

Wieder mal war es Christine gelungen, mir mit ihren Worten einen Hieb in die Magengrube zu verpassen. »Doch, ich ... tut mir leid.«

»Ich bin am Ende«, sagte Christine dumpf. »Ich bin ganz offiziell am Ende, ich kann nicht mehr. Mein Körper ist nur noch Schrott, mein Leben ist ein Albtraum, aber ha! Was für ein Glück, möglicherweise ist es ja bald vorbei. Ich bin eine Rabenmutter, und ich habe meine Ehe kaputtgemacht. Also sag mir mal bitte, wieso ich mir jetzt deine Kinkerlitzchen anhören sollte.«

»Wieso hast *du* deine Ehe kaputtgemacht?«, fragte ich irritiert. »Robert hat dich betrogen, du kannst dir doch nicht die Schuld dafür geben, verdammt noch mal!«

»Robert hat mich nicht betrogen!«, rief Christine und sah mich mit wutverzerrter Miene an. »*Ich* habe *ihn* betrogen!«

»Was? Aber du hast doch gesagt, dass ...«

»Ja, das habe ich gesagt, weil ich vor euch nicht zugeben konnte, dass ich einen Fehler gemacht habe. Weil ich wenigstens vor euch die Illusion aufrechterhalten wollte, dass ich perfekt bin. Aber ich war es, die ihn betrogen hat, nicht andersrum.«

Starr vor Schreck saß ich da. Christine, die perfekte Christine, die immer alles richtig machte, hatte ihren Ehemann betrogen? Aber jetzt ergab alles einen Sinn. Dass Christines und Roberts Freunde sich nach der Trennung von *ihr* abgewandt hatten, zum Beispiel. Ich hatte nie verstanden, wieso, denn normalerweise behielt doch immer die betrogene Ehefrau die Freunde, nicht der betrügerische Ehemann. Und Roberts Reaktion auf meine bitteren Vorwürfe, dass er seine

Familie kaputtgemacht hatte. »Aber wann denn? Und ... mit wem?«

»Kannst du dir das nicht denken?«

In meinem Kopf drehte sich alles. Das konnte ich nicht glauben. Nein, völlig unmöglich. »Mit ... Daniel?«

»Meine Güte, Marie! Geht es eigentlich immer nur um dich? Keine Angst, ich habe nicht mit deinem Mann, Kerl, Lover oder was auch immer geschlafen. Dass er gleich beide Töchter seines Chefs vögelt, wäre dann doch zu viel des Guten, meinst du nicht auch?«

Ich zuckte zusammen, denn solche Ausdrücke gab sie sonst nie von sich. Ein klitzekleiner Teil von mir war erleichtert, obwohl es albern war und ich im Grunde genommen gar kein recht dazu hatte. »Aber mit wem denn dann?«

Christine stand vom Sofa auf. »Ich brauch 'ne Pause. Lassen wir das einfach, ja?« Damit verließ sie das Wohnzimmer, und ich blieb allein zurück.

Ich saß eine halbe Ewigkeit wie paralysiert da, starrte Löcher in die Luft und versuchte, einen klaren Gedanken zu fassen. Doch nach all dem, was seit gestern Abend passiert war, hatte mein Hirn einfach dichtgemacht. Irgendwann ging ich nach oben und stellte mich minutenlang unter die heiße Dusche, in der Hoffnung, den Kopf dadurch freizukriegen. Aber es war nichts zu machen. Schließlich wankte ich in mein Zimmer, legte mich aufs Bett und fiel kurz darauf in einen unruhigen Schlaf.

Als ich aufwachte, fühlte ich mich wie gerädert. Sofort kam mir Daniel in den Sinn und was zwischen uns passiert war. Genauer gesagt, wie phänomenal ich alles versaut hatte. Doch dann fiel mir Christine ein, die mir gesagt hatte, sie sei am Ende. Dass sie Robert betrogen hatte und nicht umgekehrt und dass sie sich für eine Rabenmutter hielt. Christine war diejenige, die eine schwere Zeit durchmachte, nicht ich. Und es war meine Aufgabe, mich um sie zu kümmern und sie irgendwie wieder aufzurichten. Darauf sollte ich mich konzentrieren und auf nichts anderes.

Ich ging in Christines Schlafzimmer, doch es war leer. Schließlich fand ich sie im Bad, wo sie in Unterwäsche vor dem Spiegel stand. Sie hielt sich am Waschbecken fest und stierte sich mit leerem Blick an. »Christine? Was ist los?« Ich ging zu ihr und legte ihr besorgt eine Hand auf die Schulter.

»Tja, das frage ich mich auch oft. Was ist eigentlich verdammt noch mal los mit meinem Leben? Ich hatte doch eigentlich alles im Griff. Und jetzt sieh mich mal an. Was ist aus mir geworden?«

Ich betrachtete Christine im Spiegel. Inzwischen war sie nur noch ein Schatten ihrer selbst. Sie war dünn und ausgezehrt, ihr Gesicht von einem Ausschlag überzogen, ihr Kopf von diesem feinen Flaum dunkler Haare bedeckt, den sie jeden Tag kontrollierte und sich darüber ärgerte, dass er nicht schneller wuchs. Sie sah mehr tot als lebendig aus.

»Diese verdammte Dreckskrankheit. Scheiß Krebs, ich *hasse* ihn!« Christine griff nach einer Parfümflasche im Badezimmerschrank und knallte sie in die Badewanne, wo sie in tausend Scherben zersprang. Dann brach sie in bittere Tränen aus.

Ich zog sie in meine Arme und versuchte, ihr Trost zu spenden, so gut es ging. Christines ausgemergelter Körper wurde von Weinkrämpfen geschüttelt, und sie sagte immer wieder: »Ich hasse das alles.« Und wieder wünschte ich mir sehnlichst unsere Mutter herbei, an die ich mich kaum erinnern konnte, die Christine und ich jetzt aber beide so dringend gebraucht hätten. Mütter wussten wahrscheinlich immer, was zu tun war. Sie wussten, wie sie ihre Kinder trösten konnten. Was

Papa wohl getan hätte, wäre er jetzt hier gewesen? Ob er Christine auf die Schulter geklopft und »Indianer kennen keinen Schmerz« gesagt hätte, so wie früher? Oder hatte er inzwischen dazugelernt?

Nach einer halben Ewigkeit versiegten Christines Tränen, und sie löste sich von mir, um sich das Gesicht abzuwischen. Ich reichte ihr ein paar Papiertücher, und sie schnäuzte sich ausgiebig. »Wenn ich dran denke, wie und wer ich vor einem Jahr noch war«, sagte sie schließlich mit zitternder Stimme. »Und jetzt? Bin ich nur noch ein Haufen Mist.«

»Jetzt hör aber auf damit. Hör auf, dich da so reinzusteigern. Ja, ich weiß, so etwas darf man einer Kranken nicht sagen, aber ich tu's trotzdem.« Ich stieß Christine vorsichtig in die Seite. »So, und weißt du, was wir jetzt machen? Wir werden feiern, dass du die Chemo hinter dir hast. Das ist nämlich ein Grund zum Feiern. Wir gehen aus. Nach draußen, unter Menschen. Wir fahren an die Elbe oder setzen uns in den Park. Nein, weißt du was? Heute ist Samstag. Also gönnen wir uns einen alkoholfreien Cocktail.«

»Ich habe es noch lange nicht hinter mir, und ich will sowieso nicht in ...«

»Weiß ich«, sagte ich fest. »Ist mir aber egal. Du kommst mit.«

»Die Leute werden mich alle anstarren.«

»Na und, lass sie doch. Wichtig ist nur, dass du mal rauskommst und was anderes siehst als Arztpraxen und deine eigenen vier Wände. Daran kann man doch nur zugrunde gehen.«

»Ich gehe zugrunde an meiner Krank ...«

»Stopp!«, rief ich scharf. »Wir werden nicht über deine Krankheit reden. Dir geht's doch heute, was die Übelkeit und die Muskelschmerzen angeht, ganz gut, oder?«

Sie nickte.

»Dann gönn dir einen krebsfreien Abend mit deiner Schwester.«

Nachdenklich spielte sie an dem Anker-Armband, das ich ihr zu Beginn der Chemo geschenkt hatte. Schließlich atmete sie tief durch, hob trotzig das Kinn und sagte: »Okay. Du hast recht. Ich mach heute mal Krebs-Pause.«

Ich ließ mir meine Überraschung nicht anmerken. »Super. Dann such dir schon mal was Schönes zum Anziehen raus, ich räume solange die Scherben weg.«

Eine Stunde später war Christine angezogen und geschminkt. Sie sah zwar noch immer mitgenommen aus, aber sie hatte wirklich ganze Arbeit geleistet. Neben Lidschatten und Lipgloss hatte sie Rouge aufgelegt, und in ihren Augen lag zum ersten Mal seit Ewigkeiten kein hoffnungsloser Blick, sondern verbissene Entschlossenheit. »Und wohin fahren wir jetzt?«

»Ich dachte, wir könnten hier in Othmarschen in eine Bar gehen, bei der man auch draußen sitzen kann. Oder zur Strandperle?« Wobei mir momentan eigentlich nicht nach Elbe zumute war. Die Elbe erinnerte mich an Daniel.

»Wieso fahren wir nicht ins Schanzenviertel? Wir könnten in eine von deinen Bars gehen.«

Zweifelnd sah ich sie an. »Wollen wir nicht lieber in der Nähe bleiben? Wenn du müde wirst oder dir übel...«

»Stopp!«, rief sie und ahmte meinen Tonfall von vorhin nach. »Heute ist mein krebsfreier Abend. Und ich will auf den Kiez oder ins Schanzenviertel. Ich war schon seit einer halben Ewigkeit nicht mehr so richtig partymäßig unterwegs.«

»Ja, aber wir wollen doch heute nicht Party machen. Wir wollen nur einen alkoholfreien Cocktail trinken.«

»Schon klar«, sagte sie und verdrehte die Augen. »Lass es mich doch einfach als ›Party machen‹ bezeichnen. Ich weiß, dass ich nicht so hart feiern kann wie du, aber ich kann es mir ja zumindest mal einbilden.«

»Na schön. Also dann auf den Kiez.« Ich hatte nicht die geringste Lust, Hanna oder Hector im Schanzenviertel über den Weg zu laufen.

Mit dem Taxi fuhren wir zum Hein-Köllisch-Platz, denn dort konnte man draußen sitzen, und das war an diesem Sommerabend doch nun wirklich angebracht. Es war bereits brechend voll. Vor den Kneipen rund um den Platz standen Tische und Stühle, die besetzt waren mit feierwütigen Leuten. Mit viel Glück ergatterten wir zwei frei gewordene Plätze und bestellten uns alkoholfreie Caipirinhas. Wir redeten nicht viel, sondern schlürften unsere Cocktails und belauschten das Gespräch der Mädels am Nachbartisch, die sich lauthals über ihren Chef aufregten.

»Hoffentlich reden Frau Brohmkamp und Co. hinter unseren Rücken nicht auch so über uns«, raunte Christine mir irgendwann zu. Dann ließ sie ihren Blick über die Menge schweifen. »Es guckt gar keiner.«

»Ist doch gut.«

»So sieht es also draußen aus. Hatte ich schon fast vergessen.« Sie nahm einen Schluck von ihrem Cocktail. »Was Toni und Max jetzt wohl machen? Ich glaub, ich rufe sie mal an.«

»Aber du hast sie doch schon angerufen und ihnen Gute Nacht gesagt, bevor wir losgefahren sind«, erinnerte ich sie.

»Ja, aber sie fehlen mir so.«

Ich lächelte. »Mir auch.«

Wehmütig seufzten wir, doch dann schlug ich energisch mit der Faust auf den Tisch. »Schluss jetzt. Hier wird nicht Trübsal geblasen.«

Christine sog lautstark den Rest ihres Caipirinhas durch den Strohhalm. »Ich finde alkoholfreie Cocktails ätzend. Das ist doch totale Geldverschwendung.« Missmutig sah sie in ihr Glas. Dann blickte sie auf, und in ihren Augen lag wieder dieser trotzige, entschlossene Blick. »Bestellen wir den nächsten mit Alkohol.«

»Keine Chance«, sagte ich entschieden. »Du darfst keinen Alkohol trinken, bei all den Medikamenten, die du einnimmst.«

»Erstens ist dieses Thema heute tabu, und zweitens wird mir ein einziger kleiner Cocktail mit Alkohol schon nicht schaden.«

»Hör auf, Christine, das ist doch bescheuert.«

Sie drehte sich zu der Kellnerin um, die gerade an unserem Tisch vorbeieilte. »Zwei Caipirinhas, bitte.«

»Mann!«, schimpfte ich. »Ich finde das echt nicht gut.«

Christine lachte, und erst da fiel mir auf, wie lange sie das nicht mehr gemacht hatte. »Haben wir etwa die Rollen getauscht?«

»Nein, aber ... ach herrje!«, rief ich. »Doch! Ich bin du, und du bist ich.« Jetzt fing ich ebenfalls an, zu lachen. »Wie ist das denn passiert?«

Kurz darauf brachte die Kellnerin unsere Getränke, und ich beschloss, es gut sein zu lassen. Wie Christine schon gesagt hatte: Ein Cocktail würde ihr schon nicht schaden, und es war so schön, sie mal wieder lachen zu sehen. Wir stießen an, tranken unsere Caipirinhas, und Christine wurde bereits nach wenigen Schlucken ziemlich redselig. Kein Wunder, sie war ja überhaupt keinen Alkohol mehr gewöhnt, und in Kombination mit ihren Medikamenten schlug er bestimmt dreimal so schnell an. »Willst du wissen, mit wem ich Robert betrogen habe?«

Ich zog eine Grimasse. »Eigentlich nicht. Aber ich vermute mal, dass wir ihn beide kennen, da du ja gefragt hast, ob ich es mir nicht denken könne.«

Christine nickte. »Es war Matthias Vollmann.«

»Ah, äh ... okay.« Schockiert nahm ich einen großen Schluck von meinem Cocktail. »Darf ich fragen, wieso zur Hölle du mit ihm geschlafen hast? Ich dachte immer, du und Robert ... na ja, dass das funktioniert.«

Sie wich meinem Blick aus. »Ich weiß, das klingt wie eine blöde Ausrede, und es gibt keine Entschuldigung dafür, aber Robert hat nur noch gearbeitet. Ich hab ihn kaum noch zu Gesicht gekriegt und mich furchtbar einsam gefühlt. Matthias war da, hat mich bewundert und mir Aufmerksamkeit geschenkt. Eines Abends waren wir auf diesem Kundentermin, Daniel ist schon früh abgehauen, und Matthias und ich sind noch was trinken gegangen. Ich hab Unmengen getrunken. Und dann ist es irgendwie passiert. Es war ein Ausrutscher. Der schlimmste Fehler meines Lebens.«

»Aber warum konnte Robert dir das nicht verzeihen?«

»Er hat es versucht, aber das Vertrauen war weg. Vergeben, nicht vergessen, wie es so schön heißt.« Christine trank ihren Cocktail aus. »Und als du noch dachtest, *er* hätte *mich* betrogen, hast du ganz anders geredet.«

»Ich weiß, aber ... das ist auch irgendwie etwas anderes«, sagte ich, doch mir war im selben Moment bewusst, wie blödsinnig das klang.

Christine äußerte sich nicht dazu, sondern machte der Kellnerin ein Zeichen, uns noch zwei Caipirinhas zu bringen.

»Sag mal, spinnst du? Jetzt reicht es aber langsam.«

»Sei nicht so eine verdammte Spaßbremse! Mein Leben ist schon scheiße genug, ich will wenigstens einen Abend lang ein bisschen unvernünftig sein.«

Mein Kopf sagte mir eindeutig, dass das keine gute Idee war, aber mein Bauch war der Ansicht, dass Christine recht hatte. Warum sollte sie sich denn nicht mal einen Abend lang amüsieren? Also tranken wir noch einen Caipirinha und allmählich wandte sich unser Gespräch anderen Themen zu. Nach und nach wurden wir ausgelassener, bis wir schließlich herumalberten und über witzige Erlebnisse in unserer Kindheit redeten – über unsere Lehrer und Klassenkameraden und darüber, was aus ihnen geworden war. Es war fast wie früher – bis auf die Tatsache, dass Christines Augen allmählich einen beinahe fiebrigen Glanz bekamen.

Nachdem wir unsere Gläser geleert hatten, verkündete sie: »Ich will auf die Große Freiheit.«

»Christine, ich weiß echt nicht. Wir sollten besser nach Hause fahren.«

»Aber du hast doch selbst gesagt, dass ich mal wieder unter Leute muss.« Sie stand auf und wankte ein paar Schritte vom Tisch weg. Dann drehte sie sich zu mir um. »Kommst du?«

Zögernd folgte ich ihr und hakte sie unter. Gemeinsam schlenderten wir die Reeperbahn entlang. Inzwischen war es nach zwölf, und der Kiez gerammelt voll. Das Gejohle und Gegröle der Betrunkenen ging mir auf die Nerven, ich konnte es kaum ertragen, aber Christine schien es in vollen Zügen zu genießen. »Ist das schön, mal wieder hier zu sein.« Sie lallte schon ziemlich. »Das tut so gut. Das tut echt *so* gut!« Als wir auf der Großen Freiheit angekommen waren, stieß Christine so unvermittelt einen Jubelschrei aus, dass ich zusammenzuckte. »Das Dollhouse! Los, gehen wir ins Dollhouse!«

»Nee, Christine, echt nicht.«

»Aber ich will Stripper! Hey, ich bin sowieso eine miese Ehebrecherin, da kann ich doch auch gleich richtig über die Stränge schlagen. Ich werde mit einem Stripper rumknutschen.

Das wäre doch mal etwas, das ich meinen Enkeln erzählen kann. Sofern ich noch erlebe, dass ich Enkel kriege, die Chancen stehen ja eher so mittelmäßig. Aber falls doch, wäre das eine schöne Geschichte, meinst du nicht? Wie die Oma im Dollhouse mit 'nem Stripper rumgeknutscht hat.« Christine amüsierte sich köstlich. »Du hast doch bestimmt schon tausendmal mit Strippern rumgeknutscht, Marie.«

»Nein, habe ich nicht! Und ich will nicht ins Dollhouse.«

»Spießerin. Na schön. Dann da rein.« Zielstrebig steuerte Christine einen Club an, der so ziemlich der zwielichtigste Laden auf dem ganzen Kiez war. Dröhnende House-Rhythmen schlugen uns entgegen, so laut, dass der Bass förmlich meinen Magen zum Beben brachte. Bunte Lichter zuckten grell über die Tanzfläche, auf der ein paar Typen ihre Moves hinlegten. Christine steuerte den Tresen an und bestellte uns zwei Bier und zwei Tequila. Sie hatte Mühe, den Barhocker zu erklimmen, doch schließlich schaffte sie es. »Ich war schon ewig nicht mehr tanzen!«, schrie sie gegen die Musik an. »Ganz schön wenig los hier, was?«

»Ja, ich nehme an, das hat auch seinen Grund!«

Christine schnappte sich die beiden Tequila-Gläser, die inzwischen auf dem Tresen standen, und reichte mir eins davon. »Auf die Gesundheit!«

Wir tranken den Tequila und saugten die Zitronenscheibe aus.

»Ich geh tanzen«, verkündete Christine und rutschte schon vom Barhocker, um auf die Tanzfläche zu torkeln.

»Verdammte Scheiße!«, rief ich, in dem Wissen, dass sowieso niemand mich hören konnte. Ich hasste das alles hier, ich hasste die Lichter, die Musik, die Leute und die Go-Go-Tänzerinnen in ihren Käfigen, die ich als beinahe bedrohlich empfand. Mit Leib und Seele sehnte ich mich nach der Blue

Pearl, nach Skat spielen im Garten von Daniels Opa. Vor allem aber sehnte ich mich nach Daniel.

Christine bewegte sich zunächst langsam zu den dröhnenden Beats, doch mit der Zeit wurde sie immer wilder, bis sie schließlich beinahe die gesamte Tanzfläche für ihre Bewegungen beanspruchte. Zwangsläufig wurde einer der umstehenden Typen auf sie aufmerksam. Er tanzte sie an, stellte sich hinter sie, legte seine Hände auf ihre Hüften, und die beiden wiegten sich im Kreis.

Ich tippte Christine an die Schulter und schrie: »Wollen wir nicht lieber gehen?«

»Nein! Jetzt wird es doch gerade erst interessant!«

Wie sollte ich sie nur jemals nach Hause kriegen? Als Christine und der Typ die Tanzfläche verließen und zur Theke gingen, folgte ich ihnen und versuchte erneut, meine Schwester zum Gehen zu überreden. Ihre Augen hatten inzwischen den stumpfen Blick einer Betrunkenen, sie atmete schwer, und unter all ihrem Make-up sah sie erschreckend blass aus. Doch sie weigerte sich zu gehen.

Obwohl ich mich kaum traute, Christine allein zu lassen, musste ich dringend auf die Toilette. Als ich wiederkam, stieg mir ein verdächtig süßlicher Geruch in die Nase. Und dann sah ich Christine, meine krebskranke Schwester, in aller Seelenruhe einen Joint qualmen, während sie mit diesem widerlichen, schmierigen Typen flirtete. Mit drei Schritten war ich bei ihr, riss ihr den Joint aus der Hand und warf ihn auf den Boden. »Sag mal, hast du sie noch alle?«

»Wieso?«, schrie sie. »Marrio... Maro... Ma-ri-hu-ana ist voll gut bei Krebs!«

Ich war so böse auf sie, dass ich sie am liebsten geschlagen hätte. »Du kommst jetzt mit!«

»Hey, jetzt sei doch nicht so 'ne Spielverderberin!«, rief

Christines Flirt und legte mir seine Hand auf die Schulter. »Deine Schwester hat schon gesagt, dass du immer so vernünftig bist. Du musst dich echt mal 'n bisschen locker machen.«

»Nimm deine dreckigen Griffel von mir und verpiss dich!«, schrie ich ihn an.

Erschrocken zog er seine Hand zurück und hob sie in einer abwehrenden Geste. »Ist ja gut«, sagte er und trottete davon.

Christine kriegte gar nichts mehr mit, sie saß nur mit gesenktem Kopf auf ihrem Hocker. Ich zog sie dort runter, und zum Glück ließ sie sich jetzt anstandslos von mir zum Ausgang zerren. Sie war kaum noch in der Lage, geradeaus zu gehen, und stützte sich schwer auf mich. Endlich waren wir draußen angekommen, und Christine ließ sich kraftlos auf den Gehsteig fallen. Sie starrte blicklos vor sich hin, als wäre sie völlig weggetreten, in einer anderen Welt. Ich setzte mich neben sie und legte einen Arm um ihre Schulter. »Christine?«, fragte ich ängstlich, doch sie reagierte nicht. Nach ein paar Sekunden sackte sie in sich zusammen und landete schwer wie ein Stein auf meinem Schoß. Ihre Augen waren jetzt geschlossen, und sie lag wie tot da. »Christine!« Ich rüttelte an ihrer Schulter, doch sie zeigte keinerlei Reaktion. »Hilfe!«, schrie ich die Passanten an, die sich jedoch ihre Feierlaune scheinbar nicht verderben lassen wollten und schnell wegsahen. »Kann mir bitte jemand helfen?« Panisch schlug ich Christine auf die Wangen und hielt meinen Finger unter ihre Nase, um zu überprüfen, ob sie noch atmete. Ich spürte einen leichten Hauch.

»Alles klar bei euch Süßen?« hörte ich eine Stimme über mir.

Ich blickte auf und sah eine grell geschminkte Drag Queen mit Wallemähne und Leoparden-Minikleid.

»Nein! Meine Schwester ist bewusstlos.«

Sie beugte sich zu Christine hinunter und schlug ihr, so wie ich, ein paarmal auf die Wangen. Doch auch jetzt kam keine Reaktion. »Ich ruf wohl besser einen Krankenwagen«, sagte sie und zückte schon ihr Handy.

Während wir warteten, versuchten die Drag Queen und ich weiterhin, Christine wach zu kriegen. Wir schüttelten sie, redeten auf sie ein und ließen ihr Wasser aus einer Plastikflasche über die Stirn laufen, doch es war nichts zu machen. Irgendwann hielt der Krankenwagen vor uns, und ich war so erleichtert, dass ich hätte heulen können. Zwei Sanitäter sprangen raus, legten Christine auf den Boden, maßen ihren Blutdruck und fühlten ihren Puls. Der eine fragte mich, was passiert war, und mit zitternder Stimme schilderte ich den Verlauf des Abends. Ich kramte in meiner Handtasche und holte einen Zettel hervor, auf dem ich mir für meine Google-Recherchen genau notiert hatte, was Christine an Medikamenten nahm, und welche Zytostatika sie während der Chemo bekommen hatte. Die beiden Sanitäter warfen nur einen Blick auf den Zettel, dann hievten sie Christine schon auf eine Trage und verfrachteten sie in den Wagen.

»Wo bringen Sie sie denn jetzt hin?«, fragte ich.

»AK Altona«, antwortete der Sanitäter. »Sie können mitfahren. Aber behalten Sie es für sich.«

Von der Fahrt ins Krankenhaus bekam ich kaum etwas mit. Der Fahrer versuchte, ein Gespräch anzuzetteln, doch ich war in Gedanken einzig und allein bei Christine, die hinten im Wagen lag und dort versorgt wurde. Irgendwann waren wir im Krankenhaus angekommen, sie wurde in die Notaufnahme geschoben und den dortigen Ärzten und Schwestern übergeben. Ehe ich mich versah, war sie hinter einer Milchglastür verschwunden.

Ich taumelte auf einen Plastikstuhl im Wartebereich zu und ließ mich darauffallen. Und dann fing das Warten an. Mir war so übel, dass ich mich auf der Stelle hätte übergeben können, und die ganze Zeit liefen Tränen über meine Wangen. Die Angst schnürte mir die Kehle zu, und je länger ich wartete, desto schlimmer wurde es. Es war meine Schuld. Wenn Christine jetzt starb, dann war es meine Schuld. Die Minuten zogen sich länger und länger hin. Ich hatte keine Ahnung, wie lange ich auf meinem harten Plastikstuhl ausgeharrt hatte, doch irgendwann kam endlich ein Mann in blauen Arztklamotten in den Wartebereich, der meinen Namen rief. »Frau Ahrens?«

Ich sprang auf und ging mit weichen Knien auf ihn zu. »Ja, das bin ich.«

»Ihre Schwester ist jetzt in der Onkologie. Ich bringe Sie zu ihr«, sagte er und marschierte im Stechschritt den Flur entlang.

Ich musste fast rennen, um nicht hoffnungslos hinter ihm zurückzufallen. »Und was hat sie? Ich meine, wie geht es ihr?«

»Zytostatika, Medikamente gegen Nebenwirkungen, Medikamente gegen die Nebenwirkungen der Medikamente gegen Nebenwirkungen, Alkohol und Marihuana sind keine gute Kombination.« Er warf mir einen strafenden Blick zu. »War nicht die beste Idee.«

»Ich weiß«, sagte ich unglücklich.

»Wir mussten ihr den Magen auspumpen und ihren Kreislauf stabilisieren. Sie ist uns immer wieder weggekippt, weil sie durch ihre Unterernährung völlig ausgelaugt ist. Deswegen behalten wir sie für zwei, drei Tage hier, damit sie sich regenerieren kann.« Er blieb vor einer Tür stehen, und bevor er eintreten konnte, hielt ich ihn am Arm zurück. »Also sie ... stirbt nicht?«, fragte ich mit klopfendem Herzen und dünnem Stimmchen.

»Nein. Jedenfalls nicht jetzt. Aber irgendwann müssen wir

ja alle mal dran glauben, was?« Er lachte über seinen eigenen Witz.

Für ein paar Sekunden stand ich wie eingefroren da. Dann stieß ich hervor: »Wie schön, dass Sie trotz des Elends, das Sie täglich sehen, Ihren Humor nicht verloren haben. Für die Betroffenen und Angehörigen ist es allerdings nicht so lustig.«

Sein Grinsen verschwand, und er räusperte sich betreten. »Tut mir leid.« Er öffnete die Tür und ließ mich eintreten, folgte mir jedoch nicht in den Raum, sondern eilte grußlos davon, auf zu seinem nächsten Patienten.

Im Zimmer befanden sich zwei Betten. In einem lag eine alte Frau und schnarchte laut. In dem anderen lag Christine. Neben ihrem Bett stand ein Infusionsständer, an dem ein paar Beutel hingen. Von einem ging ein Schlauch ab und verschwand an der Stelle unterhalb ihres Schlüsselbeins, unter der ihr Port eingesetzt war. Christine trug ein blaues Krankenhausnachthemd, und sie sah so klein und dünn aus, dass es mir einen Stich versetzte. Ihre Augen waren geschlossen und sie atmete gleichmäßig. Langsam ging ich zu ihr und blieb neben ihrem Bett stehen. Ich beobachtete sie eine ganze Weile, achtete auf ihre Atemzüge, zählte sie. »Es tut mir so leid«, flüsterte ich schließlich. »Ich hätte besser auf dich aufpassen müssen.«

Sie bewegte sich nur kurz, drehte ihren Kopf zur Seite und schlief weiter. Ich zog einen Stuhl dicht an ihr Bett heran, setzte mich zu ihr und nahm ihre Hand. Die alte Dame schnarchte friedlich vor sich hin, draußen wurde es bereits hell, und durch die geöffneten Fenster drang Vogelzwitschern herein. All das machte diese Situation noch unwirklicher für mich. Ich kam mir vor, als wäre ich in einem bizarren Traum gelandet. Mein Kopf fühlte sich an, als würde er gleich zerspringen, und nach und nach überkam mich eine bleierne Müdigkeit. Ich wollte wach bleiben und auf Christine aufpassen, doch es gelang mir nicht. Meine Lider wurden immer schwerer, und irgendwann fielen meine Augen zu.

Als ich aufwachte, lag ich mit dem Oberkörper auf Christines Bett. Noch immer hielt ich ihre Hand umklammert, und mein Rücken schmerzte. Ich setzte mich auf, reckte und streckte mich und warf einen Blick auf die Uhr. Es war gleich zehn. Christine schlief noch, doch von meinen Bewegungen wurde sie allmählich wach. Sie öffnete die Augen und runzelte die Stirn, als müsste sie erst überlegen, wo sie war.

»Hey, Christinchen«, sagte ich leise und beugte mich wieder vor, um ihre Hand zu nehmen. »Du bist im Krankenhaus.«

Ihr Blick glitt durch den Raum, über den Infusionsständer und dann wieder zu mir. »Oh, verdammt.«

»Ja, das war wohl gestern ein bisschen viel. Kannst du dich erinnern?«

Sie schwieg eine Weile, dann nickte sie. »Wir waren auf dem Kiez. In einem Club. Ich hab getrunken und getanzt.«

»Und gekifft. Und dann bist du einfach umgefallen.«

»Musstest du einen Krankenwagen rufen?«

»Ja, da war diese Drag Queen, die mir geholfen hat. Mist, ich wollte mich eigentlich noch bei ihr bedanken. Aber sie war auf einmal weg. Na ja, jedenfalls behalten sie dich jetzt für zwei, drei Tage hier, weil sie dich aufpäppeln wollen. Ich vermute mal, du kriegst da ein paar leckere Kalorien verpasst.«

Christine sah den Infusionsbeutel an, der inzwischen leergelaufen war. »Ich brauche ein paar Sachen, wenn ich hierbleiben muss.«

»Klar. Ich fahr gleich los und hol dir alles. Soll ich Papa und Robert anrufen, oder machst du das selbst?«

»Robert muss das nicht wissen«, sagte Christine abwehrend. »Er kann mir sowieso nicht helfen. Und ich will nicht, dass die Kinder erfahren, dass ich im Krankenhaus bin. Nicht, solange es nicht unbedingt nötig ist.«

»Aber Robert will dich doch bestimmt sehen. Oder wenigstens mit dir sprechen«, protestierte ich.

»Das ist meine Entscheidung, okay?«

»Okay. Ja, natürlich. Tut mir leid.« Ich griff nach meiner Handtasche. »Gut, dann hole ich jetzt deine Sachen. Schreib mir am besten eine Nachricht mit der Liste.«

Christine nickte und drehte ihren Kopf in Richtung Fenster.

Ohne ein weiteres Wort verließ ich das Krankenzimmer.

Um drei Uhr nachmittags fuhr ich zurück ins Krankenhaus. Die Oma neben Christine starrte mit offenen Augen an die Decke, und ich war mir nicht sicher, ob sie überhaupt irgendetwas von ihrer Umgebung mitbekam. Auf meinen Gruß antwortete sie nicht. Christine saß aufrecht im Bett und sah aus dem Fenster. Fast schien es mir, als hätte sie sich in den Stunden meiner Abwesenheit keinen Millimeter bewegt.

»Wie geht's dir?«, fragte ich und biss mir auf die Zunge. »Ich meine, hast du noch ein bisschen geschlafen?«

»Nein, habe ich nicht.«

Ich packte ihre Sachen in den Schrank und ins Bad und baute ihr Medikamentenarsenal auf dem Nachttisch auf. Schließlich holte ich eine Dose mit Apfelkeksen hervor. »Hier, für dich. Da dein Essen momentan ziemlich geschmacksneutral ist«, ich deutete auf den Infusionsständer, »dachte ich, dass ein bisschen Süßkram nicht schaden kann. Ich hab schon probiert, und finde, dass sie mir besonders gut gelungen sind. Willst du einen?« Ich öffnete die Dose und hielt sie ihr unter die Nase.

Sie drehte den Kopf weg. »Nein. Dir scheint in letzter Zeit ja wirklich alles richtig toll zu gelingen, was?«

»Wie meinst du das?«

»Tja, du kommst mit meinen Kindern bestens klar, meinen Job machst du mit links, du hast dich in Daniel verliebt ... läuft doch alles super bei dir, seit ich krank bin.«

Fassungslos sah ich sie an. »Sag mal, hast du sie noch alle? Meine Schwester hat Krebs, das ist schon mal die größte Scheiße! Und ansonsten stolpere ich von einem Missgeschick ins nächste und hab andauernd das Gefühl, im Chaos zu ertrinken. Die meiste Zeit habe ich keine Ahnung, was ich da überhaupt tue, aber was auch immer es ist, ich kann mir sicher sein, dass ich es falsch mache!«

»Ach, komm schon. Als würdest du dir jemals Gedanken darum machen, ob etwas richtig oder falsch ist.«

Mit einem lauten Knall stellte ich die Keksdose auf den Nachttisch. »Was ist los? Hab ich dir was getan?«

Christines Augen schossen giftige Pfeile auf mich ab. »Ob du mir etwas getan hast? Ich liege im Krankenhaus, falls dir das noch nicht aufgefallen ist!«

Ein paar Sekunden lang war ich sprachlos. »Ich weiß, ich hätte früher einschreiten und dich irgendwie dazu bringen müssen, nach Hause zu gehen. Und ich mache mir deswegen schon genug Vorwürfe. Aber ich habe dir den Alkohol nicht eingeflößt, und ich habe dir auch keinen Joint in die Hand gedrückt.«

»Ich wollte nur für einen einzigen Abend wie du sein, und jetzt bin ich hier!«, schrie Christine. »Nur ein einziges Mal ohne Rücksicht auf Verluste durchs Leben preschen. Dir ist es doch völlig egal, was du anderen antust, Hauptsache, du kannst dein Ding durchziehen.«

Ich versuchte, ruhig zu bleiben, doch es gelang mir nicht.

Alles, was sich in den letzten Wochen in mir aufgestaut hatte, brach in diesem Moment hervor. »Was *ich* anderen antue? Immerhin habe ich nie meinen Mann betrogen, Frau Heiligenschein!« Christine wurde blass und öffnete den Mund, um etwas zu sagen, doch ich kam ihr zuvor. »Und was bitte habe ich dir *angetan*? Seit Wochen schleiche ich auf Zehenspitzen durch dein Haus und versuche, dir alles recht zu machen! Ich kümmere mich um deine Kinder, wische deine Kotze auf und ertrage dein Rumgepeste. Und ich sage kein Wort dazu, weil du ja krank bist und weil es dein gutes Recht ist, schlecht drauf zu sein. Andauernd versuche ich, für dich Verständnis zu haben. Ich habe mich in den letzten Wochen mindestens zehnmal am Tag für irgendetwas bei dir entschuldigt, ich schwöre dir, wenn ich das noch ein einziges Mal tun muss, dann platze ich! Also, was hab ich dir angetan?«

»Du bist gesund, das hast du mir angetan! Du bist gesund, und ich bin krank! Ich hab mich mein ganzes Leben lang darum bemüht, alles richtig zu machen. Ich hab BWL studiert, weil ich wusste, dass Papa das gerne so hätte, ich bin in die Werft eingestiegen, weil er es wollte. Ich hab mich abgerackert, um alles auf die Reihe zu kriegen und versucht, jedem gerecht zu werden. Ich hab mich gesund ernährt, nie geraucht, Sport gemacht – und ich bin jetzt krank!« In Christines Augen lag so viel Hass, dass mir eiskalt wurde.

»Es ist doch nicht meine Schuld, dass du alles tust, was man dir sagt! Und auch nicht, dass du versuchst, die Überfrau zu sein!«

Christine lachte humorlos auf. »Nein, das ist nicht deine Schuld. Es ist alles nicht deine Schuld. Das wäre ja auch noch schöner, wenn du Verantwortung für irgendwas übernehmen müsstest.«

»Herrgott noch mal, Christine, du kannst mir doch nicht allen Ernstes die Schuld dafür geben, dass du krank bist.«

»Nein!«, schrie sie. »Aber es ist einfach so verflucht ungerecht, dass nicht du krank bist, sondern ich!«

Entsetzt trat ich einen Schritt zurück. »Wie bitte?«

Tränen rollten über Christines Wangen, und sie zeigte mit dem Finger auf mich, als würde sie mich verfluchen. »Ja, du hättest es verdient, krank zu sein! Du hast immer nur in den Tag hineingelebt, dich um nichts gekümmert. Für dich zählen nur Party und Spaß. Du hast nichts, wofür es sich zu leben lohnt, es gibt niemanden, dem du fehlen würdest, niemanden, der dich braucht. *Du* solltest krank sein, nicht ich!«

Vollkommen schockiert stand ich da und sah meine Schwester an. So rasend vor Wut und Hass hatte ich sie noch nie erlebt. Und ich war mir sicher, dass sie jedes einzelne Wort genauso gemeint hatte.

Christine sackte in sich zusammen und lehnte sich kraftlos in ihrem Bett zurück. Sie drehte den Kopf von mir weg, als könnte sie meinen Anblick nicht mehr ertragen.

Und ich ihren auch nicht. Nicht mal mehr für fünf Sekunden. »Ich gehe jetzt«, sagte ich mit wackliger Stimme. »Ich weiß noch nicht, ob ich es morgen schaffe herzukommen.«

»Du brauchst nicht wiederzukommen. Und keine Angst, du musst dich auch nicht mehr mit mir und dem Haus und den Kindern abquälen. Ich habe Papa angerufen. Er kommt morgen.«

Ein weiterer Schlag, kurz und schmerzvoll. Ich nickte und versuchte, mein zitterndes Kinn irgendwie in den Griff zu kriegen. Ohne ein Wort verließ ich den Raum, irrte blind vor Tränen durch die Gänge des Krankenhauses und fand nach einer halben Ewigkeit endlich den Ausgang. Draußen war es warm und sonnig, doch ich bekam nichts davon mit. Ich spürte die Sonne nicht, ich hörte die Vögel nicht, und ich sah die Menschen nicht, die an mir vorüberzogen. Wie in Trance fuhr ich zu Christines Haus, ging in mein Zimmer und packte meine Sachen. Es ging schnell, immerhin war ich nur mit einem Koffer und einem Rucksack hier angereist. Schon seltsam. Ein Rucksack und ein Koffer, mehr brauchte es nicht, um ein ganzes Leben reinzupacken. Mein Leben. Besonders viel war das nicht.

Schiffbruch auf Schwedisch

Ich verließ Christines Haus und steuerte, ohne mir dessen wirklich bewusst zu sein, die Fähre an. Dort stellte ich mich an die Reling, mitten zwischen all die fröhlichen Menschen, die ihren Sonntag am Elbstrand verbracht hatten. Ich fühlte mich wie ein Fremdkörper in dieser Masse, als käme ich aus einer anderen Welt. Der Fahrtwind blies mir ins Gesicht, und ich sah die Stadt näher und näher kommen, sah den Fischmarkt, den Michel, die Elbphilharmonie. Meine Stadt, meine Heimat, in der ich kein Zuhause mehr hatte. Die Fähre hielt an den Landungsbrücken und war somit an der Endhaltestelle angekommen, aber ich blieb an der Reling stehen und fuhr wieder zurück, vorbei am Fischmarkt, an Övelgönne, bis Finkenwerder. Ich wagte es nicht, zur Werft und Marina zu schauen, und obwohl alles in mir sich nach der Blue Pearl sehnte, rührte ich mich nicht. Ich fuhr zurück zu den Landungsbrücken und dann wieder nach Finkenwerder, hin und her, stundenlang. Wo hätte ich auch hingehen sollen?

Christine hatte recht. Es gab niemanden, der mich brauchte, und niemanden, dem ich fehlte. Mit Hanna und Hector war ich zerstritten, Ebru war beruflich unterwegs, mein Vater lebte auf Sylt, meine Schwester hasste mich, Daniel hasste mich, und all die Leute, mit denen ich am Wochenende feiern ging, waren im Grunde genommen nur flüchtige Bekannte. Ich hatte niemanden, der wirklich für mich da war, wenn es drauf ankam. Niemanden, den ich anrufen konnte, wenn ich in einer Notlage war und Hilfe brauchte. Ich war allein. Und das hatte ich mir selbst zuzuschreiben, denn ich hatte alles dafür getan, allein zu sein und allein zu bleiben.

Als es schon dunkel war und die Fähre zum x-ten Mal an den Landungsbrücken hielt, tippte mir jemand auf die Schulter. »Moin, junge Dame.« Ich drehte mich um und blickte in das grummelige Gesicht des Fahrers. »Is ja schön, dass du so gerne mit uns fährst, aber ich hab jetzt Feierabend.«

Ich setzte mir meinen Rucksack auf, nahm meinen Koffer und verließ die Fähre. Automatisch steuerte ich die Poller vor der Rickmer Rickmers an. Nachdem ich mich gesetzt hatte, schaute ich an der alten grünen Lady hoch und musste daran denken, dass ich das letzte Mal mit Daniel hier gewesen war. ›Schluss jetzt. Hör auf, dich selbst zu bemitleiden. Du musst einen Platz zum Schlafen finden.‹

Ich kramte nach meinem Handy, um Ebru anzurufen und sie zu fragen, ob sie irgendwo einen Schlüssel für ihre Wohnung deponiert hatte.

»Du klingst ziemlich fertig«, sagte sie. »Was ist los?«

»So wie es aussieht, bin ich momentan obdachlos, und ich wollte fragen, ob ich bei dir pennen kann.«

»Was ist denn bitte mit *deiner* Wohnung?«

»Ich mag da nicht hingehen, Hanna und ich haben uns doch gestritten, und ich hab mich immer noch nicht bei ihr entschuldigt. Sie will mich da garantiert nicht haben.«

»Ich habe nirgends einen Schlüssel deponiert, tut mir leid«, sagte Ebru. »Aber du findest bestimmt was anderes.«

Wir legten auf, und ich überlegte, wo ich jetzt hinsollte. In ein Hotel, vermutlich. Allerdings war die Stadt in den Sommerferien voll mit Touristen. In diesem Moment klingelte mein Telefon. Auf dem Display sah ich, dass es Hanna war, und mein Herz schlug schneller. »Ebru hat mich gerade angerufen«, sagte sie statt einer Begrüßung. »Schwing gefälligst deinen Arsch nach Hause. Ich warte auf dich.« Dann legte sie auf.

Verdattert starrte ich mein Handy an. Und dann setzte ich mich in Bewegung, zurück ins Schanzenviertel, dahin, wo alles angefangen hatte. Zurück auf Los. Eine Viertelstunde später schloss ich die Wohnungstür auf. Im Flur, in der Küche und in Hannas Zimmer brannte Licht, und ich stellte gerade meinen Rucksack und den Koffer in meinem Zimmer ab, als sie in der Tür erschien. »Tickst du eigentlich nicht mehr ganz richtig?«, fragte sie mit in die Hüften gestemmten Händen. »Wie kommst du darauf, dass ich dich hängenlassen würde? Glaubst du ernsthaft, ich würde dich rausschmeißen? Aus *unserer* Wohnung? Das setzt dem Ganzen echt die Krone auf.« Da stand sie vor mir: zierlich, rothaarig und süß. Aber ihre Augen blitzten gefährlich.

»Ich dachte, nachdem ich so unmöglich darauf reagiert habe, dass du in Dr. Thalbach verliebt bist, willst du mich bestimmt nie wiedersehen. Es tut mir wirklich furchtbar leid, Hanna. Ich wollte dich andauernd anrufen. Aber letzten Endes hab ich es dann doch nie gemacht, weil du gesagt hast, dass du mich für eine oberflächliche Kuh hältst. Und das hat echt wehgetan.«

Hannas wütende Miene wurde weicher. »Das wiederum tut *mir* leid. Und ich hab es nicht so gemeint. Ehrlich nicht.«

»Ich hab dich vermisst«, flüsterte ich.

Mit ein paar Schritten kam sie auf mich zu und nahm mich in den Arm. »Ach, Süße. Ich hab dich auch vermisst.«

Wir standen lange da und hielten uns fest umschlungen, und ich war unendlich froh, dass mir in all dem Chaos wenigstens Hanna geblieben war.

»Hast du Hunger?«, fragte sie mich irgendwann.

Ich horchte in mich hinein. »Nein.«

»Wirklich nicht? Wir haben noch was vom Abendessen übrig. Matthias wärmt es gerade für dich auf.«

»Was, Dr. Thalbach ist hier?«

»Ja. Und ich fürchte, du wirst dich an ihn gewöhnen müssen.«

»Na dann«, seufzte ich, »sollte ich ihn wohl mal besser kennenlernen.«

Wir gingen in die Küche, wo Dr. Thalbach am Herd stand und in einem Topf rührte. »Hallo, Frau Ahrens«, sagte er und lächelte mich freundlich an. Noch immer konnte ich nicht vergessen, dass er bei unserem letzten Treffen nackt gewesen war und dass er mir schon diverse Male ... Ich schob diesen Gedanken eilig beiseite. »Hallo, Herr Dr. Thalbach. Wie geht's?«

»Meine Güte, jetzt duzt euch doch mal«, sagte Hanna.

Dr. Thalbach und ich tauschten einen Blick, dann meinte er: »Eigentlich hat sie ja recht. Dieses Gesieze ist ein bisschen albern. Also, ich bin Matthias.«

»Marie.«

»Ich mach dir gerade Nudeln warm. Willst du ein paar?«

»Das ist wirklich nett, aber ich hab echt keinen Hunger. Tut mir leid.«

Er machte ein enttäuschtes Gesicht. »Ach so. Also, so schlecht sind die nicht.«

»Keine Angst, es liegt nicht an deinen Kochkünsten«, sagte Hanna und lächelte ihn süß an. Dann gab sie ihm einen Kuss.

›Nicht hingucken, nicht hingucken‹, dachte ich verzweifelt.

Wir hielten noch ein bisschen Smalltalk, doch ich war gedanklich so sehr mit meinem eigenen Kram beschäftigt, dass ich mich kaum darauf konzentrieren konnte. Matthias schien das zu spüren, denn er verabschiedete sich bald darauf. »Ich schlafe heute mal bei mir.« Er legte Hanna seine Arme um die Taille und schaute sie liebevoll an. »Ihr beide habt bestimmt eine Menge zu bereden.«

»Ich bring dich noch zur Tür.« Er und Hanna verschwanden im Flur, und ich hörte sie leise reden, bis die Wohnungstür ins Schloss fiel. »War doch gar nicht so schlimm, oder?«, fragte sie, als sie zurück in die Küche kam.

»Nein. Er ist nett. Und ihr wirkt glücklich miteinander.«

Hannas Augen strahlten, und ein Lächeln erschien auf ihrem Gesicht. »Sind wir auch. Dabei ist es schon merkwürdig, ich meine... wenn du mir vor ein paar Wochen erzählt hättest, dass ich mal mit Dr. Thalbach zusammenkommen würde, hätte ich dich ausgelacht. Aber ich liebe ihn.«

»Das ist schön, Hanna«, sagte ich leise.

»Jetzt erzähl aber mal.« Sie schenkte uns beiden ein Glas Rotwein ein. »Wie kommt es, dass du nicht mehr bei Christine wohnst? Was ist denn passiert?«

Alles in mir sträubte sich dagegen, über die vergangenen Wochen zu reden. Aber dann tat ich es doch, und als ich erst mal angefangen hatte, konnte ich gar nicht mehr aufhören. Ich erzählte Hanna von Daniel, wie ich mich erst in ihn verliebt und dann einen Rückzieher gemacht hatte. Wie unglücklich ich deswegen war, wie ich aber trotzdem nicht aus meiner Haut konnte. Auch Christines und meinen Kiezabend, unseren Streit und ihren Hass auf mich ließ ich nicht aus.

»Mannomann«, sagte Hanna, nachdem ich geendet hatte, und trank einen großen Schluck Rotwein. »Bei dir ist ja echt einiges los im Moment.«

Ich nickte stumm.

»Ich glaube nicht, dass Christine das wirklich so gemeint hat.«

»Du hättest mal ihr Gesicht sehen sollen.«

»Ja, aber sie ist krank. Sie hasst im Moment wahrscheinlich die ganze Welt.«

»Ich kann ihr das nicht verzeihen. Dass sie mir ihre Krankheit an den Hals wünscht, weil sie denkt, ich hätte es verdient...« Mir stiegen Tränen in die Augen, und ich verbarg mein Gesicht in den Händen. »Das ist echt zu viel. Ich kann das nicht mehr.«

Hanna legte einen Arm um mich und drückte mich an sich. »Jetzt gebt euch erst mal gegenseitig ein bisschen Zeit und geht eine Weile auf Abstand.«

Ich lehnte meinen Kopf an ihre Schulter, und Hanna strich mir beruhigend übers Haar. »Weißt du was?«, sagte sie nach einer Weile. »Das mit deinem Daniel musste so kommen. Du, meine liebe Marie, bist nämlich ein kleiner Schisser. Ein Angsthase, eine Drückebergerin. Und das musst du echt in den Griff kriegen.«

Genau das hatte Daniel auch zu mir gesagt. Aber was wussten die denn schon? Man wurde nur verletzt, wenn man sich darauf einließ, jemanden zu lieben. Ich würde jedenfalls besser auf mich aufpassen.

Hanna und ich saßen bis tief in die Nacht zusammen, tranken Wein und redeten. Es tat gut, sie endlich wiederzuhaben und mich nicht mehr so furchtbar allein zu fühlen. Ich war wieder zu Hause. Aber spätestens, als ich allein in meinem Zimmer auf dem Bett saß, kam mir diese Wohnung fremd vor und schien zu einem anderen Leben, wenn nicht sogar zu einem anderen Menschen zu gehören.

Am nächsten Morgen wurde ich von Nana Mouskouri geweckt, die mal wieder fröhlich-schrill den Sonnenschein begrüßte. Ich wollte mich schon schweren Herzens aus dem

Bett quälen, doch dann fiel mir ein, dass ich nicht mehr bei Christine war und nicht mehr um viertel nach sechs aufstehen musste. Ich sank zurück in mein Kissen. Fast die ganze Nacht hatte ich wach gelegen und über Christine, Daniel und das bevorstehende Gespräch mit Wallin nachgedacht. Daher war ich heilfroh, dass ich noch ein bisschen länger im Bett bleiben konnte – unter der Decke, wo ich in Sicherheit war, wo niemand mir wehtun konnte. Und wo *ich* niemandem wehtun konnte.

Das nächste Mal erwachte ich um halb elf. Mit einem Satz sprang ich aus dem Bett, in heller Panik, weil das Meeting um zwölf Uhr stattfinden sollte. Ich hastete unter die Dusche, zog mich an, schminkte mich und rannte, ohne gefrühstückt zu haben, zur S-Bahn. Um zwanzig vor zwölf hatte ich es endlich geschafft.

»Tut mir leid, ich bin zu spät«, sagte ich atemlos, als ich in Daniels Büro stürmte. Ich hatte letzte Nacht versucht, mich für die Begegnung mit ihm zu wappnen, indem ich alle möglichen Horrorszenarien durchgespielt hatte. Aber das, was ich jetzt erlebte, hatte ich trotzdem nicht kommen sehen. Mit einem Schlag war alles wieder da: von den Magic Gums über die flatterhafte Aufregung bis hin zu dem warmen Gefühl, das durch meinen Bauch und mein Herz strömte. Unsere gemeinsame Nacht, seine Küsse, seine Hände auf meinem Körper. Seine zärtlichen Worte und dieses einzigartige Gefühl der Geborgenheit, das er mir gab.

Doch jetzt sah er mich wütend und kalt an. »Hast du sie noch alle, an einem Tag wie heute zu spät zu kommen?«

»Es tut mir leid. Ich hab in den letzten drei Nächten kaum ein Auge zugetan.«

»Ach so. Na, dann bin ich aber heilfroh, dass du heute Morgen endlich mal in aller Ruhe ausschlafen konntest.«

Ich trat näher an seinen Schreibtisch, traute mich aber nicht, mich hinzusetzen. Mein Blick glitt zur Fensterbank, auf der noch immer der Rettungsring lag. »Christine ist im Krankenhaus.«

Der Kuli, den er in der Hand gehalten hatte, fiel runter auf seinen Schreibtisch. »Was ist passiert?«

»Wir waren auf dem Kiez, und sie hat ziemlich viel Alkohol getrunken. Sie ist zusammengebrochen, und nun muss sie ein paar Tage im Krankenhaus aufgepäppelt werden.«

Daniel sah mich für ein paar Sekunden entgeistert an. »Ihr wart auf dem *Kiez?*«

Ich nickte.

»Oh Mann, Marie.«

»Ich weiß, du denkst, dass es meine Schuld war. War es ja auch, es war verantwortungslos, und ich hätte sie früher nach Hause schleppen sollen. Aber sie wollte unbedingt einen krebsfreien Abend haben und hat sich geweigert zu gehen. Ich wusste nicht, was ich tun sollte!«

»Jetzt setz dich erst mal«, sagte er ruhig.

Widerstrebend nahm ich ihm gegenüber Platz.

Daniel schwieg eine Weile, dann reichte er mir seinen Kaffeebecher rüber. »Willst du einen Schluck? Ich hab ihn gerade erst geholt.«

Dankbar griff ich nach der Tasse, und als meine Finger seine streiften, durchfuhr mich ein heftiges Kribbeln. Unsere Blicke trafen sich, und ich erkannte in seinen Augen, dass es ihm ebenso ergangen war. Seine Wut war verschwunden, stattdessen sah er mich nachdenklich an.

Das Telefon auf Daniels Schreibtisch fing an zu klingeln, und wir beide zuckten erschrocken zusammen. Daniel stöhnte auf und nahm den Hörer ab. »Ja?... Alles klar, wir sind unterwegs.« Dann legte er auf und sagte: »Sie sind da.«

Ich nickte. »Tja, dann ...«

Daniel sah aus, als wollte er etwas sagen, doch schließlich schüttelte er nur den Kopf. »Dann mal los.«

Wir standen auf und gingen, ohne ein weiteres Wort zu wechseln, in den Besprechungsraum.

Herr Sjöberg und Herr Gustafsson saßen am Konferenztisch und unterhielten sich leise auf Schwedisch. Als wir eintraten, schalteten sie gleich ins Englische, und nachdem die Begrüßung abgehakt war, ergriff Herr Sjöberg das Wort. »Bevor wir zum Ocean Cruiser kommen, möchten wir Ihnen gerne ein Angebot unterbreiten. Wir freuen uns sehr darüber, dass Sie uns als Partner in Betracht ziehen. Die Ahrens-Werft stellt hervorragende Boote her, und der Standort ist sehr attraktiv. Wir haben uns das alles noch mal durch den Kopf gehen lassen, und wir sind uns sicher, dass wir mit unserem Angebot Ihr Unternehmen ein ganzes Stück nach vorne bringen können.«

»Und wie?«, erkundigte ich mich.

»Wie Sie wissen, sind wir bislang ausschließlich im Segment der hochpreisigen Luxusyachten unterwegs gewesen. Wir haben großes Interesse daran, in die Mittelklasse einzusteigen, und Ihre Boote gefallen uns wirklich ausgesprochen gut. Zumindest die DS 530 und die DS 410. Da sehen wir sehr großes Potenzial.«

In meinem Magen braute sich ein ungutes Gefühl zusammen.

»Für diesen Standort wäre es eine hervorragende Entwicklung, das wissen Sie ja selbst«, fuhr Herr Sjöberg fort. »Es entstehen Arbeitsplätze, und die Auftragsbücher werden voll sein. Wir müssten dafür lediglich eine größere Halle bauen.«

Ich griff nach meiner Kaffeetasse und stellte dabei fest, dass meine Finger zitterten. »Und wo genau sehen Sie den Platz für eine größere Halle?«

Herr Gustafsson deutete unbestimmt in Richtung Fenster. »Nun, man müsste die Winterlagerhallen natürlich abreißen. Die Reparatur- und Wartungsschiene kann man getrost aufgeben, und die Marina ist sowieso eher ein Zubrot, als dass sie wirklich etwas abwirft.«

Mit einem lauten Klirren stellte ich meine Tasse ab. Das konnte unmöglich sein Ernst sein. Ich warf einen Seitenblick auf Daniel, der reglos dasaß. Allerdings meinte ich, seine Kiefermuskeln zucken zu sehen.

»Und was wird aus den anderen Booten?«, fragte ich mit mühsam beherrschter Stimme. »Mal abgesehen von der 530 und der 410? Und dem Ocean Cruiser natürlich, aber da möchten Sie ja sowieso am liebsten Wallin draufschreiben, habe ich recht?«

»Ihre Boote sind zwar qualitativ hervorragend, aber ich denke, sie spielen auf dem Markt doch eher eine untergeordnete Rolle«, sagte Herr Sjöberg gelassen. »Potenzial sehen wir nur in der 530 und der 410. Lassen Sie es mich in aller Deutlichkeit sagen: Ihre Werft ist durchaus gut etabliert, aber alles andere als ein Global Player. Wir haben vor, einen Global Player daraus zu machen.«

Am liebsten wäre ich diesem arroganten Schnösel ins Gesicht gesprungen. Es war mir ein völliges Rätsel, wie Daniel so gelassen bleiben konnte. Er trommelte lediglich mit dem Kugelschreiber auf seinen Block herum. »Und in welcher Höhe müssten Sie an unserem Unternehmen beteiligt sein, um es zu einem Global Player zu machen?«, fragte er.

Herr Sjöberg ließ sich Zeit mit seiner Antwort. Er trank einen Schluck Kaffee, schlug die Beine übereinander und sagte dann: »Nun, wir denken an keine Beteiligung mehr. Wir denken an eine Akquisition.«

Mein Herz setzte einen Schlag aus, und in meinem Magen fing es an zu kochen. »Haben Sie den Arsch offen?«, platzte es aus mir heraus. »Bislang war immer nur die Rede von einer Beteiligung. Und jetzt wollen Sie uns *kaufen*? Auf gar keinen Fall!«

Herr Sjöberg und Herr Gustafsson tauschten einen Blick. »Denken Sie in Ruhe darüber nach, das ist wirklich ...«

»Nein!«, rief ich und sprang von meinem Stuhl auf. »Das kommt überhaupt nicht infrage!«

»Marie«, sagte Daniel und berührte mich am Arm, doch ich ignorierte ihn.

Ich krallte mich mit den Fingern am Konferenztisch fest. »Meine Familie baut seit mehr als einhundertzwanzig Jahren Segelboote, Herr Sjöberg. Wir haben zwei Kriege und mehrere große Werftenkrisen überlebt, und in all diesen Jahren konnten unsere Mitarbeiter und wir vom Bau unserer Boote immer ganz gut leben. Das wird sich auch in Zukunft nicht ändern. Mag sein, dass wir auf dem Markt eine eher kleine Rolle spielen, aber wir spielen eine Rolle, und die lasse ich mir von Ihnen nicht absprechen!«

Daniel zog mich beinahe gewaltsam auf meinen Stuhl zurück. »Was Frau Ahrens meint, ist ...«

»Was Frau Ahrens meint, entscheidet sie immer noch selbst!«, fuhr ich ihn an. »Und wir lehnen dieses Angebot ab.«

Herr Sjöberg räusperte sich und schob seine Unterlagen ein Stück zur Seite. »Nun, Sie müssen das sicher erst mal sacken lassen und alles in Ruhe mit Ihrem Vater und Herrn Behnecke besprechen.«

»Noch mal: Nein! Wir werden Ihnen unsere Werft nicht verkaufen.«

Herr Sjöbergs emotionslose Augen bekamen einen eiskalten Ausdruck. »Ihnen ist hoffentlich klar, dass sich unter diesen Voraussetzungen eine Kooperation in Sachen Ocean Cruiser als äußerst schwierig erweisen dürfte.«

Ich erwiderte seinen Blick und hoffte, dass meiner ebenso eiskalt war wie seiner. »Ja. Das ist mir klar. Vielen Dank für Ihr Interesse, aber für Geschäfte dieser Art ist unsere Firma nicht zu haben.« Damit stand ich auf und verließ hocherhobenen Hauptes den Konferenzraum.

Wutschnaubend stapfte ich über den Flur an Frau Brohmkamp vorbei in mein Büro. Ich knallte die Tür hinter mir zu, doch das konnte meine Wut nicht lindern. Diese arroganten Säcke! Noch nie in meinem Leben war ich derart beleidigt worden. Alles, was meine Familie sich über die Jahre aufgebaut hatte, hatten diese Wallin-Leute als belanglos abgetan. Als wären wir ein kleiner Goldfisch, den der große Wallin-Hecht problemlos schlucken konnte. Aber da hatten sie sich getäuscht. Mit mir nicht!

Ich brütete immer noch an meinem Schreibtisch vor mich hin, als Daniel eine Viertelstunde später in mein Büro stürmte. Er knallte die Tür noch lauter zu als ich. Seine Augen funkelten gefährlich und seinem Gesichtsausdruck war deutlich anzusehen, dass er sich nur mühsam beherrschen konnte. »Sag mal, hast du eigentlich komplett den Verstand verloren?«

»Ich?«, fragte ich empört. »Du kannst doch nicht allen Ernstes der Ansicht sein, dass das ein akzeptables Angebot war!«

»Natürlich war das ein akzeptables Angebot! Ist dir klar, wie viele Boote wir mit deren Unterstützung hätten produzieren können? Dagegen ist das, was wir bislang herstellen, ein

Witz. Das Unternehmen hätte sich vergrößert, es wären Arbeitsplätze geschaffen worden.«

Ein Witz. Er hatte die Werft als Witz bezeichnet. »Aber es wäre nicht mehr die Firma meiner Familie gewesen! Und erzähl mir nichts von Arbeitsplätzen, dir geht es doch nur um den Profit. Du hast oft genug gesagt, dass es für dich ein reines Geschäft ist. Warst du immer schon so? Oder warst du nicht doch irgendwann mal jemand, der sich wirklich für das interessiert hat, was er tut?«

Daniel trat einen Schritt zurück und fuhr sich mit der Hand durchs Haar. »Hier geht es nicht um mich«, sagte er schließlich. »Es geht darum, dass du ohne Rücksicht auf Verluste einfach vorpreschst, und unsere Geschäftspartner vor den Kopf stößt. Was denkst du dir eigentlich dabei? Du kannst doch nicht im Alleingang alles kaputtmachen, woran wir seit über einem Jahr arbeiten. Ohne es dir durch den Kopf gehen zu lassen und vor allem, ohne es mit deinem Vater und mir zu besprechen! Aber es ist typisch für dich, dass du so handelst, einfach aus dem Bauch heraus, ohne irgendeinen Plan zu haben.«

»Ich habe einen Plan!«, rief ich und sprang auf, um zum Regal zu gehen und die Mappe hervorzukramen, in der ich alles über mein Blue-Pearl-Projekt gesammelt hatte. Ich drückte sie Daniel in die Hand und sagte: »Ich will die Blue Pearl bauen, hier, auf unserer Werft. Auf *unserer* Werft, Daniel. Nicht irgendwo im Ausland, so wie den Ocean Cruiser.«

Daniel warf einen Blick in die Mappe. »Das ist dein Plan?«, fragte er schließlich und hielt die ausgedruckten Internetseiten hoch. »Das ist bestenfalls das Ergebnis einer Internetrecherche, aber doch kein Plan. Und warum zur Hölle fragst du mich nicht erst mal? Das ist mein Boot, und du hast überhaupt kein Recht dazu, irgendwelche Pläne damit zu schmieden.«

Ich sah ihn stumm an. Inzwischen wusste ich selbst nicht mehr, warum ich ihn nicht von Anfang an in meine Idee eingeweiht hatte. Wahrscheinlich hatte ich Angst gehabt, dass er mich auslachen oder es mir gleich wieder ausreden würde.

»Warum hast du nicht mit mir darüber gesprochen?«, hakte Daniel nach.

»Weil das alles noch nicht ausgereift war.«

»Das kann man wohl sagen. Aber wie hättest du ernsthaft weiterkommen wollen, ohne das mit mir zu besprechen?«

Als ich mich dazu ausschwieg, sagte er: »Du hast nicht mit mir darüber geredet, weil du mir nicht vertraust. Stimmt's? Du hast mir von der ersten Sekunde an nicht über den Weg getraut. Du hast geglaubt, dass ich hinter dem Rücken deines Vaters Geschäfte abschließe, mit denen er nicht einverstanden ist. Und du hast mir auch nicht genug vertraut, um mir von deiner Idee zu erzählen.«

»Nein, ich war mir nur nicht sicher, ob ...«

»Und das ist auch genau das Problem zwischen uns beiden«, fiel er mir wütend ins Wort. »Zwischen dir und mir. Du bist dir insgeheim sicher, dass ich mich früher oder später als Arschloch entpuppen werde. Deswegen bist du am Samstag abgehauen. Weil du mir nicht vertraust.«

Daniel kam zwei Schritte näher und stand nun unmittelbar vor mir. »Sag mir jetzt bitte eins: Wird sich das jemals ändern? Kannst du dir zumindest vorstellen, dass du mir irgendwann vertraust? Oder wirst du immer Angst haben, dass ich dich früher oder später im Stich lasse und dir wehtue?«

Ich biss fest die Lippen zusammen und wich seinem Blick aus. In mir tobten die widersprüchlichsten Gefühle. Ich war in Daniel verliebt, aber ich hatte Angst davor, ihn zu lieben. Und ich hatte Angst davor, von ihm geliebt zu werden. Ich vertraute ihm mehr als jedem anderen Menschen auf der Welt. Aber vertraute ich ihm wirklich genug? »Ich weiß es nicht«, flüsterte ich.

Daniel schwieg, und als ich nach einer langen Weile zu ihm aufsah, erkannte ich in seinem Blick, wie sehr ich ihn verletzt hatte. Er legte meine Blue-Pearl-Mappe auf den Schreibtisch und ging ohne ein weiteres Wort hinaus.

Lange stand ich da und starrte auf die Tür, durch die er soeben verschwunden war. Dann nahm ich meine Handtasche, ging grußlos an Frau Brohmkamp vorbei und verließ das Büro.

Ich fuhr auf direktem Weg zurück in die WG, verkroch mich in meinem Zimmer unter der Bettdecke und kam bis zum Abend nicht mehr hervor. Wieder und wieder ließ ich mir das Meeting mit den Schweden und das anschließende Gespräch mit Daniel durch den Kopf gehen. Mein Vater würde mich umbringen. So viel stand fest. Nein, schlimmer noch: Er und Daniel würden den Schweden in den Hintern kriechen und mich als Irre darstellen, und dann war unsere Werft Geschichte. Dabei konnte ich einfach nicht begreifen, wie man das Angebot von Wallin auch nur ansatzweise akzeptabel finden konnte. Was ich getan hatte, war richtig. Davon war ich überzeugt. Was Daniel anging ... Nein, auch da hatte ich richtig gehandelt. Es ging nicht anders. Das mit uns beiden war eine Nummer zu groß für mich. Besser gesagt, mindestens zehn Nummern zu groß.

Gegen Abend klingelte es an der Tür, und ich quälte mich aus dem Bett, um zur Gegensprechanlage zu gehen. »Ja?«

»Ich bin es«, hörte ich eine tiefe Stimme vom anderen Ende der Leitung.

Der wütende Tonfall ließ mich erschreckt zusammenzucken. Mein Vater. Das konnte nur eins bedeuten: Er wusste inzwischen, was passiert war.

Ich drückte auf den Summer, richtete mit den Fingern meine Haare, und öffnete die Tür, gerade als er die letzte Treppenstufe erklommen hatte. Seit drei Monaten hatte ich ihn nicht gesehen. Sein Haar war noch grauer geworden, inzwischen war es fast weiß. Doch er war nach wie vor sehnig, hielt sich kerzengerade und strahlte eine Respekt einflößende Stärke aus.

»Hallo, Papa. Warst du heute schon bei Christine? Wie geht's ihr?«

Mit durchdringendem Blick sah er mich an. »Willst du jetzt ernsthaft Smalltalk machen?«

»Mir war nicht klar, dass das Befinden deiner krebskranken Tochter unter Smalltalk fällt.«

Er ging an mir vorbei in die Küche und blieb dort an der Arbeitsplatte stehen.

»Setz dich doch.«

»Nein«, sagte er barsch. »Es wird nicht lange dauern. Ich will nur wissen, wieso du es dir anscheinend so fest in den Kopf gesetzt hast, mir das Leben schwer zu machen.«

»Das habe ich nicht.«

»Ach, nein? Und wie kommt es dann, dass du mit deiner Schwester, die von der Chemotherapie psychisch und physisch völlig fertig ist, auf Kneipentour gehst? Und zwar auf eine Kneipentour, bei der sie am Ende im Krankenhaus landet.«

Klar. Wie alle ging auch er automatisch davon aus, dass es meine Schuld gewesen war. »Ich wollte sie nur ein bisschen aufmuntern. Ich konnte doch nicht ahnen, dass sie ...«

»Das war vollkommen verantwortungslos und kindisch!«, fiel er mir ins Wort. »Wie so vieles, was du tust. Heute schon wieder. Du lässt den Deal mit den Schweden platzen, obwohl ich dieses Geschäft abschließen wollte. Und das wusstest du auch ganz genau!«

»Was?«, rief ich entsetzt. »Das kann doch nicht dein Ernst sein. Du willst unsere Werft verkaufen?«

»Es ist nicht *unsere* Werft, es ist meine Werft. Ich bin alt, ich hatte schon drei Herzinfarkte. Eine meiner Töchter ist krank, und die andere lebt ziellos vor sich hin. Mir bleiben nicht viele Möglichkeiten.«

Seine Worte taten unglaublich weh, und ich war wie gelähmt, unfähig, darauf zu reagieren.

Mein Vater ging in der Küche auf und ab, und sie war so klein, dass er mit seinen langen Beinen schon nach drei Schritten den Raum durchquert hatte. »Wie kannst du es wagen, mir derartig in den Rücken zu fallen? Du hast mich bis auf die Knochen vor meinen Geschäftspartnern blamiert. Deine Aufgabe war es, einfach nur da zu sein. Du solltest überhaupt nichts tun. Und Nichtstun ist doch eigentlich genau das, wonach dir der Sinn steht.«

Wie immer kriegte er es hin, dass ich mich winzig klein und dumm fühlte. Ich trat ein paar Schritte zurück, bis ich an der Wand stand und mich daran anlehnen konnte. »Wenn du jemanden gewollt hättest, dem die Werft nichts bedeutet und der einfach nur das macht, was du sagst, dann hättest du nicht ausgerechnet mich dort hinschicken sollen.«

»Dir bedeutet die Werft etwas? Was denn, bitte? Seit zwölf Jahren hast du dich dort nur zu offiziellen Veranstaltungen blicken lassen. Seit du dein Studium abgeschlossen hast, warten Christine und ich darauf, dass du endlich deinen Posten einnimmst. Aber du rührst dich nicht, weil dir das zu unbequem ist.«

»Verdammt, du weißt ganz genau, dass ich diesen sinnlosen Marketing-Posten nie gewollt habe! Ich wollte die Werft übernehmen, meine ganze Kindheit und Jugend habe ich von nichts anderem geredet. Das war *meine* Werft, mein Traum! Aber du hast sie Christine gegeben, nicht mir! Kannst du dir vorstellen, wie sich das für mich angefühlt hat?«

Mein Vater zog seine Stirn in tiefe Falten. »So wie du dich heute aufgeführt hast, war es auch genau die richtige Entscheidung, Christine in die Geschäftsführung zu holen und nicht dich.«

Tränen traten in meine Augen, doch ich blinzelte sie weg, wollte mir vor meinem Vater nicht die Blöße geben, auch noch zu heulen.

»Du hast alles falsch gemacht, was man nur falsch machen kann«, fuhr er gnadenlos fort. »Und andere müssen jetzt die Scherben hinter dir aufsammeln. Du hast uns in eine unmögliche Verhandlungsposition gebracht.«

»Warum muss es denn unbedingt Wallin sein?«, fragte ich verzweifelt. »Warum können wir nicht unabhängig bleiben? Die Jankowski-Werft hat einen viel besseren Eindruck auf mich gemacht. Lass mich doch mit denen noch mal reden, und ...«

»Du redest mit niemandem mehr, Marie«, sagte mein Vater kalt. »Ich will dich nie wieder in der Werft sehen.«

Ich stieß mich von der Wand ab und ging zwei Schritte auf ihn zu. »Tu mir das nicht an, Papa«, sagte ich flehend. »Nimm mir das nicht weg. Ich liebe die Werft. Bitte, nimm mir das nicht schon wieder weg.«

Mein Vater sah mich lange aus seinen kalten grauen Augen an. »Wenn du die Werft wirklich gewollt hättest, hättest du mir das beweisen müssen. Jetzt ist es zu spät.« Er ging zur Tür und wollte gerade den Raum verlassen, als er sich noch mal umdrehte. »Christine kommt morgen aus dem Krankenhaus. Ich ziehe zu ihr, denn ich werde mich nicht länger davon abhalten lassen, mich um meine kranke Tochter zu kümmern.« Dann verschwand er endgültig.

Meine Knie wurden weich, sodass ich mich wieder an die Wand lehnte und mich langsam daran entlang zu Boden sinken ließ. Ich umfasste meine Beine mit den Armen und legte meinen Kopf darauf ab. Er hatte es schon wieder getan. Er hatte mir die Werft weggenommen. Damit hatte ich alles verloren, was mir in den letzten Wochen so wichtig geworden war: Christine und die Kinder. Daniel. Die Werft. Ich hatte gar nichts mehr. Genau davor hatte ich mich schützen wollen, und genau das war mir jetzt passiert. Und das Schlimmste daran war, dass ich selbst es zu verantworten hatte. Denn ich hatte den Fehler begangen, das alles so nah an mich heranzulassen, dass es wehtat, es zu verlieren.

Die neue alte Marie

Lange Zeit blieb ich am Boden sitzen und starrte auf ein paar Krümel, die unter dem Küchentisch lagen. In mir herrschte völlige Leere.

Irgendwann kam Hanna herein. »Marie? Was ist mit dir denn los?« Sie setzte sich neben mich.

In knappen Worten erzählte ich ihr, was passiert war. Hanna nahm mich in den Arm, ich schmiegte mich an sie und hätte zu gerne geweint. Doch es wollten keine Tränen kommen. Mir tat alles weh, und ich fühlte mich, als hätte mir jemand die Seele aus dem Leib gerissen. Aber weinen konnte ich nicht. Irgendwann ging ich ins Bett, so früh wie wahrscheinlich das letzte Mal als Achtjährige. In meinem Zimmer war es brütend heiß, doch ich verkroch mich unter der Decke, wollte nichts mehr hören und sehen. Alles, was ich wollte, war, mich vor diesem großen, schrecklichen Nichts zu verstecken, in das sich mein Leben wieder verwandelt hatte.

Ich verließ das Bett zwei Tage lang nur, um auf die Toilette zu gehen oder etwas zu essen. Ansonsten lag ich da und fragte mich fortwährend, wie ich in diese Situation hineingeraten war. Warum ich nicht besser auf mich und mein Herz aufgepasst hatte. Was ich mir dabei gedacht hatte, mich zu verlieben, in die Werft, in Toni und Max, in Daniel. Am meisten schmerzte der Gedanke an Daniel. Ich dachte an seine blauen Augen, seine Hände auf meiner Haut und seine warme Umarmung. Ich dachte daran, wie er mich zum Lachen brachte, wie er mir zuhörte, mir die Türen aufhielt. Wie er küsste. Ich vermisste ihn so sehr, dass ich das Gefühl hatte zu ersticken. Doch trotz allem konnte ich mich nicht dazu aufraffen, ihn um Verzeihung zu bitten. Ich war starr vor Angst.

Am Donnerstagabend klopfte Hanna an meine Zimmertür. Sie und Matthias hatten immer wieder Versuche gestartet, mich aus dem Bett zu locken, aber ich hatte jede ihrer Aufmunterungsaktionen abgeblockt. »Du musst aufstehen. Ebru kommt gleich.«

»Ist mir egal«, nuschelte ich in mein Kissen. »Sie kann mich auch im Schlafzimmer sehen.«

»Meine Güte, Marie, wenn du nicht mal langsam aus dem Bett kommst, kriegst du noch eine Thrombose! Du bist fast dreißig, hast ziemlich lange geraucht und nimmst die Pille.«

Aha. Da sprach die Freundin des Gynäkologen. »Lass mich in Frieden.«

»Jetzt reicht es mir aber.« Schnellen Schrittes kam sie auf mein Bett zu und zerrte mir die Decke weg.

Sofort fing ich an zu frieren, obwohl es warm und stickig im Zimmer war. »Sag mal, spinnst du?«

»Steh jetzt auf!«

»Ich will aber nicht! Du hast mir gar nichts zu befehlen!«, rief ich und hätte auch mit dem Fuß aufgestampft, wenn ich nicht im Bett gelegen hätte.

Für ein paar Sekunden sah sie mich verärgert an, doch dann breitete sich ein Grinsen auf ihrem Gesicht aus. »Du hast eindeutig zu lange mit Toni und Max zusammengewohnt.«

Ich stöhnte auf. »Ach du Schande. Du hast recht.«

Hanna fing an zu lachen, und obwohl mir immer noch alles wehtat und ich eigentlich überhaupt nicht lachen wollte, konnte ich nichts gegen das Kichern unternehmen, das sich seinen Weg bahnte.

Es klingelte an der Tür, und Hanna sagte: »Los, jetzt komm,

Marie. Steh wenigstens für eine Stunde auf und trink einen Wein mit uns.«

Seufzend ergab ich mich in mein Schicksal. »Okay. Eine Stunde, maximal.« Ich schälte mich aus dem Bett und ging genau so, wie ich war, in die Küche: mit fettigen Haaren, barfuß und in meinem ausgeleierten Schlafshirt, auf dem ein gekröntes Froschmädchen zu sehen war und darunter der Spruch: *Kiss me I'm a princess*.

Hanna öffnete die Tür, und kurz darauf kam Ebru rein. Bei meinem Anblick rümpfte sie die Nase. »Wie siehst du denn aus?«

»Sie hat Liebeskummer«, erklärte Hanna.

»Ich habe Lebenskummer«, korrigierte ich.

Ebru winkte ab. »Dazu kommen wir später. Ich habe jemanden mitgebracht, der euch dringend was sagen will.« Sie rief durch die offene Wohnungstür: »Jetzt komm endlich rein, du Feigling!«

Und dann schlich kein anderer als Hector in unsere Wohnung, auf leisen Sohlen, als hätte er Angst, gleich wieder hinausbefördert zu werden. Seine wunderschönen tiefbraunen Augen blickten so unglücklich, dass mein Herz augenblicklich dahinschmolz. »Darf ich reinkommen?«, fragte er unsicher.

»Du bist ja schon drin«, meinte Hanna.

Hector holte tief Luft, dann fiel sein Blick auf mich, und er riss die Augen auf. Von oben bis unten musterte er mich mit entsetzter Miene. »Oh mein Gott, Schätzchen, nein! Du bist keine Prinzessin, meine Liebste, so nicht. Und nicht mal die hässlichste Kröte im Teich würde dich in diesem Zustand küssen.«

»Vielen Dank. War es das, was du uns sagen wolltest?«

»Ähm, nein.« Er riss seinen Blick von mir los und schaute Hanna an. »Ich möchte mich dafür entschuldigen, dass ich so mies auf deinen Gynäkologen reagiert habe. Das war unter aller Sau. Und ich wollte dir sagen, dass ich dir zukünftig immer zur Seite stehen werde. Ab jetzt bin ich voll im Team Gynäkologe. Ich werde mit dir ein Brautkleid aussuchen, dich zum Traualtar führen und eure Kinder in den Schlaf wiegen. Wenn es sein muss, auch die beiden erwachsenen Töchter, die er schon hat. Vorausgesetzt, er behandelt dich gut und hat dich auch verdient. Wenn du glücklich bist, bin ich es auch. Das wollte ich dir sagen.« Nun wandte er sich an mich. »Und dir möchte ich sagen, dass ich mich dir gegenüber in den letzten Wochen wie ein echtes Arschloch aufgeführt habe. Dieses Krebsthema war mir so unangenehm und hat mir solche Angst gemacht, dass ich nichts darüber hören wollte. Und es tut mir leid, dass ich dir gesagt habe, du hättest deine Lebensfreude verloren. Du bist irgendwie so ... erwachsen geworden, und das hat mir immer vor Augen geführt, dass ich mich noch wie ein Teenager benehme. Wenn du mich lässt, dann möchte ich dir zukünftig sehr gerne zur Seite stehen. Du kannst mir so viel über Krebs, Glatzen, Erbrochenes, Kinder und Schiffe erzählen, wie du möchtest. Ich werde zuhören. Und dir helfen. Und wenn dir danach ist, über Daniel Behneckes entzückenden Hintern zu sprechen, dann höre ich dir natürlich auch gerne zu. Stundenlang, jederzeit.«

Hector sah kurz zu Boden und knetete verlegen seine Hände. Dann hob er wieder den Kopf und sagte feierlich: »Ich bin Hector-Besim, nicht gläubiger, nicht praktizierender Moslem, albanisch-deutscher erfolgloser Modedesigner, und ich war euch kein guter Freund in den letzten Wochen. Aber ich möchte euer Freund sein. Ehrlich. Wir vier, das ist doch mehr als oberflächliches Blabla. Wir sind doch eine Familie. Und ihr fehlt mir. Und ...« Nun standen Tränen in Hectors Augen. »Ich hoffe, ihr könnt mir verzeihen. Und ich ... weiß jetzt auch langsam nicht mehr, was ich noch sagen soll.« Er wedelte hektisch vor seinen Augen mit den Händen herum, als könnte er dadurch das Weinen unterdrücken.

Hanna und ich rührten uns nicht, sondern sahen ihn nur schweigend an.

Schließlich rief Ebru: »Jetzt umarmt ihn schon! Was soll er denn noch machen?«

Da kam endlich Bewegung in uns beide. Wir gingen zeitgleich auf Hector zu und fielen ihm um den Hals. Er legte je einen Arm um uns und drückte uns so fest an sich, dass ich Angst hatte, gleich zu ersticken. »Ach, ihr Süßen.« Hectors Stimme zitterte verdächtig. »Ihr habt mir so gefehlt.«

»Du uns auch«, schniefte Hanna.

Schließlich schob er uns von sich weg und wischte sich fahrig über die Wangen. Dann klatschte er in die Hände und rief: »So, ihr Hübschen. Wie wäre es mit einem schönen kühlen Prosecco?« Mit einem strengen Seitenblick auf mich sagte er: »Und mit hübsch meine ich die anderen, nicht dich. Du siehst aus wie Oskar aus der Mülltonne. Was ist passiert?«

»Marie hat Liebeskummer«, erklärte Ebru.

»Ich habe *Lebens*kummer!«, korrigierte ich erneut.

Hector hob die Augenbrauen. »Wer hat den nicht? Und? Lassen wir anderen uns deswegen etwa gehen?«

»Und was für einen Lebenskummer hast du nun?«, fragte Ebru.

»Bevor du uns das erzählst, geh bitte erst mal duschen.« Hector hielt sich demonstrativ die Nase zu. »Ich ertrage diesen Anblick nicht mehr, da fühle ich mich so ... *schmutzig*.«

»Also gut«, gab ich nach. »Ich gehe ja schon.«

Da es ein schöner Sommerabend war, wollten die anderen zur Strandperle, und obwohl sich alles in mir dagegen sträubte, ausgerechnet nach Övelgönne zu fahren und von dort aus auf Finkenwerder zu schauen, ließ ich mich breitschlagen.

Wir holten uns ein paar Astra und setzten uns möglichst nah ans Wasser. Ich vermied es, auf die andere Elbseite zu gucken und konzentrierte mich auf die Wellen, die sanft an den Strand schlugen. Und dann erzählte ich von meinem Lebenskummer und allem, was in den letzten Wochen schiefgelaufen war. Von der Werft, Toni und Max, von Christine, unserem Abend auf dem Kiez und unserem Streit. Und von Daniel. »Jetzt ist alles weg. Alles, was mir wichtig war.«

»Na, vielen Dank auch«, sagte Ebru trocken.

Ich legte meinen Arm um ihre Schultern. »Euch meine ich natürlich nicht. Ihr seid momentan mein einziger Lichtblick, und ich bin heilfroh, euch wiederzuhaben.«

Hector schaute nachdenklich einem Containerschiff hinterher, das auf dem Weg in Richtung Hafen war. »Was ist mit deinem alten Leben?«, fragte er. »Das könntest du wiederhaben, es wartet auf dich. Am Anfang hast du doch immer gesagt, dass das alles sowieso nur vorübergehend ist.«

Ich bohrte meine Zehen in den Sand und ließ mir seine Worte durch den Kopf gehen. Es klang so einfach, die vergangenen Wochen nur als kurze Episode anzusehen und genau dort wieder anzusetzen, wo ich aufgehört hatte. Alles auf Anfang. Zurück in die Normalität, dorthin, wo ich sicher war. »Einen Versuch wäre es wert.«

Hanna schaute mich zweifelnd an. »Ich weiß nicht, ob das so einfach ist. Du bist doch nicht mehr dieselbe wie vor drei Monaten.«

»Aber ich kann es wieder werden. Und genau das will ich auch.«

Ebru hob ihre Bierflasche. »Na dann. Auf die neue alte Marie.«

Wir blieben noch lange am Elbstrand sitzen und brachten uns gegenseitig auf den neuesten Stand. Ebru wollte im Herbst anfangen, Mathe und Geschichte auf Lehramt zu studieren. »Mit dem Modeln hat es sich für mich allmählich erledigt«, meinte sie. »Ich werde alt, und ich will beim Malochen endlich auch mal meinen Kopf benutzen.«

Hector schwebte im siebten Himmel, denn er war frisch verliebt – und zwar »in das wundervollste Geschöpf auf Gottes Erdboden«, wie er behauptete. Zum ersten Mal, seit ich ihn kannte, redete er davon, dass es etwas Ernstes war. Ich freute mich wahnsinnig für ihn und war schon sehr neugierig auf dieses »wundervolle Geschöpf«.

Allmählich wurde es dunkel. Der Mond stand hoch am Himmel und spiegelte sich im Wasser. Als ich meinen Blick über meine Freunde schweifen ließ, überkam mich das dumpfe Gefühl, dass Hanna recht hatte. Wir alle hatten uns weiterentwickelt und waren nicht mehr dieselben. Ich spürte, dass neue Zeiten auf uns zukamen. Und ich fragte mich, wie es mir gelingen sollte, in mein altes Leben zurückzukehren, wenn es gar nicht mehr existierte.

In den folgenden Tagen gab ich mir dennoch alle Mühe, wieder die alte Marie zu werden. Ich traf mich mit Hector und Ebru. Manchmal war Hanna dabei, entweder allein oder mit Matthias, aber die beiden verbrachten auch viel Zeit zu zweit oder mit seinen Kindern und Freunden. Anfangs war es seltsam, Hanna und Matthias miteinander zu sehen, aber je besser ich ihn kennenlernte und je klarer mir wurde, wie sehr Hanna und er sich liebten, desto mehr gewöhnte ich mich daran, dass sie ein Paar waren. Dass er mal ihr (und mein) Gynäkologe gewesen war, störte mich nicht mehr, und der Altersunterschied fiel kaum noch auf. Ich mochte Matthias, und ich sah, wie glücklich er Hanna machte. Das war alles, was zählte.

Hector, Ebru und ich stromerten über den Kiez und durchs Schanzenviertel, trafen Bekannte, gingen auf Partys und genossen die heißen Sommertage. Aber immer wieder musste ich feststellen, dass mich das nicht mehr wirklich interessierte. Es füllte mich nicht aus, forderte mich nicht heraus, und es gab nichts, was ich gegen das Gefühl der Leere in mir tun konnte. Auch wenn ich versuchte, mich zu amüsieren und diesem neuen alten Leben einen Sinn zu entlocken, fehlte mir mein altes neues Leben ganz furchtbar. Und allmählich hatte ich das Gefühl, dass sich daran auch niemals mehr etwas ändern würde. Je länger ich versuchte, wieder die alte Marie zu werden, desto fremder wurde ich mir selbst. Es schien so, als würde ich zwischen zwei Leben schweben, und in keins von beiden wirklich gehören. ›Das Leben fällt, wohin es will‹, hatte Knut gesagt. Wie es aussah, war mein Leben ins Nichts gefallen.

Am Sonntagmorgen saß ich mit einem Kaffee auf dem Balkon, als es an der Wohnungstür klingelte. Ich ging zur Gegensprechanlage und nahm den Hörer ab. »Hallo?«

»Hier ist Christine. Lässt du mich rein?«

Vor Schreck fiel mir beinahe der Hörer aus der Hand. Ohne ein Wort zu sagen, drückte ich auf den Summer.

Kurz darauf kam Christine die Treppenstufen hoch, schwer atmend hielt sie sich am Treppengeländer fest. Als sie die oberste Stufe erklommen hatte, blieb sie stehen. »Mann«, hechelte sie. »Ich muss unbedingt mehr Sport machen.«

Ich musterte sie eingehend. Noch immer war sie erschreckend dünn, ihre Augen tief umschattet, und der Hautausschlag schien noch schlimmer geworden zu sein. Sie trug nicht ihre Perücke, sondern eins von Hannas selbst genähten ›Krebstüchern‹, wie sie es immer nannte. Aber sie wirkte nicht mehr so mutlos, sondern gefasst, wenn auch etwas nervös. »Hallo, Marie«, sagte sie und hielt mir eine blaue Keksdose mit Ankern drauf hin. »Frau Brohmkamps Apfelkekse. Die habe ich gebacken. Für dich.«

Ich starrte auf die Keksdose und dann wieder in Christines Gesicht.

»Jetzt nimm sie schon. Bitte.«

Endlich rührte ich mich und nahm ihr die Dose ab. Ohne ein Wort öffnete ich die Tür, sodass sie eintreten konnte. Ich ging ihr voraus auf den Balkon und deutete auf einen Stuhl. »Setz dich doch.«

»Gott sei Dank, du redest mit mir«, sagte Christine und legte erleichtert eine Hand auf die Brust.

»Natürlich rede ich mit dir.«

Christine nestelte an ihrem Anker-Armband herum. Es war inzwischen so groß geworden, dass sie es mit einer winzigen Sicherheitsnadel fixieren musste. Nachdem wir uns eine Weile schweigend angesehen hatten, atmete sie tief durch und sagte: »Ich bin hier, weil ich dich um Verzeihung bitten möchte. Was ich im Krankenhaus zu dir gesagt habe, tut mir unendlich leid. Das war eins der... nein, das *war* das Schlimmste, was ich jemals zu jemandem gesagt habe. Und dass so was in mir steckt, solche Gefühle, hat mich unglaublich schockiert.«

»Mich auch.«

»Ich hab das nicht so gemeint, Marie. Beziehungsweise, in dem Moment habe ich das wohl tatsächlich so gemeint, aber... Ach, wie kann ich dir das erklären?« Fahrig rieb sie sich die

Stirn. »Es ist diese beschissene Krankheit, die jetzt auch noch mein Hirn auffrisst. Ich hasse den Krebs und das, was er aus mir gemacht hat. Wirklich, ich hasse das aus tiefster Seele. Die Chemo, die Nebenwirkungen, diese Angst, dass der Krebs nicht weggeht, dass er streut oder später irgendwann wiederkommt und alles von vorne losgeht. Die Angst, dass ich sterben könnte. Und ich kann einfach nicht damit umgehen, verstehst du? Ich bin so wütend, dass es ausgerechnet mich getroffen hat, ich meine, warum ich?«

Die reine Verzweiflung sprach aus Christine, und mein Herz öffnete sich ganz automatisch. »Aber dafür kann ich nichts. Es ist nicht meine Schuld, dass nicht ich krank geworden bin, sondern du. Und wenn du dich fragst, warum du, dann frag dich doch auch mal: Warum denn nicht?« Christine sah mich schockiert an, doch ich sprach unbeirrt weiter. »Es kann verdammt noch mal jeden treffen. Da ist niemand, der darüber entscheidet, wer krank wird und wer nicht. Da ist niemand, der auf den einen aufpasst und auf den anderen nicht. Es ist reiner Zufall. Der Schwarze Peter. Die Arschkarte. Zweimal hintereinander vier ziehen beim Uno. Die ...«

»Ist ja gut, du hast deinen Punkt klargemacht.«

»Ich kann verstehen, dass du es hasst, krank zu sein und dass du wütend bist. Aber nicht, dass du mir deine Krankheit an den Hals wünschst.«

»Das tue ich nicht!«, rief Christine. »Ehrlich nicht, ich stehe das tausendmal lieber selbst durch, als mitansehen zu müssen, dass *du* das alles durchmachen musst.«

»Das hat sich neulich im Krankenhaus aber noch ganz anders angehört.«

»Ich war da völlig am Boden. Ich war komplett am Ende, ich wollte sterben. Ich konnte nicht mehr.«

Schockiert sah ich sie an. »Was? Oh nein, Christine. Und ich

Idiotin merk das noch nicht mal. Ich meine, ich habe natürlich gemerkt, dass es dir schlecht geht. Aber dass es so schlimm war, habe ich nicht geahnt.«

Sie betrachtete wieder intensiv ihr Anker-Armband, als würde sie sich nicht trauen, mir in die Augen zu sehen. »Es war verdammt schwer zu ertragen, dass ich immer mehr verfalle, während du immer mehr aufblühst. Diese strahlenden Augen und roten Wangen, wenn Daniel da war. Wie ihr euch angesehen habt, so ... völlig ineinander versunken. Deine Begeisterung für die Arbeit in der Werft, die Kinder, mit denen du so gut zurechtgekommen bist. Ich habe dich zum ersten Mal im Leben so entschlossen und wirklich glücklich gesehen, und das hat mich unglaublich verbittert und neidisch gemacht. Ich weiß, dass das schrecklich ist und dass ich mich dafür schämen muss, und das tue ich auch, glaub mir. Ich hätte mich für dich freuen müssen, aber zu dem Zeitpunkt war das für mich einfach nur der Horror.«

»Und für mich war es der Horror, dass du krank bist! Was glaubst du, wie glücklich ich sein kann, wenn der wichtigste Mensch in meinem Leben Krebs hat? Das wirft einen dicken, fetten Schatten auf alles. Und ich hab es mir sowieso nicht erlaubt, glücklich zu sein. Es hat mir Angst gemacht. Macht es immer noch.«

Christine sah mich nachdenklich an. »Das sieht dir gar nicht ähnlich. Normalerweise handelst du doch einfach, ohne an die Konsequenzen zu denken.«

Ich schüttelte den Kopf. »Aber nicht, wenn es ernst wird. Und mir ist schon sehr lange in meinem Leben nichts mehr so ernst gewesen wie du und die Kinder, die Werft und Daniel. Aber ich hab es verbockt, und jetzt ist alles weg.«

»Toni, Max und ich sind nicht weg«, sagte Christine. »Du hast uns immer noch. Du hast das alles großartig gemacht,

Marie. Und ich blöde Kuh hab mich nie bei dir dafür bedankt und dir nie gesagt, wie wichtig du für uns warst. Stattdessen habe ich nur gemeckert und meine Wut an dir ausgelassen. Das tut mir wahnsinnig leid. Genau wie die schrecklichen Dinge, die ich dir im Krankenhaus an den Kopf geworfen habe.« Sie machte eine kleine Pause. »Kannst du mir das jemals verzeihen?«

Was für eine Frage. Sie war meine Schwester, ich liebte sie heiß und innig, und daran würde sich niemals etwas ändern. Ich würde ihr alles verzeihen. Mit einem Satz war ich bei ihr und fiel ihr um den Hals. »Ja, natürlich verzeihe ich dir. Ich hab dich wahnsinnig lieb, weißt du das denn nicht?«

Christine drückte mich fest an sich. »Danke«, flüsterte sie. »Ich hab dich auch wahnsinnig lieb, du verrücktes Huhn. Und ich brauche dich.«

Wir hielten uns noch eine ganze Weile umschlungen, bis mir irgendwann der Rücken vom Runterbeugen wehtat und ich mich wieder hinsetzte. Christine wischte sich ein paar Tränen aus den Augen und schniefte.

Ich ging rein und holte die Keksdose vom Küchentisch. »Jetzt will ich aber erst mal wissen, ob du Frau Brohmkamps Apfelkekse so gut hinkriegst wie ich«, meinte ich und öffnete die Dose, um einen Keks herauszunehmen. Kritisch betrachte ich Christines Werk. »Hm, optisch schon mal ganz gelungen.« Ich biss hinein und sogleich breiteten sich die vanillige Süße, die Säure der Äpfel und der Geschmack von Zimt in meinem Mund aus. Der Teig war herrlich leicht und fluffig, und durch die Mandeln wurde das Ganze erst zu dieser perfekten Kombination aus Weiche, Süße, Säure und Biss. War ja mal wieder klar, dass Christine das besser hinkriegte als ich. »Also, die sind schon nicht schlecht, aber meine sind doch noch einen Tick besser«, behauptete ich, grinste dabei aber so breit, dass Christine lachen musste.

»Gib mir auch mal einen«, sagte sie und griff in die Dose. Doch dann biss sie von ihrem Keks nicht ab, sondern drehte ihn nur in den Händen. »Marie? Ich weiß, dass es viel verlangt ist, und ich kann verstehen, wenn du Nein sagst, aber ... könntest du dir vorstellen, wieder zurückzukommen? In zwei Wochen wird operiert, und dann kommen die Bestrahlungen. Ich habe keine Ahnung, was mich noch alles erwartet. Papa ist ... Er macht das schon toll, und ich habe ihn wirklich lieb, aber ich wünsche mir so sehr, dass du bei mir bist.«

Ich kaute den letzten Rest meines Apfelkekses und schluckte ihn runter. »Klar komme ich zurück. Aber es muss sich was ändern.« Ich sah sie ernst an. »Du musst akzeptieren, dass ich nicht du bin und dass ich manches anders mache. Ich will mich nicht mehr fühlen, als wäre ich nur zu Gast in deinem Haus.«

»Natürlich. Ich möchte ja, dass du es als dein Zuhause ansiehst.« Endlich biss sie in ihren Apfelkeks. »Ich treffe mich jetzt übrigens regelmäßig mit einer Psychologin«, sagte sie mit vollem Mund. »Und ich gehe zu einer Selbsthilfegruppe. Es ist nicht gut, das alles allein durchzustehen. Ich kann das nicht mehr.«

»Das finde ich großartig«, sagte ich und drückte ihr einen Kuss auf die Wange.

»Ja, ich auch. Du hattest recht, ich hab mich hängen lassen. Aber damit ist jetzt Schluss. Ich will wieder gesund werden, und das werde ich auch. Ich lass mich nich mehr feddichmachen.«

Wir grinsten uns an, doch dann wurde Christine wieder ernst. »Es gibt übrigens gute Nachrichten. Die letzten Untersuchungen haben ergeben, dass das ganze Elend nicht umsonst war. Die Chemo hat ziemlich gut angeschlagen.«

Ich wollte schon aufspringen und Christine jubelnd um den Hals fallen, doch sie hob schnell die Hände. »Es ist noch lange nicht überstanden. Aber diese Nachricht hat mir unheimlich viel Kraft gegeben, und ich glaube jetzt wieder wirklich daran, dass ich es schaffen kann.«

Jetzt sprang ich doch auf und drückte Christine fest an mich. »Das ist echt die beste Nachricht seit Langem!« Dass die Chemo gut angeschlagen hatte, bedeutete zwar noch keine Entwarnung. Aber es war ein Etappensieg. Und darüber durfte man sich doch wohl bitte schön freuen.

Wir saßen noch lange auf dem Balkon, futterten Apfelkekse und redeten. Christine quetschte mich über Daniel aus und über das, was während der Besprechung mit Wallin passiert war. Nachdem ich ihr alles erzählt hatte, sah sie mich nachdenklich an. »Wenn ich das alles überstanden habe, werde ich übrigens nicht wieder auf meinen alten Posten zurückkehren.«

»Was?«, fragte ich überrascht.

»In den letzten Jahren hatte ich viel zu wenig Zeit für Toni und Max. Das will ich unbedingt ändern.« Christine lächelte mich liebevoll an. »Und wir wissen doch alle, dass das eigentlich dein Posten ist. War es immer schon.«

»Aber Papa hat mich rausgeschmissen.«

»Ich finde, du solltest das nicht einfach hinnehmen. Rede mit ihm, und sag ihm, was Sache ist. Und das Gleiche gilt für Daniel. Trau dich endlich, glücklich zu sein. Wenn du wieder zu uns ziehst, dann will ich dich happy und mit diesen wunderschönen strahlenden Augen sehen. Dein Platz ist bei ihm. Und in der Werft.«

»Aber Christine, ich weiß echt nicht, ob ich für ...«

»Trau dich, glücklich zu sein«, wiederholte sie eindringlich. »Wenn du dein Glück gefunden hast, musst du es festhalten. Bei dir ist es noch nicht zu spät. Ob Robert und ich jemals wieder zusammenkommen, steht in den Sternen.« Sie stand auf und reckte sich. »So, ich muss jetzt mein Nachmittagsschläfchen halten. Sonst kipp ich gleich vom Stuhl. Papa ist übrigens in die Werft zurückgekehrt. Falls du dich fragst, wo du ihn findest.« Bevor sie ging, zog sie mich noch mal an sich. »Du bist mein Anker, Marie. Danke für alles«, flüsterte sie. Dann ging sie langsam die Stufen runter und verschwand aus meinem Blickfeld.

In meinem Kopf sah es aus wie auf dem Hamburger Dom. Karussells, Achterbahnen, dröhnende Musik, Gesprächsfetzen der Menschen, die an einem vorüberzogen, quengelnde Kinder an Süßigkeitenbuden, knutschende Paare. Meine Gedanken mussten endlich mal zur Ruhe kommen und sortiert werden. Und ich wusste genau, wohin ich dafür gehen musste.

Volles Herz voraus

Eine Stunde später stand ich im Museum für Hamburgische Geschichte und betrachtete Klaus Störtebekers Kopf. Draußen waren es dreißig Grad, und der Sommer lag heiß und schwer über der Stadt. Niemand außer mir war auf die Idee gekommen, den heutigen Nachmittag im Museum zu verbringen. Ganz Hamburg war an der Elbe, im Park oder an der Alster, um sich die Sonne auf den Bauch scheinen zu lassen. Aber um meinen Kopf zu sortieren, brauchte ich den von Klaus. Deswegen war ich hier. Vielleicht auch ein kleines bisschen deshalb, weil Christine mir gesagt hatte, dass ich früher immer mit meiner Mutter hierhergekommen war. Auf eine seltsame Art hatte ich das Gefühl, ihr hier nahe zu sein, und das war ein gutes Gefühl.

Der Vorteil, an einem heißen Sommertag ins Museum zu gehen, war der, dass man es fast für sich allein hatte. Klaus Störtebeker und ich waren unter uns. Seine leeren Augenhöhlen starrten mich traurig an, vor Verzweiflung biss er in den Holzbalken, und der riesige Nagel, mit dem sein Kopf aufgespießt und zur Abschreckung für andere am Stadttor aufgehängt worden war, fühlte sich bestimmt nicht gerade komfortabel an.

»Armer Kerl«, flüsterte ich. »Du hast es echt schwer, was?«

Er äußerte sich nicht dazu, wahrscheinlich, weil die Frage überflüssig war. Denn jeder, der im Gegensatz zu ihm noch zwei funktionierende Augen im Kopf hatte, konnte klar erkennen, dass er es schwer hatte.

»Zwölf Meter ohne Kopf. Wie hast du das nur gemacht?«

»Weet ick nich«, sagte er, denn Klaus Störtebeker sprach natürlich nur Plattdeutsch. »Is lang her. Un ick bin nu ok all 'ne Wiel doot, wenn du dat noch nich maarkt hest.«

»Äh ... doch, ich habe durchaus gemerkt, dass du tot bist. Ich will dir ja nicht zu nahe treten, aber das ist nicht zu übersehen. Ach, vergiss es einfach. Du bist mir echt keine Hilfe.«

»Du mi ok nich. Odder hest du 'n Kroog Beer dorbi?«

»Nee, heb ick nich, du oller Suupbütt.« Ich trat zurück und setzte mich auf die Bank. Typisch. Ich stellte ihm eine wichtige Frage, und alles, woran dieser Suffkopp denken konnte, war Bier.

Klaus und ich schwiegen uns an und lieferten uns ein Blickgefecht, das er gewann. Was ja aber auch nicht weiter schwierig war, angesichts der Tatsache, dass er nicht mal mit der Wimper zucken *konnte*. Mein Blick fiel auf das Modell des Störtebeker-Kopfs zu Lebzeiten. Wild und ungestüm guckte er gen Horizont, Haare und Bart zerzaust, ein Zahn ausgeschlagen, wahrscheinlich in einer Rauferei. Der hatte keine Angst gehabt. Vor gar nichts. Und ich? Ich war so feige, dass ich eine Schande für alle Piratinnen dieser Welt war.

Zum ersten Mal seit Langem hatte ich in der Werft etwas getan, das mir wirklich am Herzen lag. Ich hatte mich reingekniet und war voll in dem Job aufgegangen. Die Werft war mir wichtig, unglaublich wichtig. Ich wollte die Werft.

Und ich wollte Daniel, ich wollte ihn unbedingt. Er hatte mich dazu herausgefordert, meine Bequemlichkeit und meine Abwehrhaltung gegen die Werft abzulegen, über Boote zu reden, mich in eins zu verlieben, sogar damit zu fahren. Ich hatte ihm Dinge erzählt, über die ich noch mit niemandem zuvor gesprochen hatte. Er hatte mir geholfen, als das Chaos ausgebrochen war, mich getröstet, als ich geweint hatte. Daniel hatte mir einen Rettungsring zugeworfen. So wie ich für

Christine, war er für mich mein Anker geworden, der mich festhielt, wenn ich drohte, in stürmischer See abzutreiben. Und ich liebte ihn. Mir fiel seine Frage wieder ein, ob ich ihm jemals vertrauen könnte oder ob ich immer befürchten würde, dass er mich irgendwann im Stich lassen und mir wehtun würde. Und hier und jetzt, im Angesicht von Klaus Störtebeker, wurde mir klar, dass mein Problem gar nicht Daniel war. Ich vertraute ihm, wie ich noch niemals jemandem vertraut hatte. Ich vertraute nur meinem Leben nicht, und ich hatte Angst, dass es mir Daniel wieder wegnehmen würde. Ja, es würde wehtun, wenn ich mich auf ihn einließ, wenn ich mich traute, glücklich zu sein und ihn dann möglicherweise irgendwann verlor. Es würde unfassbar wehtun. Aber noch schlimmer wäre es doch, gar nicht erst zu lieben. Das war das Schlimmste überhaupt, und das tat mehr weh als alles andere.

Ich wusste ganz genau, was ich wollte, und ich würde mir das nicht länger entgehen lassen. Seit meinem siebzehnten Lebensjahr hatte ich immer einen Rückzieher gemacht, wenn etwas ernst wurde. Ich hatte nichts und niemanden wirklich an mich herangelassen, weil ich Angst davor hatte, verletzt zu werden. Ich war ein Feigling.

Aber damit war jetzt Schluss. Ab jetzt würde ich endlich so *sein* wie Klaus Störtebeker, und nicht nur seinen Kopf anstarren. Wenn er sich verliebt hätte, hätte er sich doch überhaupt nicht darum geschert, was passieren konnte und wie es ihm gehen würde, wenn es nicht hinhaute. Der hätte sich das Weib einfach über die Schulter geschmissen. Und genau das würde ich mit Daniel tun!

Klaus Störtebeker hätte sich nie im Leben etwas wegnehmen lassen, das ihm wichtig war. Hätte Simon von Utrecht oder irgendein anderer Pfeffersack ihm gesagt: »Nee du,

Klaus, unsere Kohle und unser Schiff möchten wir eigentlich lieber behalten« – da hätte der sich doch drüber kaputtgelacht. »Harr, harr, holt de Muul, du Hundsfott, und geev mi all din Gold«, hätte er gesagt.

Okay, ich würde mich nicht trauen, zu meinem Vater zu sagen ›Harr, harr, halt's Maul, du Hundsfott, und gib mir deine Werft‹, aber ich würde mich auch nicht einfach vertreiben lassen.

›Das Leben fällt, wohin es will‹, hatte Knut gesagt. Und da hatte er recht, die meisten Dinge passierten einfach. Aber andererseits sah ich nicht ein, wieso ich nicht die Ärmel aufkrempeln, mein Leben aus dem Nichts herausholen und dahinwerfen konnte, wo *ich* es haben wollte. Ich hatte nicht alles in der Hand, aber ich musste doch auch nicht alles einfach hinnehmen. Die Zeiten, in denen ich zurückgeschreckt war, gezögert und Angst gehabt hatte, waren vorbei. Ab jetzt würde ich kämpfen, denn es gab nun mal Dinge in meinem Leben, die mir wichtig waren und für die es sich zu kämpfen lohnte. Ab jetzt hieß es: zwölf Meter ohne Kopf!

Ich fühlte mich so befreit und erleichtert, dass ich einen Freudentanz hätte aufführen können. Und zwar am liebsten zu einem schmalzigen Roland-Kaiser-Song. Ich stand auf und trat näher an Klaus heran. »Danke. Du warst mir dann doch eine große Hilfe.«

»Dat neegste Mal bringes mi aver 'n Beer mit. Un nu fullet Hart vörrut, min Deern.«

Ich ging, nein, rannte aus dem Museum, so eilig hatte ich es, nach Hause zu kommen, um alles für den morgigen Tag vorzubereiten. Es gab noch eine Menge zu tun. Also, wie Klaus schon gesagt hatte: volles Herz voraus!

Ich fuhr zurück in die WG und stolzierte in die Küche, wo Hanna und Matthias gerade in eine ziemlich intensive Knutscherei verwickelt waren. Auf mein Räuspern hin fuhren sie auseinander. »Ich werde mir die Werft und Daniel wiederholen!«, verkündete ich.

Hanna und Matthias sahen mich für ein paar Sekunden verdutzt an. Dann breitete sich ein Grinsen auf Hannas Gesicht aus. »Halleluja!«, rief sie und kam zu mir, um mich in den Arm zu nehmen. »Ich dachte schon, du kommst nie zur Besinnung.«

Keine Zeit zum Kuscheln, ich machte mich von ihr los und sagte: »Ich muss bis morgen einen Businessplan erstellen. Darf ich mir deinen Laptop leihen?«

Ich recherchierte, erstellte Tabellen, Übersichten und Grafiken, stellte Zahlen zusammen, so gut es ging, und suchte mir passende Artikel aus Fachzeitschriften raus. Matthias war so nett, abends um halb elf noch mit mir in seine Praxis zu gehen, wo ich alles kopieren, ausdrucken und fein säuberlich in zwei Mappen heften konnte. Anschließend arbeitete ich an meinem Vortrag, legte mir Worte zurecht, formulierte um und übte mindestens zwanzigmal vor dem Spiegel, wie ich meinem Vater meine Idee präsentieren wollte. Gut, es war immer noch eher eine Idee als ein konkreter Plan, und Daniel würde garantiert etwas daran auszusetzen haben. Aber immerhin hatte ich etwas in der Hand, und niemand würde mir vorwerfen können, dass ich unvorbereitet war.

Erst um drei Uhr morgens fiel ich in einen unruhigen Schlaf. Trotzdem war ich beinahe froh, als ich schon wenige Stunden später wieder geweckt wurde, denn ich hatte einen äußerst verstörenden Traum von Klaus Störtebeker, Daniel und meinem Vater gehabt, die in der Hafenklause Piraten-Uno um mich spielten, während mein Kopf über dem Tresen aufgespießt war. Nicht schön.

Nachdem ich geduscht hatte, schlüpfte ich frohen Mutes in meine heißeste Unterwäsche und mein Geschäftsfrauen-Outfit. Doch als ich mich schminkte und mir die Haare machte, wurde mir allmählich mulmig. Es bestand ja durchaus die Möglichkeit, dass das hier nicht so enden würde, wie ich es geplant hatte. Dass mein Vater mich rausschmiss und Daniel mich gar nicht mehr wollte. ›Vielleicht sollte ich das Schicksal nicht zu sehr herausfordern‹, überlegte ich, zog alles wieder aus und tauschte die Unterwäsche gegen eine ganz nette, aber doch sehr züchtige Kombination und das Geschäftsfrauen-Outfit gegen mein dunkelblaues Lieblingskleid mit den kleinen Ankern drauf. Je mehr Zeit verging, desto nervöser wurde ich. Es war einfach, sich für einen Kampf zu entscheiden. Aber die Schlacht zu schlagen, stellte sich als verdammt schwierig heraus.

Trotzdem, ich würde es durchziehen. Volles Herz voraus!

Auf der Fähre stellte ich mich an die Bugreling, den Blick nach vorne gerichtet, auf das, was kommen würde. Im Kopf ging ich noch mal meinen Vortrag durch und fühlte alle fünf Minuten in der Handtasche nach, ob die Mappen mit den Unterlagen für meinen Vater und Daniel noch da waren. Der Fußweg vom Anleger zur Werft erschien mir unendlich lang. Ich nahm kaum etwas wahr von meiner Umgebung, und als das Werftgelände in Sicht kam, machte mein Herz gleich drei Hüpfer hintereinander. Beim Betreten des Bürogebäudes wurde mir übel vor Nervosität. Meine Hände waren kalt und feucht und das Blut rauschte in meinen Ohren, doch ich ging weiter, setzte einen Fuß vor den anderen.

»Hallo, Frau Ahrens«, rief Laura Niemann erstaunt. »Wie schön, Sie zu sehen. Wir haben Sie vermisst.«

»Ich habe Sie alle auch sehr vermisst«, sagte ich. Für Smalltalk hatte ich momentan allerdings gar keinen Kopf. »Aber ich hab's ein bisschen eilig, also gehe ich mal rauf, okay?«

»Ja, klar«, sagte sie und nickte mir freundlich zu.

Als ich in Frau Brohmkamps Vorzimmer kam, sah sie von ihrer Arbeit auf. Ein Lächeln glitt über ihr Gesicht. »Frau Ahrens. Das wurde aber auch mal Zeit.«

»Hallo, Frau Brohmkamp. Ich muss dringend mit meinem Vater und Herrn Behnecke sprechen. Sind sie da?«

»Ja, ich glaube, sie sind beide im Büro Ihres Vaters. Soll ich ihn anrufen?«

»Nein danke, ist nicht nötig, ich gehe einfach rein.«

Schnellen Schrittes ging ich den Flur entlang, doch vor der Tür hielt ich inne und atmete ein paarmal tief durch, um mein rasendes Herz zu beruhigen und diese Übelkeit irgendwie in den Griff zu kriegen. ›Los jetzt, Marie, reiß dich zusammen‹, feuerte ich mich an. Entschlossen hob ich das Kinn und streckte den Rücken durch. Ich klopfte an und trat, ohne eine Antwort abzuwarten, ein. Mein Vater thronte in seinem riesigen Oberchefsessel, während Daniel auf einem der Besucherstühle vor dem Schreibtisch Platz genommen hatte. Bei meinem Anblick zog mein Vater die Stirn in tiefe Falten, wohingegen Daniel kurz zusammenzuckte und mich dann mit einer Mischung aus Neugier und Zurückhaltung ansah.

In der Mitte des Raumes blieb ich stehen. »Hallo, Papa. Hallo, Daniel. Ich muss dringend mit euch sprechen. Aber zuerst muss ich wissen, ob ihr den Deal mit Wallin inzwischen abgeschlossen habt.«

»Nein, haben wir nicht«, sagte mein Vater und trommelte ungeduldig mit seinem Kuli auf dem Schreibtisch herum.

Erleichtert atmete ich auf. »Gut. Also, zunächst mal möchte ich mich bei euch entschuldigen. Bei euch beiden. Es war nicht richtig, wie ich mich den Schweden gegenüber verhalten habe. Es tut mir leid, dass ich euch in den Rücken gefallen bin und dass ich nicht mit euch gesprochen habe. Das war ein riesiger Fehler.« Bei diesen Worten schaute ich in erster Linie Daniel an. »Trotzdem bin ich nach wie vor davon überzeugt, dass die Ablehnung richtig war. Diese arroganten Schnösel haben uns völlig überrumpelt. So macht man doch keine Geschäfte. Von Anstand und Respekt und ... Kaufmannsehre haben die anscheinend noch nie was gehört. Sie haben sich über unsere Werft lustig gemacht, und somit auch über unsere Mitarbeiter, unsere Boote und alles, was wir uns über die Jahre aufgebaut haben. Und ich lasse mir eine derartige Frechheit während einer Besprechung nun mal nicht so einfach gefallen!«

Um Daniels Mundwinkel zuckte es leicht, als müsste er sich ein Lächeln verkneifen.

Mein Vater hingegen musterte mich argwöhnisch. »Und woher kommt dieses plötzliche Interesse?«

»Du weißt doch ganz genau, dass das überhaupt nicht plötzlich ist!«, rief ich. »Ich wollte diese Werft immer schon. Dann hast du sie mir weggenommen, und das hat unglaublich wehgetan. So weh, dass ich nichts mehr damit zu tun haben wollte. Aber dann setzt du mich zwölf Jahre später als deine blöde Marionette ein, die immer nur mit dem Kopf nicken soll. Dass ich dafür nicht gemacht bin, hättest du dir eigentlich denken können. Und gerade, als ich anfange, mich richtig reinzuknien, nimmst du mir die Werft schon wieder weg.« Ich ging auf ihn zu und blieb dicht vor seinem Schreibtisch stehen. »Aber ich lasse mich nicht länger von dir in die Ecke drängen, Papa. Ich lasse mir die Werft nicht wegnehmen.«

»Ach nein?«

»Nein! Trau mir doch endlich mal was zu! Du musst nicht an Wallin oder sonst wen verkaufen, denn ich bin hier, und ich habe eine Chance verdient. Das ist nicht nur *deine* Werft, es ist die Werft unserer Familie. Was glaubst du, hätte Opa dazu gesagt, dass du verkaufen willst, ohne einen triftigen Grund dafür zu haben? Oder Uropa? Die hätten dir die Ohren lang gezogen!«

»Marie, die Zeiten ändern sich. Wir können dieses Unternehmen doch nicht auf immer so weiterführen, wie mein Vater oder Großvater es getan haben.«

»Ich weiß, dass die Zeiten sich ändern, und dass wir uns mit ihnen ändern müssen. Und wenn es unbedingt der Ocean Cruiser sein soll, okay. Ziehen wir es halt durch, ich werde dahinterstehen. Wir haben dafür immer noch Jankowski. Aber zusätzlich zum Ocean Cruiser will ich, dass wir auch bei uns etwas Neues machen. Ein neues Boot, das *hier* gebaut wird, von unseren Leuten.«

»Soso«, sagte mein Vater. Er lehnte sich in seinem Stuhl zurück und verschränkte die Hände vor dem Bauch. »Dann lass mal hören.«

Ich wertete es als gutes Zeichen, dass er mir noch nicht gesagt hatte, ich solle die Klappe halten, sondern dass er sich auf die Diskussion mit mir einließ. Dass Daniel hingegen kein einziges Wort sagte, machte mir Sorgen. Allerdings hatte ich jetzt keine Zeit, mir darüber den Kopf zu zerbrechen. Ich holte die Mappen aus meiner Handtasche und händigte sie Daniel und meinem Vater aus. »Ich will, dass wir eine kleine Holzyacht bauen. Im Grunde genommen das genaue Gegenteil vom Ocean Cruiser. Das ist noch kein ausgefeilter Plan, aber es ist eine weit ausgereifte Idee.«

Daniel und mein Vater sahen die Unterlagen durch, während ich ihnen mein Konzept vorstellte. Ich redete von Marktchancen, Bedarf und Zielgruppenanalyse, von Kosten, Kapazitäten und Bauplänen, und je länger ich redete, desto sicherer wurde ich. Das Beste an allem war, dass die beiden mir aufmerksam zuhörten. Mein Vater anfangs mit deutlicher Skepsis, und an seinem Gesicht war klar erkennbar, dass er das Ganze für ein Hirngespinst hielt. Doch spätestens, als ich bei den Gewinnprognosen ankam, hatte ich sein Interesse geweckt. Daniel hatte wieder sein Geschäftstermin-Pokerface aufgesetzt, und das machte mich wahnsinnig. Trotzdem redete ich unbeirrt weiter, bis ich am Ende meines Vortrags angekommen war. »Das ist es, was ich vorhabe«, sagte ich und sah meinen Vater eindringlich an. »Lass mich wieder hier arbeiten, Papa. Und lass es mich mit diesem Boot versuchen. Ich weiß, dass ich noch viel lernen muss, aber so schlecht habe ich meine Sache bisher nicht gemacht. Ich will diese Werft. Ich will sie wirklich. Also gib sie mir. Die Chance, meine ich«, korrigierte ich mich schnell. »Du musst mir die Werft natürlich nicht gleich überschreiben, mir ist schon klar, dass ich noch nicht ganz so weit bin.«

Daniel hielt sich schnell die Hand vor den Mund und tat so, als müsste er husten, während mein Vater eine Augenbraue hob. »Ach. Sonst noch was?«

Ich schüttelte den Kopf.

Er drehte seinen Stuhl ein Stück in Richtung Fenster und rieb sich nachdenklich das Kinn.

Mit angehaltenem Atem wartete ich auf die Urteilsverkündung. Daniels und mein Blick trafen sich. Er lächelte leicht und nickte mir kaum merklich zu, woraufhin mein Herz unwillkürlich ins Stolpern geriet. Was wollte er mir mit dieser Geste sagen? Er wich meinem Blick nicht aus, und in meinem Magen begann es heftig zu kribbeln.

Ein lautes Räuspern erklang, und Daniel und ich rissen unsere Blicke voneinander los, um zu meinem Vater zu sehen.

Er deutete auf den Stuhl neben Daniel. »Willst du dich nicht setzen?«

Ich hockte mich auf die äußerste Kante und knetete meine Hände.

»Was Wallin angeht, sind Behnecke und ich inzwischen zu dem gleichen Schluss gekommen wie du«, sagte mein Vater ruhig. »Wir haben es nicht nötig, ein derartiges Angebot anzunehmen.«

Ich glaubte, meinen Ohren nicht zu trauen. Hatte er das gerade wirklich gesagt?

»Guck mich nicht so erstaunt an, Marie. Mir liegt an dieser Werft genauso viel wie dir. Ich habe nur keine andere Möglichkeit gesehen. Die eine Tochter krank, die andere hat scheinbar kein Interesse. Was hätte ich denn machen sollen? Das Unternehmen noch aus dem Jenseits weiterleiten? Aber ich habe mir das Ganze noch mal durch den Kopf gehen lassen. Ich werde nicht verkaufen. Und dafür kannst du dich unter anderem auch bei ihm bedanken«, sagte er und deutete auf Daniel.

Ich warf ihm einen Seitenblick zu, doch er weigerte sich, ihn zu erwidern.

»Du hast eine Menge Fürsprecher in diesem Unternehmen«, fuhr mein Vater fort. »Ständig hat irgendeiner der Mitarbeiter an meine Tür geklopft, nach dir gefragt und mir gesagt, wie sehr du hier fehlst. Wie es scheint, hast du deine Sache tatsächlich gar nicht so schlecht gemacht.« Er schlug mit den Händen leicht auf die Tischplatte und sagte: »Ich gebe dir deine Chance. Du hast sie dir verdient.«

Ich sprang auf. »Ehrlich?«

Ein Lächeln erschien auf seinem Gesicht. Ich wusste nicht, wie lange es her war, dass ich ihn hatte lächeln sehen. »Ja, ehrlich.«

Spontan lief ich auf die andere Seite des Schreibtischs und fiel ihm um den Hals. »Danke, Papa«, sagte ich wieder und wieder. »Danke, danke, danke.«

Er war zunächst völlig überrumpelt und blieb starr vor Schreck sitzen, doch dann legte er die Arme um mich und zog mich fest an sich. Unsere letzte richtige Umarmung war wahrscheinlich noch länger her als sein letztes Lächeln, und es war so ungewohnt, in den Armen meines Vaters zu liegen. Ich nahm seinen Geruch wahr, den ich noch aus der Kindheit kannte, eine Mischung aus seiner Rasiercreme und Seife. »Ich wollte doch immer schon, dass du die Werft übernimmst, Marie«, sagte er leise. »Aber du warst gerade mal siebzehn und so wild und ungestüm, als ich meinen ersten Herzinfarkt hatte. Ich dachte, ich lasse dir Zeit, erwachsen zu werden, bis du fertig studiert und vielleicht ein oder zwei Jahre in einer anderen Werft gearbeitet hast. Also habe ich Christine mit ins Boot geholt. Aber dann hattest du von einem Tag auf den anderen gar kein Interesse mehr und hast dich völlig von allem zurückgezogen. Von der Werft, vom Segeln. Von mir.« Er nahm mein Gesicht in seine Hände, und seine sonst so kalten grauen Augen blickten mich liebevoll an. »Ich hab das nie verstanden. Ich hab nie verstanden, warum du die Werft auf einmal nicht mehr wolltest.«

Für einen Moment zögerte ich. Ich sah rüber zu Daniel, der mich aufmerksam beobachtete. Er war der Einzige, der die ganze Wahrheit kannte. Und er würde auch der Einzige bleiben. Welchen Sinn hätte es, meinem Vater und Christine jetzt noch zu sagen, dass ich damals nicht nur Liebeskummer gehabt hatte? Am Ende würden sie sich noch Vorwürfe machen, weil sie mir das so einfach abgekauft hatten, und das war das Letzte, was ich wollte. »Na, weil ich dachte, dass du mir die Werft nicht geben willst«, sagte ich schließlich.

»Aber ich habe doch immer gesagt, dass dein Posten auf dich wartet«, sagte mein Vater aufgebracht.

»Ja, aber du hast nur von *Marketing* gesprochen.«

»Ich habe Christine auch nicht mit vierundzwanzig schon in die Geschäftsführung gesetzt. Ihr müsst euch doch erst mal beweisen. Und das musst du übrigens auch jetzt – dass das mal klar ist. Ich werde dir nicht sofort die Leitung übertragen. Es bleibt alles, wie es ist. Behnecke ist der Geschäftsführer.«

»Und was genau bin ich dann?«

»Was weiß ich, wie man das nennen soll? Du bist in der Ausbildung zur Geschäftsführerin. Ich gebe dir ein Jahr, Marie. Und dann sehen wir weiter.«

»Aber ich will wenigstens mehr Geld«, sagte ich trotzig.

Mein Vater lachte. »Das kannst du mit Behnecke aushandeln. Ich ziehe mich zurück.« Er atmete tief durch. »Ich hab den Biss verloren, das habe ich in den letzten Tagen gemerkt. Ihr kriegt das auch alles ohne mich hin.«

Sein Blick schweifte von mir zu Daniel und dann wieder zu mir. »Und wisst ihr was? Am besten gehe ich jetzt sofort.« Er erhob sich aus seinem Stuhl.

»Und wohin?«, fragte ich ihn. »Ich meine, gehst du zurück nach Sylt?«

Er hob die Schultern. »Ja, ich denke schon. Christine hat mir bereits gesagt, dass sie dich darum gebeten hat, zu ihr zurückzuziehen. Tja. Sieht so aus, als müsste ich mich mit dem Gedanken abfinden, dass meine Töchter mich nicht dahaben wollen.« Er richtete seine Krawatte und räusperte sich. »Das habe ich mir wohl selbst zuzuschreiben. Ich weiß, dass ich vieles falsch gemacht habe.«

Ich betrachtete meinen Vater. Der Schmerz in seinen Augen war klar zu erkennen, und ich fragte mich, wieso ich ihn früher so oft übersehen hatte. »Ich hab auch vieles falsch gemacht. Und ich will dich dahaben, Papa«, sagte ich leise. Ich holte tief Luft und fuhr fort: »Es wäre schön, wenn du Christine und mir helfen könntest. Vor allem mir. Ich schaff das nicht mehr allein, verstehst du?«

Mein Vater blieb für ein paar Sekunden reglos stehen, dann zog er mich erneut an sich und gab mir einen Kuss auf die Wange. »Wenn ihr mich braucht, dann bin ich da. Du hast mich heute wirklich sehr stolz gemacht, Mariechen.« Er nickte Daniel zu, nahm seine Aktentasche und verließ ohne weitere Umschweife sein Büro.

Ich starrte die offene Tür an, durch die er soeben verschwunden war, und berührte die Stelle auf meiner Wange, die er geküsst hatte. »Ich glaube, er hat mir noch nie einen Kuss gegeben.« Völlig gedankenverloren stand ich da, doch dann wurde mir schlagartig bewusst, dass ich allein mit Daniel war und dass nun der zweite Teil meines Eroberungsfeldzuges beginnen würde. Das Herz schlug mir bis zum Hals. Daniel sah mich schweigend an, und ich wurde einfach nicht schlau aus seiner Miene. Schließlich stand er auf und ging Richtung Ausgang.

Ohne darüber nachzudenken, stürzte ich an ihm vorbei, zog die Tür zu und stellte mich davor. »Nicht weggehen, ich muss mit dir reden!«

»Ich wollte eigentlich nur die Tür schließen«, sagte er ruhig.

Ein riesiger Felsklotz plumpste von meinem Herzen. »Okay. Gut.«

Daniel und ich standen einander direkt gegenüber, maximal zwei Meter voneinander entfernt, und doch schien die Distanz riesig zu sein. Fieberhaft suchte ich nach den richtigen Worten und verfluchte mich dafür, dass ich nur die Rede für meinen Vater geübt hatte. »Was hältst du von meinem Plan?«, fragte ich schließlich, weil es mir am einfachsten schien, damit anzufangen.

»Dein *Plan* ist immer noch keiner. Ich habe da ziemlich viele logische Fehler entdeckt, und du kannst froh sein, dass die deinem Vater nicht aufgefallen sind.«

»Und wirst du ... Kannst du dir vorstellen zu bleiben? Obwohl ich hier bin?«

»Willst du, dass ich bleibe?«

Ich nickte stumm.

»Gut. Denn ich habe nicht vor zu gehen. Und ich will mal eins von vornherein klarstellen. Ich sehe mich nicht als deinen Chef, okay? Wir sind Partner, und aller Wahrscheinlichkeit nach wirst du in einem Jahr *meine* Chefin sein. Spätestens, wenn dir diese Firma gehört.«

»Kommst du denn damit klar, mich als Chefin zu haben?«

Daniel schnaubte. »Schlimmer als dein Vater wirst du schon nicht werden.«

Mein Herz klopfte noch lauter, als wir nach und nach wieder vertrauter miteinander wurden. »Wie du schon sagtest: Wir sind Partner. Das sehe ich genauso. Egal, wem diese Firma gehört.«

Daniel nickte. »Abgemacht. Was deinen Plan angeht: Es sind zwar noch Fehler drin, und du hast einiges nicht bedacht, aber ich finde ihn wirklich gut. Und dein Auftritt gerade war ... du warst großartig.« Ein Lächeln glitt über sein Gesicht. »Fast so gut wie in dem Gespräch mit den Schweden. Der Auftritt war wirklich spektakulär.«

Oh, diese blöden Magic Gums. Wir waren überhaupt noch nicht so weit, ich hatte immer noch nicht gesagt, was ich ihm sagen wollte. »Wie kommt es eigentlich, dass du deine Meinung über Wallin geändert hast?«

»Deinetwegen«, sagte er schlicht. »Was du nach der Besprechung zu mir gesagt hast ... dass es für mich nur noch um den Profit geht. Das hat mir echt zu denken gegeben, und ich habe gemerkt, dass du recht hattest. Dabei wollte ich nie so werden. Aber wenn man da erst mal drinhängt, dann ändert sich irgendwann die Sichtweise, und ich hab völlig aus den Augen verloren, warum ich diesen Job überhaupt mache. Dank dir weiß ich das wieder.«

Am liebsten hätte ich mich in seine Arme gestürzt, um ihn abzuknutschen. »Ich bin hier, weil ich dich mir über die Schulter schmeißen will«, platzte es aus mir heraus. »Wie Klaus Störtebeker, verstehst du?«

Daniel runzelte die Stirn. »Äh ... nein, irgendwie nicht.«

»Ich war gestern bei ihm, und da ist mir klar geworden, dass er keine Angst hatte, sondern einfach gemacht hat. Und ich will das auch. Du hast mich neulich gefragt, ob ich dir vertraue. Ja, ich vertraue dir, Daniel. Ich vertraue dir wie sonst niemandem. Aber ich habe meinem Leben nicht vertraut, und ich hatte Angst, dass es mir dich wegnehmen könnte. Deswegen habe ich einen Rückzieher gemacht. Und ich ...« Ich brach ab, weil mir die Worte ausgegangen waren. »Ach Mann! Ich bin echt nicht gut in so was.«

Daniels Miene wurde weich. »Du machst das schon nicht schlecht, Marie. Auf jeden Fall fühle ich mich richtig gut von dir abgeholt. Ich will unbedingt wissen, wie es weitergeht.« Er grinste mich an, und ich konnte nicht anders, ich musste kichern. Mit zwei schnellen Schritten überbrückte er die Distanz zwischen uns. Er legte mir die Arme um die Taille und zog mich an sich.

Jetzt, wo ich ihm so nahe war, spielten meine Gefühle völlig verrückt. Ich spürte Daniels Körper dicht an meinem, und seine Nähe brachte eine ganze Armada von Schmetterlingen in meinem Magen dazu, aufgeregt mit den Flügeln zu schlagen. »Das macht es jetzt nicht gerade einfacher für mich«, sagte ich vorwurfsvoll.

»Oh. Tschuldigung.« Er wollte sich schon von mir zurückziehen, doch ich schlang meine Arme um seinen Hals und hielt ihn fest.

»Nein, so war das auch wieder nicht gemeint.« Ich nahm all meinen Mut zusammen und sagte: »Du musst eins wissen: Ich bin extrem und rettungslos in dich verliebt, Daniel Behnecke. Und wenn du dir eventuell vorstellen könntest, mir zu verzeihen, dass ich so bescheuert war, dann ...« Ich brach ab.

»Was dann?«

»Könntest du dir vorstellen, mir zu verzeihen?«

Daniel lachte. »Mache ich denn einen unversöhnlichen Eindruck auf dich?«

Ich sah prüfend in seine blauen Augen, die so voller Liebe waren, dass ich auf der Stelle vor Glück hätte losheulen können. »Nein, eigentlich nicht. Wie gesagt, ich bin nicht gut in so was. Aber egal, ich wollte dich fragen, ob du mir noch eine Chance geben würdest. Und ob du dir vorstellen könntest, es mit mir zu versuchen.« Mir klopfte das Herz bis zum Hals, als ich seine Antwort abwartete.

»Ja, natürlich, du süße, eigentlich sehr schlaue, aber in einigen wenigen Bereichen dumme Nuss.« Er nahm mein Gesicht in beide Hände und beugte sich zu mir runter.

»Warte, eins muss ich dir unbedingt noch sagen!«, rief ich, kurz bevor unsere Lippen sich berührten.

Daniel seufzte und zog sich wieder zurück. »Lässt du mich jetzt zappeln?«

»Nein. Ich wollte dich nur vorwarnen. Ich bin ziemlich verkorkst.«

»Was du nicht sagst«, meinte er trocken.

»Und mein Leben ist momentan besonders kompliziert. Eigentlich habe ich gar keine Zeit für eine Beziehung, weil ich mich um Christine und die Kinder kümmern muss. Ich wollte dir nur klarmachen, dass ich mit schwerem Gepäck unterwegs bin. Und ich hab keine Ahnung, wie lange das noch so weitergeht.«

»Das weiß ich doch alles. Ich weiß, dass du verkorkst bist, aber glücklicherweise bin ich sehr geduldig und hartnäckig. Und wenn du das nächste Mal eine Panikattacke bekommst, werde ich dich nicht einfach gehen lassen. Das war ein Fehler.«

»Ich bekomme keine Panikattacken mehr«, sagte ich fest. »Ich habe keine Angst mehr.«

»Und selbst wenn – wir kriegen das schon hin, wir beide. Und mir ist klar, dass du dich um Christine und die Kinder kümmerst. Ich bin Teil der Crew, weißt du noch?«

»Dann ist es okay für dich, wenn wir in meinem Zimmer in Christines Haus schlafen?«

Daniel hob die Augenbrauen. »Oh, so weit denkst du schon? Interessant.«

Ich biss mir auf die Lippen. »Ich dachte, wir haben ja sowieso schon ... Aber wir können natürlich auch noch damit warten und es ganz locker angehen lassen.«

Daniel lachte und zog mich ohne weitere Umschweife an sich, um mich zu küssen. Die Schmetterlinge in meinem Bauch spielten völlig verrückt. Ich spürte seine weichen Lippen auf meinen, seine Hände wanderten sanft meinen Rücken hinab und legten sich um meine Taille. Ich hatte schon jetzt Schwierigkeiten, mich zu zügeln, so sehr wollte ich ihn. Doch irgendwann hörte er auf, mich zu küssen, was mich verzweifelt aufstöhnen ließ. »Du machst es schon wieder.«

Er lächelte so süß, wie nur er es konnte. »Weil ich dir sagen will, dass ich dich liebe. Mit all deinem schweren Gepäck und deinen Macken. Und es ist mir egal, wo wir schlafen, Hauptsache, du bist bei mir.«

Mein ganzer Körper wurde durchflutet von diesem wahnsinnigen, warmen Glücksgefühl, und ich war mir sicher, dass mein Strahlen noch vom Mond aus zu sehen war. »Ich liebe dich auch.« Ich zog seinen Kopf zu mir herunter und küsste Daniel so liebevoll, wie es mir möglich war, um meine Worte zu beweisen.

Eine wunderschöne lange Weile später ließen wir voneinander ab, um nach Luft zu schnappen. »Darf ich dich noch was fragen?«

Sanft strich Daniel mir eine Haarsträhne aus der Stirn. »Klar.«

»Würdest du mit mir segeln gehen?«

»Ehrlich?«, fragte er überrascht.

»Ja. Ich will wieder segeln. Ich vermisse es, und ich habe mich viel zu lange für etwas bestraft, das nicht meine Schuld war. Ich finde, es reicht. Außerdem: Wenn wir die Rickmer Rickmers kapern wollen, muss ich es doch sowieso.«

Daniel nahm mich in den Arm und hielt mich fest. »Natürlich gehe ich mit dir segeln.«

Ich schmiegte mich an ihn, genoss seine Nähe und die Ruhe und Kraft, die er auf mich übertrug.

»Weißt du, was mir gerade einfällt?« Daniel schob mich ein kleines Stück von sich weg und sah mich mit funkelnden Augen an. »Dass du diese Holzyacht hier auf der Werft bauen willst, könnte sich eventuell als schwierig erweisen.«

»Wieso?«

Er wiegte bedächtig den Kopf. »Na ja, dann entstehen ganz viele kleine Blue Pearls, und du wirst sie wahrscheinlich alle behalten wollen.«

Lachend stieß ich ihm gegen den Oberarm. »Sehr witzig. Ich will nur deine Blue Pearl.«

»Unsere.«

Mein Herz drohte vor Glück fast zu platzen. Wieso nur hatte ich mich so lange nicht getraut, glücklich zu sein? Es war das unbeschreiblichste, wärmste und schönste Gefühl, das ich je erlebt hatte. Liebe und Glück. Warum nur hatte ich davor Angst gehabt?

»Also, gehen wir segeln, junges Fräulein Ahrens?«, fragte Daniel.

»Jetzt?« Mit gespielter Strenge sagte ich: »Aber wir müssen doch arbeiten.«

»Ach, egal. Sieh es als Recherche an.« Er grinste. »Oder als den schlechten Einfluss, den du auf mich ausübst.«

»Na gut«, sagte ich lachend. Ich stellte mich auf die Zehenspitzen und gab ihm noch einen Kuss. »Dann schmeiß ich mir dich jetzt über die Schulter, und wir gehen segeln. Volles Herz voraus.«

Epilog

Frühlingsfest

Ich war mal wieder spät dran. Aber dieses Mal war es nun wirklich nicht meine Schuld, sondern vielmehr einer Verkettung von unglücklichen Umständen zuzuschreiben, die aus einem Loch im Raum-Zeit-Kontinuum, einer heftigen Magenverstimmung und einer ausgefallenen Fähre bestanden. Mein Vater würde ausrasten, weil ich schon wieder zu spät beim alljährlichen Frühlingsfest der Werft auftauchte. Andererseits sollte er sich mal nicht so haben, immerhin war ich seit einem Jahr fast jeden Morgen pünktlich.

Mir war klar, dass ich schnellstmöglich meinen Pflichten nachkommen sollte, doch wie immer übte die Marina einen unwiderstehlichen Reiz auf mich aus. Wie von selbst bewegten sich meine Füße in Richtung des Hafenbeckens. Langsam ging ich den vordersten Steg entlang und begutachtete meine alten Bekannten. Der pompöse Ocean Cruiser lag dort, nicht zu übersehen in seiner stolzen Größe. Lukrativ war er auch, wie ich zugeben musste, denn seit wir ihn auf der hanseboot offiziell eingeführt hatten, baute die Jankowski-Werft einen nach dem anderen für unsere Kunden. Doch erst als ich die kleine, hübsche Holzyacht neben dem Ocean Cruiser betrachtete, ging mir das Herz auf. Mein Baby. Die Blue Pearl II. Ich platzte beinahe vor Stolz, dass ich dieses Projekt schon so weit vorangetrieben hatte, und ich konnte es kaum erwarten, das Boot dem Publikum vorzustellen. Noch fünf Monate.

»Ach, sieh mal einer an. Das junge Fräulein Ahrens.«

Wie jedes Mal, wenn ich Daniels Stimme hörte, breitete sich ein aufgeregtes Kribbeln in meinem Bauch aus, und ein Lächeln erschien auf meinen Lippen. Noch bevor ich mich zu ihm umdrehen konnte, legte er seine Arme um meine Taille, zog mich an sich und hauchte einen Kuss auf die empfindliche Stelle unter meinem Ohr. »Hast du gut geschlafen?«

Ich lehnte den Kopf zurück, sodass er an seiner Brust lag. »Ja, aber zu wenig. Und ich hab dich vermisst.«

»Ich dich auch. Was gibt's Neues?«

»Hanna hatte einen albernen Streit mit Matthias, Ebru ist unglücklich verliebt, und Hector wollte unbedingt noch in die Hafenklause. Du weißt ja, wie das meistens endet.«

Ich hatte gestern bei Hector übernachtet, denn wir vier hatten einen unserer »AoAs« (also: Abende ohne Anhang) gehabt. Obwohl unsere Anhänge inzwischen fest zur Gruppe gehörten, wollten wir trotzdem nicht darauf verzichten, ab und an auch mal etwas in unserer Ur-Besetzung zu unternehmen.

Daniel lachte leise. »Ja, allerdings. Ich hoffe, du hast Susi von mir gegrüßt. In wen ist Ebru unglücklich verliebt?«

»Das erzähl ich dir in aller Ruhe, wenn wir zu Hause sind. Vermutlich wird sie morgen sowieso bei uns auf der Matte stehen, weil sie deine Meinung zu der Sache hören will.« Ich drehte mich zu Daniel um, und mein Herz machte einen freudigen Hüpfer, als ich in seine blauen Augen sah. Ich schlang meine Arme um seinen Nacken und küsste ihn lange und ausgiebig.

»Wir müssen mal langsam unseren Pflichten nachkommen, oder?«, fragte ich eine ganze Weile später, obwohl ich liebend gerne mit ihm auf der Blue Pearl verschwunden wäre.

»Mhm«, machte er, doch anhand seines Gesichtsausdrucks

konnte ich genau erkennen, dass er den gleichen Gedanken gehabt hatte wie ich. »Christine und die Kinder haben schon nach dir gefragt. Von deinem Vater ganz zu schweigen.«

Ich verbarg meinen Kopf an seiner Brust und dachte zurück an das letzte Jahr. An Christines Chemotherapie, unseren großen Streit und die Versöhnung. Auch die Zeit danach war mit den OPs und Bestrahlungen nicht gerade einfach gewesen. Aber wir hatten es geschafft, besser als beim letzten Mal, denn wir waren nicht mehr allein gewesen. Daniel hatte getan, was er konnte, um uns zu helfen und sich als unser Fels in der Brandung herausgestellt. Mein Vater hatte Sylt den Rücken gekehrt und beinahe täglich bei uns vor der Tür gestanden. Hanna, Ebru und Hector waren manchmal vorbeigekommen, um uns zu helfen oder einfach nur mit uns auf dem Sofa zu sitzen und Filme zu gucken oder zu quatschen. Christine hatte ein paar neue Freundschaften in ihrer Selbsthilfegruppe geschlossen. Und Robert war im Dezember zurück nach Hamburg gezogen, in eine Wohnung, die nur ein paar Straßen von Christines Haus entfernt lag, damit Toni und Max ihn so oft sehen konnten, wie sie wollten. Unsere Crew war so groß geworden, dass die Rickmer Rickmers kein Thema mehr war. Die konnten wir locker einkassieren.

Christine litt auch heute noch unter den Nachwirkungen ihrer Krankheit, vor allem unter großer Müdigkeit, aber es wurde langsam und stetig besser. Und vor allem war sie krebsfrei. Bislang war noch bei keiner Nachuntersuchung etwas gefunden worden, und das war das Wichtigste überhaupt. Jetzt fehlte nur noch, dass Robert und sie wieder zusammenkamen. Die beiden machten es wirklich spannend, aber ich gab die Hoffnung nicht auf.

»Hey«, sagte Daniel mit einem Lächeln in der Stimme. »Wollten wir nicht unseren Pflichten nachkommen?«

Ich schmiegte mich enger an ihn. »Noch fünf Minuten.« Es war schon verrückt, dass ich mich anfangs so sehr dagegen gesträubt hatte, mich auf diesen Mann einzulassen und jetzt gar nicht genug von ihm kriegen konnte. Und das, obwohl wir zusammen arbeiteten, unsere Freizeit miteinander verbrachten und seit zwei Monaten sogar zusammen wohnten. Auch wenn wir immer mal wieder aneinandergerieten und vor allem in der Werft nicht immer einer Meinung waren, war es geradezu erschreckend leicht, ihn zu lieben und von ihm geliebt zu werden.

Seufzend löste ich mich von Daniel, gab ihm noch einen Kuss und trat einen Schritt zurück. »Gehen wir?«

»Gehen wir.«

Hand in Hand schlenderten wir den Steg entlang auf die Werft zu. Ich musste daran denken, wie sehr es mir noch im letzten Jahr zuwider gewesen war, auf das Frühlingsfest zu gehen – und wie sehr ich mich in diesem Jahr darauf gefreut hatte. Es war ein weiter und anstrengender Weg bis hierhin gewesen, aber jeder einzelne Meter ohne Kopf hatte sich gelohnt. Denn heute war ich genau da, wo ich sein wollte und wo ich hingehörte.

Frau Brohmkamps Apfelkekse
(megageheimes Rezept – auf gar keinen Fall rausrücken!)

100 g weiche Butter
70 g brauner Zucker
2 Eier
250 g Mehl
2 TL Backpulver
70 g gestiftelte Mandeln
2 mittelgroße, säuerliche Äpfel
1 Vanilleschote
½ Teelöffel Zimt

- Butter, Zucker und Eier schaumig schlagen.
- Die Vanilleschote aufschlitzen und das Mark rauskratzen, zusammen mit Mehl, Backpulver, Mandeln und Zimt unter die Eimasse heben.
- Äpfel schälen, in kleine Stücke schneiden und unter den Teig heben.
- Den Ofen auf 200 Grad (Umluft) vorheizen, Teig mit dem Esslöffel auf ein mit Backpapier ausgelegtes Backblech geben, sodass kleine Häufchen entstehen.
- Apfelkekse auf der mittleren Schiene circa 10 Minuten backen

Am besten schmecken die Apfelkekse warm, also nicht allzu viel Zeit mit dem Abkühlen verschwenden, sondern schnellstmöglich rein damit.
  Guten Appetit!

Danksagungen

Als Autorin schippere ich zwar über weite Strecken allein durch die stürmischen Gewässer der Romanentstehung, aber letzten Endes bin ich doch Teil einer Crew. Und ich möchte die Gelegenheit nicht ungenutzt lassen, allen zu danken, die mit mir zusammen auf der Blue Pearl gesegelt sind:

Tausend Dank an den Mann meines Herzens – für deinen unerschütterlichen Glauben an mich, deine Geduld und dein Verständnis. Und dafür, dass ich mit dir so wunderbar Helbing und Holsten in schäbigen Spelunken trinken und stundenlang auf den Pollern vor der Rickmer Rickmers sitzen kann.

Danke an meine Familie und Freunde, für eure Unterstützung und eure Bereitwilligkeit, jederzeit auf seltsame WhatsApp-Nachrichten à la »Gibt es ein hochdeutsches Wort für sabschig?« oder »Wie nennt man diese Hot-Pants-Jeans, die aber nicht so kurz wie Hot Pants sind?« zu antworten. Und dafür, dass ihr euch immer so schön mit mir freut und mit mir wütend seid.

Vielen lieben Dank an meine Probeleserinnen Nancy Wittenberg, Iris Geisler und Nicole Larsen für hilfreiches Feedback, Kritik und Lob. Und an meine Schwestern Sonja Bischoff und Diane Hülsmann, dafür, dass ihr an genau den richtigen Stellen gelacht und geweint habt.

Liebe Rebecca, dir danke ich ganz besonders – dafür, dass du bereit warst, deine Erfahrungen mit mir zu teilen. Das hat mir unendlich weitergeholfen, Anregungen gegeben und es leichter gemacht, Christine zu schreiben. Dankc für deine Offenheit.

Ganz lieben Dank an mein Platt-Team Tjorven Rauls, Sven Oelrich und allen voran natürlich an Hans-Werner Oelrich für das Korrekturlesen. Dorup drinkt wi bold 'n Beer und een, twee Köm!

Vielen Dank an das Team der Literarischen Agentur Thomas Schlück, allen voran an Franka Zastrow – für deine großartige Unterstützung und die tolle Zusammenarbeit.

Tausend Dank an Stefanie Kruschandl, dafür, dass es so viel Spaß macht, mit dir am Text zu feilen und dabei interessante Diskussionen über eine Armada von Schmetterlingen, Pietro Lombardi oder die skandalöse Schwimmwesten- und Sauerstoffmaskensituation in der modernen Passagierluftfahrt zu führen. Es war mir wieder eine Freude!

Vielen, vielen Dank an alle bei Bastei Lübbe – dafür, dass ihr meine Romane immer so wunderbar in die Buchhandlungen und in die Hände der Leserinnen und Leser navigiert. Insbesondere danke ich Friederike Achilles (miss U 4eva), Daniela Jarzynka und Claudia Müller – für aufbauende Worte, Blümchen, wenn ich sie am nötigsten habe, und Franzbrötchen und Sekt zum Frühstück.

Und wie immer – last, but auf gar keinen Fall least: Tausend Dank an euch, liebe Leserinnen und Leser! Ich bin unendlich dankbar dafür, dass ihr meine Bücher kauft und lest und mich durch eure lieben Nachrichten, Facebook-Kommentare und E-Mails so sehr motiviert. Ihr wart, seid und bleibt die Besten, und mit euch als Crew dürfte die Rickmer Rickmers nun wirklich kein Problem mehr sein!

Wi schnackt Platt

Ich finde es überaus traurig, dass eine so wunderbare Sprache wie das Plattdeutsche ausstirbt. Daher wird in diesem Roman – zumindest ein bisschen – Platt geschnackt. Da möglicherweise nicht jeder alles wortwörtlich verstanden hat, habe ich hier die plattdeutschen Dialoge nebst hochdeutscher Übersetzung aufgeführt.

Kapitel »Im Salon Marie«

»Nee, dat mutt ick nich hebben.« (…) »Dat schallen mal de junge Lüü moken.«
Nein, das muss ich nicht haben. (…) Das sollen mal die jungen Leute machen.

»Ick glööv dat allens nich. Künnt wi nich eenfach 'n Köm un 'n Beer drinken, und good is?«
Ich glaub das alles nicht. Können wir nicht einfach einen Korn und ein Bier trinken, und gut ist?

»Jo, do bin ick dorbi.«
Ja, da bin ich dabei.

Kapitel »Eine Diva in Nöten«

»Kiek di dat an. (…) Koppheister vun Kraan op Plaster.«
Guck dir das an. (…) Kopfüber vom Kran aufs Pflaster.

Kapitel »Daniel hat ein Date«

»Du büst de Dochter vun den Baas vun min Enkelsöhn?«
Du bist die Tochter vom Chef meines Enkels?

»Jo, ick bin de Dochter vun den ollen Ahrens.«
Ja, ich bin die Tochter vom alten Ahrens.

»De drieste Krööt odder dat tahme Reh?«
Die freche Kröte oder das zahme Reh?

»Ick glööv, de drieste Krööt. Seggt he dat?«
Ich glaube, die freche Kröte. Sagt er das?

»Nee. Ick segg dat. He hett mi bannig veel vun di vertellt.«
Nein, ich sage das. Er hat mir sehr viel von dir erzählt.

»Aver nix Godes, wa?«
Aber nichts Gutes, was?

»Bloot Godes. Nu sett di dol, Deern, un drink di 'n Beer.«
Nur Gutes. Jetzt setz dich hin, Mädchen, und trink ein Bier.

»Daniel, nu bring de Deern doch mal 'n Beer un 'n Köm. Un mi ok.«
Daniel, jetzt bring dem Mädchen doch mal ein Bier und einen Korn. Und mir auch.

»Du kunnst Skotspeelen?«
Du kannst Skatspielen?

»Dat is 'ne bannig seute deern.«
Das ist ein sehr süßes Mädchen.

»De behol man.«
Die behalt mal.

Kapitel »Volles Herz voraus«

»Weet ick nich. Is lang her. Un ick bin nu ok all 'ne Wiel doot, wenn du dat noch nich maarkt hest.«
Weiß ich nicht. Ist lange her. Und ich bin jetzt auch schon eine Weile tot, falls du das noch nicht bemerkt hast.

»Du mi ok nich. Odder hest du 'n Kroog Beer dorbi?«
Du mir auch nicht. Oder hast du einen Krug Bier dabei?

»Nee, heb ick nich, du oller Suupbütt.«
Nein, habe ich nicht, du alter Suffkopp.

»Harr, harr, holt de Muul, du Hundsfott, und geev mi all din Gold.«
Har, harr, halt's Maul, du Hundsfott, und gib mir all dein Gold.

»Dat neegste Mal bringes mi aver 'n Beer mit. Un nu fullet Hart vörrut, min Deern.«
Das nächste Mal bringst du mir aber ein Bier mit. Und jetzt volles Herz voraus, mein Mädchen.

Die Community für alle, die Bücher lieben

Das Gefühl, wenn man ein Buch in einer einzigen Nacht verschlingt – teile es mit der Community

In der Lesejury kannst du

★ Bücher lesen und rezensieren, die noch nicht erschienen sind

★ Gemeinsam mit anderen buchbegeisterten Menschen in Leserunden diskutieren

★ Autoren persönlich kennenlernen

★ An exklusiven Gewinnspielen und Aktionen teilnehmen

★ Bonuspunkte sammeln und diese gegen tolle Prämien eintauschen

Jetzt kostenlos registrieren: www.lesejury.de
Folge uns auf Facebook:
www.facebook.com/lesejury